池田利夫 著

藤原定家
筆蹟模本

伊勢物語の研究

汲古書院

目次

藤原定家
筆蹟模本
伊勢物語の研究

はじめに

伊勢物語の写本は、わが国古典文学作品の中では、古今和歌集、源氏物語と並んで最も多く伝存しており、しかもそれぞれが、藤原定家による校訂や書写の影を大きく落としている点で共通していると言ってよい。『補訂版国書総目録』（岩波書店）に依ると、真名本を除いた伊勢物語の写本は「補遺」まで加えて二七四部、これに『古典籍総合目録』の分を合わせても三二五部の掲出を見るに過ぎないが、山田清市著『伊勢物語校本と研究』[1]「あとがき」に依るなら「披見した書写本だけでも壱千部をはるかに超える」とあり、片桐洋一著『伊勢物語の新研究』[2]第四篇第三章にも「閲覧調査したものだけでも既に六百を超えて七百に近い。（中略）未見の本を加えればその二倍以上が伝存」と推定しているのよりするなら、先の三二五部とある五倍以上伝存しているのは間違いあるまい。

確かに毎年各書肆より発行される古典籍販売目録を見てもこの書名をとどめるのは珍しくなく、現に本稿執筆時に到来した平成二〇年一一月開催の東京古典会入札目録には、室町後期書写本として本奥書冷泉為相本・伝土御門勾当内侍筆本（武田本）の二部が、さらに以下、伝冷泉為満筆本・曼殊院良尚親王筆本・松花堂筆本などを合わせて九部もの伊勢物語写本が掲出されている。これは、著録される機会に乏しい個人蔵書がいかに多いかを示すばかりではない。私が勤務していた鶴見大学の図書館には、現在、ここに紹介する伝小堀遠州筆本を含めて、伝姉小路済継筆本、山崎宗鑑筆本、近衛信尹筆本など二五部を所蔵しているのに、学内発行物を除いては一部も著録されていないのよりしても、遺存伝本数は二千部になんなんとすると見ても過言ではないであろう。そして片桐氏が言葉を継いで「写本の大半、九十九%とまでは言わないにしても、少くとも九十五%までは、藤原定家が書写した、いわゆる定家本の系統に属する」と指摘される点を、調査伝本数が遙かに乏しい私でも実感することはできる。

このように伊勢物語や古今和歌集写本の殆どが定家本で占められ、源氏物語もまた圧倒的に青表紙本の多い事実は、定家書写本の計り知れない威力と称すべきであるが、ただ上記三作品における定家真筆本への距離感という意味では、伊勢物語はいささか不運な状況にあると言えなくもない。古今和歌集では定家筆原本である嘉禄本と伊達本とが二部ながら現存し、源氏物語においても、五四帖ある中ではわずかながら、定家真筆を含む柏木一冊と、そのつれが数冊遺存しているのに、伊勢物語では、こうした真筆の伝本が一冊も残っていないからである。

定家本に真筆がなければ模本が代役を勤める。古今和歌集でも、かつては高松宮旧蔵三代集のうち、嘉禄本が真筆本とほぼ等質に利用せられ、源氏物語では明融模本九冊が青表紙原本に準じて今に用いられていて、伊勢物語でも、天福二年書写原本に依るとした三条西家旧蔵本（学習院大学蔵）が夙に重んじられては来た。伊勢物語と言えば三条西家本というほどの盛況で、この観点よりするなら伊勢物語はむしろ恵まれているようにさえ見えるが、古今和歌集や源氏物語では一部にせよ真筆原本あるがゆえに模写の精緻・精巧ぶりが確認、立証されている。ところが伊勢物語では、天福本に限らず、定家真筆本は古筆切の一葉であっても現存せず、それが定家筆蹟の模写本であると言っても、奥書や付属文書に委ねるほかないのが現状である。そこで三条西家本にしても、臨写するに際して見た原本が、果たして定家真筆であったかどうかに疑問を呈する論が、一つならず出されることになるのであろう。(3)

これらに対して、本書で後述するように、私は三条西家本に対するかかる疑念は払拭されるべきだと考えているが、それでもなお残る不満は、三条西家本を模本であると認識するにせよ、写し手の謹直な書写態度に依るからなのか、その筆致は、周知の個性横溢する定家筆蹟に比し、いささか迫力に欠けていると見える点にある。むしろこの面では、同じ天福本原本を前に「落字之書入、滅字、行之不同、紙数、外題等迄為同前」と断る冷泉為和模写本（宮内庁書陵部蔵）に私は定家筆の風韻を感じるが、また親本を同じうするのに、両者伝本間には少なからぬ相違もある。それぞれに刊行されている影印本は、[4]原本の朱点や朱による書入れ、小さな貼紙注など多くを欠いているので、細かな書誌的吟味に利用できないのは教科書版なので我慢するほかないが、大筋立った比較ならこれらでもできる。すなわち、三条西家本も為和筆本も定家筆蹟を模して両者はおおむね仮名の字母まで一致し、どの丁を開いても同じに見える筈なのに、早速3丁オ・5丁オと字詰にずれが生じ、5丁ウでは字詰どころか三条西家本が9行なのに為和本は10行書写というように行数の同一までが損なわれ、いささか予期に反する。そして7丁ウあたりより再び同一字詰となるものの、細かな乱れは尾丁まで続くのである。つまり定家真筆天福本の面目をいずれに基づいて知るべきかの疑いは容易には解消せず、しかるがゆえに定家筆の伊勢物語が断簡一葉でも出現して欲しい、というのが私の念願であった。

この願いが今に叶えられないのは残念であるが、その別種の模本と称してよいと推定しうる一冊が、去る平成五年五月、私の前に現われたのである。京都にある古書肆の目録に[5]「小堀遠州筆」として掲載されていた一冊がそれで、見開き四面の書影を見ると、かねて承知の、端正な定家様筆蹟を能くする遠州とはあまりにも異なって、写真版にせよ奔放な迫力に満ちていた。その風姿に驚き、魅せられた結果、これは鶴見大学図書館に収蔵されることになったのだが、私は早速調査に取りかかった。本文以外に奥書類は一切なく、ただ箱書や、付属の極札・折紙は遠州筆とするばかりで、それ以前の伝来は一切詳かでなかったが、これから述べていくさまざまな吟味を重ねた末、これが、室町時代後期までは存在した定家真筆本の、まさに臨模本であるに違いないと確信するに至った。そこで、集中的に調査した資料を整えると直ちに申し込み、同年一〇月一六日に山形大学において開催された中古文学会秋季大会で、私は「藤原定家筆臨模本伊勢物語の出現」と題した研究発表を以て本書を学界に紹介した。また一方、これが真筆本なることを論証する一環として気付いた定家固有の用字法を具体的に解明し、同月三一日には、北海道大学で開催された国語学会秋季大会で、「藤原定家の撥音識別表記確立と崩壊」と題する口頭発表をしたのであった。

爾来、これら内容のうち、前者は一、二の雑誌に紹介の形で簡略に記した上[6]、骨子をその後に学内の図録解説[7]に述べ、後者の国語学上の問題は、更に検討を加えて、伊勢物語よりむしろ離れた定家書写本全体にわたる方法として、別に詳しく論述した[8]。そして私は、これらの中で、本書を近々全文影印公刊すると繰り返し述べ、事実、平成五年のうちに汲古書院坂本健彦社長(当時)に依頼して快諾を得、一部広告にも出たのに今日に至ったのである。これには平成八年末に私が大病を患ったゆえもなしとしないが、その後回復して十年余、懈怠以外の何ものでもなく、ここに際限のない検証に区切りをつけて、見解の一端を明らかにしたいと思うに至った。重ねて述べるなら、本書が天福本・武田本・根源本諸本のいずれとも一致しない定家筆伊勢物語の臨模本であるのを疑わない。伝本研究に一石を投じうるばかりでなく、定家筆蹟の様態を知る国語資料として加えるのに十分堪え得るものと信じる。

注

(1) 昭和52年10月　桜楓社。
(2) 昭和62年9月　明治書院。
(3) 南波浩「解説」日本古典文学全書『竹取物語　伊勢物語』昭和35年7月　朝日新聞社。
吉池浩「天福本伊勢物語の書写者」『橘女子大学紀要』昭和54年2月。
(4) 鈴木知太郎編『天福本伊勢物語』平成2年10月37版　武蔵野書院。
鈴木知太郎編『御所本伊勢物語』平成6年4月初版第9刷　笠間書院。
(5) 『思文閣古書資料目録』。

(6) 拙稿「藤原定家筆模本伊勢物語出現の衝撃」『むらさき』平成5年12月　武蔵野書院。
拙稿「藤原定家と伊勢物語」『学鐙』平成6年10月　丸善。
(7) 拙稿「藤原定家筆臨模本」『古典籍と古筆切　鶴見大学蔵貴重書展解説図録』平成6年10月。
(8)「藤原定家の撥音識別表記確立と崩壊」『国語と国文学』平成7年3月　至文堂。

一　藤原定家書写伊勢物語の一様式

伊勢物語と源氏物語との写本をある程度調べ続けていくと、従来あまり言及されていないようだが、同じ物語写本でも、大きな様式の違いがあるのに気付く。伊勢に一冊本が多く、稀に上下二冊本を見る程度なのに、源氏が五四冊あるというような総量の問題では勿論ない。作品の書き出しの、本文墨付が第一丁表から開始されるか、第一丁表には何も書かないで裏から書き始めるかの相違である。源氏では前者以外の様式を殆ど見ることがないのに対し、伊勢物語では、後者の様式が前者を圧倒している。前述した至近の東京古典会入札目録では、冒頭部の書影が掲げられている六部のうち、為相本、伝為満本、元和四年写本、松花堂筆本の四部は墨付冒頭部が見開き右葉より二面の書影に並んで見えるのに対し、伝土御門勾当内侍筆本と江戸中期写本とある二部は見開き右葉を白にして、左葉より書写が開始されているのである。すなわち例数が少ないとは言え、67%が右葉より始まる。

そこで二五部ある鶴見大学図書館蔵本についても改めて調べると、先に例示した伝遠州・伝済継筆本、宗鑑・信尹筆本四部を含めて、安楽庵策伝筆本、伝飛鳥井雅俊筆本、高倉永雅筆本、中院通古筆本、伝堺月樵筆本、伝紹久筆本など二〇部が右葉より写し始め、源正武筆本、野々口立圃筆本、寛永十三年写本等五部が左葉より写されていて、ここは前者が80%と後者を圧している。この傾向は鶴見大学蔵本に限ったことではない。一般に古典籍の書誌解題では本文墨付第一丁が右葉（裏）に始まるか左葉（表）に始まるかを特に断らないので、数多く刊行されている鉄心斎文庫所蔵『伊勢物語図録』(1)のうち、諸写本の冒頭部書影が載っている第一・五・八集の計四六部を試みに点検すると、右葉より見開きに示されているのが三四部、これに一葉のみの掲出だが、右下隅に汚れが目立ち、右葉開始と推定される四部（他の一部は不詳）と合わせた三八部がまた82・6％に達するのである。また例外もあって、天理図書館善本叢書『伊勢物語諸本集一』(2)では収載三部がすべて左葉よりであるのに対し、東海大学蔵桃園文庫影印叢書『伊勢物語』(3)では三部とも右葉よりと、時に偏りがあるとは言え、伊勢物語写本は、大半が右葉より書写を開始するという傾向が顕著であり、確かな事実と言ってよい。

これに対して源氏物語は全く逆である。これまでどれほどの伝本を調査したか数えていないが、浩瀚な作品だけに冊数ではかなりの量となるのに、ノートをめくっても右葉より書き出しているとの記録は見当らず、記憶でも浮かびあがってこない。また、複製や影印本として刊行されている源氏物語諸本をひとわたり見廻したのだが、俄かには右葉に始まる書写本には行き着かず、これも再び鶴見大学図書館蔵本で調べると、わずかに一冊だけが見つかった。同館が平成七年二月に発行した「特定テーマ別蔵書目録集成3」『源氏物語』には、所蔵する源氏関係写本・刊本一二九部を登載するが、このうち源氏物語本文の冊子装写本が三九部八五三冊とある中で、番号「三八」とある江戸中期写本、無奥書、列帖装、縹色金泥下絵金切箔野毛散らし表紙の揃い五四冊ある桐壺だけが、第一丁裏より写している。他の冊がすべて前付一丁の遊紙があるのより見ると、一冊のみ遊紙の裏面より書き出した恰好である。この揃い本は、表紙よりして装飾本、嫁入本に類し、二人による寄合書きとおぼしいが、それぞれ各冊を10行に端正に写しており、桐壺が第一冊だから右葉より始めたような、特に意味があったとは到底思えないので、たまたまそうなったに過ぎないのであろう。要するに源氏物語写本の各帖は左葉より書き出すのが決まりなのであり、右は異例なのである。

伊勢物語と源氏物語との書き出し様式のこうした相違は、考えると藤原定家に発すると見るのが自然である。これには定家の著作である下官集の「一　書始草子事」の項に開陳されている文を掲出すれば理解できるであろう。近衛信尹が定家自筆本を臨模したと伝える大東急記念文庫蔵本を私に訓み下し文に改めて次に示す。

一、草子ヲ書キ始ムル事

仮名ノ物ハ多ク右ノ枚ヲ置キ、左ノ枚自リ之ヲ書キ始ム。旧キ女房ノ書キ置ク所ハ皆此ノ如シ。先人又之ヲ用ヒ、清輔朝臣又之ヲ用フ。或ルヒト右ノ枚端自リ之ヲ書キ、伊房卿此ノ如シ。下官此ノ説ニ付ク。漢字ノ摺本之草子ニ模セルナリ。右ノ一枚ノ白帋ナルハ徒然ニシテ其ノ詮無キ之故也。

（頭書）狭衣物語ノ如キハ必ズ左ノ枚自リ書ク流例欤。

すなわち、仮名文の草子（冊子本）の書き始めは、古来、見開きの右葉はそのままにして左葉より書く様式と、一方右葉の端より書く様式とがあり、先人の中で清輔は前者の例、伊房は後者の例として知られるが、定家自身は伊房の方法に従うというのである。御子左家と対立する六条藤家の清輔朝臣の流は踏まず、行成の令孫である世尊寺流伊房卿の側に立つとは、階層意識も微妙にゆれ動いてわかりやすいが、さらに二つの理由を挙げている。一つに前者に付くと見開き右葉が白紙となって徒然であり、詮ないゆえであると言い、もう一つは、後者の方法が「漢字之摺本」に模しているから妥当だ、と言っているのが注目される。

定家が目にした漢籍の摺本であれば宋版である。現存する宋版は殆どが袋綴に改装されているが、当時は違う。一枚の料紙は版心を中央に左右両翼に本文を摺り出して、版心を内側にして二つ折にする谷折とし、外側白紙の折目を糊代に整本する粘葉装であったのは漢籍書誌学の教えるところで、後世、その糊ゆえの虫損に悩まされた揚句が、版心を外に逆に折り直し、山折にして、糊の要らない袋綴への改装へと走らせたのである。従って定家が見た原装の宋版は、本文が一枚の料紙の右翼、つまり右端より開始されたのは当然だから、漢籍の摺本に親しむ定家は、この様式である後者に魅せられたのであろう。

　ところが、定家が以上の結論を得たにも拘らず、頭書に注記のようにして、狭衣物語の如き物語は必ず左葉より書き始めているという事実を述べ、その様式をここでは「流例（ならわし）欤」と承認しているような口吻であるのが注意される。定家は源氏狭衣百番歌合（物語前百番歌合）の構成者であり、源氏は言うに及ばず、狭衣を源氏と並ぶ物語の代表として挙げたのである。明月記嘉禄元年二月十六日条に源氏を「鴻才之所レ作、仰レ之弥高、鑽レ之弥堅、以二短慮一寧弁レ之哉」と絶賛しているように、仮名文の草子でも、源氏・狭衣と並び立つ物語は左葉から書き出すのが流例だから、と容認しているのであろう。そして物語でない仮名文の草子とは疑いもなく歌書を指すに違いないのは、特に古今和歌集以下、冊子装の勅撰集古写本の書きようを見ると明らかで、殆どすべての本文は右葉より書き出されている。伊勢物語が物語と称されながらも、まさに更級日記では「在中将」、右の狭衣物語巻一などには「在五中将の日記」（深川本）と呼ばれているように、定家にとって、これは在原業平の歌日記、すなわち一つの業平集、家集として歌書の列に認識されていたのではないか。日記でも土左日記を定家は貫之筆本を襲ったか左葉より写しているのに、伊勢物語は右葉より写し始める。そこで、下官集における先の見解を踏まえた上に、現にあまたある伊勢物語と源氏物語との伝本が、多くは定家書写、校訂の過程を色濃くとどめているのを考慮すると、二つの物語を書写するに際しての書き始め様式に、これほどの顕著な差異が生じているのは、定家の意向に発すると考えるほかはない。そしてこれが、現代の影印本テキストにも、一部、いささかの混乱を惹起している点に触れないわけにはいかない。

一つは、三条西家本伊勢物語の影印本が出版されたのは、戦後、昭和二三年六月のことで、鈴木知太郎氏校註の『校註伊勢物語』武蔵野書院版である。これはその後版を重ねたが、書影は原本に反して左葉より開始され、以下左右はこれに従うので、尾丁の一六七頁まで見開き本文が逆になって刊行された。本文ばかりではない。原本では八四丁裏で一二五段が終り、次丁表が白で巻末勘物が八五裏より始まるのに、ここでは、テキストが一頁分繰りあがって左葉（表頁）に終り、裏面より勘物が始まって、以下、天福二年定家奥書まで逆が続いている。但し、この版は昭和三八年五月に原本通りに改版されて同社より現在も刊行されているが、その後所蔵者は三条西家より学習院大学に移っていた。こうした事情で本書第四節注1に掲げる大野晋氏論文と「資料」が指定する伊勢物語の頁数は、右の前版に依って左右が逆になり、現在の版を用いて確認しようとすると、いささか戸惑うことにはなるであろう。

二つ目は、山田清市氏が武田本系随一の善本としてみずからの『校本』底本とした静嘉堂文庫蔵本で、この本の全文翻印に影印を添え、同氏の詳細な解題を加えて昭和四二年四月、白帝社より刊行（昭和五〇年改訂版）された『伊勢物語影印付』がそれである。ここでも先の三条西家本と全く同じ現象が起きている。この五四頁には「底本及び校合本について」という項があり、「本文は白紙一枚おいて、二枚目裏より書初め」と解説では正しい書誌が述べられているのに、書影は見開き右葉を白として、左葉より開始され、従って以下の全頁が見開き左右逆のまま進んで、原本では本文末尾は八二丁表（左葉）で終るのが、当然の帰結として右頁に「つゐにゆく」一首が見える。ただ、原本では八二丁は裏白で、次丁表より裏まで根源本奥書（別紙）を写し、更に次の丁表に武田本奥書があるのに、影印本では断わりなしに根源奥書がない。そこで「つゐにゆく」のすぐ左頁に武田本奥書を据え、原本ではここが裏白で、墨付最終丁表（左葉）に「以定家卿自筆不替一字書写　御判」と写すのに、影印ではこれが右頁にある。原本は模本でないのに、調べてみると、七節末に後述するように、自筆を一字も替えずに写したという本奥書通り、定家固有の用字法をかなり正確にとどめているのがわかるだけに、かく影印本の左右が原本と全部逆になったのは、いかにも惜しい。
以上、結果として人の瑕疵をあげつらったようだが、そうした意図ではなく、物語における写本が、源氏物語をはじめ、すべてと言っていいほど本文墨付第一丁表（左葉）より書写を開始しているのに慣れた目には、第一丁裏（右葉）に始まることの多い伊勢物語の方法が、時に専門家をも惑わせることになるかと考えさせられたからにほかならない。敢て指摘した所以である。

注

（1）鉄心斎文庫伊勢物語文華館。第一集「開館記念版」平成3年11月。第五集「伊勢物語室町写本の世界」平成5年11月。第八集「江戸のあそび」平成7年4月。
（2）片桐洋一解説　昭和48年1月　天理大学出版部　八木書店。
（3）福井貞助解説　平成3年4月　東海大学出版会。

二　定家筆古典籍書写本の怪―更級日記と伊勢物語

本書の「はじめに」に於て、天福本伊勢物語のうち、定家筆蹟本を基本的に臨模したと伝える三条西家本と冷泉為和本に共通する親本が、その実、果たして真筆であったか否かに一、二の疑念が提出されていることに言及した際、私は「かかる疑念は払拭されるべき」とも述べた。詳細は定家の仮名遣や用字法に及ぶ問題なので第四節に改めて採

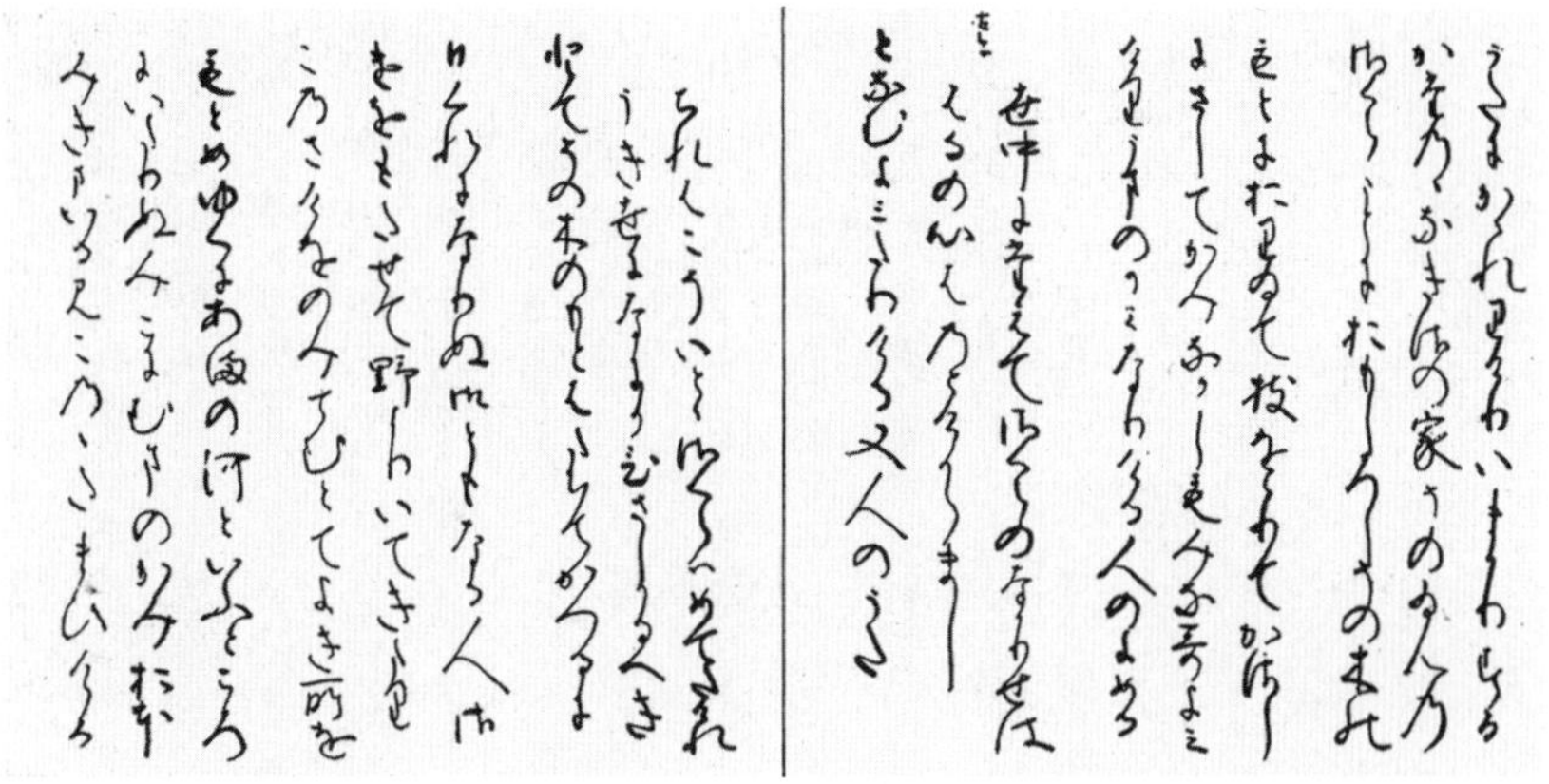

三条西家旧蔵　伊勢物語60丁ウ・61丁オ（学習院大学図書館蔵）

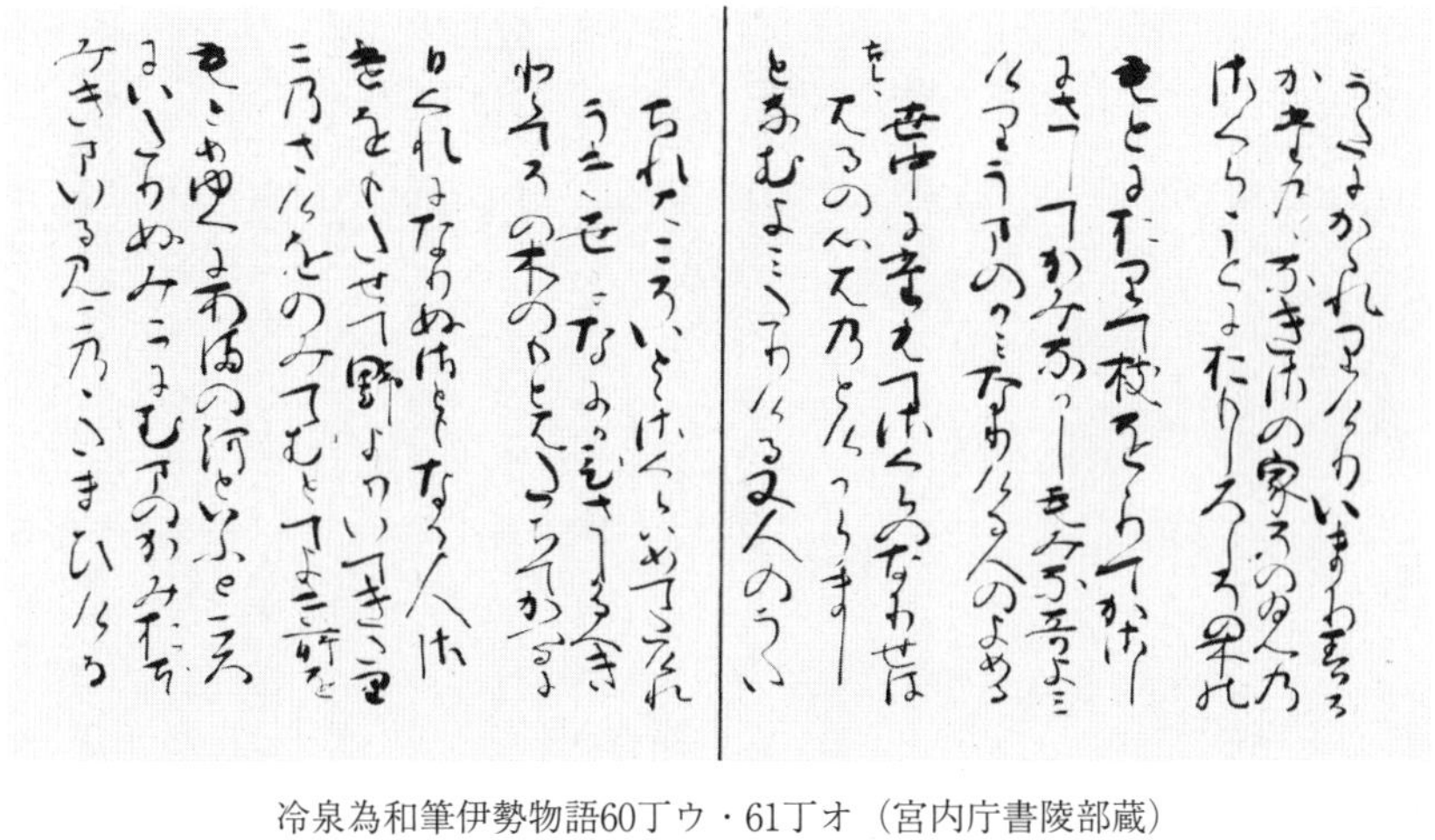

冷泉為和筆伊勢物語60丁ウ・61丁オ（宮内庁書陵部蔵）

り上げるが、用字法云々より前に、ここに示す三条西家本と為和本とに共通する奇怪な現象を知るなら、少なくとも両者の親本がまさしく同一の本で、これをそれぞれに正確に写し伝えており、しかもそれが、定家晩年の書写法に遡る現象だとの思いを、誰もが深くするに違いない。もはや様式とは言えない不思議な書きぶりだからである。

試みに、両本の教科書版影印本をぱらぱらとめくってみると、31丁ウあたりから、本来はほぼ均等である筈の行間の間隔が、10行あるうち、3行・3行・4行の各連が比較的接近して、3行目の次、6行目の次の行間が意味なく余分に空いているのに気付くであろう。そして次の32丁オでもほぼ行間に同類の現象を認めるのだが、32丁ウになると、三条西家本では10行が2行・3行・3行・2行の4群に分かれているような、また為和本では、2行・3行・5行とおのおのが連なっているような、両伝本間にずれも見える。しかしおおよそは両本が一致し、いま図版に両本の60丁ウ・61丁オ見開き各2頁を教科書版により示すと、ここでは9行書写が3行・3行・3行と3群になっているのがわかる。両本とも親本の姿を伝えているに違いあるまい。なぜこうなるのかの詮索は別にして、これが定家に由来すると考えるのは、御物本更級日記にも同じ現象が見られるからである。この更級日記に定家の署名や年記はないが、本文・勘物・奥書いずれも定家筆蹟として扱われ、近頃これを疑う意見もあるが、後西天皇秘蔵の「さらしな記定家卿筆」が御物となった伝来である。その定家奥書前半部を訓み下しに改めて示すと、

> 先年此ノ草子ヲ伝得（入手）スルモ、件（くだん）ノ本、人ノ為ニ失ハル。仍テ件ノ（先年入手した私の）本ヲ書写セル人ノ本ヲ以テ、更ニ之ヲ書キ留ム。

とある。明月記によると、定家六九歳の寛喜二年六月十七日に源家長が定家より蜻蛉日記、更級日記、隆房卿日記等数種の草子を借りたと知られるので、これが「件ノ本」だとすると、定家はこれより後、自分の所持本より書写した家長の本を借りて、今度は自身で写し取ったことになるが、勿論詳かでない。従って御物本の書写年次は特定できず、

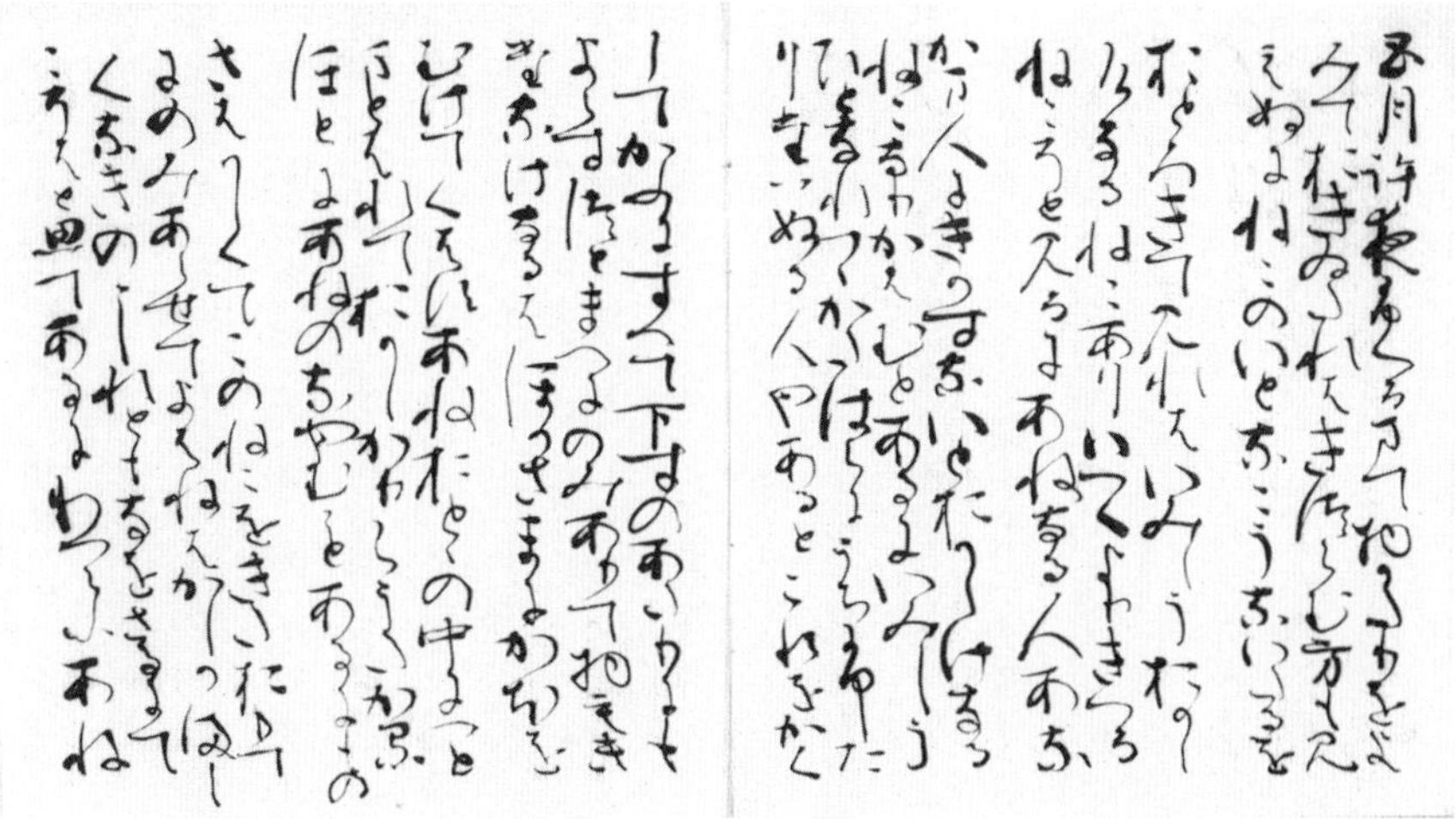

御物本　藤原定家筆　更級日記　26丁ウ・27丁オ（宮内庁三の丸尚蔵館蔵）

これを発見・紹介した玉井幸助氏が「六十九歳以後の事」と推定され[1]て以来諸説は定まらないが、伊勢物語にある天福二年は定家七三歳で、明月記の記事にこだわると、更級日記の書写とはそう歳月が隔たっていないことになるであろう。そして更級日記を教科書版影印本で点検するなら[2]、56頁（26丁ウ）より3・3・4、57〜59頁が3・3・4、60頁では3・7、61頁は5・3・2というように、86頁（41丁ウ）までは各頁間に微妙な差異はあるものの、同類の様態（図版参照）があり続ける。以下尾丁まで、時にそう思えないでもない頁は散見されても、大体は同じ気配が続くのである。

定家真筆本を臨模したとする二部の伊勢物語と、定家筆であることが疑われない更級日記とに、明らかに共通して認められる以上の現象は、定家筆写のいかなる方法から出現したものなのであろうか。それが定家に起因するとしても、伊勢・更級の両者とも本文の途中より発生し、伊勢では、後半が、各段初前の行間をやや空ける方法と紛らわしくなりながらも、大筋では終りまで見えるのに、更級がそうではないのは何故なのかなど、原因が私には全く思い当らない。他の定家筆写本に見えないところよりすると、ある時期に限定されるが、平成18年6月、慶應義塾大学国文学研究会の講演でこれに触れた際、来会者より、定家が文字が曲がらぬよう、行数があまり乱れないように薄い枠を作る糸引き（糸罫）を用いたのでは、との意見が出た。確かに書写面を三分割する筆記用具を用いたのなら、こうした現象は生起しないでもない。しかし定家はすこぶる健筆で、七四歳の明月記嘉禎元年四月七日に「今日中風ノ手ヲ以テ草子二帖ヲ終フ」とはあるが、七二歳の天福元年八月四日の条では「昨今終日草子ヲ書ク。疲ルルヲ知ラズ。只老狂欤。徒然ノ身携ル事無キ故也」と豪語しているので、そうかどうか、今は後考を俟つほかあるまい。

それでも、事実は事実なので、これで確認できたことは決して些事ではない。繰り返すが、三条西家・為和の模本は二つながら、右のような不可解な様態をそれぞれ親本より踏襲しているのである。如上の点一つを以てしても、両者が共通する単一な親本に帰結することの有力な徴証たりうるのであり、さらにこの様態は御物本更級日記の方法とも一部合致するのである。原因は不明にせよ、この特殊な様態は、かつて存在した定家書写天福二年奥書伊勢物語を、これらが直接受け継ぐ伝本たることを、書誌的に結び付けることになったのであり、着実な用には立ったのである。本書の主題とする鶴見大学蔵定家筆模本伊勢物語（以下、鶴見本と略称）に、これら書写様態が全く認められないのは、恐らく書写年代が大きく異なると推定されるからである。しかし、その書写はここでも見開き右葉より開始され、年代を隔てた同じ作品の模本として天福本と対峙し、書誌学上、文献学上の厳格な証明を俟っている。ここに始めて鶴見本の書誌より説き起こしていきたい。

注

（1）『更級日記錯簡考』大正14年5月　育英書院。

（2）『御物本更級日記』橋本不美男編　平成11年4月再版2刷　笠間書院。

三　定家筆蹟模本伊勢物語と定家様筆蹟本

鶴見大学図書館蔵伝小堀遠州筆藤原定家筆蹟模本伊勢物語。

写本一冊、列帖装。縦一七・五、横一七・九センチ。表紙は藍色唐草文緞子裂。題簽は落剝したか痕跡もない。見返し、金泥による桜小紋散らし。本文料紙は楮斐交漉鳥の子。前付白紙一丁、次丁表を白紙として裏より本文を書き始め、墨付八四丁、尾丁裏白、更に後付白紙一丁。本文は少なくて八行、多くて一二行に書写し、和歌は改行約二字下げ二行に分ち写す。和歌の若干に集付を見、行間に勘物を記して、稀に勘物が本行に小字に列記されることはあるが、巻末の勘物も、書写、伝来を示す奥書も、写本本体には一切ない。すなわち、上述した通り、定家筆本と直接結び付ける伝本であるかどうかは、本文の吟味、集付や行間勘物に見る定家の痕跡、加えて、筆蹟、書写様態、仮名遣、用字法など、他といささかでも区別できる固有化の試みをさまざまにするほかないであろう。

奥書はないが、付属文書一包みと箱書とがある。箱は外箱と内箱とがあり、桐製の外箱は近年造られたらしく、蓋の表右寄せに定家様筆蹟で「伊勢物語　宗甫」と墨書、また蓋内側左寄せには同一筆蹟で「愬書　宗明記之（花押）」と署名がある。宗甫とは遠州小堀政一（一五八九〜一六四七）が茶人として主に用いた号であり、宗明とは、宗甫を祖とする茶道遠州流第十一代宗家の其心庵小堀正徳氏で、昭和三七年に七五歳で亡くなっているので、それ以前の鑑定箱書と知られる。また内箱は、江戸時代前期製作とおぼしい印籠蓋造り正方形黒柿製で、蓋の表中央に、金粉と銀粉を綯い交ぜにした漆の高蒔絵に、これも定家筆蹟を端正に模した文字で「伊勢物語」と書かれている。

付属文書は、上書に「極札外代附」とある楮紙に一緒に包まれていて、折紙一通には、

伊勢物語六半本全一冊

右

小堀遠州政一筆 證札別有之 代金子五両

神田道伴

癸丑臘月上旬

とある。神田道伴は門人系古筆家である神田家四代目で、寛延二年（一七四九）七二歳で没しているから、右の「癸丑」とあるのは享保十八年（一七三三）十二月、道伴が最も活躍していた時代の鑑定である。「證札」が別にあるとするのは極札のことで

（表）小堀遠州政一伊勢物語（黒印）

（裏）むかしおとこ六半本癸丑極（朱印）

とある。遠州筆とする鑑定は、遠州没後八六年のここに始まったのであろうか。しかし奢侈な造りの内箱に、恐らくは道伴の鑑定以前に収められ、その高蒔絵銘に既に定家様に「伊勢物語」と金銀の漆に彩られていたと想定されるのよりすると、筆蹟ゆえに夙に珍重に扱われてきたと知られるであろう。

小堀遠州の詳しい伝は著名な存在なので諸書に譲るが、近江国小室藩一万二千余石の藩主で、徳川家康以来、三代将軍家光に至るまで作事奉行（造園）、あるいは茶道師範として仕え、定家様（よう）の書を能くすることでも知られている。天保六年（一八三五）に大進匡聘なる者が著わした書陵部蔵の「冷泉正統記」なる書によると、先の上冷泉為和の曾孫為頼の項に「此卿歌道は勿論、筆法定家卿の風を起し学び、誠に其筆勢骨に達し給へり、是より代々定家卿の筆意た

り。小堀遠江守政一抔も為頼卿に学びたり」とあり、これが事実であれば、政一より一三歳年少で、しかも三六歳で没した為頼（一五九二〜一六二七）の稽古を受けた時期はかなり限定的となるであろう。ただ、いずれにしても、政一は日常の書状や、自分の道中日記（小堀遠州辛酉紀行、某家蔵）にまで渾身の定家様筆致を尽し、それがためか、定家流に書写された典籍を古筆家が遠州筆と鑑定する場合も少なくない。そうした伝遠州筆伊勢物語は、前述した鉄心斎文庫蔵本などのほか、存在するのは仄聞するが、事実遠州筆と認定しうる伊勢物語は、管見では内閣文庫蔵本が知られるばかりである。道伴に遠州筆と鑑定された鶴見本の当否を見る上で、この遠州筆本書誌に簡略に触れよう。

小堀宗甫政一筆伊勢物語。写本一冊、列帖装。縦一六・四、横一六・六センチ。表紙は縹色地浅黄色花鳥文緞子裂。表紙に旧蔵者の分を含めていくつか函架票を貼るが、外題に相当するのは右上に貼られた小紙片の「伊勢物語小堀宗甫筆」。見返しは布目紙に金銀泥の雲形・霞引。料紙は斐紙、前付白紙一丁表右上にも表紙同様の小紙片に「伊勢物語小堀宗甫筆」。裏左下に「日本政府図書」方形朱印印票を貼る。本文はその次丁表（右葉）に始まるが、右上に「學習院印」方形朱印を捺す。この学習院とは弘化四年（一八四七）に孝明天皇が京に開設した公卿子弟教育機関で、明治維新後に大学寮代と改称されたものの、明治三年には短い歴史を閉じた。右は、現在、内閣文庫にある旧蔵国書四二部のうちの一部である。

冒頭部見開きの書影を鶴見本と対比させて示したが、宗甫筆本は毎半葉一〇行に書写して、本文は墨付第七七丁表（裏白）まで、そして次丁表より、三条西家本、為和本と同一な業平伝以下の勘物二丁を写し、以下、同じく「なそへなく」より「みやひ　みやひかといふ詞」までの勘物が一丁あって、次に表を白にして裏に、

天福二年正月廿日己未申刻／凌桑門之盲目連日風雪之／中遂此書写為授鍾愛之／孫女也／同廿二日校了

宗甫写（印）

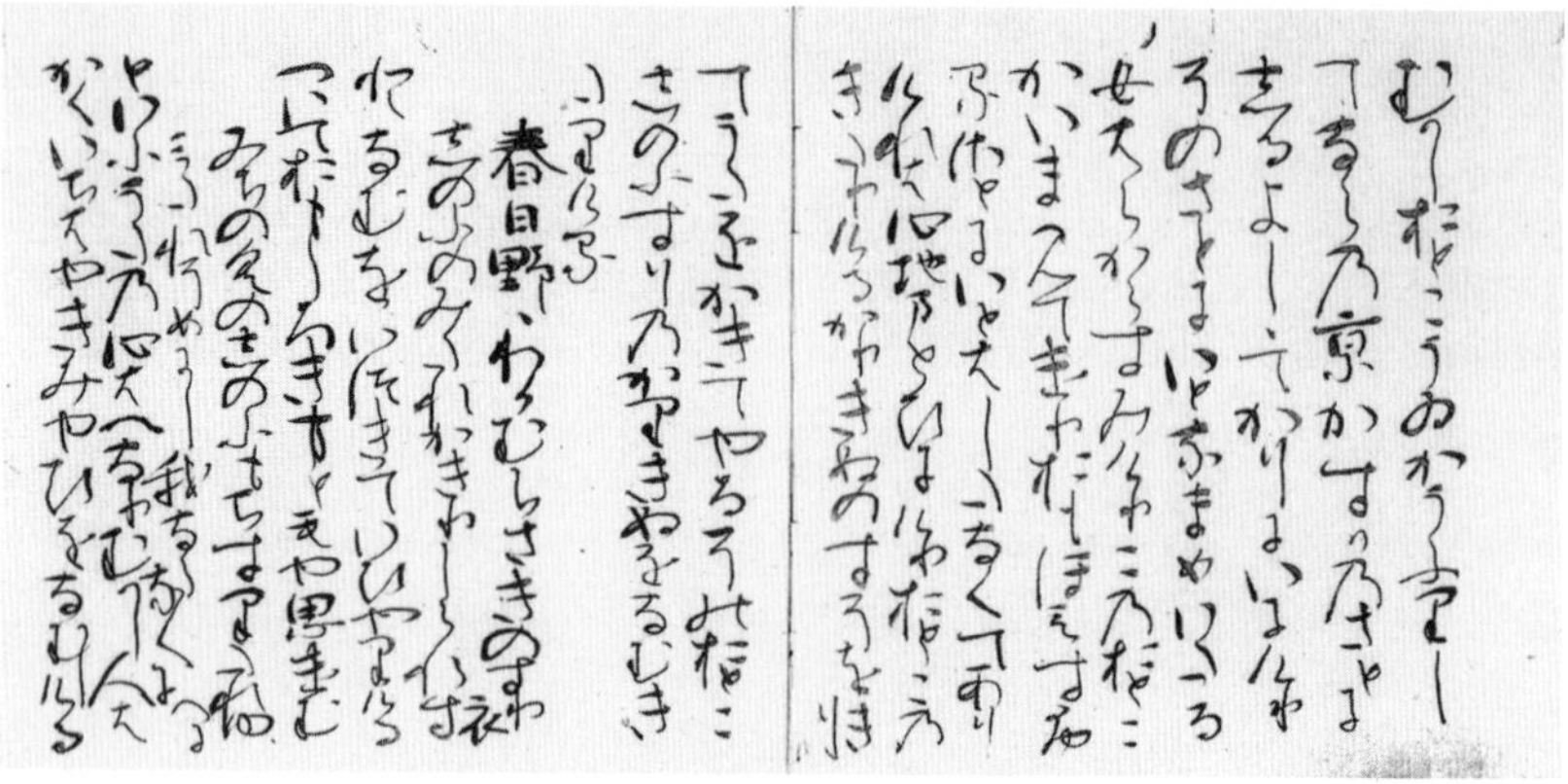

鶴見大学蔵　定家筆模本　伊勢物語　冒頭

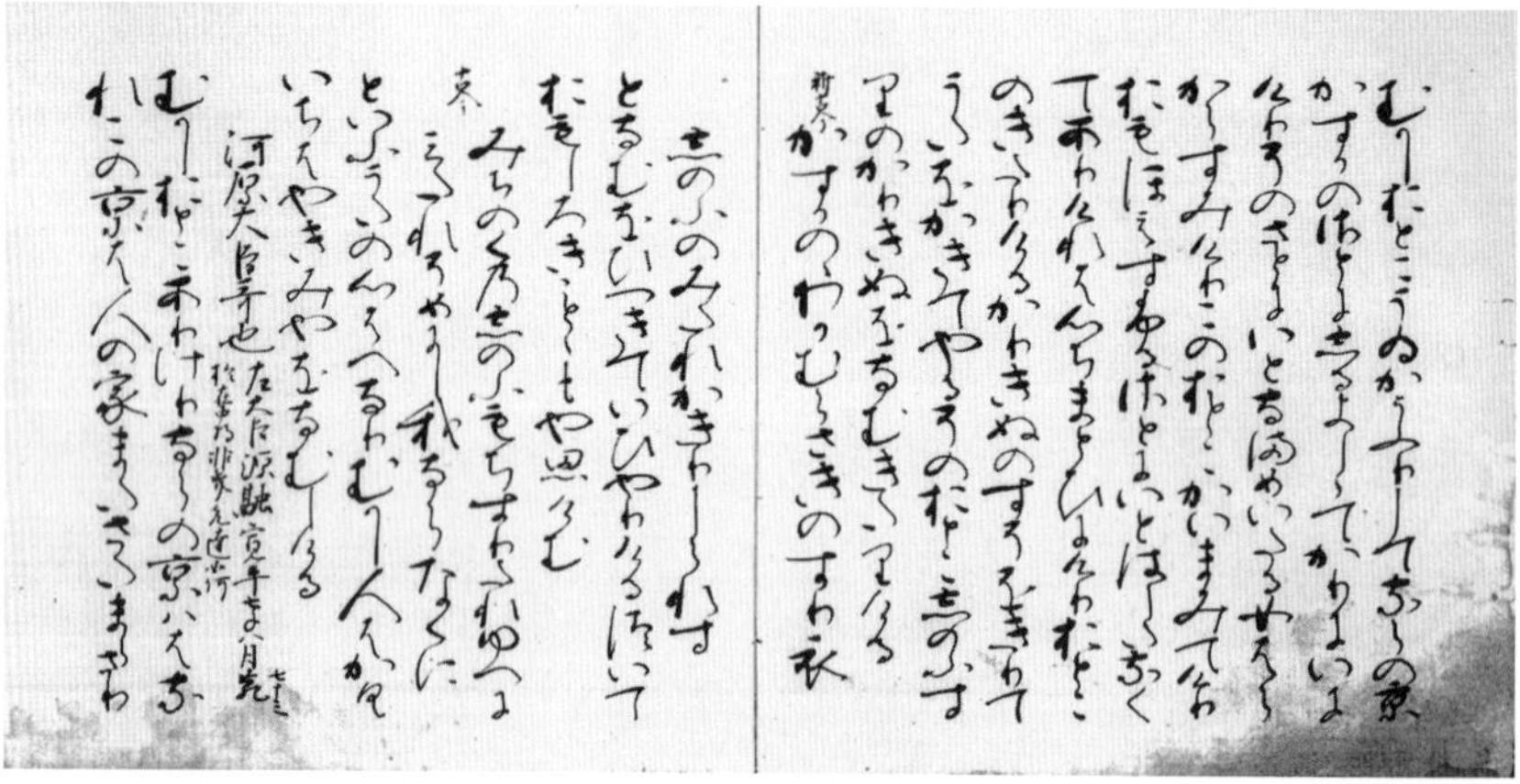

国立公文書館 内閣文庫蔵　小堀宗甫（遠州）筆　伊勢物語　冒頭

と、これも全く同文の定家奥書を写してから、宗甫が自署・捺印している。印は「甫」一字の小判形朱印で、あとは後付白紙二丁があって終る。前述したように、三条西家本・為和本両者では、定家奥書の字詰が相互に合致して親本の状態を伝えているが、宗甫筆本の定家奥書字詰が異なるのは、その下部にさらに余白があるだけに、いわゆる天福本でも右とは別種の本を親本にしたからかと思わせる。

本文冒頭は掲出した鶴見本と比較して、一見、いずれも定家様筆蹟であるのは同じであるが、二つの点に顕著な相異がある。第一に鶴見本は右葉が九行書写なのに左葉は十一行と行数が不揃いで、以下、「十一・十」「九・十」「十・十」「十・十」「九・十」「十一・十」「十・九」と十行が多いものの、見開き左右行数の異なる場合が少なからずある。全体は八～十二行書写となるのに、宗甫本は行間勘物が多いと自然に本文の行数が減ずる例外を除くと、整然と十行に統一されている。鶴見本の行数が不揃いな様態は、ほぼ三条西家本・為和本と共通し、宗甫本とはおのずから区別されるであろう。なお行数が不揃いなのは別に定家固有と見るべきではない。例えば鎌倉時代書写本である御物本各筆源氏物語の帖ごとの本文行数を見ると、桐壺以下、巻ごとに8～13、11～17、10～11、11～13と不揃いが通例で、統一されている帖は五四帖中二〇帖にとどまるので、むしろ時代の反映とすべきであろう。

次に鶴見本冒頭部見開き右葉九行目行末を見ると、「すそをき(り)」、左葉四行では「すり(衣)」、八行では「たれゆ(へに)」と、本行の行末に書き切れない一、二文字を次行頭に移すのではなく、下に細書している。私はこの方法を余り書きと呼んでいるが、鶴見本では同類の様態がかなり見えるのに、宗甫本では全く見えない。そして鶴見本ほどではないが、三条西家本・為和本にも余り書きが散見される。些細ながら、ここでも鶴見本は定家の方法に傾くのである。

ところで、右の宗甫筆本と写し手が同じではないか、と疑われるほど酷似した定家様筆致の伊勢物語が、もう一部ある。小松茂美氏蔵本がそれで、氏の厚情によりしばらく貸与されたので詳細に調査することができた。その調査報

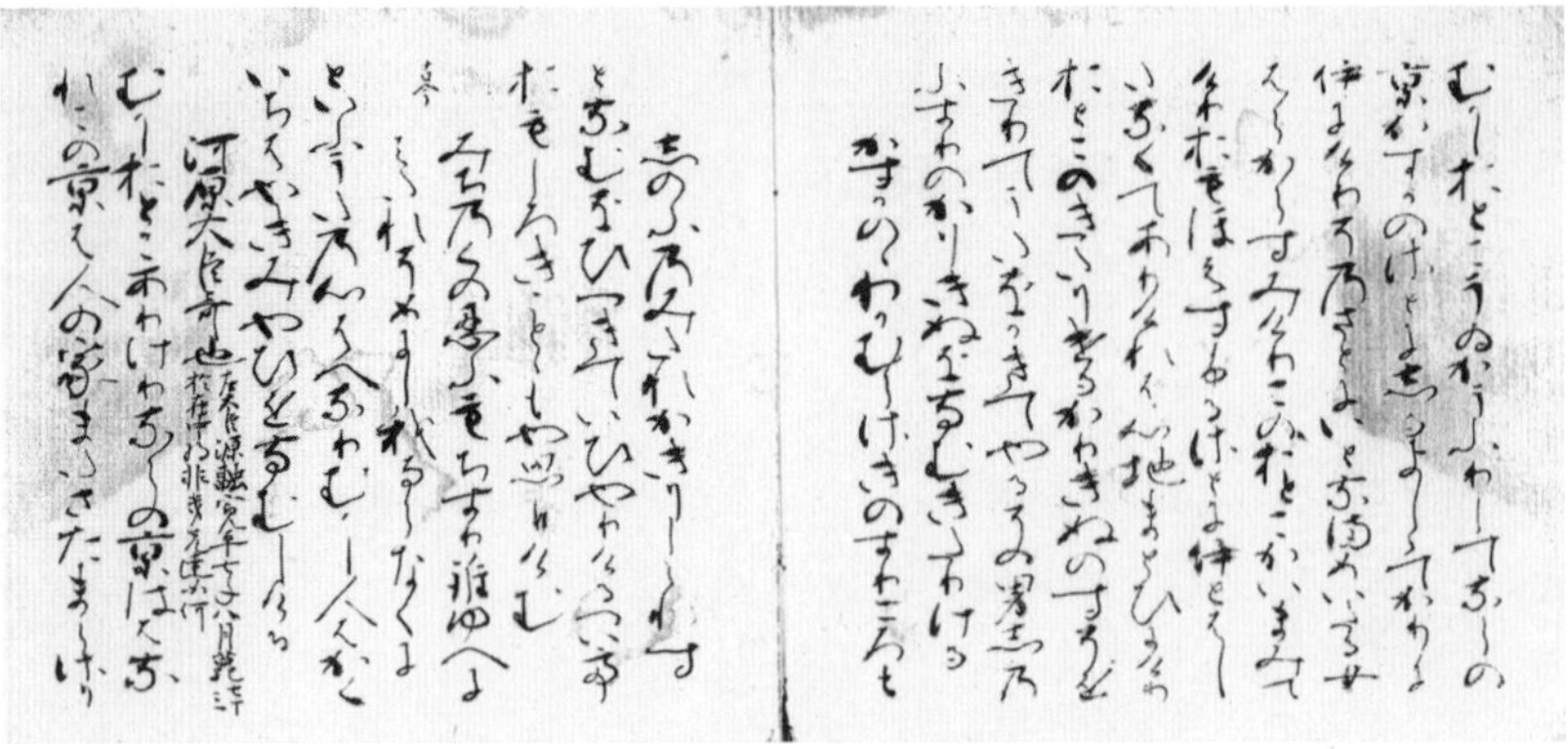

小松茂美氏蔵　定家様筆　伊勢物語　冒頭

告書は別の拙著[1]に収載したので譲るが、概略を示すと次の通りである。写本一冊、列帖装。表紙、本文と共紙で料紙は鳥の子布目打。外題は表紙打付書に「伊勢物語」。前付遊紙なく、本文が第一丁裏（右葉）に始まり、七七丁裏に終るのは、七七丁表で終る宗甫筆本と近似する。しかも同じ十行書写の両者は七丁表まで字詰、漢字の宛て様まで殆ど一致し、以降、一、二行のずれを生じたり戻ったりしつつ、四三丁より行の位置が漸次ずれ始めて、七〇丁では半葉分がずれ、そのまま終る。すなわち偶然とは思いがたいほどの接近した書写である。そして小松本でも本文の後に二種の勘物があって、八一丁表にまた天福二年の定家書写奥書をほぼ同文（「鍾愛」の「愛」脱字）に写し、字詰は宗甫本とは異なって三条西家本・為和本と一致するが、小松本が更に定家の武田本奥書を併せ写すのは、為和本にない三条西家本の反映（但、三条西家本は貼紙後補）であろうか。本文については後節に述べるが、鶴見本を除く他が奥書よりして天福本本文を有することは、また言うを俟たない。

注

（1）拙著『源氏物語回廊』平成21年11月　笠間書院。

四　伊勢物語をめぐる定家の仮名遣

本稿「はじめに」で、三条西家本伊勢物語の親本が、伝えられているように果たして定家筆本であったかどうかの疑問が、南波浩氏や吉池浩氏より示されていると述べたが、疑問の主たる理由は、仮名遣が、いわゆる定家仮名遣に統一されず不揃いが目に立つ点にあったが、定家真筆写本に仮名遣上不統一があることは、本稿第二節注1に掲げた玉井幸助氏が、みずから紹介した御物本更級日記について指摘している。ただ玉井氏の所説より既に八十数年が過ぎ、特に大野晋氏の論文「仮名遣の起源について」[1]と「資料」による知見を得た現在の視点よりするなら、吟味するのに一部修正して紹介する必要があるであろう。例えば「越」の草体である「戉」は一般に仮名「を」と同一視されているが、定家の場合、大部分が「於」の草体「𛀚」「お」と同じところに使われるので、同じに考えていたかとの指摘がこれである。大野氏は「越」が「を」の字母である「遠」とともに合拗音なるゆえに一般的には同一視されるが、「越」は入声の文字でアクセントの高さが平声と同じだから、定家は「𛀚」と同じに扱ったかと見ている。従って、用字法の事実を踏まえるなら、玉井氏が更級日記中より例示した中の「を」の中より更に「戉」を区別して論じる必要がある。「不統一」として列挙された語と、各用例数を各語の下に記す形に示すと次のようになる。

こいゐ1・こいへ1（小家）、いきほひ1・いき𛀚ひ1・いきほい1（勢）、うはけ1・うわけ1（上毛）、ふし𛀚き1・ふし戉き1（臥起）、心戉こり1・心𛀚こり1（心驕）、かたはら1・かたわら2（傍）、山きは1・山きわ1（山際）、物くる戉し1・ものくる𛀚しく1（物狂）、けはひ1・けはい2（気配）、こたへ1・こたえ1（答）、たひら2・

たいら1（平）、まわし1・まはり1（廻）、

一部傍線を施した語は「𢦏・𛀲」の例となり、他は不統一例となるが、作品全体の総量的に見ると、いわゆる定家仮名遣は維持されていると言ってよく、右は少数の異例を含むのであろう。私はかつて更級日記校注本(2)の本文を歴史的仮名遣に統一し、底本である御物本本文は振仮名に示す方法を採用したので、解説末尾に「定家の仮名遣いをこのテキストでも見ることができる」と次のように例示したことがある。

○「ゐ」とあるべきが「い」―まいる（参）　○「ひ」が「い」―生（お）いて・*けはい（気配）・*たいら（平）・をい（甥）　○「ゑ」が「へ」―据（す）へて・ゆへ（故）　○「へ」が「ゑ」―*いゑ（家）　○「お」が「を」―をく（置）・をくる（送）・をくる（遅）・をこす（寄）・をす（押）・をと（音）・をのづから（自）・をびゆ（怯）・をふ（追）・をもて（面）・をよぶ（及）　○「を」が「お」―おかし・おぎ（荻）・おこがまし・おさなし（幼）・おさむ（収）・おとこ（男）・おり（折）・くちをし（口惜）　○「ほ」が「お」―*いきおい　○「ほ」が「を」―とをし（遠）　○「は」が「わ」―*かたわら（傍）・びわ（琵琶）・*まわす（廻）　○「わ」が「は」―さはがし（騒）・さはぐ（騒）

そして付け加えて

これを下官集の「嫌（うたが）フ二文字ヲ一事」に見れば「おしむ」「おきのは」「花をおる」などとあるし、仮名文字遣に検すれば「をひ風」「をく露」「おしむ」「おりふし」「まおとこ　密夫」など対応することが多い。

と述べたが、新たに*印を付けた語には先の異例が含まれており、「を」を含む語に先に例示した以外の「𢦏」を用いた語はない。

そこで、三条西家本伊勢物語の親本に向けられた南波氏の批判に戻ると、不統一とされた語は、これも修正例示すると次の通りである。

おとこ175・をとこ（男）4、おり9・をり5（折）、とお2・とを2（十）、おきな7・をきな1（翁）、心はへ2・心はえ1（心延）、そをふる1・そほふる1（降）、たをさ1・たおさ1（田長）、おきのゐて1・をきのゐて1

氏はこのほか「送仮名の不統一」の例として「申す・申給ふ、思ふ・思給ひ・給」等を挙げた上、定家自身が『『かへでのもみぢのおもしろきをゝりて』などと書いただろうか」と強く疑問を呈している。しかし仮名遣の異例も傍線部を除くと少数であり、送り仮名の不揃いも、定家筆蹟が大量に複製等で披見できる現状で検証すると、それらはむしろ定家の常態と認められるであろう。また、下官集に「花をおる」とあるからと言って、「―を折る」の形では「―をゝり」と写す定家筆蹟は、大野氏の前掲「資料」を一瞥しただけでも、古今和歌集、拾遺和歌集等にいくつも求めることができ、臨模本を含めると、明融本源氏物語帚木に「きくをゝりて」「てをゝりてあひみしことを」「なてしこのはなをゝりて」と見え、踊り字の場合では既に異例とは言えないのである。そして氏が強調する「かへでのもみぢ」は、何かの誤りなのか、三条西家本の楓は三例すべてが「かえて」と書かれ、歴史的仮名遣の「かへて」とは対立するが、決して不統一ではない。

次の吉池浩氏の論は、片桐洋一氏が岩波書店刊『日本古典文学大辞典』[3]「伊勢物語」の項〔諸本〕の条で「近年、その前半は定家自筆の忠実な臨写ではないという説も出てきている」と紹介され、何の判断も加えられないままになっているので一言しておきたい。論旨は南波説の蒸し返しなのでもはや述べるまでもないが、さらに吉池氏によると、三条西家本は影印本で見ても六九丁表より「劃然と、その筆跡が変わっている」ので、それより前の部分は臨写でないと主張する。しかしこれも、何かの間違いなのであろうか、三条西家本は原本で見ても筆跡の変化はいずれにも全く認められないので、反論する必要はなく、誤りと言うほかあるまい。

かくして、三条西家本伊勢物語が、定家真筆本に準じる国語資料として、その仮名遣や用字法の綿密・厳格な調査に堪えうると判断されたので、後述するように、本文系統は異なっても、鶴見本伊勢物語を三条西家本と対比することで、鶴見本と定家との距離を測定するのに資することが期待される。そこで、定家様筆蹟ながら模本とは言えない小松本を加えて、三本の仮名遣を各語彙別に比較して表示するが、まず三本のうち一本にでも歴史的仮名遣と異なる語があれば、それを五十音順に列記し、鶴見本・三条西家本・小松本の順に各本文を示して、例示した各語が歴史的仮名遣と同一の場合にのみ、本文の右肩に・印を加えた。そして語頭に次の各記号を冠して比較の便宜とした。

◎—三本の仮名遣が一致している場合。
○—鶴見本と三条西家本とのみ一致している場合。
□—鶴見本と小松本とのみ一致している場合。
△—三条西家本と小松本とのみ一致している場合。
×—三本それぞれに仮名遣が異なる場合。

記号	語彙（歴史的仮名遣）	数	鶴見本	三条西家本	小松本
◎	あわつ（慌）	1	あはつ	あはつ	あはつ
×	あわを（沫緒）	1	あは戕	あはお	あはを
△	あをし（青）	1	青し	あおし	あおし
□	いきほひ（勢）	2	・いきほひ	いきおひ	・いきほひ
○	いひかひ（飯匙）	1	いゐかひ	いゐかひ	・いひかひ
□	いへ（家）	14	家	いゑ・家	家
×	いへとうし（家刀自）	2	家とうし・・いへとうし	いゑとうし・・いへとうし	いゑとうし・家とうし

◎	うう（植）	1	うふ	うふ	うふ
◎	うゑ（植）	5	うへ・栽	うへ	うへ
◎	うつはもの（器）	1	うつわ物	うつわ物	うつわもの
◎	うひかうふり（初冠）	1	うゐかうふり	うゐかうふり	うゐかうふり
◎	えいくわ（栄華）	1	ゑい花	ゑい花	ゑい花
◎	おき（熾）おきのゐて	2	おき・をき	おき・をき	おき・をき
◎	おく（置）	5	をく	をく	をく
○	おく（起）	3	•おく	•おく	をく
◎	おくる（送）	2	をくる	をくる	をくる
◎	おこす（遣）	9	をこす	をこす	をこす
◎	おしなへて（押並）	1	をしなへて	をしなへて	をしなへて
◎	おす（押）	1	をす	をす	をす
◎	おそし（遅）	1	をそし	をそし	をそし
◎	おと（音）	2	をと	をと	をと
◎	おとつる（訪）	3	をとつる	をとつる	をとつる
○	おとと（弟）	1	•おとゝ	•おとゝ	をとゝ
◎	おの（己）	5	をの	をの	をの
◎	おの〱（各）	1	をの〱	をの〱	をの〱
○	おふ（追）	4	をふ・をう	をふ・をう	をふ

◎	―をおふ（を追）	1	―をゝふ	―をゝふ	―をゝふ
○	おひつく・おいつく（追着・老付）	1	をいつく	をいつく	をひつく
△	おほろなる（朧）	1	於ほろなる	おほろなる	おほろなる
○	およひ（指）	1	およひ	およひ	をよひ
△	かたは（片端）	2	かたは・かたわ	かたは	かたは
○	かたゐおきな（乞巧翁）	1	かたゐ於きな	かたゐ於きな	かたひをきな
◎	かわく（乾）	1	かはく	かはく	かはく
◎	かへて（楓）	3	かえて	かえて	かえて
◎	けらふ（下﨟）	1	下らう	下らう	下らう
□	こころはへ（心延）	3	心はへ	心はへ・心はえ	心はへ
◎	ことわり（理）	2	ことはり	ことはり	ことはり
◎	さわく（騒）	3	さはく	さはく	さはく
◎	さを（棹）	1	さほ	さほ	さほ
△	しひて（強）	3	しゐて・しひて	しゐて	しゐて
◎	しをる（責）	1	しおる	しおる	しおる
◎	すゑ（据）	3	すへ	すへ	すへ
◎	すゐしん（随身）	1	すいしん	すいしん	すいしん
○	そほふる（降）	2	そをふる・そほふる	そをふる・そほふる	そほふる
○	たひらに（平）	1	たひらに	たひらに	たいらに

◎	たふとし（尊）	1	たうとし	たうとし	たうとし
□	たをさ（田長）	2	たをさ	たおさ・た戏さ	たをさ
○	たをる（手折）	1	たおる	たおる	たをる
○	ちひさし（小）	1	ちひさし	ちひさし	ちいさし
◎	とほし（遠）	3	とをし	とをし	とをし
×	とを（十）	4	とほ・とを	とお・と戏	とを
◎	なほ（猶）	16	猶・なを	猶・なを	猶・なを
○	なほひと（直人）	1	なおひと	なおひと	なを人
◎	にひまくら（新枕）	1	にゐ枕	にゐまくら	にゐまくら
○	まちわふ（待佗）	2	まちわふ	まちわふ	まちはふ・待わふ
◎	まゐる（参）	6	まいる	まいる	まいる
△	みつのを（水尾）	2	水の尾・水尾	水のお	水のお
◎	ものゆゑ（物故）	1	物ゆへ	物ゆへ	ものゆへ
◎	ゆゑ（故）	1	ゆへ	ゆへ	ゆへ
×	よひ（宵）	2	よゐ・よひ	夜ゐ	よひ
○	ゑふ（衛府）	3	衛う・ゑふ	衛う・ゑふ・衛ふ	衛ふ
◎	をかし	2	おかし	おかし	おかし
◎	をかしけ	1	おかしけ	おかしけ	おかしけ
◎	をかむ（拝）	2	おかむ	おかむ	おかむ

◎	をさ〳〵し	1	おさ〳〵し	おさ〳〵し	おさ〳〵し
◎	をしむ（惜）	3	おしむ	おしむ	おしむ
□	をとこ（男）	180	おとこ・男	おとこ・𢦏とこ・男	おとこ・男
×	御をとこ（御男）	1	御おとこ	御𢦏とこ	男
□	まめをとこ（—男）	1	まめおとこ	まめ𢦏とこ	まめおとこ
△	をはり（尾張）	1	尾張	おはり	おはり
○	をりふし（折節）	1	𢦏りふし	𢦏りふし	おりふし
◎	をる（折）	4	折・おる	おる	折・おる
○	—ををる（—を折）	4	—をゝる	—をゝる	—をおる・—を折

右の表でも採用した「𢦏」は、ここでは形式的に「お」「を」とも異なる文字として扱い、◎以下の区分を決めたが、「𢦏」を前述のように定家に於ては「お」と同じと見るか、また一般的に「を」と同じとするかで、区分はいささか揺れざるをえない。しかし「𢦏」の用例数は全体の中では微少で、用例が際立って多い「をとこ」も、三条西家本のみに見える「𢦏とこ」は一八〇例中わずか二例で、他は「おとこ」一七七例、「男」一例という偏在ぶりであるから、およその傾向を見る限り影響は極めて小さい。そこで、以上掲出した七二語（総用例数三五二）を、記号化した区分に従い、それぞれ集計すると、

◎四〇、　○一五、　□六、　△六、　×五

となるであろう。すなわち、鶴見本が仮名遣の上で三条西家本と同一なのは、◎プラス○の五五語で、七六・四％であるのに対し、小松本が同一なのは◎プラス□の四六語、六三・九％となるであろう。鶴見本が小松本より三条西家

本に接近しているのが知られる。しかもこれを用例の各語ごとに見るなら、右の「おとこ」のごときは九八％までが同一であり、要するに、鶴見本伊勢物語は、仮名遣の用法を具体的に突き合わせた右の結果のみを以てしても、定家筆模本と評価されている三条西家本と、ほぼ同質性を保有する伝本と見て良いであろう。

注

（1）大野晋「仮名遣の起原について」『国語と国文学』昭和25年12月　至文堂。
大野晋「仮名遣の起原についての研究」とその「資料」『仮名遣と上代語』所収　昭和57年2月　岩波書店。

（2）池田利夫編『校注更級日記』昭和58年2月　武蔵野書院。

（3）『日本古典文学辞典　第一巻』昭和58年10月　岩波書店。

五　伊勢物語をめぐる定家の用字法㈠

ここまで鶴見本伊勢物語書誌より見た固有の書写様態や筆蹟、仮名遣に至るまで吟味してきたのは、言うまでもなく、これが定家筆臨模本であるのを証明する目的だったが、それに就いてなら、私は平成六年一〇月に日本橋丸善で催した鶴見大学蔵貴重書展の『解説図録』に次のような理由と結論とを述べている。

一つには筆風が端正でなく奔放であり、これは半葉あたりの行数のゆれや余り書きの多さにも見てとれる。二つには、定家仮名遣が守られているばかりでなく、定家はある年代（五、六十代か）では撥音表記における「む」と

「ん」との峻別を行なっていたことが判明し、この本はその峻別（「む・らむ・なむ」など付属語の撥音表記は「む」のみに、また撥音便はマ行音に基づく場合は「む」、他は「ん」、字音語のm音尾を持つ語は「む」、n音尾では「ん」など例外がないこと）に従っていることである。三つ目は既に指摘されているように、定家はある時期「聞こえ」の「え」をヤ行の「江」の草体に書き「え」と区別したことがあり、この本も、たまたま御物本更級日記と同じく、五例中四例が該当する。四つ目は行間勘物のうち、ただ一箇所誤字があり、ひと文字が文字としての**てい**をなしていないのは、原本が細字で、その通りに写したからであろう。五つ目は一一一段三首の歌のうち、あとの二首のみ別筆の女手に臨模されていて、その一首のひと文字を定家が重ね書きに訂正してある状態で臨写されていることである。この二首は後撰和歌集では歌の順序が逆なので、定家が疑問を持って当初は空けて写しておいたのではないか、というのが私の推論である。

以上、煩瑣な手順の見通しを示すために拙文を再録したが、本稿はまだ右の「二つ目」に到着した段階で、さらに前節に言及した定家の「𛀚・お・㦲・を」の文字遣については、大野氏の「資料」に応じた体裁で、三条西家本に対比した鶴見本の語彙表を示す必要がある。まず「𛀚・お・㦲」と「を・㦲」の区別をすべて掲げ、ついで「三つ目」の定家における「きこえ」の「え」「江」の用字法を例示して、その固有性を明らかにしたいが、各掲出語は便宜上、原本にはない濁点を加え、鶴見本の丁数オ・ウと丸中数字の行数で所在を示して、三条西家本と異なる場合は、すべて〔　〕内に注記した。また「お」「㦲」と「𛂦」の例は僅少なので、目立つよう、語頭に＊印を付けた。

〔𛀚・お・㦲〕

𛀚い（老）　六三ウ②　六七ウ⑪〔「をいつき」参照〕

＊あは㦲（沫緒）　二六オ⑫〔三条西家本「あは𛀚」〕

𛀚いらく　七二ウ①

𛀆かしう　四五オ⑨
　𛀆かしがり　七三オ②
　𛀆かしげなり　三四オ⑩
𛀆がみ（拝）　六二オ⑦　六二ウ①
𛀆き（沖）　二二オ①
𛀆きな（翁）　二九ウ①　五二ウ⑦　五四オ⑥　五七オ⑥
　五八ウ⑨　六一ウ④　七二ウ①
𛀆きなさび　八〇オ⑩
　＊かたゐ𛀇きな　五八オ
𛀆きのゐて　八〇ウ⑧〔「をきのゐて」参照〕
𛀆く（奥）　五ウ⑨　一三ウ④　一四ウ⑤　三七ウ①　四
　三ウ⑥
𛀆き（起）　二ウ⑪　三六ウ⑤　六九オ⑥
𛀆さ〳〵し　七七オ⑤
𛀆しむ（惜）　六八ウ⑦
　𛀆しま　六九ウ④
　𛀆しみ　二二オ①
𛀆つ（落）　六六オ⑧

𛀆ちほ（落穂）　三七ウ⑩
𛀆とし（落）　八ウ③　五五オ④
𛀆とこ（男）　一ウ①⑤⑧　二オ①　二ウ①　三オ②　四
オ⑩　五オ⑨　五ウ⑤⑨　六ウ⑩　七オ⑦　七ウ④
④　一〇ウ①　一一オ⑧　一一ウ②　一二オ③　一
二ウ③　一三オ④⑧　一五ウ③⑥⑨　一六オ②⑥⑩
一六ウ②④　一七オ⑥　一八ウ②　一九オ①　一九
ウ⑥⑧⑨　二〇オ①　二〇ウ⑥　二一ウ⑨⑩⑩　二
二オ⑤　二二ウ⑤　二三オ③　二三ウ①⑥　二四オ
①　二四ウ④　二五オ①　二五ウ①③⑩　二六ウ①
二七オ⑨　二七オ⑨　二七ウ⑩　二八オ⑩　二八ウ
⑨⑩　二九ウ④⑤〔三条西家本＊「おとこ」〕⑥　三〇
オ③⑩　三一ウ②⑨　三二オ⑥⑦　三二ウ⑨　三三
オ④　三三ウ⑦⑧　三四オ③⑥⑩　三四ウ⑦　三五
オ③⑨　三五ウ①③⑦　三六オ②⑦　三六ウ①⑤⑨
三七オ③⑦⑨　三七ウ⑤　三八オ②　三八ウ②⑥
三九オ⑦　四〇オ③　四〇ウ⑥　四一オ⑨　四一ウ
①②⑦　四二オ②⑧　四二ウ⑩　四三オ②　四三ウ

⑨　四四ウ⑦⑨　四五オ⑦　四五ウ⑦　四六オ③　四六ウ①　四七オ③　四七ウ③③　四八オ③⑩　四八ウ①⑤⑨　四九オ⑦　四九ウ⑦〔三条西家本*「㦮とこ」〕　五〇ウ②⑦　五一オ③⑥　五一ウ⑥⑨　五二オ④⑩　六三オ②　六三ウ⑦　六四ウ⑥⑩　六五オ④⑥　六五ウ③⑤　六七オ②　六八オ①　六八ウ⑥　六九オ③　六九ウ①②⑦⑧　七〇オ⑩　七〇ウ⑤⑨　七二オ①　七二ウ⑥　七三オ⑦　七三ウ④　七五オ④　七五ウ②　七六オ④⑪　七六ウ⑥　七七オ①②⑨　七七ウ①④⑥　七八オ①　七八ウ①⑧　七九オ①④　七九ウ①　八〇ウ⑤⑥　八一オ④　八一ウ⑧　八二オ③⑦　八二ウ②⑨　八三オ④　八三ウ⑤⑨

おとこ　六九ウ②〔三条西家本「㦮とこ」〕

御をとこ　四一オ②〔三条西家本*「御㦮とこ」〕

まめをとこ　二ウ⑦〔三条西家本*「まめ㦮とこ」〕

をとゝ（弟）　四六オ④

をとゞ（大臣）　六ウ④

をとな（大人）　一九ウ⑥

をどろき（驚）　六三オ⑩

をとろへ（衰）　五七ウ①

をなし（同）　一六オ⑤

をに（鬼）　五ウ⑥　六オ②　六ウ⑧　三七ウ⑦

をはし　六ウ②⑨　七二ウ⑤

をはします　五五オ②　六一ウ③

をはしまさ　五八オ⑥

をはしまし　三オ⑧　三ウ①　一七オ⑥　三〇ウ⑩　四四ウ②　五三オ⑦　五四ウ⑤　五九オ②⑥⑧　六二ウ③

をふ（生）　二五オ③　五二オ①

をひ　三七ウ⑥

をふる　五二オ⑧　七三ウ⑨

をふ（負）　七二オ④

をは　一〇オ⑦　三九ウ④　七二オ④

をひ　五ウ⑩　六ウ③

きゝをひ（聞負）　七八オ⑪　八〇ウ④

〔を〕

を、ら（を居）　二一ウ②
ころをひ（頃）　七一オ⑨
　ころほひ　三二ウ⑤〔三条西家本「ころをひ」〕
そをふる（降）　二ウ⑨
　そほふる　五七ウ③
たをさ（田長）　三一オ⑨〔三条西家本「た扵さ」〕　三一
　ウ③
とを（十）　三四ウ⑨⑨〔二例とも三条西家本「と扵」〕
　とほ　一四ウ⑦⑩〔二例とも三条西家本*「と犾」〕
とをく（遠）　九ウ⑥　四八オ⑦　六六ウ⑧

とを、に　一五ウ⑧
なを（猶）　六九ウ⑪
なを（直）　五五ウ⑤
ながをか（長岡）　六三オ④
ひをりの日　七三オ④

〔え・𛀁〕
きこえ（聞）　一二オ④　八二オ⑨
*きこ𛀁　五オ⑥　三四ウ④〔二例とも三条西家本「きこえ」〕　六二ウ⑤　七六オ⑨

まず「扵・お・犾」より概観すると、「犾」の帰属は別としても、「扵」に対し「お・犾」の用例数が極端に低いのが感じ取れる。

三条西家本　扵―四一八・お―一・犾―八
鶴見本　扵―四〇九・お―二・犾―五
更級日記　扵―三三五・お―五・犾―五

比較する上で御物本更級日記の数値を加えたが、字母が同じく「於」であっても「扵」と「お」の比に大差があるのは、「お」の字形を基本的には使用しない感覚があったように見受けられる。更級日記の「お」の例を全部示す。

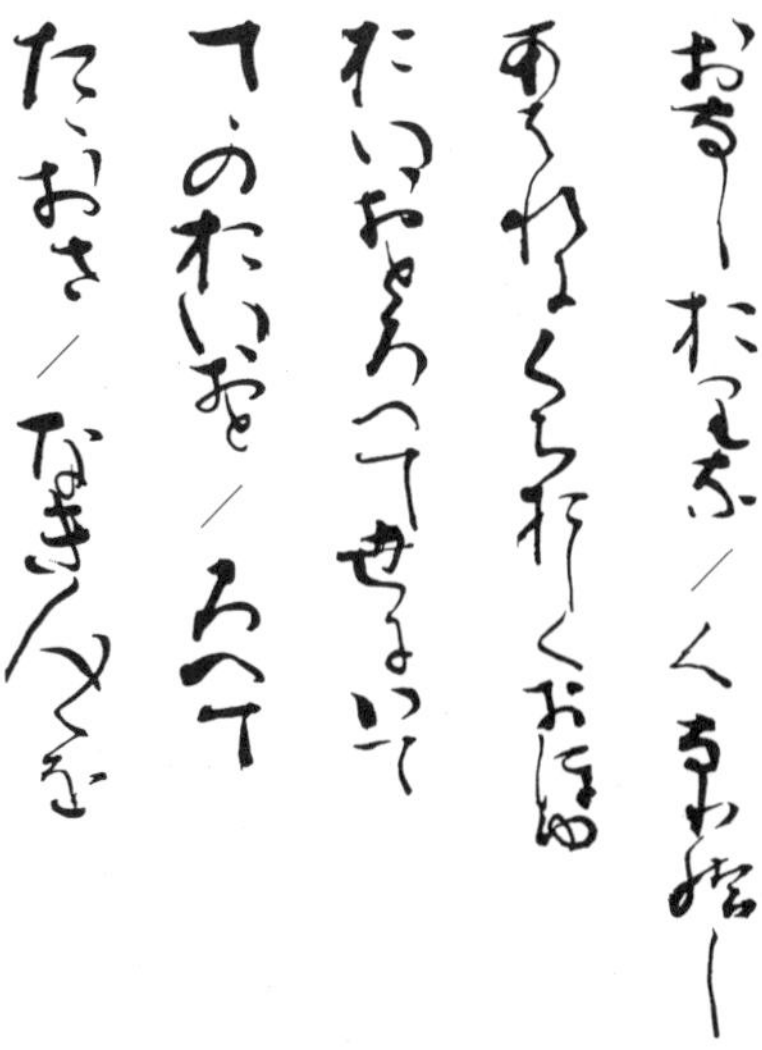

1（二六オ⑥）
2（三〇オ⑨）
3（四八ウ⑩）
4（五一ウ⑦）
5（七九オ⑥）

右を翻印すると、こうなる。

1おなしたりなくなり給し
2あはれにくちたしくおほゆ
3たいおとろへて世にいて
4て丶のたいおとろへて
5た丶おさなき人〳〵を

すなわち、1より4までは圏点を施したので明らかなように、「おなしたり」「くちたしくおほゆ」「たいおとろへ」（二例）と、通常の用字に従うと「た」が接近して続くので、あたかも二つ並ぶ「た」を回避して一つを「お」の字形にしたように見え、この四例に続けて5を見ると、「た」は連続しないが、直前の「た」の字形が「た」に相似しているので避けた、という奇嬌な推論が生まれかねない。定家が更級日記に用いた「お」の字形が以上五例に限られる事実よりすると、全く排除することもできないが、これを定家の方法とまで考えるには甚だ躊躇せざるをえない。「ꟹ」が接して続くだけならば、他に「ꟹとらすꟹほきにꟹそろしけ（一八ウ⑨）」「ꟹそろしとꟹもへるけしき（二九オ⑧）」「ꟹかしくꟹもしろ／きꟹり〳〵（五七オ⑤）」と、一方で定家が回避しない場合も珍しくないからで、立論に都合の良い用例のみを示し、それに矛盾し反する証例には頰被りすることはできない。また伊勢物語の例では右のような連続した形にならないのが、理由の一つと言えないでもない。「お」は、

三条西家本

ひとりはあてなるおとこもたりけり（三一ウ⑨）

鶴見本

このもとの女あしと／おもへるけしきもなくて（二〇ウ④）

ꟹとこすますなりにけりのちにおと／こ有けれと（六九ウ②）

の三例で、最後の例が同じ行の上部に「ꟹ」を見るとは言え、既に文を隔てている。

次に「ꟹ」に移るが、ここも模本でなく、定家真筆にまず例証を求める視点より更級日記を見ると、次の五例に限られる。

1北ꟹもて（北面。二八オ⑤）　2心ꟹこり（心驕。五六ウ①）　3にしꟹもて（西面。一三オ①）　4ふしꟹき（臥起。五五ウ③）　5物くるꟹし（物狂。五五ウ⑩）

そして1には別に「きたꟹもて（二七オ⑦）」、2には「心ꟹこり（七二オ⑧）」、4には「ふしꟹき（五二オ③・八五オ①）」、5には「ものくるꟹしく（六九ウ⑧）」と見えるので、大野氏の指摘通り、「ꟹ」は「を」と同じではなく、「ꟹ」と同じ

に扱われている模様で、そう見るなら例外はなく、仮名遣の不統一には挙げられない。

次に伊勢物語では、「越」が三条西家本に六語八例、鶴見本に四例があり、表に示したので丁数を省くと次の通りである。

三条西家本

1かたゐ越きな　2越とこ（二例）　3御越とこ　4まめ越とこ　5　と越（十。二例）　6越りふし

鶴見本

1あは越　2かたゐ越きな　3越ほろなる　4越りふし

両本で共通するのは「かたゐ越きな・越りふし」の二語であるが、「越きな」は表に見る通りで、単独の「遠きな」は各七例あり、「越りふし」も「遠り」は三条西家本に四例、鶴見本に三例がある。ただ大野氏前掲書「資料」には田長に「た遠さ」「た越さ」各一例と示してあるが、後者は「たをさ」の誤植らしいので含めていない。また作品の性格上、数あまたある「遠とこ」の中の僅少例である「越とこ」「おとこ」は、原本各三行を並べて見ると、先に見た「遠」が連続すると、同じ字形を回避するように見える様態が、それぞれの本に見える。

三条西家本（七〇オ末三行）

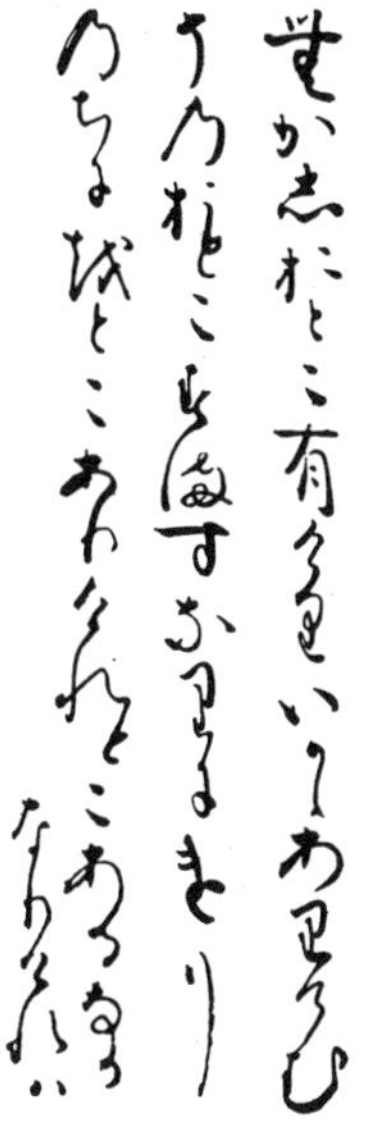

鶴見本（六九丁ウ初三行）

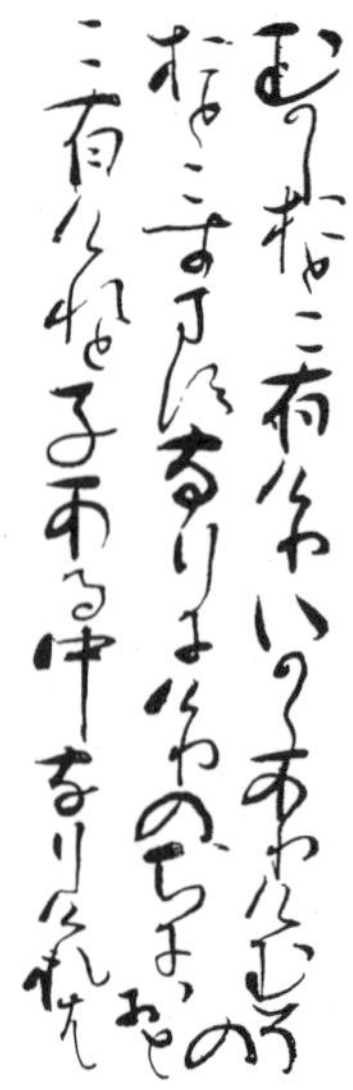

まずここは第九四段冒頭で、三条西家本より見ると、三行ある本文の上部に「れとこ」「れとこ」と同じ語が横に並び、三列目に重ねてまた横に「れとこ」が並びそうだったのを、先の手法で回避し、「𢦏とこ」と変更したように見える例であろう。鶴見本も全く同じ部分の三行であるが、ここは既に先に二行目を示したところで、三番目のためか「おとこ」に変えられ、二番目の「れとこ」の横に並ばなくて、下に位置してしまっている。伊勢物語で繰り返し出てくる言葉と言えば、各段語り始めの「むかしおとこ」であるが、両本ともほぼすべてが右の鶴見本の字形で書写しているのに、三条西家本が、この段にのみ、字母で示すと「無加志」としたのは、また変化を求めたのかも知れない。時代は下るが、鶴見大学図書館蔵近衛信尹筆本伊勢物語では、最初の数段こそ「むかし男」と同じに書写していたのを、単調さを回避するためか、「無加之男」「無閑止於止古」「武迦之雄登孤」「無我視オトコ」「六香子於東虚」「無可志おとこ」「謀香師」「武嘉之」「武駕盡」「無嘉慈」「畝閑新」などと、いささか無茶な戯れ書きを用い、闊達な筆勢のまま奔放な書写をしている。これほど極端な例とは異なるものの、基本的には連なる筆法なのではあろう。

六　伊勢物語をめぐる用字法㈡

前節に引き続いて「を」に移るが、その前に、「找」の文字が、鶴見本伊勢物語では、定家書写本としては一箇所異例に用いられているので、これに関連してもう少し述べておきたいことがある。それは前節に述べたように、鶴見本の第一一一段に見える贈答歌が、親本のまま模写されたとおぼしく、他の定家筆蹟とは明らかに区別して、女手らしい別筆になっているが、この二首のうちの後者に見える。私に濁点を加えて示すと、

　　こひしとはさらにもいはじしたひもの
　　とけむ找ひとのそれとしらなむ

とある一首にある。右には助詞の「を」として「找」の字形が用いられているからである。伊勢物語の両模本に見る「找」の自立語における使用例は、三条西家本に八例、鶴見本に四例であったが、付属語については、鶴見本のこれが両本を通して唯一の例なのである。そして、ここまで屢〻引き合いに比較してきた更級日記に、助詞としては「找」の使用例を見ないばかりでなく、倉卒の調査にせよ、他の定家書写本に求めても、「找」は、助詞「を」には使用されていないようなのである。

勿論、定家以前に、助詞としても「找」は用いられている。秋萩帖や高野切第一種より第三種頃まで遡ると、用例の乏しさもあって、そもそも「找」の字形を見ず、高野切第三種と同筆視される粘葉本和漢朗詠集にも、助詞「找」は一例（真名草書体表記の巻上383番歌）を見るに過ぎないが、関戸本古今和歌集残簡や元永本古今和歌集、あるいは近年

出現した伝公任筆古今和歌集では、既に決して珍しくなく、ただ定家筆蹟になると、容易に見つけられない。尊経閣文庫蔵定家筆土左日記には「𢦏」が、

1れんな乎きなに𢦏しつへし（押。一〇ウ③）

2𢦏のこもならはぬは（男子。一三オ④）

3𢦏きのりわさをして（賖事。一三ウ④）

4うみの神に𢦏ちて（怖。一六ウ①）

5𢦏つのうらなる（小津。三三オ③）

と五例ある。定家が見た親本たる貫之自筆本の字形が、それぞれ青谿書屋蔵本に求められるなら、

1おんなおきなにおしつへし　2乎のこもならはぬは　3おきのりわさをして　4うみの神におちて　5乎つのうらなる

に当り、定家は「お」（1・3・4）と「乎」（2・5）を「𢦏」に改めたことになるが、土左日記でも「𢦏」の字形を助詞として使用することはなかった。ところが、定家が書写したとされる筆蹟に、例え模本であっても助詞「𢦏」は見つからないのに、定家の近辺にいたとされる娘か、あるいは家に仕える女房で、定家の筆写を扶けた中には、「𢦏」の字形を助詞に使用した者がいたと思われ、これを証明できる確実な資料がある。穂久邇文庫蔵、定家自筆本物語二百番歌合[1]がそれである。

自筆本とは言え、この作品では自筆部分が比較的少なく、近親者とおぼしき女手に多くが委ねられているのは、夙に竹本元晛・久曾神昇編、未刊国文資料刊行会本[2]解説と翻刻本文脚注とが具体的克明に指摘されている。そして別筆に当る同書前編の物語前百番歌合（源氏狭衣歌合）八番右詞書より一首を示すと、

斎院源しの宮ときこえし時在中将のきむをしへたる所かきたるゑをたてまつらせ給とて

よしはらはむかしのあと𛄚たつね見よ／我のみまとふこひのやまかと

とあり、助詞ヲは、「を」「𛄚」の字形が圏点部に各一例見える。以下全編を通じて両者は別筆部分に併用され、一方、助詞「𛄚」も決して僅少ではなくて、「しのふる𛄚ねにたてよとや（九右歌）」、「わもかけは身𛄚そはなれぬ（一四右歌）」、「ほのかにものきはのわき𛄚（一五左歌）」と続き、四三番左歌では、

あふことのかたき𛄚けふにかきらすは／いまいくよ𛄚かなけきつゝへむ

と一首中二度とも「𛄚」を用いており、いま五十番までの詞書と歌に見ると、「を」三六例に対し、「𛄚」も一九例と半数を超え、かなりの頻度と言える。従って鶴見本伊勢物語に一例のみ助詞「忒」があるのも、別筆であるなら異例ではないことになる。鶴見本伊勢物語の親本に於て、第一一一段贈答歌のみ別筆に写されている理由は第八節に詳述するが、助詞「𛄚」の問題は別であろう。むしろ、定家の周囲では助詞にまで「𛄚」を普通に用いているのに、定家筆蹟にはなぜないのか、果たして定家はこれを意識して用いなかったのかなどの疑問に次々と思い至る。定家の父俊成の自筆本古来風躰抄が、あれほどの長さを持つのに「𛄚」の仮名を見ないのも興味深い。併せて、なお考えたいと思う。

それにしても「𛄚」の字母である「越」は、真仮名としての豊饒な用例を残す万葉集にも「阿麻越等売（アマヲトメ）」「越知（ヲチ）」「越等売等（ヲトメラ）」三例を見るに過ぎず、助詞では八〇七番歌に「用流能伊味仁越（ヨルノイメニヲ）　都伎提美延許曾（ツギテミエコソ）」のただ一例があるのみである。そして助詞ヲに限ると、字母は「乎」が数え切れないほどあるほかは、「尾30・遠29・呼17・矣10・雄9・緒9・袁5・麻5・烏4・少2・焉2」のあと各一例が「越・怨・男」となるのだから、草仮名としての「𛄚」の出現が比較的遅く、とりわけ助詞への使用例が遅れたのには、こうした背景があったのかも知れない。定家は、源氏物語柏木

巻のように冒頭数丁をみずから写し、余を女房らに託しつつも、自身監修し、時に重ね書きに訂正することはよく知られているが、この場合でも、本文が別筆であれば、異例が多く、定家筆の仮名遣実用例として扱いがたいことは、大野氏が特に注意されたところで、これが「を・㦮」のような区別にまで及ぶことになるのであろう。

次に伊勢物語の自立語における「を」の字形を持つ用語は表の通りであるが、「十」を意味する「とを」が、

鶴見本　とを（二例）→三条西家本　とた
鶴見本　とほ（二例）→三条西家本　と㦮

と、両本それぞれに不統一であるのは、書写年代が異なるためとも考えられるが、三条西家本の「た」と「㦮」を等質と見るなら、不統一とは言えなくなる。しかし、他の定家書写本に例を求めると、定家筆の古今和歌集では嘉禄本、伊達本一致して「む月のとをかあまり」と業平歌（七四七）詞書に見え、行阿の仮名文字遣では慶長版に「と㦮」、陽明文庫本に「とを」とあった。また鶴見本に二四七例、三条西家本に二四九例ある助詞の「を」が、すべて鶴見本別筆部を除くと、「を」の字形に限られるのは前述の通りで、別筆部との異質感は、鶴見本が定家筆模本であることを証する一つとも言え、これは次の「え・𛀁」との書き分けにも見ることができる。

先に引用した『定家卿模本下官集』「え」の項を再び掲げると、次のようにある。

え　枝むめかえ　ほつえ　まつかえ　しつえ　たちえ　江
笛ふえ　断たえ　消きえ　越こえ　きこ𛀁
見え　風さえて　かえての木　えやはいふきの
（頭書）近代之人多ふゑとかく　古人所詠哥あしまよふ江を

定家は「え」を二列に掲げ、ア行の「え」に対してヤ行の「江」を書き分ける意図を示したもので、更に笛を近代

（近頃）の人が「ふゑ」とワ行に書くのを非難した上で、後撰和歌集恋四所収詠人不知歌

濁りゆく水には影の見えばこそ葦間よ笛をとどめてを見よ

の腰句をわざわざ引いて、古人は「あしまよふ江を」と書いたものだと、規範まで示している。しかし大野氏が指摘するように、古典書写に際し、定家は現実には区別せず、僅かに「聞こえ」のみを、ある時期に一部書き分け、特に定頼集には小品なのに「きこゑ」が二三例もあるとしたのである。これは伊勢物語にも更級日記にも見て取れる。

更級日記には同じヤ行の「もゑ（燃）」一例も見えるが、「きこゑ」は四例、鶴見本伊勢は同じく五例中四例、三条西家本では二例が見え、大野氏表によると、三代集でも、各四例、六例、二例と散在している。これが物語二百番歌合になると、散在は散在でも「きこゑ」があるのが定家筆蹟部分に限られ、別筆ではすべてが「きこえ」とある。すな

藤原定家『きこゑ』用字法
更級日記

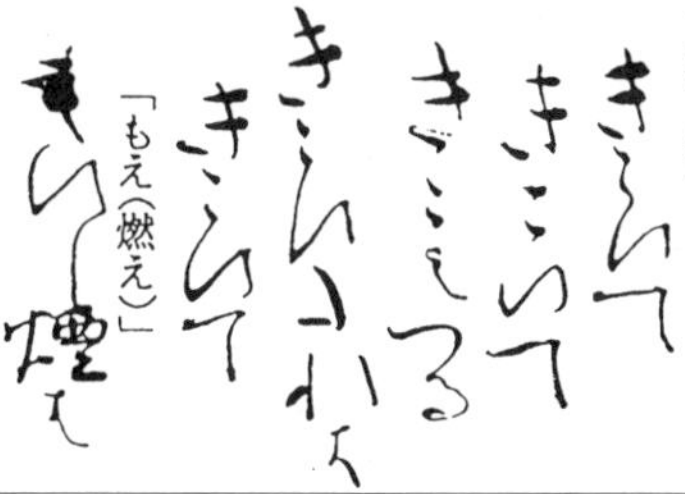

伊勢物語（五・一三・四九・八三・一〇四段）
鶴見大学蔵本

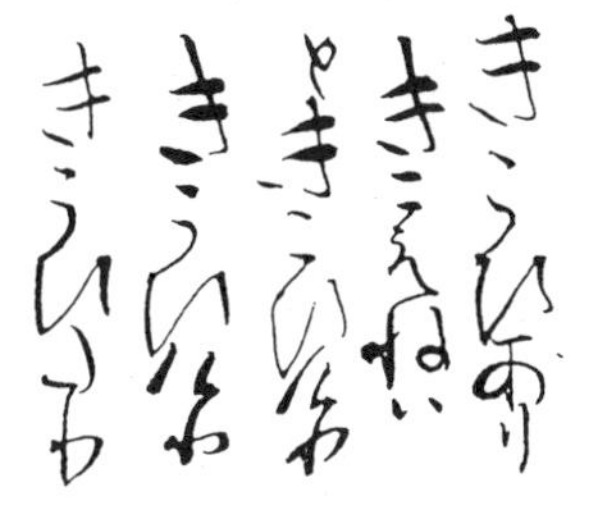

伊勢物語
三条西家旧蔵本

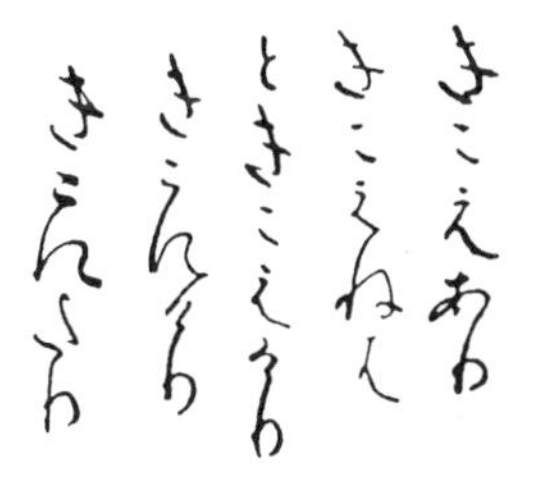

わち、前百番では、一番左詞書冒頭「中将ときこゆし時」と、七三番右詞書に定家が書き加えた「一品宮の御こときこゆしころ」の二例を見るのみで、「きこえ」の形が二〇例、後百番では、自筆部分にたまたまこの語がなく、別筆一八例が悉く「きこえ」なのである。やはり定家自筆と他筆と、両者間に異質感を味わうことになるであろう。伊勢物語鶴見本別筆部分に「聞こえ」の語がないのは残念であるが、かなり定家固有の用字法である「きこゆ」が更級日記と同じ比率に四例も見つけうるのは、鶴見本が定家筆模本であることを示す有力な証拠の一つに加えていいと思う。

注

（1）池田利夫解説『物語二百番歌合　風葉和歌集桂切』日本古典文学会影印叢刊14　昭和55年8月。

（2）久曾神昇解説『定家自筆本物語二百番歌合と研究』昭和30年12月。

七　定家の撥音識別表記変遷と悉皆調査

ここまで鶴見本伊勢物語を軸に、従来の指摘を踏まえて、他に定家が書写した諸作品をめぐる仮名遣等の問題点を論じてきたが、鶴見本の表記法を更に細かく吟味すると、定家書写本の一部に顕著に示される固有の方法が上述した以外に存在し、鶴見本が、それをほぼ完璧に近く備えているのに気付いた。定家は、自立語・付属語に限らず、文章中の撥音を表記するのに、「む」「ん」を無原則に無差別に併用するのではなく、確固とした理論に基づき、明確にこれを識別して用い、しかもそれが、定家のある年代に限って確立していることも判明した。鶴見本伊勢物語が定家の筆蹟模本であることを立証する極めて有力な根拠ともなる用字法なので、模本を含めた定家書写本の悉皆調査より導かれた定家固有のこの方法[1]の概要より以下に述べる。

〔概要〕

藤原定家の墨蹟は、同時代歌人の中で際立って多く遺存しているが、それらの中には年紀や署名がなくても、特有な筆致や定家仮名遣を援用して確信的に判定されている場合が少なくない。御物本更級日記もその一つであるが、この用字法を、撥音表記で「む」「ん」の識別という観点から整理すると、実に截然とした例外のない原則が樹立されているのに気付く。まず助動詞では「む」「けむ」「らむ」の終止形・連体形一五四例における撥音は、すべて「む」と表記され、「ん」に書かれることはなく、この点、係助詞「なむ」二四例、終助詞「なむ」二例も全く同じである。また自立語においては、字音語のm尾子音（唇内撥音尾）は「艶に・紺青・念ず」一一例が「む」に、n尾子音（舌内撥音尾）は「印・椽・縁・高欄・顕証・紫苑・随身・対面・中間・筑前・等身・彼岸・便無し・不断経・来年・論無し」二〇例が「ん」表記されて例外がない。一方、撥音便による撥音は、m・n尾子音以外の字音語がサ変動詞に接続するところの「誦ず」「屈ず」各一例が「すんす」「くんす」であり、和語のラ変動詞活用語尾ウ段音が撥音となる場合も「あんなり・あんへし・さんへし」七例と「ん」であって「む」とは表記されないのである。しかしながら、語源的にマ行音が撥音化した場合は事情が異なる。ミ音に基づく「神崎」一例は「かむさき」、ム音に基づくなら各三例の「ひむかし（東）」「やむことなし」であり、モ音に基づく二例が「ねむころに」とあるように、同じ撥音便でも「ん」とは決して表記されない。これは、定家の官名が「戸部尚書（民部卿）」と書かれ、花押もあるので、その五七歳七月〜六六歳十月の書写と知られる伊達本古今和歌集でも同じ原則が確立されているが、ただ伊達本では、マ行音に基づく撥音が「む」とは限らず、一部「ん」に表記されるのが注意される。しかしこれも、子細に点検すると、ある理由が浮かび上がる。一つは「御息所」が五例とも「みやすん所」のように「ん」表記であるが、集中「みやす所」のように撥音が無表記になっている例があるように、発生の前後関係はともかく、他の語とは異なっているからである。もう一つは「さたふん（貞文）」「ふん月（文月）」「ふんや（文屋）」の各一例で、一見して理解される通り、訓の「ふみ」と、音の「文（フン）」とが影響し合ったからであろう。字音語も「こきむわかしふ（古今和歌集）」「うりむゐん（雲林院）」など峻別がなされ、要するに、更級日記と基本的に全く同一な原理がそこにも見られると言ってよいであろう。

定家の若い頃の墨蹟は断片的な資料しかなく、入道大納言資賢集の本文が奥書に従った二一歳の書写（存疑）とすると、付属語の「む」「ん」は混在しており、三九歳の折、父俊成が手を入れた一紙両筆懐紙でも同じである。また、ある程度まとまった長さの作品で、三十歳代かとされる殷富門院大輔百首題（実は公衡集）に至っては、百首中、三語一八例ある助動詞の撥音すべてが「ん」表記（他に撥音を含む語はない）であるから、右の撥音識別表記は次第に確立したものであろうが、定家七二歳の天福元年書写の拾遺和歌集になると、事態は再び一変するのである。定家本古今和歌集でも拾遺和歌集でも短歌を一行書きにするため、付属語の「けむ」「なむ」「らむ」に「釼」「南」「覧」を宛て、これらがいずれもm尾子音であるのは注目されるが、拾遺和歌集では「む」が一四五対一一八例で辛うじて「む」に分があるものの、「けむ」では五対二九、「らむ」では一一対一六九と撥音の「ん」表記が圧倒的に多くなり、助詞二つの「なむ」も同様になっている。晩年に属する定家に関したこの大きな転換については、既に小笠原一氏（「定家自筆本における撥音表記―『奥入』を中心として―」國學院雑誌1976.10）が一部示唆されているのを承知したが、定家本全般についてのデータに空欄が目立ちなどするので、更に視点を広げて考えてみたのである。

一方、定家の父俊成はどうであろう。近ごろ公刊された俊成自筆古来風躰抄や、切断される以前の姿を留める古今集昭和切を調査すると、定家とは実に対照的である。助動詞の撥音では「む」からして「ん」表記が断然多く、「けむ」は全部が「ん」、「らむ」も八〇例中「む」表記が二例のみという有様で、字音語では、m尾子音であろうが、n尾子音であろうがお構いなしに撥音は「ん」表記にしてしまう。勿論、和語の撥音便が何に基づこうが、「ん」専門なのである。しかしである。古来風躰抄は上巻に夥しい漢語を書き、それらの多くに振仮名を片仮名で施しているが、これは「法文金口」なら「ホウモンコムク」と打たれているように、例は少ないが区別がされており、昭和切でも「兼藝」の振仮名は「ケムケイ」である。どうも俊成は、草仮名表記の字音語に対しては、m・n尾子音の識別などに全く関心のないがごとくであるが、漢語への振仮名となると意識が違うのであろう。この差は前者における万葉集への振仮名にも見られる。万葉集原文の「不所見香聞安良武」の隣に書いても、草仮名では「みえすかもあらん」と「武」が脇にあるのに「ん」と書くが、原文への振仮名となれば「コヒシナム」「ワカレム」と必ず「ム」の表記になるのである。こうした意識は一体どこからくるのであろうか。平安時代初期に我が国に伝来し、爾来、貴族社会の幼学書として用いられた古註蒙求の、平安末期書写点本である国立故宮博物院（台北）蔵本の仮名点を見ると、前述の原則とほぼ同じ用法が認められるようである。そこで、これを参考に漢籍訓読との関係の一端を窺いたいと思うが、小笠原氏も提示されたように自筆本奥入所引の漢籍・記録に施された振仮名は、m・n尾子音に従った「ム」「ン」表記の識別が全く混乱しており、数多く遺存している定家本私家集の中でも、実方集の字音語撥音表記は異様である。仮名点でも平安から鎌倉時代初期へとm音が「ン」表記に同化すると報告されているのに対し、ここでの定家は潮流に逆行して、n音の「ム」「む」表記化に進んだのである。これらを踏まえ、翻っては定家の子の為家書写とする大和物語をも瞥見して、藤末鎌初にわたる親子三代の撥音識別表記考察に資するため、以下、定家筆蹟（模本を含む）を大半とする諸作品の各写本について、個別に悉皆調査した結果を列記しておく。

なお各写本は、鶴見本を除いていずれも既刊の複製・影印本（教科書版を含む）を用いたが、それぞれに学界周知の刊行物なので、原本所蔵者名や文献名の掲出は省略した。

㈠　定家筆更級日記における撥音識別表記

一、付属語について

a1、推量の助動詞「む」の終止形・連体形（一一四例）は、すべて「む」に表記される。

a2、過去推量の助動詞「けむ」の終止形・連体形（二八例）の「けむ」における撥音は、すべて「む」に表記される。

a3、現在推量の助動詞「らむ」の終止形・連体形（一二例）の「らむ」における撥音は、すべて「む」に表記される。

a4、将然の助動詞「むず」は、用例がない。

b1、指示強調の係助詞「なむ」（二四例）における撥音は、すべて「む」に表記される。

b2、願望の終助詞「なむ」（二例）における撥音は、すべて「む」に表記される。

二、自立語について

a1、字音語（中古においてm尾子音）に基づく語

えむに（艶に。一例）　こむしやう（紺青。一例）　ねむす（念ず。九例）

a2、字音語（中古においてn尾子音）に基づく語

いん（印。一例）　えん（椽。二例）　えん（縁。一例）　かうらん（高欄。一例）　けんそう（顕証。一例）　しをん（紫苑。一例）　すいしん（随身。一例）　たいめん（対面。一例）　ちうけん（中間。一例）　ちくせん（筑前。一例）　とうしん（等身。一例）　ひかん（彼岸。一例）　ひんなし（便無。一例）　ふたん経（不断経。一例）　らいねん（来年。一例）　ろんなし（論無。二例）

a3、字音語（中古においてng尾子音）に基づき、サ変動詞に接続して撥音便となった語

すんす（誦ず。一例）

a4、字音語（中古においてt尾子音）に基づき、サ変動詞に接続して撥音便となった語

くんす（屈ず。二例）

b1、「あり」「さり」などラ変動詞の活用語尾ウ段音が、撥音便となった語

あんなり（二例）　あんへし（三例）　さんへし（二例）

b2、和語において語源的に「み mi」「む mu」「も mo」であった音が撥音便となった語

かむさき（神崎。一例）　ひむかし（東。三例）　やむことなし（三例）　ねむころに（二例）

備考

二a、字音語の撥音を無表記とする例

けさうふ（懸想ぶ）　しそく（親族）　ほい（本意）　ほく（反故）

二b1、ラ変動詞・ラ変型助動詞の活用語尾ウ段音が、撥音便となる語の無表記例

あへし　あめり　さへし　ざなり　たなり　なめり　べかめり

結論

A、助動詞（三語一五四例）・助詞（二語二六例）に見える撥音は、「む」表記に限定される。

B、m尾子音の字音語は、三語一一例（艶に・紺青・念ず）はすべて「む」表記に限定される。

C、n尾子音の字音語一六語二〇例（印・椽・縁・高欄・顕証・紫苑・随身・対面・中間・筑前・等身・彼岸・便なし・不断経・来年・論なし）は、すべて「ん」に表記され、Bと併せ見ると、字音語における撥音表記において、m・n尾子音と「む」「ん」とが対応して識別されていると認定できる。

D、和語における語源的な「み mi」「む mu」「も mo」音が撥音便となる場合（四語九例）は「む」に表記されるので、マ行音に基づき撥音便化した語の撥音は、「む」に表記される原則があると認定できる。

E、Dを除いた字音語・和語が撥音便となる場合（五語一〇例）は、すべて「ん」に表記されるので、m・n尾子音以外の尾子音を持つ字音語、あるいは、マ行音に基づかない語尾が撥音便化した語の撥音は、「ん」に表記される原則があると認定できる。

(二)　定家筆模本（三条西家本）伊勢物語における撥音識別表記

一、付属語について

a1、推量の助動詞「む」の終止形・連体形（一〇二例）のうち、「む」表記は六〇例、「ん」表記は四二例である。

a2、過去推量の助動詞「けむ」の終止形・連体形（三六例）の「けむ」における撥音は、「む」に表記が一〇例、「ん」表記が二六例である。

a3、現在推量の助動詞「らむ」の終止形・連体形（一八例）の「らむ」における撥音は、すべて「ん」表記である。

a4、右の「覧（m尾子音）」表記は別に三例あり。

a5、将然の助動詞「むず」（二例）における撥音は、すべて「む」表記である。

b1、指示強調の係助詞「なむ」（七三例）における撥音は、「む」表記が三〇例、「ん」表記が四三例である。

b2、右の「南（m尾子音）」表記は用例がない。

b3、願望の終助詞「なむ」（八例）における撥音は、すべて「む」表記である。

二、自立語について

a1、字音語（中古においてm尾子音）に基づく語

おむやうし（陰陽師。一例）　ねむす（念ず。一例）

a2、字音語（中古においてn尾子音）に基づく語

あん（案。一例）　しんしち（真実。一例）　せんさい（前栽。二例）　せんし（禅師。二例）　たいめん（対面。三例）　みすいしん（御随身。一例）

b1、「あり」「さり」などラ変動詞の活用語尾ウ段音が撥音便となった語の用例はない。

b2、和語において語源的に「み mi」であった音が撥音便となった語

おほみやすん所（大御息所。二例）　おほん（御。二例）　思うんす（思倦。一例）　かむなき（巫。一例）

をんな（女。一例）

b3、和語において語源的に「む mu」「も mo」であった音が撥音便となった語

ひむかし（東。一例）　ひんかし（東。二例）　やむことなし（二例）　ねむころに（六例）　ねんころに（一例）

備考

二a、字音語の撥音を無表記とする例

けきやうす（現形す）　しそく（親族）　ほい（本意）

二b1、ラ変動詞の活用語尾ウ段音が、撥音便となる語の無表記例

あなり　あめり

二b3、この項の撥音無表記例

みやすところ

結論

A、仮名表記における助動詞（四語一五八例）に見える撥音は、「む」表記が七二例、「ん」表記が八六例と後者がやや多い程度であるが、「む」「けむ」「らむ」の順に比率が高く、「らむ」における撥音では「ん」表記に限られる。

B、助詞（二語八一例）に見える撥音は、「む」表記が三〇例、「ん」表記が五一例と後者がかなり多いが、終助詞「な

む」では八例ながら、「ん」表記に限定される。

C、m尾子音の字音語二語二例（陰陽師・念ず）はいずれも「む」表記である。

D、n尾子音の字音語七語一〇例（案・真実・前栽・禅師・対面・院）はいずれも「ん」表記である。前項が二語二例のみなので断定はしがたいが、この限りでは、両者の識別表記はなされている。

E、和語における語源的な「み mi」が撥音便となる場合（五語七例）は、「かむなき」一例のみが「む」表記ではあるが、他の四語六例は「ん」表記なので、更級日記に見られるような、マ行音に基づく「む」表記意識は希薄であると推定される。

F、和語における語源的な「む mu」「も mo」音が撥音便となる場合（三語一二例）は「む」表記が九例、「ん」表記が三例と前者に傾いているが、同一語（ねむころに・東）でも両者に別れるので、識別表記はやや曖昧である。

㈢　定家筆模本（鶴見本）伊勢物語における撥音識別表記

一、付属語について

a1、推量の助動詞「む」の終止形・連体形（一〇一例）の「む」は、すべて「む」表記。

a2、過去推量の助動詞「けむ」の終止形・連体形（三六例）の「けむ」における撥音は、すべて「む」に表記される。

a3、現在推量の助動詞「らむ」の終止形・連体形（一五例）の「らむ」における撥音は、すべて「む」に表記される。

a4、右の「覧（m尾子音）」表記は別に六例あり。
a5、右とは別に動詞語尾＋「む」（「たてまつ覧」）の「覧」表記が一例あり。
a6、将然の助動詞「むず」（二例）における撥音は、すべて「む」に表記される。
b1、指示強調の係助詞「なむ」（七二例）における撥音は、「む」に表記される。
b2、右の「南（m尾子音）」表記は別に一例あり。
b3、願望の終助詞「なむ」（八例）における撥音は、すべて「む」に表記される。

二、自立語について

a1、字音語（中古においてm尾子音）に基づく語
　ねむす（念ず。一例）
a2、字音語（中古においてn尾子音）に基づく語
　あん（案。一例）　さいゐん（西院。一例）　しんしち（真実。一例）　せんさい（前栽。一例）　せむし・せんし（禅師。各一例）　たいめん（対面。三例）　みすいしん（御随身。一例）
b1、「あり」「さり」などラ変動詞の活用語尾ウ段音が撥音便となる語の用例はない。
b2、和語において語源的に「み mi」であった音が撥音便となった語
　大宮すん所・おほみやすん所（大御息所。各一例）　おほむ神（御神。一例）　思うんす（思倦。一例）
　かむなき（巫。一例）　をむな（女。一例）
b3、和語において語源的に「む mu」「も mo」であった音が撥音便になった語

ひむかし（東。二例）　やむことなし（二例）　ねむころに（七例）

備考

二a、字音語の撥音を無表記とする語

けきやう（現形）　しそく（親族）　ほい（本意）

二b1、ラ変動詞の活用語尾ウ段音が、撥音便となる語の無表記例

あなり　あめり

二b3、この項の撥音無表記例はない。

結論

A、仮名表記における助動詞（四語一五四例）・助詞（二語八〇例）に見える撥音は、すべて「む」に限定される。

B、m尾子音の字音語一語一例（念ず）は「む」表記である。

C、n尾子音の字音語七語九例のうち二語二例（随身・禅師）が「む」表記ながら、六語八例（案・西院・真実・前栽・禅師・対面）は「ん」に表記される。前項が一語一例なので判然としないが、ここでは「ん」表記に傾いてはいる。

D、和語における語源的な「み mi」が撥音便となる場合（五語六例）は、「む」表記（三語三例）と「ん」表記（二語三例）との混態を示し、識別は曖昧であるが、一語二例の「御息所」は伊達本古今和歌集でも「みやすん所」と表記されるので、「思倦ず」が「思うむす」とありたい例外を除いては、マ行音に発する「む」表記の原則が、

下記のEと併せ見ることで、わずかながら看取される。

E、和語における語源的な「む mu」「も mo」音が撥音便となる場合（三語一一例）は「む」に表記される。

(四)　定家筆伊達本古今和歌集における撥音識別表記

一、付属語について

a1、推量の助動詞「む」の終止形・連体形（二五五例）は、すべて「む」に表記される。

a2、過去推量の助動詞「けむ」の仮名表記による終止形・連体形（三一例）の「けむ」における撥音は、すべて「む」に表記される。

a3、右の「釼（m尾子音）」表記は別に五例あり。

a4、現在推量の助動詞「らむ」の仮名表記による終止形・連体形（五三例）の「らむ」における撥音は、すべて「む」に表記される。

a5、右の「覧（m尾子音）」表記は別に五五例あり。

a6、完了の助動詞「ぬ」の未然形＋「む」（「なむ」）の「南（m尾子音）」が六例あり。

a7、将然の助動詞「むず」は、用例がない。

b1、指示強調の係助詞「なむ」（二七例）における撥音は、「む」に表記される。

b2、願望の終助詞「なむ」の仮名表記（二一例）における撥音は、すべて「む」に表記される。

b3、右の「南」表記は別に八例あり。

二、自立語について

a1、字音語（中古においてm尾子音）に基づく語

けむけい（兼藝。二例）　こきむわかしふ（古今和歌集。一例）　りうたむ（龍胆。一例）

a2、字音語（中古においてn尾子音）に基づく語

きせん（喜撰。二例）　せんさい（前栽。三例）　ちん（陣。一例）　へんせう（遍昭。八例）

a3、字音語（一語の中でm尾子音・n尾子音が併存）に基づく語

うりむゐん（雲林院。四例）

b1、「あり」「さり」などラ変動詞の活用語尾ウ段音が撥音便となる語の用例はない。

b2、和語において語源的に「み mi」であった音が撥音便となる語

おほむ（御。四例）　かちおむ（勝臣。一例）　かむつけ（上野。一例）　かむさし（髪挿。一例）　かむ
なり（神鳴。一例）　さたふん（貞文。三例）　たゝをむ（忠臣。一例）　なむまつ（並松。一例）　よむ
て（詠んで。一例）　ふん月（文月。一例）　ふんや（文屋。二例）　みやすん所（御息所。五例）

b3、和語において語源的に「む mu」であった音が撥音便となる語

ひむかし（東。一例）

備考

二b2、この項の撥音無表記例

みやす所（御息所）

結論

A、助動詞の仮名表記例（三語三三九例）に見える撥音は、「む」に限定される。

B、助詞の仮名表記例（二語三八例）に見える撥音は、「む」に限定される。

C、m尾子音の字音語四語八例は、例外なく「む」に表記される。

D、n尾子音の字音語五語一七例は、例外なく「ん」に表記される。

E、和語における語源的な「み mi」音が撥音便となる場合（一二語二一例）は、八語一一例が「む」に、四語一〇例が「ん」に表記され、無原則のようにも見えるが、「ん」表記四語のうち三語（貞文・文月・文屋）五例までが「文」の訓みであるのは、〔概要〕でも触れたように、その字音語との関連が想起される。また、もう一語（御息所）五例は「みやす所」と撥音が無表記になる例がある点で他の語と異なっているのを想起すると、例外なく「ん」表記であるのも理解され、更級日記に見える「む」表記の原則が、わずかに窺い知られる。

F、和語における語源的な「む mu」音が撥音便となる場合（一語一例）は「ひむかし」と表記される。

G、助動詞・助詞「けむ」「らむ」「な＋む」「なむ（終）」には「釼（五例）」「覧（五五例）」「南（一五例）」の宛漢字（いずれもm尾子音）が比較的多く見られ、特に「覧」では仮名表記例より多いのが注意される。

㈤　定家筆嘉禄本古今和歌集における撥音識別表記

一、付属語について

a1、推量の助動詞「む」の終止形・連体形（二五九例）は、すべて「む」に表記される。

a2、過去推量の助動詞「けむ」の仮名表記による終止形・連体形（三八例）の「けむ」における撥音は、すべて「む」に表記される。

a3、右の「釼（m尾子音）」表記は別に二例あり。

a4、現在推量の助動詞「らむ」の仮名表記による終止形・連体形（七一例）の「らむ」における撥音は、すべて「む」に表記される。

a5、右の「覧（m尾子音）」表記は別に三七例あり。

a6、右とは別に打消の助動詞語尾未然形＋「む」（「ざらむ」）の「覧」表記が一例あり。

a7、完了の助動詞「ぬ」の未然形＋「む」（「なむ」）の「南（m尾子音）」表記が一一例あり。

a8、将然の助動詞「むず」は、用例がない。

b1、指示強調の係助詞「なむ」（三四例）における撥音は、すべて「む」に表記される。

b2、右の「南」表記は別に一例あり。

b3、願望の終助詞「なむ」の仮名表記（一四例）における撥音は、すべて「む」に表記される。

b4、右の「南」表記は別に一九例あり。

二、自立語について

a1、字音語（中古においてm尾子音）に基づく語うりむ院（雲林院。一例）　けむけい（兼藝。二例）　こきむわかしふ（古今和歌集。一例）　こらむす（御覧ず。一例）　りうたむ（龍胆。一例）

a2、字音語（中古においてn尾子音）に基づく語

きせん（喜撰。一例）　しんせい（真静。一例）　せんさい（前栽。三例）　ちん（陣。一例）　へんせう（遍昭。一〇例）

a3、字音語（一語の中でm尾子音・n尾子音が併存）に基づく語

うりむゐん（雲林院。三例）

b1、「あり」「さり」などラ変動詞の活用語尾ウ段音が撥音便となる語の用例はない。

b2、和語において語源的に「み mi」であった音が撥音便となる語

おほむ（御。八例）　かちおむ（勝臣。一例）　かむつけ（上野。一例）　かむさし（髪挿。一例）　かむなり（神鳴。二例）　さたふん（貞文。二例）　たゝをむ（忠臣。一例）　なむまつ（並松。一例）　よむて（詠んで。一例）　ふんや（文屋。一例）　みやすん所（御息所。五例）　をむな（女。一例）

b3、和語において語源的に「む mu」であった音が撥音便となる語

ひむかし（東。一例）

備考

二b2、この項の撥音無表記例

みやす所（御息所）

結論

A、助動詞の仮名表記例（三語三六八例）に見える撥音は、「む」に限定される。

B、助詞の仮名表記例（二語三八例）に見える撥音は、「む」に限定される。

C、m尾子音の字音語五語九例は、例外なく「む」に表記される。

D、n尾子音の字音語六語一九例は、例外なく「ん」に表記される。

E、和語における語源的な「み mi」が撥音便となる場合（一二語二四例）は、八語一六例が「む」に、三語八例が「ん」に表記され、無原則のようにも見えるが、伊達本古今和歌集の項で指摘したように、「文」では、訓読する「ふみ」が撥音便になると、音読する「ブン（n尾子音）」に従って「ん」表記になると理解され、「みやすん所」も、撥音無表記の「みやす所」と併存することは上述した通りである。

F、和語における語源的な「む mu」音が撥音便となる場合（一語一例）は「ひむかし」と表記される。

G、助動詞・助詞「けむ」「らむ」「ざら＋む」「な＋む」「なむ（係）」「なむ（終）」には「釼（二例）」「覧（三七例）」「南（六八例）」の宛漢字（いずれもm尾子音）が比較的多く見られ、特に「南」が、同じ古今和歌集でも、伊達本より顕著に多いのが注意される。

㈥　定家筆天福本後撰和歌集における撥音識別表記

一、付属語について

a1、推量の助動詞「む」の終止形・連体形（二八二例）のうち「む」表記が一五八例、「ん」表記が一二四例。

a2、過去推量の助動詞「けむ」の仮名表記による終止形・連体形（四七例）のうち、撥音の「む」表記が六例、「ん」表記が四一例。

a3、右の「釼（m尾子音）」表記が別に五例。

a4、現在推量の助動詞「らむ」の仮名表記による終止形・連体形（一五〇例）のうち、撥音の「む」表記が九例、「ん」表記が一二八例。

a5、右の「覧（m尾子音）」表記が別に二二例。

a6、将然の助動詞「むず」は用例がない。

b1、指示強調の係助詞「なむ」における撥音は「む」表記七例、「ん」表記二六例。

b2、願望の終助詞「なむ」の仮名表記における撥音は「む」表記が二例、「ん」表記が三一例。

b3、右の「南（m尾子音）」表記が別に二五例。完了の助動詞「ぬ」の未然形「な」＋「む」の「南」表記が六例。

二、自立語について

a1、字音語（中古においてm尾子音）に基づく語

せんたい（先帝。一例）　たいめん（対面。一例）　ひんなし（便無。一例）

b1、「あり」の活用語尾ウ段音が撥音便となった語

あんなり（一例）　あんめり（一例）

b2、和語において語源的に「み mi」であった音が撥音便となった語

おほむ（御。一例）　きむひら（公平。一例）　かむつけ（上野。一例）　たたむかみ（畳紙。一例）　ふん月（文月。三例）　みやすん所（御息所。一例）　やむことなし（七例）

b3、和語において語源的に「む mu」であった音が撥音便となった語

くらむと（蔵人。一例）　すけむと（輔臣。一例）

結論

A、助動詞の仮名表記（三語四四六例）の撥音のうち「む」表記は一七三例、「ん」表記は二九三例。

B、助詞の仮名表記（二語六六例）の撥音のうち「む」表記九例、「ん」表記五七例。

C、m尾子音の字音語は用例がないので区別できないが、n尾子音の字音語三語三例の撥音は「ん」表記。

D、和語における語源的な「み mi」が撥音便となる語（七語一五例）の撥音は原則として「む」表記とされるが、「ふん月」は「文」の音（n音尾）が影響してか、また「みやすん所」は「みやす所」のような無表記例が介在するからか「ん」表記と例外。

(七)　定家筆天福本拾遺和歌集における撥音識別表記

一、付属語について

a1、推量の助動詞「む」の終止形・連体形（二六三例）のうち「む」表記が一四五例、「ん」表記が一一八例。

a2、右が「ざら」の語尾＋「む」の接続で「覧（m尾子音）」に表記される場合が別に一例あり。

a3、右が「ぬ」＋「む」の接続で「覧」に表記される場合が別に二例あり。

a4、過去推量の助動詞「けむ」の仮名表記による終止形・連体形（二九例）の「けむ」における撥音のうち、「む」表記が五例、「ん」表記が二四例。

a5、右の「釼（m尾子音）」表記は別に三例あり。

a6、現在推量の助動詞「らむ」の仮名表記による終止形・連体形（一八〇例）の「らむ」における撥音のうち、「む」表記が一一例、「ん」表記が一六九例。

a7、右の「覧」表記は別に一五例あり。

a8、将然の助動詞「むず」は、用例がない。

b1、指示強調の係助詞「なむ」（四例）における撥音は、「む」「ん」表記が各二例。

b2、願望の終助詞「なむ」の仮名表記（二五例）による撥音は、「む」表記が三例、「ん」表記が二二例。

b3、右の「南（m尾子音）」表記は別に九例あり。

二、自立語について

a1、字音語（中古においてm尾子音）に基づく語
かむし（勘事。一例）　ちむ（沈。一例）　はなかむし（花柑子。一例）　りうたむ（龍胆。一例）

a2、字音語（中古においてn尾子音）に基づく語
えん（宴。三例）　せん（餞。三例）　せんえうてん（宣耀殿。一例）　せんさい（前栽。一例）　せんし（宣旨。一例）　大はん所（大盤所。三例）　たくせん（託宣。一例）　ひせん（肥前。一例）　ひんなし（便

無。一例）　らんこ（乱碁。一例）　れいけいてん（麗景殿。一例）

b1、「あり」「さり」などラ変動詞の活用語尾ウ段音が撥音便となる語の用例はない。

b2、和語において語源的に「み mi」であった音が撥音便となる語

かむたちめ（上達部。一例）　きむさね（公実。一例）　さたふん（貞文。六例）

b3、和語において語源的に「む mu」であった音が撥音便となる語

ひむかし（東。一例）　ひんかし（東。一例）　めしかむかふ（召勘。一例）　やむことなし（一例）

備考

二a、字音語の撥音を無表記とする例

けさうす（懸想す）　こにやく（蒟蒻）

二b3、この項の撥音無表記例

みやす所（御息所）

結論

A、助動詞の仮名表記（三語四七二例）に見える撥音のうち、「む」表記は一六一例、「ん」表記は三一一例と後者が二倍近く多いが、その区分比率は「む」では一四五対一一八と前者がやや多いのに対し、「けむ」では五対二四、「らむ」では一一対一六九と「けむ」「らむ」の順に「ん」表記が圧倒的に多くなる。

B、助詞の仮名表記（二語二九例）に見える撥音の「む」「ん」は混在し、その区分比率が「なむ（係）」では二対二と

同数であるのに対し、「なむ（終）」では二対二三と「ん」表記が圧倒的に多くなる。

C、m尾子音の字音語四語四例は、例外なく「む」と表記される。

D、n尾子音の字音語一〇語一六例は、例外なく「ん」に表記される。

E、和語における語源的な「み mi」音が撥音便となる場合（三語八例）の撥音は、「む」「ん」表記が混在するものの、「ん」表記が「貞文」一語六例に限定されるので、「文」の字音との関連が想起され、「む」表記の原則が窺い知られる。

F、和語における語源的な「む mu」音が撥音便となる場合（三語四例）の撥音は、「ひんかし」一例を除いて「む」に表記される。但、「ひむかし」表記も一例あり、前記Eの傾向と併せて、マ行音に基づく「む」表記の原則が窺い知られる。

G、助動詞・助詞「けむ」「な＋む」「なむ（終）」「らむ」「ざら語尾＋む」には「釼（三例）」「南（九例）」「覧（一八例）」の宛漢字が散見され、いずれもm尾子音であるが、仮名表記例より見てm音意識は希薄であると類推される。

(八)　定家自筆物語二百番歌合における撥音識別表記

一、付属語について

a1、推量の助動詞「む」の終止形・連体形（九六例）は、一例の「ん」表記を除いて、すべて「む」に表記される。

a2、過去推量の助動詞「けむ」の終止形・連体形（一三例）の「けむ」における撥音は、すべて「む」に表記される。

a3、現在推量の助動詞「らむ」の終止形・連体形（三八例）の「らむ」における撥音は、すべて「む」に表記される。

a4、将然の助動詞「むず」は、用例がない。

b1、指示強調の係助詞「なむ」（二例）における撥音は、「む」に表記される。

b2、願望の終助詞「なむ」（九例）における撥音は、すべて「む」に表記される。

二、自立語について

a1、字音語（中古においてm尾子音）に基づく語

きむ（琴。三例）　御らむす（御覧ず。一五例）

a2、字音語（中古においてn尾子音）に基づく語

あんない（案内。一例）　えん（宴。一例）　さいゐん（斎院。二例）　せんさい（前栽。一例）　せんし（宣旨―女房名―。八例）　せんはう（前坊。一例）　たいめん（対面。六例）　ほん院（本院。一例）

b1、和語において語源的に「み mi」「も mo」であった音が撥音便となった語

みやすんところ・宮すん所（御息所。七例）

備考

二a2、字音語の撥音を無表記とする例

ほい（本意）

二ｂ１、和語において語源的に「み mi」であった音が撥音便となった語の無表記例

宮すところ・宮す所（御息所）

結論

A、助動詞（三語一四八例）に見える撥音は、一ａ１の「む」に一例の「ん」表記（後百番歌合四七番右詞書）があるのを除いては、すべて「む」に表記される。

B、助詞（二語一〇例）に見える撥音は、すべて「む」に表記される。

C、m尾子音の字音語二語一八例（琴・御覧ず）の撥音は、すべて「む」に表記される。

D、n尾子音の字音語八語二一例（案内・宴・斎院・前栽・宣旨・前坊・対面・本院）の撥音は、すべて「ん」に表記され、Cと併せ見ると、字音語における撥音表記において、m・n尾子音と「む」「ん」とが対応して識別されていると認定できる。

E、和語における語源的な「み mi」「も mo」音が撥音便となる場合（二語八例）は七例が「ん」に表記されるが、すべての他の定家筆本が多く「宮すん所」などと表記する「御息所」に限られるので、別段のことは何も言えない。

F、この作品は、各冒頭部や目録、漢字部分などのみ定家筆なので、以上のほとんど全部が他筆である。

㈨　定家筆実方集における撥音識別表記

一、付属語について

a1、推量の助動詞「む」の終止形・連体形（六例）は、すべて「む」に表記される。

a2、過去推量の助動詞「けむ」の連体形（一例）の「けむ」における撥音は「む」に表記される。

a3、現在推量の助動詞「らむ」の終止形・連体形（三例）の「らむ」における撥音は、「む」表記が二例、「ん」表記が一例である。

a4、将然の助動詞「むず」は、用例がない。

b1、指示強調の係助詞「なむ」（二例）における撥音は、「む」に表記される。

b2、願望の終助詞「なむ」は、用例がない。

二、自立語について

a1、字音語（中古においてm尾子音）に基づく語

けむぎ（嫌疑。一例）

a2、字音語（中古においてn尾子音）に基づく語

うこむ（右近。一例）　てむ（殿。一例）　てむ上（殿上。一例）　とうくはてむ（登花殿。一例）

b1、「あり」「さり」などラ変動詞の活用語尾ウ段音が、撥音便となる語の用例はない。

b2、和語において語源的に「み mi」であった音が撥音便となる語

おほむ（御。一例）　きむたち（公達。一例）

備考

二a、字音語の撥音を無表記とする例

にわし（仁和寺）

結論

A、助動詞（三語九例）・助詞（一語二例）に見える撥音のうち、「らむ」に一例ある「らん」表記の例外を除いて、撥音はすべて「む」に表記される。

B、m尾子音の字音語一語一例（嫌疑）の撥音も「む」表記であるが、n尾子音の字音語四語四例（右近・殿・殿上・登花殿）も「む」に表記されるので、両者の区分意識がなく、すべて「む」に表記したように思われる。これは他の定家筆本が、いずれの年代においてもm・n尾子音に「む」「ん」表記を対応させて峻別している原則とあまりに懸隔しているので、筆蹟上、問題なく定家筆と見られるだけに、その理由は追及されなければならない。伊勢集における結論Eを参照。

C、和語における語源的な「み mi」音が撥音便となる場合（二語二例）は「む」に表記される。

㈠〇 定家筆一宮紀伊集における撥音識別表記

一、付属語について

a1、推量の助動詞「む」の終止形・連体形（四例）は、すべて「む」に表記される。

a2、過去推量の助動詞「けむ」の連体形（五例）の「けむ」における撥音は、すべて「む」に表記される。

a3、現在推量の助動詞「らむ」の終止形・連体形（八例）の「らむ」における撥音は、一例の「む」表記を除いては、七例が「ん」に表記される。

a4、将然の助動詞「むず」は、用例がない。

b1、指示強調の係助詞「なむ」（一例）における撥音は「む」に表記される。

b2、願望の終助詞「なむ」は、用例がない。

二、自立語について

a1、字音語（中古においてm尾子音）に基づく語は用例がない。

a2、字音語（中古においてn尾子音）に基づく語

三月しん（三月尽。一例）　九月しん（九月尽。一例）

b1、「あり」「さり」などラ変動詞の活用語尾ウ段音が、撥音便となる語の用例はない。

結論

A、助動詞（三語一七例）・助詞（一語一例）に見える撥音のうち、「らむ」にのみ八例中七例の「らん」表記があり、他は「む」に表記される。

B、m尾子音の字音語はなく、n尾子音の字音語一語二例（三月尽・九月尽）は「ん」に表記されるが、小品なので、とかく言及するほどの用例数がない。

(二)　定家等筆伊勢集における撥音識別表記

一、付属語について

a1、推量の助動詞「む」の終止形・連体形（九一例）のうち「ん」表記一例の例外を除いて、すべて「む」に表記される。

a2、過去推量の助動詞「けむ」の終止形・連体形（二〇例）の「けむ」における撥音は、すべて「む」に表記される。

a3、現在推量の助動詞「らむ」の終止形・連体形（六七例）の「らむ」における撥音は、すべて「む」に表記される。

a4、将然の助動詞「むず」は、用例がない。

b1、指示強調の係助詞「なむ」（二五例）における撥音は、すべて「む」に表記される。

b2、願望の終助詞「なむ」（二〇例）における撥音は、すべて「む」に表記される。

二、自立語について

a1、字音語（中古においてm尾子音）に基づく語

こらむす（御覧ず。四例）　りうたむ（龍胆。一例）

a2、字音語（中古においてn尾子音）に基づく語

えん（宴。二例）　せちふん（節分。三例）　せんさい（前栽。七例）　二ねん（二年。一例）　長こん歌（長恨歌。一例）　みん部卿（民部卿。一例）　りうもん（龍門。一例）

b1、「あり」「さり」などラ変動詞の活用語尾ウ段音が、撥音便となる語の用例はない。

b2、和語において語源的に「み mi」であった音が撥音便となった語

おほむ（御。一例）

備考

二b2、この項の撥音無表記例。

おほみやすところ　宮すところ

結論

A、助動詞（三語一七八例）・助詞（二語四五例）に見える撥音のうち、「む」に一例ある「ん」表記の例外を除いては、すべて「む」に表記される。

B、m尾子音の字音語二語五例（御覧ず・龍胆）は、すべて「む」に表記される。

C、n尾子音の字音語七語一四例（宴・節分・前栽・二年・長恨歌・民部卿・龍門）は、すべて「ん」に表記される。

D、和語における語源的な「み mi」音が撥音便となる場合「おほむ（御）」（一語一例）は「む」に表記される。

E、A～Dに見られる原則は、推量の助動詞「む」九一例中、一例のみに見える「ん」表記の例外を除いては、更級日記における確固とした原則にことごとく一致する。この伊勢集は本文第一面のみを定家筆とし、他を定家子女の筆とするのが定説であるが、そうであれば、ある時期における定家の撥音表記の方法を、ほぼ完全に踏襲する人物が、子女とは言え、別にいたことになる。影印本で見ると第一面八行からして筆蹟にやさしみがあり、第二面（1ウ）九行、第三面（2オ）十行と行数は増加しても定家に似通う筆風ではあるが、ただ、ここにおける「𢦏」の用例を見ると、𢦏く（置）・𢦏くる（遅）・𢦏と（音）・な𢦏（猶）など十数例ある多くが、定家筆本の通常「を」に用いる語にあり、しかも「よ𢦏うみの」（4オ）・「くもち𢦏も」（53ウ）・「こゝらよ𢦏」（53ウ）のように、助詞「を」にまで至るのよりするのは、やはり定家周辺の人だからであろう。またこれは、筆蹟の上で明らかに定家筆と見られる実方集が、他の定家筆本に共通する原則に反して、n尾子音を持つ字音語「うこむ（右近）」「てむ（殿）」「てむ上（殿上）」「とうくはてむ（登花殿）」（各一例）と、m尾子音の字音語「けむき（嫌疑）」（一例）ともども、字音語すべて（五語五例）の撥音を「む」表記にしている。実方集が小品なのに四語も原則に反する例があるのは注意すべきであるが、伊勢集は作品量がかなり長いだけに、実方集に関するこの疑問と併せて、なお考える必要があるであろう。

(三)　定家筆定頼集における撥音識別表記

一、付属語について

a1、推量の助動詞「む」の終止形・連体形（二九例）は、すべて「む」に表記される。

a2、過去推量の助動詞「けむ」の終止形・連体形（六例）の「けむ」における撥音は、すべて「む」に表記される。

a3、現在推量の助動詞「らむ」の終止形・連体形（一二例）の「らむ」における撥音は、すべて「む」に表記される。

a4、右の「覧」表記は別に三例あり。

a5、将然の助動詞「むず」は、用例がない。

b1、指示強調の係助詞「なむ」（七例）における撥音は、すべて「む」に表記される。

b2、願望の終助詞「なむ」（三例）における「む」は、すべて「む」に表記される。

b3、右の「南」表記は別に四例あり。

b4、助動詞「ぬ」＋「む」の「なむ」における「南」表記は別に一例あり。

二、自立語について

a1、字音語（中古においてm尾子音）に基づく語

さうあむ（草庵。一例）

a2、字音語（中古においてn尾子音）に基づく語

たんこ（丹後。一例）　ちくせん（筑前。一例）　へんす（変ず。一例）　らてん（螺鈿。一例）

b1、「あり」「さり」などラ変動詞の活用語尾ウ段音が、撥音便となる語の用例はない。

備考

二a、字音語の撥音を無表記とする例

たいめ（対面）　ほく（反故）

二b1、ラ変動詞・ラ変型助動詞の活用語尾ウ段音が撥音便となる語の無表記例はない。

結論

A、仮名表記における助動詞（三語四七例）・助詞（二語一〇例）に見える撥音は、すべて「む」に表記される。

B、m尾子音の字音語一語一例（草庵）の撥音は「む」表記、n尾子音の字音語四語四例（丹後・筑前・変ず・螺鈿）の撥音は「む」に表記されるので、用例は少ないが、両者に区分意識があるように思われる。

㈢　定家自筆近代秀歌における撥音識別表記

一、付属語について

a1、推量の助動詞「む」の終止形・連体形（一九例）のうち、「む」表記が一四例、「ん」表記が五例である。

a2、過去推量の助動詞「けむ」は、用例がない。

a3、現在推量の助動詞「らむ」の終止形・連体形（一一例）の撥音のうち、「む」表記が二例、「ん」表記が九例である。

a4、将然の助動詞「むず」は、用例がない。

b1、指示強調の係助詞「なむ」は、用例がない。

b2、願望の終助詞「なむ」（一例）における撥音は「む」表記である。

二、自立語について

a1、字音語・和語とも撥音を含む語の用例はない。

結論

A、助動詞（二語三〇例）・助詞（一語一例）に見える撥音「む」「ん」が混在し、助動詞「む」では一四対五と前者が多く、「らむ」では二対九と後者が多い。

B、自立語に関しては、用例がない。

(四)　定家自筆源氏物語奥入における撥音識別表記

(自筆部分に限定シ、高野模本ニテハ補充セズ。但、仮名点ハ二度三度施セルカ)

一、草仮名における付属語について

a1、推量の助動詞「む」の終止形・連体形(七九例)は、すべて「む」に表記される。但、催馬楽引用における「牟」「无」の真仮名表記は、これに含めない。

a2、過去推量の助動詞「けむ」の終止形・連体形(九例)の「けむ」における撥音は、すべて「む」に表記される。但、催馬楽引用における「介牟」の真仮名表記は、これに含めない。

a3、現在推量の助動詞「らむ」の終止形・連体形(一四例)の「らむ」における撥音は、すべて「む」に表記される。

a4、右の「覧」表記は、別に五例あり。

b1、指示強調の係助詞「なむ」(五例)における撥音は、すべて「む」に表記される。

b2、願望の終助詞「なむ」(七例)における撥音は、すべて「む」に表記される。

二、引用漢文への仮名点における付属語について

a1、推量の助動詞「ム」の終止形・連体形(二六例)は、同一語に接続する二例(埋ウツマント)の「ン」表記を除いては、すべて「ム」に表記される(以下、二例ある語には◇印を付す)。漢字の下が仮名点(訓・送仮名)。

為怜アハレナラム　相識レルノミナラム　言ハムト　入イラム　失ウシナハムコト　◇埋ウツマント　墜オチナムト　及ハムト　不サラムニハ　令メム　謗ソシラム　倍ソムカムヤ　絶タエナムト　作タラム　照テラサムト　飛トハム　無ナケムヤ　哉ノミナラムヤ　脱マヌカレムト　生ムマレムト　聚婦メヲトラムト　不言モノイハサラムヲ　娉ヨハ、ムト　所ラレム　隕ヲチナムト

a2、過去推量の助動詞「ケム」の連体形「為ナリニケム」一例における撥音は、「ム」に表記される。

三、草仮名における自立語について

a1、字音語一例「つほせんさい（壺前栽）」（中古においてm尾子音）の撥音は「ん」に、和語一例「かむさし（髪挿）」（語源的に「み mi」音が撥音便となった語）の撥音は「む」に表記される。

四、引用漢文への仮名点における自立語について

a1、字音語（中古においてm尾子音）に基づき、撥音が「ム」と表記されている語（「—」は仮名点がない印）

音律イムリツ　感カム　感—ム　◇吟キム　◇錦繍キムシウ　禁色キム—　黔夫キムフ　釼ケム　金櫃経コムシ—　心緒シムシヨ　堂監タウケム　伯禽ハクキム　帆墻ハムシヤウ　（以上、一二語一五例）

a2、字音語（中古においてn尾子音）に基づきながら、撥音が「ン」と表記されている語

御監—ケン　検校ケンケウ　貧家ヒンカ　貧富ヒンフ　（以上、四語四例）

a3、字音語（中古においてn尾子音）に基づき、撥音が「ン」と表記されている語

鞍馬アンハ　◇燕エン　烟雨エンウ　紅顔—カン　顔叔子カンシクシ　寡人クワシン　頑愚クワンク

弦ヽクヱンー　元卿クヱンケイ　掛冠ケイクワン　径寸ケイソン　修環シウクワン　是古人シコシン　詩篇ーヘン　◇子孫シソン　臣シン　信シンス　晉シン　清辯ーヘン　善人センー　煎錬センレンシテ　孫康ソンカウ　尊貴ソンキ　檀子タンシ　歎息タンソク　対面タイメン　鈿合テンカウ　東観漢記トウクワンカンキ　飯ハンスル　版位ハンー　潘安仁ハンアンシン　万乗ハンシヨウ　悲端ヒタン　吩子フンシ　墳墓フンホ　紛ヽフンー　版ヘン　免ヘン　變改ヘンカイ　邊風ヘンフウ　◇幔マン　満座マンー　綿ヽメンー　文モン　門前モンセン　應門ヨウモン　闌干ランカン　淪落リンー　員ヰン　韻ヰン

（以上、五〇語五七例。但、一語の中に同質な重複撥音表記を含む語が四語あり）

a4、字音語（中古においてn尾子音）に基づきながら、撥音が「ム」と表記されている語

顔色カムー　紀傳ーテム　巾キム　欣然キムセムト　外蕃クワイハム　獻ケムス　左傳ーテム　秦シム　宸儀シムキ　盡日シムノモトニ　車胤シヤイム　石季倫セキ、リム　絶倫セツリム　泉セム　弾タム　断タム　傳テム　屯食トムー　要然ヨウセム　（一九語二〇例。但、同質重複撥音を含む語が一語あり）

a5、字音語一語に撥音が二つあり、そのいずれか一つが、「m—ム」「n—ン」に対応をしていない語

秦中吟シムーキム（nm）　李環朕リクワンチン（nm）　隣船ヰンセム（nn）　（三語）

b1、和語において語源的に「み mi」「む mu」「も mo」であった音が撥音便となった語

釵カムサシ　好コノムテ　慎ツ、シムテ　謹シムテ　折ツムオリ　泣ナムタ　臨ノソムテ　卿ナムチ　苦ネムコロニ　（九語九例）

b1、和語において語源的にマ行音以外の音が撥音便となった語、語源未詳の語

奈何イカンソ　去来インシヨリ　没インヌ　肯カヘンス　監カンカミテ　◇件クタム　去サンヌ　（四例）

避サンヌ　然シカムハ　死シンタリ　知シンヌ　◇何ナン　勘カムカヘ（一三語一八例）

結論〔高野模本ニヨレバ付属語二語三例、二a1「穿ウケナムト」、四a3「丱女カンチヨ　誑誕クヰヤウタン」ヲ追加〕

A、草仮名における助動詞（三語一〇二例）・助詞（二語一二例）に見える撥音は、すべて「む」に表記される。

B、仮名点における助動詞（二語二六例）の撥音は「埋」に接続する「ウツマント」一語二例を除いては「ム」に表記。

C、草仮名における字音語一語（「壺前栽」、n尾子音）の撥音は「ん」に表記され、和語の撥音便一語（「髪挿」、語源的にミ音より）は「む」に表記されているが、用例が各一例では、いわゆる定家の原則に言及はできない。

D、仮名点における字音語の撥音は「m―ム」「n―ン」表記の原則がやや混態し、特に「n―ム」の異例が目立つ。

E、仮名点における和語の、語源的にマ行音が撥音化した場合の撥音は、すべて「ム」に表記される。

F、右の、マ行音以外の音が撥音化した場合や語源不詳の撥音は、「ン」表記の傾向ながら、一部「ム」表記が混態。

㈤　定家等筆源氏物語柏木における撥音識別表記

（定家自筆《～十一丁ウ五行》ト他筆トヲ「・」点ノ上下デ区別シ、（　）内ニ合計数ヲ示ス）

一、付属語について

a1、推量の助動詞「む」の終止形・連体形（八〇例）のうち、「む」表記が一八・五六（七四）例、「ん」表記が五・

一（六）例の表記の混態である。

a2、過去推量の助動詞「けむ」の終止形・連体形（九例）の「けむ」における撥音は、二・七（九）例すべて「む」表記である。

a3、現在推量の助動詞「らむ」の終止形・連体形（一三例）の「らむ」における撥音は、「ん」表記が二・八（一〇）例、「ん」表記が二・一（三）例の混態である。

a4、将然の助動詞「むず」は、用例がない。

b1、指示強調の係助詞「なむ」（五〇例）における撥音は、「む」表記が三・四五（四八）例、「ん」表記が一・一（二）例の混態である。

b2、願望の終助詞「なむ」（二例）における撥音は、「む」表記〇・一（一）例である。

二、自立語について（合計数ハ省略）

a1、字音語（中古においてm尾子音）に基づく語

おむやうし（陰陽師。一・〇例）　けむ（験。二・〇例）　けむさ（験者。一・〇例）　けんさ（験者。一・〇例）　こらむす（御覧ず。〇・二例）　ねむす（念誦。〇・一例）　ねむす（念ず。一・一例）　わこむ（和琴。〇・一例）

a2、字音語（中古においてn尾子音）に基づく語

いうしやうくん（右将軍。〇・一例）　くわん（願。〇・一例）　けちえん（結縁。〇・一例）　御そうふん（御処分。〇・一例）　御ゆいこん（御遺言。〇・一例）　さうけん（讒言。〇・一例）　せんさい（前栽。〇・

一例）　たいめん（対面。〇・一例）　とんしき（屯食。〇・一例）　二三ねん（二三年。〇・一例）　ふたん（不断。〇・一例）　ゑもんのかみ（衛門督。〇・二例）

b2、和語において語源的に「み mi」「む mu」「も mo」であった音が撥音便となる語

かむたちめ（上達部。〇・一例）　たたむかみ（畳紙。〇・二例）　ねむころに（〇・三例）　やむことなし（二・〇例）　をむな（女。〇・一例）

備考

一a3、現在推量の助動詞「らむ」を「覧（m尾音）」と表記した例はない。

二a、字音語の撥音を無表記とする例

すす（誦ず。〇・一例）　たいめ（対面。〇・三例）　ほい（本意。一・一例）　ろなし（論無。〇・一例）

二b1、ラ変動詞の活用語尾ウ段音が、撥音便となる語の無表記例

あめり

二b2、この項の撥音無表記例

みやす所・宮す所

結論

A、助動詞（三語一〇二例）に見える撥音の、「む」表記対「ん」表記の比率は、自筆部分で二二対七（「む」75.9%）、他筆部分で七一対二（「む」97.3%）で、他筆部分に「む」表記が多い。

B、助詞（二語五一例）に見える撥音の、「む」表記対「ん」表記の比率は、自筆部分で三対一（「む」75%）、他筆部分で四六対一（「む」97.9%）で、他筆部分に「む」表記が多く、割合が助動詞と一致する。

C、m尾子音の字音語は、自筆・他筆合わせて七語一一例（陰陽師・験・験者・御覧ず・念誦・念ず・和琴）は、自筆部分に「けんさ（験者）」一例の例外（但、「けむさ」も一例あり）を除いては、「む」に表記される。「む」表記原則の傾向が窺われる。

D、n尾子音の字音語一二語一三例（右将軍・願・結縁・御処分・御遺言・讒言・前栽・対面・屯食・二三年・不断・衛門督）は、自筆・他筆にかかわらず、すべて「ん」に表記される。Cと併せ見るに、原則的にm・n尾子音と「む」「ん」表記が対応して識別されているように思われる。

E、和語における語源的な「み mi」「む mu」「も mo」音が撥音便となる場合（五語八例）は自筆・他筆にかかわらず、すべて「ん」に表記される。マ行音に基づく「む」表記の原則は認められない。

㈥　定家筆土左日記における撥音識別表記

一、付属語について

a1、推量の助動詞「む」の終止形・連体形（四五例）のうち「む」表記が二三例、「ん」表記が二二例。

a2、過去推量の助動詞「けむ」の終止形・連体形（五例）の「けむ」における撥音のうち、「む」表記が二例、「ん」表記が三例。

a3、現在推量の助動詞「らむ」の終止形・連体形（六例）の「らむ」における撥音は、すべて「ん」表記。

a4、将然の助動詞「むず」は、用例がない。

b1、指示強調の係助詞「なむ」（二六例）における撥音のうち、「む」表記が二例、「ん」表記が一四例。

b2、願望の終助詞「なむ」（三例）における撥音は、すべて「ん」表記。

二、自立語について

a1、字音語（中古においてm・n尾子音）に基づく語の用例はない。

b1、「あり」「さり」などラ変動詞の活用語尾ウ段音が撥音便となる語の用例はない。

b2、和語において語源的に「む mu」であった音が撥音便となる語

ひんかし（東。四例）

b3、和語において語源的に「み mi」であった音が撥音便となる語

おほん（御。一例）　おんな（嫗。一例）　つむたり（摘んだり）　ふむとき（文時カ―人名―。一例）　よむたふ（詠んたぶ。一例）　よむたり（読んだり。一例）　、（を）むな（女。一例）　をんな（女・嫗。七例）

をんなこ（女子。三例）

b4、和語において語源不詳ながら撥音である語

よむべ（昨夜。三例）

備考

一a、助動詞またはその一部が撥音便となり、無表記となった語

二a、字音語（中古においてn尾子音）における撥音が無表記または他の仮名に表記された語

あへなり（合ヘンなり）　ざなり　しゝこ（死ンじ子）　たなり

さうしもの（精進物）　てけ（天気）　ていけ（天気）　ゑす（怨ず）

結論

A、助動詞（三語五六例）に見える撥音の「む」「ん」は混在し、その区分比率は二五対三一であるが、「む」「けむ」では両者がほぼ伯仲しているのに対し、「らむ」は「らん」表記に限られている。

B、助詞（二語一九例）に見える撥音の「む」「ん」は混在し、その区分比率は一六対三と前者が圧倒的に多く、これは二語いずれにもほぼ共通して見える。

C、m・n尾子音の字音語に用例はないが、n尾子音の字音語が無表記あるいは他の仮名に表記される語がある。

D、和語における語源的な「む mu」音が撥音便となる語は一語四例ながら、いずれも「ん」表記。

E、和語における語源的な「み mi」音が撥音便となる七語一〇例は、「おほん」「おんな・をんな・をんなこ」三語一二例の撥音が「ん」表記なのに対し、五語五例が「む」に表記される。次項参照。

F、土左日記は、定家が見た紀貫之自筆原本の表記に影響されている点《冒頭部の唯一ある「ゝ（を）むな（女）」など》に、留意すべきである。

(七)　俊成筆古今和歌集昭和切における撥音識別表記

（古今和歌集上巻。但、仮名序ヲ欠キ、物名歌ニ墨滅歌五首ヲ含ムガ、書入歌一首ハ含マセズ）

一、付属語について

a1、推量の助動詞「む」の終止形・連体形（一〇五例）のうち「む」表記が二七例、「ん」表記が七八例。

a2、過去推量の助動詞「けむ」の終止形・連体形（一〇例）の「けむ」における撥音のうち、「む」表記が〇例、「ん」表記が一〇例。

a3、現在推量の助動詞「らむ」の終止形・連体形（六三例）の「らむ」における撥音のうち、「む」表記が五例、「ん」表記が五八例。

a4、将然の助動詞「むず」は、用例がない。

b1、指示強調の係助詞「なむ」（七例）における撥音は、すべて「ん」表記である。

b2、願望の終助詞「なむ」（一二例）における撥音は、「む」表記が三例、「ん」表記が九例。

二、自立語について

a1、字音語（中古においてm尾子音）に基づく語

うりん院（雲林院。二例）　ケムケイ（兼藝―振仮名―。一例）　御らんす（御覧ず。二例）　りうたん（龍胆。一例）

a2、字音語（中古においてn尾子音）に基づく語

イウセン（幽仙―振仮名―。一例）　せんさい（前栽。一例）　ちん（陣。一例）

b1、「あり」「さり」などラ変動詞の活用語尾ウ段音が撥音便となる語の用例はない。

b2、和語において語源的に「む mu」であった音が撥音便となる語

たかんこ（高向。一例）

b3、和語において語源的に「み mi」であった音が撥音便となる語

あそん（朝臣。一例）　あをん（朝臣―ママ―。一例）　おほむ（御。二例）　おほん（御。一例）　かちおん（勝臣。一例）　かんなり（雷鳴。二例）　さたふん（貞文。三例）　ふんや（文屋。一例）　みやすんところ（御息所。五例）

備考

二a、字音語の撥音を無表記とする例

そうく（承均）

結論

A、助動詞（三語一七八例）に見える撥音の「む」「ん」は混在し、その区分比率が「む」では二七対七八と前者が辛うじて後者の三分の一を超える程度あるのに対し、「けむ」では〇対一〇、「らむ」では五対五八と圧倒的に後者が多い。

B、助詞（二語二九例）に見える撥音の「む」「ん」は混在し、その区分比率が「なむ（係）」では〇対七、「なむ（終）」では三対九と圧倒的に後者が多い。

C、m尾子音の字音語四語六例は、片仮名による振仮名一語一例のみ「ム」と表記されるが、他は「ん」表記なの

で、草仮名表記では、m尾音の表記意識がないように思われる。
D、n尾子音の字音語三語三例は、いずれも「ん」「ン」に表記されるが、用例が少ないので、m・n尾子音識別意識については明らかでない。しかしCと併せ見るに、漢字への片仮名による振仮名では各一例でも識別されており、俊成自筆本古来風躰抄と合わせると、この原則は歴然とする。
E、和語における語源的な「む mu」音が撥音便となる一例「たかんこ（高向）」の場合は、「たかむこ」と表記されている例（伊達本古今集）が撥音であるかが疑わしいので、比較ができない。
F、和語における語源的な「み mi」音が撥音便となる場合（七語一七例）は、「おほむ（御）」一例の例外を除いては、いずれも「ん」表記なので、定家の「む」表記の原則とは距離がある。
G、助動詞・助詞の「けむ」「らむ」「なむ（終）」には「釼」「覧」「南」などの宛漢字を用いないのは、伊達本古今集のような短歌一行書でなく、二行書だからであろう。

㈥　俊成自筆古来風躰抄（上下）における撥音識別表記

一、付属語について
a1、推量の助動詞「む」の終止形・連体形（一九三例）のうち「む」表記が三三例、「ん」表記が一六〇例である。

　但、万葉集原文への振仮名部分（上巻に限られる）に見られる別の四例は、すべて「ム」表記である。

a2、過去推量の助動詞「けむ」の終止形・連体形（三四例）の「けむ」における撥音は、すべて「ん」表記である。

a3、現在推量の助動詞「らむ」の終止形・連体形（八〇例）の「らむ」における撥音のうち、「む」表記は二例、「ん」

表記は七八例。

a4、将然の助動詞「むず」は、用例がない。

b1、指示強調の係助詞「なむ」（二八例）における撥音は、すべて「ん」表記である。

b2、願望の終助詞「なむ」（二例）における撥音は、すべて「ん」表記である。

二、自立語について

a1、字音語（中古においてm尾子音）に基づく語

えんに（艶に。二例）　けんす（験ず。一例）　御らんす（御覧ず。八例）　せんせい（瞻西。一例）　良せん（良暹。一例）

a2、漢字の振仮名部分（但、上巻に限られる）における字音語（中古においてm尾子音）に基づく語

ケム（釼。一例）　コムク（金口。一例）

a3、字音語（中古においてn尾子音）に基づく語

あんおん（安穏。一例）　えん（縁。二例）　かくもん（学問。二例）　けうまん（驕慢。一例）　しをん（紫苑。一例）　そんす（損ず。一例）　たうしん（道心。一例）　まんたら（曼陀羅。一例）　よねん（余年。二例）　ゐん（韻。一例）

a4、漢字の振仮名部分（但、上巻に限られる）における字音語（中古においてn尾子音）に基づく語

アナン（阿難。一例）　インタウ（引導。一例）　エン（縁。一例）　カクモン（學問。一例）　クワン（棺。一例）　クワンカイ（願海。一例）　ケンクワン（賢観。一例）　ケンタウシ（遣唐使。一例）　コンシヤ

（権者。一例）　シクワン（止観。一例）　シヤウアン（章安。一例）　シユン（順。一例）　シンす（信ず。一例）　セイヰン（声韻。一例）　セソン（世尊。一例）　センシヤ（撰者。一例）　センタイ（前代。一例）　ソクケン（俗間。一例）　タンカ（短歌。一例）　ハンタイ（万代。一例）　フケン（普賢。一例）　フケン（浮言。一例）　ヘンシン（遍身。一例）　ホウモン（法文。一例）　ホンタイ（本躰。一例）　ホンナウ（煩悩。一例）　ミンケフ（民業。一例）　ムシン（無盡。一例）　ランテウ（欄蝶。一例）　レンホ（戀慕。一例）　ヰン（韻。二例）　ヲウシン（應神。一例）

a5、字音語（一語の中で中古におけるn尾子音とm尾子音が併存）に基づく語

けんさん（見参。三例）

b1、和語において語源的に「む mu」「も mo」であった音が撥音便となる語の用例はない。

b2、和語において語源的に「み mi」であった音が撥音便になる語

あまつかんの（天つ神の。一例）　おほん（御。一例）　きんたう（公任。二例）　きんひら（公平。一例）　きんより（公資。一例）　くちうんす（口倦ず。一例）　とんて（富んで。一例）　ふんつき（文月。一例）　ふんて（文手―筆―。一例）　みやすんところ・みやすん所・宮すんところ（御息所。五例）　をんな（女。二一例）

備考

二、字音語・和語の撥音が無表記される例には、「懸想」「あめり」などが散見される。

結論

A、助動詞（三語三〇七例）に見える撥音表記「む」「ん」は混在し、その区分比率は三五対二七二と後者が圧倒的に多く、「けむ」では前者が〇、「らむ」でも八〇例中二例に過ぎない。しかし、推量の助動詞「む」においては、他の助動詞に比較して「む」がやや多くあり、上巻は四分の一（二六対一〇四）、下巻では八分の一（七対五六）が「む」表記である。なお上巻にのみ見られる万葉集原文への振仮名四例が「ム」に限られるのは、下記Dにおける字音語への振仮名に見える原則と共通する方法かと類推される。

B、助詞（二語三〇例）に見える撥音の「む」は、すべて「ん」に表記される。

C、m尾子音の草仮名表記による字音語五語一三例の撥音は、いずれも「ん」に表記されるが、漢字への振仮名表記二語二例（但、上巻に限られる）では、いずれも「ム」に表記される。

D、n尾子音の草仮名表記による字音語一〇語一四例の撥音は、いずれも「ん」に表記されるが、漢字への振仮名表記三三語三四例（但、上巻に限られる）では、いずれも「ン」に表記される。この点を前記Cの例と併せ見るに、俊成は漢字音への振仮名においてはm・n音を識別表記したが、字音語の草仮名表記では、いずれも「ん」に表記したと推定される。この推定は、用例は少ないものの、俊成筆古今集昭和切と一致する。

E、和語における語源的な「み mi」音が撥音便となる一一語五六例は、いずれも「ん」に表記されるので、Dと同様、定家が「む」表記を原則とするのに対し距離がある。

F、接続助詞の「とも」を「とん」と表記した場合が、下巻に三例ある。

㈩九 為家筆大和物語における撥音識別表記

一、付属語について

a1、推量の助動詞「む」の終止形・連体形（一六一例）のうち「む」表記が一四一例、「ん」表記が二〇例。

a2、過去推量の助動詞「けむ」の終止形・連体形（三二例）の「けむ」における撥音のうち、「む」表記が二八例、「ん」表記が四例。

a3、現在推量の助動詞「らむ」の終止形・連体形（三五例）の「らむ」における撥音のうち、「む」表記が二九例、「ん」表記が六例。

a4、将然の助動詞「むず」は、用例がない。

b1、指示強調の係助詞「なむ」（二八二例）における撥音のうち、「む」表記が二五七例、「ん」表記が二五例。

b2、願望の終助詞「なむ」（八例）における撥音のうち、「む」表記が七例、「ん」表記が一例である。

二、自立語について

a1、字音語（中古においてm尾子音）に基づく語

けむしや（験者。一例）　御らむす（御覧ず。六例）　御らんす（御覧ず。二例）　ねむかく（念覚。一例）

ねむす（念ず。二例）　りむし（臨時。一例）

a2、字音語（中古においてn尾子音）に基づく語

えん（縁。一例）　かいせん（戒仙。一例）　かんれん（寛蓮。一例）　さいゐん（斎院。一例）　しんしち（真実。一例）　せけん（世間。二例）　せんさい（前栽。一例）　たいめん（対面。一例）　丁わん（茶碗。一例）　ちん（陣。二例）　もん（紋。一例）　やうせいゐん（陽成院。一例）　ゐん（院。一例）

a3、字音語（一語の中で中古におけるm尾子音とn尾子音が併存）に基づく語

しむてん（寝殿。一例）

a4、字音語よりサ変動詞に接続して撥音便となった語

ふんす（封ず。一例）

b1、「あり」「さり」などラ変動詞の活用語尾ウ段音が撥音便となる語の用例はない。

b2、和語において語源的に「む mu」であった音が撥音便となる語

ひむかし（東。一例）　やむことなし（一例）

b3、和語において語源的に「み mi」であった音が撥音便となる語

うむす（倦ず。一例）　おほむ（御。二二例）　おほん（御。一例）　かむたちめ（上達部。四例）　かむのきみ（督の君。一例）　かむのくたり（上の条。二例）　きむたゝ（公忠。五例）　きむち（君貴？。一例）　きむひら（公平。二例）　たゝふん（忠文。一例）　宮すむところ・宮すむ所（御息所。八例）　宮すんところ・宮すん所（御息所。一〇例）　よむたり（読んだり。二例）　をんな（女。一例）

b4、和語において語義不詳ながら撥音である語。

のうさん（―女房名―）

備考

二a、字音語の撥音を無表記とする例

けさう（懸想）　さうし（精進）

結論

A、助動詞（三語二二八例）に見える撥音表記「む」「ん」は混在し、その区分比率は一九八対三〇と前者が圧倒的に多く、これは三語いずれにもほぼ共通して見える。

B、助詞（二語二九〇例）に見える撥音の「む」「ん」は混在し、その区分比率は二六四対二六と前者が圧倒的に多く、これは二語いずれにもほぼ共通して見える。

C、m尾子音の字音語五語一三例は、「御らむす」六例に対して「御らんす」二例がある例外を除いては、「む」と表記されるので、「む」表記への傾向が看取される。

D、n尾子音の字音語一三語一五例は、いずれも「ん」に表記され、Cと併せm・n尾音の識別があると看取される。

E、和語における語源的な「む mu」音が撥音便となる二語二例はいずれも「む」表記。

F、和語における語源的な「み mi」音が撥音便となる一二語六〇例は、「おほむ（御）」二二例に対し「おほん（御）」一例、「たゝふん（忠文）」一例、「宮すむところ・宮すむ所」八例に対して「宮すんところ・宮すん所」一〇例の例外があるのを除いては、「む」に表記されるので、「む」表記への傾向が看取される。

㈡　平安末仮名点国立故宮博物院蔵古註蒙求（上巻）における撥音識別表記

一、付属語について

a1、推量の助動詞「ム」の終止形・連体形（五四例）は、すべて「ム」に表記される。数字のない例は蒙求李良表、ある例は蒙求本文における標題数である。漢字の下が仮名点（訓・送仮名）。

向ナム　事ナ、ム　若シカムヤ　開カム　欲セム3　憂ム3　決セム23　營ツクラム24　詭言ナラム24　無ケム47　驗ケムセム51　負オハム58　窺ウカ、ハム65　絕タエナム69　實アテム70　礪トカム71　作ナセム78　忍シノヒナム81　申ノヘム84　有ラム85　還ナム91　周メクラム91　奉上セム101　爲人タラムモノ103　爲セム104　无ケム110　往ユカム119　斬ラム120　飮セム123　封侯タラム129　若ケム133　解トカム136　諧カナヒナム138　有ラム141　禮セム143　盡サム144　殺サム153　乘ム153　云ハム153　喪ウシナフテム160　攻セマム162　適ユカム172　見ミム176　理ヲサメム177　伐ウタム178　去ラム187　爲セム205　墜ナム226　留ラム226　何ノ益アラム256　遺オクラム265　爲タラム273　浣アラハム278　取トラム279

二、字音語の仮名点について〔築島裕氏執筆「訓点解題」（池田利夫編『蒙求古註集成　下巻』所収）より転載〕

この他、一般に字音の表記例は、平安時代の通常の状態をよく反映してゐるやうである。第一に、唇内撥音尾（-m）と舌内撥音尾（-n）とは、例外なく次のやうに区別して表記され、前者は「ム」、後者は「レ」（以下印刷の便を慮つて「ン」と表記する。）で記されてゐる。　＊は注文の中の用例であることを示す。

○唇内撥音尾と舌内撥音尾とを区別した例

[唇内撥音尾] 淹アム表　髯セム15　尋シム18　監ケム19* 66*　感カム20　譚タム23　懺シム23　三サム28　飲ヲム36*　心シム38*　湛タム44　驗ケム51*　金キム54*　歆キム65*　禁キム69*　鑒カム75　瞻セム110　琰エム113*　淹エム142　廞キム143　躭タム268　恬テム297

[舌内撥音尾] 韻ヰン表序　員イン表　泉セン表　藩ハン表　捍カン表　甄ケン表　聞モン表　澣カン表　臣シン表69*　贊サン表74　文フン表　簡カン1　震シン5　關クワン5　安アン7　孫ソン10 54* 62 71　珣スキン16　蠻ハン17*　桓クワン23　單セン24*　袁エン30 83　燕エン41*　辛シン41* 70　瓘クワン43 84　詵シン45　間カン50　宣セン51　然セン51*　垣エン54*　環クワン54*　山サン56　鄲サン62*　管クワン65　專セン66　羣クン69*　引イン70　翰カン80　韓カン81*　振シン87　琬ワン113　憐レン120　馴スキン121　彥ケン126　罕カン158　兗エン218*　褰ケン253

たゞ一ヶ所、「燕41」に「エム。」のやうに見える所があるが、「燕」字は先韻に属するから「ン」でなければならない。因に図書寮蔵の影写本では「ナム」のやうな字形で写されてゐる。

三、訓における和語の自立語について

a1、語源的に「み mi」「む mu」「も mo」であった音が撥音便となった語

撰エラムテ　寝ヤムヌ　簪カムサシセリ37　髭カムツヒケ38　尓ナムチ50・119　卿ナムチ81・139・142・160　苦ネムコロ175

a2、語源的に「み mi」「む mu」「も mo」以外の音が撥音便となった語

如何イカン23　何イカン50　何ナン102

結論

A、付属語は助動詞「ム」（五四例）のみであり、すべて「ム」に表記される。

B、m尾子音の字音語（唇内撥音尾）は、二二語二三例あり、すべて「ム」に表記される。

C、n尾子音の字音語（舌内撥音尾）は、四六語五二例あり、殆どすべて「ン」に表記されるが、「臣シム（表）」「燕エム（41）」の二例は、一方で「シン」「エン」の表記もありながら、例外となっている。

D、和語における語源的な「み mi」「む mu」「も mo」音が撥音便となる場合（七語一一例）は、すべて「ム」に表記されるので、マ行音に基づき撥音便化した語の撥音は、「ム」に表記される原則が認められる。

E、Dを除いた和語が撥音便となる場合（三語三例）は、「何」を含む少数例ながら、すべて「ン」に表記されるので、BCやDの場合と併せて考えるに、m尾子音は、マ行音に基づく撥音は「ム」に、n尾子音か、それ以外の和語の音が撥音便化した語の撥音は、「ン」に表記される原則があると認められる。

以上、定家における撥音識別表記の概要と、その周辺を含めた悉皆調査の伝本別結果を報告したが、問題は、右に見た定家独自の表記法が、特に定家真筆本として一般に広く親しまれている御物本更級日記に於て、例外なく確立しているように、ある年代に限って採用されていた事実である。もしもこの年代が測定されるのなら、鶴見本伊勢物語の親本たる定家真筆本の書写年次を推定する有力な根拠となるに違いないので、鶴見本の本文を考察した後に改めて論述したいが、鶴見本の吟味を通して、なぜ撥音識別表記の独自性に遭遇したかの理由と、定家の方法の背景については、ここで述べておく必要があるであろう。

最初に気付いたのは、三条西家本伊勢物語を底本に、表記までを含めた本文異同を調べていると、文中に頻出する付属語「む」「けむ」「らむ」「なむ」などの撥音「ん」表記を「む」に改める作業があまりにも多く、遂には途中より、この写本は「ん」表記を全く使用しないのかと呆れ返ったのに始まる。そこで調査を中断して全冊ばらばらと「ん」の字形探索に着手すると、付属語には確かに一例もないのに改めて驚きはしたが、自立語なら、「あん（案）」「さいゐん（西院）」「たいめん（対面）」と、字音語の撥音はほとんどが「ん」表記となっていて珍しくない。ところが、ただ一例、二一段にある

この女いとひさしくありてねむじわびてにやありけむ　（濁点・圏点筆者）

の「念ず」の撥音を「ねむ」と「む」表記にしているではないか。鶴見本ではこの用例のみなので、三条西家本を見ると、やはり同じ箇所は「ねむ」で、他の字音語は鶴見本と同じく撥音「ん」であったが、ただ鶴見本が「陰陽師」と漢字の箇所は三条西家本では「おむやうし」と書かれていたので、もう一例撥音「む」表記の字音語を見付けた。「念」「陰」が「む」、「案」「院」「面」が「ん」表記、結局、二、三の試行錯誤の末に思い至ったのが、漢字のn尾子音（舌内撥音尾）を持つ字音を「ん」、m尾子音（唇内撥音尾）を持つ字音を「む」と、定家が識別して書き分けていたのではないか、とする仮説である。こうなると、伊勢物語だけでは語彙が限定的で、用例数が足りないばかりか、いずれも定家真筆本ではなく、模本であるのが不安である。そこで御物本更級日記を同じ観点より調査すると、ここでも付属語の撥音表記は鶴見本と同じに徹底的に「む」、自立語についても、字音語では広範な用例から伊勢物語と同一の方法が確認され、更に和語に於ても、調査報告に見るように、撥音便の語では、音便化する前の音がマ行音であったか否かで、「む」「ん」を識別表記していることがわかった。定家は、なぜこうした峻別をしたのであろうか。

付属語における右の撥音が、万葉集に於ては、すべて唇内撥音尾を有する漢字によって表記されていることは、夙に、先師亀井孝氏が指摘された[2]ところである。即ち、「けむ」には兼(ケム)・監(ケム)・険(ケム)が、「らむ」には覧(ラム)・濫(ラム)・藍(ラム)が、「なむ」には南(ナム)が、また「む」では、上に接続する語の語尾に併せて、甘(カム)・敢(カム)・今(コム)・三(サム)・点(テム)・念(ネム)・廉(レム)など多彩に用いられているが、一例として舌内撥音尾を有する漢字を見ないのである。そして、こうした峻別は、上代に限らず、個別調査報告の最後に示した「古註蒙求」に対する平安後期仮名点に於てさえ見られる。

蒙求は唐の李瀚撰、平安時代初期には日本に伝来し、幼学書として貴族社会の人口に膾炙したのは知られる通りで、右は台北の故宮博物院所蔵本ながら、日本人が書写した二巻本蒙求上巻残欠古鈔本で、永年にわたる訓読の成果を示す仮名点が縦横に施され、撥音識別表記に関しても豊富な用例を伝えている。まず助動詞では、推量の「ム」に限られるものの、「營ツクラム・絶タエナム・有アラム・喪ウシナフテム・取トラム」など六〇例もあるすべてが「ム」と書かれ、決して「ン」（当時の字形は「レ」）と表記することがないであろう。また字音を示す仮名点でも唇内撥音尾を有する二三例は、表示されているように「淹アム・髯セム・尋シム」など「ム」表記に限定される一方、舌内撥音尾の五二例では殆どが「臣シン・賛サン・文フン」と「ン」に表記され、僅かに各二例ある「臣」の一つに「シム」、「燕」の一つに「エム」と表記する例外はあっても、ほぼ完璧な識別と言って差し支えないであろう。

字音だけではない。和語における撥音便の表記でも、語源的にマ行音より音便化した場合には「撰エラムテ（←エラミテ）」「簪カムサシセリ（←カミサシセリ）」「苦ネムコロニ（←ネモコロニ）」と撥音は「ム」表記されるが、これ以外では「如何イカン（←イカニ）」「何ナン（←ナニ）」と「ン」に表記されている。まさに定家が更級日記書写で実践した付属語における「む」表記の徹底、自立語における字音語・和語それぞれに確固とした原則に従っている「む」「ん」の厳格な識別表記と同じなのである。定家が、万葉集をはじめとする上代の言語を念頭としたのか、あるいは、平安朝の漢籍仮名点が採用する方法を念頭にしたのか詳かでないが、こうした方法を断行したからには、おのずから背景があり、定家が目指した何かがなくてはならない。俄かに明らかにならないにしても、同時代周辺の仮名文献をひとわたり見渡して、定家のこの識別表記の試みは屹立しているのである。

次に、個別調査伝本の中に、定家の父俊成書写の古今和歌集昭和切や自筆古来風躰抄と、嫡男為家筆とされる大和物語を加えたのは、周辺の状況を見る一環として、それぞれ相互に影響の濃い近親者だからにほかならないが、結果はと言えば、各報告に見る通り、父も子も、定家の方法とはいかにも縁遠い。しかしそれでも、気になる点はある。概要にも一部述べたように、古来風躰抄の上巻のみに比較的頻出する漢字に施した自筆の字音仮名点に限るなら、舌内撥音尾を有する三四例すべてが「阿難・引導・縁・学問・棺」などと「ン」表記、少数ながら二例のみある唇内撥音尾を持つのでは「釼・金句」と明確な識別がなされ、特に右のうち「法文金句」のような一連の漢語では、n尾子音かm尾子音か、即座に書き分ける俊成の心得までが伝えられる。これは定家が伊達本や嘉禄本古今集を書写するに際し、詞書に数例も見える「雲林院」の仮名表記がすべて「うりむゐん」と、これも瞬時に自然と書き分けられ、写し手の反射的識別能力としてさえ、髣髴とさせられるが、そもそも「雲林院」は三つの撥音尾を持っている。n・m・nと連続するのだが、「雲」の撥音が無表記であるのは、「案内」「懸想」のようにn尾子音のみが無表記となる原則とも合致するし、続く二つの撥音m・nを「林・院」と識別している。俊成が古今和歌集昭和切で、二例のみ見える「うりん院」の表記を「ん」表記のままとする方法と、まさに対照的と言わなければならない。従って、父俊成の方法を踏襲したところを敢て求めるなら、古来風躰抄における漢語への振仮名に、m・n各尾子音の識別を的確に示したことにあり、定家はこれを古典書写における仮名文字表記全般に拡大して見せたと言えるが、仮名点となると別である。定家には調査報告㈣に挙げたように、自筆本源氏物語奥入には、注釈のために引用された多量の漢籍に繰り返し施された豊富な仮名点を見ることができる。実態は概要に言及し、個別調査に述べた通りで、鶴見本伊勢物語の方法とはいささか離れるので、これ以上論及しないが、定家の撥音識別表記への意識を知る上では重要な資料であろう。

次に、嫡男為家書写の大和物語の撥音表記を見ると、付属語について俊成古来風躰抄が九〇％延べ三三七語まで「ん」表記、一〇％三五語が「む」表記であるのに、大和物語は八九％四六二語が「む」表記、一一％五六語が「ん」表記と、大勢が全く逆転して、この面で為家はある時期の定家に近い。また自立語に於ても、俊成が全く識別せずに「ん」一辺倒であるのと比較すると、表示、結論に述べたように、字音語でも、和語の撥音便に関しても、定家ほど徹底はしないが、大筋では「む」「ん」を相当識別していると看取することはできる。ただしこれは、親本が定家書写本であった影響を排除できない。「聞こえ」を「きこ江」と書く例（第六節参照）が散見されるのは注意される。

以上、定家近親者二人の様態を概略考察したが、近親者を含めて、定家周辺にいた子女・女房など、定家の古典籍書写に協力した人々の存在を忘れることはできない。次節に述べる鶴見本伊勢物語の親本に当る定家真筆本一一段の別筆であった贈答歌写し手もそうであるし、源氏物語青表紙本原本とされる柏木一帖や伊勢集も、大部分は別筆である。当該各項の結論の条に言及したように、それぞれの筆蹟鑑定の問題としても、なお探求する機会が必要であろう。

なお、ここまで定家に関しては、作品別に真筆本（一部真筆本を含む）か模本かを用いた調査結果を示したが、その対象基準に達しない中で、本書に収載した「略校本」における対校本の一である静嘉堂文庫蔵武田本伊勢物語の撥音識別については言及しておく必要がある。ただ、この伝本を『校本』底本にされた山田清市氏が「伝後柏原院宸筆本」と呼称するのは正確でない。由来は鉄心斎文庫蔵享禄四年大谷泰昭書写伊勢物語奥書に「宸筆書之／以定家卿自筆不替一字書写之　御判」とあり、両者の本文・奥書を詳細に比較すると一致して兄弟本と判断されたからという。鉄心斎文庫蔵本ではこのあと、「此一冊以当代　宸筆之本不違一字令書写之也」以下の永正四年「入道尊鎮親王」本奥書があるので、「宸筆」「御判」の主は後柏原天皇とわかり、泰昭の書写奥書を含めて辿ると、以下の書写経路となる。すなわち定家「自筆」本を得た後柏原帝がこれを「一字も替へず」に書写した本を、永正十四年に尊鎮親王が鳥居小路経厚に「一字も違はず書写」させ、さらに享禄四年にそれより泰昭が書写したことになるであろう。従って静嘉堂蔵本との書写関係は不明にせよ、奥書の一部と本文とが一致することで、両本が後柏原院筆本に発すると確認でき、相互に本の寸法、書写行数、字詰は異なっても、本文は漢字・仮名の差ばかりでなく、仮名のひと文字ごとの字形（字母）まで同一なので、むしろ、さらに遡る定家真筆本をかなり忠実に伝えるかと期待される。そこで改めて静嘉堂蔵本の撥音識別表記と、前節までに述べた「𛄝」「ん」の用法を調査し、前項に準じて示すと、次のようであった。

一、付属語について

a1、推量の助動詞「む」の終止形・連体形（一〇三例）の撥音は、すべて「む」表記。

a2、過去推量の助動詞「けむ」の終止形・連体形（三六例）の撥音は、すべて「む」表記。

a3、現在推量の助動詞「らむ」の終止形・連体形（一九例）の撥音は、すべて「む」表記。

a4、右の「覧」（m尾子音）表記が別に一例。

a5、右とは別に打消の助動詞語尾未然形＋「む」（「ざらむ」）の「覧」表記が一例。

a6、将然の助動詞「むず」（二例）における撥音は、すべて「む」表記。

b1、指示強調の係助詞「なむ」（七四例）における撥音は、すべて「む」表記。

b2、願望の終助詞「なむ」（八例）における撥音は、すべて「む」表記。

二、自立語について

a1、字音語（中古においてm尾子音）に基づく語
　おむやうし（陰陽師。一例）　ねむす（念ず。一例）
a2、字音語（中古においてn尾子音）に基づく語
　あん（案。一例）　さいゐん（西院。一例）　しんしち（真実。一例）　せんさい（前栽。二例）　せんし（禅師。二例）　たいめん（対面。二例）　みすいしん（御随身。一例）　ゐん（院。一例）
b1、和語において語源的に「み mi」であった音が撥音便となった語の撥音は「む」表記原則。
　おほむ（御。二例）　*思ひうんす（思倦。一例）　かむなき（巫。一例）　*みやすん所（御息所。三例）
　をむな（女。三例）
b2、和語において語源的に「む mu」「も mo」であった音が撥音便となった語の撥音は、すべて「む」表記。
　ひむかし（東。三例）　やむことなし（三例）　ねむころに（七例）

三、「㦮」「乎」の用例
　㦮とこ（八例）　㦮かしかり　㦮きのゐて　㦮しなへて　かたゐ㦮きな　㦮りふし（各一例）
　きこ乎（二例）

以上の結果より見て、細かく指摘するまでもなく、静嘉堂文庫蔵武田本は定家本の面目をよく伝えるものと言ってよく、特に三条西家本・鶴見本伊勢物語に比較すると明らかに後者の用字法を伝え、武田本原本の書写が、伊達本古今和歌集と同じく、定家が民部卿（戸部尚書）在任中の五七〜六六歳の間となるので、付属語における撥音を徹底的に「む」表記としているのが、年代証明の資料としても有力な援軍となるであろう。また自立語に於ても＊印を付けた例外は極めて僅少で、むしろ更級日記に近いとさえ言える。しかし右の「三」に敢て含めなかったが、この写本の本文

墨付尾丁二枚に、「𛄠」の二つの異例が認められる。

かゝるうた𛄠よみける（81丁オ、一二三段）

昨日けふとはおもはさりし𛄠（82丁オ、一二五段）

定家筆写本に、助詞の「を」に「𛄠」を用いた例が容易に発見できないことは前節に論述した通りなので、これは著しい異例である。上述の伊勢集や物語二百番歌合に見たように、定家の古典書写を扶けた家人たちの筆には助詞「𛄠」の用例は決して珍しくないのに、ひとり定家がこれを拒んでいるようでもあり、静嘉堂文庫蔵本に見える「𛄠とこ」が、他の箇所に頻出する「をとこ」「おとこ」に同じとする方法と連動するだけに、この異例が定家の武田本原本に遡りうるのなら、極めて稀な例に加えなくてはならない。ただ疑念がないわけではない。助詞に「𛄠」の見えるのが本文末尾二枚なのが何を意味するのか、また右は定家筆写本の面目をよく残すとは言え、原本に家人の筆を含まなかったかなどである。しかし、直接原本を書写した後柏原院筆本より数えて、鉄心斎文庫蔵本でも二度転写され、静嘉堂文庫蔵本は、伝来に言及する奥書のうち、肝腎な「宸筆書之」「御判」の文字を欠き、書写過程は辿りようがないので解明できないが、撥音識別表記については右の通り見るべきものがある点、天福本と対比される武田本であるだけに、重要な意味を持つであろう。

なお付言すれば、本書「略校本」対校本に採用したもう一つの伝本、九州大学図書館蔵伝藤原為家筆根源本は、書写年代こそ古いが、定家原本よりして、用字法などは遠いと推定される。それらは撥音識別表記についても言え、「略校本」の校異において仮名遣を参照されるなら明らかであろう。右の「𛄠」や「𛄟」を比較する対象より除いた理由である。

注

（1）平成5年10月31日（北海道大学）『国語学会秋季大会要旨』に以上の「概略」と悉皆調査のうち、㈠㈣㈦㈧(二〇)を掲載した。
「藤原定家の撥音識別表記確立と崩壊」『国語と国文学』平成7年3月。

（2）「上代和音の舌内撥音尾と唇内発音尾」国語と国文学昭和18年4月　『亀井孝論文集3』昭和59年3月　吉川弘文館。

八　伊勢物語第一一一段贈答歌に見る別筆書写歌の波紋

第六節はじめに提示したように、定家筆模本鶴見本伊勢物語第一一一段には、本書全体が明らかに定家筆蹟を模していると推認されるのに、三首あるうちの和歌二首のみ、一目瞭然たるありさまで別筆に模写されていると判断された。鶴見本自体は一筆による書写であるが、模写なる故に親本の一部が別筆であれば、そのままに正確に写し伝えようとした意図が見て取れる上に、別筆に写された一首には、定家が点検に際して一字、重ね書きに訂正した痕跡までが見られる。その段全文を原本通りの字詰に示そう。（但、余り書きを除く）

昔れとこやむことなき女のも
とになくなりにけるをとふらふ
やうにていひやりける
①いにしへはありもやしけむいまそしる

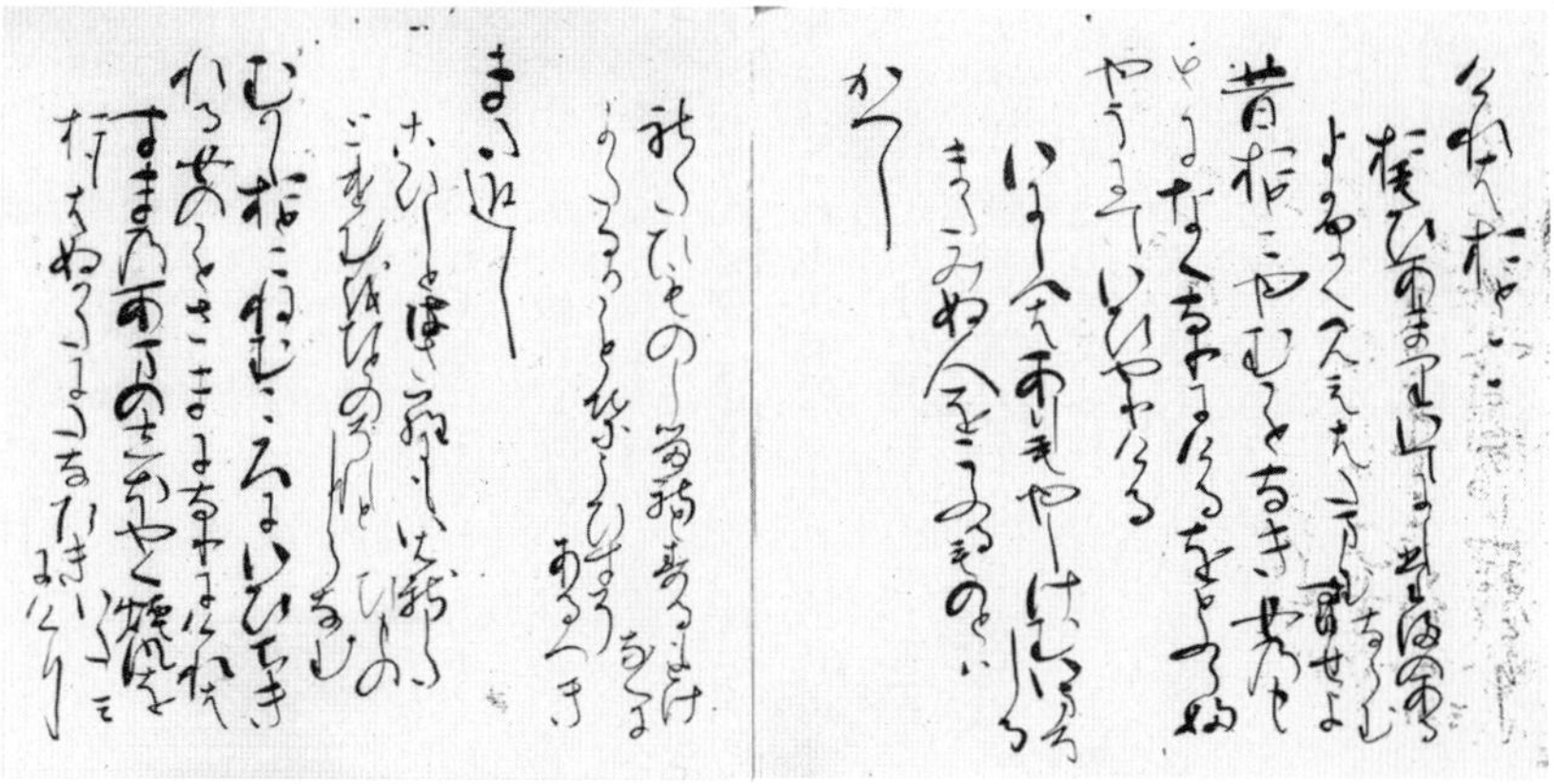

鶴見本伊勢物語第百十一段の異筆部分　79丁オ　79丁ウ

またみぬ人をこふるものとは

かへし

②したひものしるしとするもとけなくに

かたるかことはこひすそあるへき（一首別筆）

また返し

③こひしとはさらにもいはししたひもの

とけむ戎ひとのそれとしらなむ（一首別筆）

定家の訂正と認めるのは、便宜上加えた歌番号、丸中数字③の初句を、当初は別筆で「こひしとも」と写したらしいのだが、「も」の上より太く重ね書きに「は」と直してあるからである。定家が子女に写させたのを閲して、気付いた誤りを訂正したとおぼしいことは、物語前百番歌合三六番左詞書や七五番左詞書などや、源氏物語柏木にも散見されることで、一、二字の文字自体から定家筆と鑑定するのは困難としても、以上の実例を踏まえるなら、そう推測しても蓋然性はあまり低くないであろう。本文を三条西家本に比較すると、表記上の違いを問わなければ、③第四句が「とけむを人は」（鶴見本以外の定家本と同文）とあるのみの小異で、この段は①が新勅撰集恋部一所収「題知らず　よみ人知らず」歌、②③が後撰集恋部三所収贈答歌であるのは知られているが、③が業平の孫在原元方の歌で、後撰集では③が贈歌、②が「詠み人知らず」の返歌というように順序が逆になり、次のように②にいささかの異文がある。

女につかはしける

恋しとはさらにも言はじ下紐のとけむを人はそれと知らなむ　（③）

返し

下紐のしるしとするもとけなくに語るがごとはあらずもあるかな　（②′）

この一一一段は冒頭からして少しわかりづらい。「なくなりにけるを」とは誰が亡くなったのか。契沖が勢語臆断に「なくなりたる人は女の親族なるべし。そのことをとぶらふよしにてわが思ひをあらはすなり」とわざわざ記したのは補助の必要を感じたからであろう。①は伊勢物語以外に見えない歌だから、定家が単独撰者であった新勅撰和歌集は、これを伊勢物語より採ったのであろうか。この新勅撰和歌集巻第十一恋歌一は、最初の歌が

夢にだにまだ見ぬ人の恋しきは空に標ゆふ心地こそすれ

とあり、①は二番目歌で「まだ見ぬ人」の句に繋がれているばかりでなく、家集収載の別の定家自身詠に、

はじめて人に

かぎりなくまだ見ぬ人の恋しきは昔はふかく契りおきけん　（拾遺愚草）

の一首を見るからであろうか。そして新勅撰和歌集恋一が右の二首に始まり、三、四首目の下句が「知らぬ人にも恋ひわたるかな」「知らじな君はわれ思ふとも」と結ばれるのを見ると、定家が自撰した勅撰集恋部序奏の配列に、かなりの拘わりを持っていたと知られ、右①歌への定家の関心の深さが偲ばれる。しかしながら、問題は次の②③が後撰集と逆になっている点にあり、伊勢物語のままに読むと、この贈答歌では女の方から「下紐」という言葉が持ち出さ

れている。男女の間で相手に深く思われると、不思議にも自然下紐が解けてくるという俗信は、万葉集巻十二羈旅発思歌以来詠まれているが、下紐は下着だからどうしても少々卑猥に流れるので、後撰集のように男子より持ち出すのが通常である。

そもそも②③二首が、なぜ定家筆蹟でなく、別筆に書写されたのであったろうか。これについて、私は夙に臆測を立てている(1)。それによるとこうだ。後撰集を何度も書写し、熟知していた定家は、②③と並ぶ贈答の順が伊勢物語では逆になっているくらいは直ぐ気付いたであろうが、それにしても女から「下紐」を言い出す運びに不審を抱き、その点のみではあるまいが、本文上疑問を感じて、別の本文を持った伝本に出会うまでと、しばらく二首のみ書写せずに空白にしておいたのではないか。しかしその後、どの本を調べても歌順は同じなので、何かのついでに女房にでも空白部を埋めさせ、後日、見直したのではないか、というのが私の推論である。そこで私は以上の見解を、平成五年一〇月九日に山形大学で開催された中古文学会秋季大会に於て「定家筆臨模本伊勢物語の出現」と題した研究発表で披露したところ、会員より「それならなぜ定家は自分で書き入れなかったのか」との質問があった。それは私にもわからないが、定家が直接埋めたなら、たとえ真筆本が現存しても、こうした経緯があったとの痕跡は何も残らなかったであろうに、別筆に写させたために、模本を通してでもこれが浮き彫りとなったのは僥倖と言わねばならない。定家は書写を人に委ねたあと見直して訂正したばかりでない。物語二百番歌合では、女が不得手な漢字の部分を最初から空けて写させておき、あとでそこを埋め写していく、という芸当までできるのだ。どういう事情だったかが具体的に詳かにならないだけで、以上の推定は、十分ありうる話なのである。

ただ、定家が「どの本を調べても歌順は同じ」と臆測を述べたが、とは言え、定家が見たであろう平安朝書写の伊勢物語が全く遺存していないので、根拠を並べることはできない。しかし、古筆切の僅か一葉であれば、東京国立博物館寄託であった川田常造氏蔵伊勢物語切が、この一一一段全部ではないが、前段末「夜ふかくみえはたまむすひせよ」より、③直前の「又返し」までの九行を写し伝えている。そしてこの全文の範囲では、表記上の異同は別にして、三条西家本とも鶴見本とも一語一句違わないのである。片桐洋一氏がこれを浩瀚な自著『伊勢物語の研究　研究篇』(2)巻頭の口絵に据え、本文が「一致するのは定家本系のみ」と結論づけられた上、さらに集約して「物語文学を平安時

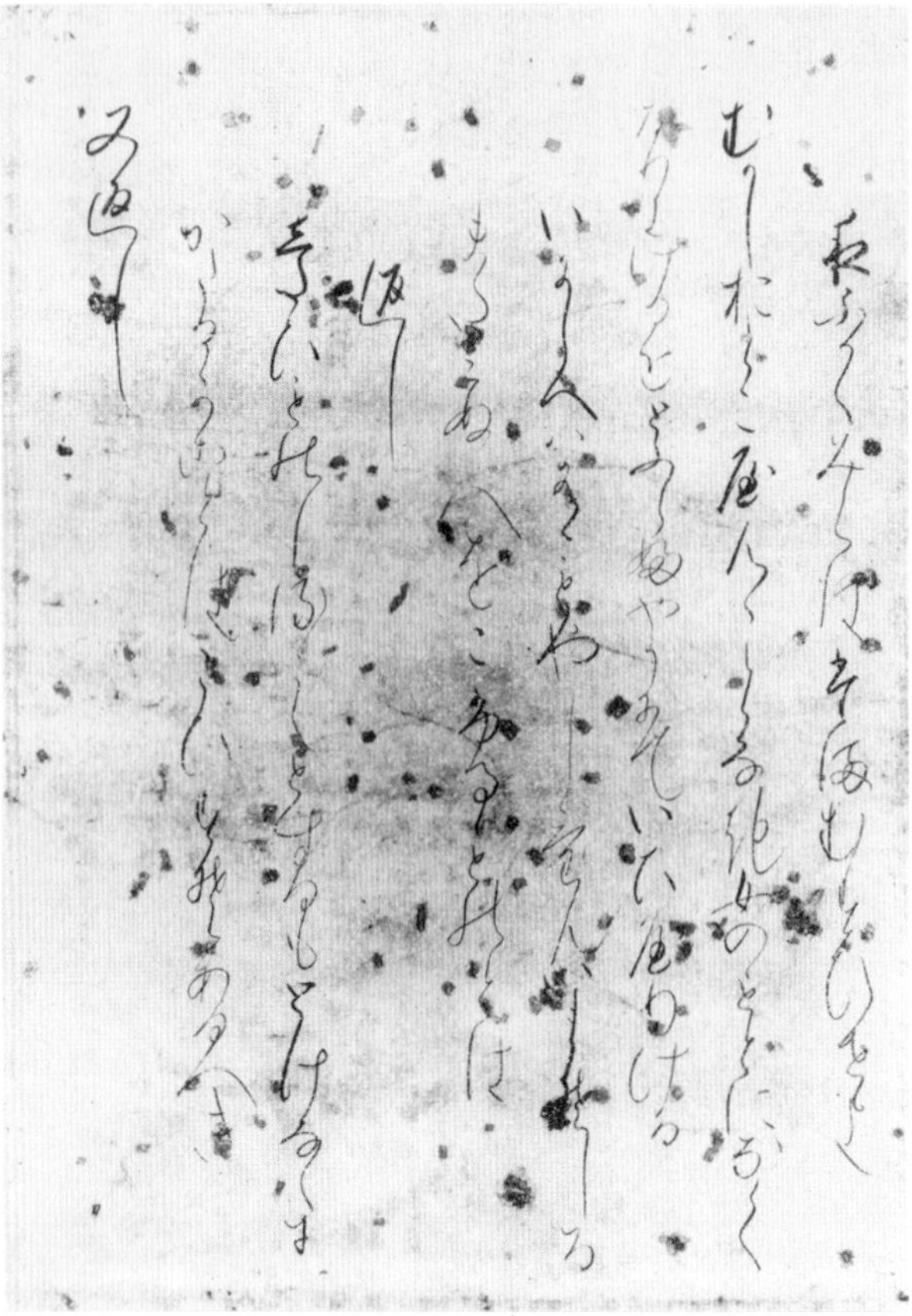

伝公任筆　伊勢物語切　個人蔵

代に書写した遺墨は他に確認できぬのできわめて貴重」「近年は定家書写本を藤原定家自身による校訂本とみる見解もあるだけに、定家の書写年代をさかのぼる伝藤原公任筆のこの一葉が定家本の本文と一致しているという事実は重要(3)」とされるのはまさに肯綮にあたり、先の推定をもいささか補強する資料たりえているであろう。

模本に於て、親本が一部別筆を含む場合に、それと分別できるよう写し分けるのは、善い模写本の条件であり、特に著名なのは冷泉家時雨亭蔵定家等筆恵慶集と、これを透写した宮内庁書陵部蔵本とである。各二一丁表二行目より原本ではそれまでの太めな定家筆蹟と異なり、定家様なのではあるがやや線の細い別筆となっているのを、截然と写し分け、時雨亭叢書解題(4)に「これほど見事に親本の姿を復元している例も珍しい」と言わしめている。

これに比較すると、鶴見本伊勢物語は透き写しではなく臨模本であり、そもそも親本が失われているので酷似ぶりを並べて見せられないのは残念であるが、鳥の子紙による臨模本でも、定家の源氏物語青表紙原本とされる前田育徳会蔵柏木一帖の風韻を、東海大学蔵桃園文庫旧蔵の明融臨模本がよく伝えているのは知られるところである。この原本一帖も、定家は最初の数丁をみずから写し、途中より定家様筆蹟の別人に委ねているが、どこから別筆になるか、鑑定者によって異なるほど巧妙に引き継がれているので、言わんや模本で区別のできる筈もない。しかし鶴見本伊勢物語の別筆二首が、定家様に写すのを全く顧慮せずに写されたことは、前述した「㦲(5)」を助詞の「を」にまで用いているのでも明らかで、その上、②の歌では他の定家筆写本では殆どお目に掛からない「新」を字母とする「し」を二度も使用している。そしてこれらの別筆として際立って見えることが、鶴見本が取りも直さず、定家真筆本を親本とした臨模本であることを、思いがけない視点より証明していると言えるのである。

さて、伊勢物語一一一段②③の歌が後撰集の贈答歌と逆であるがゆえに定家の逡巡も生まれたと推測し、平安朝古筆切に照らしても歌順は変らなかったが、現存本であるなら、後撰集通りの歌順に組み立ててある真名本伊勢物語が

藤原定家真筆本『恵慶集』とその模本

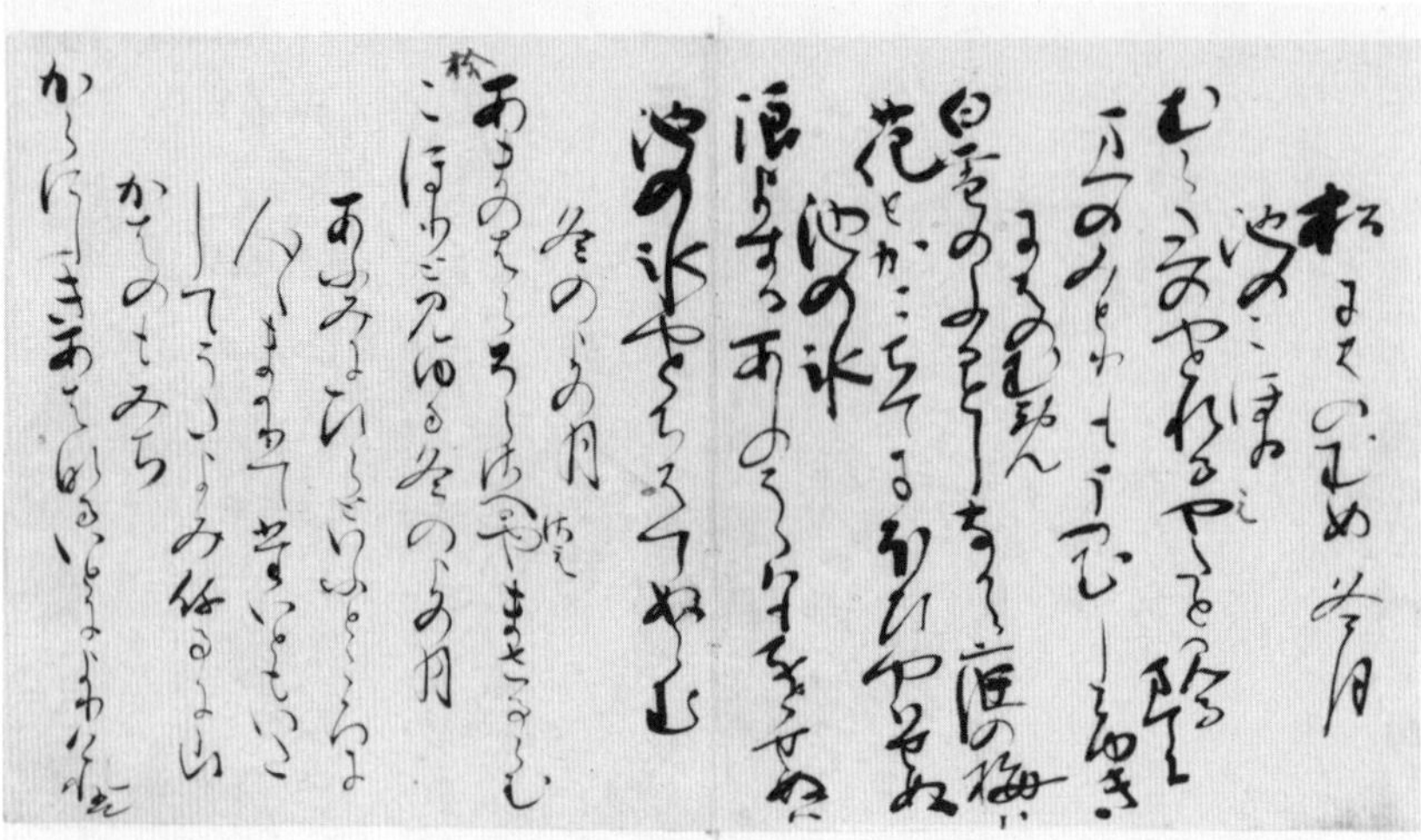

冷泉家時雨亭文庫蔵　定家真筆本

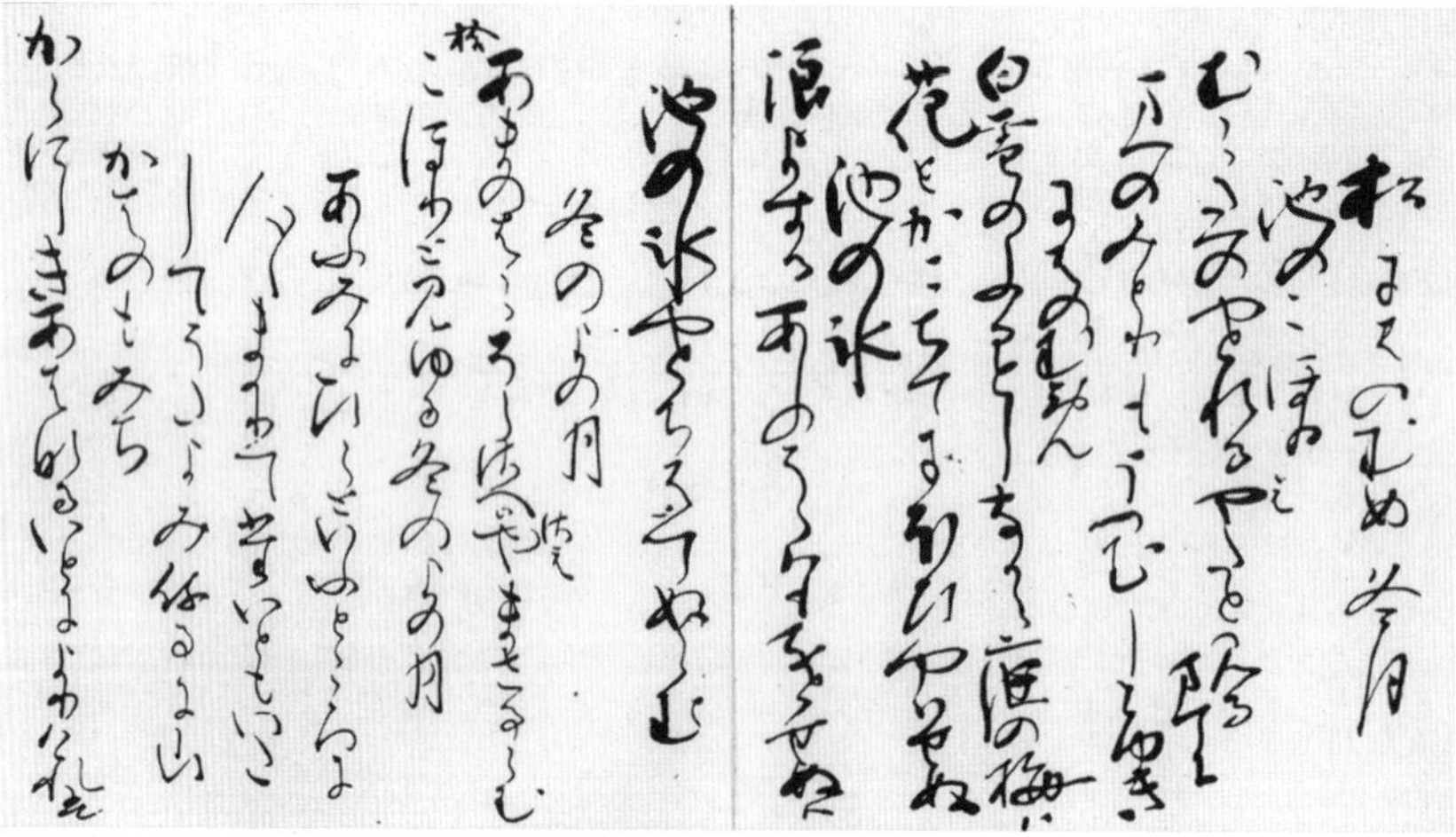

宮内庁書陵部蔵（501－401）　定家筆模本

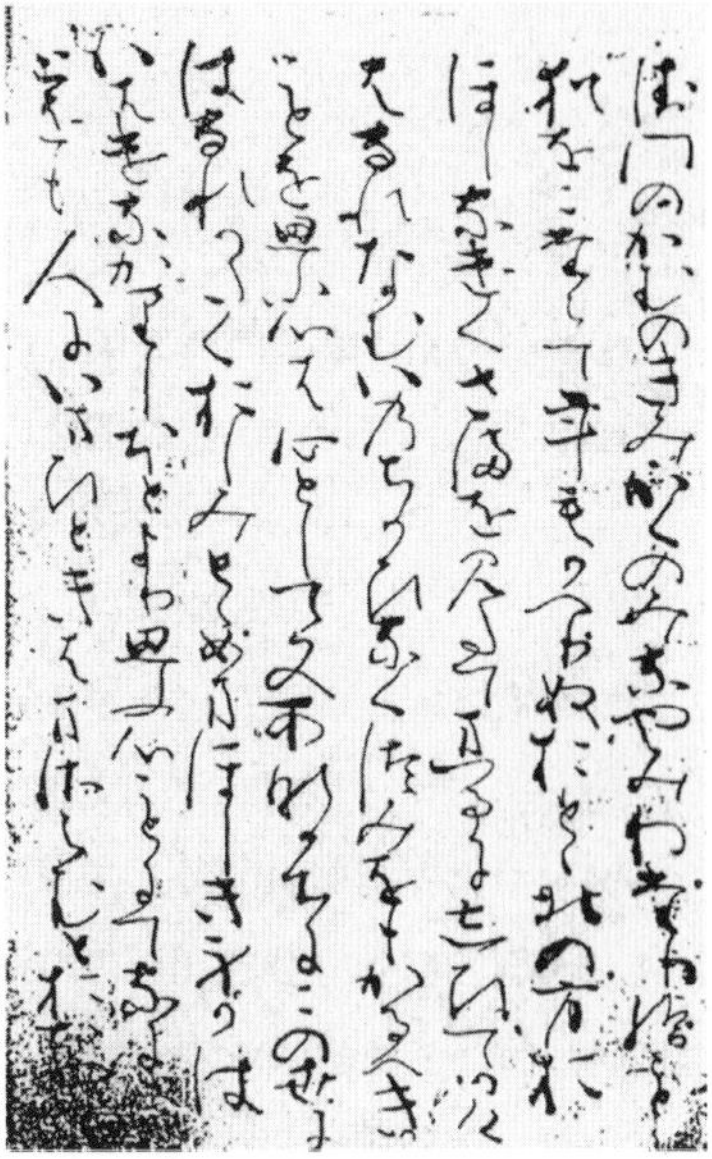

藤原定家筆源氏物語柏木冒頭
（前田育徳会蔵）

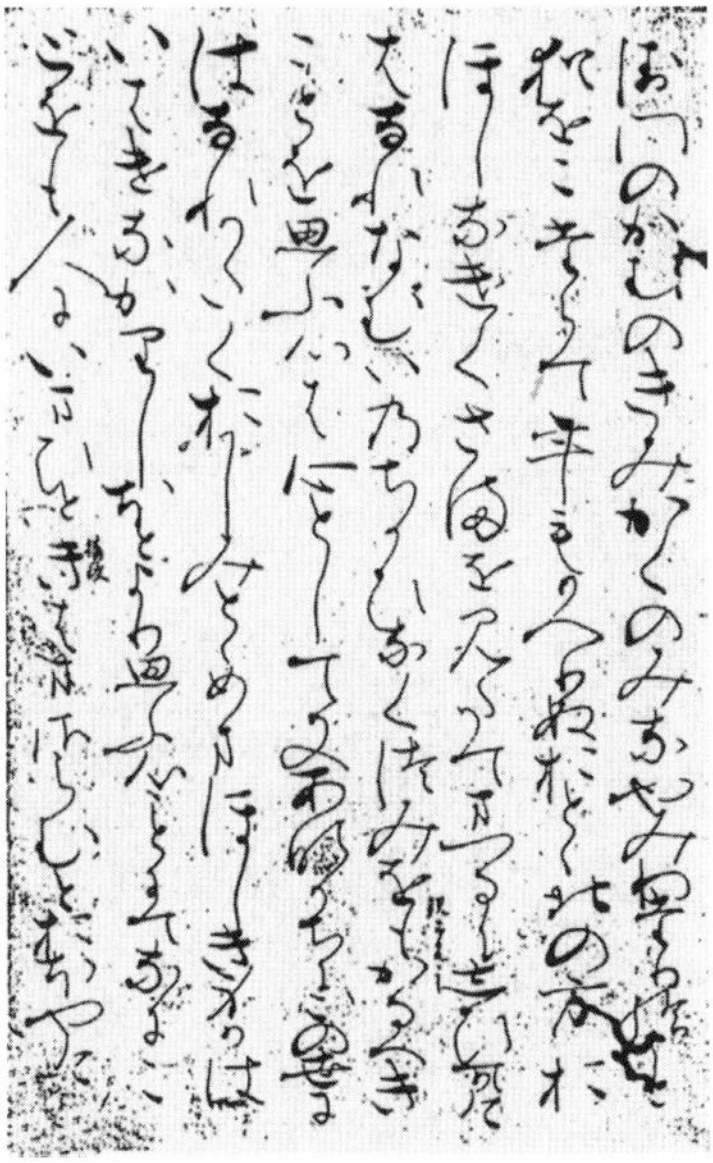

明融筆定家筆臨模本源氏物語柏木冒頭
（東海大学蔵）

あるのに、触れないわけにはいかない。ここでは①と②の間にある「かへし」がなく、代りに

　昔男顔強借計流人之許尓
　　恋与者更尓毛不謂下紐之将解乎人者其与知何
　返
　　下紐之指南与為流毛解莫尓如是鹿言葉不懸社
　　可有、

と終っている。すなわち①を、男が「貴人之許尓」弔問歌のような体裁で女に贈った歌として独立させ、一段として②③を右のように切り離し、別に後撰集の歌順のまま仕立てて、二段としたのである。真名本はいくつもの伝本に六条宮具平親王（村上皇子、九六四～一〇〇九）作とするが、漢字の用字法より見て疑わしく、それでも四辻善成（一三二六～一四〇二）撰の河海抄には既に引用されているので、定家以後そう隔たらない頃に改竄・成立したのであろう。そして江戸時代、一部に真名本を古本と見做し、定家本を今本とする主張がなされ、真名文を再び仮名文に改めた本文が賀茂真

淵の伊勢物語古意、荷田春満の同童子問などに見られ、現にそうした本文を持つ伝春満筆写本などがあるという。[(6)]従って、定家が真名本に接することはありえなかったであろうが、定家没後百年と経たないうちに、この段の歌順を不審とし、一段を二段に再編してまで後撰集通りに戻した真名本制作者が存在した事実は動かすことができない。また広本系とされる大島本では「又返し」以下一首が細字に書かれており、同系の神宮文庫本では「又返し」以下を欠くなど、形は違うがここでも訂正がなされている。定家が伊勢物語を書写した折、ここの歌順に戸惑い、空白にして後考を俟とうとした、という想定も、この段をめぐる広本系本文のありさまや真名本の存在を考えると、あながち荒唐無稽とも言い切れないであろう。

注

（1）「藤原定家と伊勢物語―鶴見大学蔵貴重書展に因んで」『学鐙』平成6年10月　丸善。
（2）昭和43年2月、明治書院。
（3）小松茂美編『日本書道辞典』「伊勢物語切」（片桐洋一）の項　昭和62年11月　二玄社。
（4）冷泉家時雨亭叢書　第十七巻、田中登解題『平安私家集四』「恵慶集」　平成8年12月　朝日新聞社。
（5）植喜代子「藤原定家の変体仮名用法について」所収「図表1」参照　『国文学攷』82　昭和54年6月　広島大学国語国文学会。
（6）池田亀鑑著『伊勢物語に就きての研究　研究篇』三九二頁「古本伊勢物語」昭和35年10月　有精堂。

九、鶴見本伊勢物語の行間勘物と集付

定家筆模本伊勢物語（鶴見本）の本文系統を述べたあとに、順序としては、本文行間に細書された勘物、あるいは和歌への集付に論及すべきかとも思うが、第五節に示した、鶴見本を模本として立論する根拠の五つ目に一一一段歌の別筆問題を掲げ、それより前の四つ目に「行間勘物のうち、ただ一箇所誤写があり」としたのと、鶴見本巻末には奥書・勘物等が一切なくて、行間勘物のみでは分量も乏しいのとで、勘物や集付にまず言及した方が便宜かと考えたからである。その誤写というのは、第六五段の、本来は

清和鷹犬之遊漁猟之娯未嘗留意風姿甚端嚴如神性

とあるべき文の末尾八文字が、

と書かれていて、「甚」が「其」に誤っているのはともかく、「姿」は点画が一部離れて文字のていをなしていない。恐らくこれは原本が細字で定家が書き入れた字形が整わず、臨模した者が読み煩った結果、そのままの形に写し取ったからであろうと推測される。勘物の他の箇所にこうした例を見ないので、これも、親本を正確に模写しようとした写し手の意図として、本文上の瑕疵ではあるが、逆に模写本立証の一つに加えたのである。

鶴見本では、各歌頭に注記する集付が三三段「あし邊より」に「上句万葉」、一四段「なか〳〵に」、七三段「めには見て」、七四段「いはねふみ」に各「万葉」と四首にのみ見えるのに対し、三条西家本では、二〇九首ある歌のうち五首に「万葉」、五六首に「古今」、一〇首に「後撰」、六首に「拾遺」、一八首に「新古今」（但、うち二首は「万葉／拾遺」と併記）と半数近くに集付を加えているので大差がある。つまり鶴見本は万葉に限って施し、僅少であり、初期の段階を示す集付と見てよいであろうか。また鶴見本は、行間勘物も多くない。集付と、本文に傍記された校異を除き、

そのすべてを示すと次の通りである。

6段　昭宣公　國経
14段　桑子　家鶏也
29段　貞観十一年十二月貞明親王為皇太子年二于時母儀高子　十二月　誕生　母儀廿七帝御年十九
39段　西院淳和天皇
　　崇子内親王承和十五年五月十五日薨
43段　賀陽親王桓武第七皇子母夫人多治比氏三品治部卿貞観十三年十月八日薨七十八
60段　祇承
65段　清和鷹犬之遊漁猟之娯未嘗留意風　姿(ママ)其端　嚴如神性
69段　恬子内親王母同惟高貞観元年十月為斎宮十八年退延喜十三年六月八日薨
81段　源融嵯峨第十二源氏母正五下大原全子貞観(ママ)四年八月左大臣五十一仁和三年
　　寛平元年輦車七年八月薨七十三
82段　惟高文徳第一母従五位上紀静子名虎女四品号小野宮
84段　伊登内親王桓武第八母藤南子従三位乙叡女貞観三年九月薨
97段　昭宣公基経貞観十四年八月廿五日右大臣左近大将卅七
　　貞観十七年
　　業平十九年任中将不審
98段　忠仁公良房天安元年二月十九日太政大臣五十五四月九日従一位二年十一月摂政清和外祖

数多く現存する伊勢物語写本の行間に、朱墨入り乱れ、近世に至るまでの諸家の考勘が書き込まれているのは珍しくない。ただ概ねは墨書で、定家に発すると想定される行間勘物に限定しても、本文系統ごとに多様で、右がそれらの中で、いかなる位置を占めるかは、俄かに決定できるものではない。しかし、おおよその整理はする必要があろうから、試みに、山田清市氏作成の「定家本諸系統奥書勘物対照一覧」(1)に従って比較すると、まず、掲出されているどの系統本よりも、鶴見本は総量として勘物が甚だ少ない。山田氏「勘物対照表」により区分された系統は、仮にA～Fに分けて列記すると、A武田本（常縁筆本）、B天福本（実隆筆本）、C根源本第一系統（伝為家筆本）、D根源本第二系統（伝為氏筆本）、E根源本第三系統（伝為相筆本）、F建仁二年本（専修大学本）の六系統であるが、Fの専修大学本は、その後諸氏の指摘(2)によると、同じ建仁二年本とされる冷泉家時雨亭文庫（存下巻）より見て本来の姿にやや隔たる由なので除き、Eまでの五種の中で鶴見本勘物の位置づけを試みたいと、全文にわたり、一語一句にまで精しい異同を調べたが、結果は、煩瑣になるだけで容易には明らかにならなかった。そこで比較の対象とする系統を、本書付篇に据えた「略校本」に因み、対校本をABCに限って、一部対照表を作り直すと次のようになる。

段数	鶴見本	A武田本	B天福本	C根源一系統
29	貞観十一年十二月貞明親王 為皇太子年二于時母儀高子 十二月誕生母儀廿七帝御年 十九	貞観十一年二月貞明親王為 皇太子于時高子二条后為女 御依春宮母儀号欤	貞観十一年二月貞明親王為 皇太子于時高子為女御、依春 宮母儀号也去年十二月廿六 日誕生高子年廿七	貞観十一年十二月貞明親王 陽成院也為皇太子年二于時 母儀高子為女御十年十二月 廿六日誕生母儀廿七帝御年 十九

そして右より文言の異同を列記するのは容易だが、煩となるのを避けて要領のみを示すと、

1、鶴見本にある「十一年十二月」「為皇太子年二」「于時母儀高子」「帝御年十九」の圏点部はCのみにあり、ABにない。

2、鶴見本にある「十二月」「誕生」「廿七」はBCにあるがAにはない。

となり、従って29段ではCが近いと言える。

段数	鶴見本	A　武田本	B　天福本	C　根源一系統
39	西院淳和天皇 崇子内親王承和十五年五月十五日薨	西院淳和天皇 崇子内親王承和十五年五月十五日薨	淳和天皇 崇子内親王母儀船子正四上清野女承和十五年五月十五日薨	西院淳和天皇 崇子内親王承和十五年五月十五日薨母大原鷹子

鶴見本とAは同文だが、Cも「母大原鷹子」が加わるのを除くと同じで、Bとはやや隔たり、39段は基本的にACに近い。

段数	鶴見本	A　武田本	B　天福本	C　根源一系統
43	賀陽親王桓武第七皇子母夫人多治比氏三品治部卿貞観十三年十月八日薨七十八	賀陽親王桓武第七母夫人多治比氏三品治部卿貞観十三年十月八日薨七十八	賀陽親王桓武第七母夫人多治比氏三品治部卿貞観十三年十月八日薨七十八	賀陽親王桓武天皇第七皇子母夫人多治比氏三品治部卿貞観十三年十月八日薨年七十八

鶴見本「第七皇子」の「皇子」を略すとAB、Cは「桓武天皇」「年七十八」と圏点部が加わり、43段は基本的に三

者同じ。以下、同じ形の表を続ける煩を避けると、65段は先に鶴見本の誤写を指摘した条になるが、誤写部分を除いて、A～Cは「清和天皇」と二文字多くなるだけで同文である。ただ、次の69段は三者三様で、それぞれが異なる。まずAはこの段に勘物は一切なく、Bは「恬子内親王」とあるのみなのに、Cは後半に鶴見本とほぼ同文（「十八年退之」）を記し、前半に、同じ分量ほどの紀静子伝が書き入れられている。すなわち69段では、鶴見本勘注はCだけに（実はDにもあるが）見られる、ということになる。

以上、鶴見本各段ごとの勘物文言が、他系統本の中でいずれに親近性を示すか、その半数近くに言及してきたが、全部を比較吟味した結果よりすると、これまで見てきた通り、特定できるような系統に収斂する傾向は看取されない。鶴見本行間勘物が他より少ないのは最初に述べたところで、段数より見ても他の半分、さらに各段ごとの注記箇所も他の一部の場合が多いので、いくら精密に比べても、本文の系統と切り離し、これのみで鶴見本の位置付けを求めようとすること自体が無理なのかも知れない。だからこれより先の詮索を述べるのはやめるが、ここまでについての調査でも、次のことは言えるのではないか。一つに、鶴見本の行間勘物は定家本伊勢物語諸系統本中の位置づけこそできなかったが、まさしく定家が施した他の勘物と同種であることは明らかになった。二つには同種勘物の中で、特に量的に見て、定家の比較的早い段階を示すと推定でき、一方の勘物と一体をなす集付が、鶴見本は万葉集に限られ、他が、万葉のほか、三代集、新古今集に及ぶのと対蹠的である点とも併せて、この推定は補強できる、とは言えること。そして三つ目は、繰り返しになるが、定家が細字なるがゆえに漢字のみの文言が写し手に解読されず、親本通りの整わない字形のままに鶴見本が丁寧に写してあるのは、親本が定家筆本であったのを示す根拠の、ささやかな一つに加えてもいいのであろう、ということである。

注

（1）『伊勢物語の成立と伝本の研究』二八三～二九二頁所収　昭和47年4月。

（2）片桐洋一解題　冷泉家時雨亭叢書第四一巻『伊勢物語　伊勢物語愚見抄』平成10年8月　朝日新聞社。
林美朗「伊勢物語・定家建仁二年書写本の本文再建の試み」『国語国文研究』114　平成12年1月。
加藤洋介「建仁二年定家本伊勢物語の復原」『中古文学』79　平成19年6月。同「定家本伊勢物語の展開―その変わらざる表記をめぐって―」『語文』88　平成19年6月　大阪大学国語国文学会。

十　鶴見本伊勢物語の本文

定家が、その生涯に伊勢物語を何度書写したか全容は知られないが、同時代歌人の中で抜群に浩瀚な自筆日記を今に伝えているにしては、伊勢物語書写が記録されたのはただの一度、七〇歳に当る寛喜三年（一二三一）八月、明月記に見える次の記事に過ぎない。

五日、戊午、天晴陰、自レ夜大風頻扇、夜猛烈、朝間依二徒然一、以二盲目一書二小草子一。（下略）

七日、庚申、天晴、未後俄大雨、暫而休、徒然之余、自二一昨日一染二盲目之筆一、書二伊勢物語一了、其字如レ鬼。（下略）

九日、壬戌、国忌、天晴、残暑雖レ難レ堪、朝霧似二秋天一、午後乍レ晴雷鳴、雖レ非二猛烈一経二時刻一、校二伊勢物語一了。（下略）

敢て天候に関する記事を省かずに引用したが、「盲目」に譬えるほど老眼の定家が、徒然の余りとは言え、一日を隔てて見直しまでした経過がよくわかる。そしてこの回を含め、既に知られている通り、定家の書写は次の六回が確認されているので、念のため列記しておく。

①建仁二年（一二〇二）六月中旬、四一歳

当初所書本為人被借失畢、仍愚意所存為備随分証本書之、

于時建仁二年季夏中旬、霖雨之間以仮日以経此功

右は冷泉家時雨亭文庫蔵、巻子本伊勢物語（存下巻）奥書で、(1)続けて、根源本奥書の一種を写す。こうした建仁二年奥書を持つのは他に専修大学図書館蔵寂身奥書本が知られ、(2)こちらは完本であるが、前節注2に示したように、目下、本文の再建吟味が進行中。

②承久三年（一二二一）六月二日、六〇歳

承久三年六月二日未時書之、昨日申時書始之、

度々書写之本為人被借失間、更以家本書写本又書之／戸部尚書　判

右は鉄心斎文庫蔵本によるが、(3)他に、天理図書館蔵七海兵吉旧蔵本に同一奥書を見る。当初、七海本が紹介された段階では、(4)これが果たして定家本であるか確認できなかったが、その後、桃園文庫旧蔵本（東海大学蔵）が対校本として承久奥書本を「定家卿以自筆本」と注し、(5)広島大学図書館蔵本が「京極黄門以真筆」(6)としているのが知られ、定家本と確定した。

③貞応二年（一二二三）十月二十三日、六二歳

此物語或説後人以狩使事、改為此草子端、為叶伊勢物語道理也、伊行所為也、不用之、

貞應二年十月廿三日　戸部尚書

右は彰考館文庫本の奥書で、さらに天福二年本奥書を併記する。「此物語或説」云々の文は、根源本や武田本奥書にも見える一節。

④嘉禄三年（一二二七）十月二十一日以前、建保六年（一二一八）七月九日以降、五七～六六歳（武田本）

合多本所用捨也、可備証本、近代以狩使事為端之本出来、末代之人今案也、更不可用、此物語古人之説不同、或称在中将之自書、或称伊勢之筆作、就彼此有書落事等、上古之人強不可尋其作者、只可翫詞華言葉而已　戸部尚書

右は静嘉堂文庫蔵伝後柏原院筆系本奥書であるが、他に武田本系統諸本に広く見える。また三条西家旧蔵本のように、これを併記する伝本も多い。ただ右には年紀がないので年次は特定できず、定家が民部卿（戸部尚書）在任の標記期間、九年余のことになる。

⑤寛喜三年（一二三一）八月七日、七〇歳

上述した明月記の記事による。

⑥天福二年（一二三四）一月二十日、七三歳（天福本）

天福二年正月廿日己未申刻、凌桑門之盲目、連日風雪之中、遂此書写、為授鍾愛之孫女也／同廿一日校了

右は学習院大学蔵三条西家旧蔵本に依るが、他に為和筆本(7)をはじめ、天福本系統諸本に数多く見られる。

さて、以上の六回のほか、大津有一氏が紹介する山田孝雄氏旧蔵本は永正頃の書写で、本文巻末に、別に小式部内侍自筆本よりとする五段を載せた後、

奥書云／嘉禄三年八月七日　書残之所持加声句之点訖　戸部尚書　在判

と書かれていたといい、本体は根源本第一、二系統に近かったとするが、その後所在が知られず、右の内容も、嘗て鈴木知太郎氏が調査した結果を福井貞助氏に伝え、これを大津氏がさらに聞き取った由なので、まだ右に加える段階ではない。

また次に、池田亀鑑氏が「流布本の成立」の項に紹介する(8)切臨の伊勢物語集註には、

根源の奥書の本は、八十六代四条院の嘉禎三年に定家の書る也、是には天福の本を改られたるといふ。冷泉家に用之也。

とあり、これに従うと、定家七六歳の嘉禎三年（一二三七）にして天福本を更に改めたことになる。しかし池田氏自身が指摘するように、根源本を、既に民部卿も罷めた定家出家後の成立と考えるには、いくつもの齟齬があるので、ここでは加えないことにするが、そもそも根源奥書または識語と呼ばれる文が、一様ではない。片桐氏が注意された(9)ように、これは「初期の定家書写本の多くに見られるので、この識語を持つ本を根源本と呼んで一括してしまうのが一般的になりつつあるが、正しくない」のである。すなわち、建仁本以下、内容を改訂しながら繰り返し書写したと推定され、現に山田氏は根源本を六系統七類に区分しており、これに、池田氏が「古本」とした無奥書本の一部に及んだ伝本が加わるであろう。

また池田氏は、定家本に定義を下して「百二十五段より成り、歌数二百九首を有する定家自筆、又はその系統に所属することの確証ある本をいふ」と限定したが、現在の認識はこれより広い。定家真筆本伊勢物語が、その後も古筆切一葉発見されていないのは最初に述べた通りであるが、池田氏の指摘する「確証」が、奥書・記録等文献上の文言に限られるなら、無奥書である鶴見本は埒外に置かれてしまう。しかし、ここまで書誌学上の吟味に始まり、定家特有の筆蹟や書写様式、仮名遣や、いわゆる仮名遣とは別に扱われる用字法などに加えて、行間勘物の内容、第一一一

段贈答歌の別筆問題等、さまざま述べてきたように、証明を積み上げて来た。従って、鶴見本が、伊勢物語定家真筆本の一つを、室町時代後期に模写した伝本であるのを、今やいささかも疑わないので、最終章としては、これが本文としていかなる性格を持ち、本文から見て、他の定家本諸本の中にいかに位置づけられるかに論及する必要があるであろう。そして本文について論じる前提として、本書では付篇一として全文の厳密な翻印を示し、池田亀鑑氏(10)、大津有一氏(11)、山田清市氏(12)が提供する三つの『校本』(以下、それぞれ「池田校本」、「大津校本」、「山田校本」と呼称)を利用する便宜から、各底本(池田校本と大津校本とは底本同一)である三条西家旧蔵天福本・静嘉堂文庫蔵武田本の二部と、根源本の代表として九州大学図書館蔵伝為家筆本との校合をこれに加え、「略校本」とした。すなわち「略校本」校異の、特に天福本・武田本を辿ることに依って、複数の『校本』に対校されている夥しい伝本との本文異同が、容易に調べられるかと考えたのである。なお右『校本』の各底本には一部に校訂を加えてあるが、ここでは各原本のまま対校した点が異なり、その上、付篇二に鶴見本の書影全文を示して原姿を伝えることとした。そこで「略校本」より、各対校本との異同のうち、漢字・仮名・仮名遣等表記上の差異を除いた箇所を伝本ごとに表示すると次のようになる。記号などは表の後に説明する。

第一表

番号	段落	種別	鶴見大学蔵定家筆模本	三条西家旧蔵定家筆模本	静嘉堂文庫蔵伝後柏原院筆系本	九州大学蔵伝為家筆本	備考
1	一	d	おもしろき事ともや思けむ	おもしろきことゝもや思けん	おもしろきことゝもや思けむ	おもしろきことゝやおもひけむ	千飛山明一隆奈豊片雅相為良栄肖最氏家二文鉄侍経政五宮井天岡立
2	二	d	雨そをふるに	あめそをふるに	あめそをふるに	あめそほふるに	飛山明隆奈片雅相為良慈建二侍天
3	四	a	おほきさいの宮の	おほきさいの宮	おほきさいの宮	おほきさいのみや	千雅相為栄最時建氏家醍順兼
4	五	b	いけとえあはて	いけとも（イ無両本（朱））えあはて	いけとえあはて	いけとえあはて	千飛山一隆片為慈最時氏家二醍文鉄侍経政五宮
5		c	いといたう心やみけり	いといたう心やみけり	いといたく心やみけり	いといたうこゝろやみけり	千七豊雅相為良承栄肖時建氏醍鉄侍経順兼五井天岡立
6	六	d	きえなまし物を	きえなましものを	きえなましものを	けなましものを	七飛山明一隆奈豊片雅良承栄慈肖最二鉄侍政兼五宮井天岡立
7		d	いとめてたく	いとめてたく	いとめてたく	いとめてたう	千七飛山明一隆奈豊片雅相為良承栄慈肖最時建氏家二文鉄侍良承順兼五宮井天岡立
8		a	とり返し給て	とりかへしたまうて	とりかへしたまうて	とりかへしたまうて	明奈為承建二醍

9	九	c	やつはしといひける	やつはしとい（はイ）ひける	やつはしとはいひける	やつはしといひける	明雅相良最 建氏醍天立
10		b	見ることゝ思	見ることゝ思ふに	見ることゝおもふ	みることゝおもふ	隆奈豊承雅相良栄肖最 建氏文侍経政順兼五宮
11		d	ふみかきてつく	ふみかきてつく	ふみかきてつく	ふみかきてやる（つく）	千七飛山明一隆奈豊片雅相為良承栄慈最時 建氏家二醍文鉄侍経政順兼五宮井天岡立
12	一四	d	めつらかにやおほえけむ	めつらかにやおほえけん	めつらかにやおほえけむ	めつらかにやおもほえけん	千七飛山明一隆奈豊片雅良栄慈肖最時 文鉄侍経政順兼五宮井天岡立
13		b′	くり原の	くりは（わ一本）らの	くりはらの	くりはらの	七飛山明一隆奈豊片雅相為良栄慈肖時 建家二文侍経政順五宮井天岡立
14		e′	あれは（ね）の松の	あれは（ね）の松の	あれはの松の	あれはのまつの	千奈相為良承 建氏家文政五立
15	一五	d	むかしみちのくにゝて	むかしみちのくにゝて	昔みちのくにゝて	むかしをとこみちのくにゝて	千七飛山明一隆奈豊片雅為良承栄慈最時 氏家二醍文鉄侍経政順兼五宮井天岡立
16		g	いかゝはせむ	いかゝはせんは	いかゝはせむは	いかゝはせむ	一肖最時

	17	18	19	20	21	22	23	24
	一六		一八	二〇	二一	二三		
	b	b	d×	a	d	d	b	d′
	心うつくしう	ことに人にも	よみける	京にきてなむ	かきをきたるを	この女をこそえめ と思	すきにけらしも	いも見さるまに
	心うつくしく	こと人にも	よみける	京にきつきてなん	かきをきたるを	この女をこそえめ とおもふ	すきにけらしな	いも見さるまに
	心うつくしう	ことに人にも	よみける	京にきつきてなむ	かきをきたるを	この女をこそえめ とおもふ	すきにけらしも	いもみさるまに
	こゝろうつくしう	ことに人にも	よめ（ママ）見ける	京にきつきてなん	かきをきたるを見 て	この女をこそえめ とおもひ	すきにけらしも（又云ふりわけかみも）	いもみさるまに（かたすきにけり）
建文鉄侍良兼五	千七一隆豊片雅相為承慈肖最時 建氏家二醍文鉄侍経政順兼五宮天	千七飛山一豊雅相為承栄慈 建氏家二醍文鉄侍経政兼五宮天	千七飛山明一隆奈豊片雅相為良承栄 慈肖最時 氏二醍文鉄侍経政順兼五井天岡立		千飛山明一隆奈片雅為良承栄慈最 氏家二醍文鉄侍経政順兼五宮井天立	千七飛山一隆奈豊片雅相為良承栄慈 肖時 建氏家醍文鉄侍経政順兼五宮井天岡 立	千七山一相為 建氏家二醍文鉄侍経政順兼五宮	千七飛山明一隆奈豊片雅相為良承栄 慈肖最時 建氏家二醍文鉄侍経政順兼五宮井天 岡立

25		d	河内へいぬるかほにて	かうちへいぬるかほにて	かうちにいぬるかほにて	かのかうちにいぬるかほにて	千七飛山明一隆奈豊片雅相為良承栄慈肖最時氏家二醍文鉄侍経政順兼五宮井天岡立
26		d	たかやすにきて見れは	たかやすにきて見れは	たかやすにきて見れは	たかやすにいきてみれば	千七飛山明一隆奈豊片雅為良承栄慈肖最時氏家文鉄侍政順兼宮井天岡立
27		d′	見つゝをゝらむ	見つゝをゝらん	見つゝをゝらむ	みつゝを（も）ゝらん	千七飛山明一隆奈豊片雅相為良栄慈肖時建氏家二文侍経政兼五宮井天岡立
28		b	こひつゝそぬる	こひつゝそふる	こひつゝそぬる	こひつゝそぬる	千七飛山一隆奈豊片雅相為承慈肖時氏家二醍文鉄侍経政順五宮天
29	二四	d	昔おとこ	むかしおとこ	昔おとこ	むかしおとこ女	千飛山明一隆奈豊片雅良慈肖建二醍文鉄侍政兼五宮井天岡立
30	二六	d	えゝすなりにけることゝ	えゝすなりにけることゝ	えゝすなりにけることゝ	えすなりにけることゝ	千七一隆豊雅相為良栄慈最建氏家二醍文鉄侍経政順兼五宮井天岡立
31		b′	袖にみなとの	袖にみな（一本なみた）との	そてにみなとの	そてにみなとの	千七飛山明一隆奈豊片雅相為良承栄慈肖最建氏家二醍文鉄侍経政順兼五宮井天岡立

32		b′	さはく哉	さはく哉(らし)	さはくかな	さはくかな	千七飛山明一隆奈豊片雅相為良承栄 慈肖最時 建氏家二醍文鉄侍経政順兼五宮井天 岡立
33	二七	b	とよむをかの	とよむを	とよむをかの	とよむをかの	千七飛山一奈豊片雅相為承肖最時 建氏家二醍文鉄侍経政順兼五宮天
34	二七	g	こさりつるおとこたち	こさりけるおとこたち	こさりけるおとこたち	こさりつるおとこたち	雅
35	三〇	d	女の許に	女のもとに	女のもとに	人(女)のもとに	千七飛山明一隆奈豊片雅相為良承栄 慈肖最時 建氏家二醍文鉄侍経政順兼五宮井天 岡立
36	三一	c	よしやくさはよ	よしやくさはよ	よしやくさはよ(の)(ミ)	よしやくさはよ	千七飛山明奈豊片雅相良栄 氏家二醍文鉄侍経政順兼井天岡立
37	三二	a	といへりけれは	といへりけれと	といへりけれと	といへりけれと	雅承慈 家二五天
38	四〇	b	いまたをいやらす	またをいやらす	いまたをいやらす	いまたをいやらす	飛山一隆奈相為良承栄慈肖最時 文鉄侍経政天
39	四一	d	たゝなきになきけり	たゝなきになきけり	たゝなきになきけり	たゝなきになきにけり	千七飛山明一隆豊片雅相為良承栄慈 肖最時 建氏家醍文鉄侍経政順兼五宮井天岡

立

40		d×	いときよらなる	いときよらなる	いときよらなる	いときよう（ママ）なる	千飛山明一奈豊片雅相為良承慈肖時 建氏家文鉄侍経政順兼五宮井天岡立
41	四三	c	いとかしこう	いとかしこう	いとかしこく	いとかしこう	豊片雅良栄最 文鉄侍経政宮天岡
42		a	我のみと思ける	我のみと思ひける を	われのみと思ける を	我のみとおもひけ るを	
43	四四	g	家とうしに	いゑとうし	いゑとうし	いへとうしに	千七飛山隆豊片肖時 文鉄侍良五宮天
44	四五	b	たかうとひあかる	たかくとひあかる	たかうとひあかる	たかうとひあかる	千飛山明一隆奈相為承栄慈肖 建氏家二醍文鉄侍政順五宮天岡立
45	四六	b	えたいめんせて	たいめんせて	えたいめんせて	えたいめむせて	千七飛山明一隆奈豊相承栄慈肖時 建氏家二醍文鉄侍経政順兼五宮天立
46		g	月日のへにける	月日のへにけるこ と	月日のへにけるこ と	月日のへにける	
47	四七	a	ありてふものを	ありといふ物を	ありといふものを	ありといふものを	七明隆片雅肖最 二醍五天
48	五〇	d	といへりければ	といへりければ	といへりければ	といへりければ女	千七飛山明一隆奈豊片雅為良承栄慈 最時 氏家二醍文鉄侍経政順兼五宮井天岡 立

49		g	しけること丶もなるへし	しけることなるへし	しけることなるへし	しける事ともなるへし	五天
50	五一	d	栽しうへは	うへしうへは	うへしうへは	うつ(へ歟)しうへは	七飛山明一隆奈豊片雅相為良承栄慈 肖最時 建氏家醍文鉄侍経政順兼宮井天岡立
51		d×	花こそちらめ	花こそちらめ	花こそちらめ	はなこそちらら(ママ)め	千七飛山明一隆奈豊雅相為良承栄慈 肖最時 建氏家二醍文鉄侍経政順兼五宮井天 岡立
52	五二	b	かさりちまき	かさなり(な無此字)ちまき	かさりちまき	かさりちまき	千七飛山明一隆奈豊片雅相為承栄慈 肖最時 建氏家二醍文鉄侍経政順兼五宮井天 岡立
53		c	をこせたりける	をこせたりける	を丶こせたりける	をこせたりたり(ママ)ける	七奈豊片為承栄慈最 醍侍政兼岡立
54	五四	b	ゆめちをたとる	夢地をたのむ(とるイ)	ゆめ地をたとる	ゆめちをたとる	千七飛山明一隆奈片雅為承慈肖時 建氏家二醍文鉄侍経政順兼五宮井天 立
55	五八	c	あつまりきゐて	あつまりきゐて	あつまりゐて	あつまりきゐて	千七飛山明隆奈豊片雅相為良承栄慈 時 建氏家醍文鉄経政順兼五宮井天岡立

56		c	このおとこ	このおとこ	おとこ	このをとこ	千隆豊雅相為良栄肖最時 建氏家醍文鉄侍経政順兼五宮井天岡 立
57	五九	d×	かいのしつくか	かいのしつくか	かいのしつくか	かいのしつか（ママ）	千七飛山明一隆奈豊片雅相為良承栄 慈肖最時 氏家二醍文鉄侍経政順兼五宮井天岡 立
58	六〇	a×	かから（ママ）はけとりて	かはらけとりて	かはらけとりて	かはらけとりて	
59	六一	d	そめ河を	そめ河を	そめかはを	そめかはゝ	千七飛山明一隆奈豊片雅相為良承栄 慈肖最時 建氏家二醍文鉄侍経政順兼五宮井天 岡立
60	六二	c	しらすやとて	しら（しるイ（朱。貼紙））すやとて	しるやとて	しらすやとて	千七隆豊雅相為良承栄肖最時 建氏家醍文鉄侍経政順兼五井天立
61		b	まさりかほなみ	まさりかほなき（みイ（朱））	まさりかほなみ	まさりかほなみ	千七飛山明一隆奈豊片雅相為承栄慈 最時 建氏家二醍文鉄侍政順兼五宮井天
62	六三	d	おとこにあひえて	おとこにあひえて	おとこにあひえて	おとこにあひみて	千七飛山明一隆奈豊片雅相為良承栄 慈肖最時 氏家二醍文鉄侍経政順兼宮井天岡立
63		g	こと人はなさけな	こと人はいとなさ	こと人はいとなさ	こと人はなさけな	明片

			し	けなし	けなし	し	
64		d×	女なけきて	女なけきて	女なけきて	女なけゝ(け)(ママ)きて	千七飛山明一隆奈豊片雅相為良承栄 慈肖最時 氏家二醍文鉄侍経政順兼五宮井天立
65		a	思おもはぬをも	おもふをもおもは ぬをも	思ふをもおもはぬ をも	おもふをもおもは ぬをも	順
66	六四	b	昔おとこ女	昔おとこ(男女イ)	昔おとこ女	むかしおとこ女	千七山明一隆奈片相為承栄慈肖 氏家二醍文鉄侍経政順兼五宮井天岡 立
67	六五	g	いとかなしきこと	いとゝかなしきこ と	いと。(と)かなしきこ と	いとかなしきこと	千七飛山明一隆奈片雅相為承慈肖時 家二醍文鉄侍経政順兼五宮井
68	六五	g	こひしうのみ	こひしくのみ	こひしくのみ	こひしうのみ	最 氏醍文鉄経政五宮
69		b	このおとこは	このおとこ	このおとこは	このおとこは	飛山明一奈片為承慈肖時 氏文鉄侍経政順兼五宮井天立
70		d	おほみやすん所も	おほみやすん所も	おほみやすん所も	おほみやすむ所は	千山明一隆奈豊片雅相良承栄慈肖時 建二醍文鉄侍経政順兼五宮井天岡立
71	六八	d	すみよしのはまと	すみよしのはまと	すみよしのはまと	すみよしのはまを	千七飛山明隆奈豊片雅相為良承栄慈 肖時 建氏家二醍文鉄侍経政順兼五宮井天 岡立

72	六九	c	いとあはしと（も）	い（イ無）とあはしとも	あはしとも	いとあはしとも	千隆雅相為良承栄肖最時 建氏二醍文鉄侍経順兼五天立
73		b	女のねやもちかく	女のねやちかく	女のねやもちかく	女のねやもちかく	千七飛山明一隆奈豊片雅相為承栄肖時 建氏家二文鉄侍経政順兼五宮井天立
74	七〇	a	いひかけたる	いひかけゝる	いひかけゝる	いひかけゝる	
75	七四	b	山はへたてねと	山にあらねとも（はへたてねと（朱。貼紙））	山はへたてねと	山はへたてねと	千七飛山明一隆奈豊片雅相為良承慈肖最時 氏家二醍文鉄侍経政順兼五宮井天
76	七六	a	まうてたまうけるに	まうて給けるに	まうて給けるに	まうてたまひけるに	千七雅相為
77	七八	a	うせたまふて	うせ給て	うせ給て	うせまたひて	千一相 建
78		c	さるにかの大将	さるにかの大将	さるにこの大将	さるにかの大将	千隆奈豊片雅相良承栄肖最時 建氏家二醍文鉄侍経政順兼五天岡立
79		a	たはかりたまふ	たはかりたまふやう	たはかりたまうやう	たはかり給やう	
80		a×	よませた（ママ）たまふ	よませたまふ	よませたまふ	よませたまふ	
81	八一	c	さかりなるに	さかりなるに	さかりなるを	さかりなるに	千七飛山明一隆奈豊片雅相為良承栄慈肖最時

							建氏家二醍文鉄侍経政順兼五宮井天 岡立
82		b′	たいしきのしたに	たい［いた（朱）］しきのしたに	たいしきのしたに	たいしきのしたに	雅相良肖最 氏家文政五天
83		c	となむよみけるは	となむよみけるは	となむよみける	となんよみけるは	千飛山一豊雅相為良承栄肖 建氏家二経政順兼五宮井天岡立
84	八二	a	といふ所ありけり	といふ所に宮ありけり	といふ所に宮ありけり	といふところに宮ありけり	雅 天
85		d	すしたまうて	すしたまうて	すしたまうて	すしたまひて	千飛山明一隆奈豊片相為承慈時 家文鉄侍政兼五宮井天岡立
86	八三	g	あかし給てけり	あかしたまうてけり	あかしたまうてけり	あかし給てけり	栄肖最 家醍政
87		a	をのにまてたるに	小野にまうてたるに	をのにまうてたるに	をのにまうてたるに	千 文鉄政
88		b	思いて丶	思ひいて	思ひいて丶［イ無（朱）］	おもひいて丶	千七飛山明一奈豊片雅相為良承栄慈 肖時 建氏家二醍文鉄侍経政順兼五宮井天 岡立
89		a	さてさふらひてし哉	さてもさふらひてしかな	さてもさふらひてしかな	さてもさふらひ。［て］しかな	
90		d	とてなむ	とてなむ	とてなむ	とよみてなん	千七飛山明一隆奈豊片雅相為承栄慈

							肖 氏家醍文鉄侍政順兼五宮天岡立
91	八四	d	御ふみあり	御ふみあり	御ふみあり	御ふみありけり	千七飛山明一隆奈豊片雅相為承栄慈 肖最時 建氏家二醍文鉄侍経政順兼宮井天岡 立
92	八七	e	衛うのすけとも	衛う（ふイ）のすけとも	ゑふのすけとも	ゑふのすけとも	雅相栄時 文鉄経政兼天岡立
93		a	衛うのかみなりけり	ゑふのかみなりけり	ゑふのかみなりけり	ゑふのかみなりけり	雅承時 二岡立
94		b	石のおもてに	いしのおもて	いしのおもてに	いしのおもてに	千七飛山明一隆奈豊片為良承栄肖最 時 氏家二醍文鉄侍経政順兼五宮井天岡 立
95		b	いさりする火	いさり（するイ（朱））火	いさりする火	いさりする火	千七飛山明一隆奈豊片雅相為承栄慈 肖時 建氏家二醍文鉄侍経政順兼五天岡
96		c	わかすむ方の	わかすむかた の（にイ（朱。貼紙））	わかすむ方に	わかすむかたの	千七隆雅相為良承栄慈肖最時 建氏家二醍文鉄侍経政順五井天岡立
97	八九	d	我こひしなは	我（レ）こひしなは	われこひしなは	わか（れ）こひしなは	千七飛山明一隆奈豊片雅相承栄慈肖 最

							建氏二文鉄政順兼五宮井天岡立
98	九〇	b	にほふらめ	にほふとも（らめイ）	にほふらめ	にほふらめ	千七飛山明一隆奈豊片雅相為良承栄慈肖最時 建氏家二醍文鉄侍経政順兼五宮天岡立
99	九五	a×	へたつるき（ママ）を	へたつるせきを	へたつるせきを	へたつるせきを	
100	九六	a	ひとつふたついてきけり	ひとつふたついてきにけり	ひとつふたついてきにけり	ひとつふたついてけにけり	天
101		c	秋まつころをひに	秋まつ（た（朱。貼紙））ころをひに	秋たつころをひに	秋まつころをひに	千七雅相良承栄肖最時 建氏家醍文鉄経政順兼五岡立
102		b	この女のせうと	女（このイ）のせうと	この女のせうと	この女のせうと	七飛山明一隆奈片雅相為良承慈肖時 家二醍文鉄侍経政順兼五宮井岡立
103	九九	a	むまはにたてたりける	むかひにたてたりける	むかひにたてたりける	むかひにたてたりける	
104		d	おとこのよみてやりける	おとこのよみてやりける	おとこのよみてやりける	おとこよみてやりける	千七飛山明一隆奈豊片雅相栄慈肖時 建文侍経政五宮井天岡立
105	一〇〇	d	あるやむことなき人の	あるやむことなき人の	あるやむことなき人の	やむことなき人の	千七飛山明一隆奈豊片雅相為良承栄慈肖最時 建氏家醍文鉄侍経政順兼五宮井天岡立
106	一〇一	c	ありときゝて	ありときゝて	ありと	ありときゝて	千七飛山明隆奈豊雅相為良承栄慈肖

							最時 建氏家二醍文鉄侍経政順五三天岡立
107		a	かめに花をさせりけり	かめに花をさせり	かめに花をさせり	かめにはなをさせり	雅
108		f	人。（ヲ）おほみ	人を。（おイ（朱））ほみ	人をおほみ	人おほみ	七飛山一隆豊片雅為承 氏文鉄侍政順宮井岡
109	一〇二	g	もとのしそくなりければ	もとしそくなりければ	もとしそくなりければ	もとのしそくなりければ	雅
110	一〇三	a	きたなさよ	きたなけさよ	きたなけさよ	きたなけさよ	為 建
111	一〇七	b	またわかければ	。（また（朱））わかければ	またわかければ	またわかければ	千七飛山明一隆豊片雅相為良承肖最 時 建氏家二醍文鉄侍経政順兼五宮井天 岡立
112		g	えよまさりければ	よまさりければ	よまさりければ	えよまさりければ	千七相為良承栄肖時 氏家二醍文侍経政順五天
113		c	かのあるしなる人	か（こイ（朱））のあるしなる人	このあるしなる人	かのあるしなる人	千七奈雅相為良承栄慈肖最時 建氏二醍文侍経政順五天立
114	一一一	d	なくなりにけるを	なくなりにけるを	なくなりにけるを	人のなくなりにけるを	千七飛山明一隆奈豊片雅相為承栄慈 最 建氏家二文鉄侍経政順兼五宮井岡立

番号	段	分類	本文1	本文2	本文3	本文4	伝本
115		c	いにしへは	いにしへは	いにしへや	いにしへは	千七飛山明一隆奈豊片雅相為良承栄 肖最時 建氏家二醍文鉄侍経政順兼五宮井天 岡立
116		a	とけむをひとの	とけむを人は	とけむを人は	とけんを人は	
117	一二三	b	いひちきれる女の	いひちきれ（りけ）（ミ）る女の	いひちきれる女の	いひちきれる女の	千七飛山明一豊片相為良承慈最時 氏家醍文鉄侍経政順兼五宮井岡
118	一二四	a	思けれ（は）と（ミ）も（ミ）	思けれと	思ひけれと	思けれと	
119	一二五	d	おきのゐてみやこしま	おきのゐてみやこしま	おきのゐて宮こしま	おきて（の）ゐてみやこしま	千隆奈豊雅相為良承栄肖最時 建氏家二醍文鉄侍経政順兼五宮岡立
120	一三〇	d	つくまのまつり	つくまのまつり	つくまのまつり	つくはのまつり	千七飛山明一隆奈豊片雅相為良承栄 慈肖最時 建氏家二醍文鉄侍経政順兼五宮井天 岡立
121	一三一	d	まかりいつるを見て	まかりいつるを見て	まかりいつるを見て	まかりいつるを見て殿上にさふらひけるおりにて	千七飛山明一隆奈豊片雅慈時 氏家二醍鉄順兼宮井天岡立
122		d	花をぬふてふ	花をぬふてふ	花をぬふてふ	はなに（を）ぬふてふ	千七飛山明一隆奈豊片雅相為良承栄 慈肖最時 建家二醍文鉄侍経政順五宮井天岡立

123	三四	g	いかなる事をか（ミ）	いかなりける事を	いかなりける事を	いかなる事を	為良承最 建家二文鉄順兼五

第一表中、各校異に対する一連番号・段数についで施した類別記号とは、鶴見本に対する他の三本の本文異同状況が、それぞれに一見して容易に判別できるよう記号化したもので、次の基準による。各本の略号は、鶴見本以下、鶴・三・静・州とし、集計結果とともに次に示す。

a—21（鶴のみが独自異文で、三・静・州が同文）
b—24（三のみが独自異文で、鶴・静・州が同文）
c—17（静のみが独自異文で、鶴・三・州が同文）
d—32（州のみが独自異文で、鶴・三・静が同文）
e—1（鶴・三が同文で、静・州が異なる同文）
f—1（鶴・静が同文で、三・州が異なる同文）
g—12（鶴・州が同文で、三・静が異なる同文）
a×—3（鶴の独自異文が明らかな誤写による場合。aに含めていない）
d×—5（州の独自異文が明らかな誤写による場合。dに含めていない）
b′—4（四本同文なのに、三に傍記異文がある場合。bに含めていない）
d′—2（四本同文なのに、州に傍記異文がある場合。dに含めていない）
e′—1（四本同文なのに、鶴・三に同じ傍記異文がある場合。eに含めていない）

合計123

また以上のほか、類別すべき中に、右の方法で、ここにない他の$b^{\times}$〜$g^{\times}$やa'〜g'もあり得たが、結果としてそうした例はなかった。ただし不審なことがある。四本のうち一本が独自異文となるa〜dの場合、右のように他の三本が同文でこれと対立する以外に、異文の発生が自然であるなら、他の三本中の一本が更に別の異文であるか、また三本それぞれが別々の異文である可能性も当然予想されたのに、そうした例は一つとしてない。これは二本が同文で、他の二本と対立する場合にも言えることで、他の二本が別の同文であるe〜gの場合以外に、同文でない場合があり得たのに、結果は、これもない。一連番号が示すように、右は一二三例、通算では五〇〇箇所近い本文間異同であるのに、このように細部に例外が乏しいのは、掲げた四本の相互関係が、あまり複雑に絡み合っていない証左であるには違いないが、いかなる事由か俄かに明らかにならない。定家本の範囲だからと言っていいのであろうか。

次に、備考欄に示した伝本名略号について説明しておく。すなわち、鶴見本本文を考察する上で、掲出した鶴見本と同一本文（原則として表記上の差異は含めない）を持つ伝本名を、天福本・武田本両系統本を除き、池田校本では「流布本」「古本」収載対校本より、山田校本では建仁二年本・根源第二〜第六系統収載対校本より、両校本それぞれに採用する略号に従って示した。ただ、山田校本には、伝本が異なるのに池田校本と一部同一略号を用いるので、混同を回避するため、次の各↓印の下にあるよう改めた。

明（伝二条為明筆本　鉄心斎文庫蔵）↓二
良（良経筆本　河野記念館蔵）↓経
承（承政僧都筆本　天理図書館蔵）↓政
三（三井家旧蔵鉄心斎文庫蔵本）↓井

また略号が二文字である場合も改め、

建仁（建仁二年本）→建　根五（第五系統本）→五

としたが、第一表では念のため、右列に池田校本、左列に山田校本収載本と、列を区別して記した。

ここに断わっておかねばならないのは、筆者が既に二度、この鶴見本伊勢物語の本文についても言及していることである。前述したように、最初は平成五年一〇月、山形大学における中古文学会での口頭発表であったが、配布資料の一つとして、「鶴・三・静」三本の校異84箇所の一覧を示した。右の第一表より「州」に関するd32・d×5・d′2を除いた表になるが、これを整理・集計し、鶴見本について次のように区分したのである。

○武田本とのみ対立異文がある箇所―19

△天福本とのみ対立異文がある箇所―27

●右両本同一本文に対立異文がある箇所―39

そこで右の数値より、鶴見本は両系統本本文と対比して、いずれかと言えば対立異文の少ない武田本に近いとは言えるが、両本共通異文と39箇所（46％）も対立するので、全く別系統の本文だと述べた。そして84箇所の鶴見本と同一本文を持つ両系統本以外の伝本を、池田校本を主に求めると、結果は次のようになると示した。

千43　七36　飛31　山31　明31　一35　隆46　奈33　豊30　片28　雅41　州53　氏39　文42　理38　建31　相36
為36　良23　承37　栄29　慈22　肖34　最25　時32

過半数となるのは「州」の53（63％）のみなので、右に見る限り、鶴見本は「州」に最も近いとは言えるが、「州」の一二一段冒頭は、

むかしおとこむめつほよりあめにぬれて人のまかりいつるを見て殿上よりさふらひけるおりにて

とあり、傍線部を「鶴・三・静」は欠くので、「州」はまた別系統の本文とも述べた。およその見通しを披露したのであった。そして二度目の言及とは、平成六年一〇月発行の『鶴見大学蔵貴重書展解説図録』当該書解説の拙稿(13)で、右の要点を繰り返した。すなわち、「州」を加えて考えを進めようとしたのには、このような経緯があった。

そこで改めて第一表に戻り、鶴見本本文を考察し直す端緒に、21ある鶴見本の独自異文aのうち、備考欄の、同一本文を持つ伝本が皆無か、あってもただ一本にとどまる11箇所を抜き出してみよう。

第二表

No.	段数	鶴見本	三条西家本（静州）	備考
20	二〇	京にきてなむ	京にきつきてなん	（神）
42	四三	我のみと思ける	我のみと思けるを	
65	六三	思おもはぬをも	おもふをもおもはぬをも	順
74	七〇	いひかけたる	いひかけゝる	
79	七八	たはかりなまふ	たはかりたまふやう	
89	八三	さてさふらひてし哉	さてもさふらひてしかな	
100	九六	ひとつふたついてきけり	ひとつふたついてきにけり	天
103	九九	むまはにたてたりける	むかひにたてたりける	
107	一〇一	かめに花をさせりけり	かめに花をさせり	
116	一一一	とけむをひとの	とけむをひとは	

118	一一四	思けれとも(はー)	思けれと―	

異同のある部分に傍線を施したが、備考欄に（神）とあるのは、第一表に採用した対校本の範囲では見当らなくても、いわゆる非定家本の広本に属する大島本に近い神宮文庫蔵本には見える本文があることを意味する。しかしこれとても、また、鶴見本の、ここで独自異文とされた本文が、たとえ「順」「天」に見つけられるとしても、一本のみの存在で両者間に何らかの脈絡を見いだすのは甚だ困難で、他の皆無の場合と、そう区別できるとも思われない。しかも異同をつぶさに比べると、「きつきてなむ」「思けるを」「思をも」「たまふやう」「さても」「きにけり」と、鶴見本が他にはある圏点部を欠くか、「させりけり」と加わるか、あるいは「たる→ゝ(け)る」「の→は」「は→と」と、一、二文字の増減か交替がほとんどで、例外は九九段の「むまはに→むかひに」であろう。この段の鶴見本の語り出しはこうである。

むかし右近の馬場のひをりの日むまはにたてたりけるくるまに女のかほのしたすたれよりほのかに見えけれは中将なりけるおとこのよみてやりける

ところが、鶴見本以外のすべての写本では、女車が立っていたのは、男のいた「むかひに」あった。鶴見本でも、女車と男の位置関係が明らかにならないだけで、意味が通じないことはないが、断わるまでもなく、ここは古今和歌集巻十一業平贈答歌詞書の引き写しで、鶴見本に始まるかどうかは別にして、本来の「むかひに」を、同じ「む」で始まる語であるのと、直前の「馬場」の影響かで誤写が生じたのであろう。そして本文異同の規模は二文字以内となる。これは、鶴見本の独自異文ａの他の10箇所にも同じことが言える。

第三表（備考欄の伝本数のみを示したので、各伝本名略号は第一表参照）

No.	段数	鶴見本	三条西家本（静州）	備考
3	四	おほきさいの宮の	おほきさいの宮	13本
8	六	とり返し給て	とりかへしたまうて	7本
37	三二	といへりければ	といへりけれと	7本
47	四七	ありてふものを	ありといふ物を	11本
76	七六	まうてたまうけるに	まうて給けるに	5本
77	七八	うせたまふて	うせ給て	4本
84	八二	といふ所ありけり	といふ所に宮ありけり	2本
87	八三	をのにまてたるに	小野にまうてたるに	4本
93	八七	衛うのかみなりけり	ゑふのかみなりけり	6本
110	一〇三	きたなさよ	きたなけさよ	2本

校異とは言え、音便など表記上の相異に近い例が目立ち、語句の違いは少ないが、八二段の三条西家本なら「みなせといふ所に宮ありけり」、一〇三段の「さるうたのきたなけさよ」の圏点部がない鶴見本と同じなのは、前者の2本とは「雅天」、後者では「為建」である。ただ10箇所の校異に過ぎないが、鶴見本と一致する他本の略号が3以上に及ぶのは、

雅6　千4　為4　建4　二4　相3　承3　醍3　天3

であり、過半を占める「雅」とは桃園文庫蔵飛鳥井雅俊筆本で、本奥書に明応六年の年紀を持つというが、それ以上の伝来は詳かでない。少し気になるのは4度となる「建」、すなわち建仁本で、山田校本では寂身本を採用しているが、その後知られた冷泉家本によると、寂身本では確かに鶴見本と同じ「きたなさよ」とあるのが、ここは「きたなけさよ」と、多数ある他文と一致し、「建」の例としては一つ消滅する。

以上、第一表に対校させた四本中より見えるａ21箇所の子細を吟味したが、123箇所中の一部であるからか、独自異文に限定した設定に問題が残るからか、諸伝本中の鶴見本の位置などは見えてこない。そこで再び第一表ａｃｇの値に戻って比較すると、「鶴三」が同一本文で「静州」と対立するｅと、「鶴静」が同一で「三州」と対立するｆとが各1に過ぎないのに、先に近い関係のようにも見えた「鶴州」が同一で「三静」、すなわち天福本・武田本と対立するｇの数値が12を示すのはなぜかを考えてみよう。その12箇所の校異を抜き出すが、両本にわたる同一本文は、それぞれ前者の表記に従って示し、備考欄の各略号は第一表に譲る。

第四表

№.	段数	鶴見本・九州大本	三条西家本・静嘉堂本	備考
16	一五	いかゝはせむ	いかゝはせんは	11本
34	二七	こさりつる	こさりける	1本
43	四四	家とうしに	いゑとうし	16本
46	四六	月日のへにける	月日のへにけること	ナシ
49	五〇	ことゝもなるへし	ことなるへし	2本

63	六三	なさけなし	いとなさけなし	2本
67	六五	いとかなしきこと	いと、かなしきこと	29本
68	六五	こひしうのみ	こひしくのみ	9本
86	八三	あかし給てけり	あかしたまうてけり	6本
109	一〇二	もとのしそく	もとしそく	1本
112	一〇七	えよまさりければ	よまさりければ	20本
123	一二四	いかなる事	いかなりける事	12本

ここでも異同はすべて二文字以内となるが、鶴見本と本文を共有する本が他にないか、一、二本にとどまる場合が5箇所あり、その箇所では、鶴見本のみではなく、九州大本との同一本文として、多くの諸伝本中で、比較的孤立していることを示し、「鶴州」相互に親近性のあらわれと言えないことはない。第一表に戻って3箇所以上に及んで見える他本略号を多い順に示すと次のようになる。

7―五
6―文鉄
5―肖経
4―最時家醍政
3―千七片雅為承二侍順兼宮天

過半数を占める「五」とは、山田校本が根源本第五系統本として特立させている某家蔵伝為家筆本で、山田氏の解説(14)によると、重美指定がある鎌倉期書写一二五段二一〇首の伊勢物語、寂身本と同じに三六段に返歌「いつはりに」一首を有するが、寂身本に見る四〇段の返歌「いつこまて」一首はない伝本だという。そして本文奥にある和歌釈義文が、建仁二年寂身本記載事項に該当するので、寂身本と九州大本とも密接に関わり、寂身本の二一一首が建仁二年本の姿、次が右の「五」、次が「州」と二〇九首本に至る経緯を如実に提示する本であると強調する。ただその後冷泉家本が知られ、建仁二年本再建論議が進められる現在では容認しにくいばかりでなく、当面の本文の問題とは関わらないので立ち入らないが、天福本を終着点とし、建仁二年本を始発点とする定家本本文の変遷を辿る中で、非定家本的性格を濃厚に具有するらしい「五」と、鶴見本とが12箇所中7まで本文を共有し、それが「州」についても言える事実よりするなら、親近性については十分注意を払う必要はあるであろう。

次に「文鉄」が各6、「肖経」は各5となるが、この四本が山田校本の根源第三系統を構成しているのも首肯される。また、この「肖」と、各4となる「最時」の三本とは、書陵部蔵伝肖柏筆本・最福寺蔵本・最明寺蔵時頼本で、池田校本の「古本」に帰属していた中では、特に定家本と距離を置く伝本群である。これらはその後、本文系統論の中に別本という概念を生み出す誘因をなす本文とも言えるので、先の「五」との親近性を併せ考えると、鶴見本本文は、定家の比較的早い年代の書写に属するからなのか、あるいは定家本らしい姿が形成される前段階をとどめるように判断されている伝本と、往々にその独自異文が一致する由因は、そのためであると見ることができるのかも知れない。

しかしながら、以上は第一表収載123箇所の校異のうち、鶴見本と九州大本とが同文となって、言わば天福本・武田本共通異文12箇所と対立する例により知られる傾向として、僅かに限定的に知られるに過ぎないので、これを全体に広げて確認するためには、さらにさまざまな視点を設定して、分析を繰り返すほかなく、それが今、開始されたと見るべきであろうか。そこで最後に、第一表備考欄に示した伝本名略号の全集計値を示すこととするが、一応、池田校本に基づく右列と、山田校本の左列とを区別して列記しよう。

千80　七69　飛68　山71　明65　一69　隆72　奈69　豊70　片69　雅85　相77　為78　良64　承76　栄70　慈66
肖70　最62　時70（以上、右列）
建63　氏76　家72　二68　醍71　文87　鉄82　侍82　経77　政87　順76　兼74　五83　宮72　井63　天83　岡65
立71

数値の最も低いのは「最」の62（123箇所中50％）、高いのは「文政」の各87（71％）となるが、直前に検討した「鶴州」同一異文g12箇所では4（33％）が一致しただけの「最」が、そこでの比較対象としては数番目であったのに、すべての本と少なくとも半数は一致すると判明した全体の集計では、最低位となるのに驚く。すなわち形式的に処理した数値は、設定状況によって大きく変動することを教えるものだが、最も高い数値を示す一つ「文」とは天理図書館蔵伝藤原為相筆本で奥書に

御本云／文暦二年五月廿六日　以入道中納言自筆本書写校了

とある。文暦二年（一二三四）は定家七三歳でまだ存命しているが、これ以前に定家が書写した真筆本を何某かが写した「御本」を親本としていることになるので、定家原本がいつ成ったかは明らかにならない。山田氏は、明月記が伝える寛喜三年（定家七〇歳）書写本が「或いはことによると」これかと言い[15]、根源第三系統本の筆頭に据えるが、片桐氏は、その本文の吟味から、「武田本成立の前に出来上った本の系統だと考えてしかるべきか」とし[16]、「第四系統とすべき」と定まらない。

もう一つの伝本「政」も天理図書館蔵承政僧都筆本で、奥書の最末部に

御本云／嘉禄二年十二月廿一日　以民部卿定家卿御本書写之　即校合了／沙門在御判

とあって、裏に、

文永七年十一月廿二日　申出御所御本書写之、承政僧都筆也　両度校合畢

と識されている。嘉禄二年は定家六五歳、確かに民部卿在任中だが、この時に沙門某が用いた「定家卿御本」の書写年次は判明しない。ただ、山田校本に従うなら「文政」はいずれも根源第三系統に属し、他の所属する三本をも加えた「文鉄侍経政」の各数値を平均すると83となって、一系統として高い位置にあるのは興味をそそる。また以上のほか、鶴見本と80（65％）台の共通異文を持つ伝本には、雅85、五83、天83、千80などが注意され、この内「雅五天」は既に第三・四表を検討した際に浮上し、名だたる千葉本（天理図書館蔵）は、片桐氏によると、[17]「九大為家本や文暦奥書本よりは初期にできた定家本」かという。

かくして、煩わしいほどに幾つかの表を提示して、二、三考察したが、二部の校本を利用して、これまでに整理されてきた定家本群の中で、鶴見本がどこに位置するかを判断するのは容易でない。前述の通り、繰り返し書写したと推定される定家本の中で、年号本とされるのは、建仁本（四一歳）、承久本（六〇歳）、天福本（七三歳）と三種あるが、定家真筆本に直結できるのは天福本に限られ、定家筆本の面目を色濃く残すのではないかと上述した、静嘉堂文庫蔵伝後柏原院筆系本をはじめ、比較的善本が多いとされる武田本は、奥書に年号を欠くため年次は定まらず、流布本とも根源本とも呼ばれ区分された本は、奥書の文言が多彩であるだけに、多年次にわたるとは想定されるものの、伝本を個別に遡上させて定位置を測定できる段階には至っていない。従って鶴見本の本文を他と対校させる作業をいくら重ねても、明解な結果がえられないのは、またやむをえないかも知れない。そこで現在では、以上の大筋の整理のみにとどめて、鶴見本の本文全文を翻印・影印併せて公刊することにより、今後の研究に委ねることとしたい。

注

（1）片桐洋一解題　冷泉家時雨亭叢書第四一巻『伊勢物語　伊勢物語愚見抄』平成10年8月　朝日新聞社。
（2）中田武司解説　専修大学図書館蔵古典籍影印叢刊『伊勢物語』昭和54年10月　専修大学出版局。
（3）山田清市編　古典文庫397『伊勢物語〈鉄心斎文庫〉』昭和54年10月。
（4）池田亀鑑著『伊勢物語に就きての研究　研究篇』昭和35年10月　有精堂。
（5）大津有一編『伊勢物語に就きての研究　補遺篇　索引篇　図録篇』昭和36年12月　有精堂。
（6）山田清市著『伊勢物語の成立と伝本の研究』昭和47年4月　桜楓社。
（7）注5に同じ。
（8）注4に同じ。
（9）注1に同じ。
（10）池田亀鑑著『伊勢物語に就きての研究　校本篇』昭和33年3月　有精堂。
（11）注5に同じ。
（12）山田清市著『伊勢物語校本と研究』昭和52年10月　桜楓社。
（13）「藤原定家筆臨模本伊勢物語」の項。
（14）注12に同じ。
（15）注6に同じ。
（16）片桐洋一解説　天理図書館善本叢書第三巻『伊勢物語諸本集一』解説（注7）昭和48年1月　八木書店。
（17）注16「千葉本の本文」。

おわりに

鶴見大学図書館蔵伝小堀遠州筆伊勢物語一帖が、実は藤原定家筆蹟模本であるとの吟味一通りは、ここに一つの区切りを迎えた。思えば平成五年五月、思文閣より研究室に送られて来た『古書資料目録』にこの書影を見て、そう予感し、書肆より大学に取り寄せて、図書館での購入が決定して以来だから一六年が経った。改めて目録の説明を見直すと、「小堀遠州筆　定家本系／神田道伴極札並添状付　小堀宗明箱書」と見出しにあり、「本書は江戸初期の大名で、大芸術家小堀遠州（政一）の筆になるもので、その定家流の書風は独自の墨美を表現している」と、全く美術品扱いであるのがなつかしい。確かに独自の墨美を形成し、本書は美術品としても十分鑑賞できるが、それは小堀遠州の技能を通してではない。事実として、定家筆蹟独特の風韻を余すところなく発揮した真筆の伊勢物語がかつて存在し、これを室町時代後期に、遠州ではないけれども、技倆を備えた人物が、原本通りに、字形や字詰は勿論、一部別筆に写されていた部分をも明晰に区別して臨模したからである。遠州は古典籍にとどまらず、みずからの道中記執筆に際してさえ、丹念な定家様の筆致を駆使した練達の人だから、遠州筆本なら、それはそれで見応えがあったに違いないが、定家筆臨模本であるなら、学術的状況が全く異なる。数え切れないほど定家本で溢れる伊勢物語伝本群であるが、臨模本が新たに出現したとなれば、定家に直結する位置に立つので、本文資料としての評価は極めて高いはずである。定家に発しながら、二度三度と転写が繰り返され、そのたびごとに誤写も生じ、同じ定家本でも別度の書写本に接触して個々の校訂本文と化している夥しい伝本群と比較するなら、僅か一度の模写を経ているだけ、と推定されるので、定家にたちまち立ち戻れるからである。

本書「はじめに」にも既に述べたように、この伝遠州筆本を直ちに定家筆臨模本ではないかと疑った私が早速立証に取りかかり、結論としての確証を得るまでに一、二か月と要しなかったのは、入手して間もない同年七月初めには、中古文学会秋季大会に「定家筆臨模本の出現」と題した発表の申し入れをしたのでもわかる。また、同月中であったと思うが、鶴見本伊勢物語の分析を集中的に行った末に気付いた「藤原定家の撥音識別表記確立と崩壊」という事実を、国語学会平成五年度秋季大会に発表したいと、併行して学会への入会手続きをしたのでもわかる。思い返すと、自分ながら一六年前は若く、本書の出版を、当時、古今和歌集・拾遺和歌集と、定家真筆本影印刊行（久曾神昇氏編）が続いていた汲古書院に申し入れたのも、秋口のことであった。それがなぜ今に至ったかが問題である。「はじめに」では「懈怠以外の何ものでもなく」と釈明したが、もう一つ理由を挙げるなら、本文の解明に漂流が続いたからとしか言いようがない。そして漂流は、まだやむことがないのである。

率直に言うと、私は、伊勢物語における本文研究の進化からして、本文の解明は、その成果を利用するなら、比較的容易だとばかり思っていた。大津有一氏の「補遺篇」を含めると、『校本』は三種が刊行されているので、そこに新出写本の本文を当て嵌めるなら、立ちどころにとはならないまでも、系統別されている伝本群のいずれかのグループに次第に近づき、多少の手間は要しても、どこかに着地点を見いだせると思い込んでいたのだが、予想は大きく違った。これには、鶴見本の本文が、定家本であっても、従来知られていたどの伝本とも異なる本文を持つ新資料であるのに由来しようが、そもそも系統分類がなお流動的で、確定し切れていないように見受けられる。例えば前節末に言及したように、山田氏が、略号「州」の「九州大学為家本を根源本第一系統」とするのを退けて、片桐氏は略号「家」の「天理為家本を根源奥書本第一条統」に据え、「州」は第三系統にすべきと主張されている。数種に区別されるべきという根源奥書本の序列が、定家の各推定書写年次の経年順に連動して設定されるのなら、伝本間の本文異同をつぶさに辿って、それぞれに根拠を求める議論は、まだ開始されたばかりと言えるかも知れない。

鶴見本の本文が、先の第一表校異を単純に整理した限りでは、天福本「三」・武田本「静」より九州大本「州」に近いと見えたが、一方で、一二一段の「州」が「人のまかりいつるを見て殿上にさふさひけるおりにて」と圏点部を持つ乖離は決定的である。ところが片桐氏に従って「家」を第一系統とし、氏が172箇所にわたって示された校異表に照らすと、一方で鶴見本は「家」からも遠い。特に「天福本・武田本・千葉本その他の有奥書本」本文と著しく相違する本文とされた異文一〇例に注目させられたので、天福本以下の本文を（　）内に記して「家」の本文を示すと、

一〇段　むさしのくにいるまのこほりみよしの、さと（いるまのこほりみよしの、さと）
二三段　かくいひ〳〵て（などいひ〳〵て）
二三段　ひとりゆくらん（ひとりこゆらむ）
二四段　むかしをとこ女（むかしおとこ）
二八段　いてていにけれはいふかひなくておとこ（いてていにけれは）
四四段　いゑとうしてさかつきさゝせて（いゑとうしさかつきさゝせて）
六五段　殿上にありける（殿上にさふらひける）
一二〇段　つくまのまつりはやせなん（つくまのまつりとくせなん）
一二一段　人のまかりいつるをみて殿上にさふらひけるをりにて（人のまかりいづるをみて）
一二二段　ゐてのたま水てにくみて（ゐてのたまみつてにむすひ）

となるであろう。すなわち鶴見本は右の一箇所として「家」と合致せず、有奥書本にほとんどが一致して、四四段の

みが「家とうしにさか月さゝせて」とある。ところが、それにも拘らず、氏の指摘は、右の「家」の異文が定家本でも無奥書本に往々一致し、特筆すべきは、これが、「広本系の代表としての大島家旧蔵伝為氏筆本・宮内庁書陵部蔵阿波国文庫旧蔵本」という非定家本ともほぼ一致（四四段の大島本のみ例外）する事実に及ぶ点である。鶴見本は無奥書本であるが、ここに浮上した無奥書本の一部とは明瞭に区別され、有奥書本と悉くが合致する。これは鶴見本本文の方向の一つを指し示すものとも言えるが、前節での方法が、鶴見本の本文と一致する他伝本を二つの『校本』の対校本中に求め、これに依って親近性を模索しようとした点にも問題があったと思う。第一表で得られた校異箇所123は、鶴見本を底本に「三静州」を対校させた結果生じたので、この中で相互に異同が見られない場合では、他本間にどれほどの異同があっても拾い出せないわけである。鶴見本と同一本文を他に求めるだけではなく、鶴見本との異文を博捜しないと右のような例は漏れてしまう。鶴見本本文の究明をめぐっては、なお考え続けたい所以だが、ただこの親本たる定家筆本の書写年次には、もう一つ推定する方法があった。

　第七節に述べた「定家の撥音識別表記変遷と悉皆調査」に示したように、鶴見本伊勢物語は、その撥音識別表記に際立った特徴を現わしている。要点のみ繰り返すと、ここでは助動詞「む」一〇一例、「けむ」三六例、「らむ」一五例、「むず」二例の合計一五四例と、係助詞「なむ」七二例、終助詞「なむ」八例の合計八〇例、総計二三四例もの付属語仮名表記が撥音をすべて「む」と記し、「ん」は皆無で、更に「らむ」「なむ」を漢字表記とする場合も、「覧」七例、「南」一例と、それぞれに唇内撥音尾を有する文字を用いて例外がない。すなわち、付属語における撥音は「ん」「ン」ではなく、「む」「ム」表記であるとする写し手の意図が明確に示されていると見ることができる。また自立語に於ても、用例数は乏しいが、唇内撥音尾を持つ字音語では一例だが「ねむ（念）ず」、舌内撥音尾を持つ字音語では「あん（案）」「しんじち（信実）」「せんざい（前栽）」「ぜんじ（禅師）」「みずいじん（御随身）」各一例、「たいめん（対面）」

三例と「ん」に表記し、僅かに、もう一例見る「禅師」を「ぜむじ」と誤表記しているのを除くと、m・n尾子音を識別する意図は明らかに感じられる。さらにまた和語でも、語源的にマ行音より撥音便化が生じた語では、「ひむがし」「やむごとなし」各二例、「ねむごろに」七例、「おほむかみ（御神）」「かむなぎ（巫）」「をむな（女）」各一例と、撥音を「む」表記とするのを原則とし、「大宮すん所」「おほみやすん所」「思うんず（思倦）」各一例が例外とも言えるが、「御息所」は伊達本古今和歌集にも「みやすんところ」「みやすん所」と五例とも「ん」表記で、一方に併存する「みやす所」の撥音無表記例を通過したと仮想するなら、「む」表記でない理由も説明できなくはないこと、第七節の嘉禄本古今和歌集の項でも、繰り返し指摘したところである。そして以上を要するなら、鶴見本伊勢物語は、御物本更級日記ほどの多彩な語彙は持たないけれど、方法としては全く同じ原則で撥音識別表記が徹底されており、こうした表記を持つ伊勢物語伝本は、第七節末に特記した静嘉堂文庫や鉄心斎文庫が所蔵する後柏原院筆系武田本を除くと、定家本・非定家本を問わず、三種の『校本』に採用された数多くの対校本の中にも見いだすことができない。勿論、少なからず刊行されている他の影印本・複製には見当らず、特に平成五年以降、乏しいながら、機会あるごとに各所の伝本を私が調べた限りでは、見付けることができなかった。つまり鶴見本伊勢物語は、固有の撥音識別表記一つを見ても、ある時期の定家の方法をまさしく反映させた伝本で、問題は、ある時期とはいつかなのである。

　定家の右のような独自の撥音識別表記が、どの年代に形成され、確立したのか、またそれにも拘らず、この方法をいつ放棄したと言うべきか、少なくとも、頻出する助詞・助動詞の撥音に一切「ん」を使用せず、徹底して「む」表記で通す方法がいつ崩壊したかについては、別に詳しく論述した[1]ので参照していただきたいが、結論の要点のみを述べれば、年代を狭い範囲に特定するのが容易ではない。特に上限の設定が困難なのは、定家真筆とされる仮名文で若い頃の資料が極めて乏しく、三十代書写とされる殷富門院大輔百首題では助動詞のみ三種一八例の撥音を見るが全部

「ん」表記、三九歳の折に父俊成が手を入れた一紙両筆懐紙の定家筆部分にある付属語のみ三例の撥音は「む・ん」の混在というように、小品過ぎる。また、稀に仮名文を見る冷泉家時雨亭文庫蔵明月記は、どこまで自筆とするか議論の余地は大きいが(2)、四十代より、五〇歳建暦元年十一月、十二月まで相当数見られる仮名文は「む・ん」混在の中でも「ん」が多く、自立語については撥音識別表記に何の原則も感じ取れない。要するに資料の乏しさゆえもあるが、五〇歳頃までの定家に関しては、自立語における「む・ん」の使い分けや、付属語の撥音を「む」表記とするような傾向は、何一つ認められなかったのである。

また定家自筆本として長い間伝えられて来た家集(3)、冷泉家蔵拾遺愚草原本三巻三〇八四首（他人詠九三首を含む）を通覧しても、撥音識別表記における歴然とした方法は看取されない。詞書や左注に乏しく、自立語では上巻に「はんひ（半臂）」、中巻には用例がなくて、下巻に「かむたち（神館）」と全巻二例にとどまるので、論述する対象となり得ず、付属語について見ると次のようになる。

表記→	む	ん	けむ	けん	らむ	らん	覧	なむ（係）	なん（終）
上巻	一一六	三六	一五	二三	三五	九七	八	〇	三
中巻	二〇	二一	〇	四	〇	三七	〇	〇	〇
下巻	四七	四〇	三	一五	二	七六	〇	一	四
合計	一八三	九七	一八	四二	三七	二一〇	八	一	七

右は上巻のみで一五〇〇首を占め、全体の半数に近いのを念頭に助動詞より考察すると、まず「む」では、〈む〉表記（これは表記の実態を示し、語としての「む」と区別する）が、上巻では〈ん〉表記の三・二倍なのに対し、中巻ではほぼ

同数、下巻でも両者間に大きな差がないのは、何か理由があるのであろうか。そして三巻を併せてでは、〈む〉表記が〈ん〉の一・九倍あるのに、次の〈けむ〉と〈けん〉、〈らむ〉と〈らん〉では、撥音部の〈ん〉表記が、各巻とも〈む〉表記を圧倒しており、これを巻ごとに見ると、上巻では〈けん〉が一・五倍、〈らん〉が二・八倍に達している。次に中巻では〈けむ〉〈らむ〉の用例が皆無なので倍数の求めようがなく、下巻では〈けん〉が〈けむ〉の五倍、〈らん〉は実に〈らむ〉の三八倍もある。やはり異常な差と言えるであろう。ところが、上巻に於て「む」の〈む〉表記が〈ん〉の三・二倍あると言っても、これを各五編の百首歌五〇〇首ずつに区切って更に細分するなら、〈む〉対〈ん〉の各用例数は、順に、五七対五、三一対一七、二八対一四となって、どれも〈む〉が多いとは言え、倍数は最初の五〇〇首は一一・四倍なのに、あとはそれぞれおよそ二倍に過ぎず、大きな段差があるのにも気付く。そして拾遺愚草が自筆であるなら、年代の推移とも関連して考える余地もあるが、冷泉家時雨亭叢書所収の本書を担当された久保田淳氏解説[(4)]によると、自筆への強い疑いもある由なので、書写した人たちにより生じたのであろうか。定家の撥音識別表記が、ある年代に確固とした見識に従って樹立されたのは疑いないのに、その年代を特定しようとする試みは、ここでも困難な問題に直面することとなるのである。

定家自身による奥書などが伝える年紀、あるいは官職名の自署などによる限定以外は、筆蹟等によって書写年代を特定しないとする立場を厳守すると、付属語のすべての撥音を例外なく「む」表記とする一宮紀伊集、定頼集、とりわけ更級日記が特定できないのが、いかにも残念である。定頼集は、その壮年期書写かとされるので、上限設定に寄与する筈であるが、結局、決定的な資料を求めると、次の二部の古今和歌集に落ち着く。いずれも周知の伝本なので通称で示そう。

伊達本古今和歌集（定家五七歳七月〜六六歳一〇月）

嘉禄本古今和歌集（定家六五歳四月）

伊達本の年代に幅があるのは、自署「戸部尚書」に依るからであるが、繰り返された定家の古今和歌集書写における本分の展開より見ると、恐らくは元仁元年（六三歳）か嘉禄元年（六四歳）、すなわち嘉禄本の一、二年前の書写とする指摘[5]に従うなら、両本併せて定家六十代半ばに、先の撥音識別表記は全面的に確立していたことになるであろう。ところが、これより数年後の書写本では、付属語の撥音「む」表記一辺倒は廃され、「む・ん」併用に転換するのであり、次の書写本がそれである。

天福本拾遺和歌集（七二歳七月）

天福本伊勢物語（七三歳一月）

天福本後撰和歌集（七三歳三月）

文暦本土左日記（七四歳五月）

従って、遺存する真筆またはその模本の様態より帰納できる大筋をゆるやかに言うなら、定家は六十歳代半ば頃まで、にこの方法を完成させたが、なぜか七十歳代になって、罷めたことになるであろう。考えてみると、定家が依拠した親本が最初からそうした方法で一貫していたとは、対象が数種の作品にわたるので想像できないから、頻出する付属語の撥音表記を「む」に統一し、「ん」を決して書かないのは容易なことではない。「ん」の文字を終始使用しないのならまだしも、字音語のm音尾とn音尾とを「む・ん」に識別表記している以上、両者の区別に意識は働いており、統一表記を貫くには、確固とした信念と、一方に持続する努力がない限り成し遂げられないであろう。この集中力を想像すると、定家がこの識別表記を思い立ち、作品量が数十丁にも及ぶ古今和歌集、伊勢物語、更級日記など、この方法を徹底し、例外なく書写するに至ったのは事実であるが、これが十年、二十年の永きに及んだと考えるには困難を覚える。卓抜した能力が凡愚の想定を超える可能性は否定できないが、臆測としては、確定している六〇歳代中頃を核に前後三、四年、すなわち六〇歳頃よりの一〇年ほどと、今は仮に考えると、鶴見本伊勢物語の本文より想定される推定書写年代とどう関わるかが問題である。

定家の伊勢物語書写が確認できる年代を、前節冒頭に①〜⑥の順に列記したが、鶴見本の撥音識別表記は、まさに二部の古今和歌集と同じ方法で書写されており、この方法を採用した年代を、仮にもせよ以上のように想定すると、①建仁本（四一歳）と⑥天福本（七三歳）は消滅し、②承久本（六〇歳）と⑤寛喜本（七〇歳）は上下の限界域に位置する。また④武田本（五七〜六〇歳）は、後柏原院筆系本の存在もあって、想定内に大きく踏み込むが、各系統本文は既に知られているので、これらのいずれとも鶴見本は異なる。かくして、鶴見本本文に帰結させようとするなら、再び他伝本との本文異同を通した位置付けの問題に戻る必要があり、それには、書写年代推定の領域になお流動的である幾系統もの根源本や、そもそも奥書を欠く古本群がひしめく中に鶴見本を置いて、各長短を計測し直さなくてはならない。

それぱかりではない。本文とは別に、伝本間に見られる多彩な定家行間勘物のうち、鶴見本が比較的簡素な勘物を持つのは、書写年代の早さを示すものと判断されたが、本文が撥音表記確立期の様態を顕著に示す以上、六〇歳よりあまり遡りえないことになり、定頼集を同一様式の書写と想定しても、そう早くはさせられない。また第八節に取り上げた一一段にある贈答歌が、定家以外の女手に模写されているのも、当初、定家が歌序に疑問を抱き、ゆえに空白に写しておいたのを、後日埋めさせたとする愚案に従うなら、これもそう晩年とは想定しえない。つまり鶴見本親本たる定家真筆本の書写位置は、あくまでも本文の検証を基軸に、これらを総合して判定する必要があるのは当然だが、ただこうした考察を際限なく繰り返すことは、もはやできない。定家が書写を繰り返した伊勢物語写本群本文の節々には、それぞれの年代に応じた何か進化が潜在し、その推移が、本文異同の様態を辿り、丹念に綿密に追求しさえするなら、遂には自然と定家の法則なるものとして感知され、眼前にゆるやかな曲線が描かれてくるような思いに、私は駆られていたのかも知れない。帰納的に、その曲線さえ求められるなら、鶴見本の本文をいずれかに定位させることで座標が据わり、書写年代は容易に判明すると考えたらしいが、曲線を描くことはできなかった。ただ古典書写の営みは、定家といえども徒手空拳になしうるはずもなく、一回ごとに親本あってのことに違いないが、親本に多く家本が用いられたとすると、伊勢物語に限らず、家本は屢〻人に借り失われたという事実もある。そのたびに進化は振り出しに戻りかねないので、推移線は曲線を辿らず、曲折を余儀なくされざるを得なかったのであろうか。あるいは、私の当初の思いが幻想だった、と言うべきなのであろうか。今は後考を俟ち、以上のささやかな調査状況を述べて、ここに鶴見本伊勢物語公刊の役割を果たし、大方の助力を仰ぎたいと願うのみ。

注

（1）拙稿「藤原定家の撥音識別表記確立と崩壊」国語と国文学　平成7年3月　拙著『源氏物語回廊』所収　平成21年11月　笠間書院。
（2）拙稿「明月記の紙背文書」佐藤道生編『古文書の諸相』所収　平成20年7月　慶應義塾大学文学部　右拙著所収。
（3）冷泉為臣編『藤原定家全歌集』昭和15年6月　文明社。
（4）久保田淳解題『拾遺愚草　上中』平成5年11月　朝日新聞社。
（5）片桐洋一著『古今和歌集以後』「貞文・文屋から定文・文室へ―藤原定家の本文校訂、その一例」平成12年　笠間書院。

付篇一

翻印・略校本

凡例

○翻印について

一、ここでは、鶴見大学図書館蔵、藤原定家筆蹟模本伊勢物語（写本一帖）を、原本にできるだけ忠実に翻印した。

一、本文は、仮名と漢字の別、仮名遣の相異をはじめ、本文左傍への補入・異文傍記や見せ消ち（ミ）等、すべて原本通りに示した。

一、本文は、字詰・改行をすべて原本通りとしたが、行末一、二文字を折り返し傍書する余り書きは行末に続けたので、書影で確認していただきたい。

一、本文行間に細書された勘物や、各歌頭への集付等は、すべて原本通りに翻印した。

一、漢字は原則として新字体としたが、原本の字体とあまりに異ならないよう、正字体・略体・異体をも用いた。

一、仮名は通行の字体に統一したが、定家特有の用字法の一端を示すため、必要最小限に、一部の仮名の左傍に、（𛀜）・（𛁈）と、原本の字形を注記した。

一、原本の墨付丁数と、表（オ）・裏（ウ）の別を、各最終行下部に、1ウ」、35オ」の形式に表示した。

一、便宜上、各行数を行頭に洋数字で私に加えた。

一、便宜上、各段数を第一行目の上部に漢数字で私に加えた。

一、原本には、朱書・朱点は一切なく、すべて墨書である。

○校異について

一、右の翻印本文を底本として、次の三本との校異を、すべて下段に注記した。

学習院大学図書館蔵三条西家旧蔵天福本（略号「三」）

静嘉堂文庫蔵伝後柏原院筆系武田本（略号「静」）

九州大学図書館蔵伝藤原為家筆根源本（略号「州」）

一、校異は、本文に異同がある箇所の下段に、まず底本の行数と本文とを掲げ、―の下に、校異本文を記して、（　）内に伝本名を略号で示した。

一、校異は、底本もしくは対校本の誤写により生じた場合も、すべてを採録した。

一、同一本文でも、いずれかの異文傍記に異同ある場合は採録したが、物語本文以外の勘物・集付など注釈的傍記は対象外とした。

一、校異は、漢字と仮名の別、仮名遣、送り仮名、おどり字、「む」と「ん」の別など、表記上の異同もすべて採録したが、対校本の一部に見られる朱墨の声点・句読点・合点・段数表示などは対象外とした。

一、校異は、対校本の見せ消ち・補入などが底本と異なる場合も、すべて採録した。

一、底本のごく一部の仮名左傍に注記した（[illegible]）・（[illegible]）の字形上の異同は、定家筆模本である「三」と、定家筆模本を伝える「静」とに限定して採録した。

一、表記上のみの異同を除いた語句の校異は、便宜上、ゴシック体に示した。

一
むかしおとこうゐかうふりし
てならの京かすかのさとに
しるよしゝてかりにいにけり
そのさとにいとなまめいたる
女はらからすみけりこのおとこ
かいま見てけりおもほえすふ
るさとにいとはしたなくてあり
けれは心地まとひにけりおとこの
きたりけるかりきぬのすそをきり 1ウ」
てうたをかきてやるそのおとこ
しのふすりのかりきぬをなむき
たりける

5　女はらから—をんなはらから（三州）—をむなはらから（静）
6　かいま見て—かいまみて（三静州）
8　心地—こゝち（三州）　おとこの—をとこの（州）
2　かりきぬをなむ—かりきぬをなん（州）

4　春日野ゝわかむらさきのすり衣
5　しのふのみたれかきりしられす
6　となむをいつきていひやりける
7　ついておもしろき事ともや思けむ
8　みちのくのしのふもちすりたれゆへに
9　みたれそめにし我ならなくに
10　といふうたの心はへなりむかし人は
11　かくいちはやきみやひをなむしける　2ｵ」

二
1　むかしおとこ有けりならの京はゝ
2　なれこの京は人の家またさた
3　まらさりける時にゝしの京に女
4　有けりその女世人にはまされ

4　春日野ゝ―かすかのゝ（三静州）　すり衣―すりころも（州）
6　となむ―となん（州）
7　事ともや―こと、もや（三静）―ことゝや（州）　思けむ―思けん（三）―おもひけむ（静州）
8　しのふもちすり―忍もちすり（三）
9　我ならなくに―われならなくに（州）
10　うたの―哥の（静）　心はへ―こゝろはへ（静州）　なり―也（静）
11　なむ―なん（三州）
1　有けり―ありけり（静州）　京はゝなれ―京ははなれ（三州）
2　家―いゑ（静）―いへ（州）
3　ゝしの京に―にしの京に（州）
4　有けり―ありけり（三静州）

5りけりその人かたちよりは心なむ
6まさりたりけるひとりのみもあら
7さりけらしそれをかのまめおとこ
8うちものかたらひてかへりきていかゝ思け
9む時はやよひのついたち雨そをふるに
10やりける
11おきもせすねもせてよるをあかしては
1　はるのものとてなかめくらしつ　2ウ」

二

2昔おとこ有けりけさうしける女
3のもとにひしきもといふ物を
4やるとて
5　おもひあらはむくらのやとにねもしなむ

5　心なむ―心なん（三）―こゝろなむ（静）―こゝろなん（州）
7　かのまめおとこ―かのまめおとこ（找）（三）
8　思けむ―思ひけん（三）―おもひけむ（静）―おもひけん（州）
9　雨そをふるに―あめそをふるに（三静）―あめそほふるに（州）
1　はるのものとて―春の物とて（三）
2　昔おとこ有けり―むかしおとこありけり（三静州）
3　物を―ものを（三州）
5　おもひあらは―思ひあらは（三）　ねもしなむ―ねもしなん（三州）

6 ひしき物には袖をしつゝも
7 二條の后のまたみかとにもつかうま
8 つりたまはてたゝ人にておはせ
9 しましける時のこと也

四

10 むかしひむかしの五條におほきさいの宮の 3オ」
1 おはしましける西の對にすむ
2 人有けりそれをほいにはあらて心
3 さしふかゝりけるひとゆきとふらひ
4 ける。む[を]月の十日はかりのほとに
5 ほかにかくれにけりありところは
6 きけと人のいきかよふへき所にも
7 あらさりけれは猶うしと思つゝ

6 ひしき物には―ひしきものには（三静州） 袖を―そてを（三静州）
7 二條の后の―二條のきさきの（三静州）
8 おはせしましける―おはしましける（三静州）
9 時の―ときの（州） こと也―ことなり（静州）
10 ひむかしの―ひんかしの（三州） 宮の―みや（州）―宮（三静）
1 西の對に―にしのたいに（三静州）
2 有けり―ありけり（静州） 心さし―こゝろさし（州）
3 ひと―人（静州）
4 ける。む[を]―けるを（三静州） 十日はかり―十日許（静）
6 所にも―ところにも（州）
7 猶―なを（静州） 思つゝ―思ひつゝ（三）―おもひつゝ（静州）

なむありける又のとしのむ月に
むめの花さかりにこそをこひて　3ウ」
いきてたちて見ゐて見ゝれとこそ
にゝるへくもあらすうちなきて
あはらなるいたしきに月のかた
ふくまてふせりてこそを思い
てゝよめる
　月やあらぬ春やむかしのはるなら
　ぬわか身ひとつはもとの身にして
とよみて夜のほの〳〵とあくるに
なく〳〵かへりにけり

五
むかしおとこ有けりひむかしの五條わたりに　4オ」

8　なむ—なん（三州）　ありける—有ける（静）　又のとし—又の年（静）
9　花さかり—はなさかり（静州）　こひて—こひつゝ[て]（州）
1　たちて見ゐて見ゝれと—たちてみゐて見みれと（州）
2　ゝるへくも—にるへくも（三州）
4　思いてゝ—思ひいてゝ（州）
6　春や—はるや（静州）　むかしの—昔の（三）
7　もとの身—もとのみ（州）
8　夜の—よの（静）
10　有けり—ありけり（州）　ひむかしの—ひんかしの（三州）

いとしのひていきけりみそかなる
ところなれはかとよりもえ
いらてわらはへのふみあけたる
ついひちのくつれよりかよひ
けりひとしけくもあらねとたひ
かさなりけれはあるしきゝつけ
てそのかよひちに夜ことに
人をすへてまもらせけれ
はいけとえあはてかへりけ
りさてよめる
」4ウ
ひとしれぬわかゝよひちのせきもりは
夜ひ〳〵ことにうちもねなゝむ

2　ところなれは—所なれは（三）
4　ついひちの—つひ[ゐ]ちの（州）
5　ひと—人（州）
7　かよひちに—かよひ地に（三）
9　いけとえあはて—いけと[イ無両本（朱）]もえあはて（三）
1　わかゝよひち—わかかよひち（州）
2　夜ひ〳〵ことに—よひ〳〵ことに（三静州）　ねなゝむ—ねなゝん（三州）

とよめりけれはいといたう心
やみけりあるしゆるしてけり
二條のきさきにしのひてま
いりけるを世のきこえあり⑫
けれはせうとたちのまもら
せ給けるとそ
六 昔おとこ有けり女のえうまし
かりけるを年をへてよはひわたりけるを　5ｵ」
からうしてぬすみいてゝいとくらき
にきけりあくた河といふかはをゐ
ていきけれは草のうへにをきたり
けるつゆをかれはなにそとなむ

3　いといたう―いといたく（静）　心やみけり―こゝろやみけり（静州）

6　世のきこえ⑫―世のきこえ（三）―よのきこえ（州）

8　給ける―たまひける（三静州）

9　昔―むかし（三州）　有けり―ありけり（三静州）

10　年をへて―としをへて（三静州）

2　あくた河といふかはは―あくたかはといふ河（三州）

3　草のうへに―くさのうへに（静州）

4　なむ―なん（三州）

おとこにとひけるゆくさきおほく
夜もふけにけれはおにある所とも
しらて神さへいといみしうなりあめ
もいたうふりけれはあはらなる
くらに女をはおくにをしいれてお
とこゆみやなくひをおひてとくちに
5ウ」
をりはや夜もあけなむと思つゝ
ゐたりけるにおにはやひとくちに
くひてけりあなやといひけれと神
なるさはきにえきかさりけりやう
〳〵夜もあけゆくに見れはゐて
こし女もなしあしすりをして

6　所とも—ところとも（州）

7　神さへ—かみさへ（州）

1　あけなむと—あけなんと（三州）　思つゝ—おもひつゝ（州）

3　神なる—かみなる（州）

5　見れは—みれは（州）

7 なけともかひなし
8 しらたまかなにそと人のとひし時
9 つゆとこたへてきえなまし物を
10 これは二條の后のいとこの女御の御もとに 6オ」
1 つかうまつるやうにてゐたまへりけるを
2 かたちのいとめてたくおはしけれは
3 ぬすみておひていいてたりけるを御せ
4 うとほりかは（昭宣公）のおとゝたらうくにつね（國経）
5 の大納言また下らうにて内へまい
6 り給にいみしうなく人あるをきゝ
7 つけてとゝめてとり返し給てけりそ
8 れをかくおにとはいふなりけりまたい

8 とひし時—とひしとき（州）
9 きえなまし物を—きえなましものを（三静）—けなましものを（州）
10 二條の后の—二條のきさきの（三静州）
2 めてたく—めてたう（州）
5 下らう—けらう（州）　内へ—うちへ（州）
6 給に—たまふに（三静）—たまうに（州）
7 とり返し給て—とりかへしたまうて（三静州）
8 おに—をに（州）

9とわかうて后のたゝにおはしける時とや

七

10昔おとこ有けり京にありわひて　6ウ」

1あつまにいきけるに伊勢尾張の

2あはひの海つらをゆくになみの

3いとしろくたつを見て

4　いとゝしくすき行方のこひしきに

5　うらやましくもかへる浪哉

6となむよめりける

八

7昔おとこ有けり京やすみうかりけむ

8あつまの方にゆきてすみ所もと

9むとてともとする人ひとりふたり

10して行けりしなのゝくにあさまのたけに　7オ」

9　后の―きさきの（三静州）　時とや―ときとや（州）

10　昔―むかし（三静州）　おとこ有けり京に―おとこありけり京に（三州）―おとこ［ありけり］京に（静）

1　伊勢尾張―い勢おはり（三冷州）―伊勢おはり（静）

2　海つら―うみつら（三静州）　なみの―浪の（三）

4　すき行方の―すきゆくかたの（三州）―すきゆく方の（静）

5　うらやましくも―うら山しくも（三）　浪哉―なみかな（三州）―なみ哉（静）

6　となむ―となん（州）

7　昔―むかし（三静州）　有けり―ありけり（静州）　けむ―けん（三）

8　方に―かたに（静州）　ゆきて―ゆく［き］て（州）　すみ所―すみところ（州）

1 煙のたつを見て
2 　信濃なるあさまのたけに立煙
3 　をちこち人の見やはとかめぬ
九 4 むかしおとこありけりそのおとこ身を
5 えうなき物に思なして京にはあ
6 らしあつまの方にすむへきくにもと
7 めにとてゆきけりもとよりともとする
8 人ひとりふたりしていきけりみちし
9 れる人もなくてまとひいきけり参
10 河のくにやつはしといふ所にいた
11 りぬそこをやつはしといひけるは
7ウ」
1 水ゆく河のくもてなれははしをや

1　煙の―けふりの（三静州）
2　信濃なる―しなのなる（三静州）　立煙―たつ煙（三）
―たつけふり（静州）
3　をちこち人―おちこち人（州）
5　物に―ものに（静州）　思なして―おもひなして（州）
6　方に―かたに（州）
7　ともとする人―友とする人（三）
9　参河―みかは（三静州）
10　所に―ところに（州）
1　水ゆく―みつゆく（州）

2つわたせるによりてなむやつはしと
3いひけるそのさはのほとりの木の
4かけにおりゐてかれいひくひけり
5そのさはにかきつはたいとおもしろ
6くさきたりそれを見てある人
7のいはくかきつはたといふいつもし
8をくのかみにすへてたひの心をよ
9めといひけれはよめる
10　から衣きつゝなれにしつましあれは　8オ」
1　はる〴〵きぬるたひをしそ思
2とよめりけれはみなひとかれいひの
3うへに涙おとしてほとひにけり

2　よりてなむ—よりてなん（州）　やつはしと—やつはしと はイ（三）—やつはしとは（静）
8　すへて—すゑて（州）　心を—こゝろを（静州）
10　から衣—からころも（州）
1　思—おもふ（州）
2　みなひと—みな人（三州）
3　涙—なみた（三静州）

ゆき〳〵て駿河國にいたりぬうつの
山にいたりてわかいらむとするみちは
いとくらうほそきにつたかえては
しけり物心ほそくすゝろなるめを
見ることゝ思す行者あひたりかゝる
みちはいかてかいまするといふを見
れは見し人なりけり京にその
8ウ」
人の御もとにとてふみかきてつく
　するかなるうつの山邊のうつゝにも
　夢にも人にあはぬなりけり
ふしの山を見れはさ月のつこ
もりに雪いとしろうふれり

4　駿河國に―するかのくにゝ（三静州）
5　いらむと―いらんと（州）
7　物心ほそく―ものこゝろほそく（静州）
8　見る―みる（州）　思―思ふに（三）―おもふ（静州）
　す行者―修行者（州）
9　見れは―みれは（州）
10　見し人―見しひと（三）
1　御もとにとて―御もとにて[と]（静）　かきてつく―かき
　て[つく]やる（州）
2　山邊の―山への（三）―やまへの（州）
3　夢にも―ゆめにも（三静州）　人に―ひとに（静）
4　見れは―みれは（州）

6　時しらぬ山はふしのねいつとてか
7　かのこまたらにゆきのふる覧
8　その山はこゝにたとへはひえの山を
9　はたちはかりかさねあけたらむほとして
9ｵ」
1　なりはしほしりのやうになむあ
2　りける猶ゆき〳〵てむさしのくにと
3　しもつふさのくにとの中にいとおほき
4　なる河ありそれをすみた河といふ
5　そのかはのほとりにむれゐて思や
6　れはかきりなくとをくもきにける哉
7　とわひあへるにわたしもりはや舟
8　にのれ日もくれぬといふにのりて渡

6　時しらぬ—ときしらぬ（州）
7　ゆきの—雪の（静）　ふる覧—ふるらん（三州）—ふるらむ（静）
8　その山は—そのやまは（州）　ひえの山を—ひえのやまを（州）
9　はたちはかり—はたち許（静）　たらむほと—たらんほと（三州）
1　やうになむ—やうになん（三州）
2　猶ゆき〳〵て—［猶］ゆき〳〵て（三）—なをゆき〳〵て（静）—なをゆきゆきて（州）　むさしのくに—武蔵のくに（三）
3　中に—なかに（州）　いとおほきなる—。［いと］おほきなる（三）
5　かはの—河の（三静）　思やれは—おもひやれは（三静州）
6　哉—かな（三静州）
7　舟に—ふねに（三静州）
8　渡らむ—わたらん（三州）—わたらむ（静）

9らむとするにみな人ものわひしく
10て京におもふ人なきにしもあらす
9ウ」
1さるおりしもしろき鳥のはしと
2あしとあかきしきのおほきさなる
3水のうへにあそひつゝいをゝくふ京
4には見えぬ鳥なれはみな人見し
5らすわたしもりにとひけれはこれ
6なむみやことりといふをきゝて
7　名にしおはゝいさ事とはむ宮こ鳥
8　わか思人はありやなしやと
9とよめりけれは舟こそりてなき
10にけり
10オ」

9　みな人―みなひと（静）　ものわひしくて―物わひしくて（三）
10　おもふ人―思ふ人（三）
1　鳥の―とりの（三静州）
3　水のうへに―みつのうへに（三）
4　鳥―とり（三静州）　見しらす―みしらす（州）
6　なむ―なん（三州）　みやことり―宮ことり（三静）
7　名にし―なにし（州）　事とはむ―ことゝはむ（静）―ことゝはん（州）　宮こ鳥―宮ことり（静）―みやことり（州）
8　思人―おもふ人（三静州）
9　舟―ふね（静州）

一〇　1昔おとこ武蔵の國まてまとひあ
2りきけりさてそのくにゝある女
3をよはひけりちゝはこと人にあは
4せむといひけるをはゝなむあてな
5る人に心つけたりけるちゝはな
6おひとにてはゝなむふちはらなり
7けるさてなむあてなる人にと思
8けるこのむこかねによみてをこせ
9たりけるすむ所なむいるまのこほ
10りみよしのゝさとなりける

10ウ」

1　みよしのゝたのむのかりもひたふるに
2　きみか方にそよるとなくなる

1　昔—むかし（三静州）　武蔵の國—武蔵のくに（三）—むさしのくに（静州）
4　はゝなむ—はゝなん（三州）
5　心つけ—こゝろつけ（州）　なおひと—なお人（静州）
6　はゝなむ—はゝなん（三州）
7　さてなむ—さてなん（三州）　思ける—思ひける（三）—おもひける（静州）
9　すむ所なむ—すむところなむ（静）—すむところなん（州）
2　きみか方—きみかゝた（三静州）

3むこかね返し
4　わか方によるとなくなるみよしのゝ
5　たのむのかりをいつかわすれむ
6となむ人のくにゝても猶かゝる事
7なむやまさりける

二

8昔おとこあつまへゆきけるに友た
9ちともにみちよりいひをこせける
10　わするなよほとはくもゐになりぬとも
11ｵ」
1　そらゆく月のめくりあふまて

三

2むかしおとこ有けり人のむすめを
3ぬすみてむさし野へゐてゆくほとに
4ぬす人なりけれはくにのかみにから

3　返し―かへし（静州）
4　わか方―わかゝた（州）　みよしのゝ―みよし野ゝ（静）
5　わすれむ―わすれん（三州）
6　となむ―となん（州）　猶―なを（州）　かゝる事―かゝること（三）
7　なむ―なん（三州）
8　昔―むかし（州）　友たちとも―ともたちとも（静州）
10　くもゐに―雲ゐに（三）
1　そらゆく月―そら行月（静）
2　有けり―ありけり（州）
3　むさし野へ―むさしのへ（三州）―武蔵野へ（州）
4　ぬす人―ぬす人に（州）

5められにけり女をはくさむらの
6中にをきてにけにけりみちくる
7ひとこの野はぬす人あなりとて火
8つけむとす女わひて
9　むさしのはけふはなやきそわかくさの
10　つまもこもれり我もこもれり

11ウ」

1とよみけるをきゝて女をはとりてと
2もにゐていにけり

三
3昔武蔵なるおとこ京なる女の
4許にきこゆれはゝつかしきこえねは
5くるしとかきてうはかきにむさし
6あふみとかきてをこせてのちをとも

6　中に—なかに（三州）
7　ひと—人（静州）　この野は—このゝは（静）
8　つけむとす—つけんとす（州）
9　けふは—今日は（州）
10　我も—われも（州）
3　昔—むかし（州）　武蔵—むさし（州）
4　許に—もとに（三静州）　きこゆれはゝつかし—きこゆれははつかし（州）

7せすなりにけれは京より女
8　むさしあふみさすかにかけてたのむには
9　とはぬもつらしとふもうるさし
10とあるを見てなむたへかたき心地しける
12オ」
1　とへはいふとはねはうらむゝさしあふみ
2　　かゝる折にや人はしぬ覧
一四　3昔おとこみちのくにゝすゝろにゆき
4いたりにけりそこなる女京の人は
5めつらかにやおほえけむせちにおも
6へる心なむありけるさてかの女
7　なか〳〵に戀にしなすはくは[桑子]こにそ
8　[万葉]なるへかりけるたまのをはかり

10　見てなむ―見てなん（州）　心地―こゝち（州）
1　ゝさしあふみ―むさしあふみ（州）
2　折にや―おりにや（三静州）　人は―ひとは（三）
しぬ覧―しぬらん（三州）―しぬらむ（静）
3　昔―むかし（三静州）
4　人は―ひとは（三）
5　おほえけむ―おほえけん（三）―おもほえけん（州）
6　心なむ―心なん（三）―こゝろなん（州）
7　なか〳〵に―中〳〵に（三）　戀に―こひに（静州）

9うたさへそひなひたりけるさすかに
10あはれとや思けむいきてねにけり　12ｳ」
1夜ふかくいてにけれは女
2夜もあけはきつにはめなてくたかけの（家鶏也）
3またきになきてせなをやりつる
4といへるにおとこ京へなむまかるとて
5くり原のあれ（ね）はの松の人ならは
6みやこのつとにいさといはましを
7といへりけれはよろこほひておもひ
8けらしとそいひをりける
一五
9むかしみちのくにゝてなてうことなき
10ひとのめにかよひけるにあやしう　13ｵ」

10　思けむ―おもひけん（三州）―おもひけむ（静）
2　夜も―よも（州）
4　なむ―なん（三州）
5　くり原の―くりは（わ一本）らの（三）―くりはらの（静州）
れ（ね）はの―あれはの（静州）　松の―まつの（州）
6　みやこの―宮この（静）
9　むかし―昔（静）―むかしをとこ（州）
10　ひとの―人の（三静州）

あ

1さやうにてあるへき女ともあらす
2見えけれは
3　しのふ山忍てかよふみちも哉
4　人の心のおくも見るへく
5女かきりなくめてたしとおもへと
6さるさかなきえひす心を見
7てはいか丶はせむ
一六 8昔紀のありつねといふ人ありけり
9三よのみかとにつかうまつりて時にあひ
10けれとのちは世かはり時うつりにけれは　13ウ」
1世のつねの人のこともあらす人からは
2心うつくしうあてはかなることを

2　見えけれは—みえけれは（州）
3　しのふ山—忍山（静）　忍て—しのひて（三静州）　みちも—道も（三）　哉—かな（静州）
4　人の心の—ひとの心の（静）—ひとのこゝろの（州）　見る—みる（州）
6　えひす心—えひすこゝろ（三州）
7　いか丶はせむ—いか丶はせんは（三）—いか丶はせむは（静）
8　昔—むかし（三静州）　紀のありつね—きのありつね（三静）　ありけり—有けり（三）
9　三よの—み世の（三）—みよの（静州）　時に—ときに（州）
10　世かはり—よかはり（州）　うつりに—うつりてに（州）
1　世の—よの（州）
2　心うつくしう—心うつくしく（三）—こゝろうつくしう（州）

このみてことに人にもにすまつしく
へても猶むかしよかりし時の心なから
世のつねのこともしらす年ころあひ
なれたるめやう〳〵とこはなれてつゐに
あまになりてあねのさきたちてなり
たる所へゆくをおとこまことにむつ
ましきことこそなかりけれ今はとゆく
をいとあはれと思けれとまつしけれはするわさも
14ｵ」
なかりけり思わひてねむころにあひ
かたらひけるともたちのもとにかう〳〵
今はとてまかるをなにこともいさゝか
なることもえせてつかはすことゝ

3　ことに人にも—こと人にも（三）
4　猶—なを（州）　むかし—昔（静）
5　世の—よの（三州）　年ころ—としころ（三静州）
8　所へ—ところへ（三静州）
9　ことこそ—事こそ（静）　今は—いまは（三静州）
10　思けれと—おもひけれと（州）
1　思わひて—おもひわひて（三静州）　ねむころに—ねんころに（州）
3　今は—いまは（三静州）

かきておくに
手をゝりてあひ見しことをかそふ
れはとほといひつゝよつはへにけり
かのともたちこれを見ていとあはれと
おもひてよるの物まてをくりてよめる
年たにもとほとてよつはへにけるを
いくたひきみをたのみきぬらむ
かくいひやりたりけれは
これやこのあまの羽衣むへしこそ
きみかみけしとたてまつりけれ
よろこひにたへて又
秋やくるつゆやまかふと思まて

14ウ」

6 手をゝりて―てをおりて（州）　あひ見し―あひみし（州）　ことを―事を（三）

7 とほと―とおと（三静）―とをと（州）

9 おもひて―思ひて（三）―思て（州）　物まて―ものまて（静州）

10 年たにも―としたにも（州）　とほとて―とおとて（三静）―とをとて（州）

11 きぬらむ―きぬらん（三州）

2 羽衣―は衣（三静）―はころも（州）

5 思まて―おもふまて（三静州）

あるは涙のふるにそありける
一七 年ころをとつれさりける人のさくら
のさかりに見にきたりけれはあるし
あたなりと名にこそたてれ櫻花
としにまれなる人もまちけり
返し
けふこすはあすは雪とそふりなまし
きえすはありとも花と見ましや

15ｵ」

一八 昔なま心ある女有けりおとこちか
うありけり女うたよむ人なりけれは
心見むとて菊の花のうつろへるをゝり
ておとこのもとへやる

6　涙の—なみたの（静州）　ありける—有ける（三）
7　年ころ—としころ（静州）　さくらの—さくら。の（三）
8　見に—みに（州）
9　名にこそ—なにこそ（三州）　櫻花—さくら花（静）—さくらはな（州）
10　としに—年に（三）

1　雪—ゆき（州）
2　ありとも—有とも（静）　花と—はなと（州）
3　昔—むかし（三静州）　なま心ある—なまこゝろある（州）　有けり—ありけり（三静州）
4　ありけり—有けり（三）
5　心見む—こゝろみむ（州）　菊の花—きくの花（三静）—きくのはな（州）　をゝりて—をおりて（州）

紅にゝほふはいつらしらゆきの
枝もとをゝにふるかとも見ゆ
おとこしらすよみによみける
紅にゝほふかうへのしら菊は
15ウ」
折ける人の袖かとも見ゆ

一九

むかしおとこ宮つかへしける女のかた
にこたちなりける人をあひしり
たりけるほともなくかれにけり
おなし所なれは女のめには見ゆる
ものからおとこはある物かとも
思たらす女
あまくものよそにも人のなりゆくか

7 紅に―くれなゐに（静州）　しらゆき―白雪（三）―しら雪（州）
8 枝も―えたも（静州）　見ゆ―みゆ（州）
9 おとこ―をとこ（州）　よみける―よめ（ママ）見ける（州）
10 紅に―くれなゐに（静州）　しら菊は―しらきくは（三静州）
1 折ける―おりける（三州）　袖―そて（三静州）
2 むかし―昔（三）　宮つかへ―みやつかへ（静州）　かたに―方に（三）
5 所―ところ（三州）　見ゆる―みゆる（州）
6 ものから―物から（三）　物かとも―ものかとも（州）
7 思たらす―おもひたらす（州）
8 あまくもの―あま雲の（三）

さすかにめには見ゆるものから
とよめりけれはおとこ返し
あまくものよそにのみしてふることは」16ｵ
わかゐる山の風はやみ也
とよめりけるは又おとこある人と
なむいひける

二〇
昔おとこやまとにある女を見てよ
はひてあひにけりさてほとへて宮
つかへする人なりけれはかへりくる
みちにやよひ許にかえてのもみち
のいとおもしろきをゝりて女のもとに
みちよりいひやる

9　見ゆる―みゆる（州）　ものから―物から（三静）
10　返し―かへし（州）
1　風はやみ也―風はやみなり（静）―かせはやみなり（州）
2　又おとこ―またおとこ（静）―又をとこ（州）
3　なむ―なん（三州）
4　昔―むかし（三静州）
5　宮つかへ―みやつかへ（州）
6　かへりくる―かへりてくる（州）
7　やよひ許に―やよひはかりに（三静州）
8　をゝりて―をおりて（州）

10 きみかためたおれる枝はゝるなから 16ウ」
1 かくこそ秋の紅葉しにけれ
2 とてやりたりけれは返事は京
3 にきてなむもてきたりける
4 いつのまにうつろふ色のつきぬ
5 覧きみかさとにはゝるなかるらし

三

6 むかしおとこ女いとかしこく思かはして
7 こと心なかりけりさるをいかなることか
8 ありけむいさゝかなることにつけて
9 世中をうしと思ていてゝいなむと
10 思てかゝる哥をなむよみて物にかきつけゝる 17オ」
1 いてゝいなは心かるしといひやせむ

10 きみかため—君かため（三）　枝は—えたは（静州）　ゝるなから—春なから（三）—はるなから（静州）
1 紅葉—もみち（三静州）
2 返事は—返ことは（州）
3 きて—きつきて（三静州）　なむ—なん（三州）
4 色の—いろの（静州）　つきぬ覧—つきぬらん（三）—つきぬらむ（静州）
5 ゝるなかるらし—春なかるらし（三）—はるなかるらし（州）
6 おとこ女—おとこ。女（静）　思かはして—思ひかはして（三）—おもひかはして（静州）
7 ことか—事か（三静）
9 世中を—よの中を（州）　思て—思ひて（三）—おもひて（州）　いなむと—いなんと（三）
10 思て—思ひて（三）　哥をなむ—うたをなん（三）—哥をなん（州）　物に—ものに（静州）
1 心かるしと—こゝろかるしと（州）　せむ—せん（三）

世のありさまを人はしらねは
とよみをきていて丶いにけりこの女
かくかきをきたるをけしう心をく
へきこともおほえぬをなに丶より
てかか丶らむといといたうなきてい
つ方にもとめゆかむとかとにいて丶と見
かう見丶けれといつこをいつこをは
かりともおほえさりけれはかへりいりて
おもふかひなき世なりけり年月を

17ｳ」

あたにちきりて我やすまひし
といひてなかめをり
人はいさ思やす覧玉かつら

2　世の―よの（州）
3　よみをきて―よみてをきて（州）
4　かきをきたるを―かきをきたるを見て（州）
5　おほえぬを―おほへぬを（州）
6　いつ方に―いつかたに（三州）
7　ゆかむ―ゆかん（州）　と見かう見丶けれと―とうか見うみみけれと（州）
8　いつこを―ナシ（三静州）
9　おほえ―おほへ（州）
10　おもふかひ―思ふかひ（三）　世なり―よなり（州）
年月を―とし月を（静州）
1　我や―われや（静州）
3　人は―ひとは（州）　思や―思ひや（三）―おもひや（静州）　す覧―すらん（三州）―すらむ（静）　玉かつら―たまかつら（静州）

4　おもかけにのみいと丶見えつ丶
5　この女いとひさしくありてねむ
6　しわひてにやありけむいひをこせたる
7　今はとてわする丶草のたねをたに
8　ひとの心にまかせすもかな
9　返し
10　忘草うふとたにきく物ならは
11　思ひけりとはしりもしなまし　18オ」
1　又〳〵ありしよりけにいひかはして
2　おとこ
3　わするらむと思心のうたかひに
4　有しよりけに物そかなしき

4　見えつ丶―みえつ丶（州）
6　ありけむ―ありけん（三）
7　今は―いまは（静州）　草の―くさの（静州）
8　ひとの―人の（静州）　心に―こ丶ろに（州）　まかせすもかな―まかせすも哉（三）
10　忘草―わすれ草（静）―わすれくさ（州）　物ならは―ものならは（州）
11　思ひけり―思けり（三）―おもひけり（静州）
3　わするらむと―わする覧と（三静）　思心の―おもふこ丶ろの（州）
4　有しより―ありしより（三静州）　物そ―ものそ（州）

返し
中そらにたちゐるくものあともなく
身のはかなくもなりにけるかな
とはいひけれとをのか世ゝになり
にけれはうとくなりにけり

三

昔はかなくてたえにけるなか猶
やわすれさりけむ女のもとより
うきなから人をはえしもわすれねは

18ｳ」

かつうらみつゝ猶そこひしき
といへりけれはされはよといひておとこ
あひ見ては心ひとつをかはしまの
水のなかれてたえしとそ思

6　中そらに―なかそらに（静州）
7　けるかな―ける哉（三静）
8　世ゝに―よゝに（州）　なりにけれは―なりてにけれは（州）
10　昔―むかし（三静州）
11　さりけむ―さりけん（三）
1　猶そ―なをそ（州）
2　されはよ―されは。よ（州）
3　あひ見ては―あひみては（州）　心―こころ（州）
4　思―おもふ（州）

とはいひけれとその夜いにけり
いにしへゆくさきのことゝもなといひて
秋の夜の千世をひとよになすらへて
やちよしねはやあく時のあらむ
返し
あきの夜の千世をひとよになせりとも
19ｵ」
ことはのこりて鳥やなきなむ
いにしへよりもあはれにてなむ
かよひける
亖
昔ゐなかわたらひしける人の子
とも井のもとにいてゝあそひける
をおとなになりにけれはおとこ

5　その夜—そのよ（静州）
7　秋の夜の—秋のよの（州）　千世を—ちよを（三静州）
ひとよに—ひと夜に（静）
8　あらむ—あらん（州）
9　返し—かへし（州）
10　あきの夜の—秋の夜の（三）—あきのよの（州）　千世を—ちよを（三静州）
1　鳥や—とりや（三静州）　なきなむ—なきなん（三）
4　昔—むかし（三州）　人の子とも—人のことも（静州）
6　おとこも女もはちかはして—［おとこも女も］はちかはして（三）

7 も女もはちかはしてありけれと
8 おとこはこの女をこそえめと思
9 女はこのおとこをと思ひつゝおや
10 のあはすれともきかてなむありける　19ウ」
1 さてこのとなりのおとこのもとより
2 かくなむ
3 　つゝ井つの井つゝにかけしまろかたけ
4 　すきにけらしもいも見さるまに
5 女返し
6 　くらへこしふりわけかみもかたすきぬ
7 　君ならすしてたれかあくへき
8 なといひ〳〵てつゐにほいのことくあひ

8　思—おもふ（三静）—おもひ（州）
9　思ひつゝ—おもひつゝ（三静州）
10　なむ—なん（三）
2　かくなむ—かくなん（三）
3　つゝ井つの—つゝゐつの（静州）　井つゝに—ゐつゝに（三）
4　すきにけらしも—すきにけらしな（三）—すきにけらし
も（なイ）（静）—すきにけらしも（又云ふりわけかみも）（州）　いも見さるまに—い
もみさるまに（静）—いもみさるまに（かたすきにけり）（州）
5　女—をむな（静）　返し—かへし（州）
6　ふりわけかみも—ふりわけ神も（静）
7　君—きみ（三静州）

9にけりさてとしころふるほとに女
10おやなくたよりなくなるまゝに
20オ」
1もろともにいふかひなくてあら
2むやはとて河内のくにたかやすの
3こほりにいきかよふ所いてきにけり
4さりけれとこのもとの女あしとお
5もへるけしきもなくていたしや
6りけれはおとこゝと心ありてかゝる
7にやあらむとおもひうたかひて
8前栽の中にかくれゐて河内へいぬる
9かほにて見れはこの女いとようけさ
10うしてうちなかめて
20ウ」

9　としころ—年ころ（三）

1　あらむやは—あらんやは（三州）

2　河内のくに—かうちのくに（三州）

3　所—ところ（州）

6　ゝと心—こと心（静州）

7　おもひ—思ひ（三静）

8　前栽—せんさい（三静）—せむさい（州）　中に—なかに（静州）　河内—かうち（三静）—かのかうち（州）

風ふけはおきつ白波たつた山
夜はにやきみかひとりこゆらむ
とよみけるをきゝてかきりなく
かなしと思て河内へもいかすなり
にけりまれ〳〵かのたかやすにきて
見れはゝしめこそ心にくもつくり
けれ今はうちとけて手つから
いゐかひとりてけこのうつわ物に
もりけるを見て心うかりていかすな
りにけりさりけれはかの女やまとの
21ｵ」
方を見やりて
君かあたり見つゝをゝらむいこま山

1　白波—しら波（三）—しらなみ（静州）　たつた山—たつたやま（州）
2　夜はにや—よは。[に]や（州）　きみか—君か（三）　こゆらむ—こゆらん（三）
4　思て—思ひて（三）—おもひて（州）　河内へも—かうちへも（静州）
5　きて見れは—いきてみれは（州）
6　見れは—みれは（州）　ゝしめ—はしめ（三静州）
7　今は—いまは（三静州）　手つから—てつから（三）—ゝつから（静州）
8　けこのうつわ物に—けこのうつはものに（静）—けこ[子]のうつはものに（州）
9　見て—みて（州）　心うかりて—こゝろうかりて（州）
1　方を—かたを（州）　見やりて—みやりて（州）
2　君か—きみか（静州）　見つゝをゝらむ—見つゝをゝらん（三）—みつゝを[も]ゝらん（州）　いこま山—いこまやま（州）

くもなかくしそあめはふるとも
といひて見いたすにからうしてやま
と人こむといへりよろこひてまつ
にたひ〳〵すきぬれは
きみこむといひし夜ことにすきぬれは
たのまぬもの丶こひつ丶そぬる
といひけれとおとこすますなりにけり

二四
昔おとこかたゐなかにすみけりおとこ 21ウ」
宮つかへしにとてわかれおしみてゆきに
けるまゝに三とせこさりけれはまち
わひたりけるにいとねむころにいひ
ける人にこよひあはむとちきり

3　くも―雲（静）　あめは―雨は（三静）
4　見いたすに―みいたすに（州）
7　きみ―君（三州）　夜ことに―よことに（州）
8　もの丶―物の（三）　こひつ丶そぬる―こひつゝそふる（三）―こひつ丶そぬる ふイ（朱）（静）
10　昔―むかし（三州）　おとこ―おとこ女（州）
1　宮つかへ―みやつかへ（州）
2　三とせ―みとせ（州）
3　いとねむころに〜ちきりたりけるに―いとねむころに〜ちきりたりけるを（静、補入）　ねむころに―ねんころに（州）

たりけるにこのおとこきたりけり
このとあけたまへとたゝきけれとあ
けてうたをなむよみていいたしたりける
あらたまの年のみとせをまちわひて
たゝこよひこそにゐ枕すれ
といひいたしたりけれは
あつさゆみまゆみつきゆみ年をへて
22ｵ」
わかせしかことうるはしみせよ
といひていなむとしけれは女
あつさゆみひけとひかねとむかしより
心はきみによりにしものを
といひけれとおとこかへりにけり女いと

7　なむ―なん（三州）
8　年の―としの（静州）　みとせ―三とせ（三州）
9　にゐ枕―にゐまくら（三静州）
11　まゆみ―ま弓（三）　つきゆみ―つき弓（三）　年を―としを（静州）
3　あつさゆみ―あつさ弓（三）　むかしより―昔より（三）
4　心は―こゝろは（州）　ものを―物を（三）

6かなしくてしりにたちてをひ
7ゆけとえをひつかてし水のある
8所にふしにけりそこなりけるいはに
9およひのちしてかきつけゝる
10あひおもはてかれぬる人をとゝめかね
22ウ」
1　わか身は今そきえはてぬめる
2とかきてそこにいたつらになりにけり

二五

3昔おとこ有けりあはしともいはさり
4ける女のさすかなりけるかもと
5にいひやりける
6　秋の野にさゝわけしあさの袖よりも
7　あはてぬる夜そひちまさりける

6　たちて—たちて（三）

7　えをひつかて—えをいつかて（三）

8　所に—ところに（州）

1　今そ—いまそ（静州）

3　昔—むかし（三静州）　有けり—ありけり（静州）

6　秋の野に—秋のゝに（三静）—あきのゝに（州）　袖—そて（静州）

7　ぬる夜そ—ぬるよそ（静州）

いろこのみなる女返し
見るめなきわか身をうらとしらねはや
かれなてあまのあしたゆくゝる
23ｵ」

二六
昔おとこ五條わたりなりける女を
えゝすなりにけることゝわひたりけ
る人の返事に
おもほえす袖にみなとのさはく哉
もろこし舟のよりし許に

二七
むかしおとこ女の許にひとよいき
て又もいかすなりにけれは女の手
あらふ所にぬきすをうちやりて
たらひのかけに見えけるをみつから

8　いろこのみ―色このみ（三）　返し―かへし（州）
9　見るめ―みるめ（州）
1　昔―むかし（三静州）
2　えゝす―えす（州）
3　返事に―返ことに（三静）
4　袖に―そてに（静州）　みなと―みなと〔一本なみた〕（三）　さはく哉―さはく哉〔らし〕（三）―さはくかな（静州）
5　もろこし舟の―もろこしふねの（静州）　許に―はかりに（州）
6　むかし―昔（三）　許に―もとに（三静州）　ひとよ―ひと夜（三）
7　手あらふ―てあらふ（静州）
8　所に―ところに（静州）

10 我許物思人は又もあらしと

23ウ」

1 おもへは水のしたにも有けり

2 とよむをかのこさりつるおとこたち

3 きゝて

4 みなくちに我や見ゆらむかはつさへ

5 水のしたにてもろこゑになく

二八

6 むかし色このみなりける女いてゝ

7 いにけれは

8 なとてかくあふこかたみになりにけむ

9 水もらさしとむすひしものを

貞観十一年十二月貞明親王為皇大子年二于時母儀高子
十二月誕生　母儀廿七　帝御年十九

二九

10 むかし春宮の女御の御方の花の

24オ」

10 我許物思人—われはかりものおもふ人（州）

1 有けり—ありけり（静）—ありけりむかしおとこ女のもとにひとよ（州、傍線部ヲ墨線ニテ抹消）

2 かの—ナシ（三）—かの（静）イ無（朱）　こさりつる—こさりける（三静）

4 我や—われや（静州）　見ゆらむ—見ゆらん（三）—みゆらん（州）

6 むかし—昔（三）　色このみ—いろこのみ（三静州）

8 けむ—けん（三）

10 花の—はなの（州）

1賀にめしあつけられたりけるに
2　花にあかぬなけきはいつもせしかとも
3　けふのこよひにゝる時はなし

三〇
4むかしおとこはつかなりける女の許に
5　あふことは玉のをはかりおもほえて
6　つらき心のなかく見ゆらむ

三一
7昔宮の内にてあるこたちのつほね
8のまへをわたりけるになにのあ
9たにか思けむよしやくさはよ　24ウ」
1ならむさか見むといふおとこ
2　つみもなき人をうけへは忘草
3　をのかうへにそおふといふなる

1　めしあつけ―めしあつめ[ミけ]（州）
4　女の―人[女]の（州）　許に―もとに（三静州）
5　玉の―たまの（三州）　をはかり―を許（三）
6　心の―こゝろの（州）　見ゆらむ―見ゆらん（三）―みゆらん（州）
7　昔―むかし（州）　宮の内―宮のうち（静州）
9　思けむ―思けん（三州）―おもひけむ（静）　くさはよ―くさ葉よ（三）―くさは[ミの]よ（静）
1　ならむ―ならん（三州）　見む―みん（州）
2　忘草―わすれくさ（静州）

4といふをねたむ女もありけり

三二 5昔ものいひける女に年ころありて

6　いにしへのしつのをたまきくり返し

7　むかしを今になすよしもかな

8といへりけれはなにともおもはすや

9ありけむ
25ｵ」

三三 1むかしおとこ攝津國むはらのこほりに

2かよひける女このたひいきては

3又はこしとおもへるけしきなれはおとこ

4　あし邊よりみちくるしほのいやましに

5 上句万葉　きみに心を思ます哉

6返し

5　昔―むかし（三静州）　年ころ―としころ（静州）

6　くり返し―くりかへし（三静州）

7　今に―いまに（静州）　よしもかな―よしも哉（三）

8　けれは―けれと（三静州）

9　ありけむ―ありけん（三州）

1　攝津國―つのくに（三静州）

3　おもへる―思へる（静）

4　あし邊―あしへ（三静州）

5　きみに―君に（三）　心を―こゝろを（州）　思ます
哉―思ますかな（静）―おもひますかな（州）

こもり江に思心をいかてかは
舟さすさほのさしてしるへき

三四
ゐなか人の事にてはよしやあしや
昔おとこつれなかりける人のもとに　25ウ」
いへはえにいはねはむねにさはかれて
心ひとつになけくころ哉
おもなくていへるなるへし

三五
昔心にもあらてたえたる人のもとに
玉の緒をあはお（𢦏）によりてむすへれは
たえてのゝちもあはむとそ思

三六
むかしわすれぬるなめりとゝひことし
ける女のもとに

7　こもり江に—こもりえに（州）　思心—思ふ心（三静）—おもふこゝろ（州）

8　舟—ふね（三州）

10　昔—むかし（三州）

2　心ひとつ—こゝろひとつ（静州）　哉—かな（州）

3　おもなくて—おもなく。て（三）

4　昔—むかし（三静州）　心にも—こゝろにも（州）

5　玉の緒を—玉のをゝ（三州）—たまのをゝ（静）　あはおに—あはお（𢦏）に（三）—あはをに（州）

6　あはむとそ思—あはんとそおもふ（州）

7　むかし—昔（三）　ゝひこと—とひこと（州）

谷せはみゝねまてはへるたまかつら
たえむと人にわかおもはなくに
26ｵ」

三七
昔おとこ色このみなりける女にあへり
けりうしろめたくや思けむ
我ならてしたひもとくなあさかほの
ゆふかけまたぬ花にはありとも
返し
ふたりしてむすひしひもをひとりして
あひ見るまてはとかしとそ思

三八
むかし紀のありつねかりいきたるに
ありきてをそくきけるによみてやりける
きみにより思ならひぬ世中の
26ｳ」

9 谷せはみ―たにせはみ（静州）　ゝねまて―峯まて（三）―みねまて（州）　たまかつら―玉かつら（三）
10 たえむと―たえんと（州）
1 昔―むかし（静州）　色このみ―いろこのみ（静州）
2 思けむ―思けん（三）―おもひけむ（静）―おもひけん（州）
3 我―われ（州）
4 花―はな（州）
7 あひ見る―あひみる（州）　思―おもふ（州）
8 紀の―きの（三州）　ありつね―有つね（静）
10 きみに―君に（三）　思ならひぬ―おもひならひぬ（静州）　世中の―よの中の（州）

1　人はこれをやこひといふらむ
2　返し
3　ならはねは世の人ことになにをかも
4　こひとはいふとゝひし我しも

三九

5　むかしさいゐん（西院淳和天皇）のみかとゝ申すみかと
6　おはしましけりそのみかとのみこ
7　たかいこと申す（崇子内親王　承和十五年五月十五日薨）いまそかりけりその
8　みこうせ給て御はふりの夜その宮
9　のとなりなりけるおとこ御はふりの
10　見むとて女くるまにあひのりて

「27ｵ

1　いてたりけりいとひさしうゐていて
2　たてまつらすうちなきてやみぬへかり

1　いふらむ―いふらん（三州）
3　世の人―よの人（州）
4　こひとは―戀とは（三）　ゝひし―とひし（州）　我しも―われしも（静州）
5　さいゐん―西院（三）　申す―申（州）
6　みこ―御こ（州）
7　と申す―と申（州）
8　うせ給て―うせたまひて（静州）　御はふりの夜―おほんはふりの夜（三）―おほむはふりの夜（静）―御はふりのよ（州）　その宮―そのみや（州）
9　御はふりの―御はふり（三静州）
10　見む―みん（州）

けるあひたにあめのしたのいろこの
み源のいたるといふ人これもゝの見
るにこのくるまを女くるまと見て
よりきてとかくなまめくあひたに
かのいたるほたるをとりて女の車に
いれたりけるをくるまなりける人この
ほたるのともす火にや見ゆらむと
もしけちなむするとてのれるおと
27ウ」
このよめる
　いてゝいなはかきりなるへみともしけち
　年へぬるかとなくこゑをきけ
かのいたる返し

3　いろこのみ—色このみ（三）
4　源の—みなもとの（州）　ゝの見るに—ものみるに（州）
5　くるまを—車を（静）
7　車に—くるまに（三静州）
9　ともす火—ともすひ（州）　見ゆらむ—見ゆらん（三）—みゆらん（州）
10　けちなむする—けちなんする（州）
3　年—とし（州）
4　返し—かへし（州）

いとあはれなくそきこゆるとも しけち
きゆる物とも我はしらすな
あめのしたの色このみの哥にては
猶そありける
いたるはしたかふかおほち也みこのほいなし

四〇
むかしわかきおとこけしうはあらぬ女を　28ｵ」
おもひけりさかしらするおやありて
思もそつくとてこの女をほかへをひ
やらむとすさこそいへいまたをいや
らす人の子なれはまた心いきほひ
なかりけれはとゝむるいきほひなし
女もいやしけれはすまふちからなし

6　物とも—ものとも（州）　我は—われは（州）
7　色このみの—いろこのみの（静州）　哥—うた（三州）
8　猶そ—なをそ（州）　ありける—有ける（静）
9　したかふ—したかう（州）　おほち也—おほちなり（州）
10　むかし—昔（三）
1　おもひけり—思ひけり（三静）
2　思もそ—思ひもそ（三）—おもひもそ（静）　をひやらむと—をひやらんと（州）
3　いまた—また（三）
4　子なれは—こなれは（三静州）　心—こゝろ（静）　いきほひ—いきおひ（三静）
5　いきほひ—いきおひ（三静）

さるあひたにおもひはいやまさりに
まさるにはかにおやこの女をゝひうつ
おとこちのなみたをなかせともとゝむ
るよしなしゐていてゝいぬおとこ
28ウ」
なく〳〵よめる
　いてゝいなはたれか別のかたからむ
　ありしにまさるけふはかなしも
とよみてたえいりにけりおやあはて
にけり猶思てこそいひしかいとかく
しもあらしと思にしんしちにたえ
いりにけれはまとひて願たてけり
けふのいりあひはかりにたえいり

2　たれか—誰か（三二）　別の—わかれの（静州）　かたからむ—かたからん（三州）
5　思て—思ひて（三静）—おもひて（州）
6　思に—おもふに（三静州）
8　はかりに—許に（三静）

9て又の日のいぬの時はかりになむか
10らうしていきいてたりけるむかしのわか
11人はさるすけるものおもひをなむ　29ｵ」
1しけるいまのおきなまさにし
2なむや

四一
3昔女はらからふたりありけり
4ひとりはいやしきおとこのまつ
5しきひとりはあてなるおとこ
6もたりけりいやしきおとこもたる
7しはすのつこもりにうへのきぬを
8あらひてゝつからはりけり心さし
9はいたしけれとさるいやしき

9　なむ―なん（三州）
11　ものおもひ―物思ひ（三）―物おもひ（静）　なむ―なん（三州）
1　しなむや―しなんや（州）
3　昔―むかし（州）
8　心さし―こゝろさし（州）

わさもならはさりけれはうへのきぬの
29ｳ」
かたをはりやりてけりせむ方もなく
てたゝなきになきけりこれを
かのあてなるおとこきゝていと心
くるしかりけれはいときよら
なるろうさうのうへのきぬを見
いてゝやるとて
　紫の色こき時はめもはるに
　野なる草木そわかれさりける
むさしのゝ心なるへし

四二
昔おとこ色このみとしる〳〵女をあ
ひいへりけりされとにくくはたあら
30ｵ」

1　せむ方も—せむかたも（静）—せんかたも（州）
2　なきけり—なきにけり（州）
3　心くるしかり—こゝろくるしかり（州）
4　きよらなる—きようなる（州）
7　紫の—むらさきの（三静州）　色こき—いろこき（静州）　時は—ときは（州）
8　野なる—のなる（静州）　草木そ—くさ木そ（静州）
10　昔—むかし（州）　色このみ—いろこのみ（静州）
11　にくく—にくゝ（三静）

さりけりしは〳〵いきけれと猶
いとうしろめたくさりとてい
かてはたえあるましかりけり猶
はたえあらさりけるなかなり
けれはふつかみかはかりさはること
ありてえいかてかくなむ
いてゝこしあとたにいまたかはらしを
たかゝよひちと今はなるらむ
物うたかはしさによめるなりけり

四二

昔かやのみこと申すみこおはしましけり　30ウ」
賀陽親王桓武第七皇子母夫人多治比氏三品治部卿
そのみこ女をおほしめしていとかし
貞観十三年十月八日薨七十八
こうめくみつかう給けるを人な

3　猶—なを（三静州）
5　はかり—許（三静）　さはること—さはる事（州）
6　かくなむ—かくなん（三州）
8　今は—いまは（静州）　なるらむ—なるらん（三州）
9　物うたかはしさ—ものうたかはしさ（三静州）
10　昔—むかし（三静州）
1　かしこう—かしこく（静）
2　給ける—たまひける（三静州）

3 まめきてありけるを我のみと思
4 ける又人きゝつけてふみやる
5 ほとゝきすのかたをかきて
6 　郭公なかなくさとのあまたあれは
7 　猶うとまれぬ思物から
8 といへりこの女けしきをとりて
9 　名のみたつしてのたをさはけさそなく

31ｵ」

1 　いほりあまたとうとまれぬれは
2 時はさ月になむありけるおとこ返し
3 　庵おほきしてのたをさは猶たのむ
4 　わかすむさとにこゑしたえすは

四四

5 昔あかたへゆく人にむまのはなむけ

3 我のみと—われのみと（静）　思ける—思ひけるを（三）—思けるを（静）—おもひけるを（州）

6 郭公—ほとゝきす（三静州）

7 猶—なを（州）　思物から—思ものから（三）—思ふものから（静）—おもふものから（州）

9 名のみ—なのみ（州）　たをさ—たおさ（三静）

2 時は—ときは（州）　なむ—なん（三州）　おとこ返し—をとこかへし（州）

3 庵—いほり（三静州）　たをさ—たおさ（静）

5 昔—むかし（三静州）

6せむとてよひてうとき人にしあらさ
7りけれは家とうしにさか月さゝ
8せて女のさうそくかつけむとすあ
9るしのおとこうたよみてものこし
10にゆひつけさす

31ｳ」

1　いてゝ行君かためにとぬきつれは
2　我さへもなくなりぬへきかな
3この哥はあるかなかにおもし
4ろけれは心とゝめてよますはらに
5あちはひて

四五
6むかしおとこありけり人のむすめ
7のかしつくいかてこのおとこに

6　せむとて―せんとて（州）　うとき人に―うときひとに（州）
7　家とうしに―いゑとうし（三静）―いへとうしに（州）
さか月―さかつき（三州）　さゝせて―ささせて（州）
8　かつけむ―かつけん（三）
1　いてゝ行―いてゝゆく（三静州）　君か―きみか（静州）
2　我さへ―われさへ（州）
3　哥は―うたは（三静）
4　心とゝめて―こゝろとゝめて（州）
6　ありけり―有けり（三）
7　おとこ―をとこ（州）

8ものいはむと思けりうちいてむ
9ことかたくやありけむものやみになりて
32オ」
1しぬへき時にかくこそ思しかといひ
2けるをおやきゝつけてなく〳〵つけ
3たりけれはまとひきたりけれとし
4にけれはつれ〳〵とこもりをりけり
5（時は）みな月のつこもりいとあつきこ
6ろほひによゐはあそひをり
7て夜ふけてやゝすゝしき風ふ
8きけりほたるたかうとひあかる
9このおとこ見ふせりて
10　ゆくほたる雲のうへまていぬへくは
32ウ」

8　ものいはむ—物いはむ（三）—ものいはん（州）　思けり—思ひけり（州）
9　ありけむ—ありけん（州）　ものやみ—物やみ（三）
1　しぬへき時に—しぬへきときに（州）　思しか—思ひしか（静）
5　（時は）みな月—時はみな月（三静）—ときはみなつき（州）　ころほひ—ころをひ（三静）
6　よゐ—夜ゐ（三）
8　たかう—たかく（三）
10　雲の—くもの（州）

1 秋風ふくとかりにつけこせ
2 くれかたき夏のひくらしなかむれは
3 そのことゝなく物そかなしき
四六 4 昔おとこいとうるはしき友あり
5 けりかた時さらすあひ思けるを
6 人のくにへいきけるをいとあは
7 れと思てわかれにけり月日へてをこ
8 せたるふみにあさましくえた
9 いめんせて月日のへにけるわすれや
33ｵ」
1 し給にけむといたくおもひわひ
2 てなむ侍世中の人の心はめか
3 るれはわすれぬへきものにこそ

1 秋風—あきかせ（州）　ふくと—吹と（静）
2 夏の—なつの（州）
3 物そ—ものそ（静州）
4 昔—むかし（三静州）　友—とも（静州）
5 かた時—かたとき（州）　思けるを—思ひけるを（三）
—おもひけるを（静州）
7 思て—おもひて（三州）
8 えたいめんせて—たいめんせて（三）　—えたいめんせて
（静）　—えたいめむせて（州）
9 へにける—へにけること（三静）
1 し給にけむ—し給にけん（三州）　—したまひにけむ（静）
おもひわひて—思ひわひて（三）　—思わひて（州）
2 なむ—なん（州）　世中の—よの中の（州）
3 ものにこそ—物にこそ（三）

4あめれといへりけれはよみてやる
5　めかるともおもほえなくにわすらるゝ
6　時しなけれはおもかけにたつ
四七
7昔おとこねむころにいかてと思女
8有けりされとこのおとこをあた也
9とき丶てつれなさのみまさりつゝいへる
33ウ」
1　おほぬさのひくてあまたになりぬれは
2　思へとえこそたのまさりけれ
3返しおとこ
4　おほぬさとなにこそたてれ流ても
5　つゐによるせはありてふものを
四八
6むかしおとこ有けりむまのはなむ

6　時し—ときし（州）
7　昔—むかし（三静州）　ねむころに—ねんころに（三州）
8　有けり—ありけり（静州）　あた也—あたなり（三静州）
2　思へと—おもへと（州）
4　なにこそ—名にこそ（三静）　たてれ—たつ[て]れ（州）
流ても—なかれても（静州）
5　ありてふものを—ありといふ物を（三）—ありといふものを（静州）
6　むかし—昔（三）　有けり—ありけり（静州）

7けせむとて人をまちけるにこさりけれは
8　今そしるくるしき物と人またむ
9　さとをはかれすとふへかりけり

四九

10昔おとこいもうとのいとおかしけなりけるを 34ｵ」
1見をりて
2　うらわかみねよけに見ゆるわかくさを
3　人のむすはむことをしそ思
4ときこえけり返し
5　はつくさのなとめつらしきことのはそ
6　うらなく物を思ける哉

五〇

7むかしおとこ有けりうらむる人を
8うらみて

7　せむ―せん（三州）
8　今そ―いまそ（静州）　人またむ―ひとまたむ（州）
10　昔―むかし（三静州）
1　見をりて―みをりて（州）
2　見ゆる―みゆる（州）　わかくさを―わか草を（三）
3　人の―ひとの（三）　思―おもふ（州）
4　きこえ―きこえ(12)（静）　返し―かへし（州）
5　はつくさの―はつ草の（三）
6　物を思ける哉―ものをおもひけるかな（静州）
7　むかし―昔（三）　有けり―ありけり（州）

鳥のこをとをつゝとをはかさぬとも
おもはぬ人を思ふものかは
といへりけれは

34ウ」

あさつゆはきえのこりてもありぬへし
たれかこの世をたのみはつへき
又おとこ
吹風にこそのさくらはちらすとも
あなたのみかた人の心は
又女返し
ゆく水にかすかくよりもはかなきは
おもはぬ人を思なりけり
又おとこ

9　鳥のこ—とりのこ（静州）　とをつゝとをは—とを（戉）つゝとを（戉）は（三）—とを（戉）つゝとをは（州）
10　思ふ—おもふ（三州）
11　いへりけれは—いへりけれは女（州）
2　この世を—このよを（静州）
4　吹風に—ふくかせに（静州）　さくらは—桜は（三）
5　人の心は—ひとのこゝろは（州）
6　返し—かへし（州）
7　ゆく水に—ゆくみつに（州）
8　人を—ひとを（静）　思なりけり—思ふなりけり（三）—おもふなりけり（静州）

10 ゆく水とすくるよはひとちる花と
11 いつれまてゝふ事をきくらむ
35オ」
1 あたくらへかたみにしけるおとこ女
2 のしのひありきしけることゝもなるへし

五一
3 むかしおとこ人のせんさいにきく
4 うへけるに
5 栽しうへは秋なき時やさかさらむ
6 花こそちらめねさへかれめや

五二
7 昔おとこありけり人のもとよりか
8 さりちまきをこせたりける返ことに
9 あやめかり君はぬまにそまとひける
10 我はのにいてゝかるそわひしき
35ウ」

10 ゆく水と―ゆくみつと（三）―行みつと（静）　花と―はなと（州）
11 事を―ことを（三静州）　きくらむ―きくらん（三州）
2 ことゝも―こと（三州）―事とも（州）
3 むかし―昔（三）
5 栽し―うへし（三静）―うつし（へ欤）（州）　時や―ときや（州）　さかさらむ―さかさらん（三）
6 花こそ―はなこそ（州）　ちらめ―ちららめ（州）
7 昔―むかし（三静州）　かさりちまき―かさなりちまき（な無此字）（三）―かさ。りちまき（なイ）（静）
8 をこせ―をゝこせ（静）　たりける―たりたりける（ママ）（州）　返ことに―返事に（三）
9 君は―きみは（静州）
10 我は―われは（州）　のにいてゝ―野にいてゝ（三静）

とてきしをなむやりける

五三
むかしおとこあひかたき女にあひ
てものかたりなとするほとにとりの
なきけれは
　いかてかは鳥のなくらむ人しれす
　思心はまた夜ふかきに

五四
むかしおとこつれなかりける女に
いひやりける
　ゆきやらぬゆめちをたとるたもとには
　あまつそらなるつゆやをくらむ

36オ」

五五
むかしおとこ思かけたる女のえうま
しうなりての世に

1　なむ—なん（州）
3　ものかたり—物かたり（三静）　とりの—鳥の（三）
5　鳥の—とりの（州）　なくらむ—なく覧（三）　人—ひと（州）
6　思心—思ふ心（三）—おもふ心（静）—おもふこゝろ（州）　夜ふかきに—よふかきに（三静州）
7　むかし—昔（三）
9　ゆきやらぬ—行やらぬ（三）　ゆめち—夢地（三）—ゆめ地（静）　たとる—たのむ（ときイ）（三）—たとる（のむイ）（静）
10　をくらむ—をくらん（三州）
1　おとこ—をとこ（州）
2　世に—よに（静州）

おもはすは有もすらめと事のは
のおりふしことにたのまるゝ哉（戕）
五六
昔おとこふしておもひおきて思ひ
おもひあまりて
わか袖は草の庵にあらねとも
くるれはつゆのやとりなりけり
五七
むかしおとこ人しれぬ物思けり
つれなき人のもとに
36ウ」
こひわひぬあまのかるもにやとるてふ
我から身をもくたきつるかな
五八
むかし心つきて色このみなるおとこ
長岡といふ所に家つくりてをり

3 有も―ありも（三静州）　事のは―ことのは（静州）
4 おりふしことに―おりふしことに（州）（戕）　哉―かな（静州）
5 昔―むかし（三州）　ふしておもひ―ふして思ひ（三）
―ふして思（州）　おきて思ひ―おきておもひ（静州）
6 おもひあまりて―思ひあまりて（三）
7 袖は―そては（三州）　草の庵に―草のいほりに（静）
―くさのいほりに（州）
9 むかし―昔（三）　物思けり―物思ひけり（三静）―も
の思けり（州）
1 こひわひぬ―恋わひぬ（州）
2 我から―われから（州）　かな―哉（三）
3 色このみ―いろこのみ（静州）　おとこ―おとこ（静）（戕）
4 長岡―なかをか（三静州）　所に―ところに（州）
家―いゑ（静）―いへ（州）

けりそこのとなりなりける宮はらに
こともなき女とものゐなかなりけ
れは田からむとてこのおとこのあるを
見ていみしのすき物のしわさやとて
あつまりていりきけれはこのおとこ

37オ」

にけておくにかくれにけれは女
あれにけりあはれいくよのやとなれや
すみけむ人のをとつれもせぬ
といひてこの宮にあつまりきゐて
ありけれはこのおとこ
むくらおひてあれたるやとのうれたきは
かりにもおにのすたくなりけり

5　となりなりける—となり〳〵ける（静）　宮はらに—みやはらに（州）
7　からむ—からん（三）　おとこの—お（残）とこの（静）
8　すき物の—すきもの〵（静州）
2　いくよの—いく世の（三静）
3　すみけむ—すみけん（三）　人の—ひとの（三）
4　あつまりきゐて—**あつまりゐて**（静）
5　このおとこ—**おとこ**（静）　—このをとこ（州）

とてなむいたしたりけるこの女とも
ほひろはむといひけれは
うちわひておちほひろふときかませは

37ウ」

五九

我も田つらにゆかましものを
むかしおとこ京をいかゝ思けむ東
山にすまむと思いりて
すみわひぬ今は限と山さとに
身をかくすへきやともとめてむ
かくて物いたくやみてしにいりたり
けれはおもてに水そゝきなとして
いきいてゝ
わかうへにつゆそをくなるあまの河

8 とてなむ—とてなん（州）
9 ひろはむ—ひろはん（州）

1 我も—われも（静州）　田つらに—たつらに（静州）
2 おとこ—おとこ（静）（戉）　思けむ—思ひけん（三）—おもひけむ（静）—おもひけん（州）　東山—ひむかし山（三静）—ひんかし山（州）
3 思いりて—思ひいりて（三）—おもひいりて（静州）
4 今は—いまは（静州）　限と—かきりと（三静州）　山さとに—やまさとに（州）
5 もとめてむ—もとめてん（三）
6 物いたく—ものいたく（州）　いりたりけれは—いりにけりけれは（三）［「に」に「タ」、「けり」に「ミミ」の傍記］
7 そゝき—そそき（州）
9 つゆそ—露そ（三）　あまの河—あまのかは（静州）

10 と渡舟のかいのしつくか 」38ｵ
1 となむいひていきいてたりける

六〇

2 むかしおとこありけり宮つかへいそ
3 かしく心もまめならさりけるほと
4 のいへとうしまめにおもはむといふ
5 人につきて人のくにへいにけりこの
6 おとこ宇佐の使にていきけるにある
7 くにのしそう（祗承）の官人のめにてなむある
8 ときゝて女あるしにかはらけとらせ
9 よさらすはのましといひけれはか 」38ｳ
1 か（衍カ）はらけとりていたしたりけるに
2 さかなゝりけるたちはなをとりて

10 と渡舟の―とわたるふねの（三静州）　しつくか―しつか（ママ）（州）
1 となむ―となん（州）
2 むかし―昔（静）　おとこ―おとこ（戉）（静）　ありけり―有けり（三静）　宮つかへ―みやつかへ（州）
3 心も―こゝろも（州）
4 おもはむと―おもはんと（州）
5 人のくにへ―ひとのくにへ（州）
6 宇佐の使―宇佐のつかひ（静）　―うさのつかひ（州）
7 なむ―なん（州）
8 女あるし―をんなあるし（三）　とらせよ〜1かはらけ―とらせよ〜かはらけ（静、行間補入）
9 かかはらけ（ママ）―かはらけ（三静州）

3　さ月まつ花たちはなのかをかけは
4　むかしの人のそてのかそする
5　といひけるにそ思いてゝあまになり
6　て山にいりてそありける
六一　7　昔おとこつくしまていきたりける
8　にこれはいろこのむといふすき
9　物とすたれの内なる人のいひける
10　をきゝて
39ｵ」
1　そめ河を渡む人のいかてかは
2　いろになるてふことのなからむ
3　女返し
4　名にしおはゝあたにそあるへきたはれしま

3　花たちはな—はなたちはな（州）
4　むかしの—昔の（静）　そての—袖の（静）
5　思いてゝ—思ひいてゝ（三静）
7　昔—むかし（静州）　おとこ—（找）おとこ（静）
8　いろこのむ—色このむ（三）　すき物と—すきものと（州）
9　内なる—うちなる（三静州）
1　そめ河を—そめかはを（静）—そめかはゝ（州）　渡む人の—わたらむ人の（三静州）
2　いろに—色に（三）　なからむ—なからん（三州）
4　名にし—なにし（州）

5　浪のぬれきぬきるといふなり

六三

6　むかし年ころをとつれさりける女
7　心かしこくやあらさりけむはかなき
8　人のことにつきて人のくになりけ
9　るひとにつかはれてもとみし人
10　のまへにいてきてものくはせなと

39ウ」

1　しけりよさりこのありつる人たま
2　へとあるしにいひけれはをこせた
3　りけりおとこ我をはしらすやとて
4　いにしへのにほひはいつらさくら花
5　こけるからともなりにけるかな
6　といふをいとはつかしと思ていらへ

5　浪の―なみの（静州）
6　年ころ―としころ（州）
7　心かしこくや―こゝろかしこくや（州）　あらさりけむ―あらさりけん（三州）―あら〔さり〕けむ（静）
8　ことに―事に（三静）　人のくに―ひとのくに（州）
9　ひとに―人に（三静）　みし人―見し人（三静州）
10　ものくはせ―物くはせ（三静）
1　ありつる人―有つる人（静）―ありつるひと（州）
3　我をは―われをは（静州）　しらすや―しらすや〔しるイ（朱。貼紙）〕（二）―しるや（静）
4　さくら花―さくらはな（静州）
5　かな―哉（三）
6　思て―思ひて（静）

もせてゐたるををなといらへもせぬと
いへは涙のこほるゝにめも見えす
ものもいはれすといふ
これやこの我にあふみをのかれつゝ
　年月ふれとまさりかほなみ
といひてきぬゝきてとらせけれとす
てゝにけにけりいつちいぬらむとも
しらす

六三

むかし世こゝろつける女いかて心
なさけあらむおとこにあひえて
しかなとおもへといひいてむもたよ
りなさにまことならぬゆめかたり

40ｵ」

7　を—ナシ（三静州）
8　涙—なみた（三静州）　見えす—みえす（州）
9　ものも—物も（静）
10　我に—われに（州）
1　年月—とし月（州）　まさりかほなみ—まさりかほなき（三）みイ（朱）—まさりかほなみ（静）
3　いぬらむ—いぬらん（三州）
5　世こゝろ—世心（静）　心なさけ—こゝろなさけ（州）
6　あらむ—あらん（州）　あひえて—あひみて（州）
8　ゆめかたり—夢かたり（三）

9をす子三人をよひてかたりけり
10ふたりのこはなさけなくいらへて　40ウ」
1やみぬさふらうなりける子なむ
2よき御おとこそいてこむとあはする
3にこの女けしきいとよしこと人は
4なさけなしいかてこの在五中将に
5あはせてしかなと思心ありかりし
6ありけるにいきあひてみちにて
7むまのくちをとりてかう〳〵なむ思
8といひけれはあはれかりてきてねに
9けりさてのちおとこ見えさりけれは　41オ」
1女おとこの家にいきてかいまみける

10　こは—子は（州）
1　さふらう—三郎（州）　子なむ—子なん（三州）
2　御おとこ—御おとこ（𢦏）（三）
4　なさけなし—いとなさけなし（三静）
5　しかな—し哉（三）　思心—思ふ心（静）
6　みちにて—道にて（静）
7　なむ思—なん思ふ（三静）—なんおもふ（州）
9　見え—みえ（州）
1　家に—いゑに（静）—いへに（州）

をおとこほのかに見て
もゝとせにひとゝせたらぬつくもかみ
我をこふらしおもかけに見ゆ
とていてたつけしきを見てむはら
からたちにかゝりて家にきてうち
ふせりおとこかの女のせしやうに
しのひてたてりて見れは女なけ
きてぬとて
さむしろに衣かたしきこよひもや
41ｳ」
こひしき人にあはてのみねむ
とよみけるをおとこあはれと思て
その夜はねにけり世中のれいと

2　おとこ—おとこ（ﾏﾏ）（静）
4　我を—われを（静州）
5　見て—みて（州）
6　家に—いゑに（静州）
8　見れは—みれは（州）　なけきて—なけゝきて（州）
10　さむしろに—狭席に（静）　衣—ころも（州）　かたしき—片敷（静）　こよひ—今夜（静）
1　こひしき—恋しき（静）
2　よみけるをおとこ—よみけるをゝとこ（静）　思て—思ひて（静）
3　その夜は—そのよは（静州）

4 しておもふをはおもひおもはぬ
5 をはおもはぬものをこの人は思
6 おもはぬをもけちめ見せぬ心な
7 むありける

六四

8 昔おとこ女みそかにかたらふわさ
9 もせさりけれはいつくなりけむ
10 あやしさによめる
42ｵ」
1 吹風にわか身をなさは玉すたれ
2 ひまもとめつゝいるへきものを
3 返し
4 とりとめぬ風には有とも玉すたれ
5 たかゆるさはかひまもとむへき

4 おもひ—思ひ（静州）
5 ものを—物を（三）　この人は—このひとは（州）
思おもはぬをも—おもふをもおもはぬをも（三州）—思ふをもおもはぬをも（静）
6 心なむ—心なん（三州）
7 ありける—有ける（静）
8 昔—むかし（州）　おとこ女—おとこ（男女イ）（三）
9 けむ—けん（三）
1 吹風に—ふくかせに（州）　玉すたれ—たますたれ（州）
4 有とも—ありとも（三静州）　玉すたれ—たますたれ（静州）

六五
6昔おほやけおほしてつかう給女
7のいろゆるされたるありけり
8大宮すん所とていますかりける
9いとこなりけり殿上にさふらひける
10在原なりけるおとこのまたいと 42ウ」
1わかゝりけるをこの女あひし
2りたりけりおとこ女かたゆる
3されたりけれは女のある所
4にきてむかひをりけれは女いと
5かたはなり身もほろひなむ
6かくなせそといひけれは
7　思ふには忍る事そまけにける

6　昔—むかし（三静州）　つかう給女—つかうたまふ女（三静州）
7　いろ—色（三）
8　大宮すん所—おほみやすん所（三静）—大みやすむところ（州）
10　在原—ありはら（静）
3　所に—ところに（州）
4　きてむかひ～5かたは—（静、行間ニ補入セリ）
5　なむ—なん（三）
7　思ふには—おもふには（静州）　忍る事そ—しのふることそ（三静州）

8　あふにしかへはさもあらはあれ
9　といひてさうしにおり給へれは
10　れいのこのみさうしには人の見るをも
」43ｵ
1　しらてのほりゐけれはこの女思ひ
2　わひてさとへゆくされはなにの
3　よきこと丶思ていきかよひけれは
4　みな人き丶てわらひけりつとめて
5　とのもつかさの見るにくつはとり
6　ておくになけいれてのほりぬかく
7　かたわにしつ丶あり渡に身もいた
8　つらになりぬへけれはつゐにほろひぬ
9　へしとてこのおとこいかにせむわか

9　給へれは―たまへれは（三静）―たまへ。れは（州）
10　見るをも―みるをも（州）
1　思ひわひて―おもひわひて（静州）
3　よきこと丶―よき事と（静）　思て―思ひて（静）
4　みな人―みなひと（静）
5　見るに―みるに（州）
7　かたわに―かたはに（三静）　あり渡に―ありわたるに（三静州）
9　せむ―せん（三）―せむとて（州）

10 かゝる心やめ給へと佛神にも申
1 けれといやまさりにのみおほえつゝ
2 猶わりなくこひしうのみおほえけ
3 れは陰陽師かむなきよひてこひ
4 せしといふはらへのくしてなむいき
5 けるはらへけるまゝにいとかなしき
6 ことかすまさりてありしよりけに
7 こひしうのみおほえけれは
8 戀せしとみたらし河にせしみそき
9 神はうけすもなりにける哉

清和鷹犬之遊漁猟之娯未嘗留意風姿其(甚カ)端厳如神性
1 といひてなむいにける
2 このみかとはかほかたちよくおはし

43ウ」　44オ」

10 心―こゝろ（静州）　やめ給へ―やめたまへ（三静）
佛神―ほとけ神（三静）―ほとけかみ（州）
1 おほえつゝ―おほ。(え)つゝ（州）
2 猶―なを（静州）
3 陰陽師―おむやうし（三静）―をんやうし（州）
4 なむ―なん（州）
5 いと―いとゝ（三）―いと。(と)（静）
7 こひしう―こひしく（三静）
8 戀せしと―こひせしと（三州）　みたらし河―みたらしかは（静州）
9 哉―かな（三静州）
1 なむ―なん（三州）

3ましてほとけの御名を御心にいれ
4て御こゑはいとたうとくて申給を
5きゝて女はいたうなきけりかゝる
6きみにつかうまつらてすくせつたな
7くかなしきことこのおとこにほたさ
8れてとてなむなきけるかゝるほとに
9みかときこしめしつけてこのおと
10こをはなかしつかはしてけれは
44ウ」
1この女のいとこの御息所女をはま
2かてさせてくらにこめてしお
3りたまふけれはくらにこ
4もりてなく

3　御名を―御なを（静）
4　申給―申たまふ（三静州）
5　きゝて―ききて（州）
8　なむ―なん（三州）
9　きこしめしつけて―きこしめしてつけて（州）
1　御息所―みやすところ（三静）
2　しおり―しほり（州）

あまのかるもにすむ虫の我からと
ねをこそなかめ世をはうらみし
となきをれはこのおとこは人の
くにより夜ことにきつゝふえを
いとおもしろくふきてこゑはおか
しうてそあはれにうたひける

」45ｵ

かゝれはこの女はくらにこもりなか
らそれにそあなるとはきけと
あひ見るへきにもあらてなむあ
りける
さりともと思覧こそかなしけれ
あるにもあらぬ身をしらすして

5　すむ虫の―すむゝしの（三静州）　我からと―われからと（静州）
6　世をは―よをは（州）
7　おとこは―おとこ（三）
8　夜ことに―よことに（州）
3　あひ見る―あひみる（州）　なむ―なん（三）
5　思覧―思ふらむ（静）―おもふらん（州）

7とおもひをりおとこは女しあはねはかくし
8ありきつゝ人のくにゝありきてかくうたふ
9　いたつらにゆきてはきぬる物ゆへに
10　見まくほしさにいさなはれつゝ

45ｳ」

1水の尾の御時なるへしおほみやす
2ん所もそめとのゝ后也五条の后とも

六六
3むかしおとこつのくにゝしる所あり
4けるにあにおとゝ友たちひ
5きゐてなにはの方にいき
6けりなきさを見れは舟とも
7のあるを見て
8　なにはつをけさこそみつのうらことに

9　ゆきては―行ては（三）　物ゆへに―ものゆへに（静州）
10　見まく―みまく（州）
1　水の尾の―水のおの（三静州）　おほみやすん所も―**おほみやすむ所は（州）**
2　后也―きさきなり（静）　五条の后―五条のきさき（静州）
4　友たち―ともたち（静州）　ひきゐて―ひき。て[ゐ]（州）
5　方に―かたに（州）
6　見れは―みれは（州）　舟とも―ふねとも（三州）
7　見て―みて（州）
8　みつ―見つ（静）

これやこのよをうみわたる舟
これをあはれかりて人〳〵かへりにけり
46ｵ」

六七
昔おとこせうえうしに思ふとち
かいつらねていつみのくにへきさら
き許にいきけり河内國いこまの
山を見れはくもりみはれみ
たちゐるくもやますあし
たよりくもりてひるはれたり
雪いとしろう木のすゑに
ふりたりそれを見てか
のゆく人のなかにたゝひ
とりよみける
46ｳ」

9　よを―世を（三静）　舟―ふね（三州）

1　昔―むかし（三州）　おとこ―男（静）　思ふとち―おもふとち（静州）

2　きさらき許に―きさらきはかりに（州）

3　河内國―河内のくに（三）―かうちのくに（静州）

7　雪―ゆき（三州）

1 きのふけふ雲のたちまひかくろふは
2 花の林をうしとなりけり
六 3 むかしおとこ和泉國へいきけり
4 住吉のこほりすみよしのさ
5 とすみよしのはまをゆくに
6 いとおもしろけれはおりゐ
7 つゝゆくある人すみよし
8 のはまとよめといふ
9 かりなきて菊の花さく秋はあれと
10 はるのうみへにすみよしのはま　47ｵ」
1 とよめりけれはみなひと〳〵よ
2 ますなりにけり

1 きのふけふ—昨日けふ（静）　雲—くも（三州）
2 花の林—花のはやし（三）—はなのはやし（州）
3 むかし—昔（三）　和泉國—いつみのくに（三静州）
4 住吉—すみよし（三静州）
5 すみよし—すみ吉（三）
7 すみよしのはまと—すみよしのはまを（州）
9 かり—鴈（三静）　菊の花—きくのはな（州）
10 はるの—春の（三）
1 みなひと〳〵—みな人〳〵（三静州）

六九

むかしおとこありけりそのおとこ伊勢國にかりの使にいきけるにかの伊勢の齋宮なりける人のおやつねの使よりはこの人よくいたはれといひやれりければおやのことなりければいとゝねむころにいたはりけりあしたにはかりにいたしたてゝやりゆふさりはかへ

47ウ」

りつゝそこにこさせけりかくてねむころにいたつきけり二日といふ夜おとこわれてあはむといふ女もはたいとあは

3　むかし—昔（静）　ありけり—有けり（三静）
4　伊勢國に—伊勢のくにゝ（三静州）　かりの使に—かりのつかひに（静州）
5　伊勢の—いせの（静州）
6　つねの使—つねのつかひ（三静州）
8　いとゝ—いと（三静州）　ねむころに—ねんころに（州）
2　ねむころに—ねんころに（州）
3　といふ夜—といふよ（州）　あはむ—あはん（州）
4　いとあはし—い[イ無]とあはし（三）—あはし[いとイ（朱）]（静）

しと(も)おもへらすされと人め
しけ丶れはえあはすつかひ
さねとある人なれはとをく
もやとさす女のねやもちかく
ありけれは女ひとをしつめ
てねひとつはかりにおとこの
「48オ」
もとにきたりけりおとこはた
ねられさりけれはとの方を見いた
してふせるに月の(戊)おほろなる
にちひさきわらはをさきにた
て丶人たてりおとこいとうれし
くてわかぬる所にゐていりてね

5　と(も)―とも（三静州）
8　ねやも―ねや（三）―ねやも(イ無(朱))（静）
10　はかりに―許に（三静）
2　方を―かたを（三州）　見いたして―。(み)いたして（州）
3　(戊)おほろなるに―おほろなるに（三静州）
6　ぬる所―ぬるところ（静州）

ひとつよりうしみつまてあるにまた
なにこともかたらはぬにかへりに
けりおとこいとかなしくてねすなり
にけりつとめていふかしけれと
」48ウ
わかひとをやるへきにしあらねは
いと心もとなくてまちをれはあけ
はなれてしはしあるに女の
もとよりことはゝなくて
　きみやこし我や行けむおもほえす
　夢かうつゝかねてかさめてか
おとこいといたうなきてよめる
　かきくらす心のやみにまとひにき

1　わかひと─わか人（三静州）
2　まちをれは─まちおれは（州）
5　我や─われや（静州）　行けむ─ゆきけむ（三静）─ゆきけん（州）
6　夢か─ゆめか（州）
8　心のやみ─こゝろのやみ（州）

ゆめうつゝとはこよひ（一説ヨヒト）さためよ
とよみてやりてかりにいてぬ野に
49ｵ」
ありけと心はそらにてこよひた
に人しつめていとゝくあはむと
思にくにのかみいつきの宮のかみ
かけたる狩の使ありときゝてよひ
とよさけのみしけれはもはらあ
ひこともえせてあけは尾張のくに
へたちなむとすれはおとこも人し
れすちのなみたをなかせとえあはす
夜やう〳〵あけなむとするほとに
女かたよりいたすさか月のさらに
49ｳ」

9　こよひ（一説ヨヒト）—こよひ（一説よひと）（三静）
1　心は—こゝろは（州）
2　いとゝく—いととく（静）　あはむ—あはん（州）
3　思に—おもふに（静）
4　狩の使—かりのつかひ（三静州）　よひとよ—夜ひとよ（三）
5　あひことも—あひ事も（静）
6　尾張のくに—おはりのくに（三静州）
7　たちなむ—たちなん（州）　おとこ—（戉）おとこ（三）
人しれす—ひとしれす（州）
9　夜—よ（州）
10　さか月—さかつき（三静州）

1哥をかきていたしたりとりて見れは
2　かち人のわたれとぬれぬえにしあれは
3とかきてすゑはなしそのさかつ
4きのさらについまつのすみし
5て哥のすゑをかきつく
6　又あふさかの關はこえなむ
7とてあくれは尾張國へこえにけり
8齋宮は水尾の御時文徳天皇御女
恬子内親王母同惟高貞観元年十月為齋宮
十八年退延喜十三年六月八日薨

50ｵ」

七〇
1これたかのみこのいもうと
2昔おとこ狩使よりかへりきけるに
3おほよとのわたりにやとりていつき

1　哥を—うたを（静）　見れは—みれは（三州）
3　さかつき—さか月（静）
5　哥の—うたの（三静）
6　關は—せきは（三静州）　こえなむ—こえなん（三州）
7　尾張國—おはりのくに（三静州）
8　水尾の—水のおの（三静州）　御時—御とき（州）　文徳天皇御女—文徳天皇の御むすめ（三州）—文徳天皇の御女（静）
2　昔—むかし（三静州）　狩使—狩の使（三）—かりのつかひ（静州）
3　いつきの宮—いつきのみや（州）

の宮のわらはへにいひかけたる
見るめかる方やいつこそさほさして
我にをしへよあまのつり舟

七一
むかしおとこ伊勢の斎宮に内の御
使にてまいれりけれはかの宮に
すきことといひける女わたくし事にて
50ウ」
ちはやふる神のいかきもこえぬへし
大宮人のみまくほしさに
おとこ
こひしくはきても見よかしちはやふる
神のいさむるみちならなくに

七二
むかしおとこ伊勢のくになりける

4　いひかけたる—いひかけゝる（三静州）
5　見るめ—みるめ（州）　方や—かたや（州）　さほさして—さおさして（静）
6　我に—われに（静州）　つり舟—つりふね（静州）
7　むかし—昔（三）　御使—御つかひ（三静州）
9　わたくし事—わたくしこと（三州）
2　大宮人—おほみや人（州）　みまく—見まく（三静）
4　見よかし—みよかし（州）
5　みち—道（静）

7女又えあはてとなりのくにへいく
8とていみしう丶らみけれは女
9おほよとの松はつらくもあらなくに
10うらみてのみもかへる浪哉

七三
1むかしそこにはありときけとせうそ
2こをたにいふへくもあらぬ女のあた
3りを思ける
4めには見て手にはとられぬ月のうちの（万葉）
5桂のことき丶みにそありける

七四
6昔おとこ女をいたう丶らみて
7いはねふみかさなる山はへたてねと（万葉）
8あはぬ日おほくこひわたる哉

51ｵ」

8 丶らみけれは―うらみけれは（静）
9 松は―まつは（州）
10 浪哉―なみ哉（三）―浪かな（静）―なみかな（州）
1 むかし―昔（静）
3 思ける―おもひける（三）―思ひける（静）
4 見て―みて（州）　手には―丶には（三州）
5 桂―かつら（三静州）　ことき丶み―こときさみ（州）
6 昔―むかし（三静州）
7 山はへたてねと―山にあらねとも（三）［はへたてねとイ（朱。貼紙）］―山はへたてねと（静）［にあらぬともイ（朱）］
8 哉―かな（静州）

七五

9 むかしおとこ伊勢のくにゝゐていきて
10 あらむといひけれは女　51ｳ」
1 おほよとのはまにおふてふ見るからに
2 心はなきぬかたらはねとも
3 といひてましてつれなかりけれ
4 はおとこ
5 袖ぬれてあまのかりほすわたつうみの
6 見るをあふにてやまむとやする
7 女
8 いはまよりおふる見るめしつれなくは
9 しほひしほみちかひもあら[り]なむ
10 又おとこ　52ｵ」

9 むかし―昔（三）
10 あらむ―あらん（州）
1 見るからに―みるからに（州）
2 心は―こゝろは（静州）
5 袖―そて（州）　わたつうみの―わたつ海の（州）
6 見るを―みるを（静州）
8 見るめ―みるめ（静州）
9 あら[り]なむ―ありなん（三州）―ありなむ（静）

涙にそぬれつゝしほる世の人の
つらき心はそてのしつくか
よにあふことかたき女になむ

七六

むかし二條の后のまた春宮の
御息所と申ける時うち神に
まうてたまうけるにこの衛つ
かさにさふらひけるおきな
ひと〳〵のろくたまはるついて
に御くるまよりたまはりて
よみてたてまつりける

52ｳ」

おほはらやをしほの山もけふこそは
神よのことも思ひいつらめ

1　涙―なみた（三静州）　世の人―よの人（州）
2　心は―こゝろは（州）
3　よに―世に（三静）　なむ―なん（三）
4　后の―きさきの（静）
5　御息所―みやすん所（三静）―みやすむ所（州）　時―とき（州）　うち神―氏神（三静）
6　たまうける―給ける（三静）―たまひける（州）　この衛つかさ―このゑつかさ（静州）
8　ひと〳〵の―人〳〵の（三静州）
1　おほはらや―大原や（三）　山も―やまも（州）
2　神よ―神世（三静）　思ひいつらめ―思いつらめ（三）―おもひいつらめ（州）

3とて心にもかなしとやおもひ
4けむいかゝおもひけむしら
5すかし

七七

6昔田むらのみかとゝ申みかと
7おはしましけりそのとき
8の女御たかきこと申み
9まそかりけりそれうせた

53オ」

1まひて安祥寺にてみわさ
2しけりひと〳〵さゝけ物たてま
3つりけりたてまつりあつめたる
4物ともちさゝけはかりありそこ
5はくのさゝけものを木のえた

3　おもひけむ―思ひけん（三）―思ひけむ（静）―おもひけん（州）
4　おもひけむ―思ひけん（三）―思ひけむ（静）
6　昔―むかし（三静州）　田むらの―たむらの（三）―田村の（州）　申みかと―申すみかと（三静州）
7　そのとき―その時（三静）
8　申―申す（三静州）
2　ひと〳〵―人〳〵（三静）　さゝけ物―さゝけもの（三静州）
4　物とも―物（三静）―もの（州）　ちさゝけはかり―ちさゝけ許（三）
5　さゝけものを―さゝけものを（静）

につけてたうのまへにたてた
れは山もさらにたうのまへに
うこきいてたるやうになむ
みえけるそれをう大将にい
まそかりけるふちはらの

53ｳ」

つねゆきと申いまそかりて
かうのをはるほと。にうたよむ
ひと〳〵をめしあつめてけふの
みわさをたいにてはるの心は
へあるうたたてまつらせたまふ
みきのむまのかみなりけるお
きなめはたかひなからよみ

7　たうの—堂の（州）
8　なむ—なん（三州）
9　みえける—見えける（三静）　う大将—右大将（三静州）
1　申—申す（三静州）
2　ほと。に—ほとに（三静州）
3　ひと〳〵を—人〳〵を（三静州）
4　たいにて—題にて（三静）　はるの—春の（三静州）　心はへ—心はえ（三静）—こゝろはえ（州）
5　たてまつらせ—ゝてまつらせ（三静州）　たまふ—給（静州）
6　みきの—右の（三静州）

8 ける
9 山のみなうつりてけふにあふことは
10 春のわかれをとふとなるへし　54ｵ」
1 とよみたりけるをいまみれは
2 よくもあらさりけりそのかみ
3 はこれやまさりけむあはれ
4 かりけり
六 5 むかしたかきこと申女御おはし
6 ましけりうせたまふてなゝ
7 なぬかのみわさ安祥寺にて
8 しけりう大将ふちはらの
9 つねゆきといふ人いまそかり

9 あふことは—あふ事は（三）
10 春の—はるの（三静州）
1 みれは—見れは（三静）
5 申女御—申す女御（三静州）
6 うせたまふて—うせ給て（三静）—うせたまひて（州）
なゝなぬか—なゝ七日（三）
8 う大将—右大将（三静州）
9 といふ人—といふひと（州）

10けりそのみわさにまうてたま　54ウ」
1ひてかへさにやましなの
2せむしのみこおはします
3そのやましなのみやに瀧
4おとし水はしらせなとし
5ておもしろくつくられたる
6にまうてたまひ(う)て年ころ
7よそにはつかうまつれとち
8かくはいまたつかうまつらす
9こよひはこゝにさふらはむ　55オ」
1と申たまふみこよろこひ
2たまふてよるのおましの

10　たまひて—給て（静）
1　やましなの—山しなの（三州）
2　せむしのみこ—せんしのみこ（三静）
3　やましなの—山しなの（三静）　みやに—宮に（三静州）　瀧おとし—たきおとし（三静州）
6　たまひ(う)て—たまうて（三静州）　年ころ—としころ（三静州）
1　申たまふ—申給（州）
2　たまふて—たまうて（静州）　おましの—おまし。の（三）

まうけせさせ給ふさるにかの大将いてゝたはかりたまふみやつかへのはしめにたゝなをやはあるへき三條のおほみゆきせしとき紀伊國の千里のはまにありけるいとおもしろきいしたてまつ55ウ」れりきおほみゆきのゝちたてまつれりしかはあるひとのみさうしのまへのみそにすへたりしをしまこのみたまふきみなりこ

3　給ふ―給（三）―たまふ（静州）　かの大将―この大将（静）
4　たまふ―たまふやう（三静）―給やう（州）
5　みやつかへ―宮つかへ（静）
7　とき―時（三静）　紀伊國―きのくに（三静州）
9　いし―石（州）
1　のゝち―ののち（三州）
2　あるひとの―ある人の（三静）
4　すへたりしを―すゑたりしを（州）
5　たまふ―給（三）　きみなり―きみ也（三州）

6のいしをたてまつ覧と
7のたまひてみすいしむ
8とねりしてとりにつか
9はすいくはくもなくて

56ｵ」

1もてきぬこのいしきゝし
2よりは見るはまされりこれ
3をたゝにたてまつらはすゝ
4ろなるへしとてひと〳〵にうた
5よませたた（ママ）まふみきの
6むまのかみなりける人のを
7南青き苔をきさみてまき
8ゑのかたにこのうたの（ヲ）つけてたて

6　たてまつ覧―たてまつらん（三州）―たてまつらむ（静）
7　みすいしむ―みすいしん（三静州）
1　このいし―この石（州）
2　見るは―みるは（州）
4　ひと〳〵に―人〳〵に（三）―人ゝに（静）
5　よませたた（ママ）まふ―よませたまふ（三静州）
6　人の―ひとの（州）
7　南―なむ（三静）―なん（州）　青き苔―あおきこけ（三静）―あをきこけ（州）
8　うたの（ヲ）―うたを（三静）―哥を（州）

まつりける
あかねともいはにそかふる色みえぬ　56ウ」
心を見せむよしのなけれは
となむよめりける

七九

むかし氏のなかにみこうまれ給
へりけり御うふやに人〳〵うた
よみけり御おほちかたなりける
おきなのよめる
わか門にちひろあるかけをうへつれは
夏冬たれかかくれさるへき
これはさたかすのみこ時の人中将の
子となむいひけるあにの中納言ゆきひらの女のはら也　57オ」

10 色みえぬ―色見えぬ（三）―いろ見えぬ（静州）
1 心を―こゝろを（静州）
2 となむ―となん（州）
3 氏の―うちの（三静）　給へり―たまへり（静）
4 人〳〵―ひと〳〵（三）　うた―哥（三）
7 わか門―わか、と（三静）―わかかと（州）　かけを―影を（三）
8 夏冬―なつふゆ（静州）　かくれ―、くれ（三静）
9 時の人―ときの人（州）
10 子と―こと（静州）　なむ―なん（三州）　女―むすめ（三静州）　はら也―はらなり（三州）

八〇　1昔おとろへたる家にふちの花うへ
2たる人ありけりやよひのつこもり
3にその日あめそほふるに人
4のもとへおりてたてまつらすとて
5　ぬれつゝそしゐて折つる年の中に
6　春はいくかもあらしとおもへは

源融嵯峨第十二源氏 母正五下大原全子貞観四年八月 左大臣五十一仁和三年

八一　7むかし左のおほいまうちきみいま
8そかりけりかもかはのほとりに
寛平元年輦車　七年八月薨七十三
1六条わたりに家をいとおもし
2ろくつくりてすみ給けり
3神な月のつこもりかた菊の

57ウ」

1　昔―むかし（静州）　家に―いへに（静州）　ふちの花―ふちのはな（静州）
2　人―ひと（州）
3　人の―ひとの（州）
4　とて―とてよめる（三静）
5　折つる―おりつる（三静州）　中に―内に（三静）―うちに（州）
6　春は―はるは（三静州）　おもへは―思へは（静）
8　かもかは―かも河（三）
1　家を―いへを（州）
2　給けり―たまひけり（三静）
3　神な月―神無月（州）　菊の花―きくの花（三静）―きくのはな（州）

花うつろひさかりなるに紅葉
のちくさに見ゆるおりみこ
たちおはしまさせて夜ひとよ
さけのみしあそひてよあけも
てゆくほとにこのとの丶おもしろき
をほむるうたよむそこにありける
かたゐ（戎）おきなたいしきのしたにはひありきて

58ｵ」

ひとにみなよませはて丶よめる
　しほかまにいつかきにけむあさなきに
　つりする舟はこ丶によらなむ
となむよみけるはみちのくに丶い
きたりけるにあやしくおもしろき

4　なるに―なるを（静）　紅葉―もみち（三静州）
5　見ゆる―みゆる（州）
6　夜ひとよ―よひとよ（州）
7　よあけ―夜あけ（静）
10　かたゐ（戎）おきな―かたいおきな（州）　たいしき―いた（朱）たいしき（三）
1　ひとに―人に（三静）
3　舟は―ふねは（三州）　よらなむ―よらなん（三州）
4　となむ―となん（州）　よみけるは―よみける（静）　みちのくに丶―みちのくにに（州）

ところ〳〵おほかりけりわか
みかと六十よこくの中にしほ
かまといふ所にゝたる所なかり
けりされはなむかのおきな
さらにこゝをめてゝしほかまに
58ウ」
いつかきにけむとよめりける

惟高　文徳第一母従五位上紀静子名虎女　四品号小野宮

八二
むかしこれたかのみこと申すみこお
はしましけり山さきのあなたに
みなせといふ所ありけり年ことの
櫻の花さかりにはその宮へなむ
おはしましけるその時右のむま

6　ところ〳〵—所〳〵（三）
8　ゝたる所—にたるところ（三州）—ゝたるところ（静）
9　なむ—なん（州）
10　しほかまに—しほしほかまに（三。但、最初ノ「しほ」ヘノ見セ消チハ朱点）
1　よめりけり—よ。（め）りけり（州）
2　と申すみこ—と申みこ（州）
4　所ありけり—所に宮ありけり（三静）—ところに宮ありけり（州）　年ことの—としことの（州）
5　櫻の花さかり—さくらの花さかり（三静）—さくらのはなさかり（州）　宮へなむ—みやへなん（州）
6　その時—そのとき（州）　右の—みきの（静）

7のかみなりける人をつねにゐて
8おはしましけり時よへてひさ
9しくなりにければその人の名

59ｵ」

1わすれにけりかりはねむころにも
2せてさけをのみのみつゝやまとうた
3にかゝれりけりいまかりするかたのゝ
4なきさの家その院のさくらことに
5おもしろしその木のもとにおりゐ
6て枝をゝりてかさしにさしてか
7みなかしもみなうたよみけりう
8まのかみなりける人のよめる
9　世中にたえてさくらのなかりせは

7　人を―ひとを（州）
8　時よ―時世（三）　―ときよ（州）
9　その人の名―その人のな（州）
4　家―いへ（静州）　院―ゐん（三静）
6　枝をゝりて―えたをおりて（静州）
7　うた―哥（三州）　うまのかみ―むまのかみ（州）
9　世中に―よのなかに（州）

はるのこゝろはのとけからまし
59ウ」
となむよみたりける又人のうた
ちれはこそいとゝさくらはめてたけれ
うき世になにかひさしかるへき
とてその木の本はたちてかへるに
日くれになりぬ御ともなる人さけ
をもたせて野よりいてきたりこの
さけをのみてむとてよき所をもと
めゆくにあまの河といふ所にいた
りぬみこにむまのかみおほみき
まいるみこのゝたまひけるかたのを
60オ」
かりてあまの河のほとりにいたる

10　はるの―春の（静）　こゝろは―心は（三）
1　となむ―となん（州）　人のうた―ひとの哥（州）
3　うき世に―うきよに（州）
4　木の本は―木のもとは（三静州）
7　のみてむ―のみてん（州）　よき所を―よきところを（静州）
8　あまの河―あまのかは（静州）　所に―ところに（三州）
10　かたのを―かた野を（三）
1　あまの河―あまのかは（静州）

をたいにてうたよみてさか月は
させとのたまうけれはかのむまの
かみよみてたてまつりける
かりくらしたなはたつめにやとからむ
あまのかはらに我はきにけり
みこ哥を返〻すしたまうて返
しえし給はすきのありつね御とも
につかうまつれりそれか返し
ひと、せにひとたひきますきみまては　60ウ」
やとかす人もあらしとそ思
かへりて宮にいらせ給ぬ夜ふくる
まてさけのみ物かたりしてあるしの

2　たいにて—題にて（三）　うた—哥（州）　さか月—さかつき（静州）
5　やとからむ—やとからん（州）
6　我は—われは（静州）
7　哥を—うたを（三州）　返〻—返〱（州）　たまうて—たまひて（州）　返し—かへし（州）
8　えし給はす—えしたまはす（三静州）
9　それか返し—それかゝへし（州）
10　きみ—君（三）
1　とそ思—とそおもふ（州）
2　宮に—みやに（州）　給ぬ—たまひぬ（静州）　夜ふくる—よふくる（州）
3　物かたり—ものかたり（静州）

みこゑひていり給なむとす十一
日の月もかくれなむとすれはかの
馬のかみのよめる
　あかなくにまたきも月のかくるゝか
　山のはにけていれすもあらなむ
みこにかはりたてまつりてきのありつね
　をしなへて峯もたひらになりななむ
　山のはなくは月もいらしを

61ｵ」

八三
昔みなせにかよひ給しこれたかの
みこれいのかりしにおはします
ともにむまのかみなるおきな
つかうまつれり日ころへて宮にかへり

4　いり給なむ—いりたまひなむ（三静）—いりたまひなん（州）

6　馬のかみ—むまのかみ（三静州）

8　山のは—山の葉（三）　あらなむ—あらなん（三州）

10　をしなへて—おしなへて（戉）（静）　峯も—みねも（静州）
なりななむ—なりなゝむ（三静州）

1　山のは—山の葉（三）—やまのは（州）

2　昔—むかし（三静州）　給し—たまひし（静州）

4　むまのかみ—うまのかみ（三静）

5　宮に—みやに（州）

6 たまうけり御をくりしてとくい
7 なむと思におほみきたまひろ
8 くたまはむとてつかはさゝりけり
9 このむまのかみ心もとなかりて
10 まくらとて草ひき結事もせし　61ウ」
1 秋の夜とたにたのまれなくに
2 とよみける時はやよひのつこもり
3 なりけりみこおほとのこもらて
4 あかし給てけり
5 かくしつゝまうてつかうまつりける
6 をおもひのほかに御くしおろ
7 したまうてけりむ月にお

6 いなむ―いなん（三州）
7 思に―おもふに（三州）
8 たまはむ―たまはん（州）
9 心もとなかりて―こゝろもとなかりて（州）
10 草―くさ（静州）　ひき結事―ひきむすふこと（三州）
―ひきむすふ事（静）
1 秋の夜―秋のよ（州）
2 時は―ときは（州）
4 給てけり―たまうてけり（静州）

8かみたてまつらむとてをのに
9まてたるにひえの山のふもと
10なれはゆきいとたかし

62ｵ」

1しひてみむろにまうてゝおかみた
2てまつるにつれ〳〵といとものかなし
3くておはしましけれはやゝひさし
4くさふらひていにしへのことなと
5思いてゝきこえ(12)けりさてさふらひ
6てし哉とおもへとおほやけことゝも
7ありけれはえさふらはてゆふくれに
8かへるとて
9　わすれては夢かとそ思おもひきや

8　をのに―小野に（三）
9　まてたるに―まうてたるに（三静州）
10　ゆき―雪（三静州）
62ｵ」
1　しひて―しゐて（三静）
2　ものかなしくて―物かなしくて（三）
4　ことなと―事なと（静）
5　思いてゝ―思ひいて（三）―思ひいてゝ（静）―おもひいてゝ（州）　きこえ(12)―きこえ（静州）　さて―さても（三静州）
6　てし哉―てしかな（三静）―。(て)しかな（州）
9　夢か―ゆめか（静州）　思―思ふ（静）―おもふ（州）

ゆきふみわけてきみを見むとは

62ウ」

とてなむなく〱きにける

八四

むかしおとこありけり身はいやし
なるらはゝなむ宮なりけるそ
のはゝなかをかといふ所にすみ

伊登内親王桓武第八母藤南子従三位乙叡女
貞観三年九月薨

給けりこは京に宮つかへし
けりはまうつとしけれとしは〱
えまうてすひとつこにさへありけれ
はいとかなしうし給けりさる
にしはすはかりにとみのことゝ
て御ふみありおとろきて

63オ」

10 ゆき―雪（静）　きみを―君を（三州）　見む―みん（州）

1 とてなむ―とよみてなん（州）

2 ありけり―有けり（三）　いやしなるら―いやしなから（三静州）

3 はゝなむ―はゝなん（三州）　宮―みや（州）

4 所に―ところに（州）

5 こは―子は（静）　給けり―たまひけり（州）　宮つかへ―みやつかへ（州）

6 しけりは―しけれは（三静州）

8 し給けり―し給ひけり（三）　―したまひけり（静州）

9 しはすはかりに―しはす許に（静）　ことゝ―事と（静）

10 御ふみあり―御ふみありけり（州）

見れはうたあり
おいぬれはさらぬ別の有といへは
いよ〳〵見まくほしきゝみかな
かの子いたうゝちなきてよめる
世中にさらぬわかれのなくも哉
千世もといのる人のこのため

八五

むかしおとこありけりわらはより
つかうまつりけるきみ御くしお
ろしたまうてけりむ月にはか
ならすまうてけりおほやけの

63ウ」

宮つかへしけれはつねにはえまう
てすされともとの心うしなはて

1　見れは―みれは（州）　うたあり―哥あり（州）
2　おいぬれは―老ぬれは（三）　別の―わかれの（三静州）　有と―ありと（三静州）
3　見まく―みまく（州）
4　かの子―かのこ（三州）
5　世中に―よのなかに（州）　哉―かな（静州）
6　千世―千よ（三）―ちよ（州）　人の―ひとの（州）
7　むかし―昔（三）　ありけり―有けり（三）

1　宮つかへ―みやつかへ（三州）

まうてけるになむありけるむかし
つかうまつりし人そくなるせん
しなるあまたまいりあつまりて
む月なれはことたつとておほみき
たまひけり雪こほすかことふりて
日ねもすにやますみな人ゑひて
雪にふりこめられたりといふを
題にてうたありけり
64ｵ」
　おもへとも身をしわけねはめかれせぬ
　雪のつもるそわか心なる
とよめりけれはみこいといたうあは
れかりたまうて御そぬきてたま

3　なむ―なん（三州）　ありける―有ける（三）
6　ことたつ―事たつ（三静）
7　雪―ゆき（三静州）
8　日ねもす―ひねもす（三静州）
10　題にて―たいにて（三州）
2　雪の―ゆきの（三静州）　心なる―こゝろなる（州）

5へりけり

八六

6昔いとわかきおとこわかき女をあひ
7いへりけりをの〳〵おやありけれは
8つゝみていひさしてやみにけり
9年ころへて女のもとに猶心さし
10はたさむとや思けむおとこ哥
64ウ」
1をよみてやれりける
2　今までにわすれぬ人は世にもあらし
3　をのかさま〳〵としのへぬれは
4とてやみにけりおとこも女もあひは
5なれぬ宮つかへになむいてにける

八七

6むかしおとこつのくにむはらのこ

6　昔—むかし（静州）

9　年ころ—としころ（州）　猶—なを（州）　心さし—こゝろさし（州）

10　思けむ—思ひけむ（静）—おもひけむ（州）　哥—うた（三静）

1　やれりける—**やれりけり**（三）

2　今までに—いまゝてに（州）　世にも—よにも（州）

3　としの—年の（三）

5　宮つかへ—みやつかへ（州）　なむ—なん（三州）

6　むかし—昔（静）　おとこ—男（静）　つのくに—津のくに（三）

7ほりあしやのさとにしるよしゝて
8いきてすみけりむかしのうたに
9　あしのやのなたのしほやきいとまなみ
10　つけのをくしもさゝすきにけり

65ｵ」

1とよみけるそこのさとをよみけるこゝ
2をなむあしやのなたとはいひける
3このおとこなま宮つかへしけれは
4それをたよりにて衛うのすけとも
5あつまりきにけりこのおとこのこの
6かみも衛うのかみなりけりその家
7のまへのうみのほとりにあそひ
8ありきていさこの山のかみにありと

2　なむ―なん（州）
3　なま宮つかへ―なまみやつかへ（三静州）
4　衛うのすけ―衛う《ふイ》のすけ（三）―ゑふのすけ（静州）
6　衛うのかみ―ゑふのかみ（三静州）　家―いへ（静州）
7　うみ―海（三静）

いふぬのひきのたき見にのほら
むといひてのほりて見るにそのたき
65ウ」
物よりこと也なかさ二十丈ひろさ
五丈はかりなる石のおもてにし
らきぬにいはをつゝめらむやう
になむありけるさるたきのかみに
わらうたのおほきさしてさしいて
たるいしありそのいしのうへには
しりかゝる水はせうかうしくりの
おほきさにてこほれおつそこなる
人にみなたきのうたよますかの
ゑふのかみまつよむ
66オ」

9　見に―みに（州）　のほらむ―のほらん（三州）

1　物より―ものより（州）　こと也―ことなり（静州）

2　五丈はかり―五丈許（三）　石―いし（三静州）　おもてに―おもて（三）

3　つゝめらむ―つゝめらん（三州）

4　になむ―になん（州）

9　うた―哥（三州）

10　ゑふのかみ―衛ふのかみ（三）

1 わか世をはけふかあすかとまつかひの
2 涙のたきといつれたかけむ
3 あるしつきによむ
4 ぬきみたる人こそあるらし白玉の
5 まなくもちるか袖のせはきに
6 とよめりけれはかたへの人わらふ事
7 にやありけむこのうたにめて丶やみ
8 にけりかへりくるみちとをくてうせに
9 し宮内卿もちよしか家のまへ
10 くるに日くれぬやとりの方を見や
66ウ」
1 れはあまのいさりする火おほく見
2 ゆるにかのあるしのおとこよむ

1 わか世―わかよ（州）
2 涙―なみた（三州）　たかけむ―たかけん（三州）
4 白玉の―丶らたまの（静）―しらたまの（州）
5 袖―そて（三静州）
6 かたへの―かたえの（州）　わらふ事―わらふこと（三州）
7 ありけむ―有けん（三）　うた―哥（三）
9 家の―いへの（州）
10 方を―かたを（静州）　見やれは―みやれは（州）
1 いさりする火―いさり火（するイ（朱））（三）　見ゆる―みゆる（州）

3　はる〻夜のほしか河邊の螢かも
4　わかすむ方のあまのたく火か
5 とよみて家にかへりきぬその夜
6 南の風ふきて浪いとたかし
7 つとめてその家のめのこともい
8 て〻うきみるの浪によせられたる
9 ひろひて家のうちにもてきぬ女かたより
10 そのみるをたかつきにもりて

67ｵ」

1 かしはをおほひていたしたるかし
2 はにかけり
3　わたつ海のかさしにさすといはふも〻
4　きみかためにはおしまさりけり

3　夜の―よの（州）　河邊の螢―河邊のほたる（静）―〻はへのほたる（州）
4　すむ方の―すむかたの（三）［にイ（朱。貼紙）］―すむ方に（静）―すむかたの（州）　たく火か―たくひか（州）
5　家に―いへに（州）　その夜―そのよ（州）
6　南―みなみ（静州）　風―かせ（静）　浪―なみ（静州）
7　家の―いへの（州）
8　浪に―なみに（三州）
9　家のうちに―いゑの内に（三）―いへのうちに（静州）

3　わたつ海の―渡つ海の（三）―わたつうみの（静）

ゐなか人のうたにてはあまれりや
たらすや

八八　むかしいとわかきにはあらぬこれかれ
ともたちともあつまりて月を見て
それか中にひとり
おほかたは月をもめてしこれそこの
つもれはひとのおいとなる物

67ウ」

八九　昔いやしからぬおとこ我よりはま
さりたる人を思かけてとしへける
ひとしれす我こひしなはあちきなく
いつれの神になき名おほせむ

九〇　昔つれなき人をいかてとおもひ

5　ゐなか人の―ゐなかひとの（静）―ゐ中人の（州）
7　むかし―昔（三）
9　中に―なかに（三静）
11　ひとの―人の（三静）　物―もの（静州）
1　昔―むかし（三静州）　我―われ（静州）
2　思かけて―思ひかけて（静）―おもひかけて（州）　とし―年（三）
3　ひとしれす―人しれす（静）　我―我ﾚ（三）―われ（静）―わか[れ]（州）
4　神に―かみに（州）　なき名―なきな（三州）　おほせむ―おほせん（三）
5　昔―むかし（三静州）　おもひ渡ければ―思わたりけれは（三）―おもひわたりけれは（静）―おもひわたりけれは（州）

6渡けれはあはれとや思けむさらは
7あすものこしにてもといへりけるを
8かきりなくうれしく又うたか
9はしかりけれはおもしろかりける
68ｵ」
1さくらにつけて
2　櫻花けふこそかくもにほふらめ
3　あなたのみかたあすの夜のこと
4といふ心はへもあるへし

九一

5むかし月日のゆくをさへなけく
6おとこ三月つこもりかたに
7　おしめとも春の限のけふの日の
8　ゆふくれにさへなりにける哉

6　思けむ―思けん（三）―思ひけむ（静）―思ひけん（州）

2　櫻花―さくら花（三）―さくらはな（静州）　にほふらめ―にほふとも［らめイ］（三）

3　あすの夜―あすのよ（三静州）

4　心はへ―こゝろはへ（州）

7　春の―はるの（州）　限の―かきりの（三静州）

8　哉―かな（静州）

九二
9 昔こひしさにきつゝかへれと女に
10 せうそこをたにえせてよめる　68ウ」
1 　あし邊こくたなゝしを舟いくそたひ
2 　ゆきかへる覧しる人もなみ

九三
3 むかしおとこ身はいやしくていとにな
4 き人を思かけたりけりすこし
5 たのみぬへきさまにやありけむ
6 ふしておもひおきておもひ思ひ
7 わひてよめる
8 　あふな〳〵思はすへしなそへなく
9 　たかきいやしきくるしかりけり
10 昔もかゝることは世のことはりにやありけむ　69オ」

9　昔―むかし（三静州）

1　あし邊―あしへ（州）　たなゝしを舟―たなゝしをふね（静州）

2　ゆきかへる覧―ゆきかへるらん（三州）―ゆきかへるらむ（静）

4　思かけ―思ひかけ（静）―おもひかけ（州）

5　ありけむ―ありけん（三州）

6　ふしておもひ―ふして思ひ（三）　おきておもひ―おきて思ひ（州）　思ひわひて―思わひて（三）―おもひわひて（州）

8　あふな〳〵―あふ（ウ）な〳〵（三）　思はすへし―思ひはすへし（三）―おもひはすへし（静州）

10　昔―むかし（三静州）　かゝることは―かゝる事は（静州）　世の―よの（州）　ありけむ―ありけん（三）―有けむ（静）

九四

むかしおとこ有けりいかゝありけむその
おとこすますなりにけりのちにおと
こ有けれと子ある中なりけれは
こまかにこそあらねと時〳〵ものいひ
をこせけり女かたにゑかく人なり
けれはかきにやれりけるを今の
おとこの物すとてひと日ふつかを
こせさりけりかのおとこいと
つらくをのかきこゆることを
はいまゝてたまはねはことは
りとおもへとなをひとをはう」69ウ
らみつへき物になむ有ける

1　むかし―昔（静）　有けり―ありけり（州）　ありけむ―ありけん（州）
2　のちにおとこ―のちにおとこ（戉）（三）
3　有けれと―ありけれと（三静州）　子ある中―こあるなか（三）―子あるなか（静州）
4　時〳〵―時ゝ（静）―ときとき（州）　ものいひ―物いひ（静）
6　今の―いまの（三静州）
7　物す―ものす（静州）　ひと日―ひとひ（静）
9　ことをは―事をは（三静）
10　いまゝて―いままて（静）
11　なをひとをは―猶人をは（三）―猶人をは（静）
1　物に―ものに（州）　なむ―なん（三州）　有ける―ありける（三静州）

とてろうしてよみてやれりける
時は秋になむありける
　秋の夜は春ひわするゝ物なれや
　かすみにきりやちへまさるらむ
となむよめりける女返し
　ちゝの秋ひとつの春にむかはめや
　もみちも花もともにこそちれ

九五
むかし二條のきさきにつかうまつる
おとこありけり女のつかうまつるを　70ｵ」
つねに見かはしてよはひわたりけり
いかて物こしにたいめんしておほつか
なく思つめたることすこしはるかさ

3　時は―ときは（州）　なむ―なん（三州）
4　秋の夜は―あきのよは（州）　春ひ―春日（静）―はる日（州）　物なれや―ものなれや（静州）
5　まさるらむ―まさるらん（三州）
6　となむ―となん（三州）　返し―かへし（州）
7　ちゝの―千ゝの（三）　春に―はるに（静州）
8　花も―はなも（州）
9　むかし―昔（静）　きさき―后（三静州）
10　ありけり―有けり（三）
2　物こしに―ものこしに（静州）
3　思つめ―思ひつめ（静）　はるかさむ―はるかさん（三州）

4むといひけれは女いとしのひてものこし
5にあひにけり物かたりなとしておとこ
6　ひこほしにこひはまさりぬあまの
7　河へたつるき（せ脱カ）を今はやめてよ
8このうたにめてゝあひにけり

九六
9むかしおとこ有けり女をとかくいふ
10こと月日へにけりいは木にしあらねは

70ウ」

1心くるしとや思けむやう〳〵あはれと
2思けりそのころみな月のもちは
3かりなりけれは女身にかさひとつふた
4ついてきけりをむないひをこせた
5る今はなにの心もなしと身にか

4　女―をむな（静）
5　物かたり―ものかたり（州）
6　あまの河―あまのかは（州）
7　へたつるきを（ママ）―へたつるせきを（三静州）　今は―いまは（三静州）
9　むかし―昔（静）　おとこ―男（静）　有けり―ありけり（静州）
1　心くるし―こゝろくるし（州）　思けむ―思けん（三）―思ひけむ（静）―おもひけむ（州）
2　思けり―思ひけり（静）―おもひけり（州）　みな月―みなつき（州）
4　いてきけり―いてきにけり（三静州）　をむな―女（三静州）
5　今は―いまは（州）　心もなしと―心もなし（三静州）

6さもひとつふたついてたり時もいとあ
7つしすこし秋風ふきたちなむ時
8かならすあはむといへりけり秋まつ
9ころをひにこゝかしこよりその人
10のもとへいなむすなりとてくせち　71オ」
1いてきにけりさりけれはこの女のせ
2うとにはかにむかへにきたりされは
3この女かえてのはつもみちをひろは
4せてうたをよみてかきつけてを
5こせたり
6　秋かけていひしなからもあらなくに
7　このはふりしくえにこそ有けれ

6　時も—ときも（州）
7　ふきたちなむ時—ふきたちなん時（三）—ふきたちなむとき（静）—ふきたちなんとき（州）
8　あはむ—あはん（州）　秋まつ—秋まつ（た（朱。貼紙））（三）—秋たつ（静）
10　いなむす—いなんす（州）
1　この女の—女の（このイ）（三）
7　このは—この葉（三）　有けれ—ありけれ（三静州）

8とかきをきてかしこより人をこせは
9これをやれとていぬさてやかてのち
10つゐにけふまてしらすよくてや
11あらむあしくてやあらむいにし　71ゥ」
1所もしらすかのおとこはあまのさか
2手をうちてなむのろひをるなる
3むくつけきこと人のゝろひことは
4おふ物にやあらむおはぬ物にや
5あらむいまこそは見めとそいふなる

昭宣公基経　貞観十四年八月廿五日右大臣左近大将卅七

九七
6むかしほりかはのおほいまうちきみ
7と申すいまそかりけり四十の

11　あしくてやあらむ―あしくてやあらん（三州）
1　所も―ところも（州）　あまのさか手―あまのさかて（三静州）
2　なむ―なん（州）
3　ゝろひこと―のろひこと（州）
4　おふ物にや―おふものにや（州）　あらむ―あらん（州）　おはぬ物―おはぬもの（静州）
5　あらむ―あらん（三）　見め―みめ（州）
6　ほりかはの―ほり河の（三）―堀川の（州）
7　と申す―と申（静州）

8 賀九条の家にてせられける日（貞観十七年）（業平十九年任中将不審）
1 中将なりけるおきな
2 さくら花ちりかひくもれおいらくの
3 こむといふなるみちまかふかに
（忠仁公良房天安元年二月十九日太政大臣五十五　四月九日従一位　二年十一月摂政清和外祖）

九六
4 むかしおほきおほいまうちきみと
5 きこゆるおはしけりつかうまつる
6 おとこなか月はかりに梅のつく
7 りえたにきしをつけてたてまつるとて
8 わかたのむ君かためにとおる花は
9 ときしもわかぬ物にそ有ける
1 とよみてたてまつりたりけれはいと

72ｵ」　72ｳ」

2 さくら花—さくらはな（静州）

4 むかし—昔（三）

6 なか月はかりに—なか月許に（三静）　梅—むめ（三静）

8 君かため—きみかため（静州）　おる花は—おるはな（州）

9 ときしも—時しも（静）　物にそ—ものにそ（州）　有ける—ありける（静州）

かしこくおかしかり給て使にろく
たまへりけり
九九 むかし右近の馬場のひをりの日む
まはにたてたりけるくるまに女の
かほのしたすたれよりほのかに見
えけれは中将なりけるおとこのよみ
てやりける
　見すもあらす見もせぬ人のこひしくは
　あやなくけふやなかめくらさむ
返し
73オ」
　しるしらぬなにかあやなくわきていはむ
　おもひのみこそしるへなりけれ

2　おかしかり—(戉)おかしかり（静）　給て—たまひて（静州）　使に—つかひに（静州）
4　馬場の—むまはの（州）　むまはに—むかひに（三静州）
6　見えけれは—みえけれは（州）
7　おとこの—おとこ（州）
9　見もせぬ—みもせぬ（州）
10　くらさむ—くらさん（三州）
1　わきていはむ—わきていはん（三）

3のちはたれとしりにけり

一〇〇 4むかしおとこ後涼殿のはさまをわ
5たりけれはあるやむことなき
6人の御つほねよりわすれくさをし
7のふくさとやいふとてたまへりけ
8れはたまはりて
9　わすれ草おふるのへとは見るらめと
10　こはしのふ也のちもたのまむ

73ウ」

一〇一 1むかし左兵衛督なりける在原
2行平といふありけりそのひとの
3家によきさけありときゝてうへ
4にありける左中弁藤原のまさ

4　むかし―昔（静）　おとこ―男（静）
5　ある―ナシ（州）
7　たまへり―いたさせたまへり（三静州）
9　わすれ草―忘草（三）―わすれくさ（静州）　のへ―野邊（静）　見る―みる（州）
10　しのふ也―しのふなり（三静州）　たのまむ―たのまん（三）
1　在原行平―在原のゆきひら（三）―ありはらのゆきひら（静）
2　そのひとの―その人の（三静）
3　ありときゝて―ありと（静）
4　藤原の―ふちはらの（三静）

ちかといふをなむまらうとさねにてそのひはあるしまうけしたりけるなさけある人にてかめに花をさせりけりその花のなかにあやしきふちの花ありけり花のしなひ三尺六寸許なむありける

74オ」

それを題にてよむよみはてかたにあるしのはらからなるあるしゝたまふときゝてきたりけれはとし（ら）へてよませけるもとよりうたのことはしらさりけれはすまひけれとしゐてよませ

5　なむ—なん（州）

6　そのひは—その日は（三静州）

7　花を—はなを（州）

8　させりけり—させり（三静州）　その花の—そのはなの（州）

9　ふちの花—ふちのはな（州）　ありけり—有けり（静）　花の—はなの（州）

10　許なむ—はかりなむ（三静）—はかりなん（州）　ありける—有ける（静）

1　題にて—たひにて（三静州）

3　あるしゝたまふ—あるししたまふ（州）

4　とし（ら）へて—とらへて（三静州）

けれはかくなむ
さく花のしたにかくるゝ人。ヲおほみ
ありしにまさるふちのかけかも
なとかくしもよむといひけれはお
ほきおとゝのゑい花のさかりにみまそかりて　74ウ」
藤氏のことにさかゆるをおもひてよめ
るとなむいひけるみなひとそしらす
なりにけり

一〇三

むかしおとこありけりうたはよまさ
りけれと世中を思しりたりけり
あてなる女のあまになりて世中
を思うんして京にもあらすは

7　かくなむ—かくなん（三州）
8　さく花の—さくはなの（静州）　人。ヲおほみ—人を。ほみ［おイ（朱）］（三）—人をおほみ（静）—人おほみ（州）
11　ゑい花の—ゑいくわの（州）
1　おもひて—思ひて（静）
2　なむ—なん（三州）　みなひと—みな人（静州）
4　ありけり—有けり（三静）　うたは—哥は（州）
5　世中を—よのなかを（州）　思しり—思ひしり（静）—おもひしり（州）
7　思うんして—思ひうんして（静）—おもひうむして（州）

るかなる山さとにすみけりもとのし
そくなりけれはよみてやりける
　そむくとてくもにはのらぬものなれと
　よのうきことそよそになるてふ
75ｵ」
となむいひやりける斎宮のみや也
一〇三　むかしおとこありけりいとまめにし
ちようにてあたなる心なかりけり
深草のみかとになむつかうまつりける
心あやまりやしたりけむみこたちの
つかひ給ける人をあひいへりけり
さて
　ねぬる夜の夢をはかなみまとろめは

8　もとのしそく—もとしそく（三静）
10　くもには—雲には（三）　ものなれと—物なれと（三）
11　よの—世の（三）
1　となむ—となん（三州）　斎宮のみや也—斎宮の宮也（三）—斎宮のみやなり（静）—ナシ（州。但、コレハ右傍勘物トシテ「斎宮のみや也」ト注記）
2　ありけり—有けり（三）
3　なかりけり—なかりける（州）
4　深草の—ふか草の（三）—ふかくさの（静州）　なむ—なん（州）
6　給ける—たまひける（三静州）
8　夜の—よの（州）　夢を—ゆめを（静州）

いやはかなにもなりまさる哉
となむよみてやりけるさるうたのきたなさよ 75ウ」

一〇四

むかしことなる事なくてあまに
なれる人ありけりかたちをやつ
したれと物やゆかしかりけむかもの
まつり見にいてたりけるをおとこ
うたよみてやる
世を海のあまとし人を見るからに
めくはせよともたのまる丶哉
これは齋宮の物見たまひけるく
るまにかくきこえ(12)たりけれは見
さしてかへり給にけりとなむ

9 哉—かな（静州）
10 となむ—となん（三州）　きたなさよ—きたなけさよ（三静州）
1 むかし—昔（静）　ことなる事—ことなること（三州）
2 ありけり—有けり（三静）
3 物や—ものや（静州）　かもの—賀茂の（州）
4 見に—みに（州）
5 うた—哥（州）
6 世を海の—世をうみの（三静）—よをうみの（州）　見る—みる（州）
7 哉—かな（静州）
8 物見たまひ—ものみたまひ（州）
9 きこえ(12)—きこえ（静州）　見さして—みさして（州）
10 給にけり—たまひにけり（静）—給ひにけり（州）　となむ—となん（三州）

一〇五 11むかしおとこかくてはしぬへしと
1いひやりたりけれは女
2白露はけなはけなゝむきえすとて
3玉にぬくへき人もあらしを
4といへりけれはいとなめしと思けれと
5心さしはいやまさりけり

一〇六 6むかしおとこみこたちのせうえうし
7給所にまうてゝたつた河のほとりにて
8ちはやふる神世もきかす龍田河
9から紅に水くゝるとは

一〇七 1むかしあてなるおとこ有けりその
2おとこのもとなりける人を内記に

76ｵ」

11　むかし—昔（静）　おとこ—男（静）
2　白露は—しらつゆは（州）　けなゝむ—けなゝん（三州）
3　玉に—たまに（三静州）
4　思けれと—思ひけれと（静）—おもひけれと（州）
5　心さし—こゝろさし（州）
6　むかし—昔（三）
7　給所に—たまふところに（州）　たつた河—たつたかは（静）
8　神世も—神よも（州）　龍田河—たつた河（三静州）
9　から紅に—からくれなゐに（三静州）

76ｳ」

1　むかし—昔（静）　有けり—ありけり（三州）

3ありけるふちはらのとしゆきといふ
4人よはひけりされとまたわかけ
5れはふみもおさ〳〵しからすことは
6もいひしらすいはむやうたはえよ
7まさりけれはかのあるしなる人あ
8んをかきてかゝせてやりけりめて
9まとひにけりさておとこのよめる
10　つれ〳〵のなかめにまさるなみた河
11　そてのみひちてあふよしもなし
77ｵ」
1返しれいのおとこ女にかはりて
2　あさみこそ袖はひつらめ涙河
3　身さへなかるときかはたのまむ

3　ありける―有ける（三）　ふちはらの―藤原の（州）
4　またわかけれは―。（また（朱））わかけれは（三）
6　いはむや―いはんや（州）　うたは―哥は（州）　えよまさりけれは―よまさりけれは（三静）
7　かの―かの（こイ（朱））（三）―この（静）
9　よめる―よめるう（静）
10　なみた河―涙河（三静）―なみたかは（州）
11　そて―袖（静）
1　返し―かへし（州）
2　袖は―ゝては（三静）　涙河―なみた河（静）―なみたかは（州）

といへりけれはおとこいといたうめてゝいまゝてまきてふはこにいれて有となむいふなるおとこふみをこせたりえてのちのことなりけりあめのふりぬへきになむ見わつらひ侍みさいはひあらはこのあめはふらしといへりけれは

77ウ」

れいのおとこ女にかはりてよみてやらす

　かす〳〵におもひおもはすとひかたみ
　身をしる雨はふりそまされる

とよみてやれりけれはみのもかさも

6　有となむ―ありとなん（三州）―ありとなむ（静）
7　のちのこと―のちの事（三静州）
8　になむ―になん（三州）　見わつらひ―みわつらひ（州）
3　おもひ―思ひ（三）
4　雨は―あめは（静州）

6とりあへてしとゝにぬれてまとひ
7きにけり
一〇八 8むかし女人の心をうとみて
9　風ふけはとはに浪こすいはなれや
10　わか衣手のかはく時なき
11とつねのことくさにいひけるをきゝて
78オ」
1おひけるおとこ
2　よひことにかはつのあまたなくたには
3　みつこそまされあめはふらねと
一〇九 4むかしおとこともたちのひとをうし
5なへるかもとにやりける
6　花よりもひとこそあたに成にけれ

8　人の—ひとの（三静州）　うとみて—うらみて（三静州）
9　浪こす—なみこす（州）
10　衣手の—ころもての（州）
11　きゝて—きゝ（三静州）
2　よひことに—夜ゐことに（三静）—よゐことに（州）　たには—田には（静）
3　みつこそ—水こそ（三静州）　あめは—雨は（三静）
4　ひとを—人を（三静州）
6　花—はな（州）　ひとこそ—人こそ（三静）　成にけれ—なりにけれ（三静州）

7　いつれをさきにこひむとか見し

二〇　8むかしおとこみそかにかよふ女あり
9けりそれかもとよりこよひゆめ
10になむ見えたまひつるといへり」78ウ
1けれはおとこ
2　おもひあまりいてにしたまのあるならむ
3　よふかく見えはたまむすひせよ

二一　4昔おとこやむことなき女のも
5とになくなりにけるをとふらふ
6やうにていひやりける
7　いにしへはありもやしけむいまそしる
8　またみぬ人をこふるものとは

7　こひむ―こひん（三州）　見し―みし（州）
8　むかし―昔（静）
10　になむ―になん（三州）　見え―みえ（州）
2　ならむ―ならん（三州）
3　よふかく―夜ふかく（三静）
4　昔―むかし（静州）
5　なくなりにけるを―人のなくなりにけるを（州）
7　いにしへは―いにしへや（静）　ありもや―有もや（静）　しけむ―しけん（三）　いまそ―今そ（三静）
8　みぬ人―見ぬ人（三静）

かへし
したひものしるしとするもとけなくに
かたるかことはこひすそあるへき（一首別筆）
また返し
こひしとはさらにもいはししたひもの
とけむを（㦲）ひとのそれとしらなむ（一首別筆）

一三
むかしおとこねむころにいひちき
れる女のことさまになりにけれは
すまのあまのしほやく煙風をいたみ
おもはぬかたにたなひきにけり

79ウ」

一四
むかしおとこやもめにてゐて
なかゝらぬいのちのほとにわするゝは

79オ」

9　かへし—返し（三静州）
3　また—又（三静）　返し—かへし（州）
4　したひもの—、たひもの（三静）
5　とけむを（㦲）—とけむを（三静）—とけんを（州）　ひとの—人は（三静州）　しらなむ—しらなん（三）
6　むかし～7なりにけれは（三。行間ニ補入セリ）　ねむころに—ねんころに（州）　いひちきれる—いひちきれる（りけ）（三）

79ウ」

8　煙—けふり（州）
9　かたに—方に（三静）
1　むかし—昔（三）

3　いかにみしかき心なるらむ
二四　4むかし仁和の御かとせり河に行幸
5し給けるときいまはさる事に
6けなく思けれとももとつきにける
7ことなれはおほたかのたかゝひにて
8さふらはせたまひけるすり
9かりきぬのたもとにかきつけゝる
10　おきなさひ人なとかめそかり衣
1　けふはかりこそたつもなくなる
2おほやけの御けしきあしかりけり
3をのかよはひをおもひけれとわかゝ
4らぬ人はきゝおひけりとや

80ｵ」

3　心なるらむ—心なるらん（三）—こゝろなるらむ（州）
4　御かと—みかと（三静州）　せり河—せりかは（州）
行幸し—行かうし（静）
5　し給ける—したまひける（三静）　とき—時（三静）
さる事—さること（三州）
6　思けれとも—思けれと（三州）—思ひけれと（静）
7　ことなれは—事なれは（三静州）　たかゝひ—たかか
ひ（静）
8　すりかりきぬ—すりかりきぬすりかりきぬ（静）
9　かきつけゝる—かきつけける（州）
10　かり衣—かりころも（州）
1　けふはかり—けふ許（静）　こそ—とそ（三静州）
3　おもひけれと—思けれと（三）—思ひけれと（静）
4　人は—ひとは（州）

一二五　5むかしみちのくに丶ておとこ女すみ
6けりおとこ宮こへいなむといふ
7この女いとかなしうてうまのは
8なむけをたにせむとておきの
9ゐてみやこしまといふところ
80ウ」
1にてさけのませてよめる
2　をきのゐて身をやくよりも
3　かなしきは宮こ嶋への別なりけり
一二六　4むかしおとこすゝろにみちのくに
5まてまとひいにけり京に思
6人にいひやる
7　浪まより見ゆるこしまのはま

6　宮こへ―みやこへ（静州）　いなむと―いなんと（三州）
7　うまの―むまの（州）
8　おきのゐて―おきて〔の〕ゐて（州）
9　みやこしま―宮こしま（静）　ところ―所（三静）
2　をきのゐて―（找）をきのゐて（静）
3　宮こ嶋―宮こしま（三）―みやこしま（静州）　別―わかれ（三静州）
4　むかし―昔（静）　おとこ―男（静）
5　思人に―おもふ人に（三静州）
7　浪ま―なみま（州）　見ゆる―みゆる（州）

8　ひさしひさしくなりぬ君に
9　あひ見て
10　なに事もみなよくなりにけりと
1　なむいひやりける
二七 2　むかしみかと住吉に行幸し給けり
3　我見てもひさしく成ぬ住吉の
4　きしのひめ松いく世へぬらむ
5　おほむ神けきやうし給ひて
6　むつましと君はしらなみみつか
7　きのひさしき世よりいはひそめてき
二八 8　昔おとこひさしくをともせてわするゝ
9　心もなしまいりこむといへりけれは

81ｵ」 81ｳ」

8　君に―きみに（三静州）
9　あひ見て―あひみて（州）
10　なに事も―なにことも（三静州）
1　なむ―なん（三州）
2　住吉に―すみよしに（静）　給けり―たまひけり（三静州）
3　我見ても―我みても（州）　成ぬ―なりぬ（三静州）
住吉の―すみよしの（静州）
4　ひめ松―ひめまつ（静州）　いく世―いくよ（三州）
へぬらむ―へぬらん（三州）
5　おほむ神―おほん神（三）―おほんかみ（州）　し給ひ
て―し給ひて（三静）―したまひて（州）
6　むつましと―むつまし。と（州）　君は―きみは（州）
しらなみ―白浪（三）―しら浪（静）
7　世より―世ゝり（静）―よゝり（州）
8　昔―むかし（静州）　おとこ―おとこ（找）（静）
9　いへりけれは―いへりけれ（三）

玉かつらはふきあまたになり
ぬれはたえぬ心のうれしけもなし

二九
むかし女のあたなるおとこのかたみ
とてをきたる物ともをみて
かたみこそいまはあたなれこれなくは
わするゝ時もあらましものを

三〇
むかしおとこ女のまた世へすと
おほへたるかひとの御もとにしのひ
てものきこえて後ほとへて
あふみなるつくまのまつりとくせなむ

82ｵ」

つれなき人のなへのかすみむ

三一
昔おとこ梅つほより雨にぬれて

---

1 玉かつら—たまかつら（静州）　はふき—はふ木（三州）
2 心の—こゝろの（州）
4 物ともを—ものともを（州）　みて—見て（三静州）
5 いまは—今は（三静）
7 むかし—昔（三）　世へす—よへす（静）
8 おほへたる—おほえたる（三静）—おほへたる（州）　ひとの—人の（三静）
9 後—のち（三静州）
10 あふみ—近江（三静）　つくまの—つくはの（州）　せなむ—せなん（三）
1 みむ—見む（三静）—見ん（州）
2 昔—むかし（三静州）　梅つほ—梅壺（三静）—むめつほ（州）　雨に—あめに（静州）

ひとのまかりいつるを見て
鸎の花をぬふてふかさもかな
ぬるめるひとにきせてかへさむ
返し
鸎の花をぬふてふかさはいな
おもひをつけよほしてかへさむ

一二二
むかしおとこちきれる事あやま
れるひとに
82ｳ」
　やましろの井ての玉水てにむすひ
　たのみしかひもなき世なりけり
といひやれといらへもせす

一二三
むかしおとこ有けり深草にすむ

3　ひとの―人の（三静州）　見て―見て殿上にさふらひけるおりにて（州）
4　鸎の―うくひすの（三静州）　花を―はなに（州）〔を〕　かな―哉（三）
5　ひとに―人に（三静）　かへさむ―かへさん（三）
7　鸎の―うくひすの（三静州）　花を―はなを（州）
8　かへさむ―かへさん（三）
9　おとこ―おとこ（静）（戉）　事―こと（三州）
10　ひとに―人に（三静州）
1　やましろの―山しろの（三静州）　井ての―ゐての（三静）　玉水―たま水（三静州）　てに―手に（静）
2　なき世―なきよ（三州）
4　有けり―ありけり（三静州）　深草に―ふかくさに（州）

5みける女をやう〳〵あきかたにや
6おもひけむか丶るうたをよみけり
7　年をへて住こし里をいて丶いなは
8　いと丶ふかくさ野とやなり
9　なむ
10女返し

83ｵ」

1　野とならはうつらとなりて鳴
2　をらむかりにたにやは君はこさらむ
3とよめりけるにめて丶ゆかむと
4おもふ心なくなりにけり

一二四

5むかしおとこいかなる事をか思ひ
6けるおりにかよめる

6　おもひけむ—思けん（三）—思ひけむ（静）—おもひけん（州）　うたを—うたを（戉）（静）
7　年をへて—としをへて（州）　住こし里を—すみこしさとを（三静州）
8　ふかくさ野とや—深草野とや（三静）—ふかくさのとや（州）
9　なむ—なん（三）
10　返し—かへし（州）
1　鳴をらむ—なきをらん（三）—なきをらむ（静州）
2　君は—きみは（静州）　こさらむ—こさ覧（静）—こさらん（州）
3　ゆかむと—ゆかんと（州）
4　おもふ心—思ふ心（三静）—おもふこ丶ろ（州）
5　いかなる事—いかなりける事（三静）　をか—を（三静州）　思ひける—おもひける（静州）

おもふこといはてそたゝにやみ
ぬへき我とひとしき人しなけれは

一三五

むかしおとこわつらひて心ちし
ぬへくおほえけれは
83ｳ」
つゐにゆくみちとはかねて
きゝしかと昨日けふとは
おもはさりしを
84ｵ」

7　おもふこと—思ふ事（静）
8　我と—われと（州）　人し—ひとし（州）
9　むかし—昔（静）　心ち—心地（三静）—こゝち（州）
2　昨日—きのふ（三）　けふとは—今日とは（州）　おもはさりしを—おもはさりしを（戉）（静）

付篇二

全文書影

凡例

一、写真版書影は、原本の65％に縮小した。
一、各丁数とオ・ウの別は、各書影の下部に表示した。
一、各丁の行数は、書影各上部に洋数字で表示した。但し、行間勘物や本文行末の余り書きは行数に含めない。
一、段数は、各最初の行上部に漢数字で表示した。
一、表紙・見返し・前付、後付白紙は原本通りとした。
一、原本には、文字に一切抵触しない小さな虫損若干がある。本文料紙が薄手のため、裏映り防止上、紙背に黒色間紙を敷いて撮影したので、虫損箇所が墨汚れのように見えるところもあるが、すべて実写のままとし、次に各虫損箇所の墨付面丁数・行数を示す。
　1ウ⑤～15ウ⑥上部　24ウ⑥～30オ⑤上部　60オ⑤～83ウ④上部
一、書影のあと、内箱・外箱（箱書）・付属文書写真を示した。

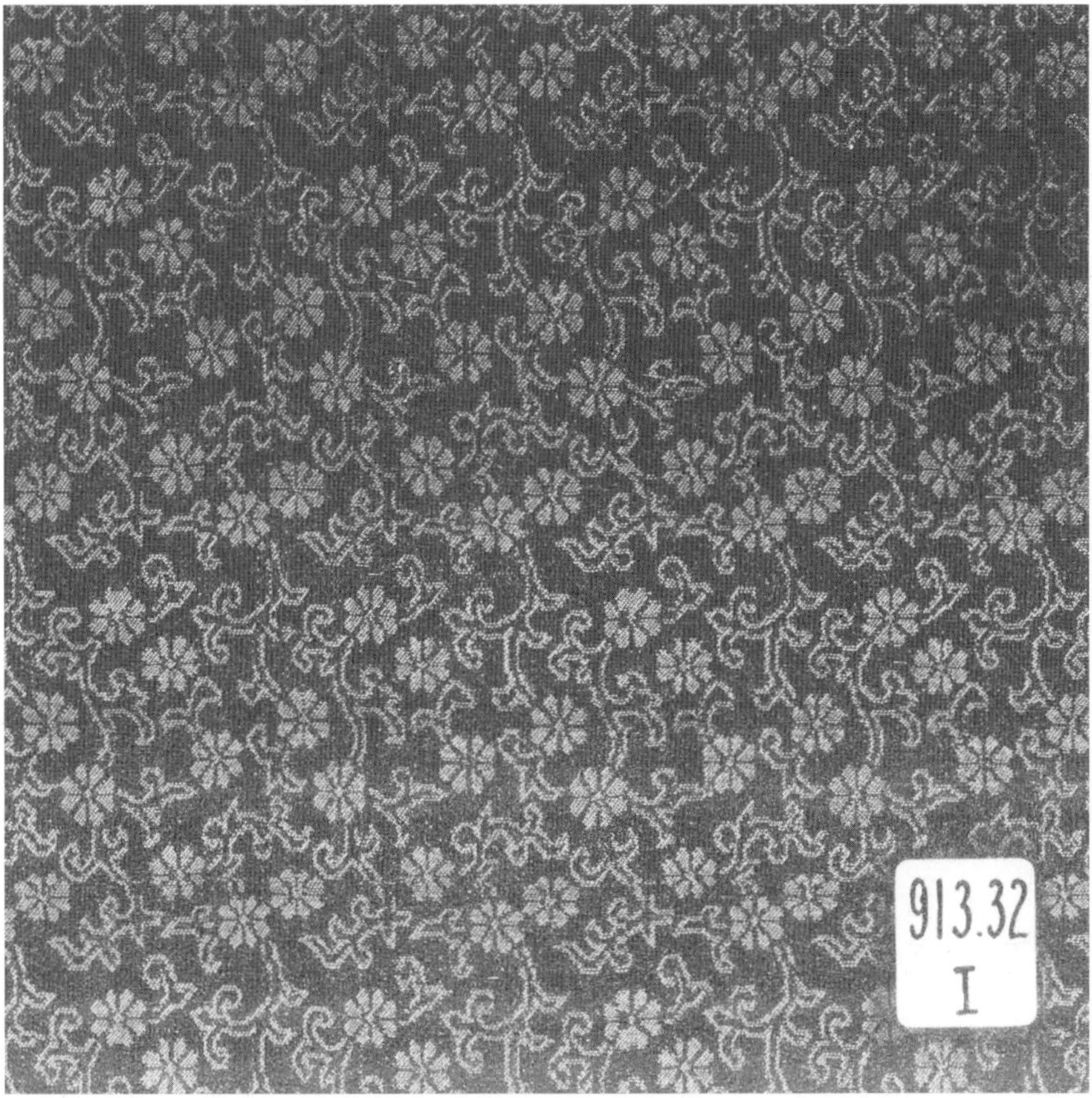
913.32
I

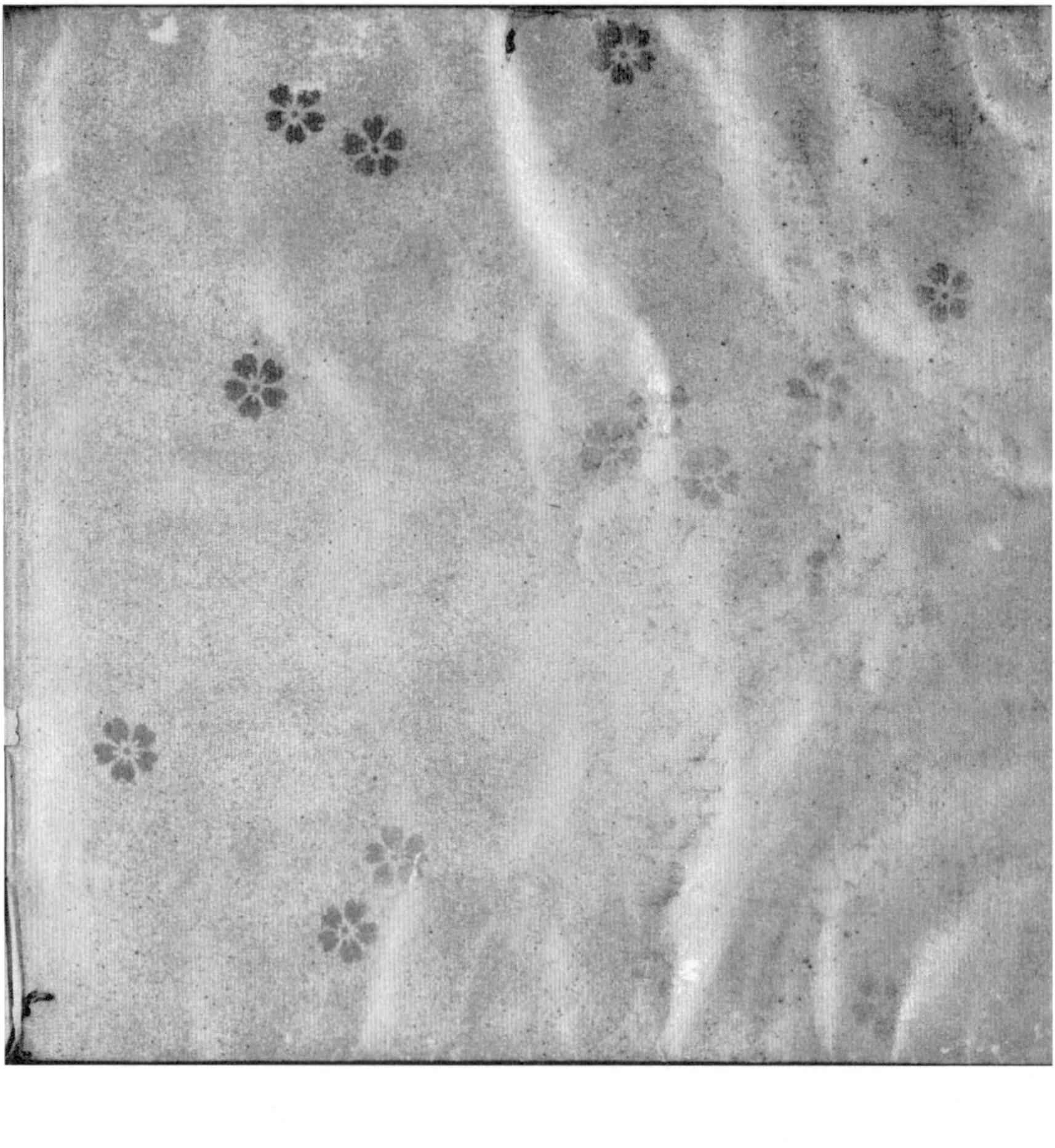

1058174

1オ

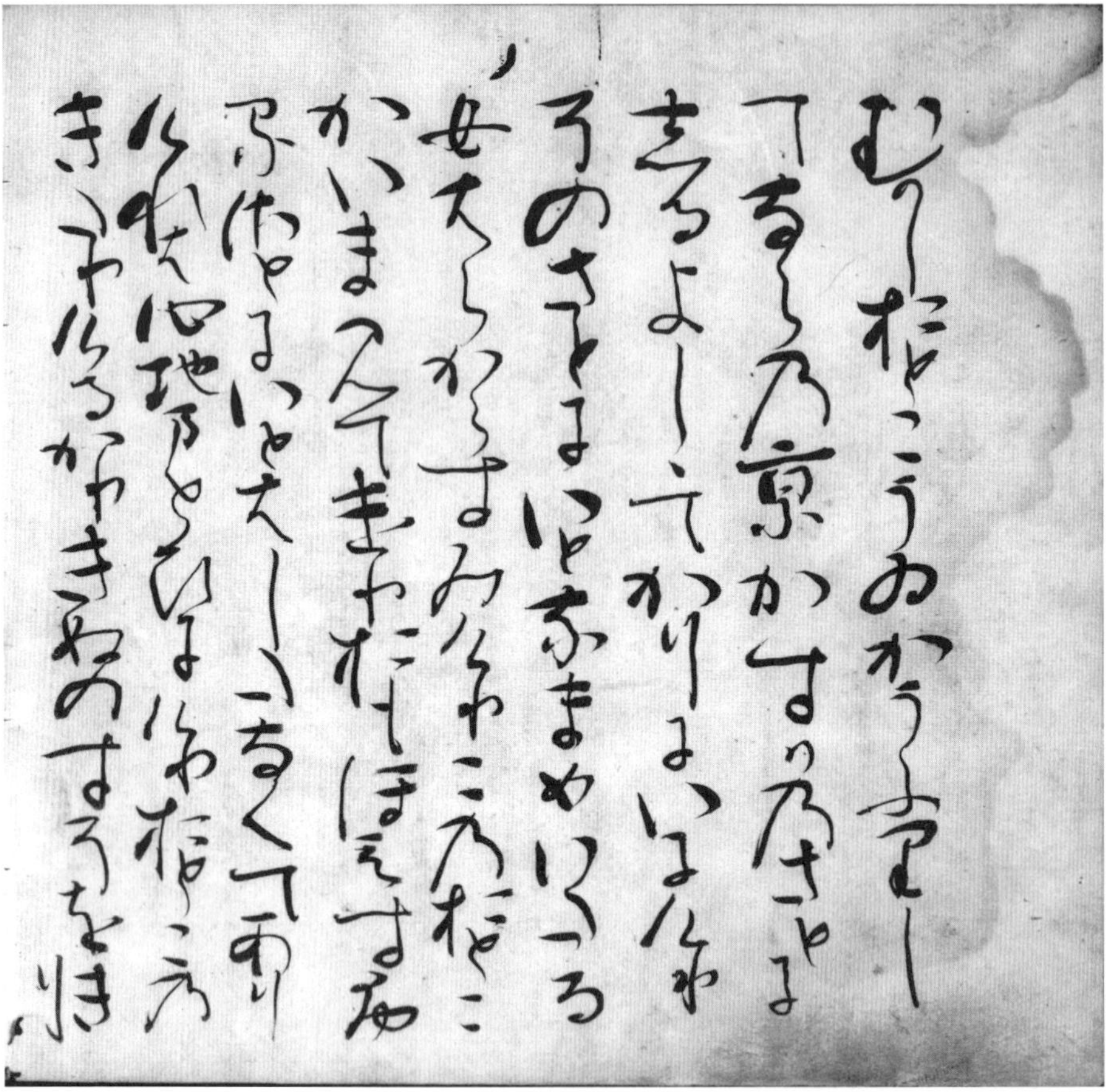
むかしおとこうゐかうふりし
てならの京かすかのさとに
しるよしゝてかりにいにけり
そのさとにいとなまめいたる
女はらからすみけりこのおとこ
かいまみてけりおもほえすふる
さとにいとはしたなくてあり
けれは心地まとひにけりおとこの
きたりけるかりきぬのすそをきり

3 いるゝも
4 春日野、わかむらさきのすり衣
5 しのふのみたれかきりしられす
6 たるむをにてきていひやうよう
7 一たにしられとやへいそや男まし
8 みちのくのしのふもちすり
9 まうにめなう

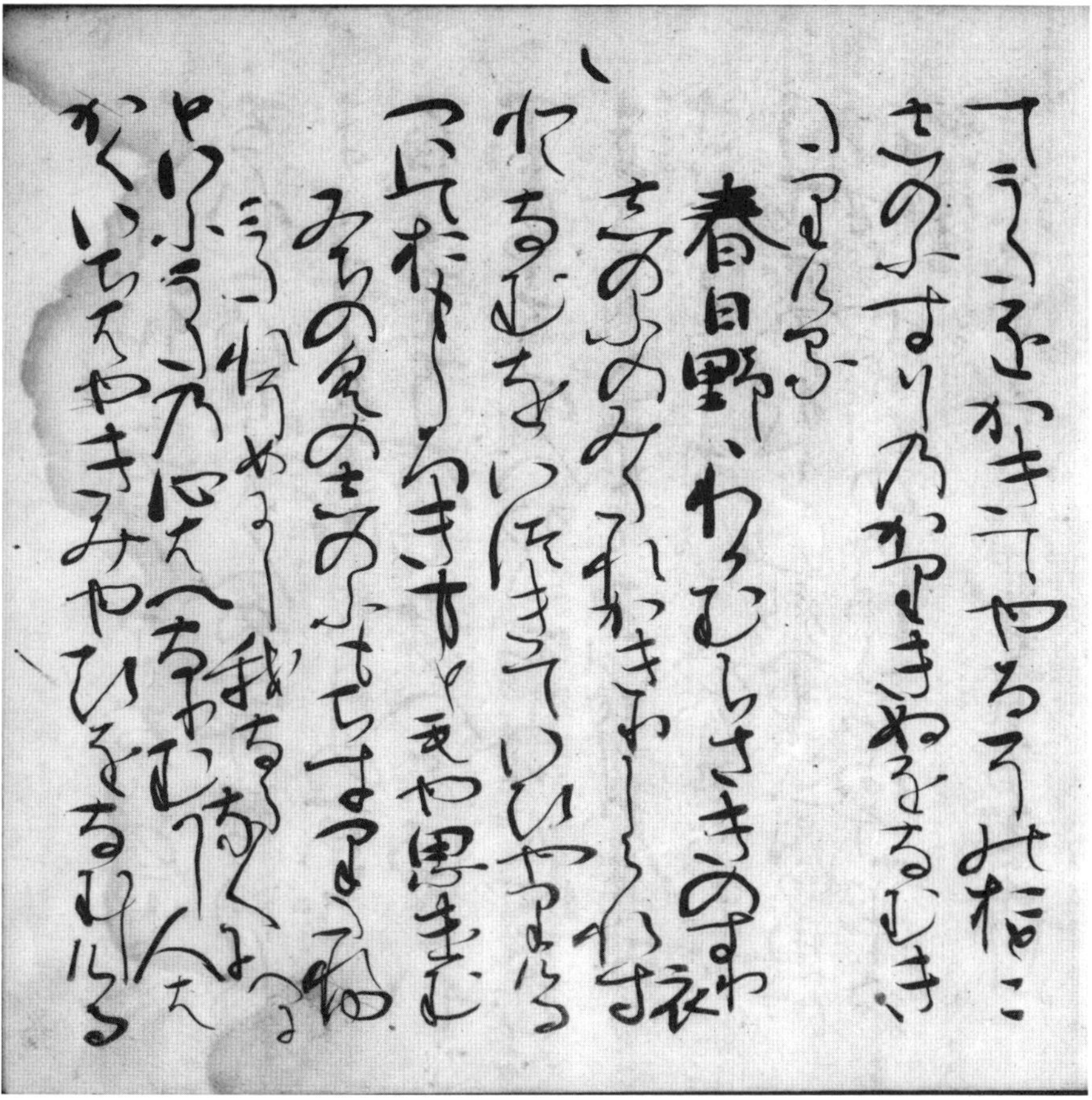

二

11　10　9　8　7　6　5　4　3　2　1

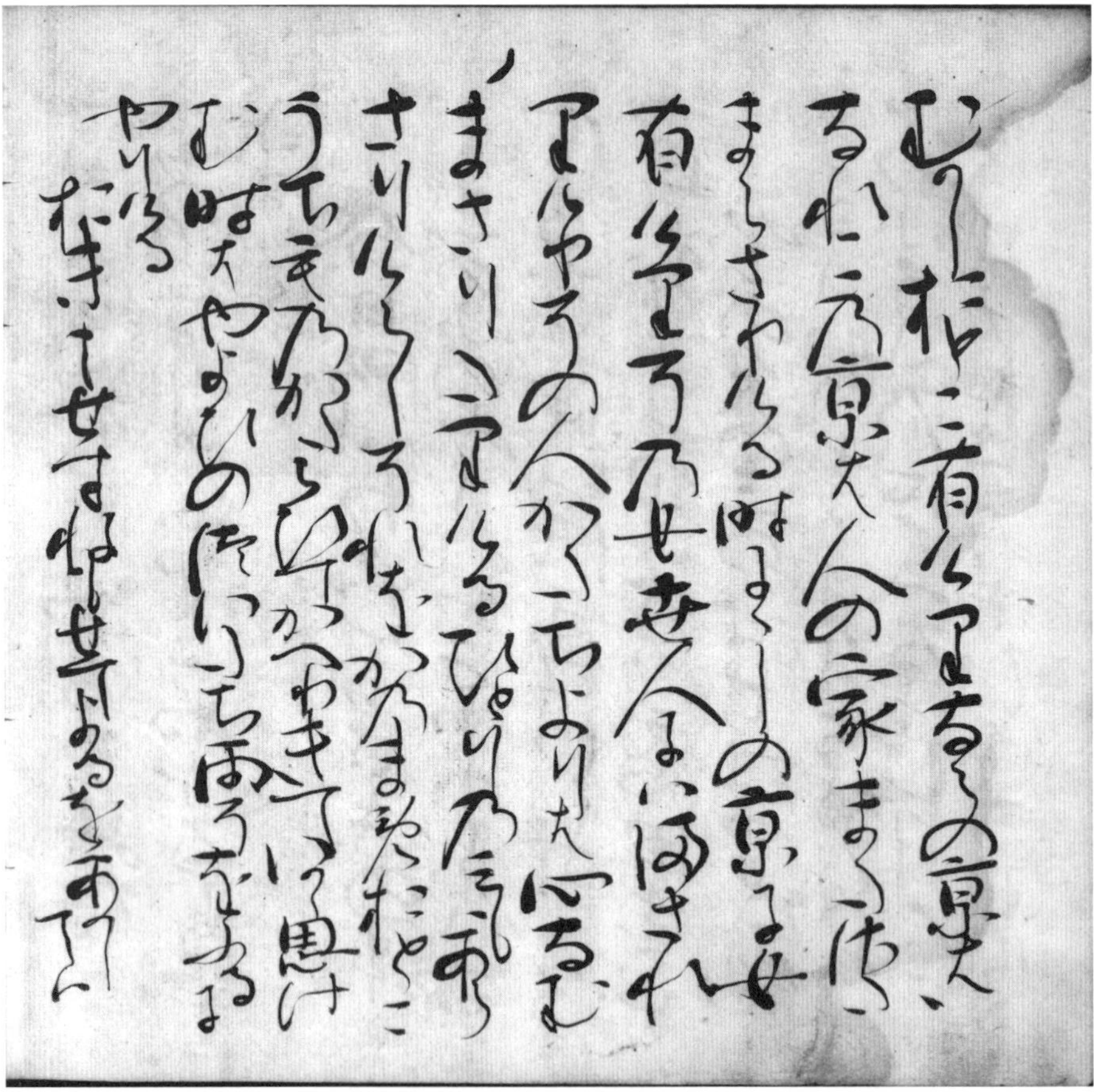

2ウ

一　大ぶんてものをてるうゑこう所
二　昔右に有んてけさうし生女
　　乃えとまひゝきもとけ和む
　　やるとて
　　去ひわはむそのゑとは
　　ゑ一きわ夫神さ一て
　　二條の后々みかとをほつま
　　ほりくまてへ人てたはせ
四　―まゐる所のを也
　　むうゑひみ盃ほうたほけさ
　　いゐえ

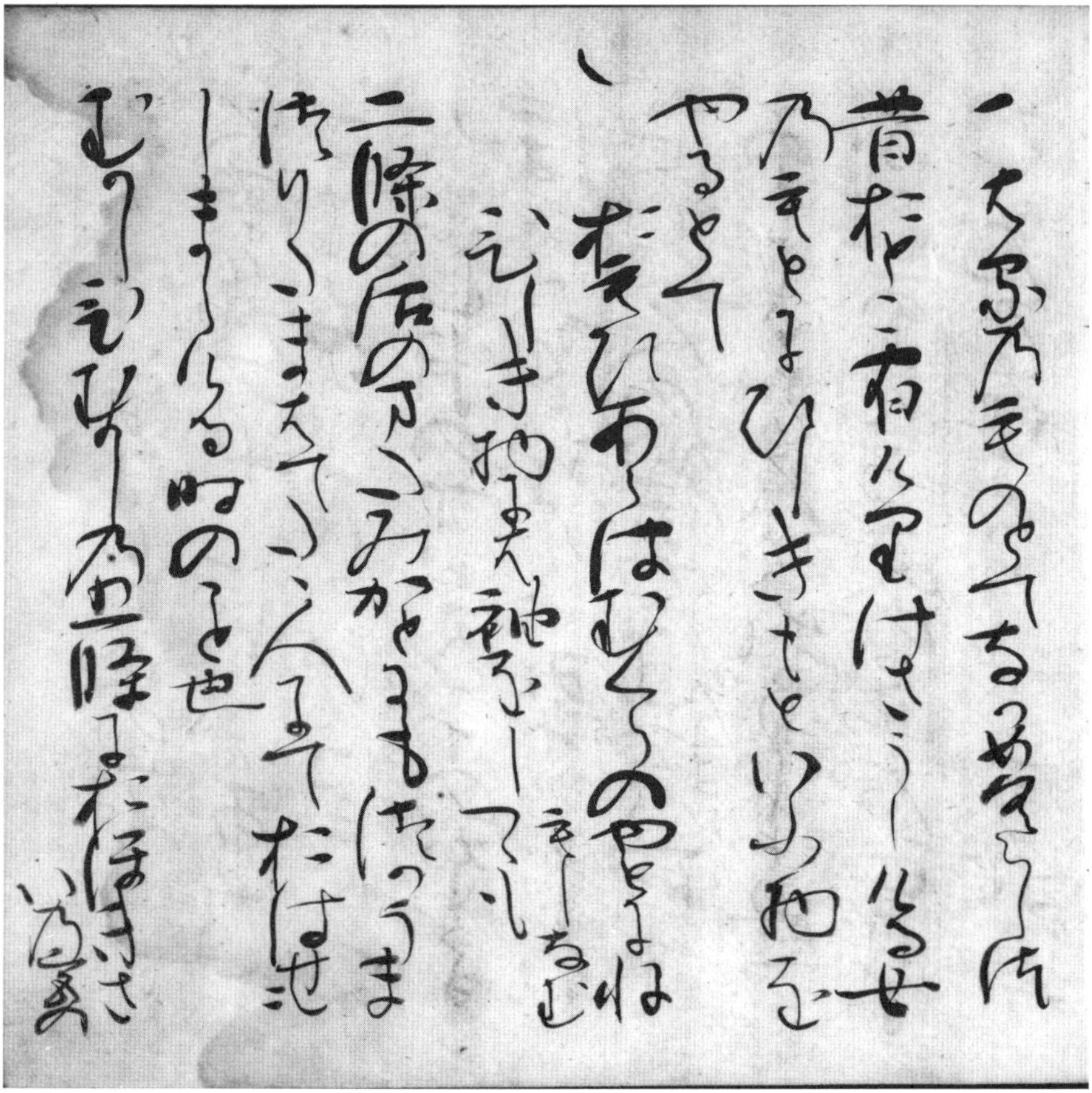

3オ

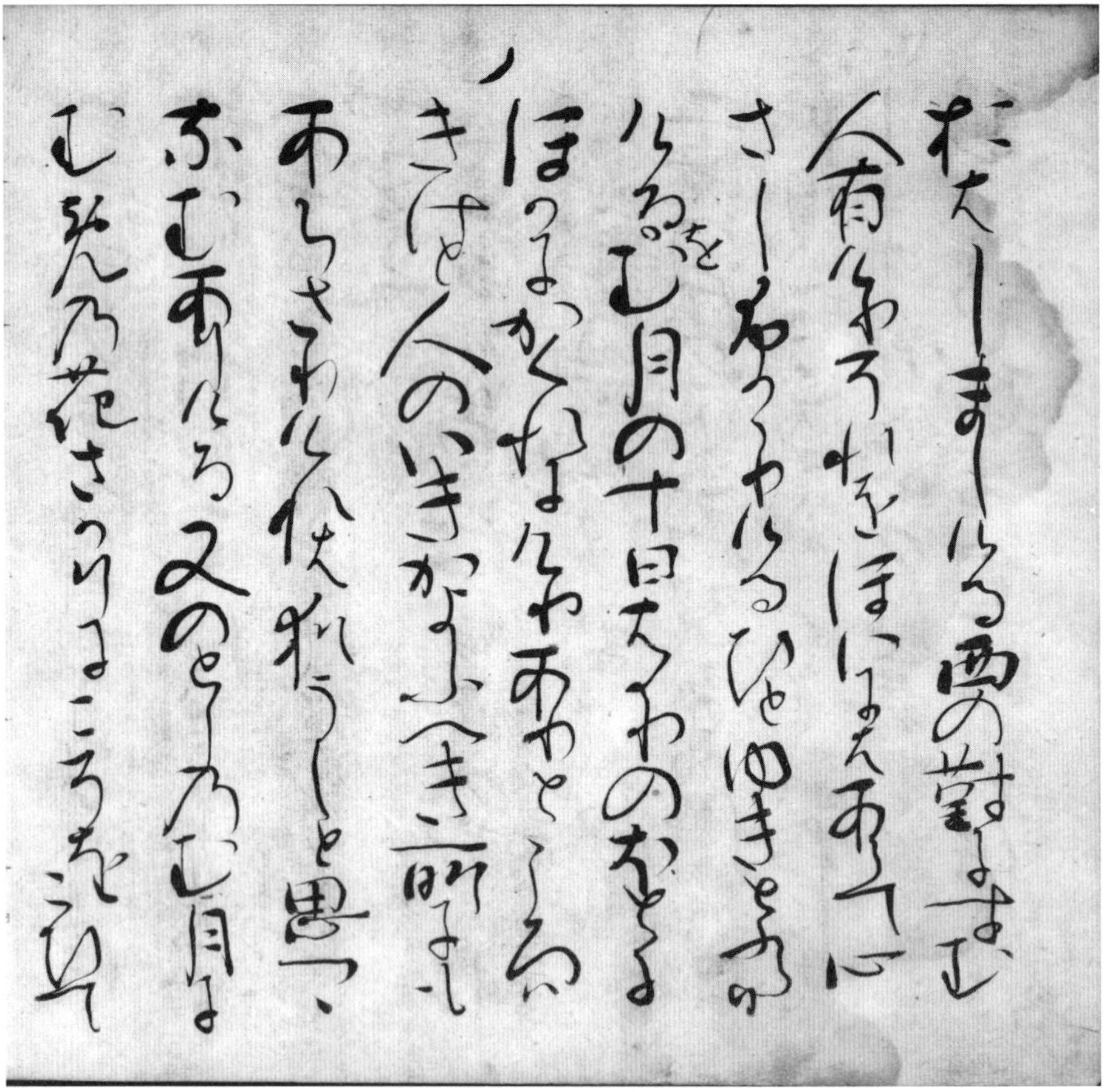

おはしましける西の對にすむ
人有けりそれをほいにはあらて心
さしふかゝりけるひとゆきとふら
ひけるをむ月の十日はかりのほとに
ほかにかくれにけりありところは
きけと人のいきかよふへき所にも
あらさりけれはなをうしと思つゝ
なむありける又のとしのむ月に
むめの花さかりにこそをこひて

3ウ

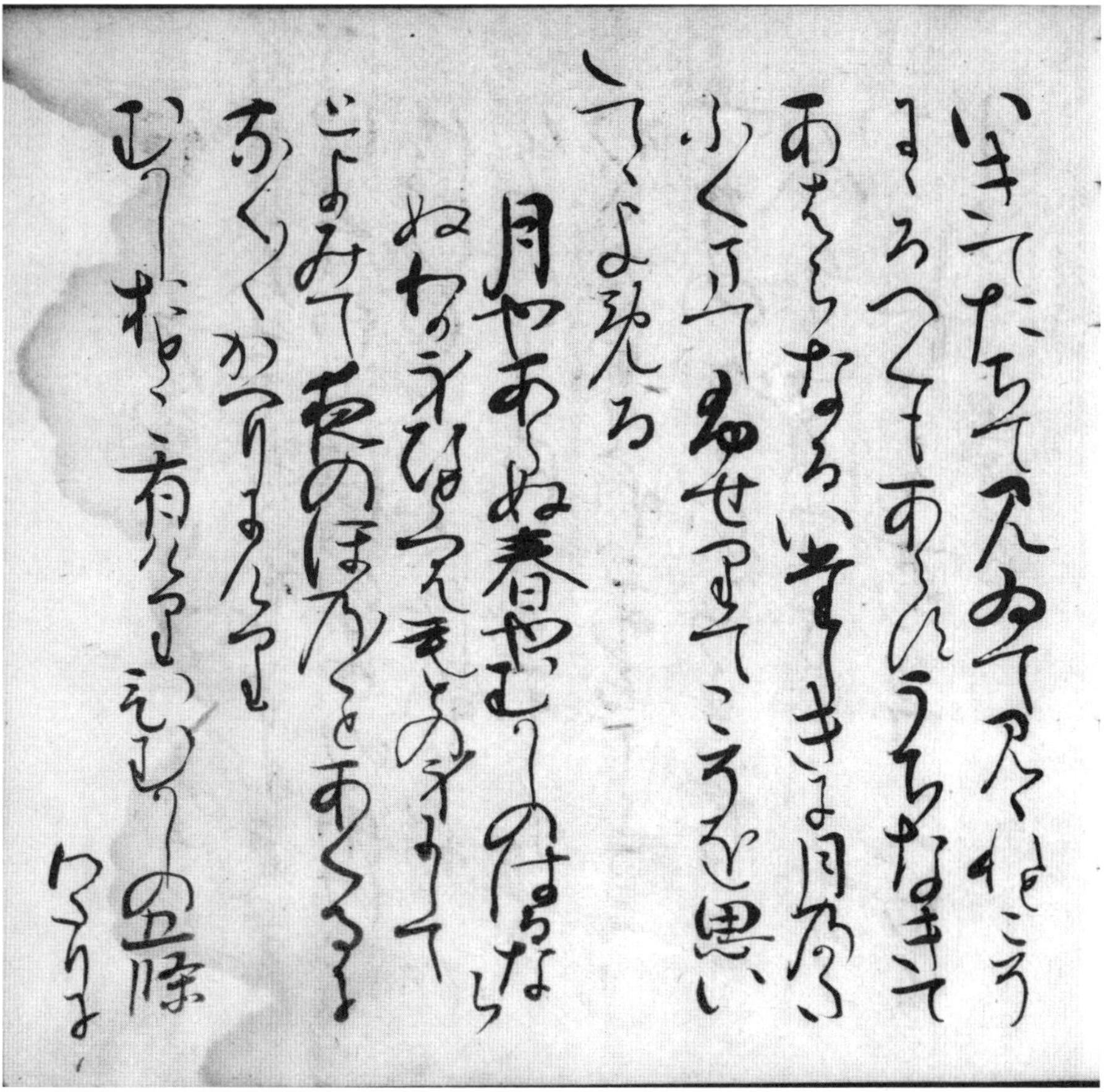
いきてたちて見ゐて見ゝれとこそ
にるへくもあらすうちなきて
あはらなるいたしきに月のかた
ふくまてふせりてこそを思い
てよめる
月やあらぬ春やむかしのはるなら
ぬわかみひとつはもとの身にして
とよみて夜のほのほのとあくるに
なくなくかへりにけり
五
むかしおとこ有けりひむかしの五條わたり

4オ

信して、いきんすみろつなる
やうそちねもかとすわええ
いそわらはへのゝみあける
ほていろかくほなゝわかひ
ろゝひゝうけ々をあ々ゝゝひ
へきちわれあらしきうけ
てゝのかよいちよ夜きは
人をすつて下ゝせんし
もいけやえあゝてかへわる
りさてよめる

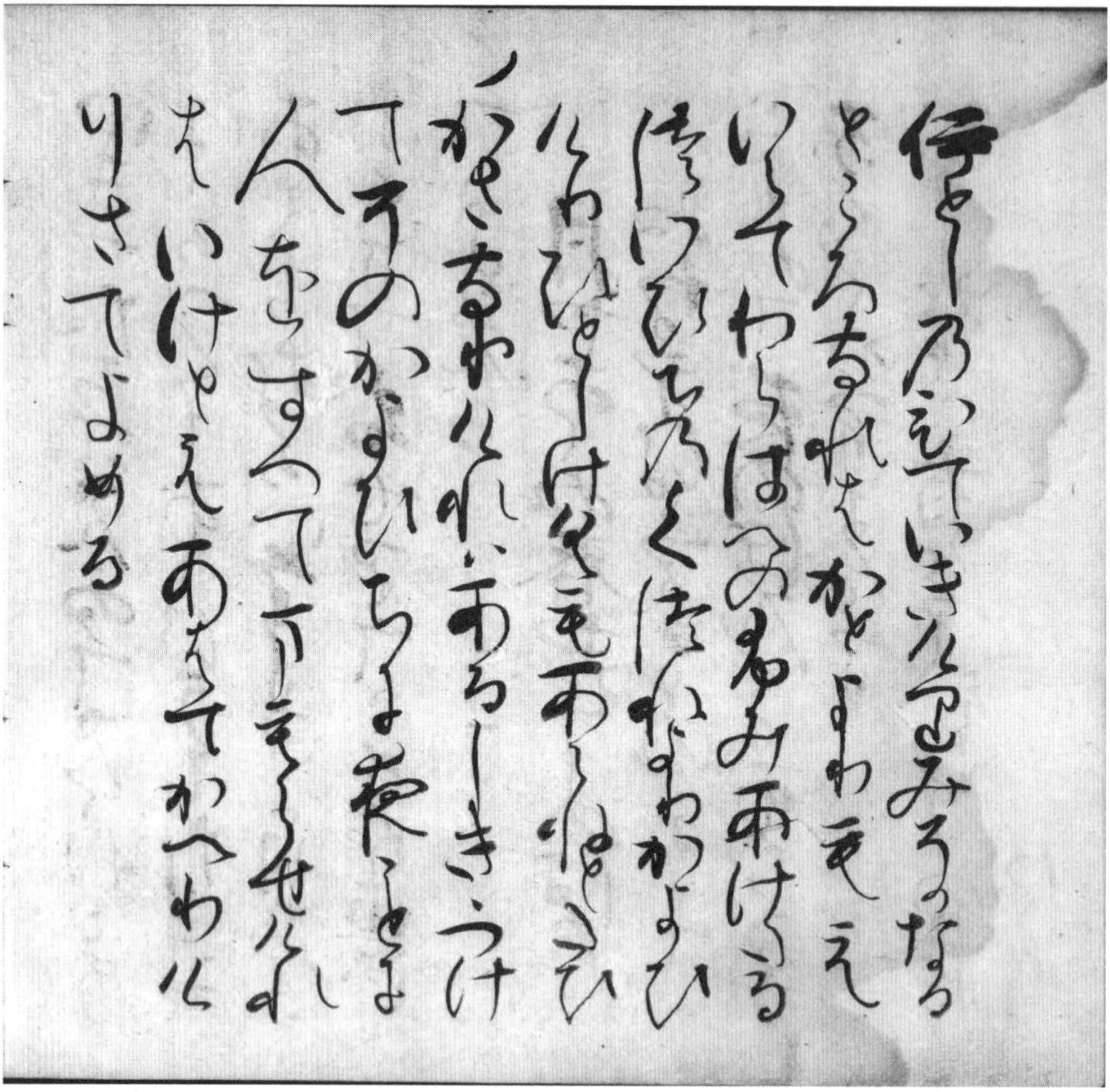

六

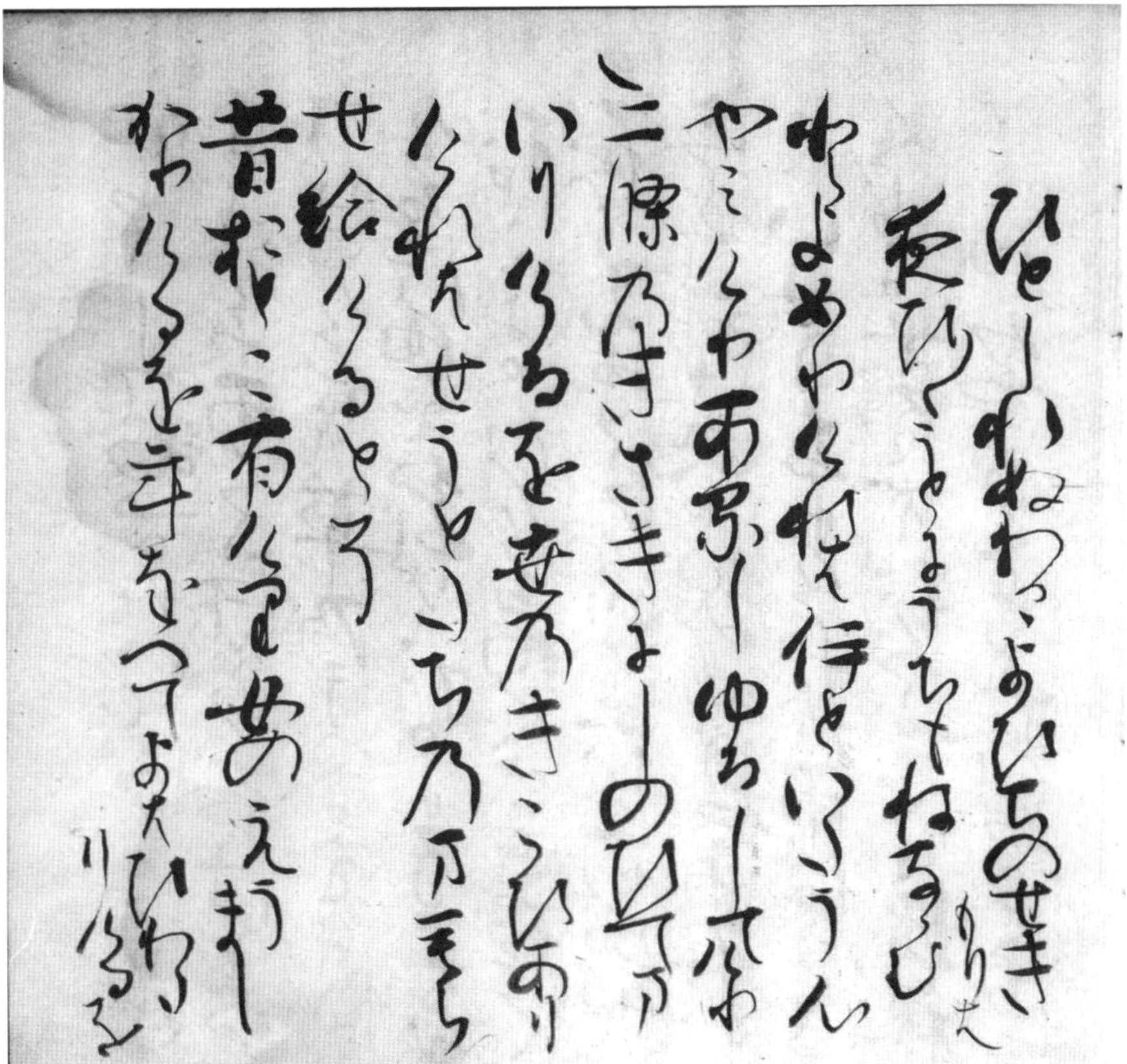

ひとしれぬわかゝよひちのせき
もりはよひ／＼ことにうちもねなゝむ
とよめりけれはいといたう心
やみけりあるしゆるしてけり
二条のきさきにしのひてま
いりけるを世のきこえあり
けれはせうとたちのまもら
せ給けるとそ
昔おとこ有けり女のえうまし
かりけるを年をへてよはひわたりけるを

5オ

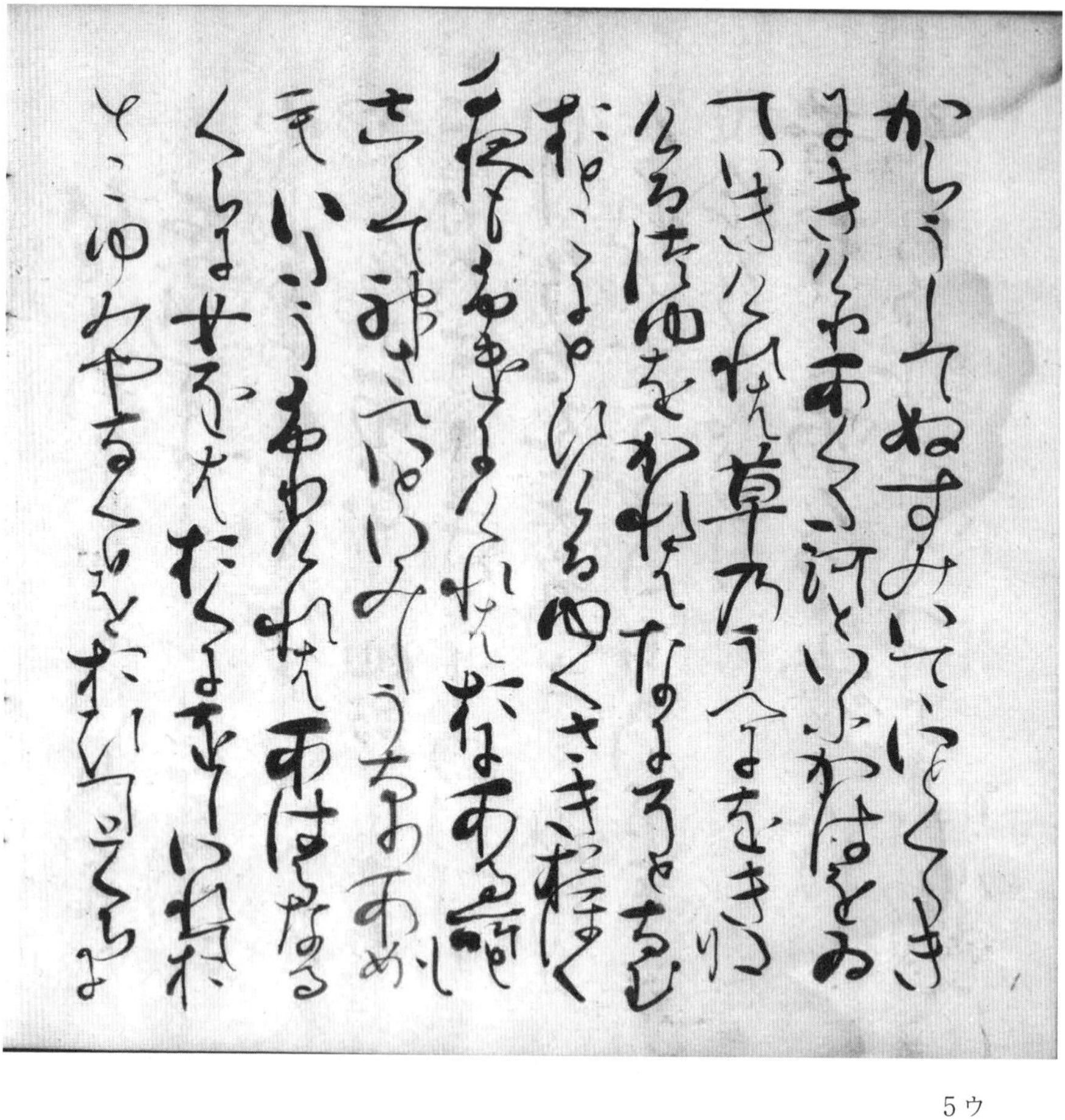
からうしてぬすみいでていとくらき
にきけりあくた河といふかはをゐ
ていきけれは草のうへにをきたり
けるつゆをかれはなにそとなむおと
こにとひけるゆくさきおほく
夜もふけにけれはおにあるところ
ともしらて神さへいといみしうなりあめ
もいたうふりけれはあはらなる
くらに女をはおくにおしいれて
をとこゆみやなくひをおひてとくちに

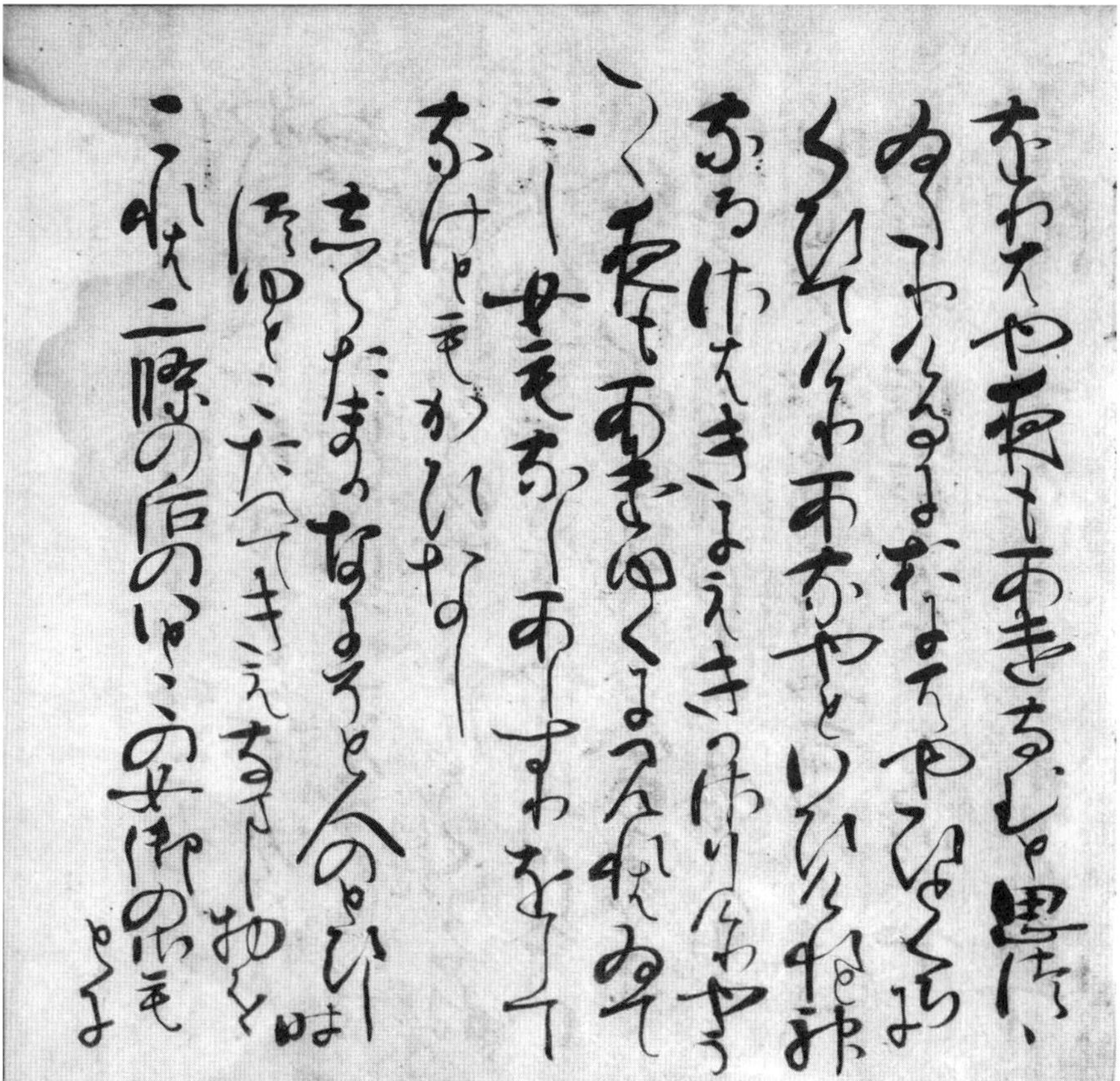

6オ

3 ぬすみてたへていてあるを仰せ
4 うとほかそのなのたらくような
5 乃大納言方うう下らう田へい
6 引給よいみうちくんあるとき
7 に参てとめてとわ西人給てハ今
8 いをかくなさえいかあれわさい

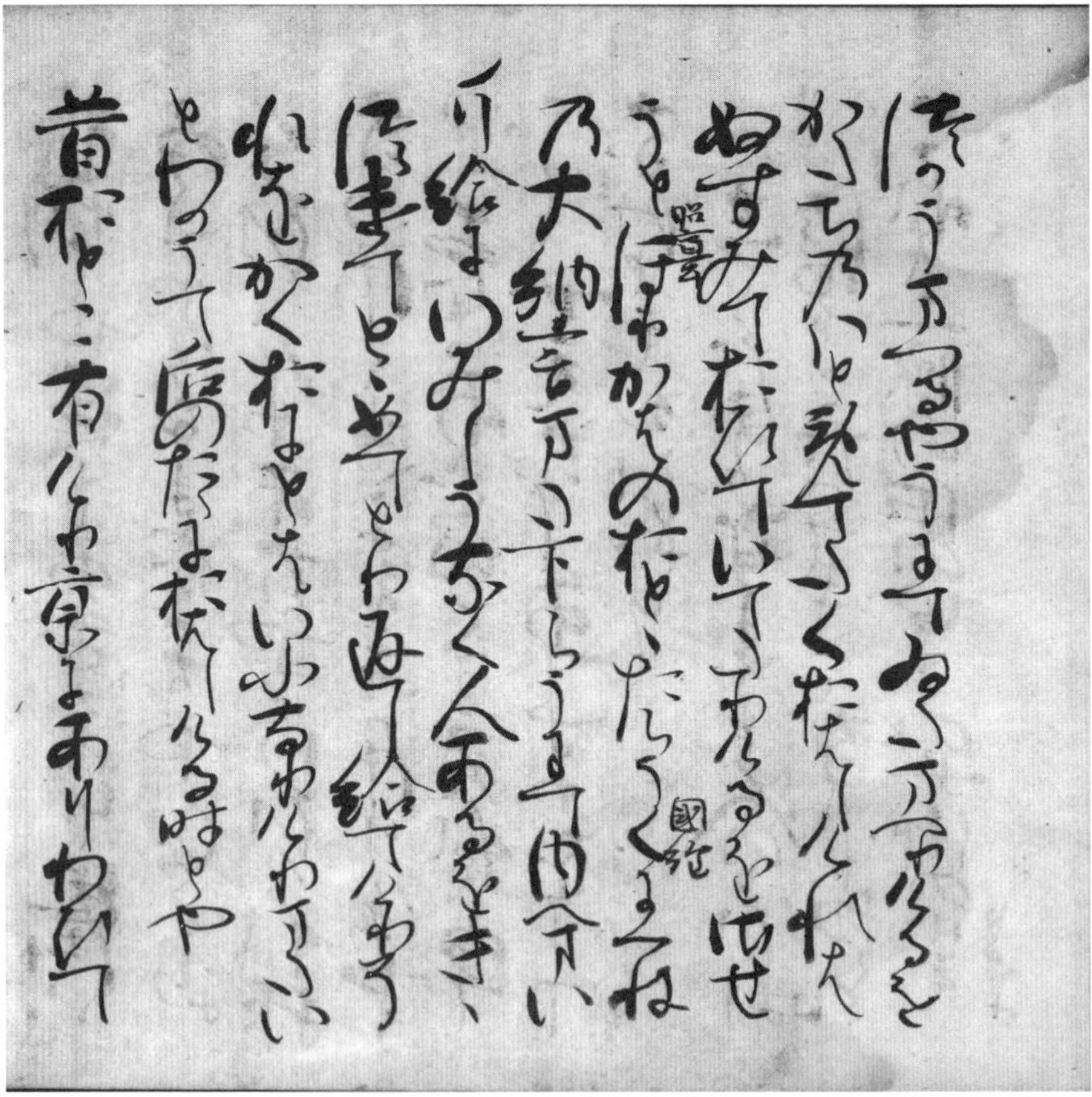

八

10　9　8　7　6　5　4　3　2　1

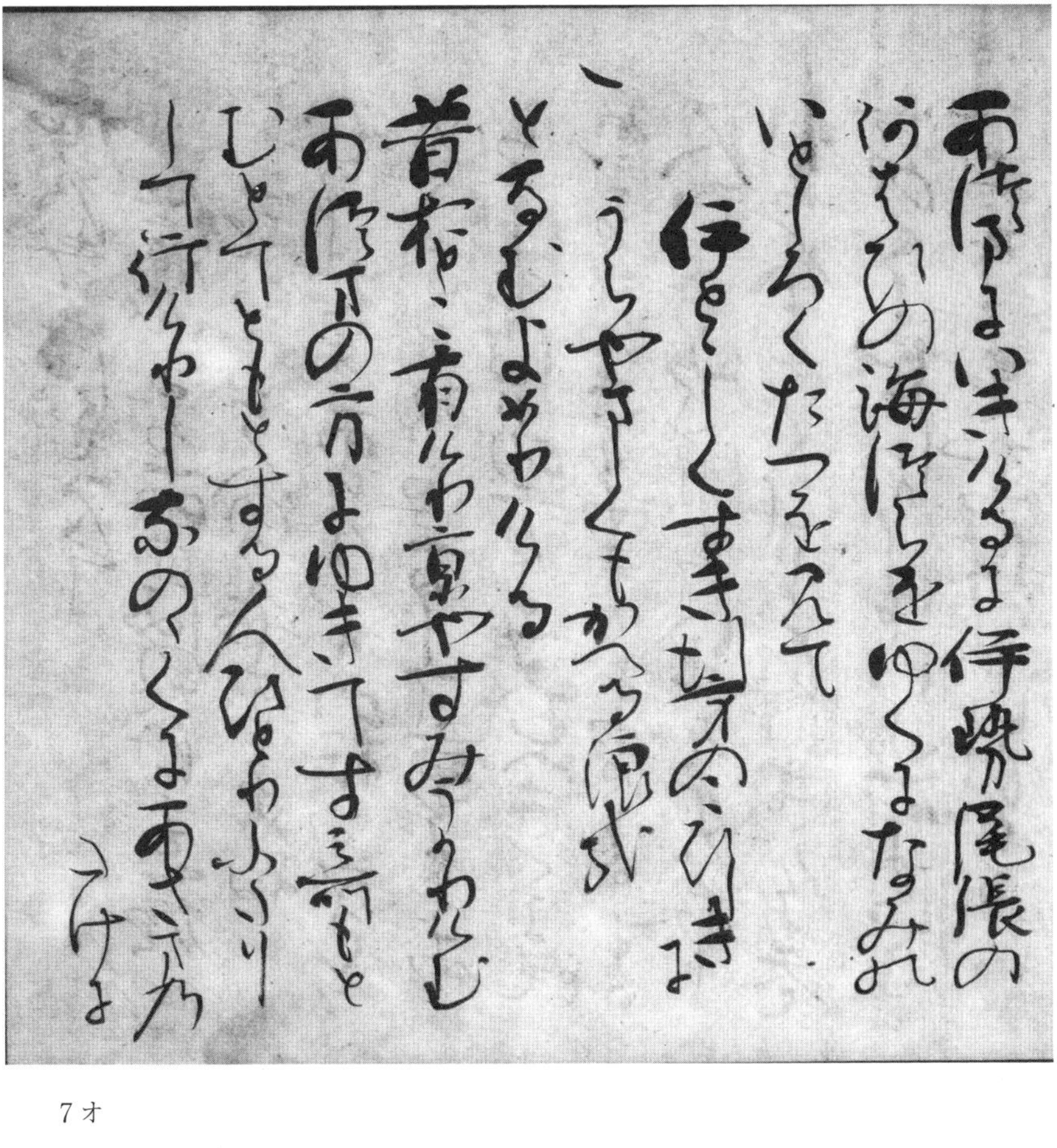

7オ

九

11　10　9　8　7　6　5　4　3　2　1

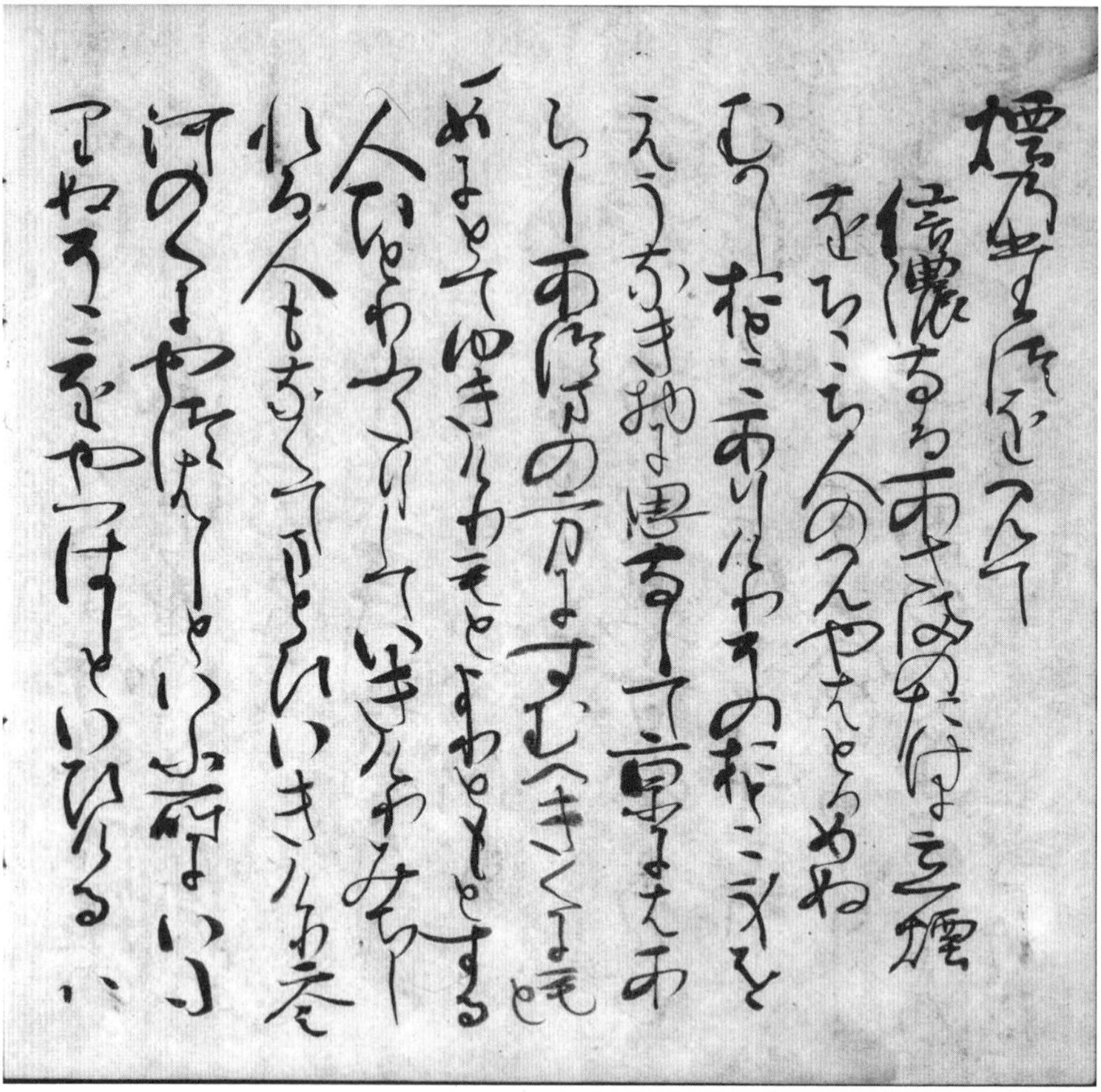

7ウ

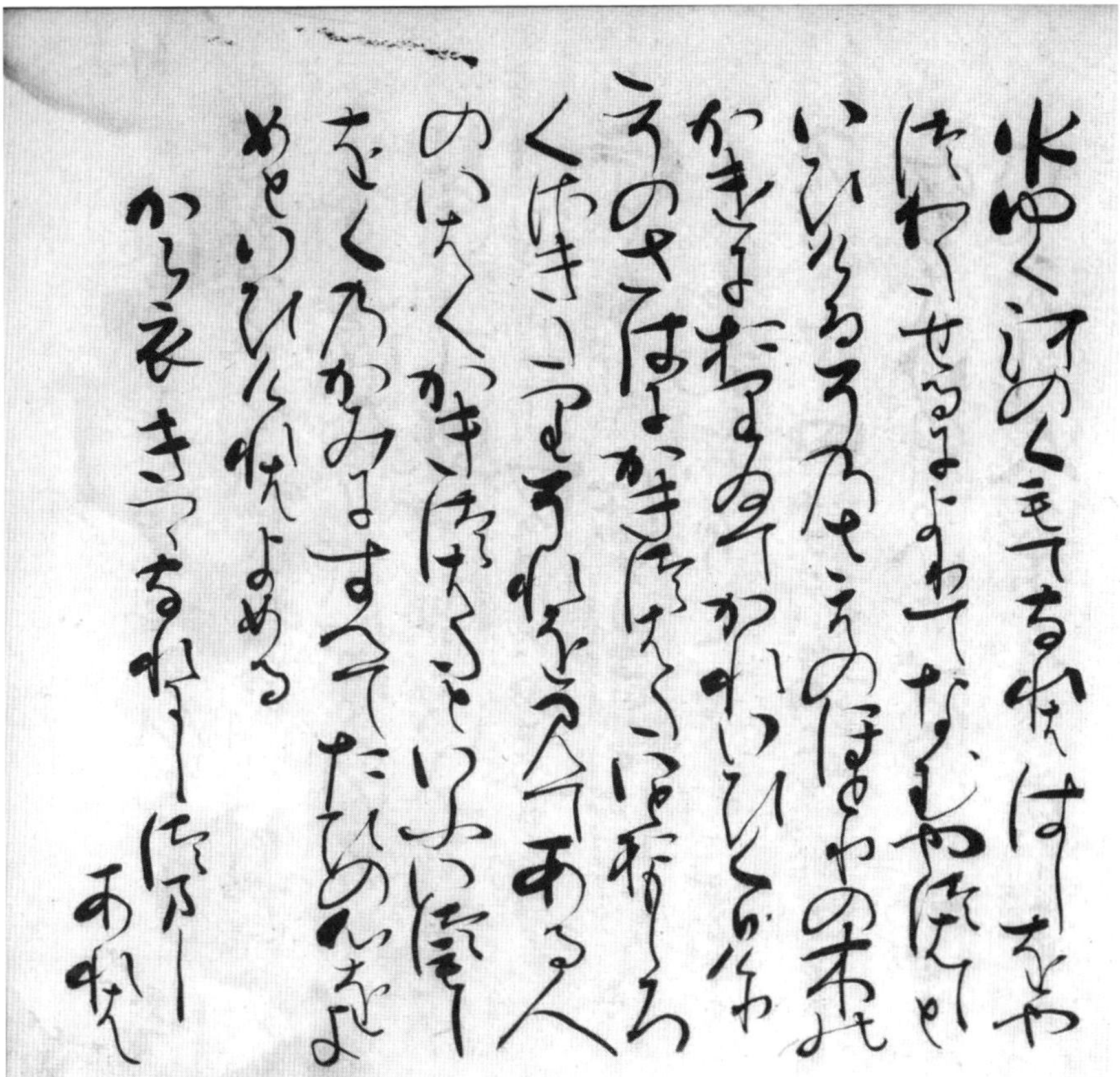
水ゆく河のくもてなれははしをや
つわたせるによりてなむやつはしと
いひけるそのさはのほとりの木の
かけにおりゐてかれいひくひけり
そのさはにかきつはたいとおもしろく
さきたりそれをみてある人
のいはくかきつはたといふいつもし
をくのかみにすゑてたひの心をよ
めといひけれはよめる
から衣きつつなれにしつましあれは

8オ

はるゝきぬるきひをしる思
とよみやくれなんみなひかれいしの
うつは濃ならてほとけはくわ
ゆきりくて駿河国よいそねうの
山はいくそれわいしむやするみちい
一侍とくらうほろきは鼓にかえ元
しやねんおそくするなするめると
見ることと思は行者あひそはから
みちんりそてつい生するをいそを見
ゆえ見し人るかくり京はろ乃

9　8　7　6　5　4　3　2　1

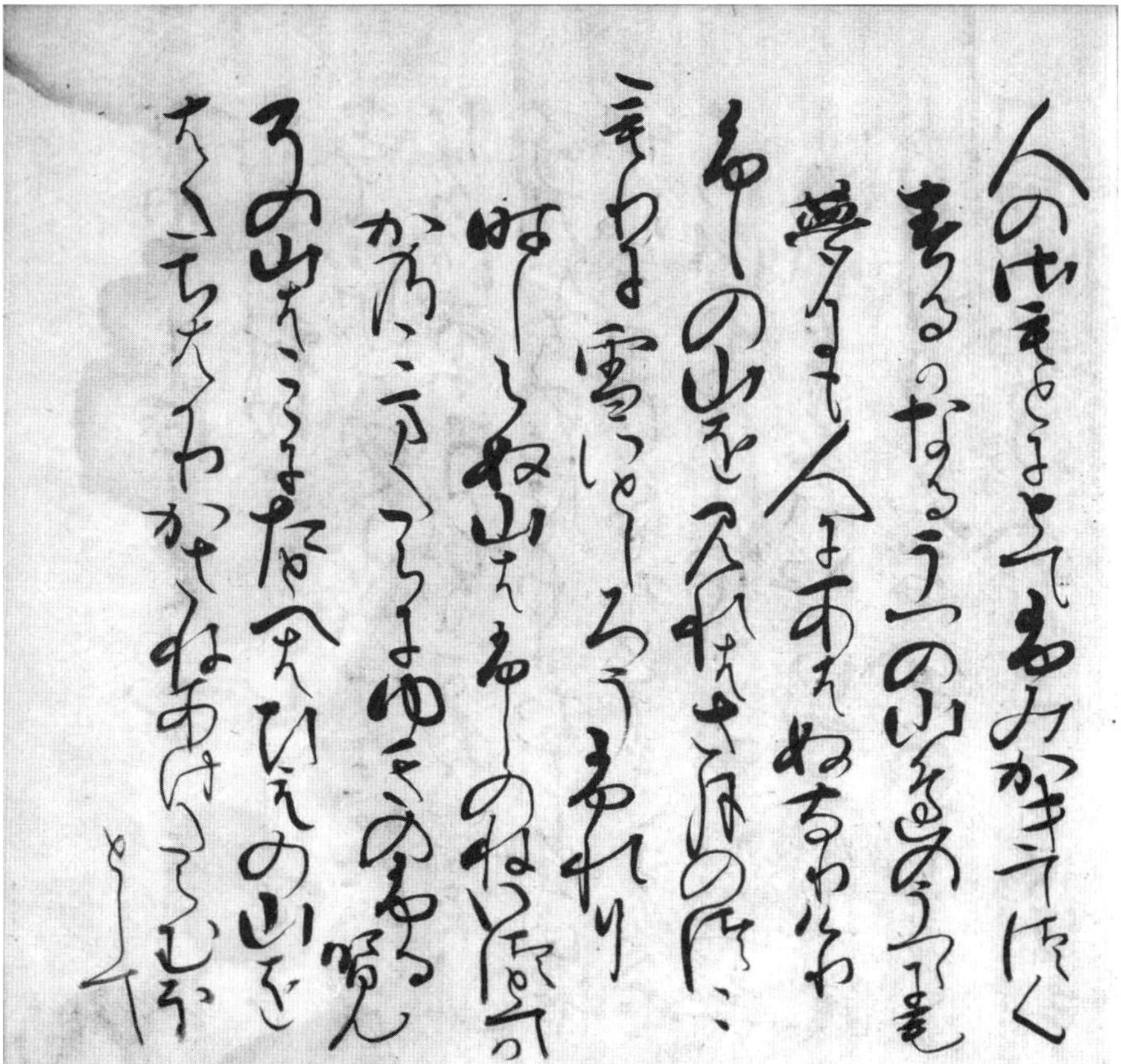

9オ

3 さてふさのくまの中はいたかき
4 なる河東ろちすすみれてり
5 ろ乃かえのほとりるむおもや
6 気かきてなくとわきままく式
7 とわしめてすやく一そやや母
8 まろれもくれぬいよ乃かて渡

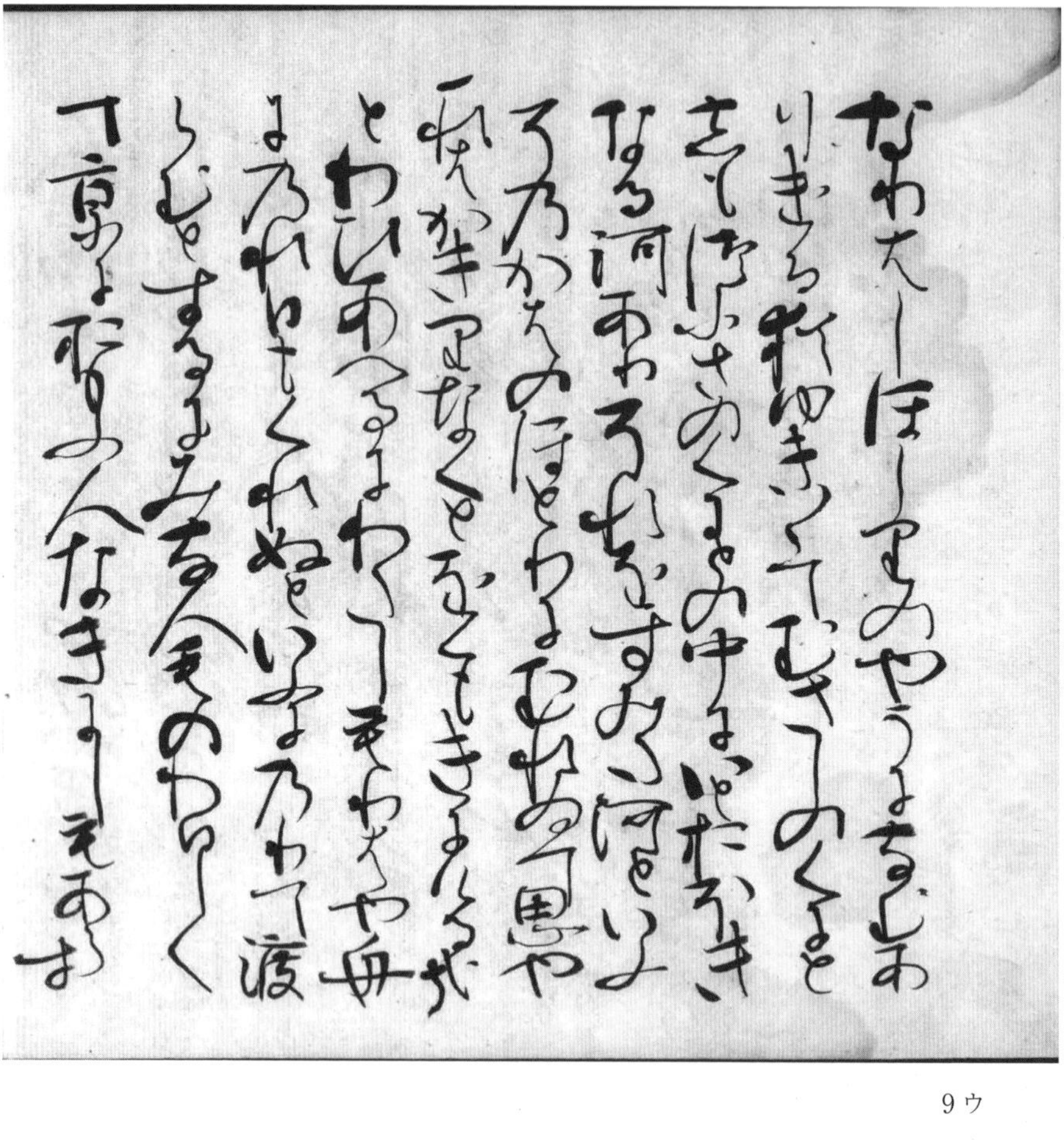

10　9　8　7　6　5　4　3　2　1

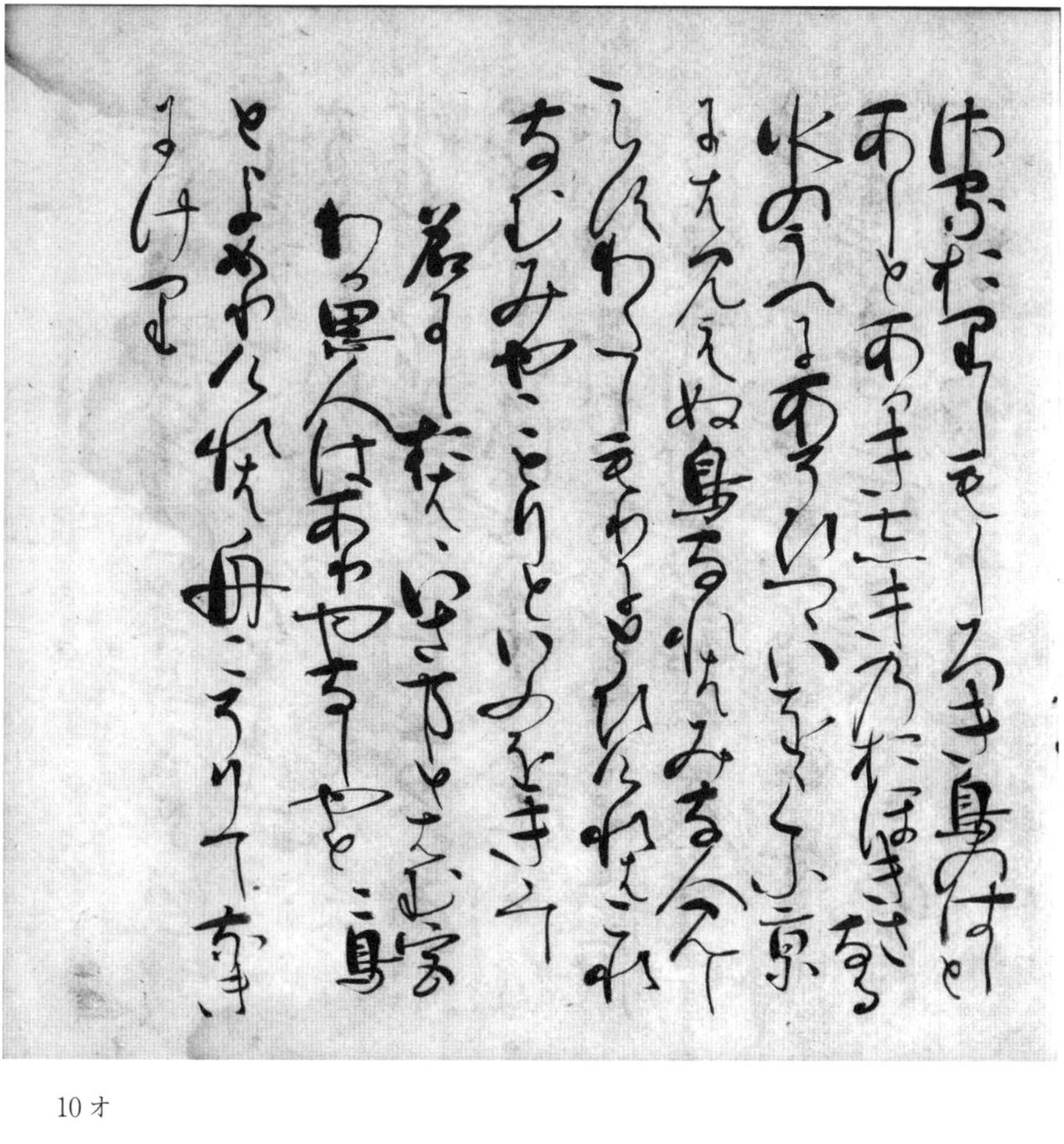

10オ

一〇

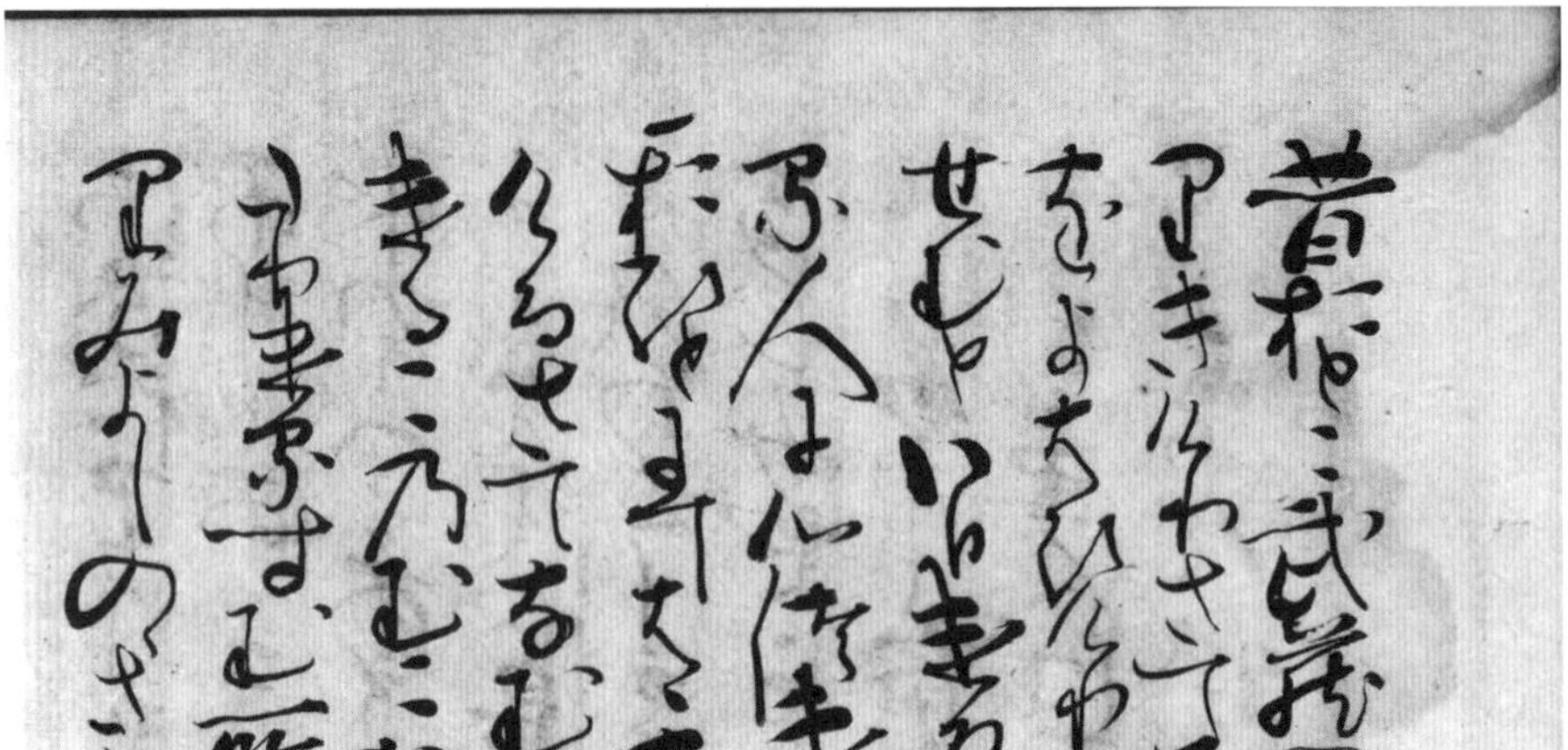

10ウ

3 むうはみ
 4 わつ方よよるとちくなると
 5 たのしのかわをしたつわすむ
 6 やなむ人ろくくてもれわるや
 7 ふしやますわ/\ヲ
 8 昔たちあにへ四きハるま反つ
 9 ちやをよみちわいひをこせハる
10 わするなゝのちえくそのよなわ
      ぬらし

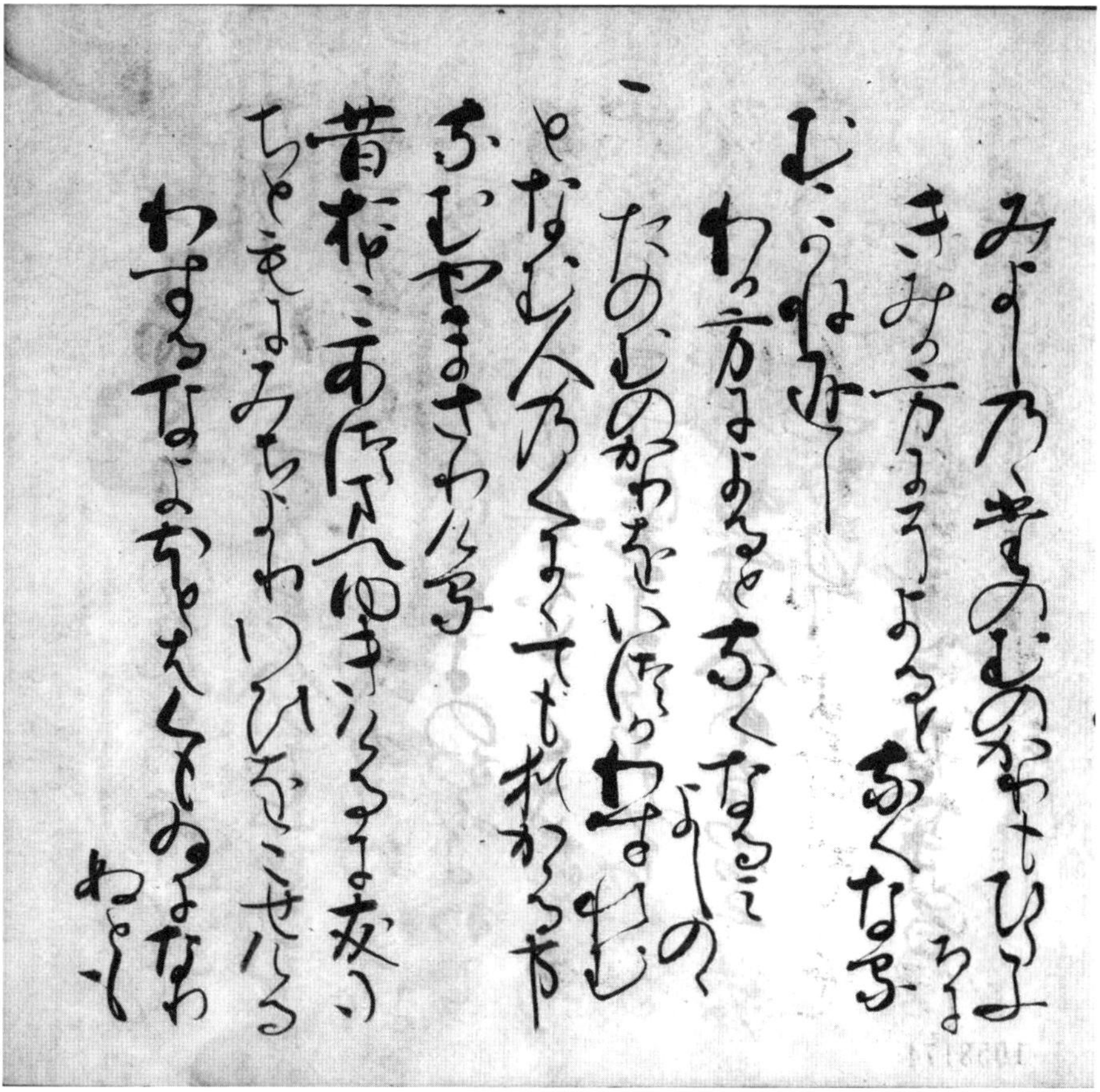

11オ

三

10　9　8　7　6　5　4　3　2　1

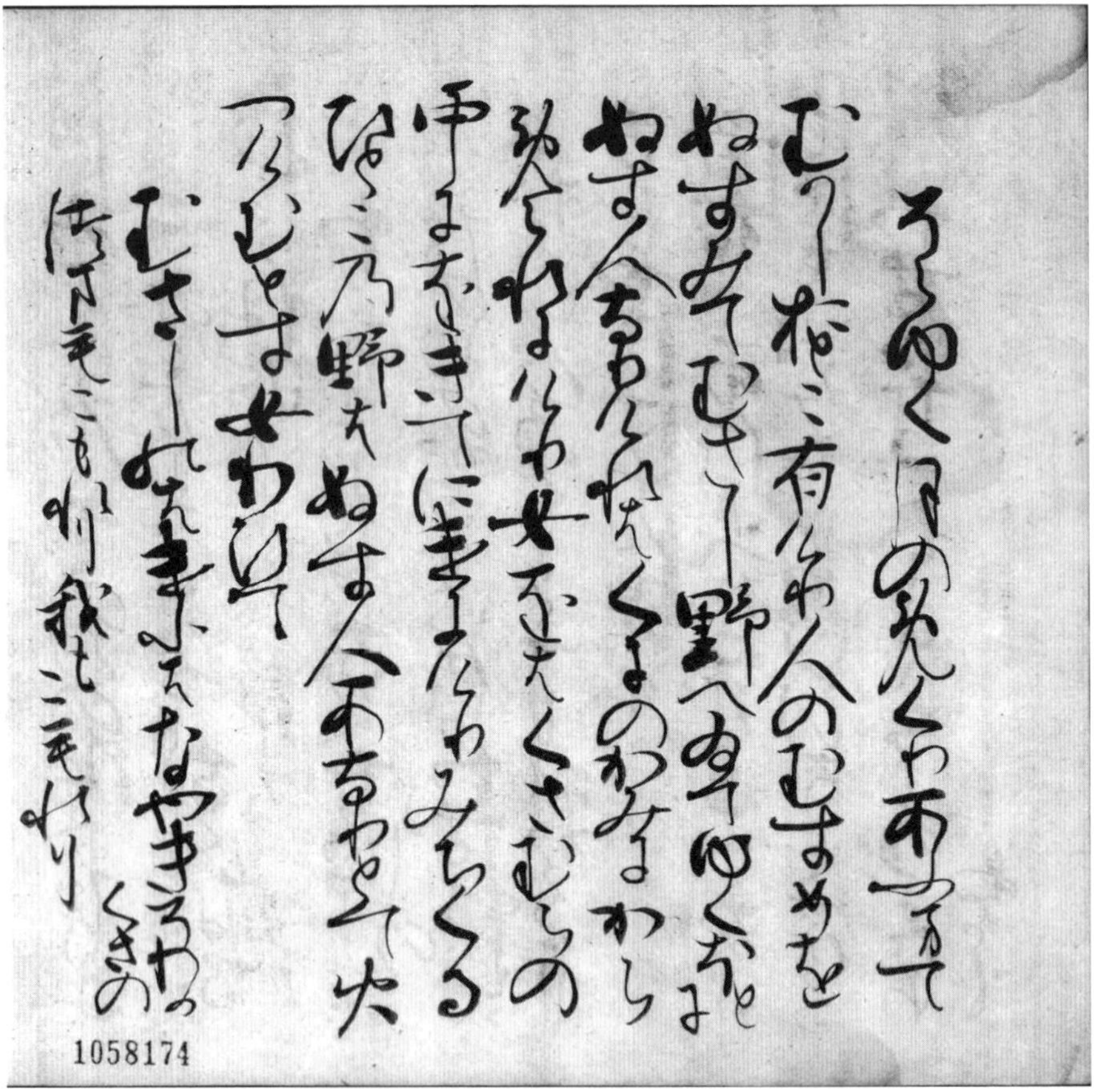

11ウ

三

10　9　8　7　6　5　4　3　2　1

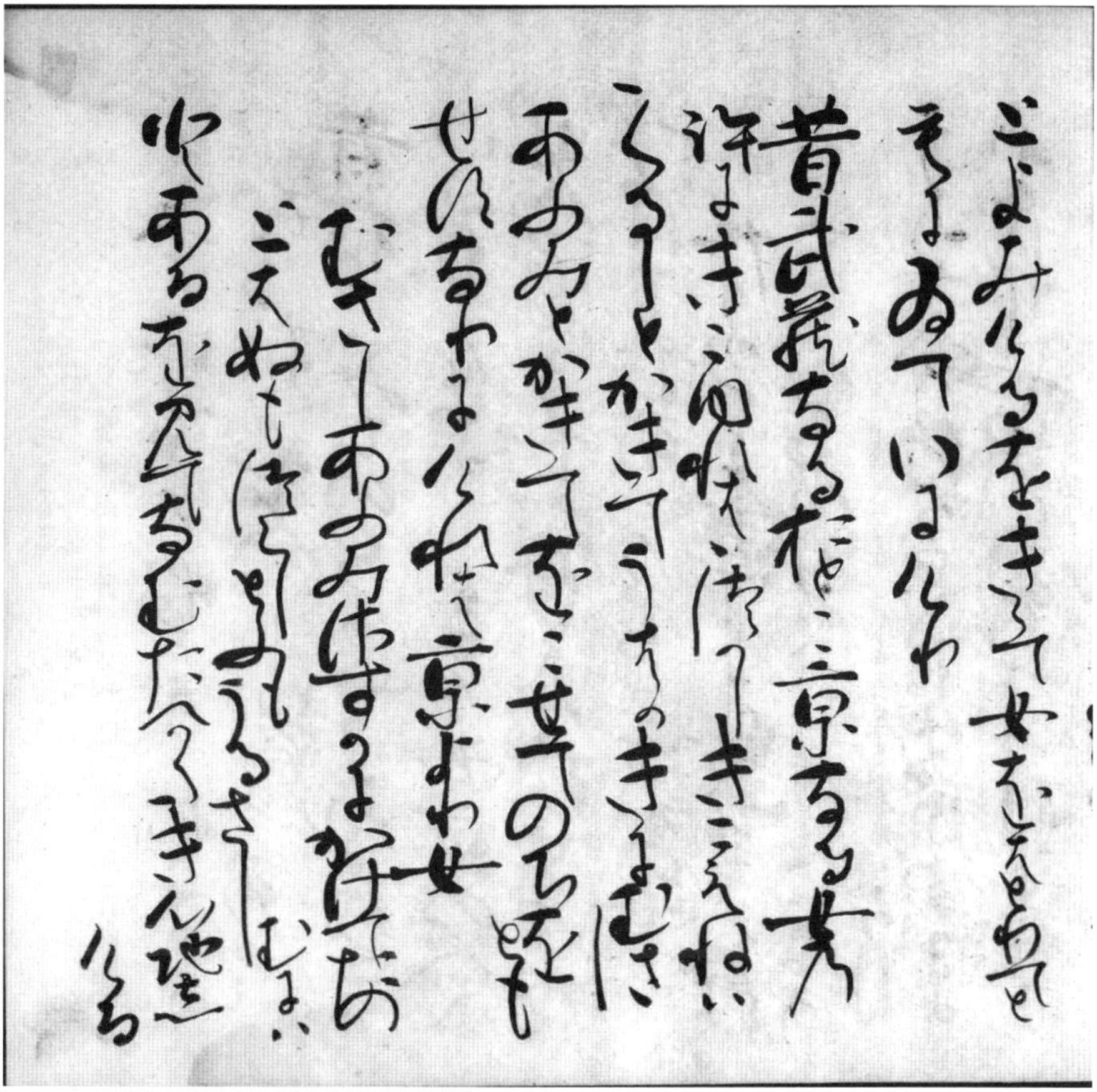

12オ

四

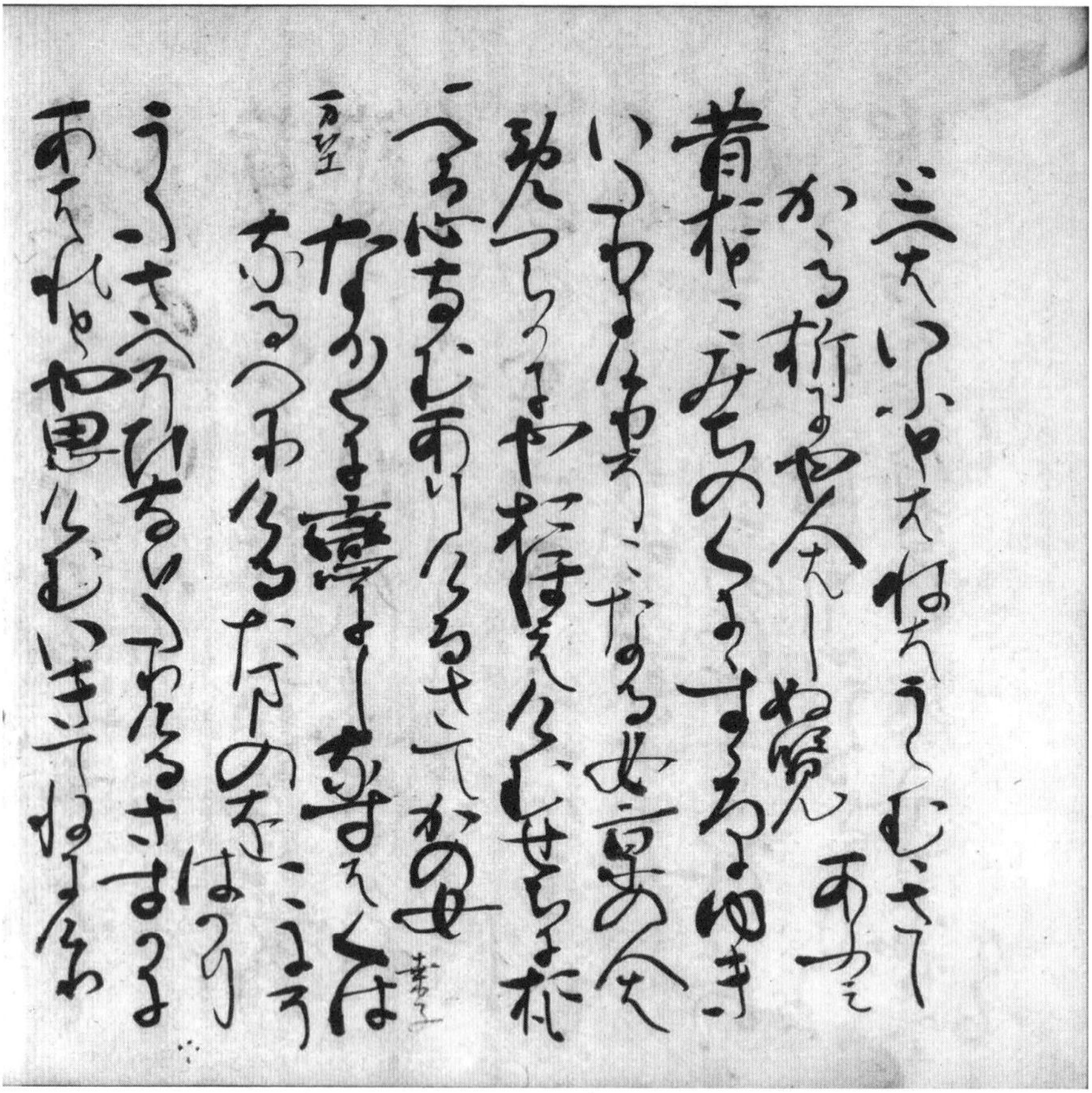

12ウ

一五

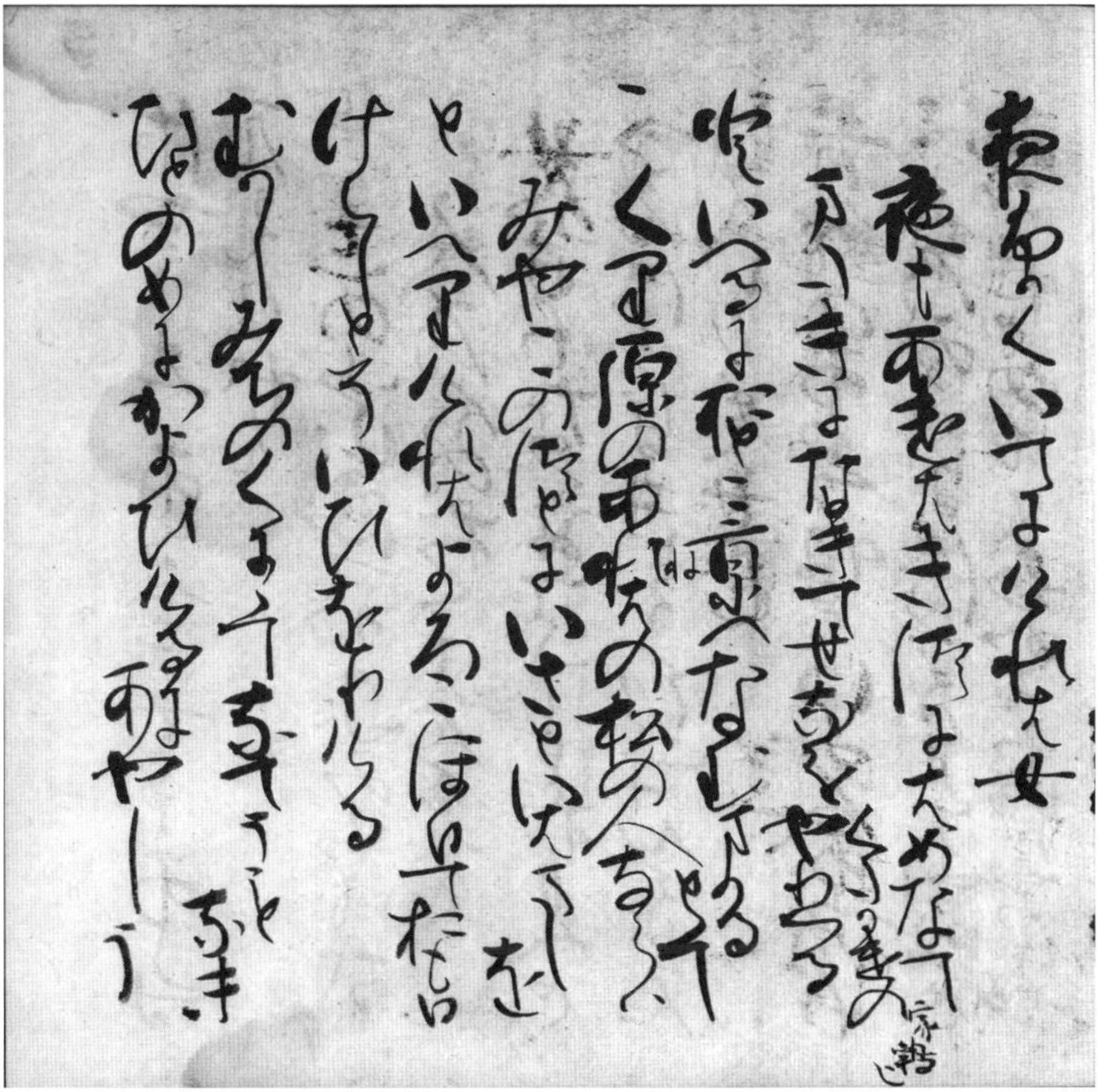

13オ

3 ゐきはなきせあくそくきの
4 ゐいきほなきせあくそくやある
5 くてま原の中たの勢へなく
6 みやこのほよいやいてうし
7 といへてれよるこほてたら
8 けきそういひをわける

一六

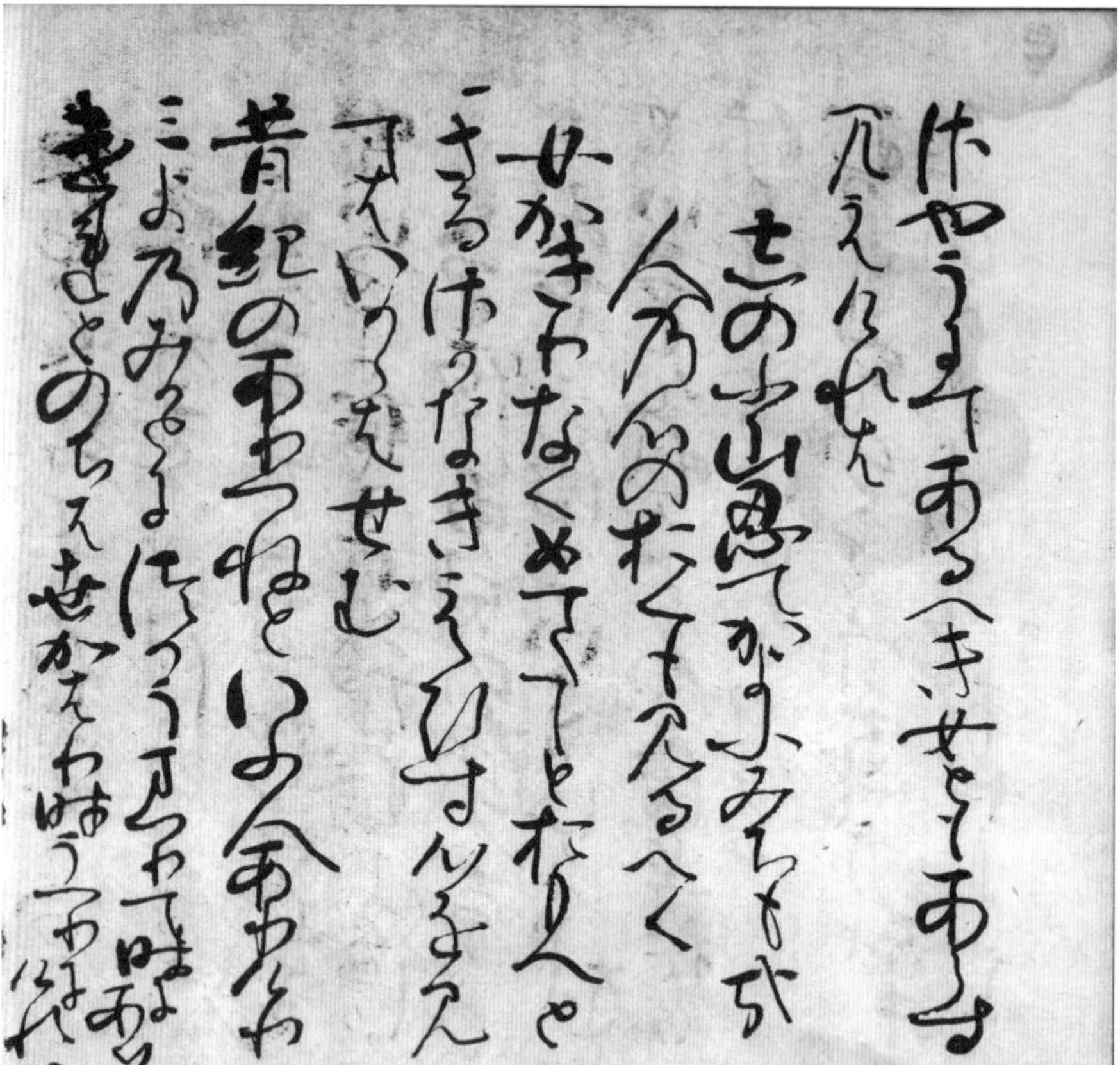

13ウ

一六
1 けやうそあるへき女そある
2 兀えんせん
3 ものあ山思てかなみちもか
4 人万人のたくてすへるへく
5 女かきやなくめてととなりへ
6 一さるけうなきえひすんすん
7 す入いうそえせむ
8 昔紀のもありなしをふ会やら

3 こえみてよ人すますたく
4 てをれむつしうやうはの心ち
5 をの一夜をと気うす年ころあひ
6 ちにあめやうとえする出つゝ
7 あかはなりてあ枕きうちあ
8 うる所へ四くる枕〳〵とむつ
9 ましきところうゝりなわきん今なをと
10 ろいと思えわと思ひゝられた
すらやさも

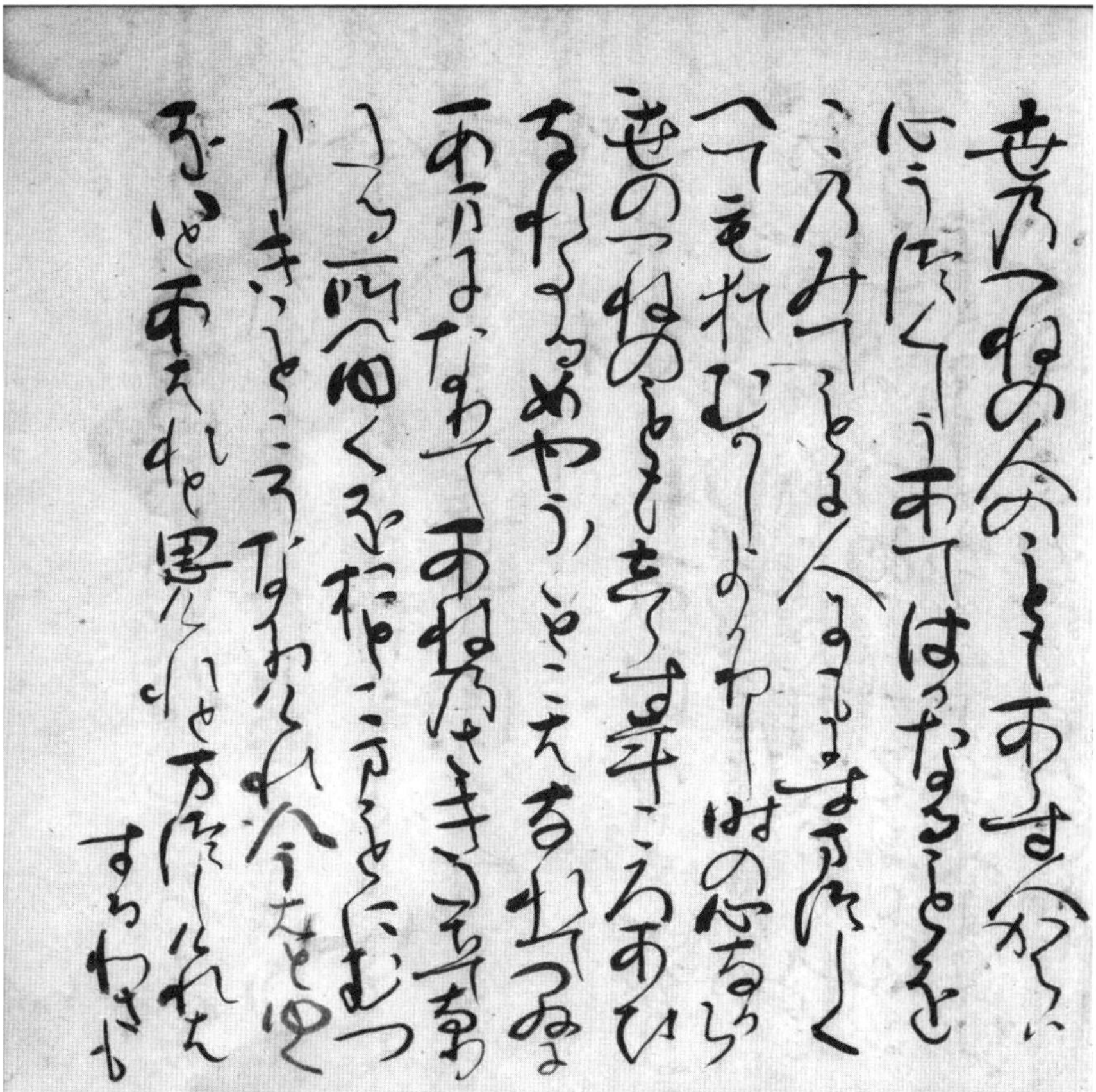

3 今えとてきりくるゝなるとていきか
4 ちふ（ら）ともえせてけうすゝと
5 かきてむくよ
6 千をりてあひんをとかす
7 なをゝめいろつよかへるくわ
8 かゝゝちを千えことあくわを
9 たりへてよるのおんてもすてよめる

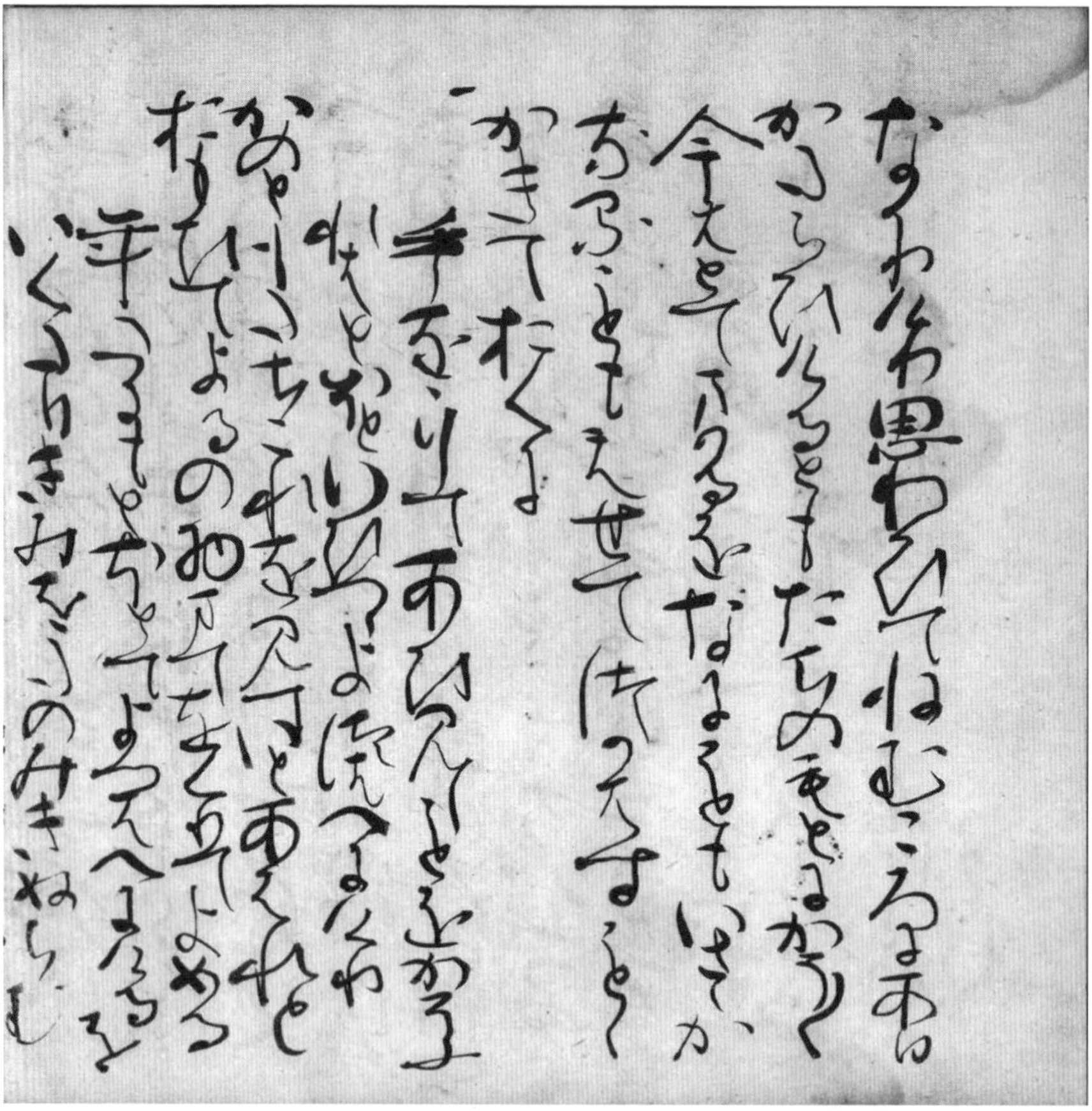

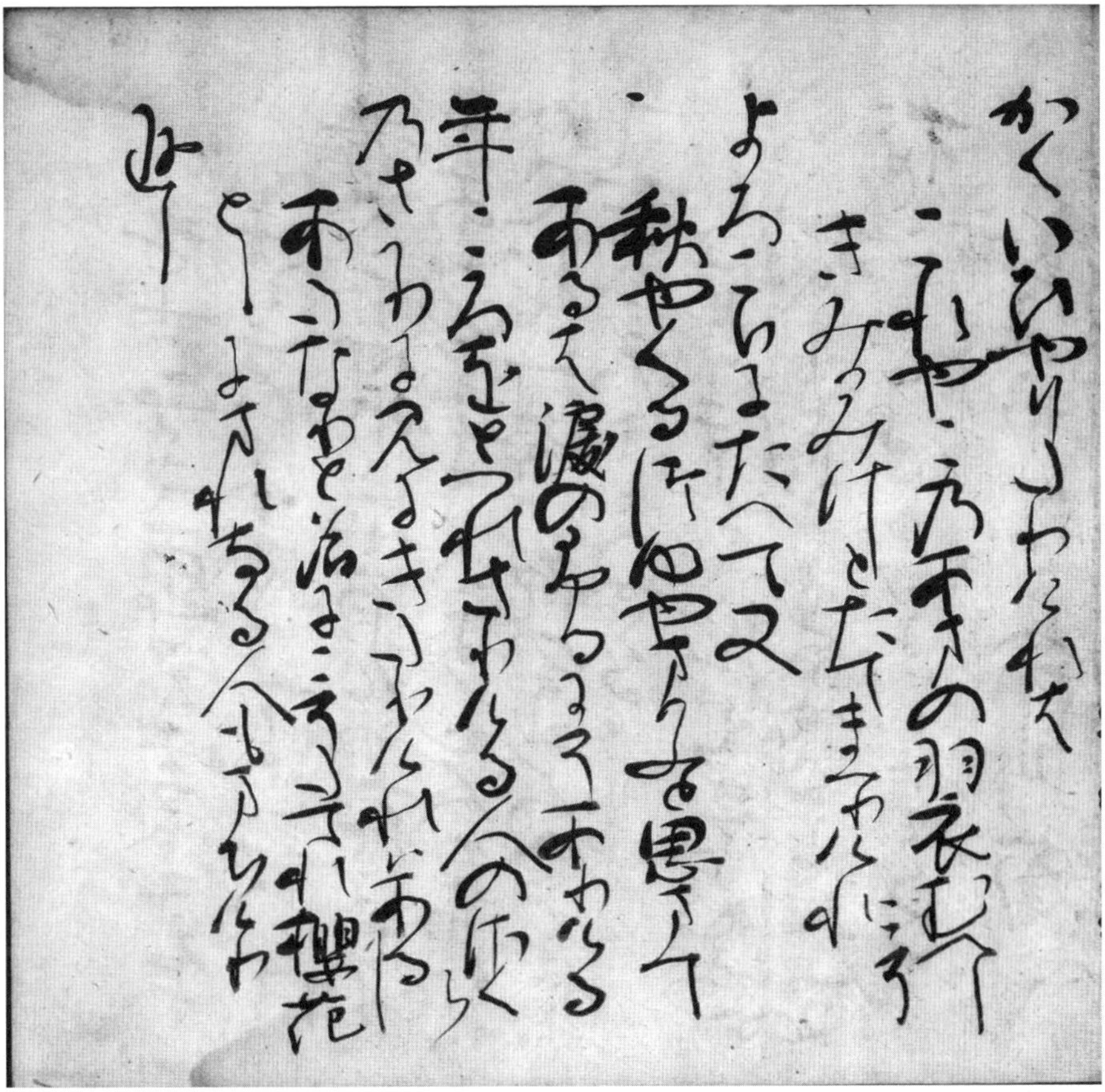

15オ

2 きえすはあやめもちかしや
3 昔ふりにあるせ有しやた事ニち
4 うありくわせうくはむしやあるに
5 ん人にしつて菊の花のうつくしとり
6 て種ニ入せよく
7 紅そほうえ所もてゆき
8 校もとをくさやるとも命の

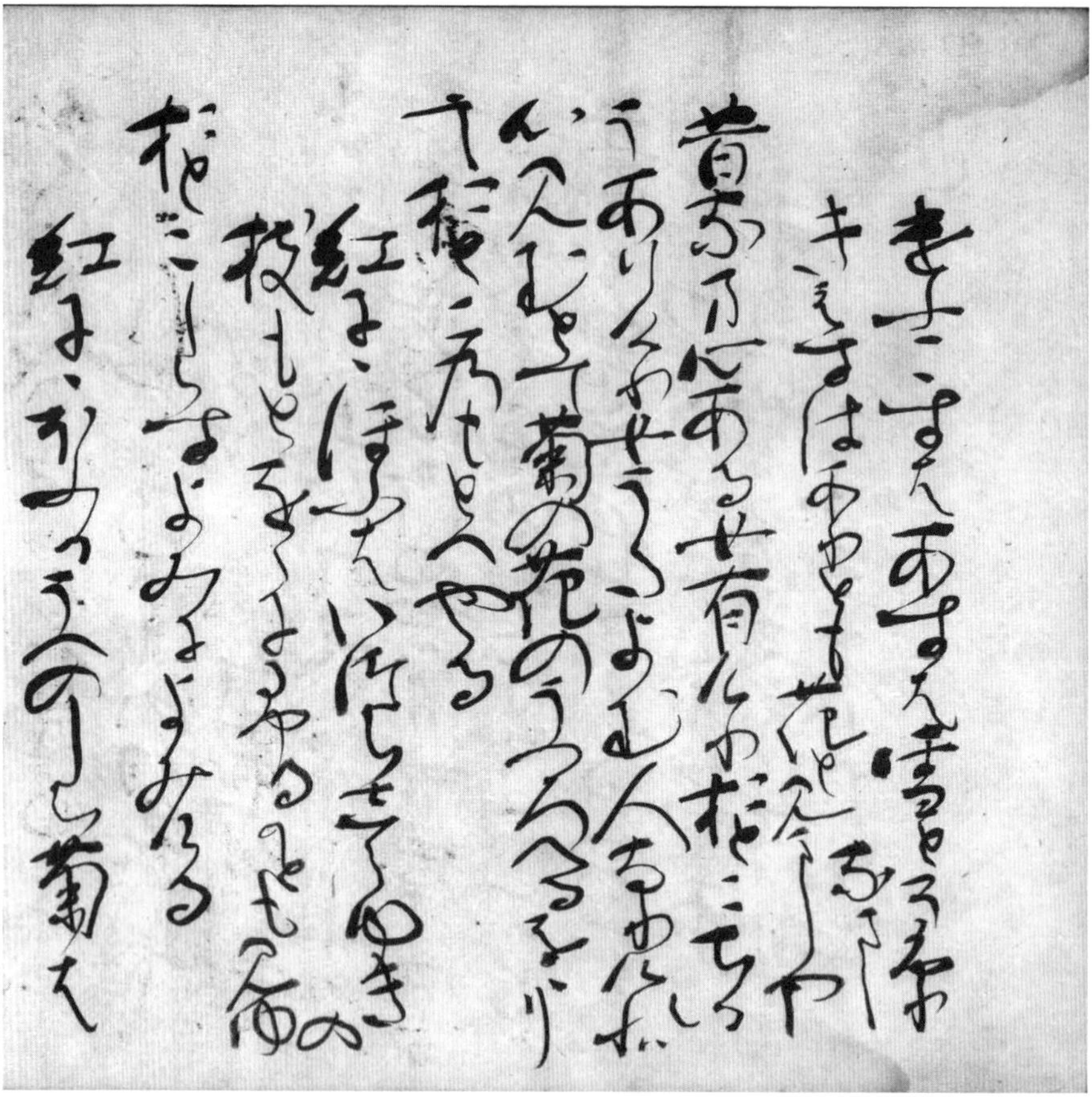

一九

11　10　9　8　7　6　5　4　3　2　1

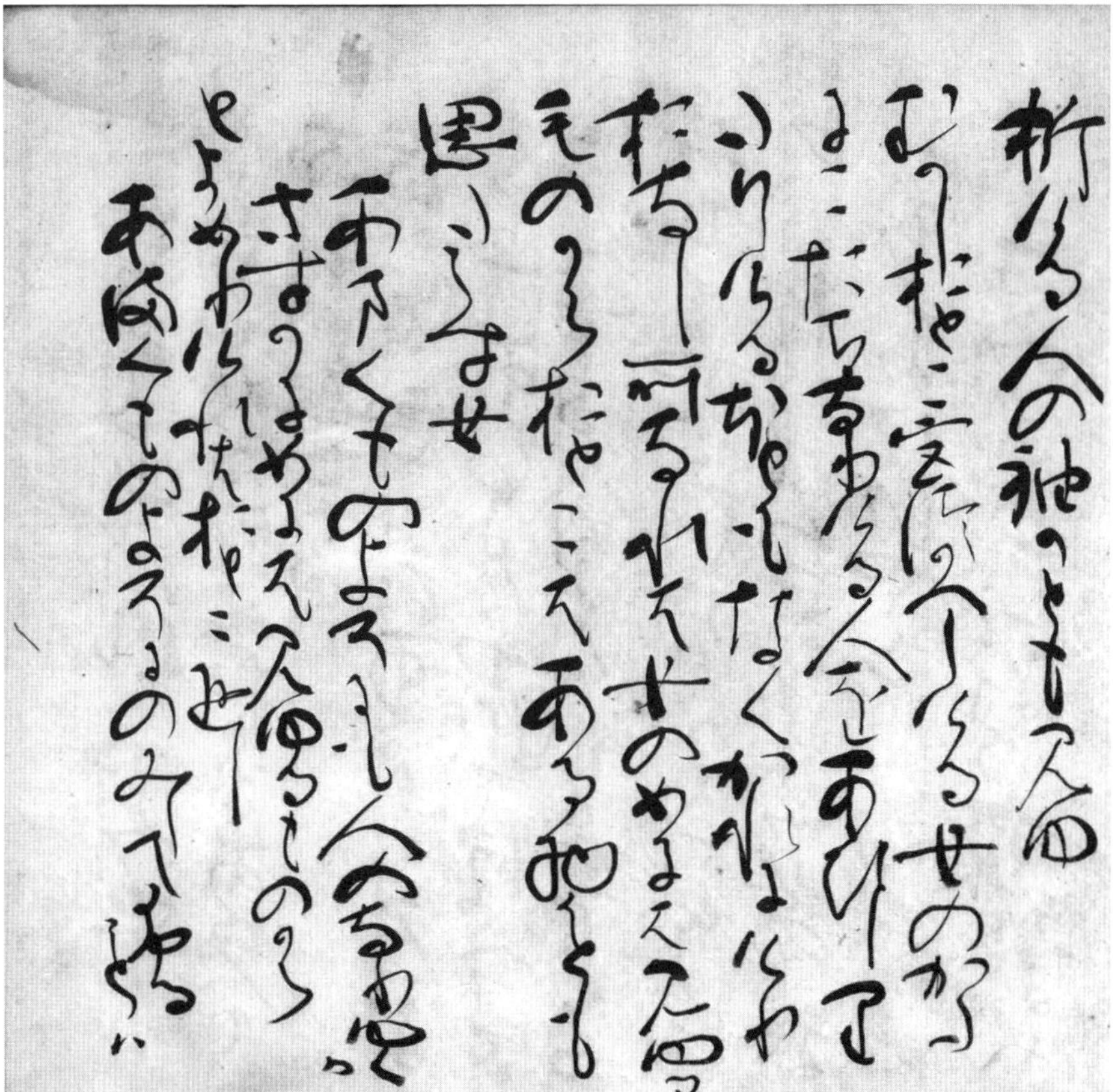

16オ

わするる山乃かせやみ也
やよわかるゝえたにあるを
ちらしいひきる
昔たにありもにあるよくゑよ
そらてあひさんわかれてほとへて宮
所へよるく\なわかれえかきりる
みちをやらひよつかえそをみち
のしを拉ろきをりてせ者と
みちをわいひやる
きみうゑたねらむ枝
ろなら

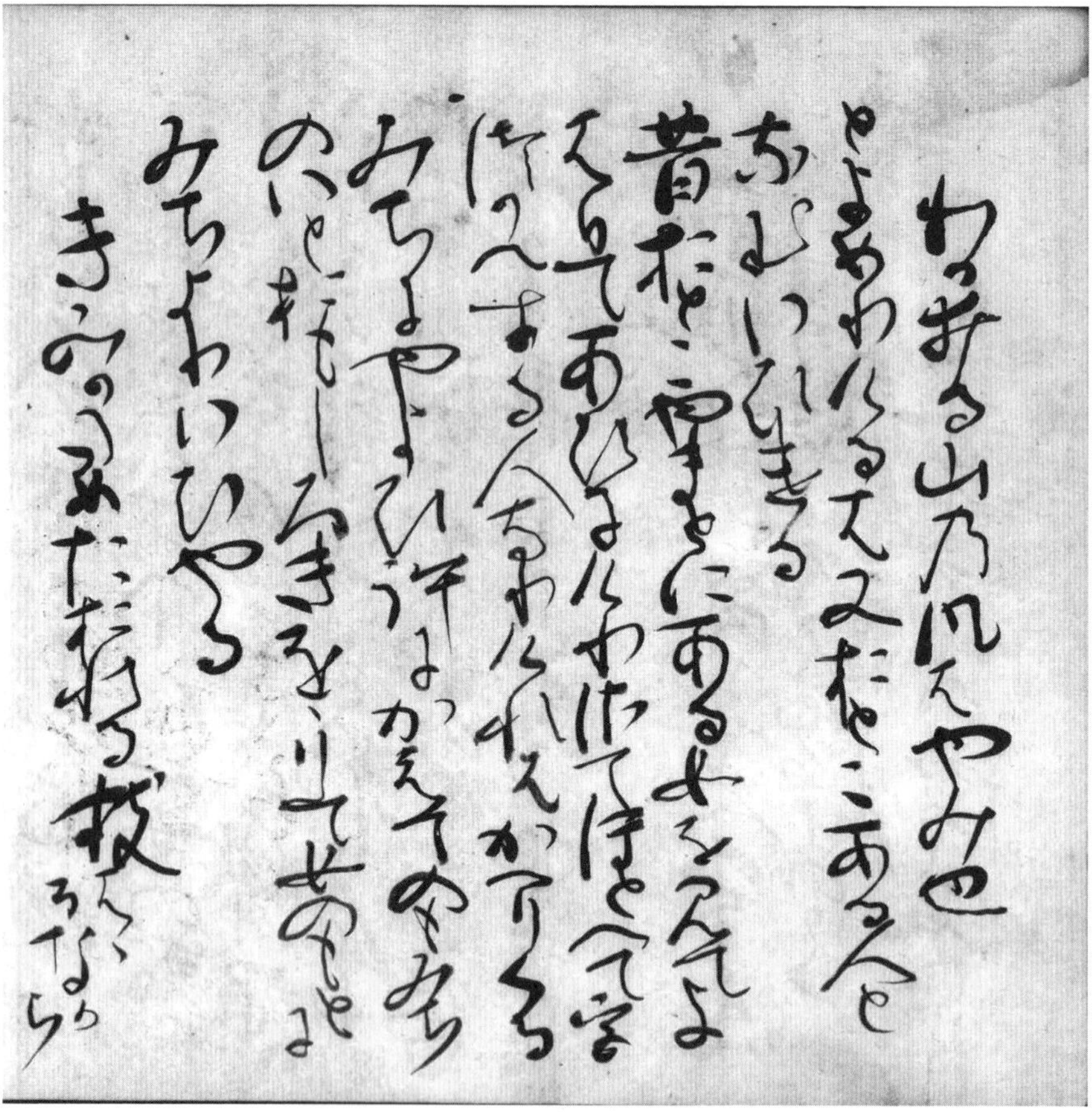

三

1 かくこう秋の哀れにそへ
2 とてやをうつふんろえとまたえ事
3 ゝきてろむしてきうやんる
4 所のまうようつろ玉のきぬ
5 覚きみのにもえるなうに
6 むしておとかうく思かえて
7 こんなうえ子とさふそをみめとの
8 あうてたむいさつかするまをけ
9 立中をうーと思ていちひを
10 思てわるテるろしよみてみさか
   つうる

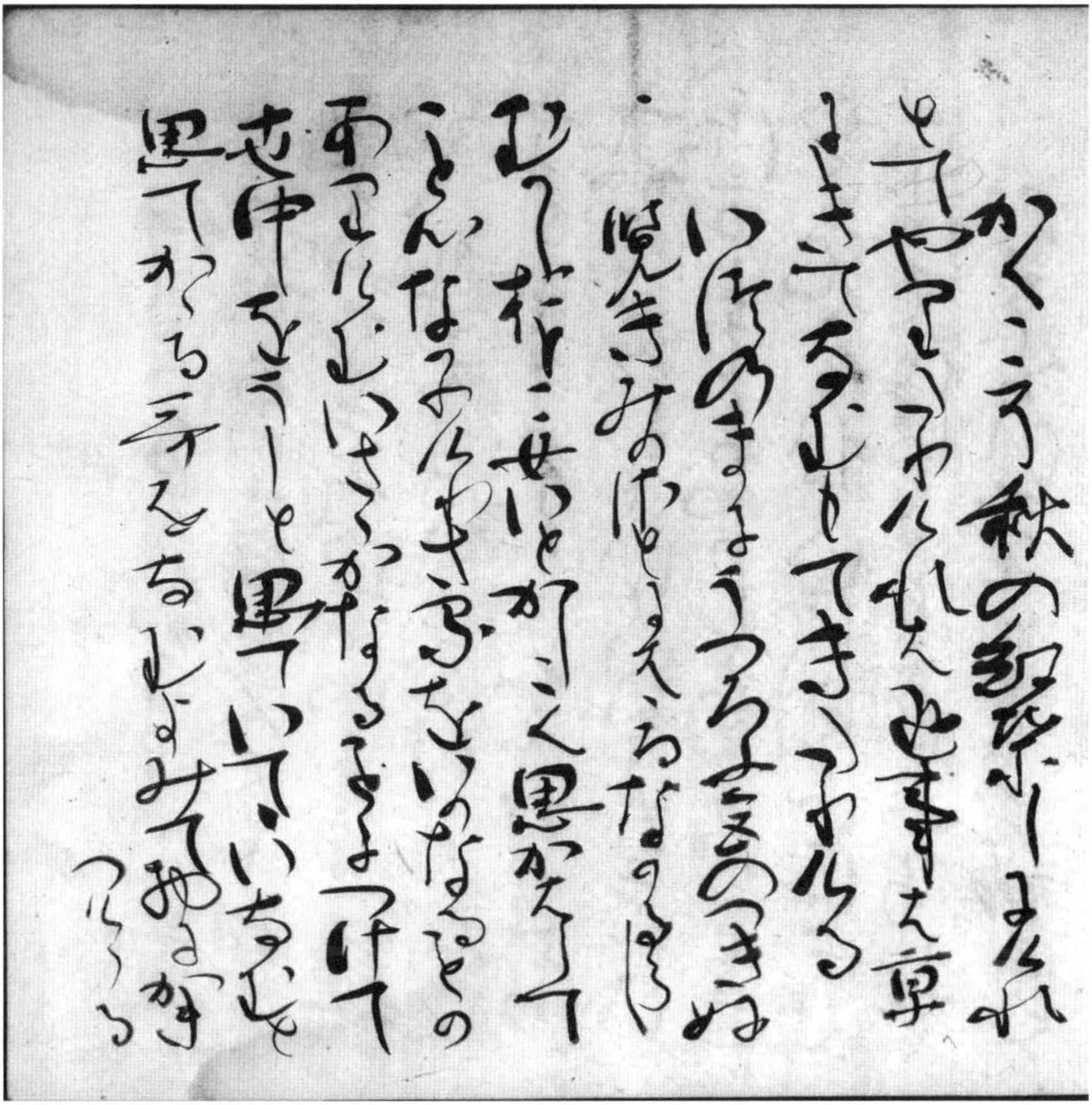

17オ

10　9　8　7　6　5　4　3　2　1

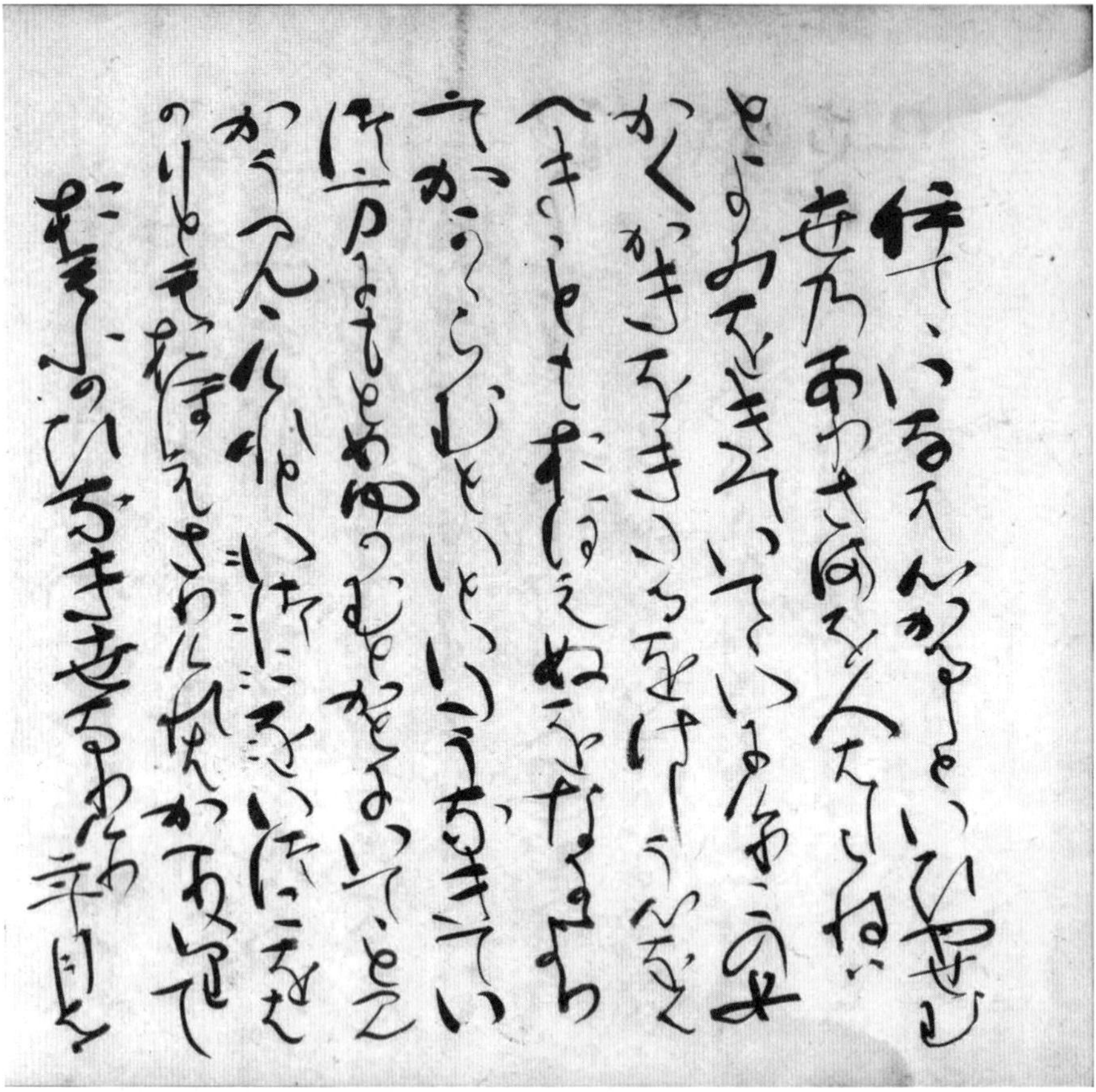

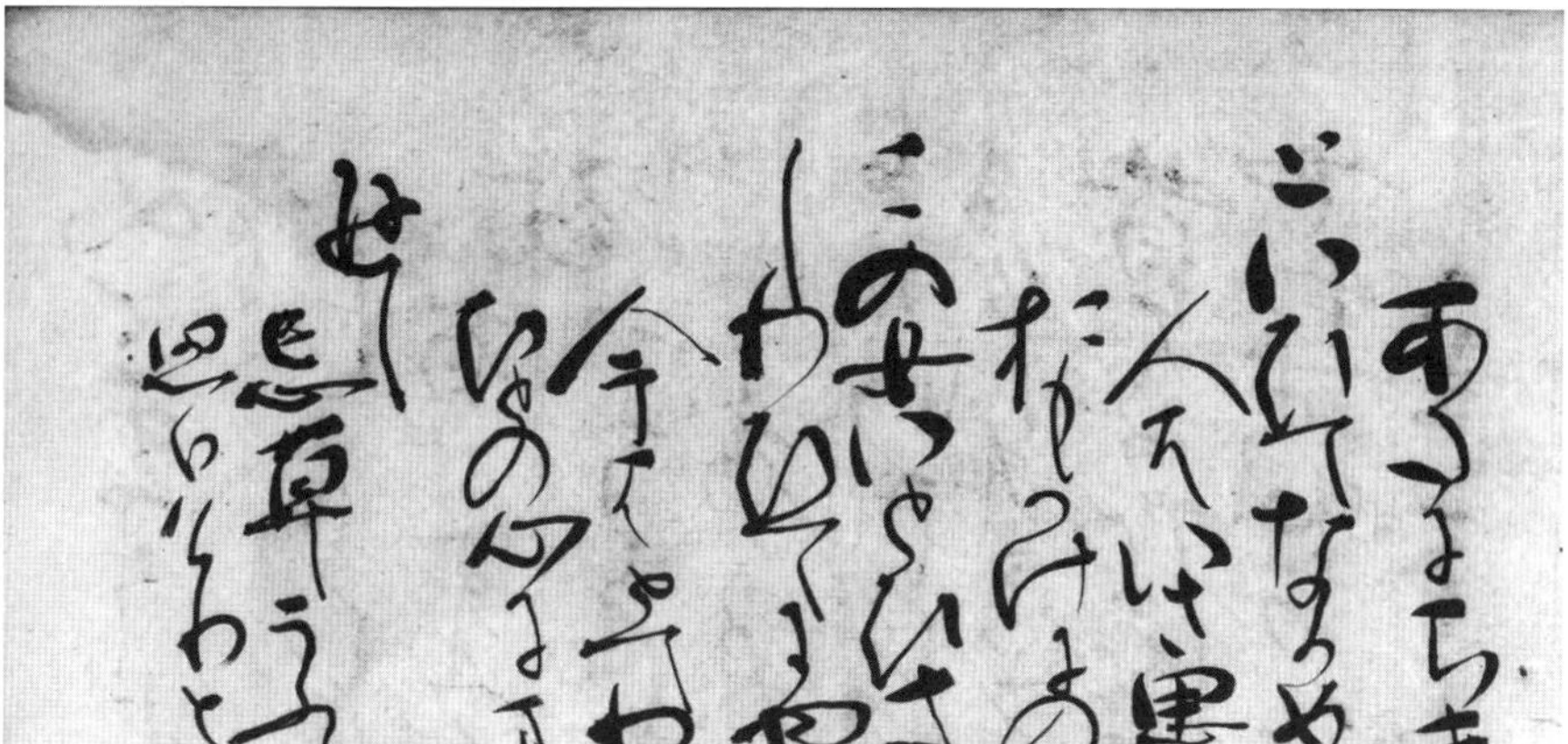

18オ

三

1 又くあくてよわるよいひかろて
2 招こすすらしと愚のうこのひは
3 有しよわけなぬろかすきき
4 み中ろにたちのすくての
5 それにたちのすくての
6 とえいひとゝ恨をのきよるな
7 るしれらうつくなるかるか
8 とえいひとゝ恨をのきよるな
9 るしれらうつくなるかるか
10 萱夫のなく可えよいるなれ

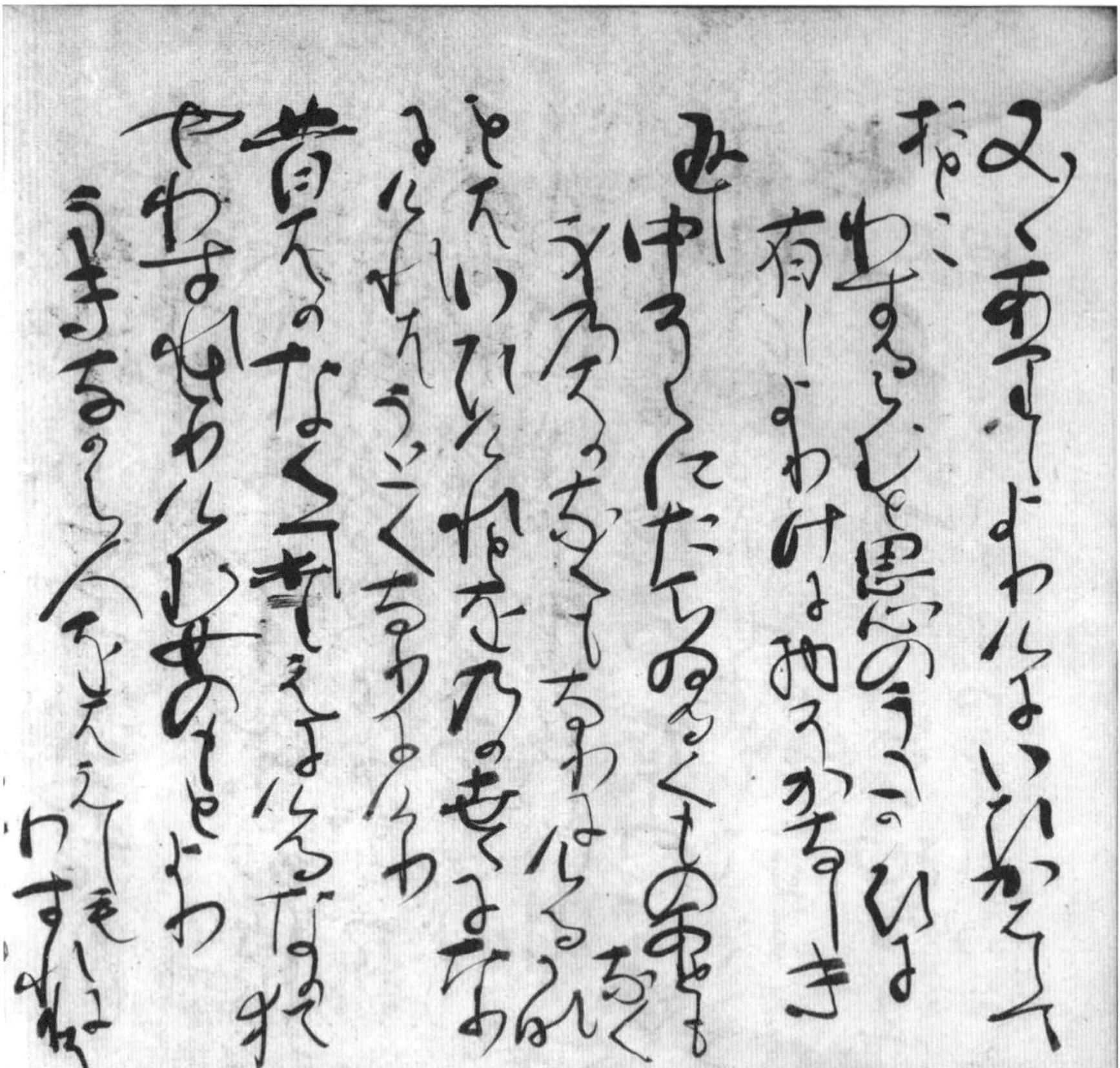

19オ

1 かせうみなれてあるこひき
2 せいてあらんかさまれもとして
3 あひ人ててんいてとかえわれの
4 いのちりかえらる思
5 いうひしゝとうのゑいなへと
6 いうへ似くさきかとも
7 秋のあの千世をしよろなすて
8 やちよにえやまくはのあるし

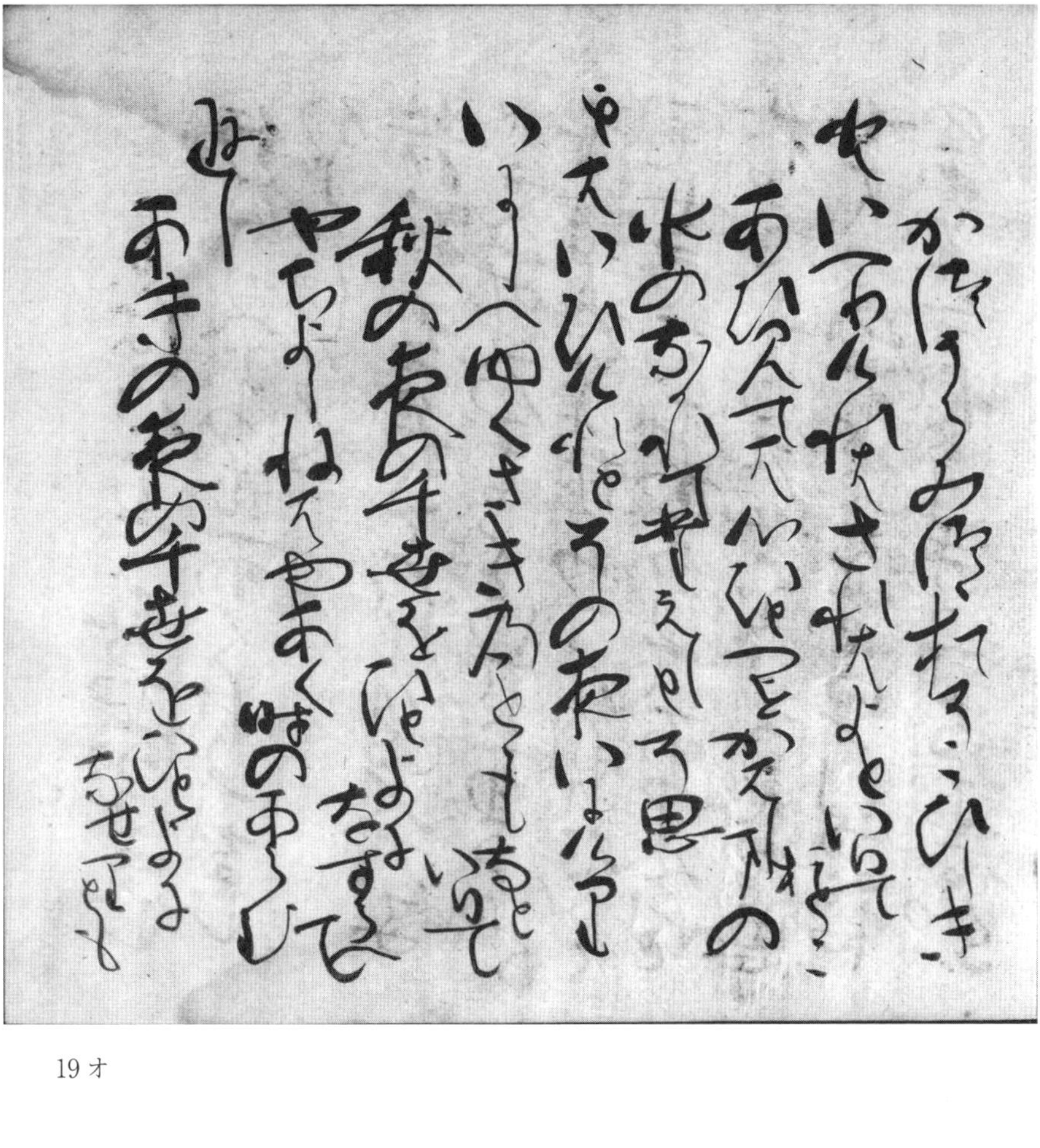

亖

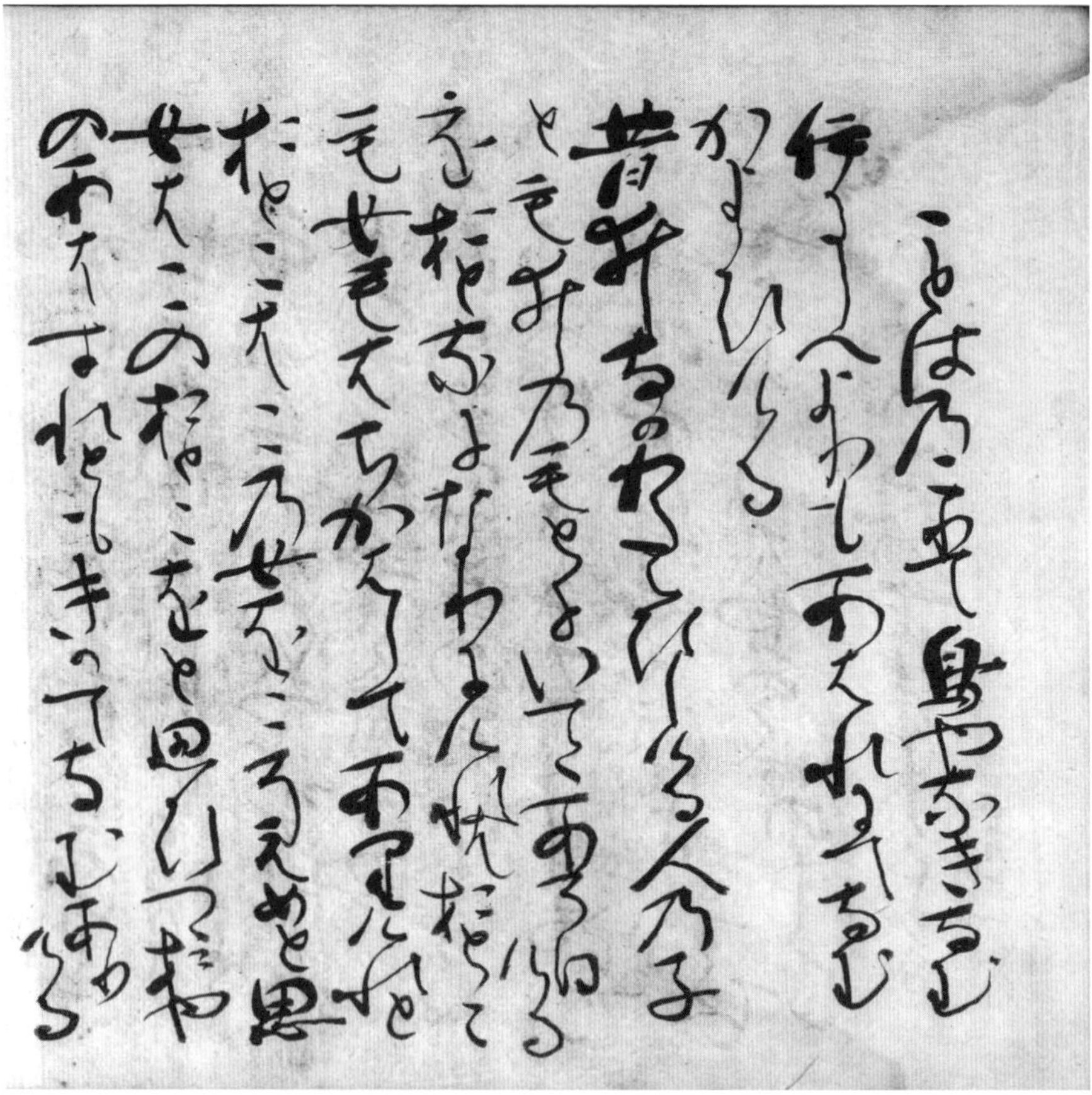

ことはのこりて鳥やなきなむ
いにしへよりもあはれにてなむ
かよひける
昔ゐなかわたらひしける人の子
ともゐのもとにいてゝあそひける
をおとなになりにけれはおとこ
も女もはちかはしてありけれと
おとこはこの女をこそえめと思
女はこの男をと思ひつゝおや
のあはすれともきかてなむあり
ける

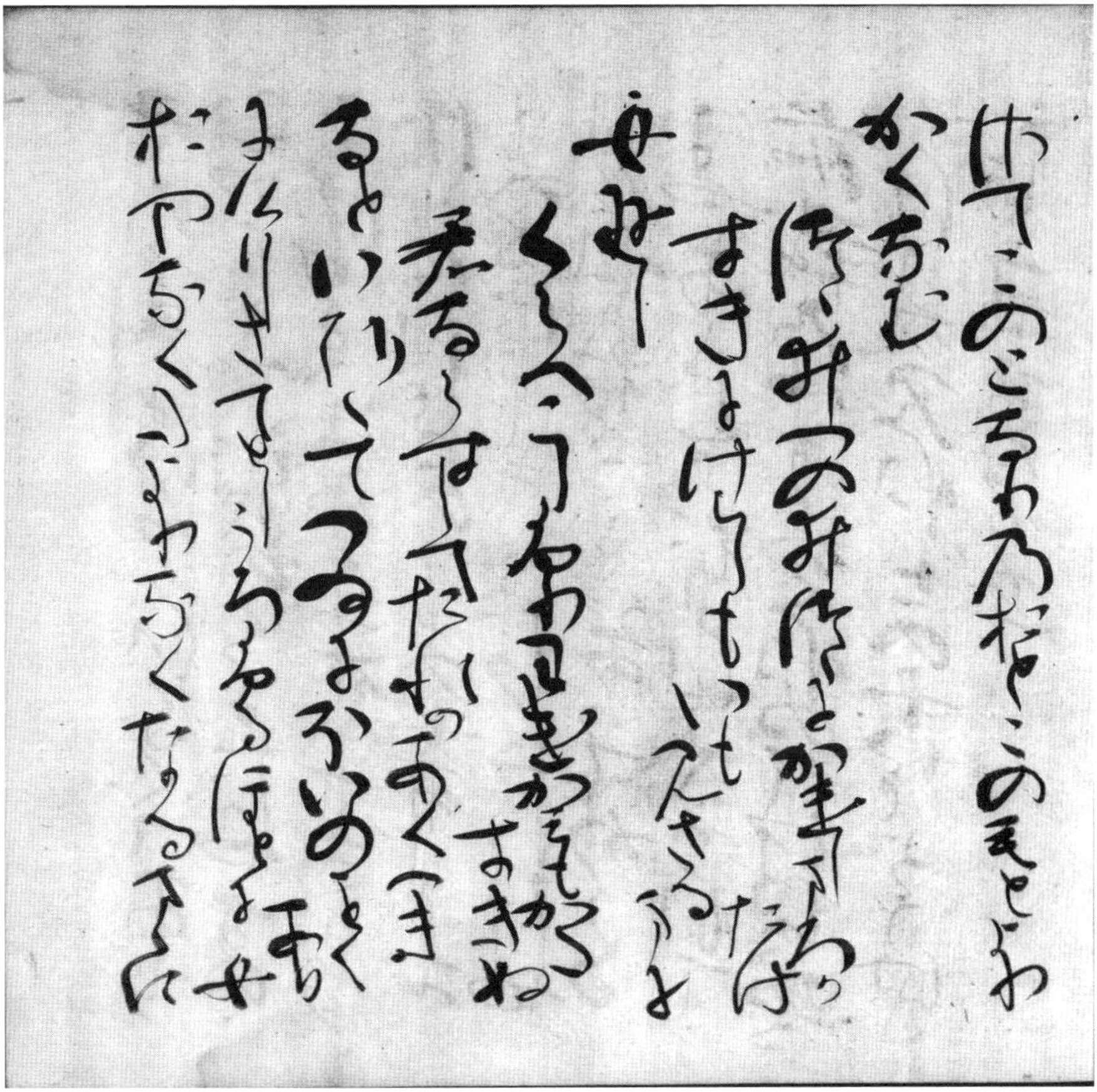

20オ

10　9　8　7　6　5　4　3　2　1

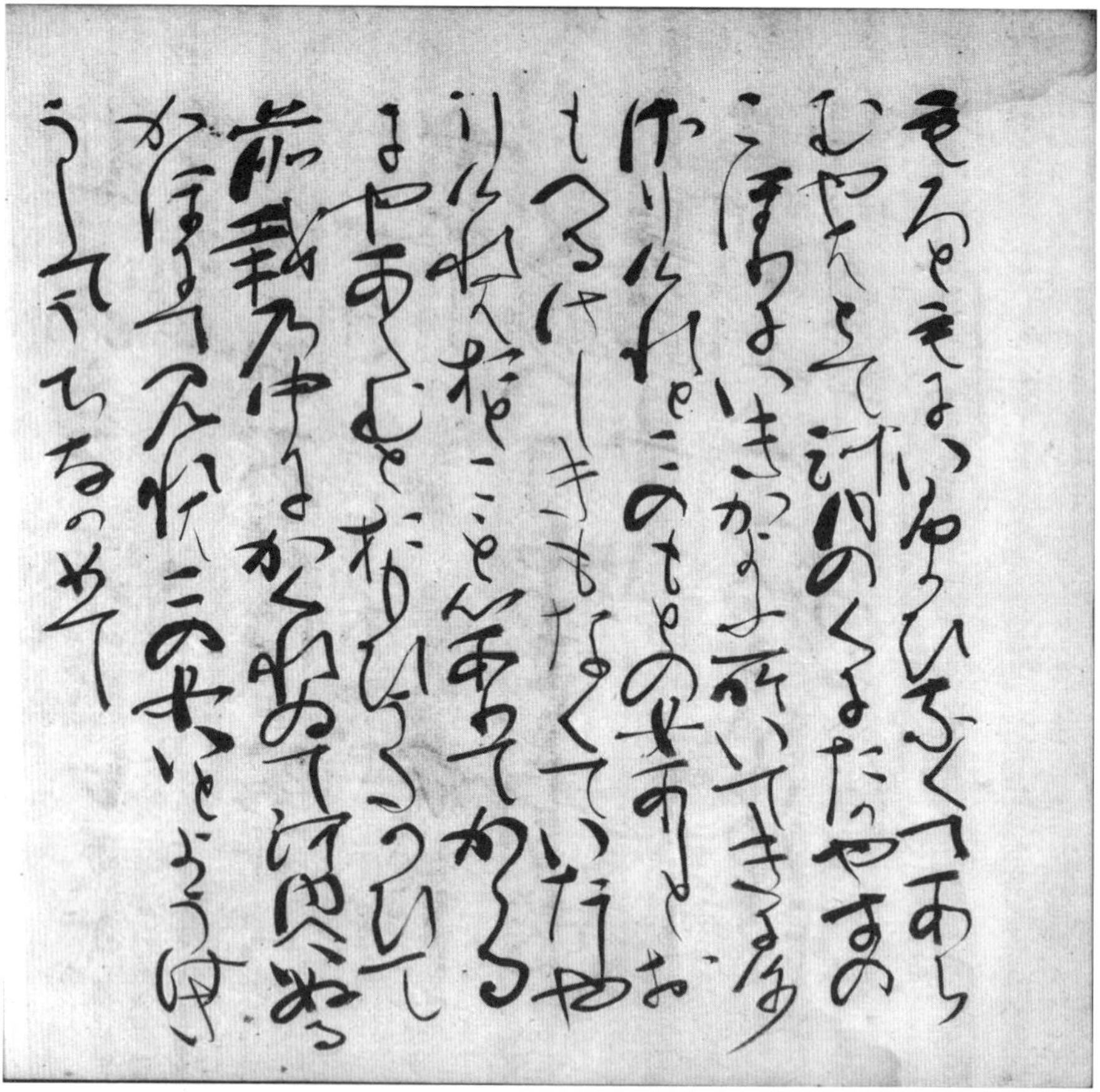

20ウ

3 とよみたるをきゝてやきわなく
4 かるくと思て河辺にいきてお
5 なしみなれと河のやすききて
6 人なみぐめころえをにぎり
7 それそみえうでけて手ごろ
8 いかならをきけのうつわめて

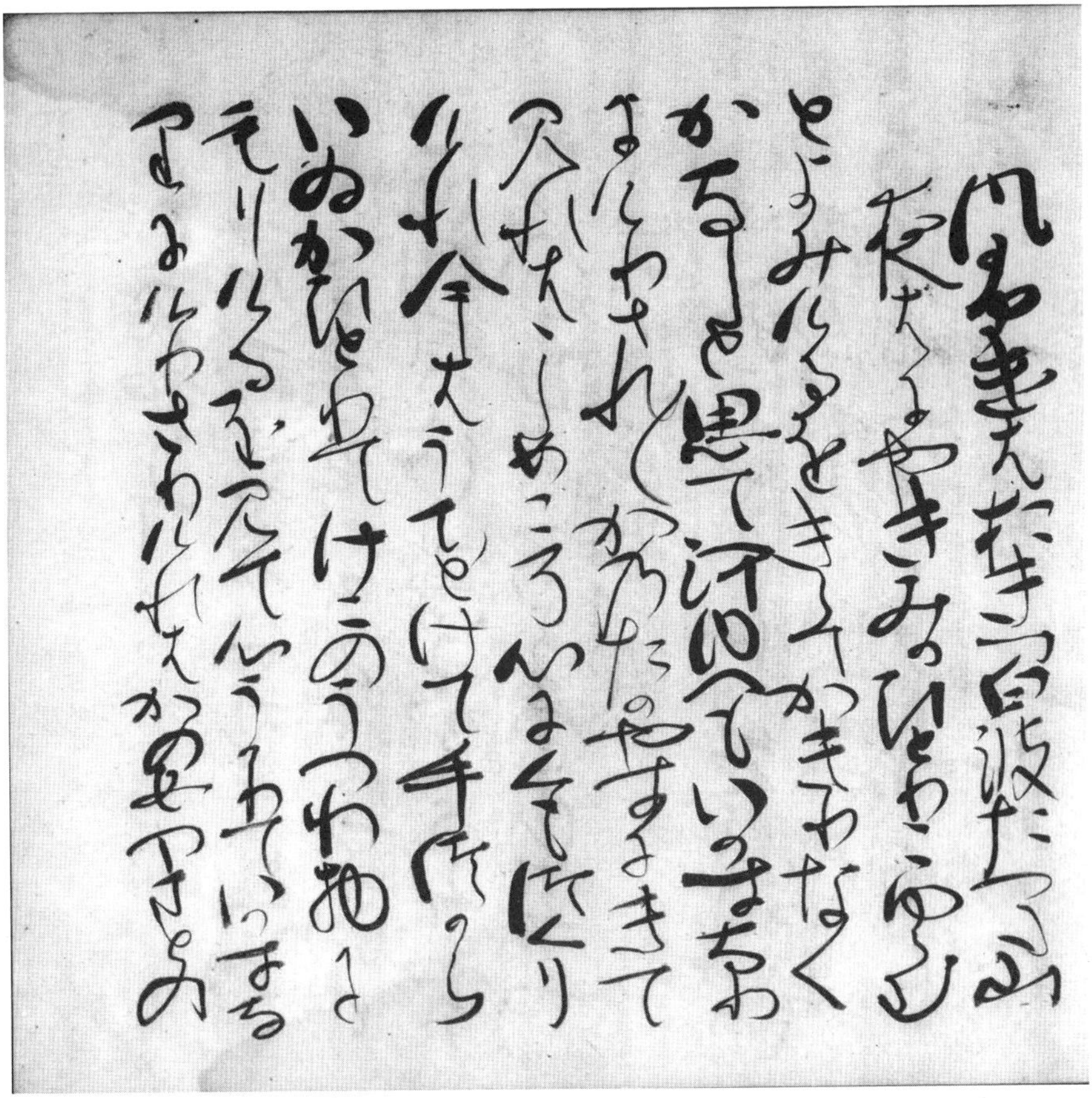

二四

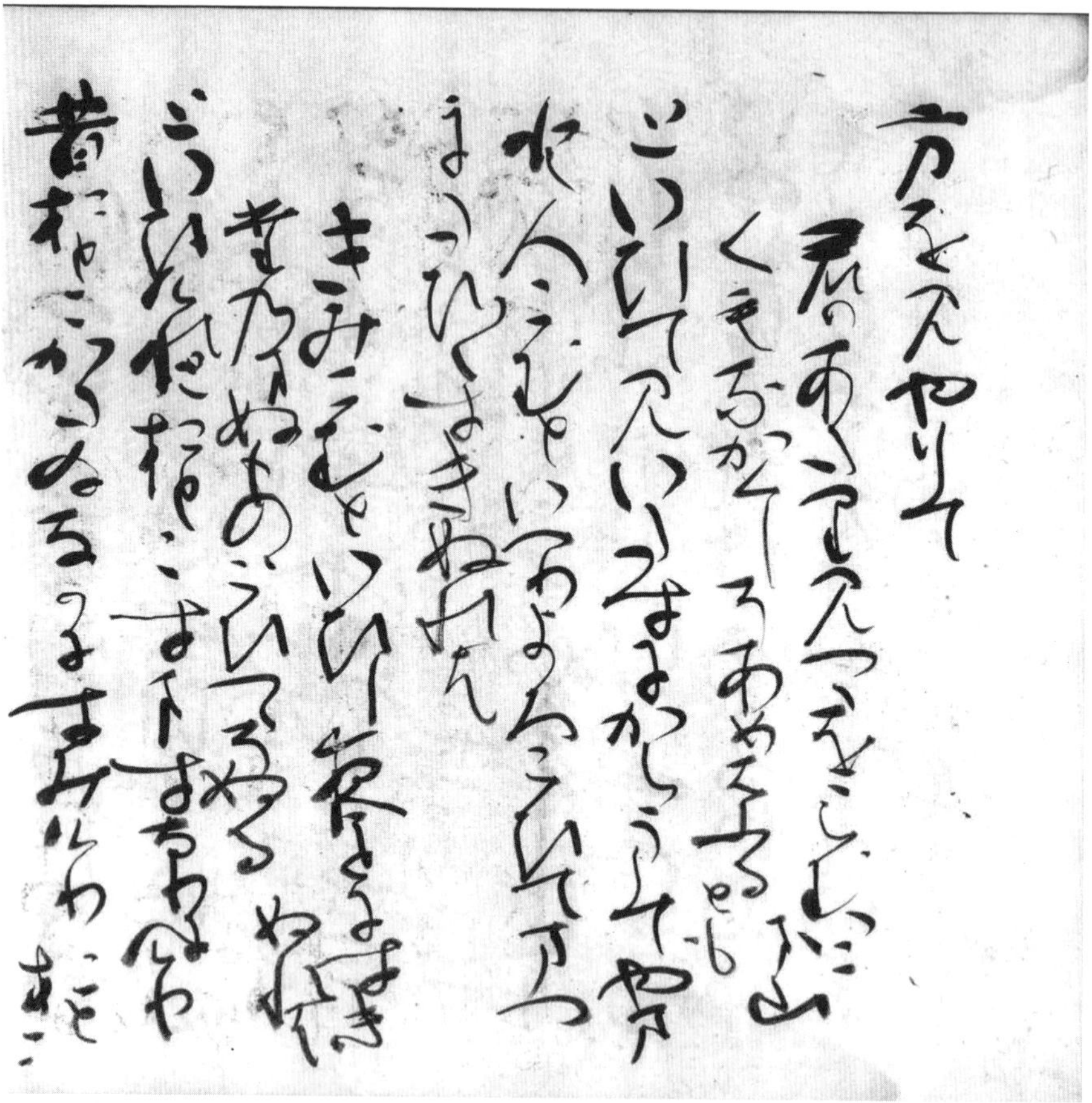

21ウ

二
1 方をえんやりて
2 君のあくてえつをきこしめ
3 くきるかくてろあるすろや
4 といふてえいうまをかうえや
5 まうひくすきぬれん
6 せんえしゃいやるよろえんてすつ
7 きみこむといて衣をまき
8 さ方そめやのえいてろみる

11　10　9　8　7　6　5　4　3　2　1

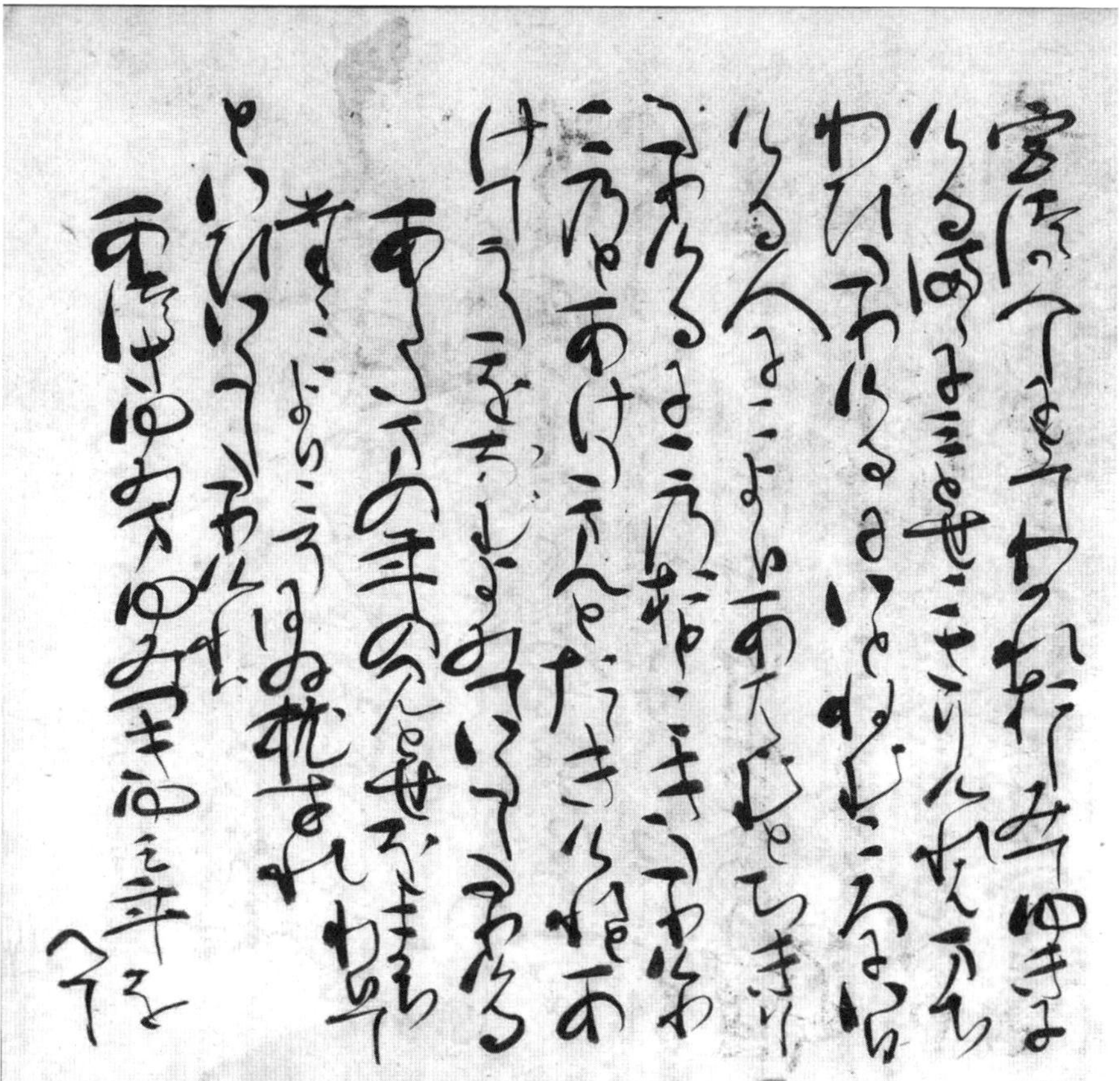

22オ

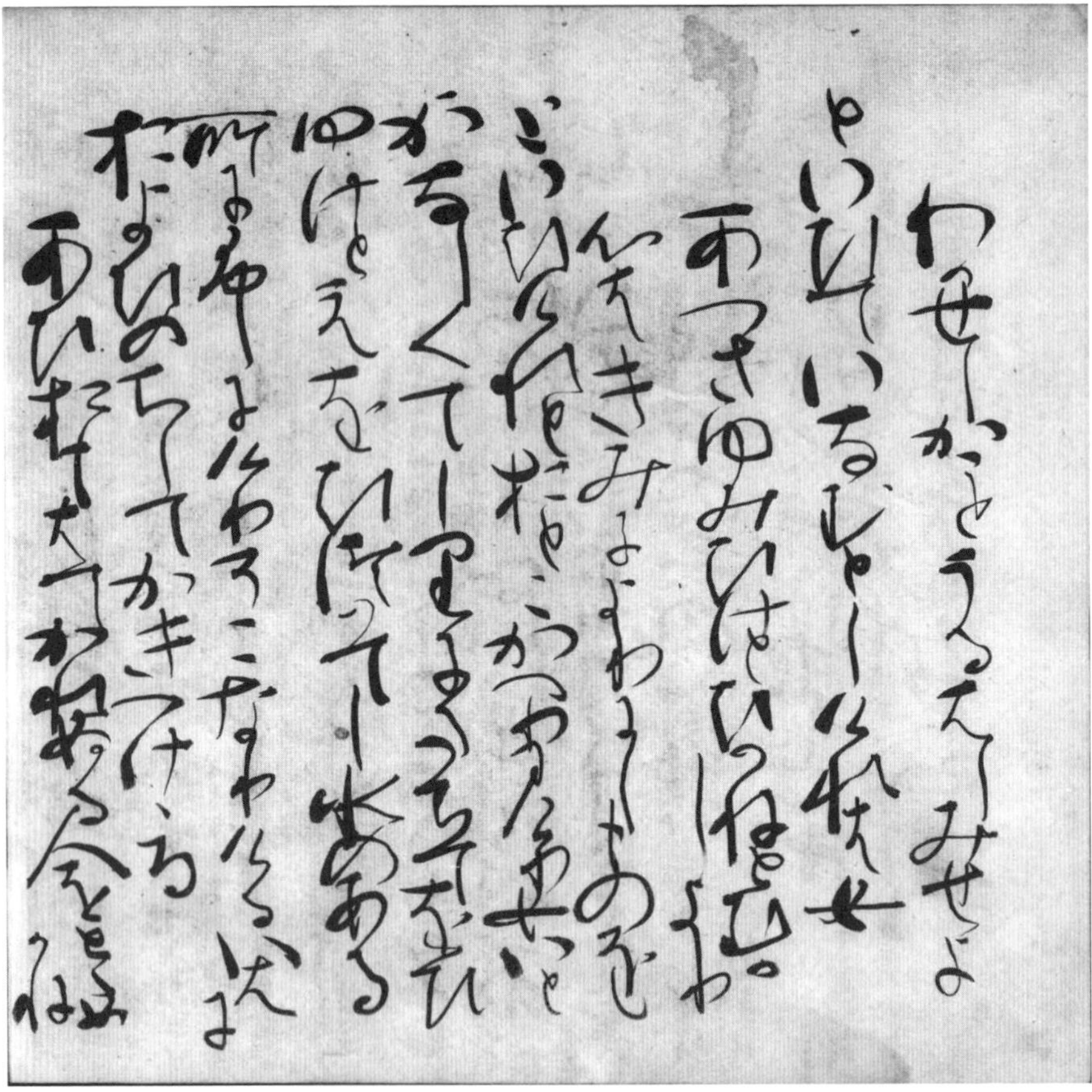

22ウ

三五

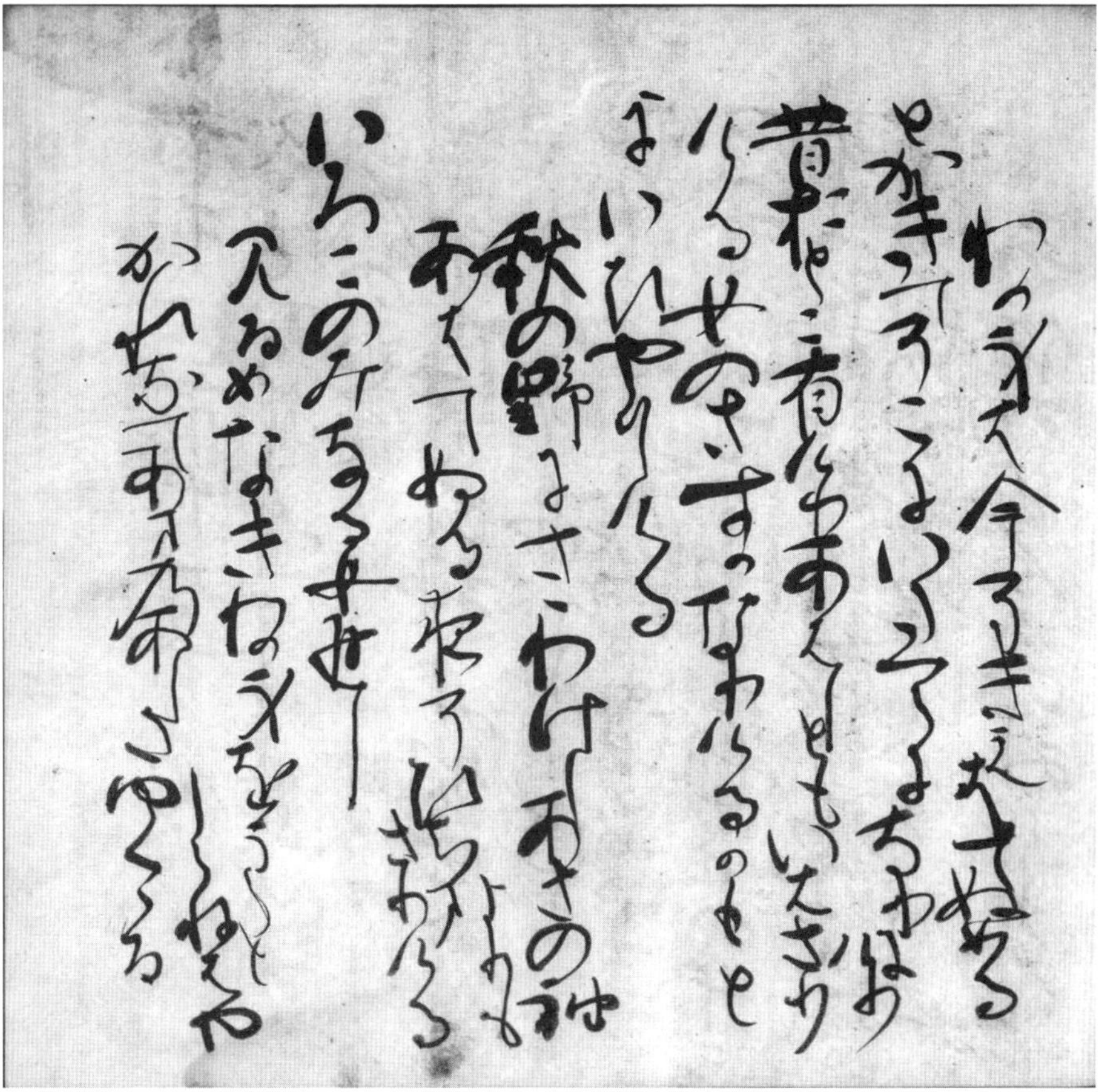

23オ

3 昔たつ百にしあまてもいたきり
4 いるせのきすくなわるのをと
5 よいていやりける
6 秋の野みさ夜むとをきの神
7 あきてねるよう心もちわかる
8 いそこのみするませ

二六
昔おとこ五条わたりなりける女をえ
えすなりにけることゝわひたりけ
る人の返ことに
おもほえす袖にみなとのさはくかな
もろこし舟のよりしはかりに
二七
昔おとこ女のもとに一夜いきて
又もいかすなりにけれは女の手
あらふ所にぬきすをうちやりて
たらいのかけにみえけるをみつから
我はかり物思人は又もあらしと

3 きくて
4 みれとうき我友人をしらさ
5 ほのつきよのみわひるやいて
6 むつ色このみちやみるやいて
7 いつもなに
8 とりかくあふ（？）まつる
9 水きらきさらしむすひ
10 皇祝十三（？）月貞朝（？）（注）

むつ春宮とせ（？）比のとかの花か

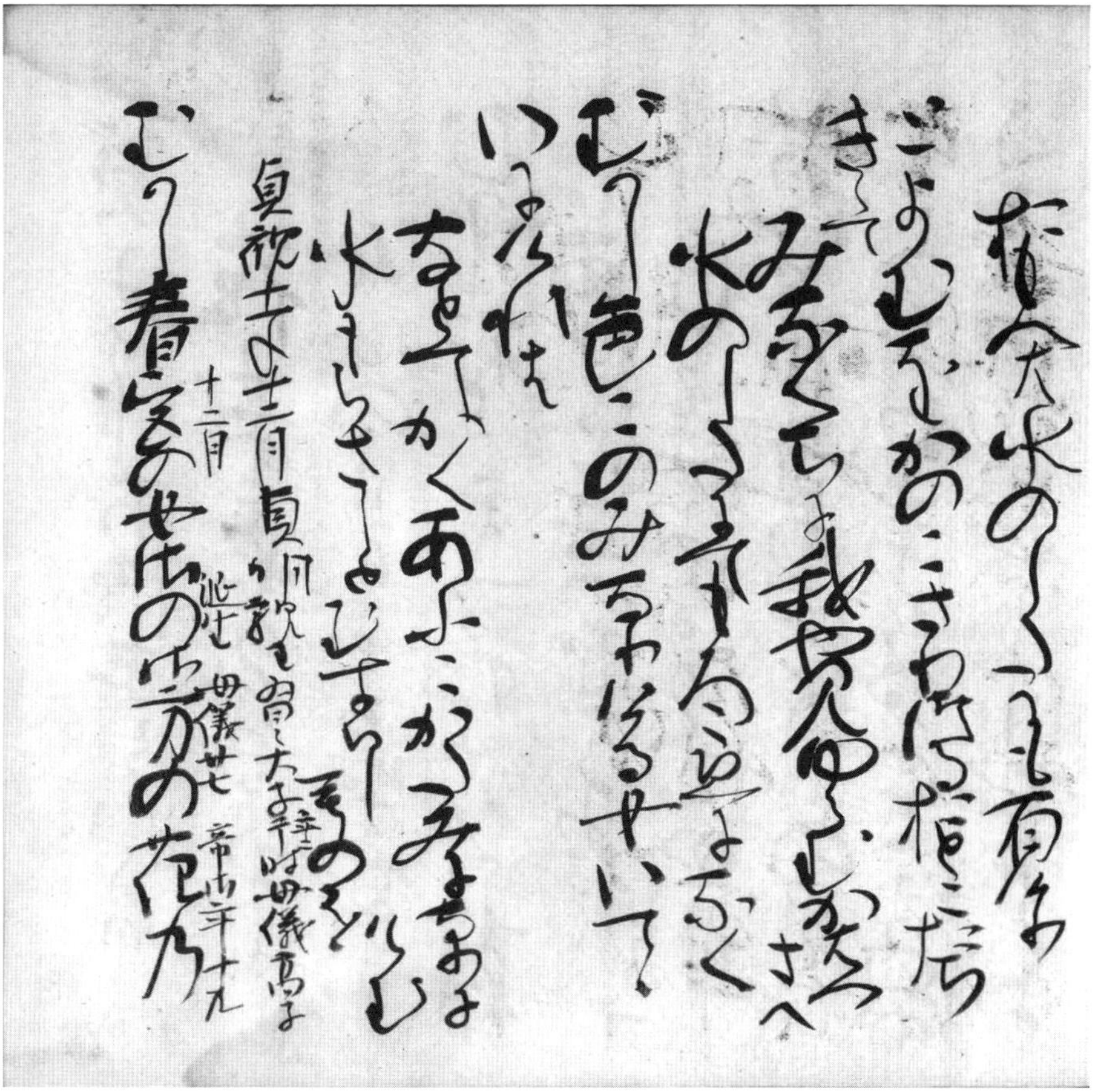

3 ゝふのにほりまさる
4 むつ花とこえつたなれる鶯
5 一にほきゝ玉のおゝきく枝えて
6 鶯宮の内まてあつこきものつかね
7 のまつをくわれまるよるのあ

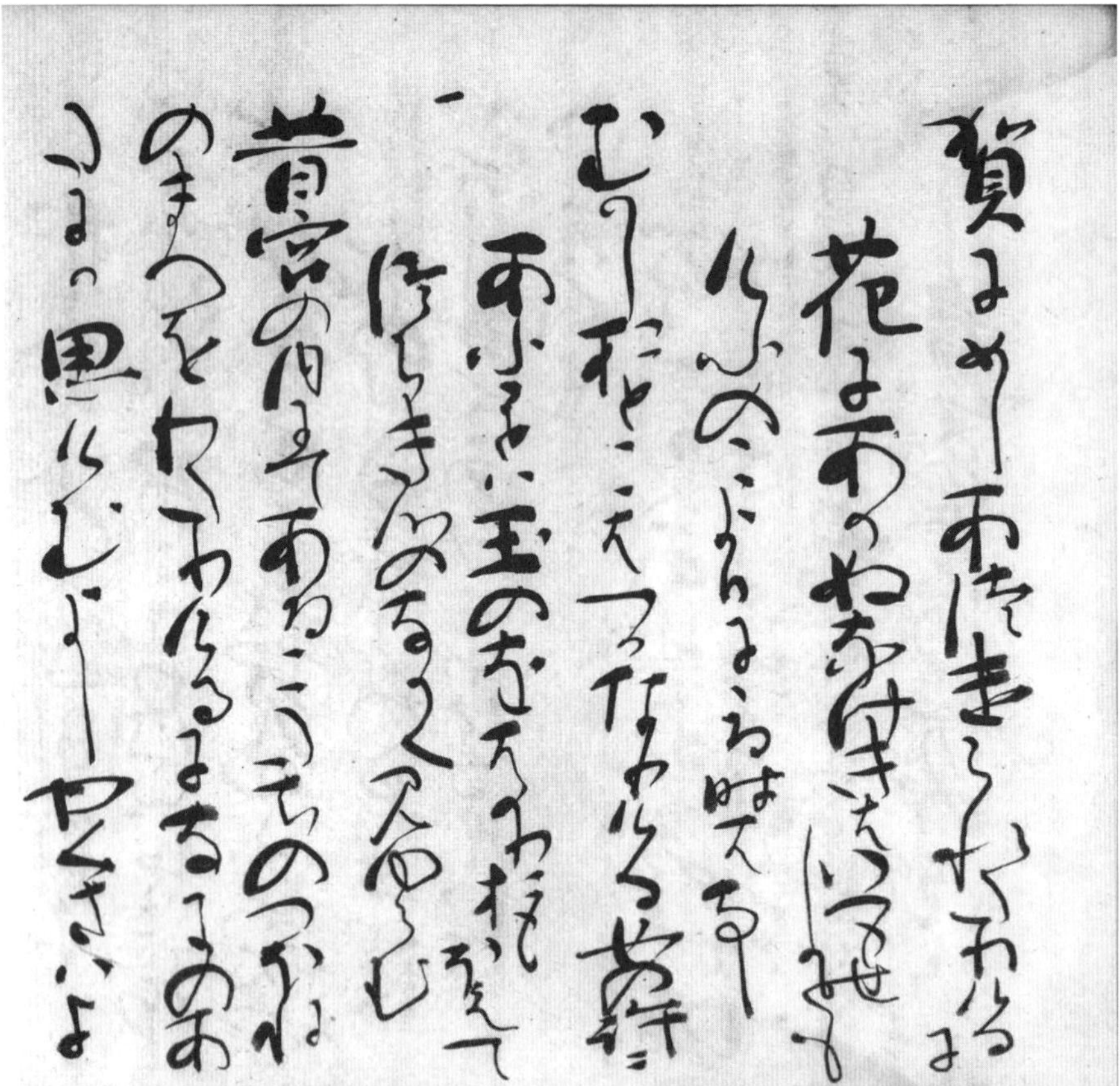

三

9　8　7　6　5　4　3　2　1

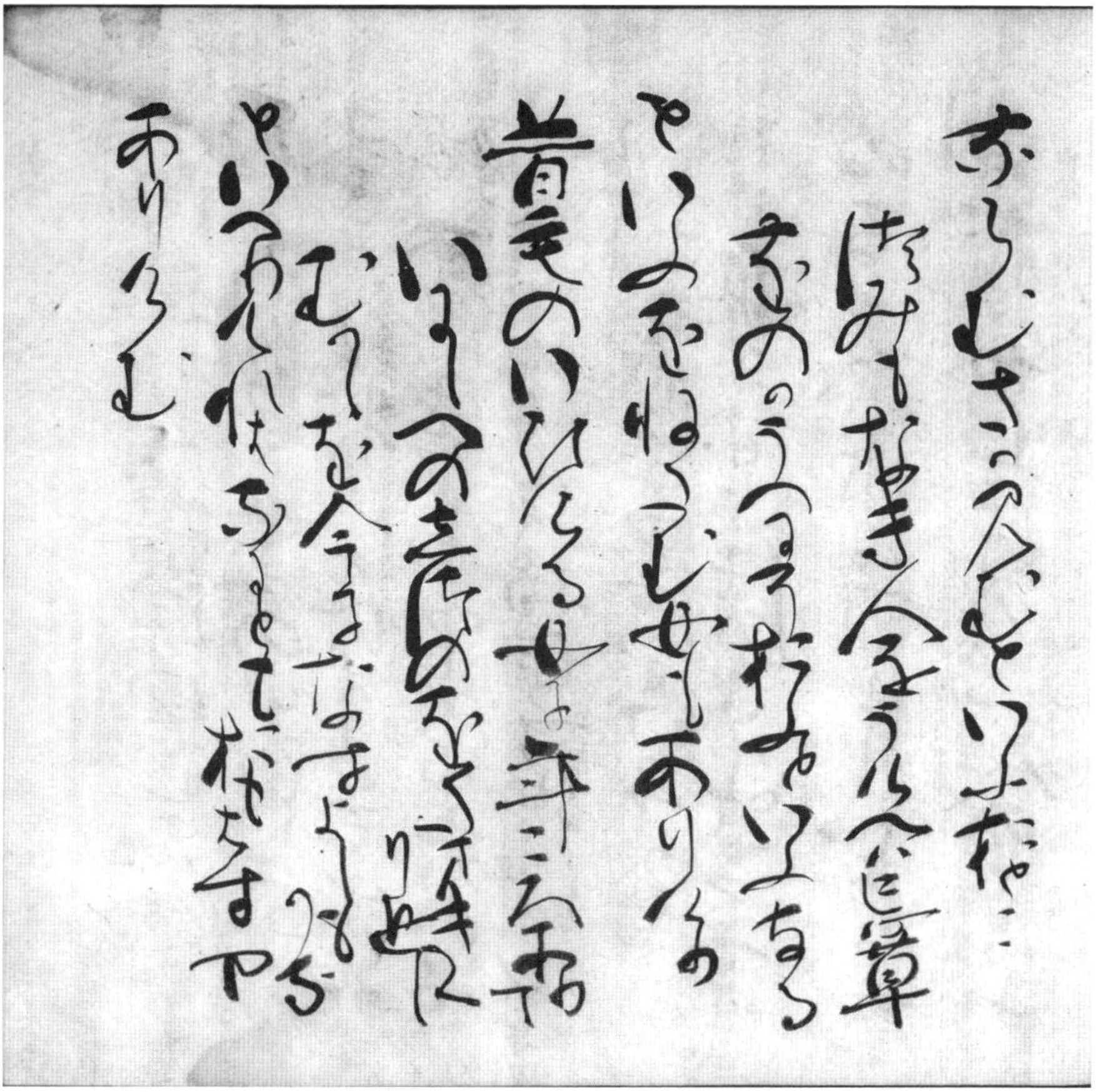

25オ

三三　三四

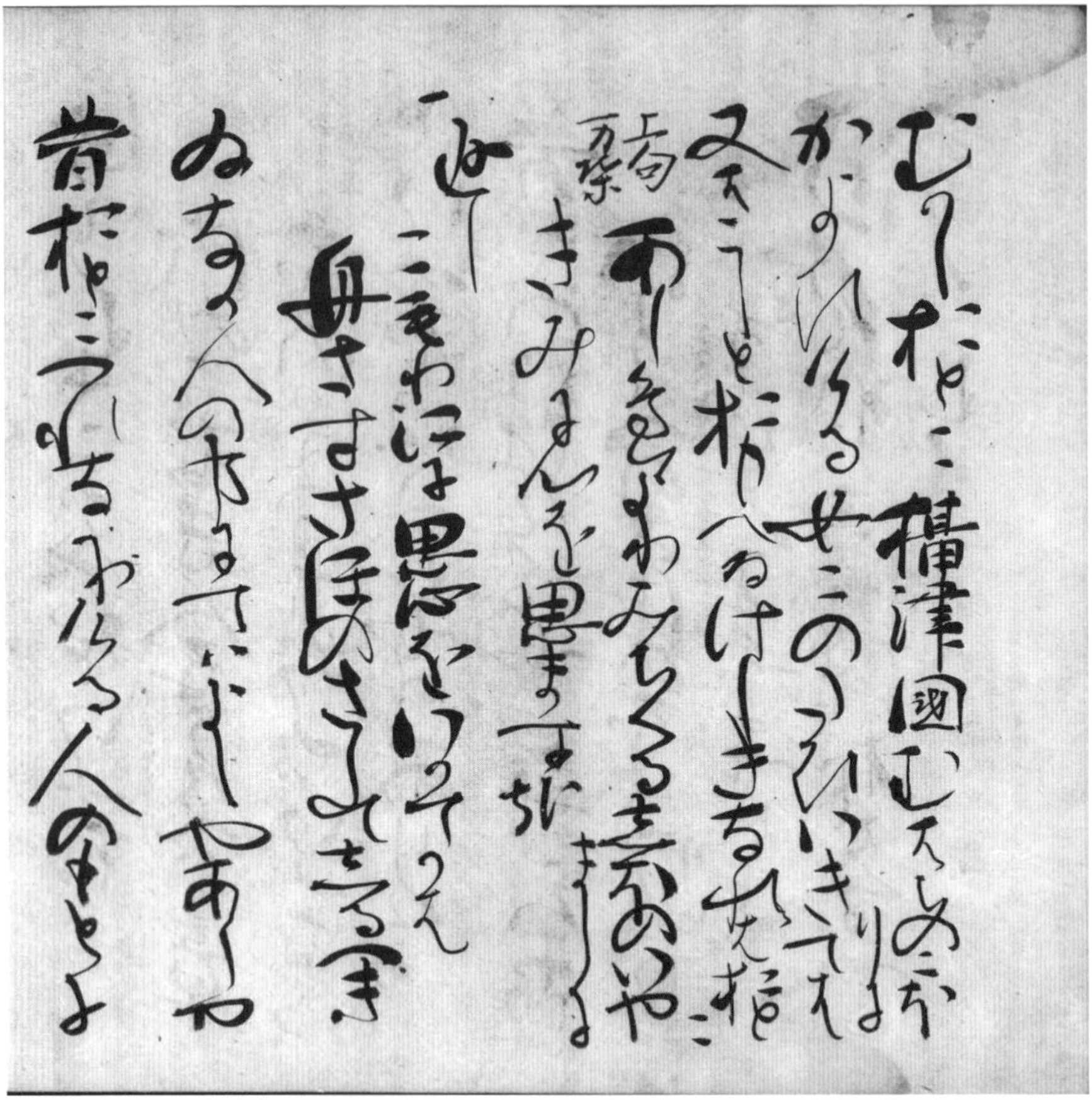

むかしおとこ摂津国むはらのこほりに
かよひける女このたびいきては又
はこじと思へるけしきなれば男
あしべよりみちくるしほのいやましに
きみに心を思ますかな
返し
こもりえに思ふ心をいかでかは
舟さすさほのさしてしるべき
ゐなか人の事にてはよしやあしや
昔おとこつれなかりける人のもとより

三五

三六

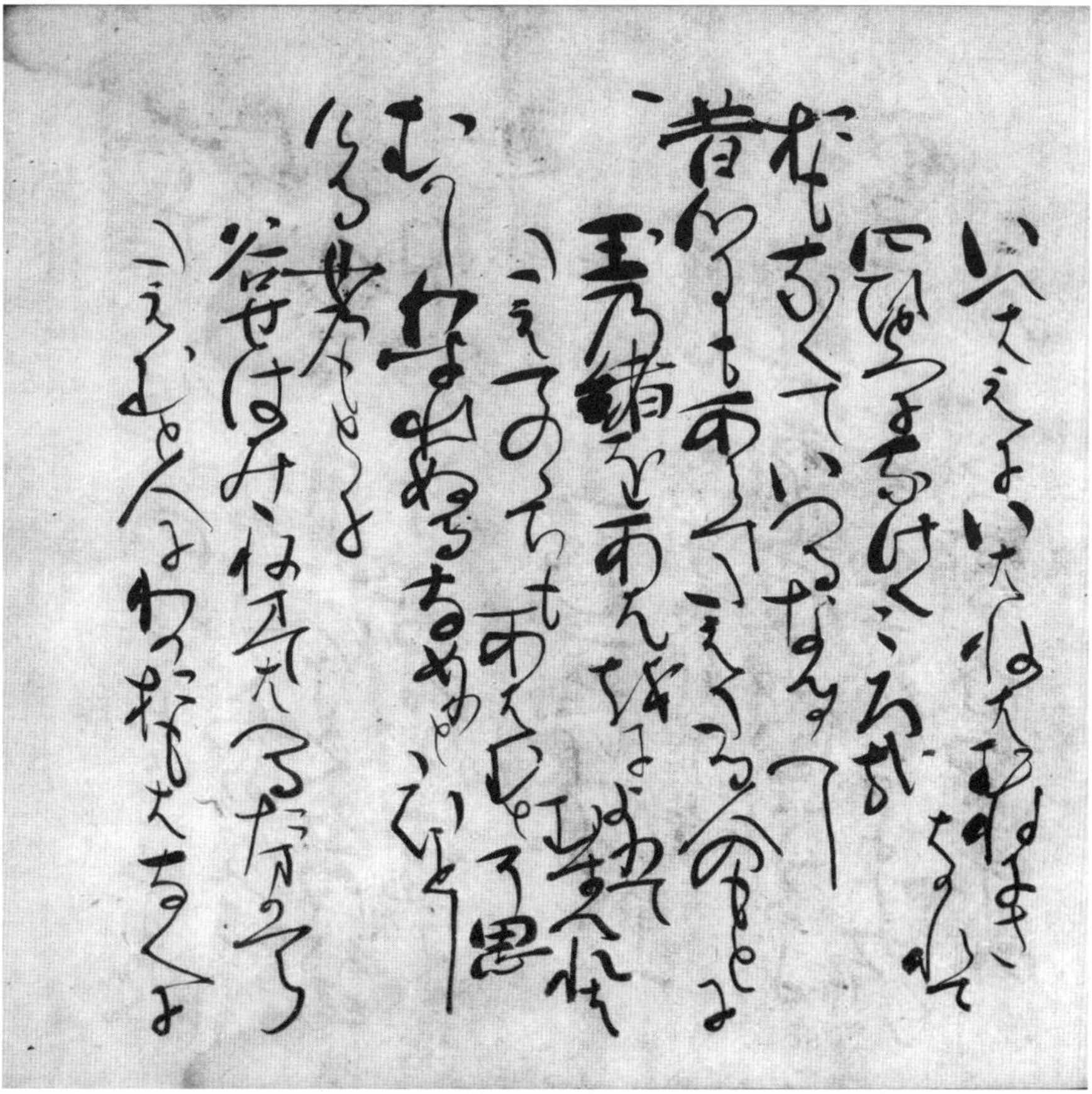

26オ

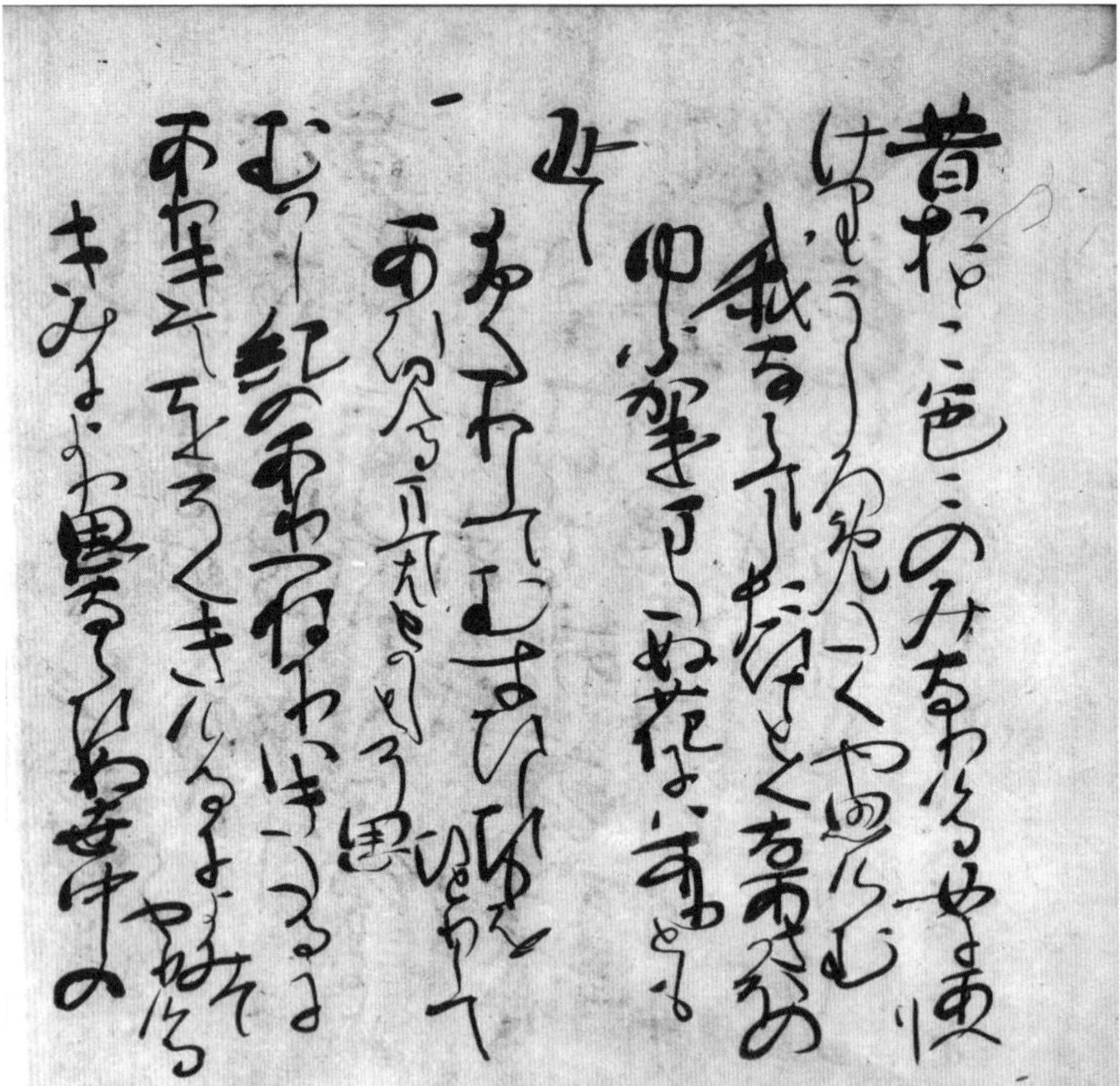
三七 昔おとこ色このみなりける女にあへり
けりうしろめたくや思ひけむ
我ならてしたひもとくなあさかほの
夕かけまたぬ花にはありとも
返し
ふたりしてむすひしひもをひとりして
あひみるまてはとかしとそ思
三八 一 むかし紀の有つねかりいきたるに
ありきておそくきけるによみてやりける
きみにより思ひならひぬ世中の

三九

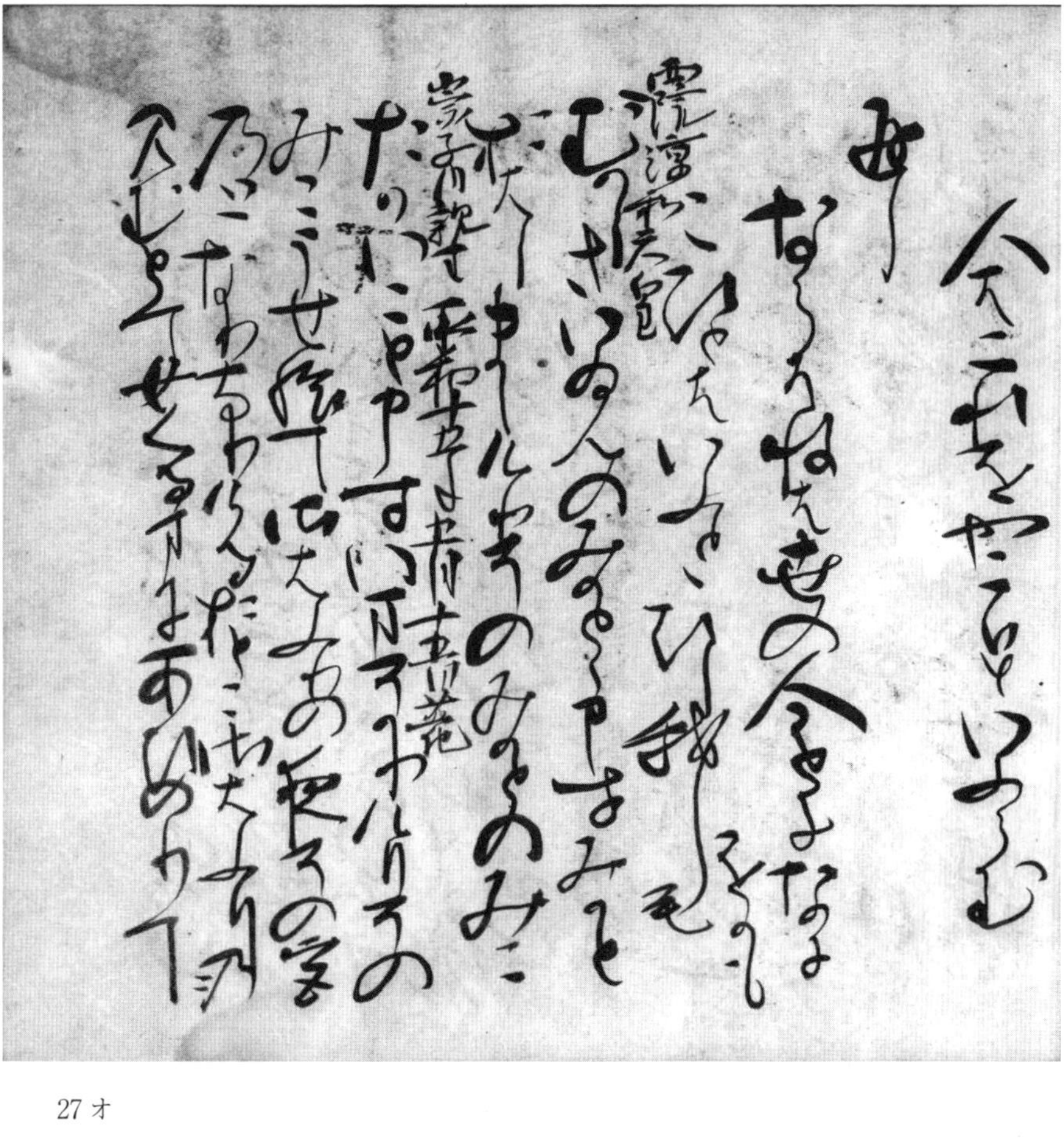

3 くるあひつはあめの下のいろみ
4 み源のにうをいつくにみ
5 ふよえるきそをさくきそんて
6 むきてつくるすめくるあひす
7 おいつるほくそるにとあて光車も
8 いれてえるなくるすからんの

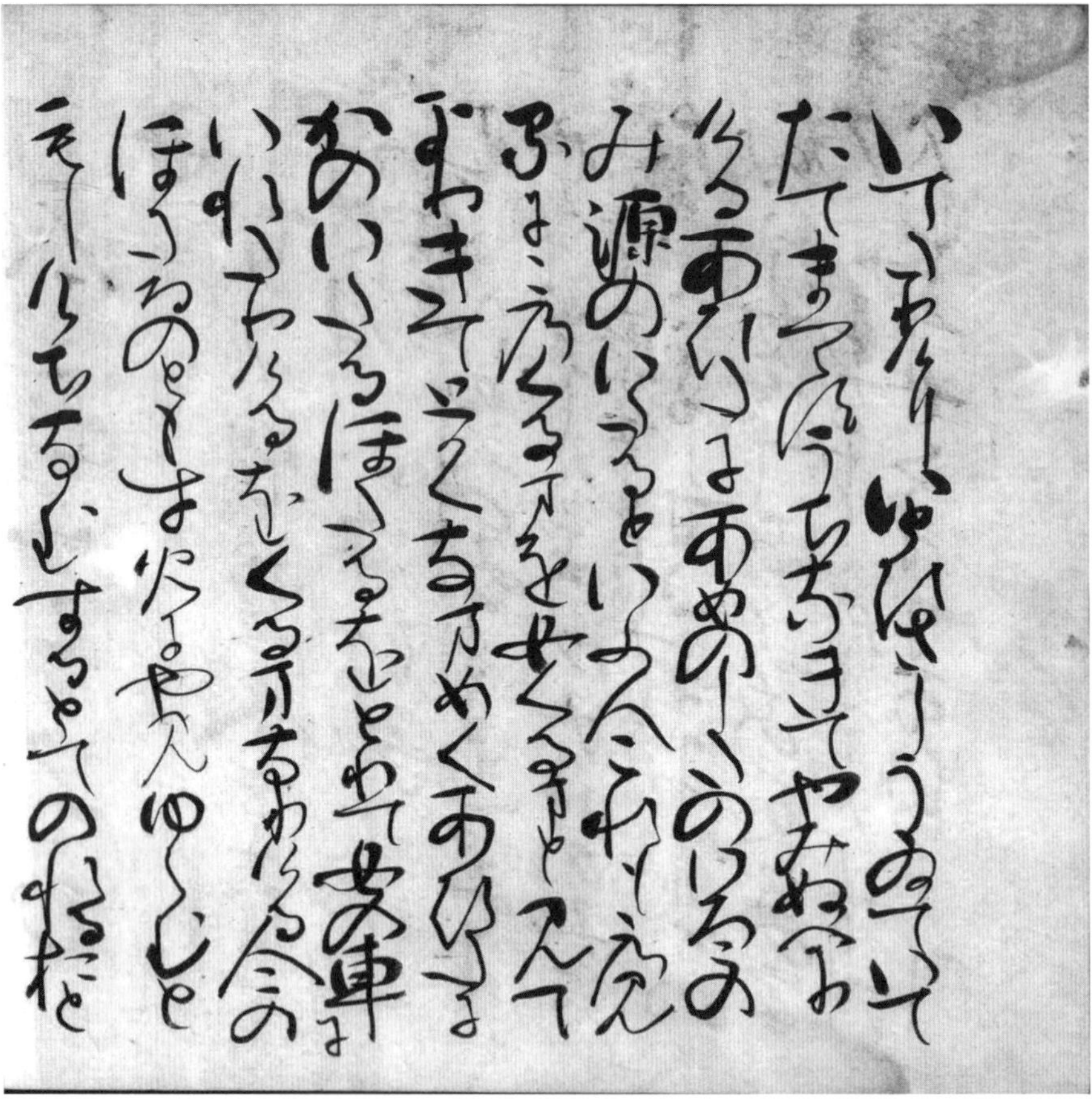

3 きやく神し我もしする
4 あめのしたつたちここ
5 行ヒあへんちくろきミ通るも
6 きやく神し我もしする
7 あめしくの色このみミする
8 打ろありける

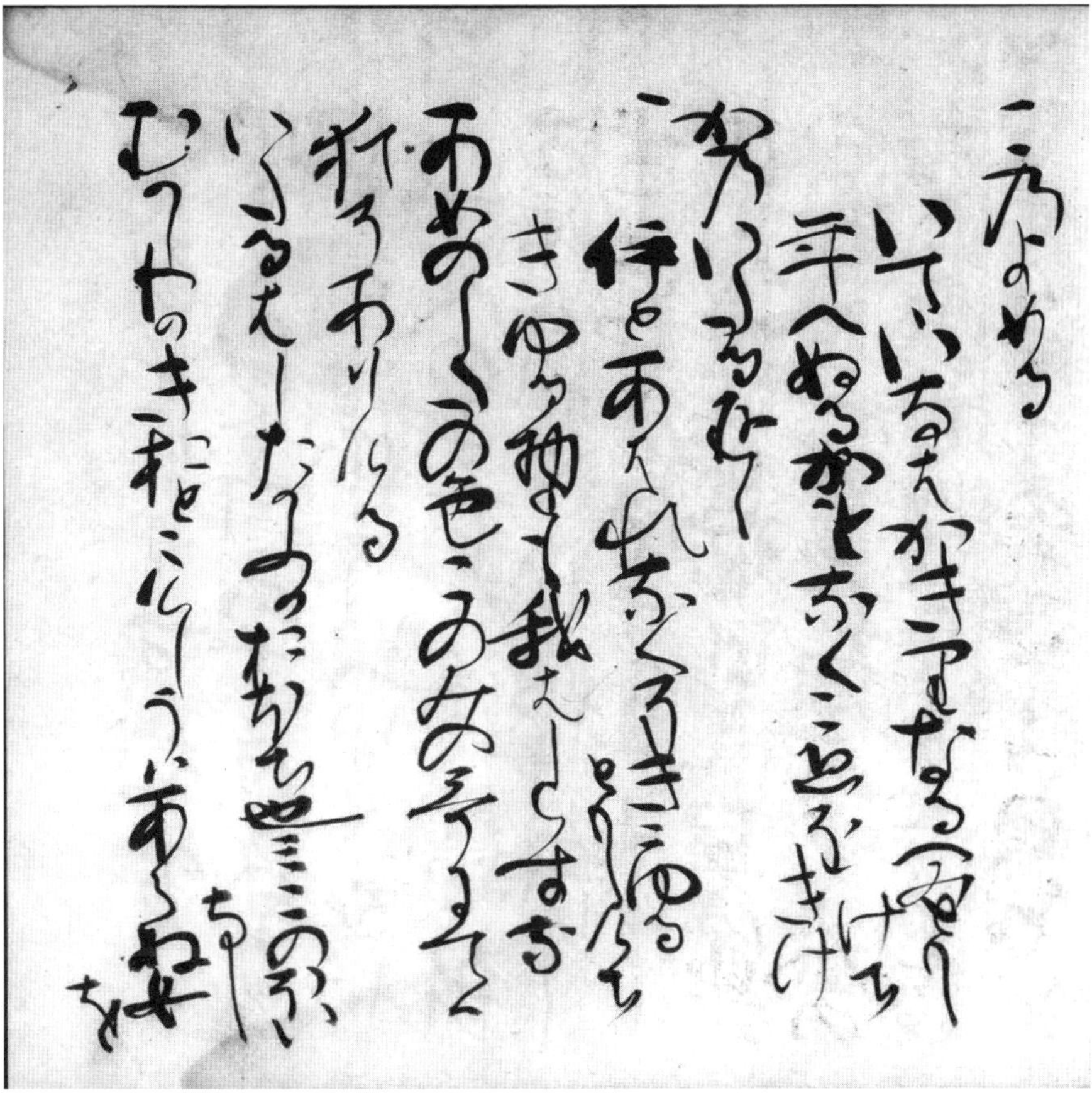

びわけいてうするだやあて
思ふうへくよこの女をほの人まち
やとらしゃすほらいいまきをや
らす人の子なれといまうちひろ
なうかられなんとむらいきちひる
せもいやふ気すよらうるなし
やるあいさもないいやほりな
ますろにゐるたやこの女とらつ
たこちのなみさきるせきをむ
ふよちをみていこねたこ

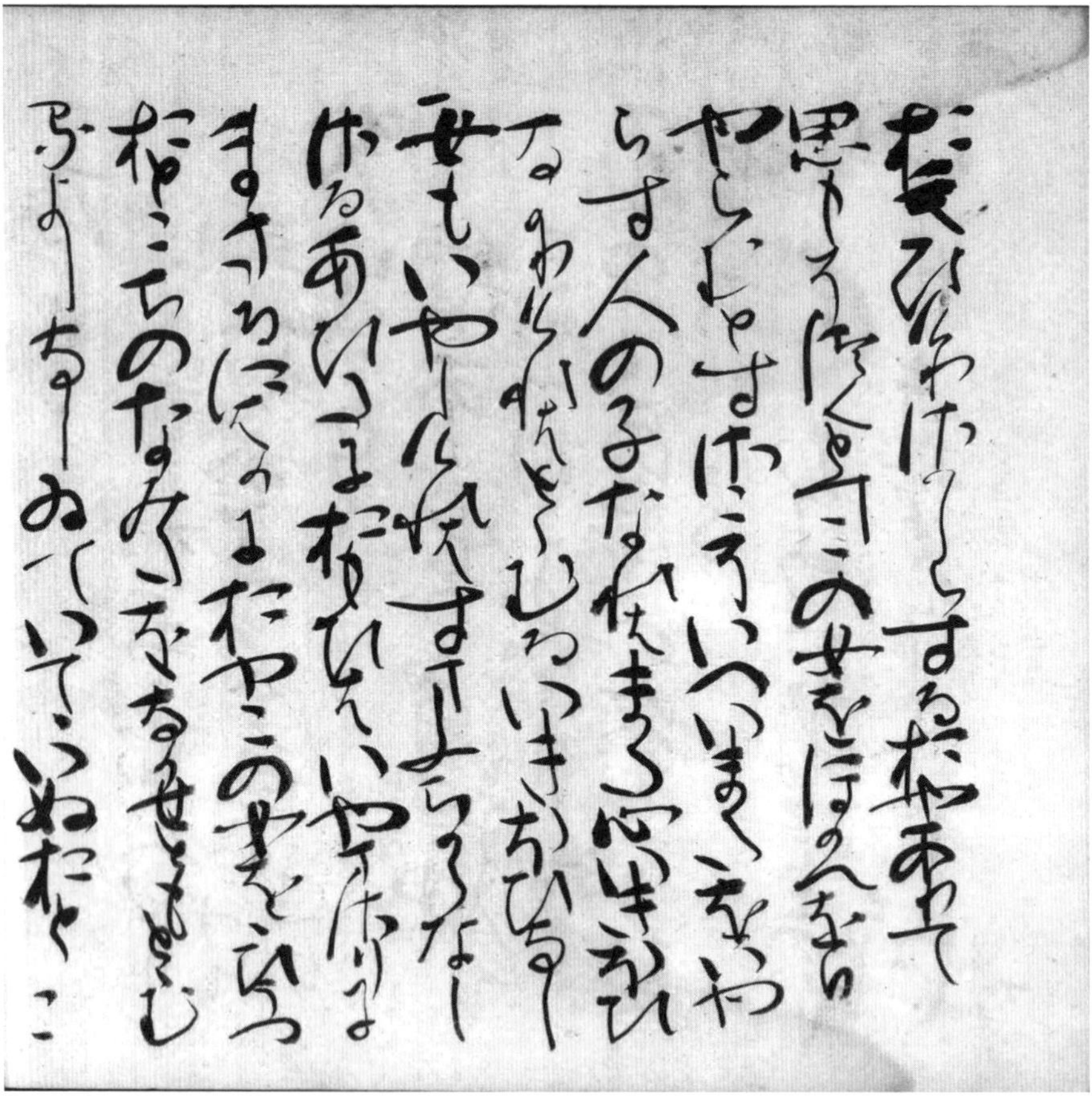

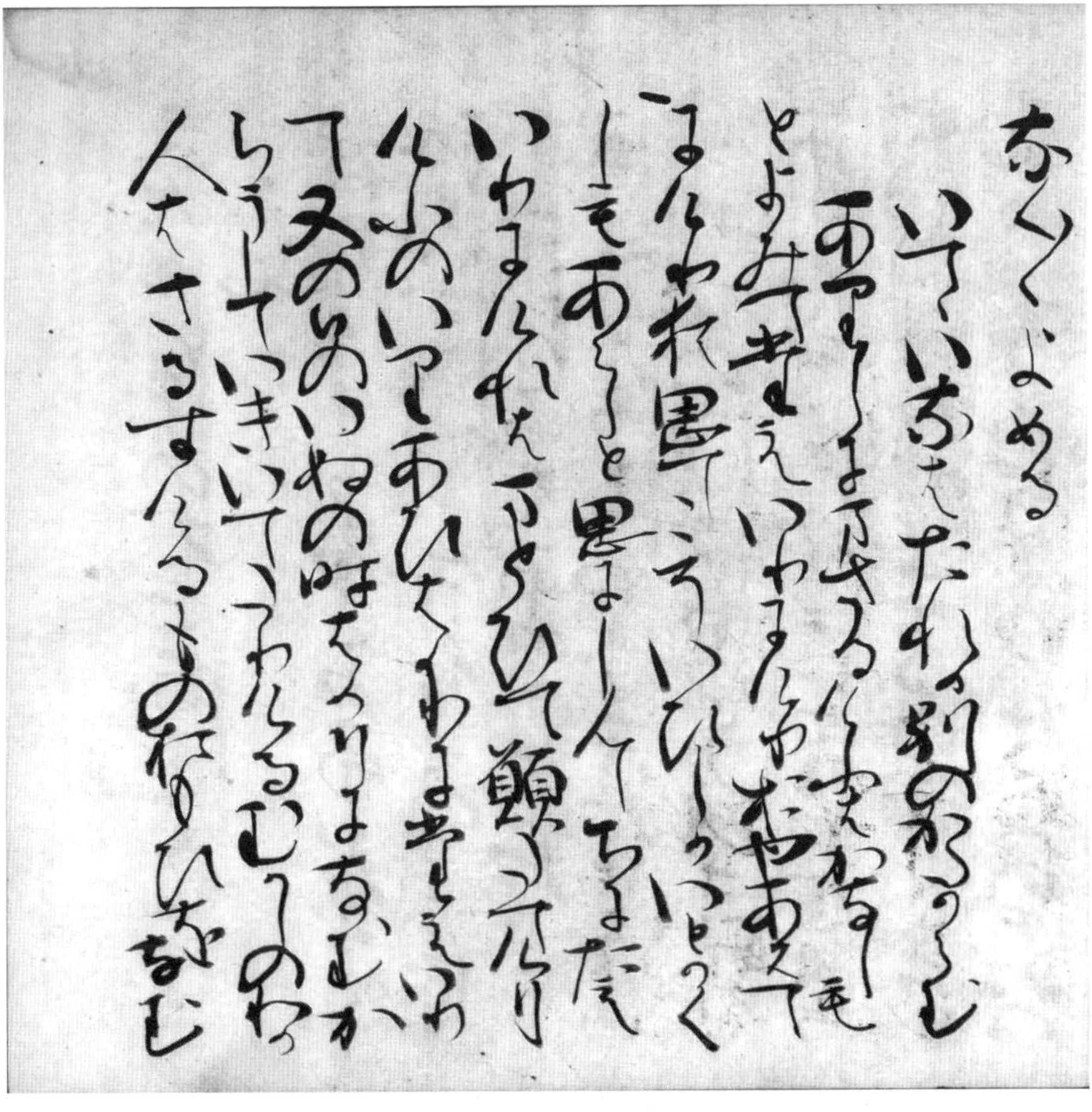

29オ

四

10　9　8　7　6　5　4　3　2　1

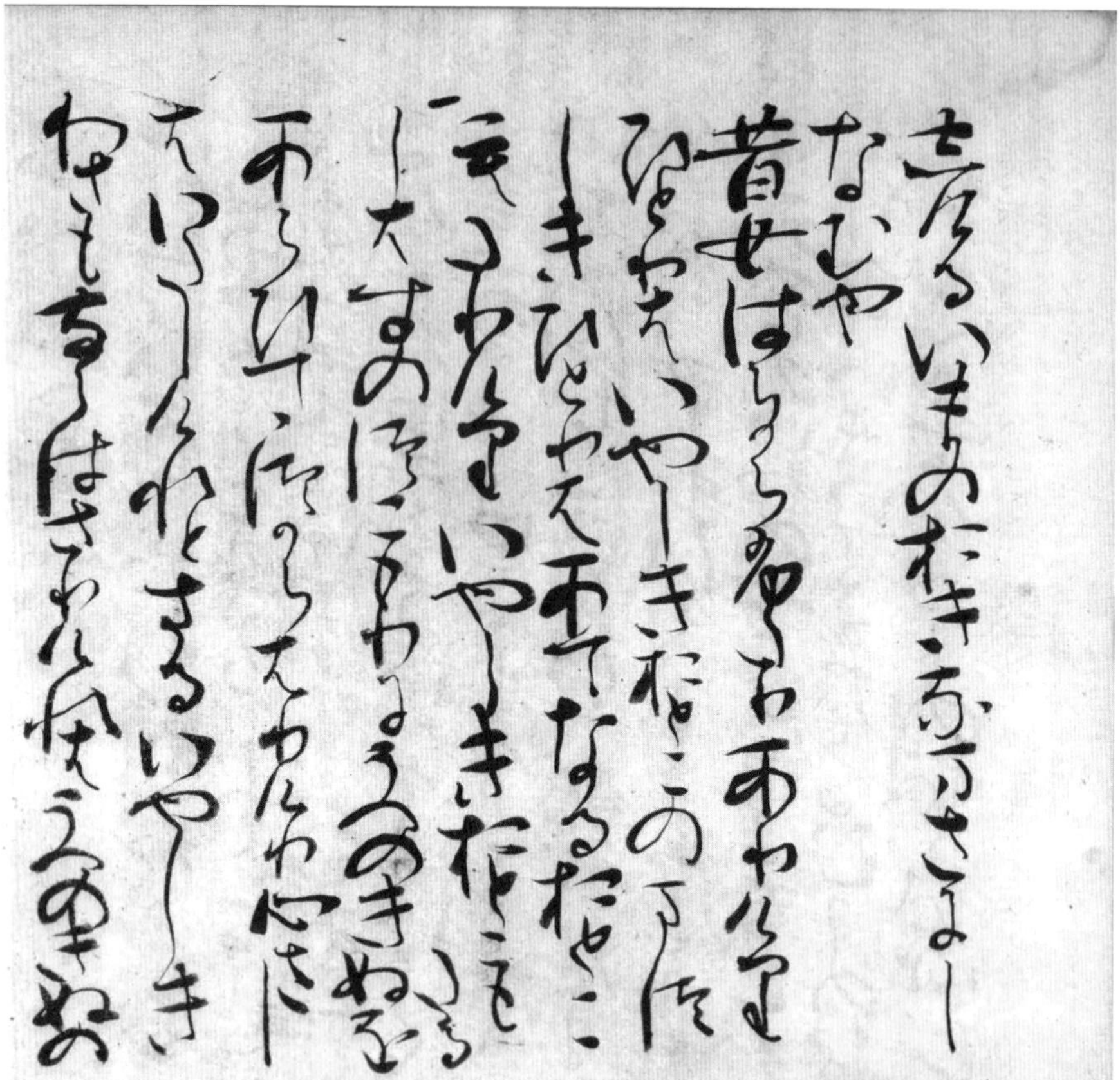

29ウ

四三

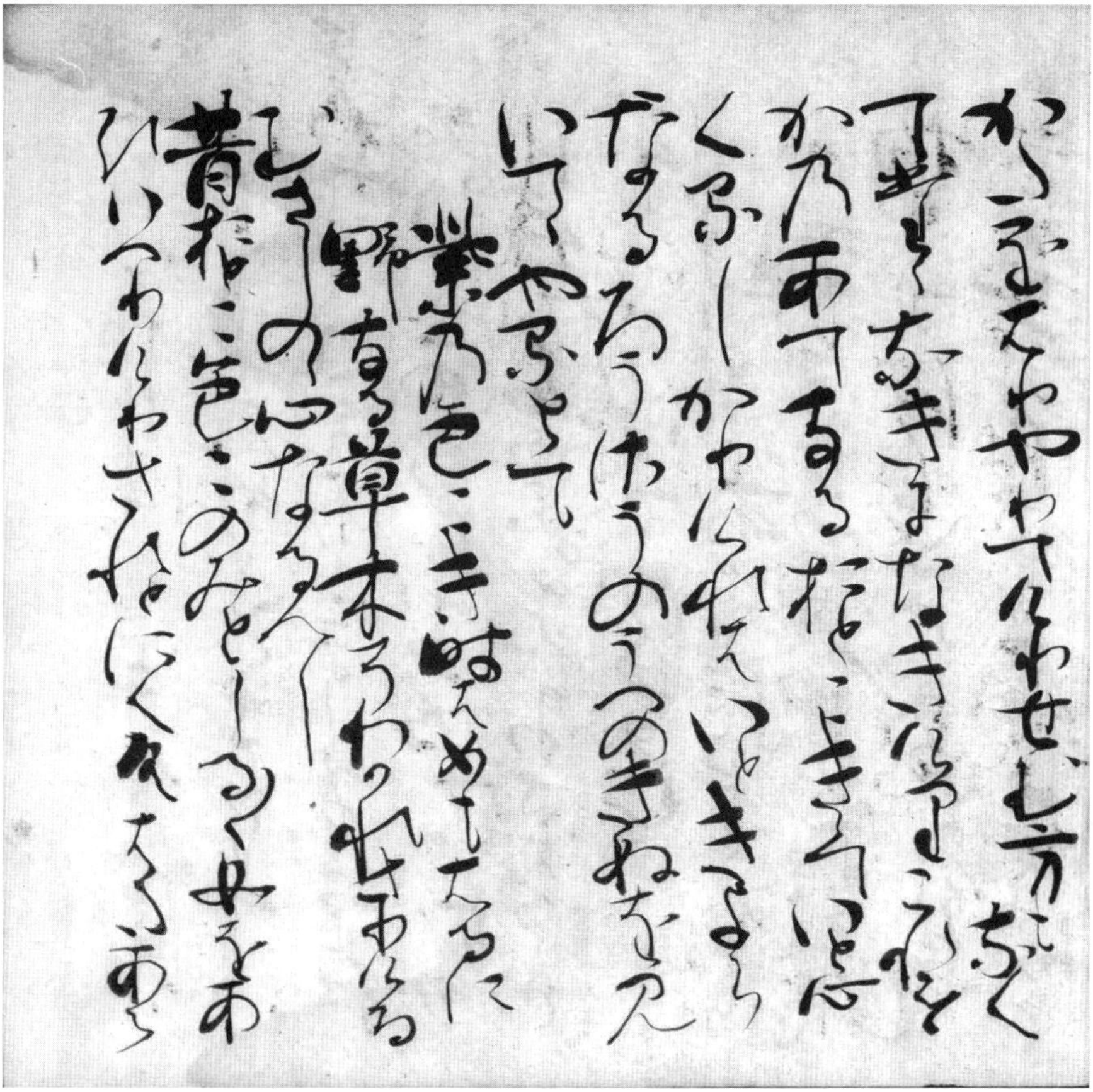

30オ

四

1 かうるとやすやなせしすをちく
2 すさきよなきうつきと
3 かいあてするねにきうには
4 くふしかんねえにきなる
5 なるらうけうのきねかん
6 いてやふとて
7 紫の色にさはめしたるに
8 野すら草木ろはすにある
9 しきしの心なるへし
10 青柳の色このみをつるくちあ
11 しいかやすねにくれえるあり

30オ

3 かてたいえあるましつれ
4 たうえあるされるなろな
5 けれんあつみつえのさえると
6 ありえいてかくるし
7 いてうあうに今えたなるし
8 きろよりちへ今えたなるし

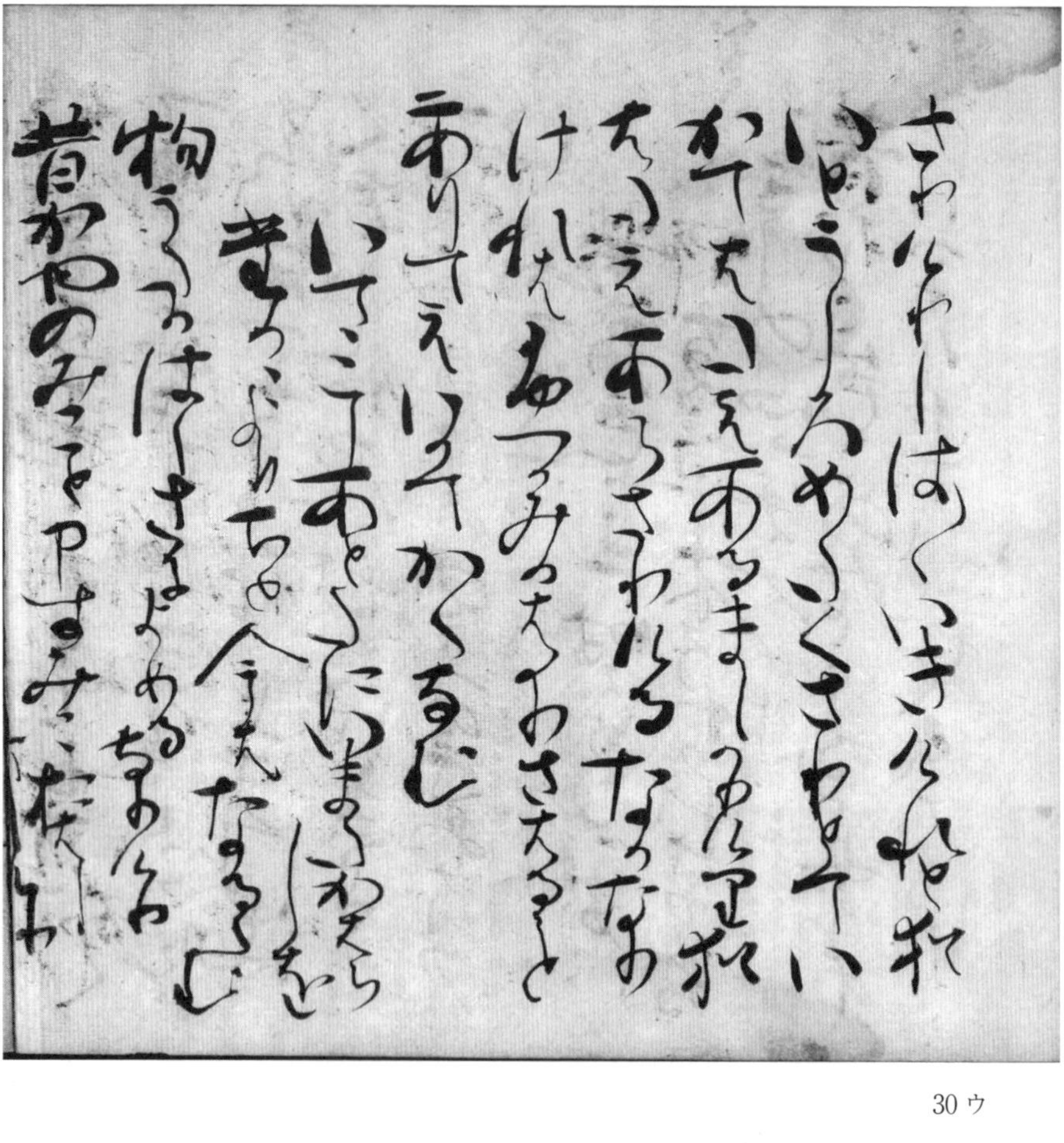

9　8　7　6　5　4　3　2　1

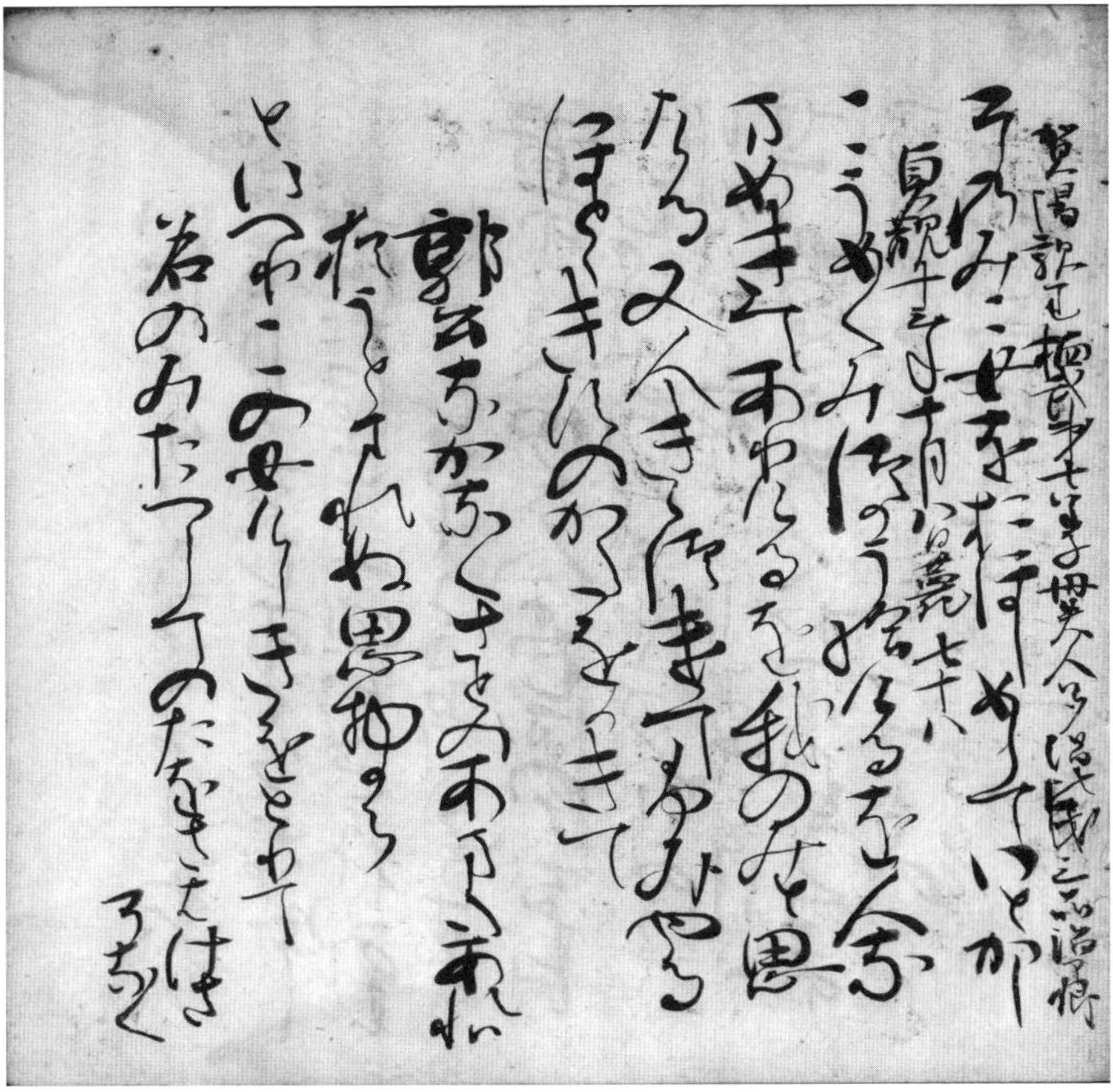

31オ

いほすくとうとすんあれい
はすさ月よちむすのいろ桜にて
庵たほきしのなきちえのひ
切のすしさとも花てえす
草あく山く人よむらのえる許
せむすよ只うやき人あき
りへれ家とうしよさの月さく
せすあさうくかつえむとなあ
ふしの桜こえうす女そものし
よ四ひつけす

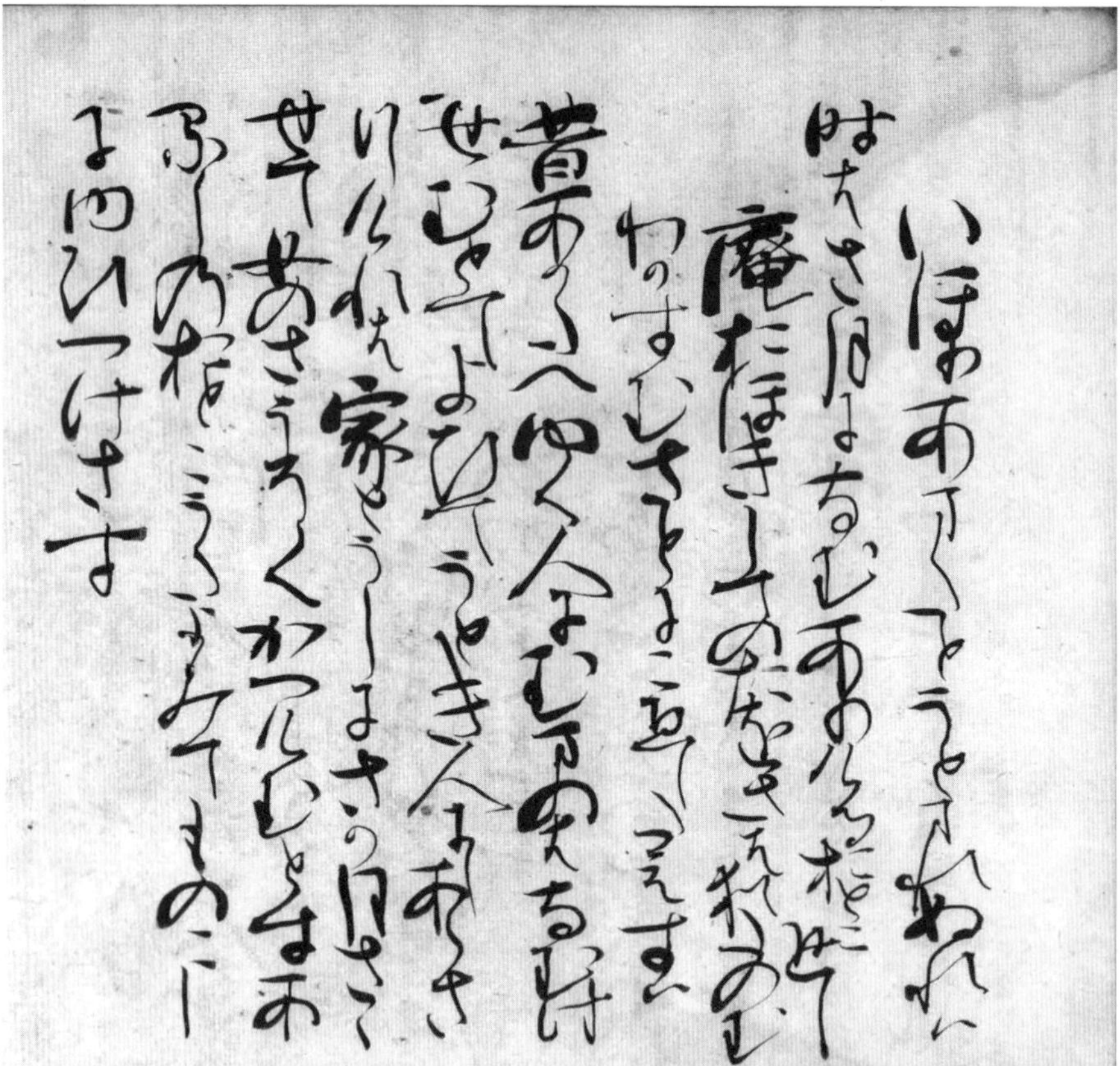

四五

9　8　7　6　5　4　3　2　1

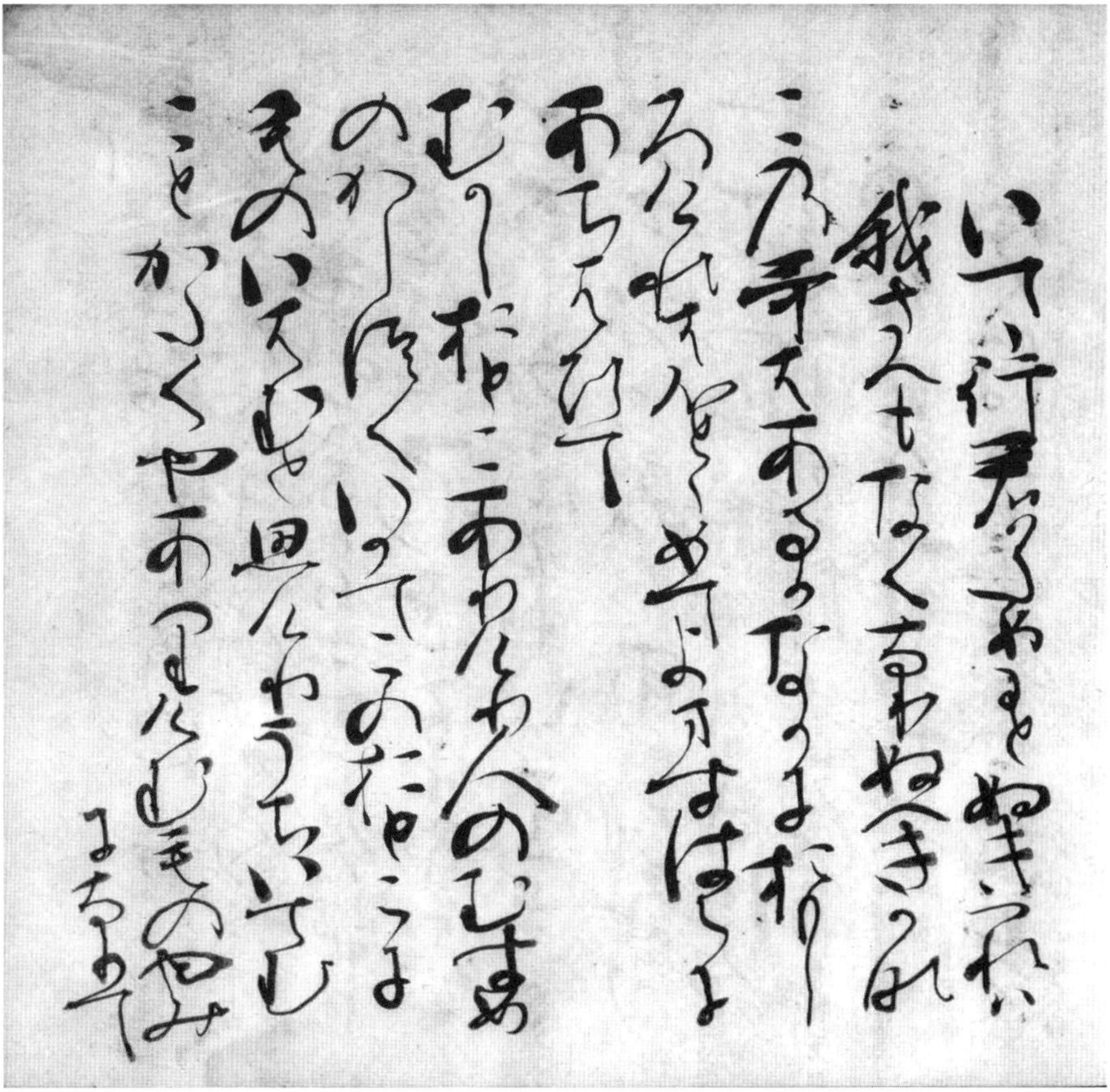

32オ

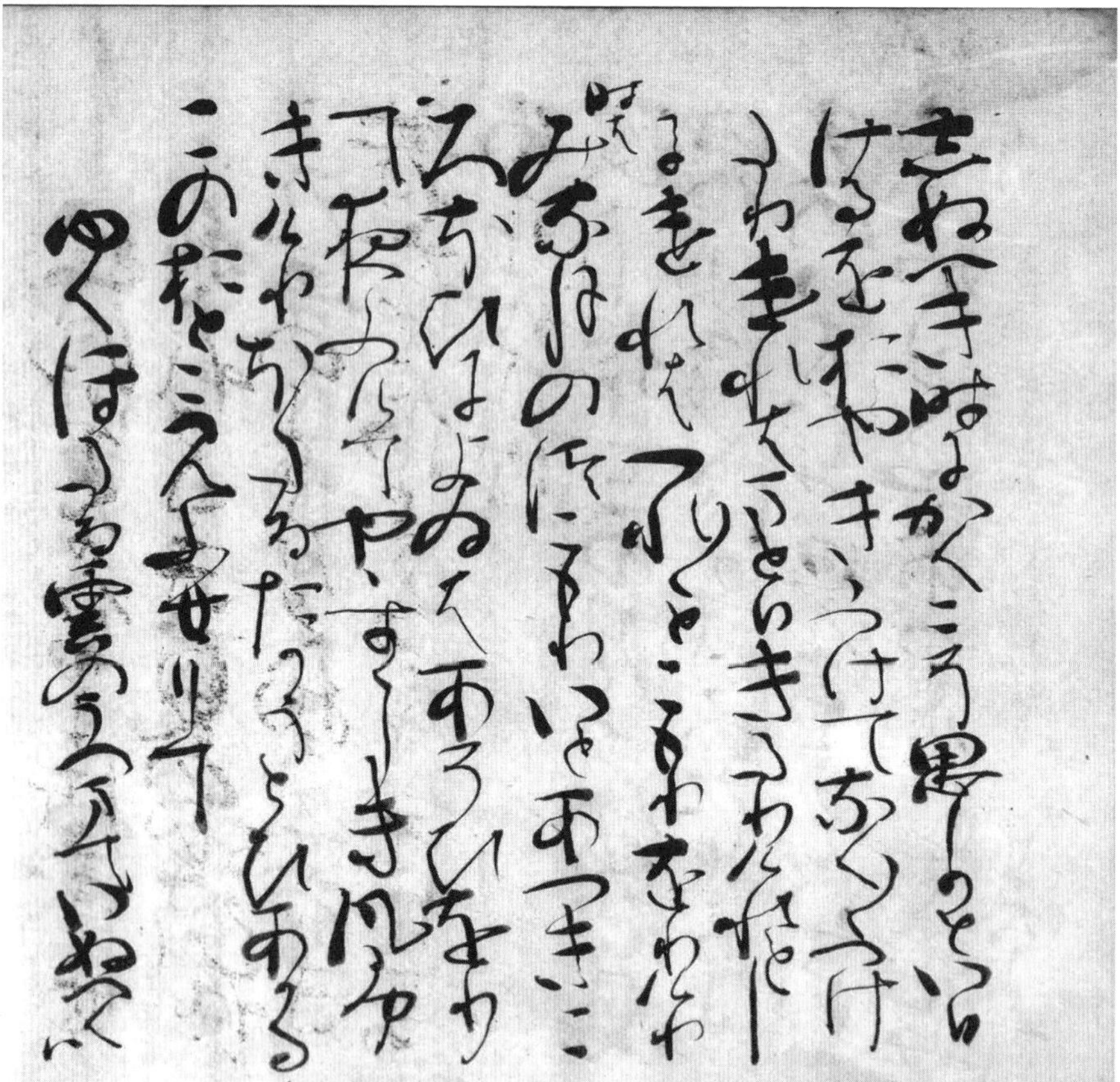

32ウ

四六

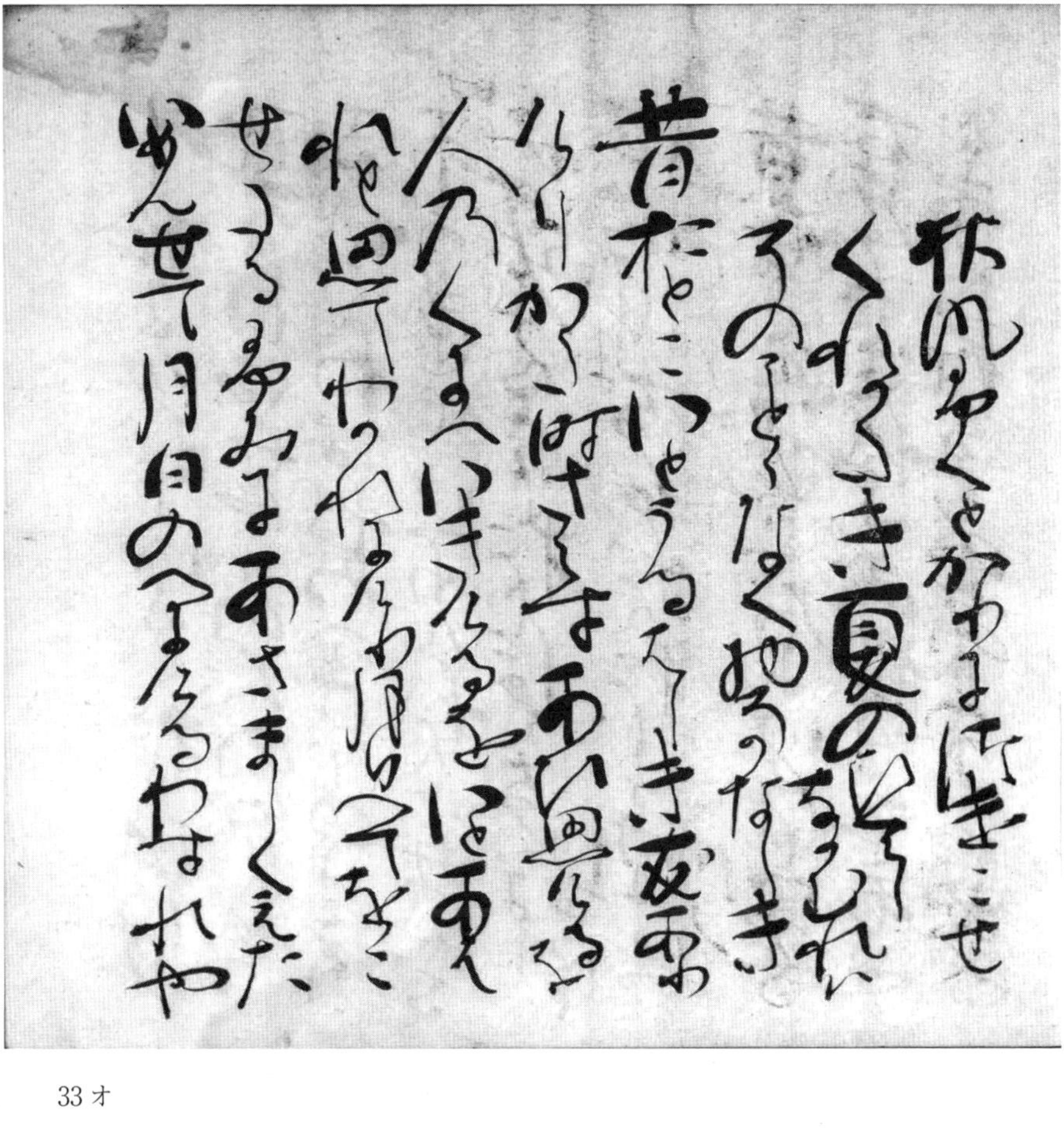

33オ

し給にけむといたくおもひわひ
てなむ侍る世中の人の心はめか
るれはわすれぬへきものにこそ
あめれといへりけれはよみてやる
めかるともおもほえなくにわするゝ
時しなけれはおもかけにたつ

四七

昔おとこねむころにいかてと思女
有けりされとこのおとこをあたなり
ときゝてつれなさのみまさりつゝいへる

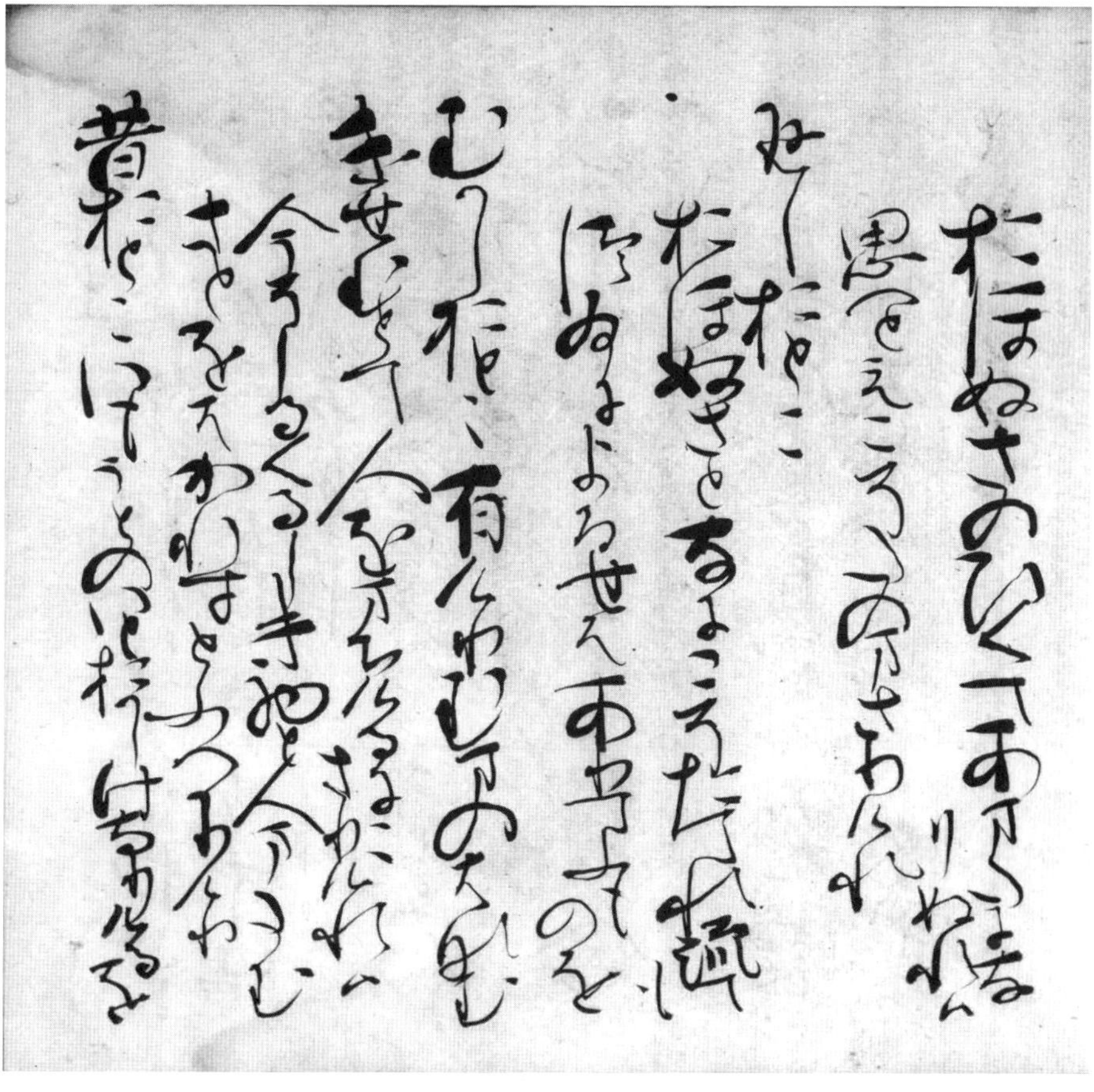
おほぬさのひくてあまたになりぬれは
思へとえこそたのまさりけれ
返し
おほぬさと名にこそたてれ流ても
つゐによるせはありてふものを
四八　むかしをとこ有けりむまのはなむけせんとて
人をまちけるにこさりけれは
今そしるくるしき物と人またむ
さとをはかれすとふへかりけり
四九　昔をとこいもうとのいとをかしけなるを

34オ

吾

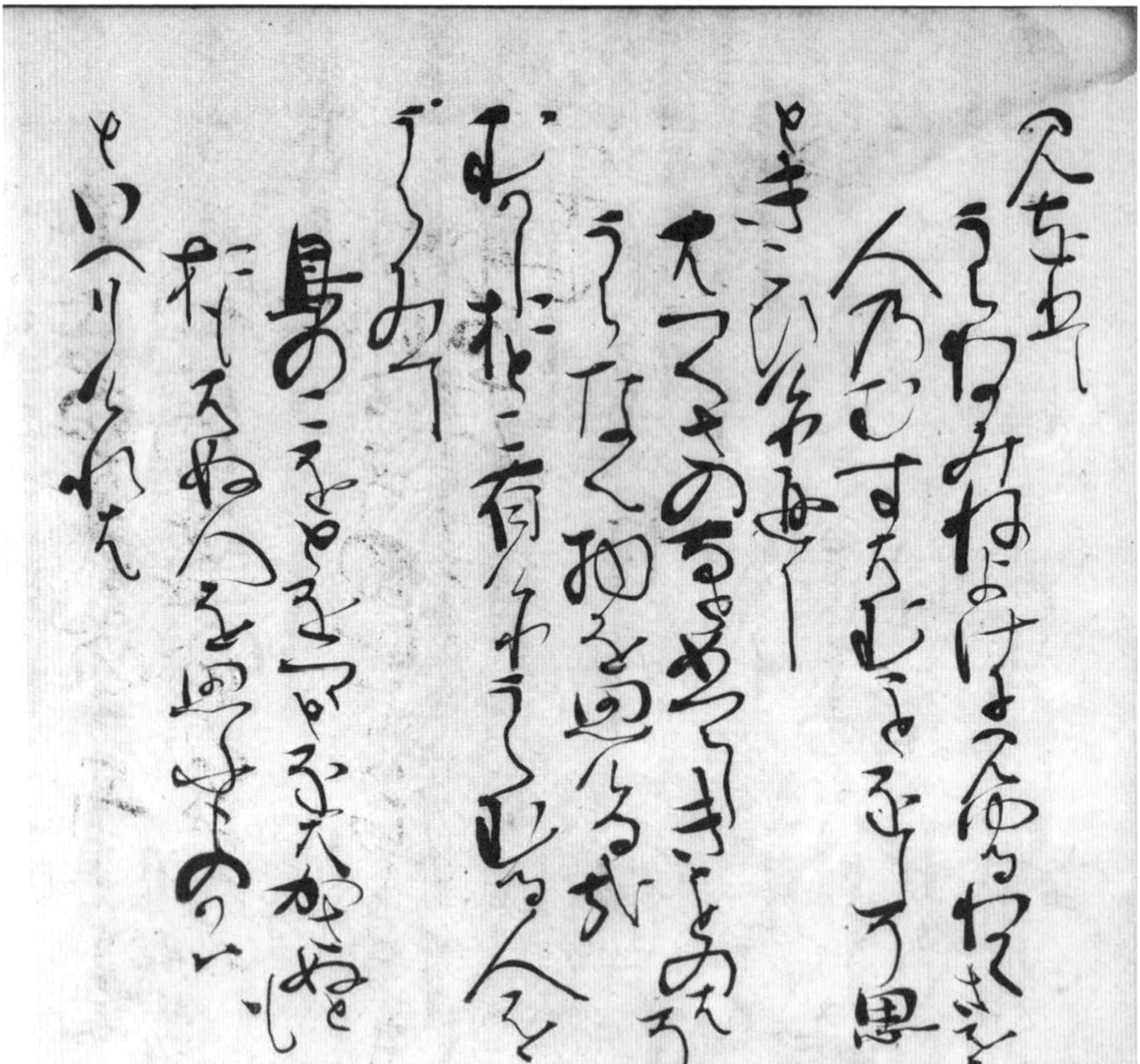

3 あるたのみつ人のへん
4 ○沈はうの雨そにちらすとも
5 みせ／＼
6 ゆくゐはかすのくよれも
7 だにえやへる思ふわかり
8 ちるきえ
9 ゆく水もするよしゝとる廬

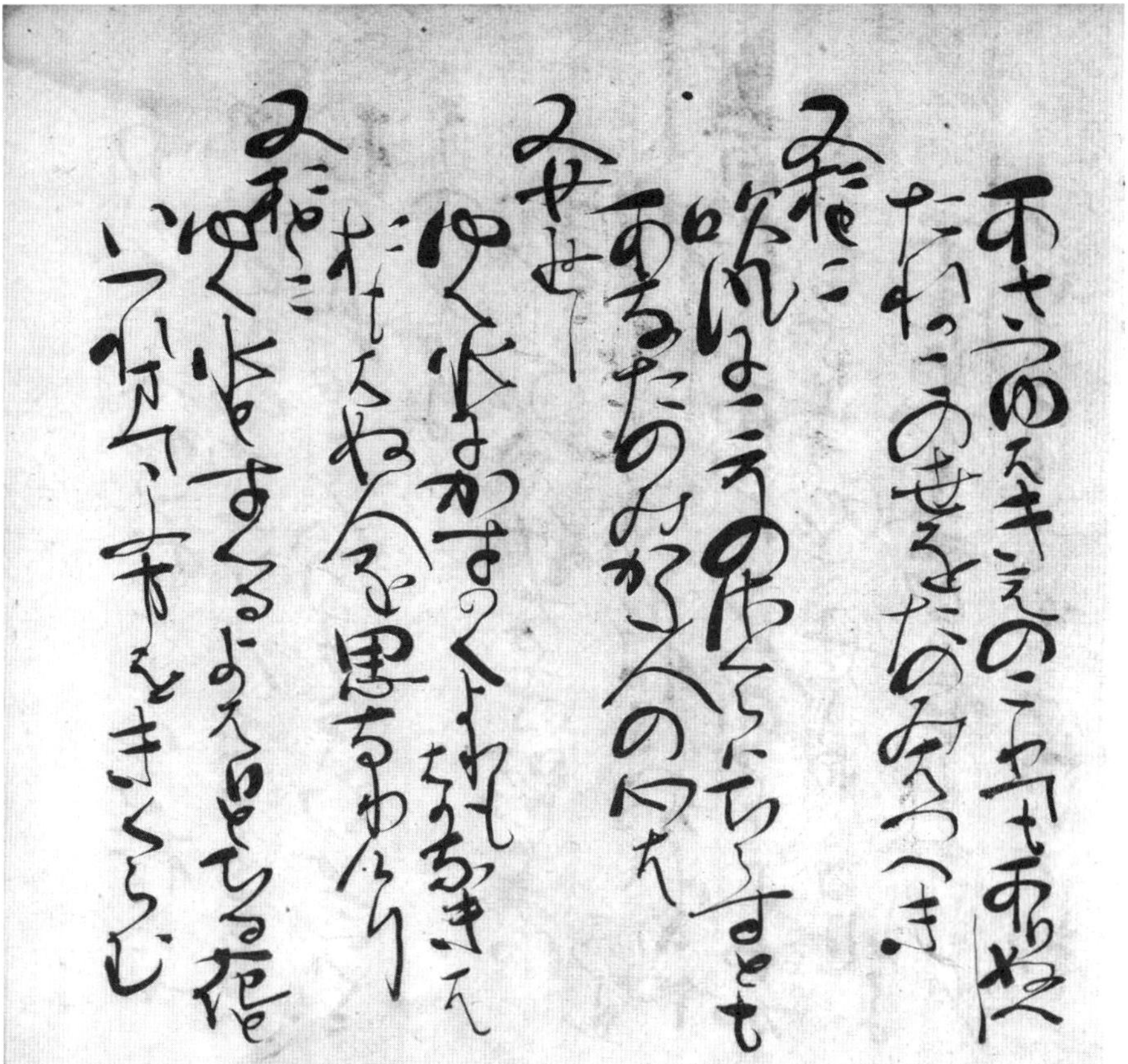

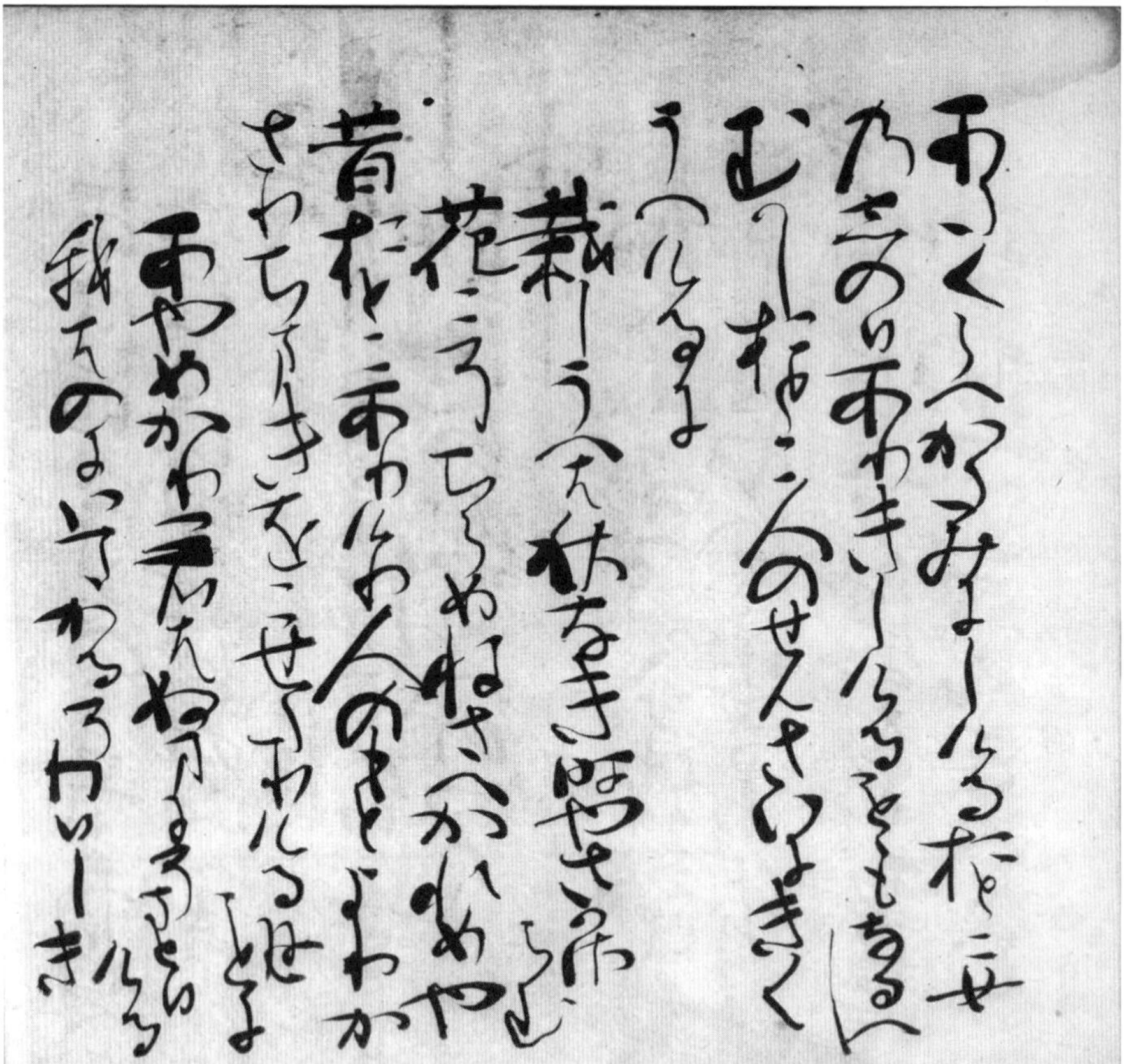
あたくらへかたみにしけるをとこ女
のしのひありきしけることなるへし

五一
むかしをとこ人のせんさいにきく
うへけるに
栽しうへは秋なき時やさかさらむ
花こそちらめねさへかれめや

五二
昔をとこありけり人のもとよりかさ
りちまきをこせたりける返ことに
あやめかり君はぬまにそまとひける
我はのにいてゝかるそわひしき

とてきしをなむやりける
五三 むかしおとこあひかたき女にあひ
てものかたりなとするほとにとりの
なきけれは
何そのとりのなくらむ人しれす
思心はまたよふかきに
五四 むかしおとこつれなかりける女に
いひやりける
ゆきやらぬゆめちをたとるたもとには
あまつそらなるつゆやおくらむ

36オ

三五五

むかしおとこ思かけたる女のえうまし
うなりての世に
おもはすは有もすらめとことの
はのおりふしことにたのまるゝかな

三五六

昔おとこふしておもひおきて思ひ
おもひあまりて
わか袖は草の庵にあらねとも
くるれは露のやとりなりけり

三五七

むかしおとこ人しれぬ物思ひけり
つれなき人のもとに

五八

9　8　7　6　5　4　3　2　1

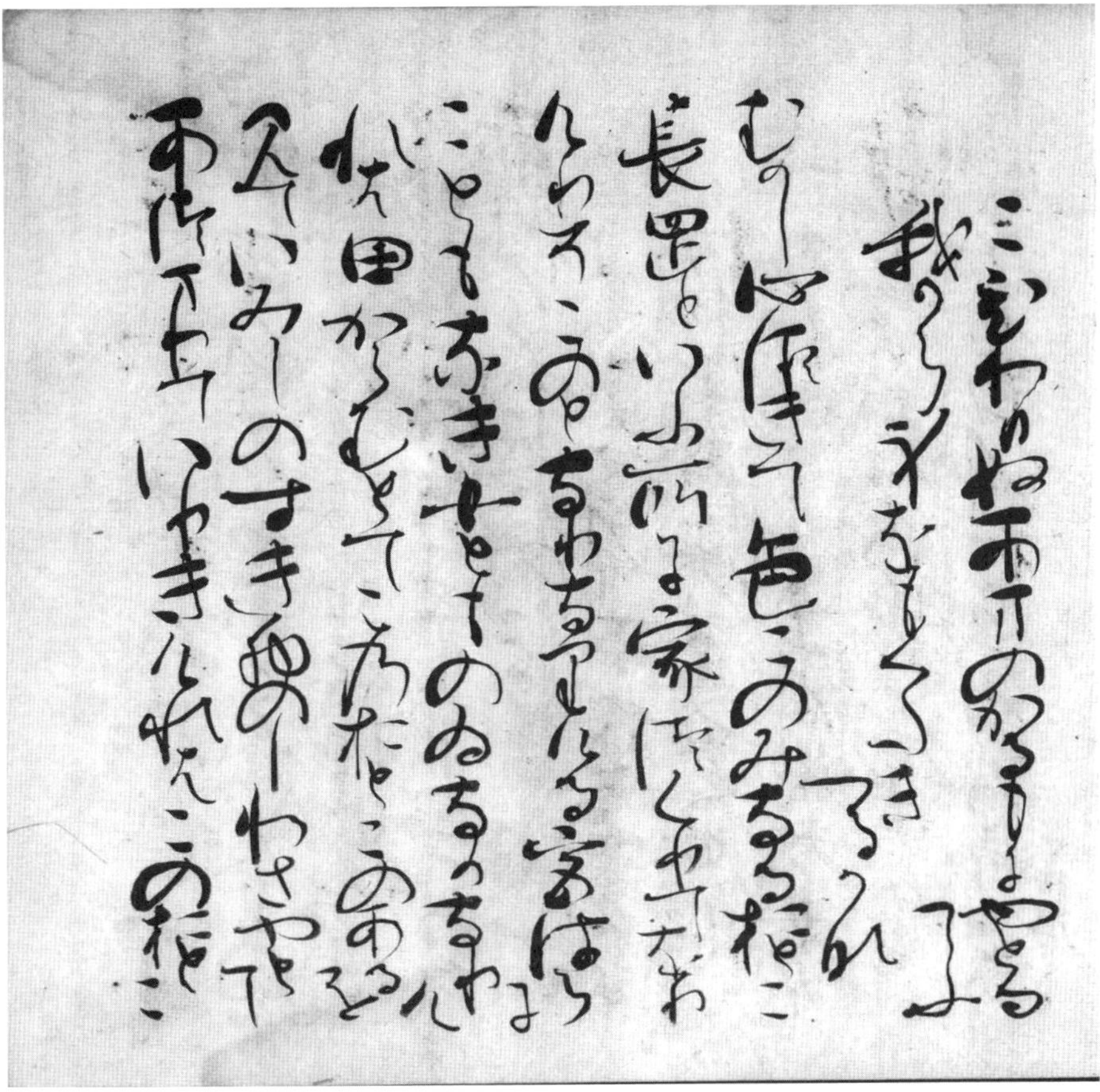

37オ

3 すみへのえとつけせぬなやを
4 ひえこの宮よあつてやきのて
5 ありしこえこのたと
6 むくちをえあちるをのうれ
7 かやまえなのすくをあゆき
8 とてえいつくもるこの女を
9 ほゐる大むやいるくれ
10 うてゆめちちひろ子ゆきの
　　　世に

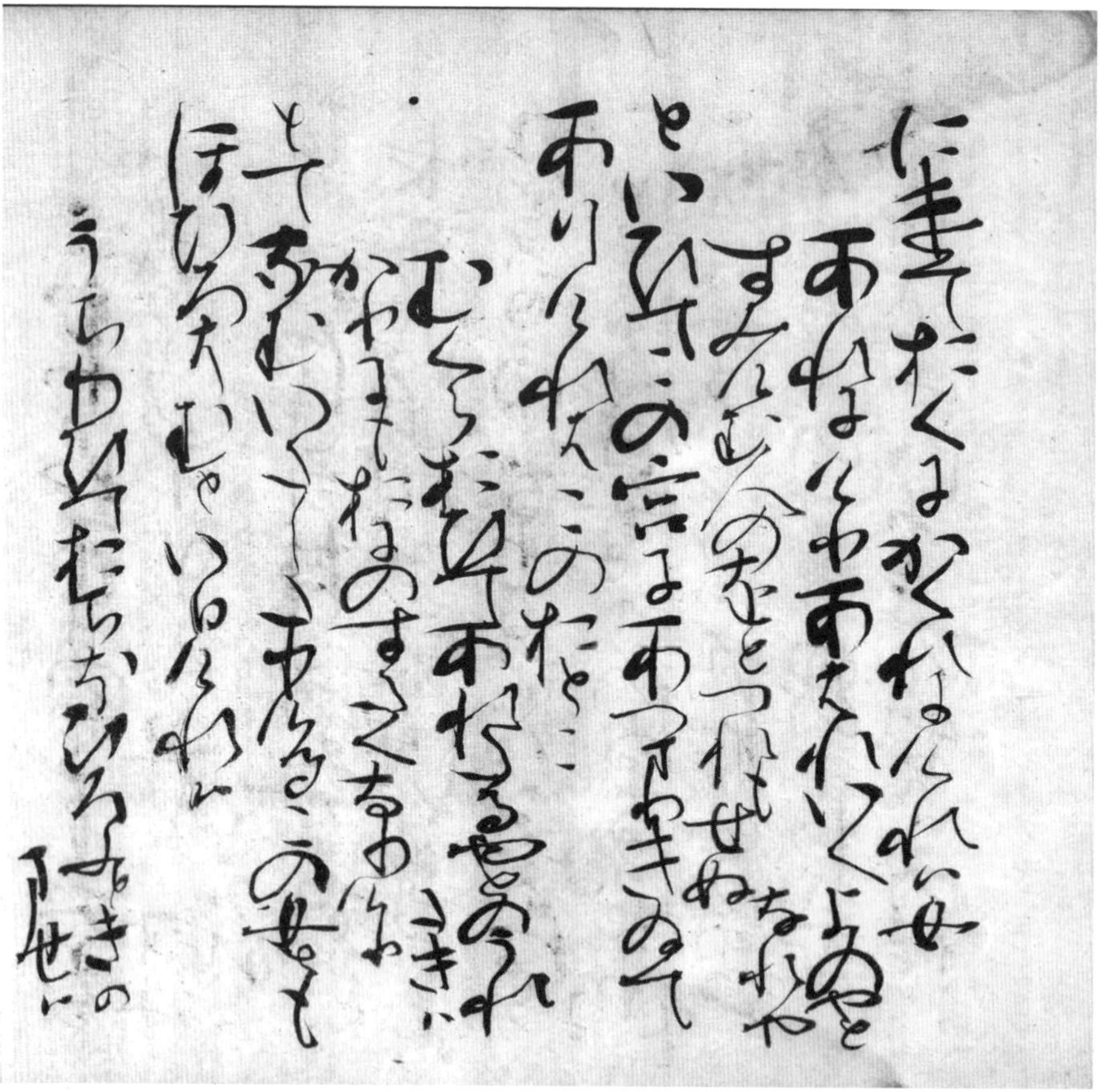

五九

10　9　8　7　6　5　4　3　2　1

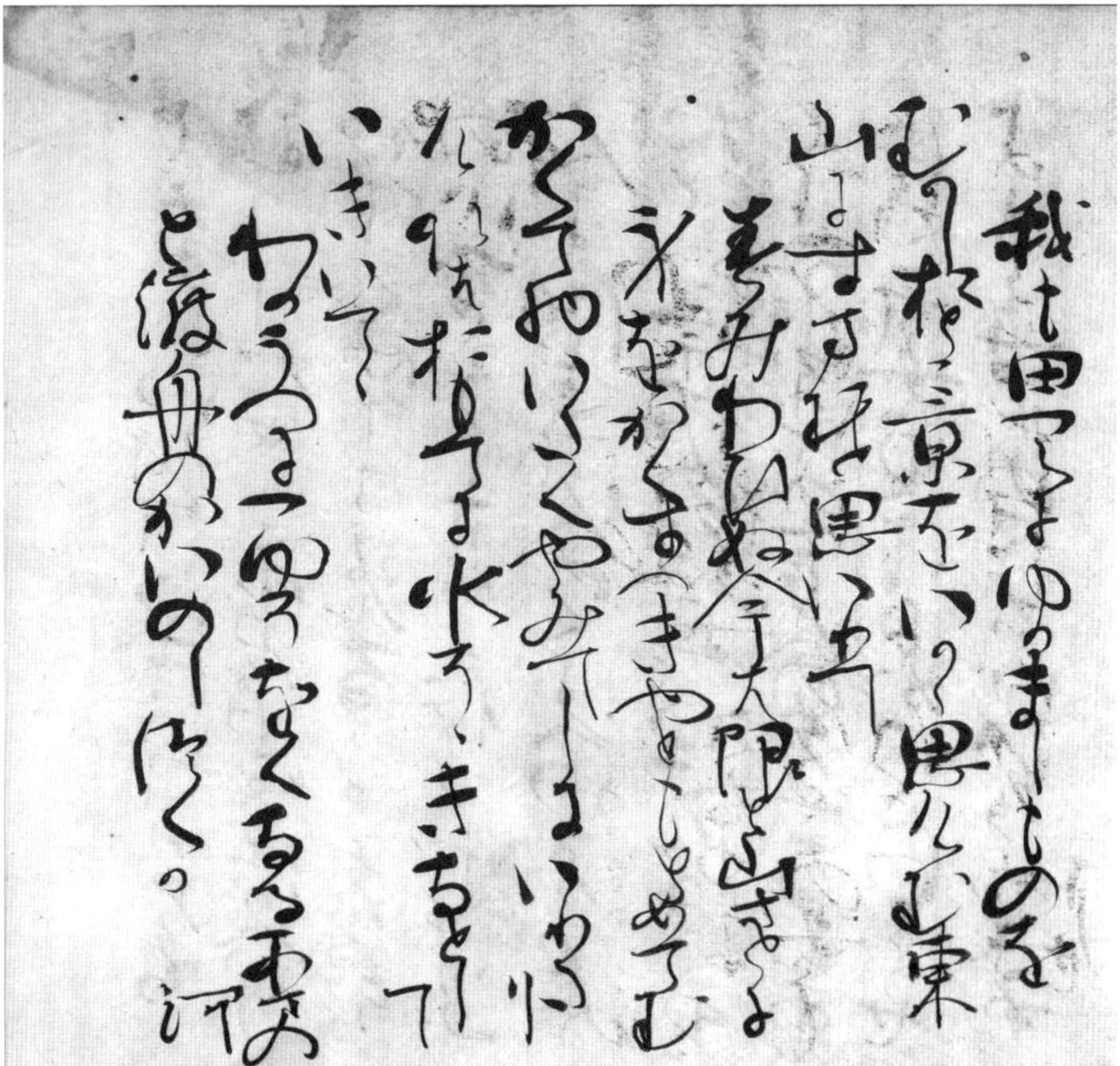

38オ

9　8　7　6　5　4　3　2　1

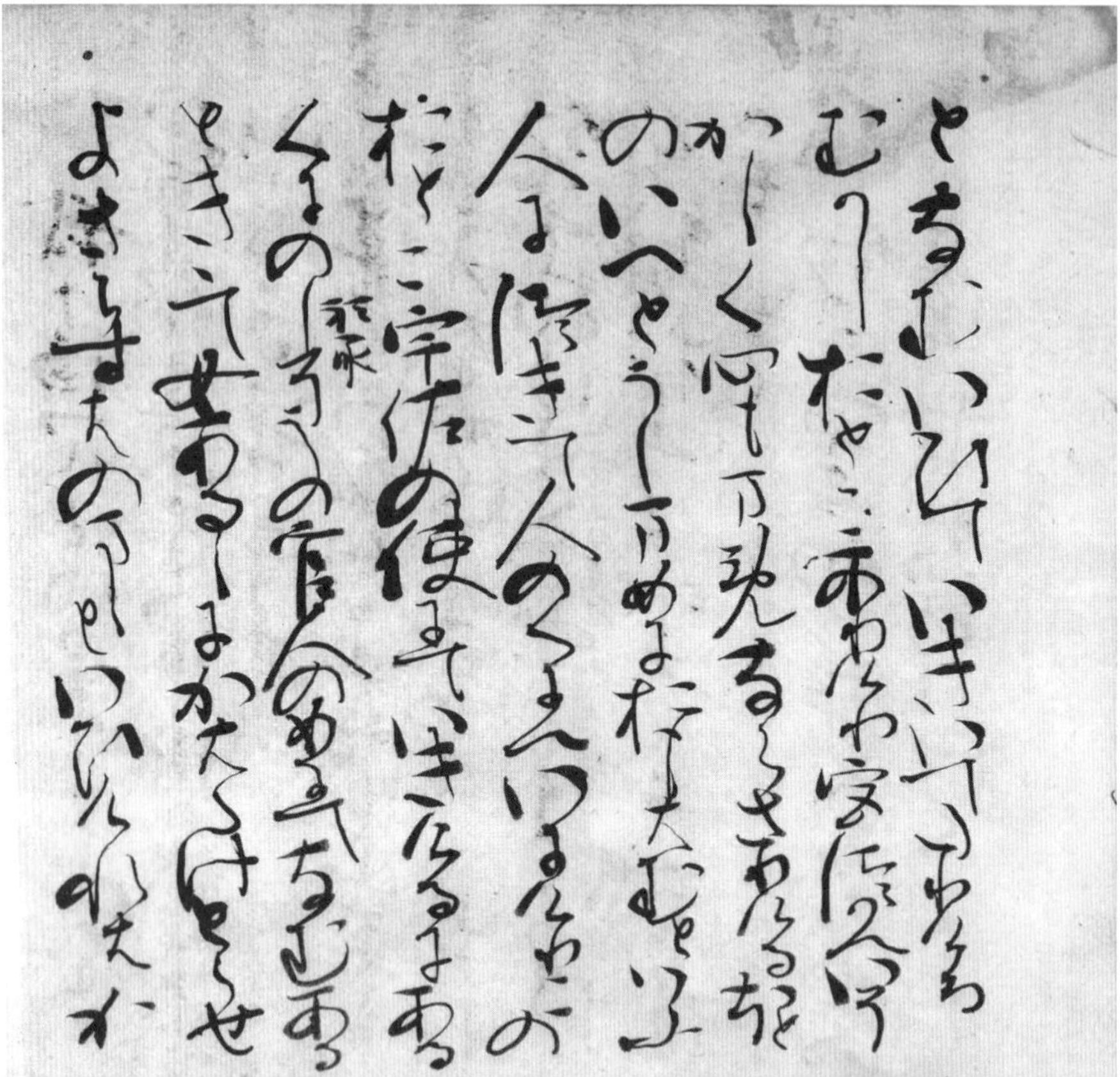

38ウ

六
1 かえて忠をいてにてやゝゝる
2 さうなこりいるたちえれをりて
3 仲日まだこゝえそあねや
4 むゝしの人のろてのかうする
5 といひいるきを思いさあよをお
6 て山は江てうありいる
7 昔在に没くて上て、きゝある
8 よこえんいろのむとうすま

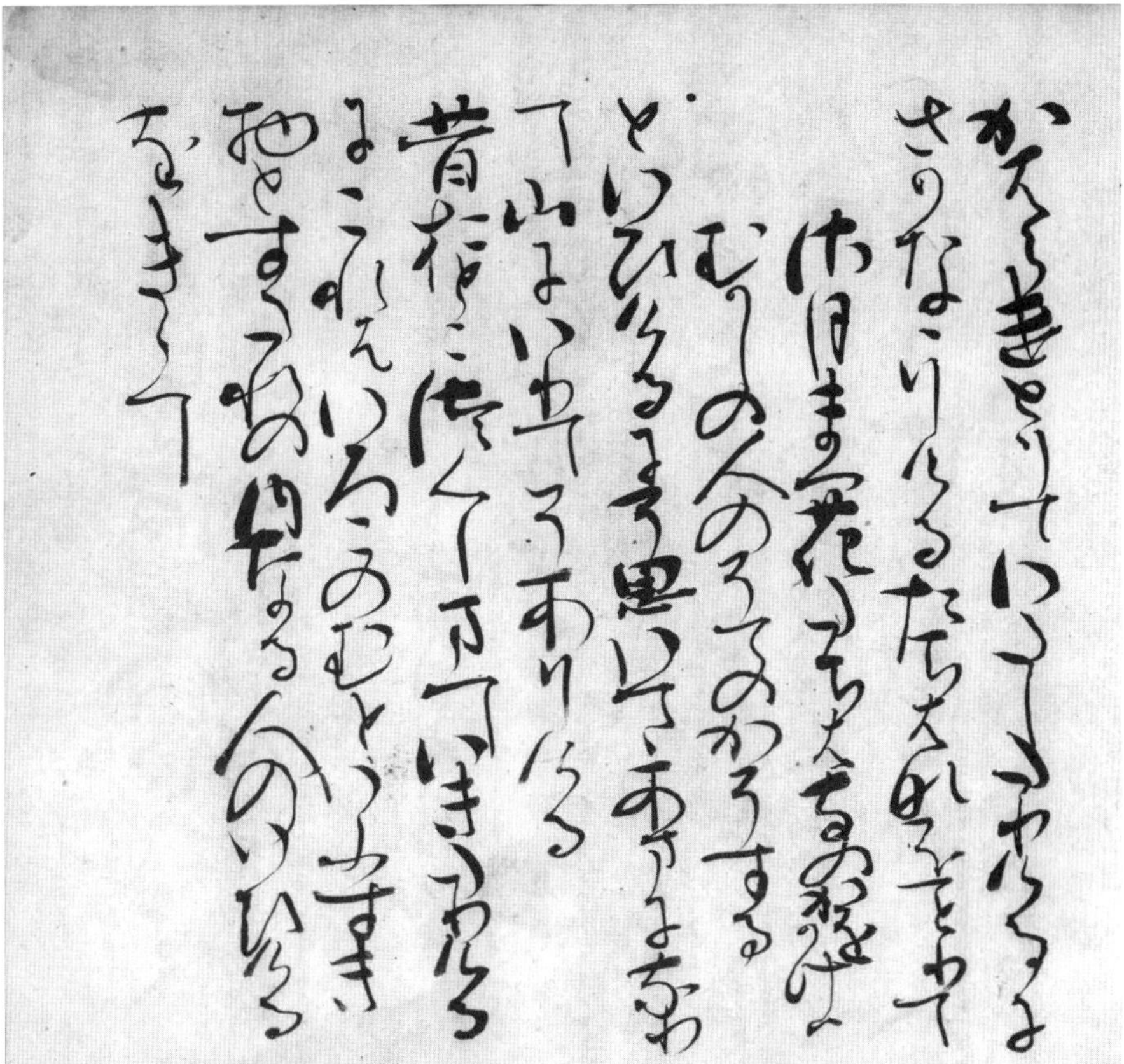

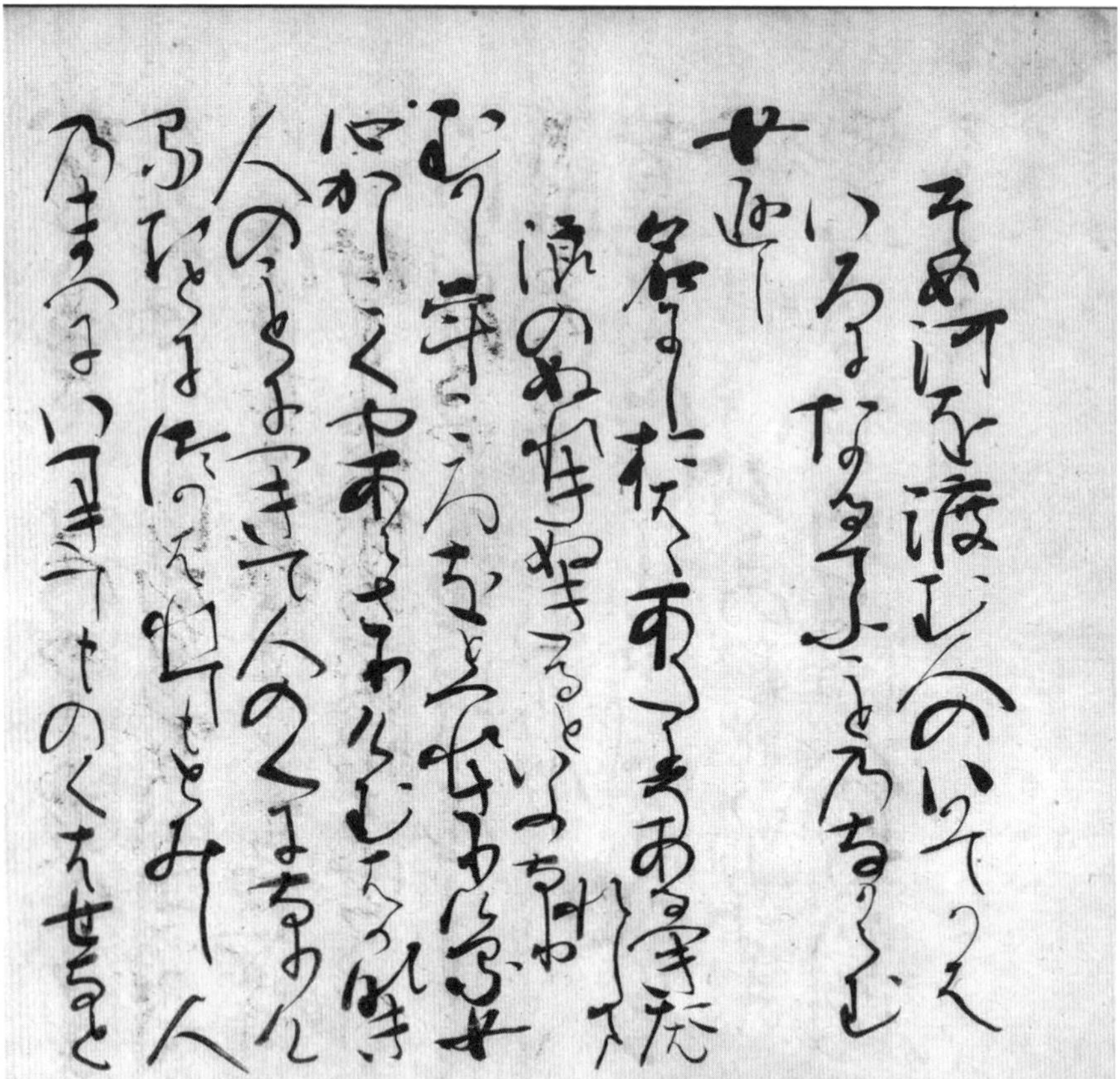

そめ河を渡らむ人のいかてかは
いろになるてふことのなからむ
女返し
名にしおはゝあたにそあるへきたはれしま
浪のぬれきぬきるといふなり
夳
むかし年ころおとつれさりける女
心かしこくやあらさりけむはかなき
人のことにつきて人のくになりけ
る人につかはれてもとみし人
のまへにいてきてものくはせなとしける

3 りいて打こ我そえ去さは早
4 任すへのするいつ石て花
5 こけ、かことなわうるれ
6 とりつをしえつと思ていん
7 そせつぬするを申をい
8 いて渡のほするとてえを

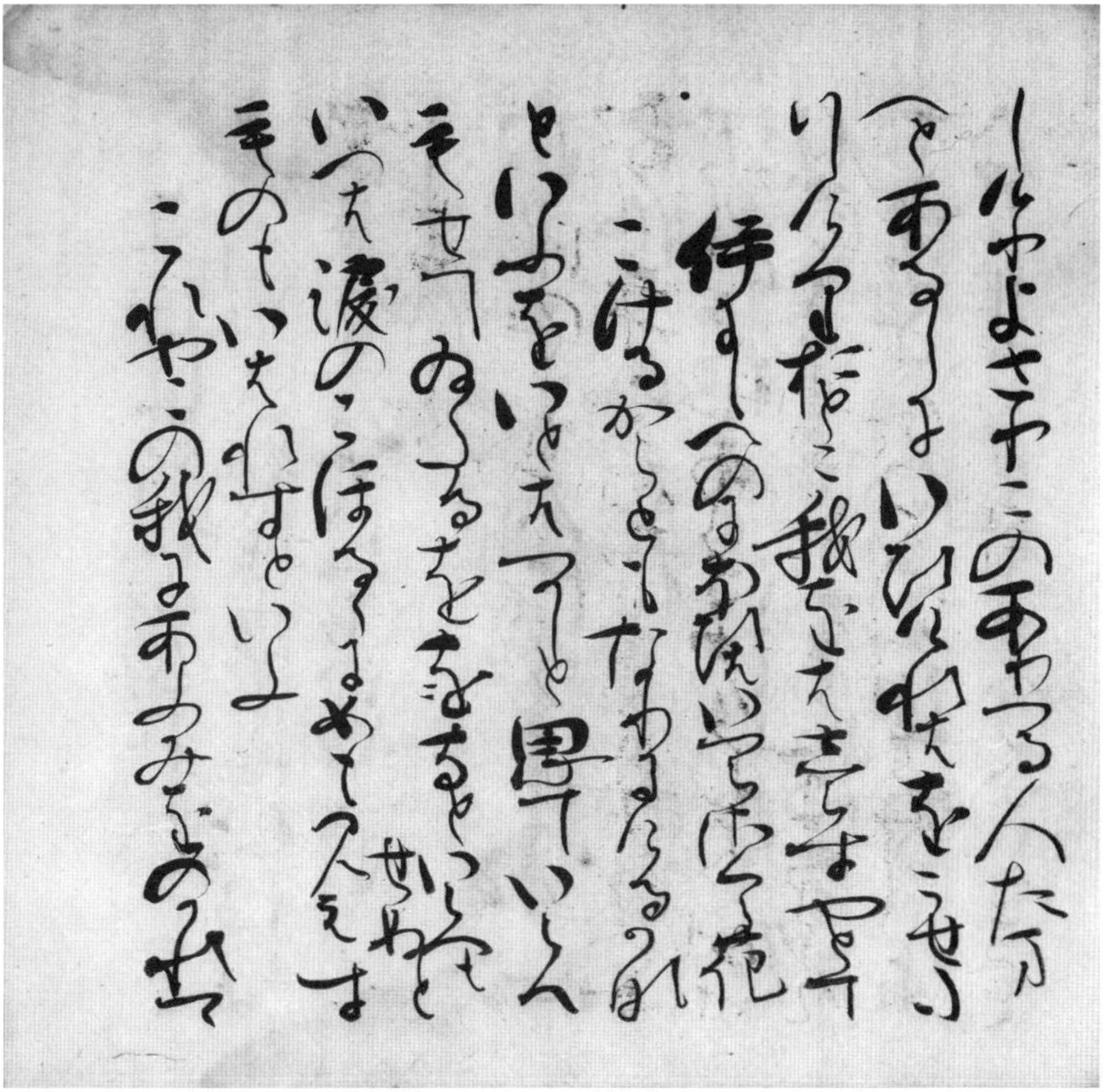

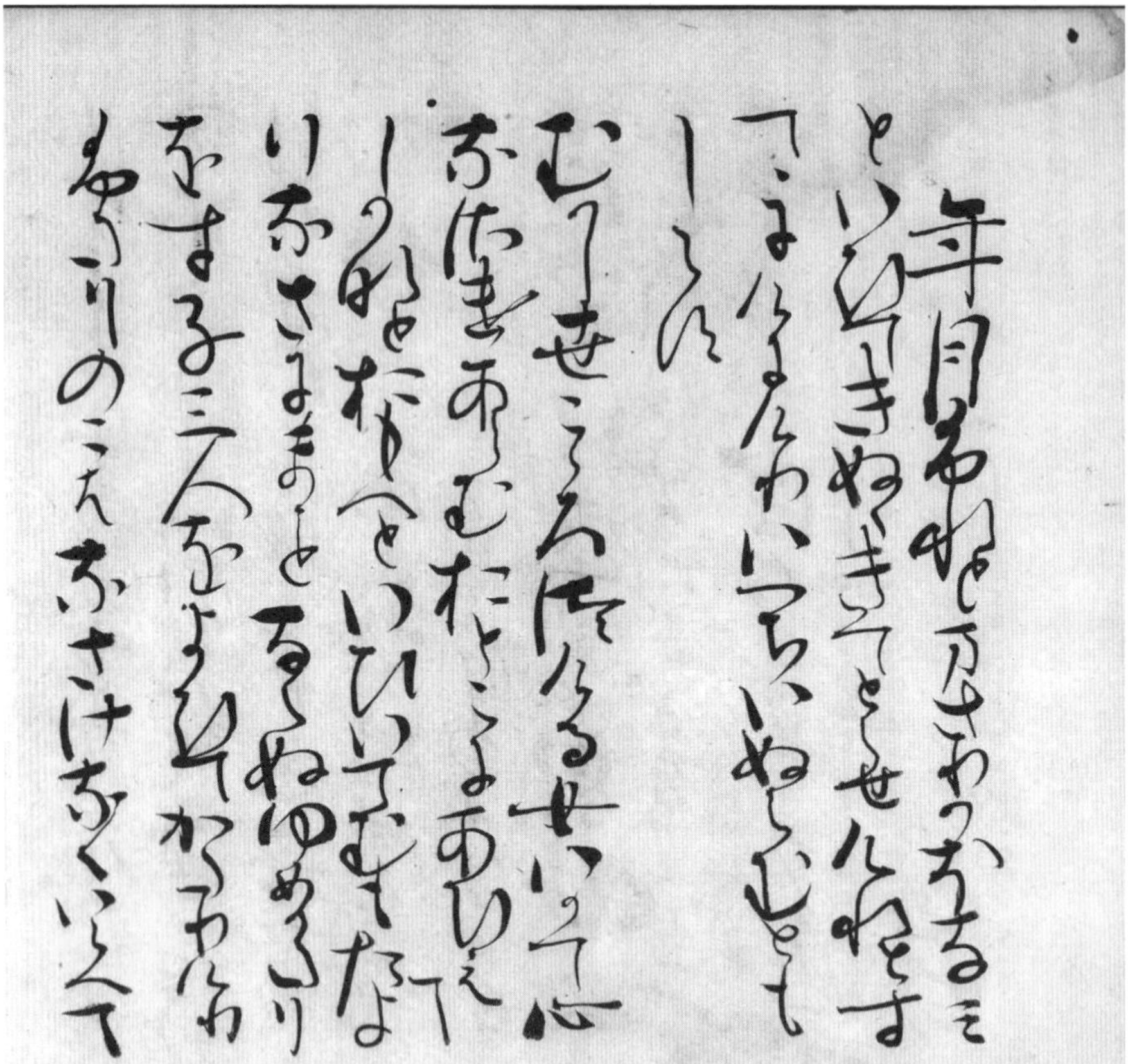
年月をへてあはつかなるを
とりわききぬきせてとらせけれとす
てゝにけりいつちいぬらむとも
しらす
むかし世こゝろつける女いかて心
なさけあらむおとこにあひえ
てしかなとおもへといひいてむもたよ
りなさにまことならぬゆめかたり
をす子三人をよひてかたりけ
りふたりのこはなさけなくいらへて

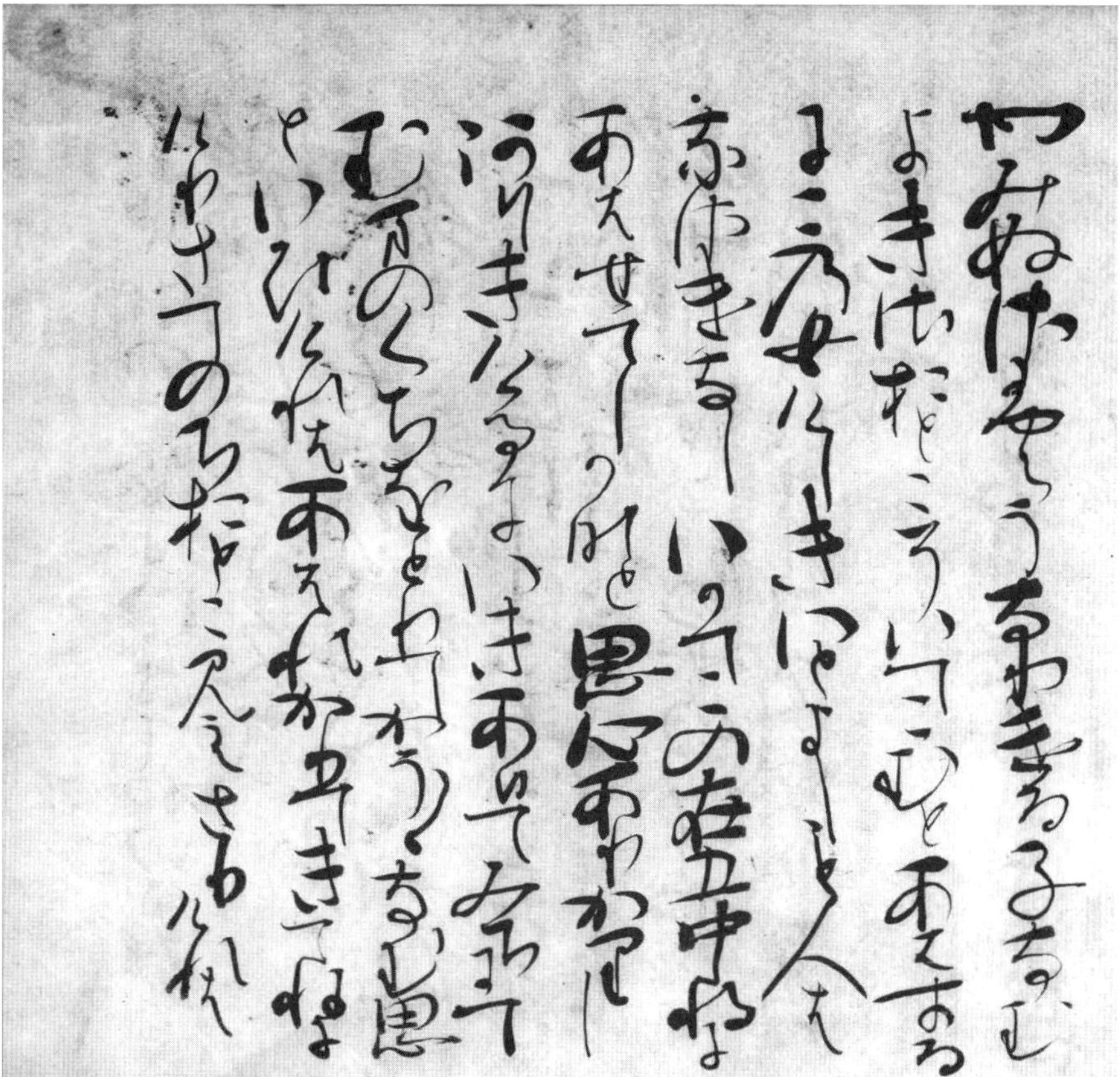

41オ

3 もゝせうひとせつねくて我か
4 我もこゝもし我のけなん
5 といてたゝけ〳〵きをえてひち
6 からこちよかりて家よきてうち
7 あせりなこゝかのものせ〳〵やる
8 ゝのよたてりつくあせき

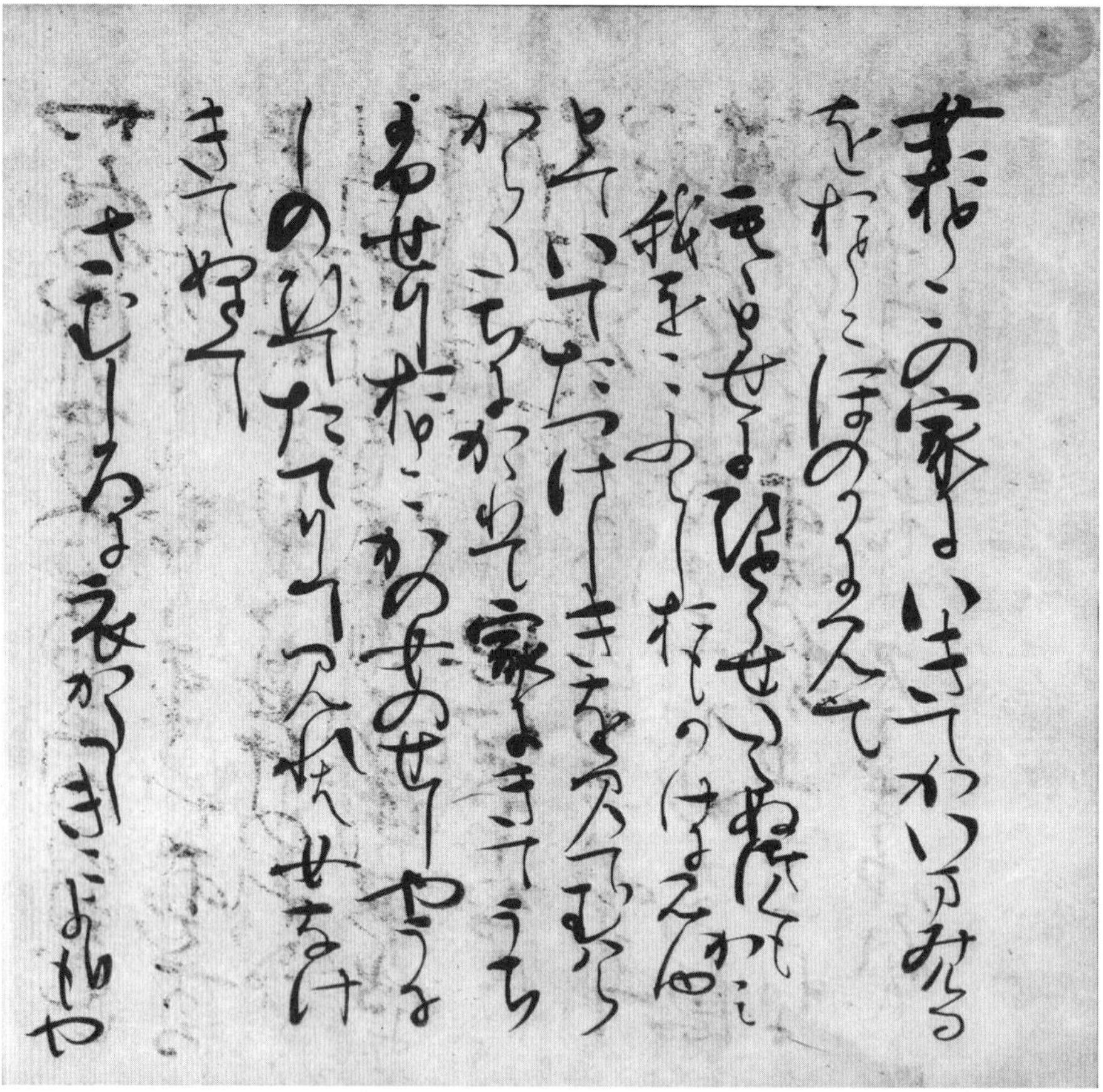

六四

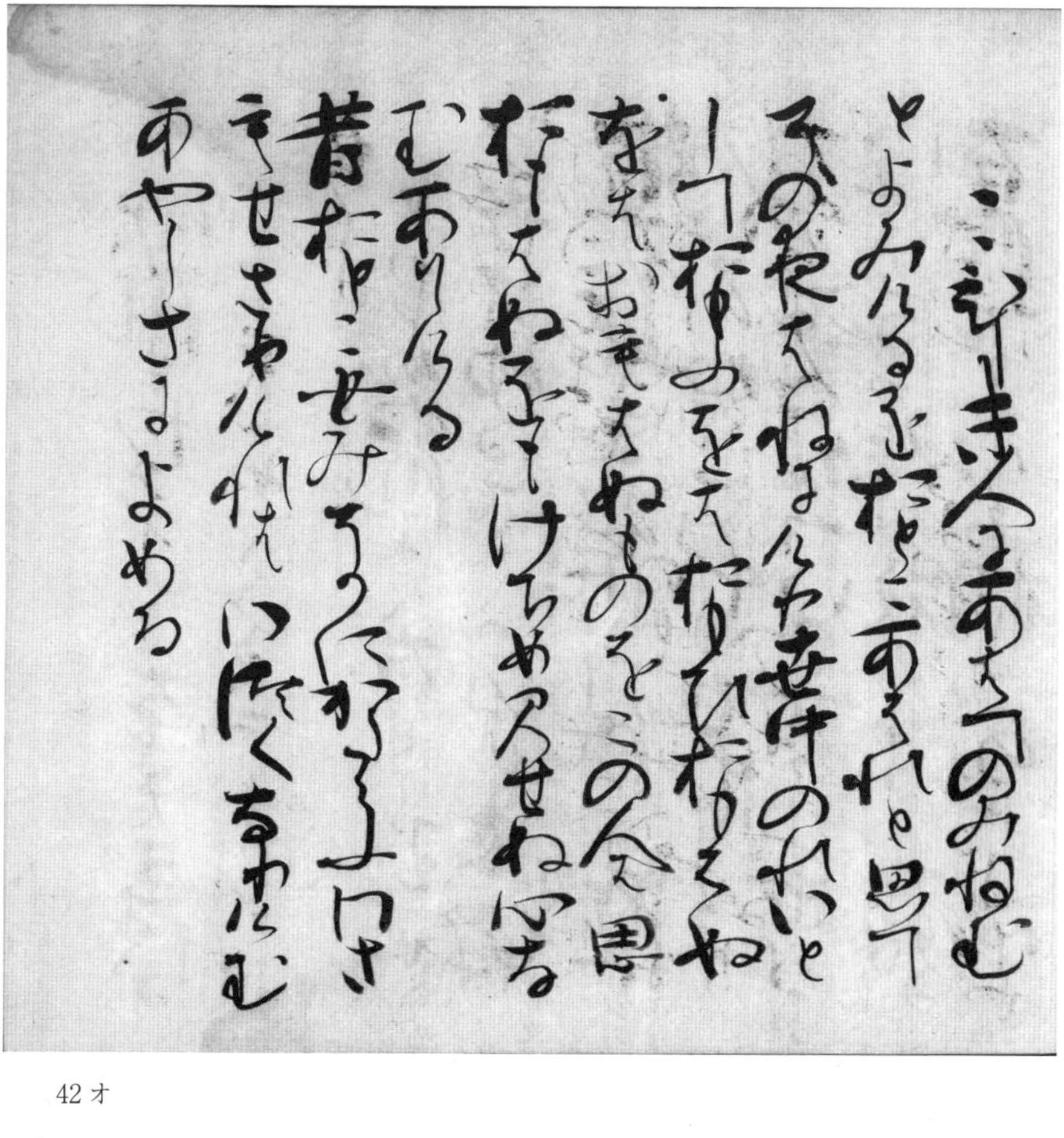
こひしき人にあはてのみねむ
とよみけるをおとこあはれと思て
その夜はねにけり世中のれいと
しておもふをはおもひおもはぬをは
おもはぬものをこの人は思
おもはぬをもけちめみせぬ心な
むありける
昔おとこみそかにかたらふわさ
もせさりけれはいつくなりけむ
あやしさによめる

42オ

六五

10　9　8　7　6　5　4　3　2　1

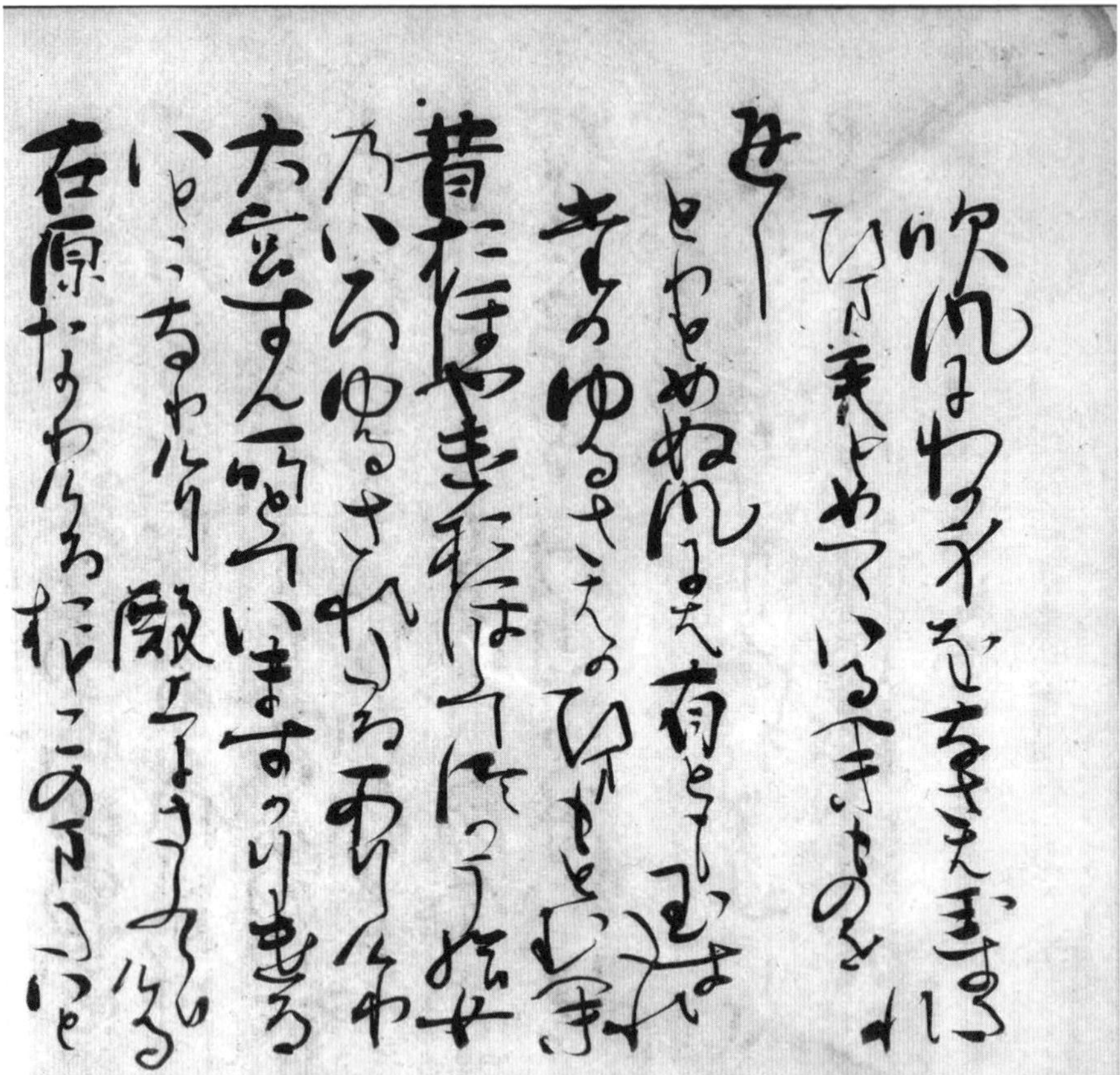

42ウ

10　9　8　7　6　5　4　3　2　1

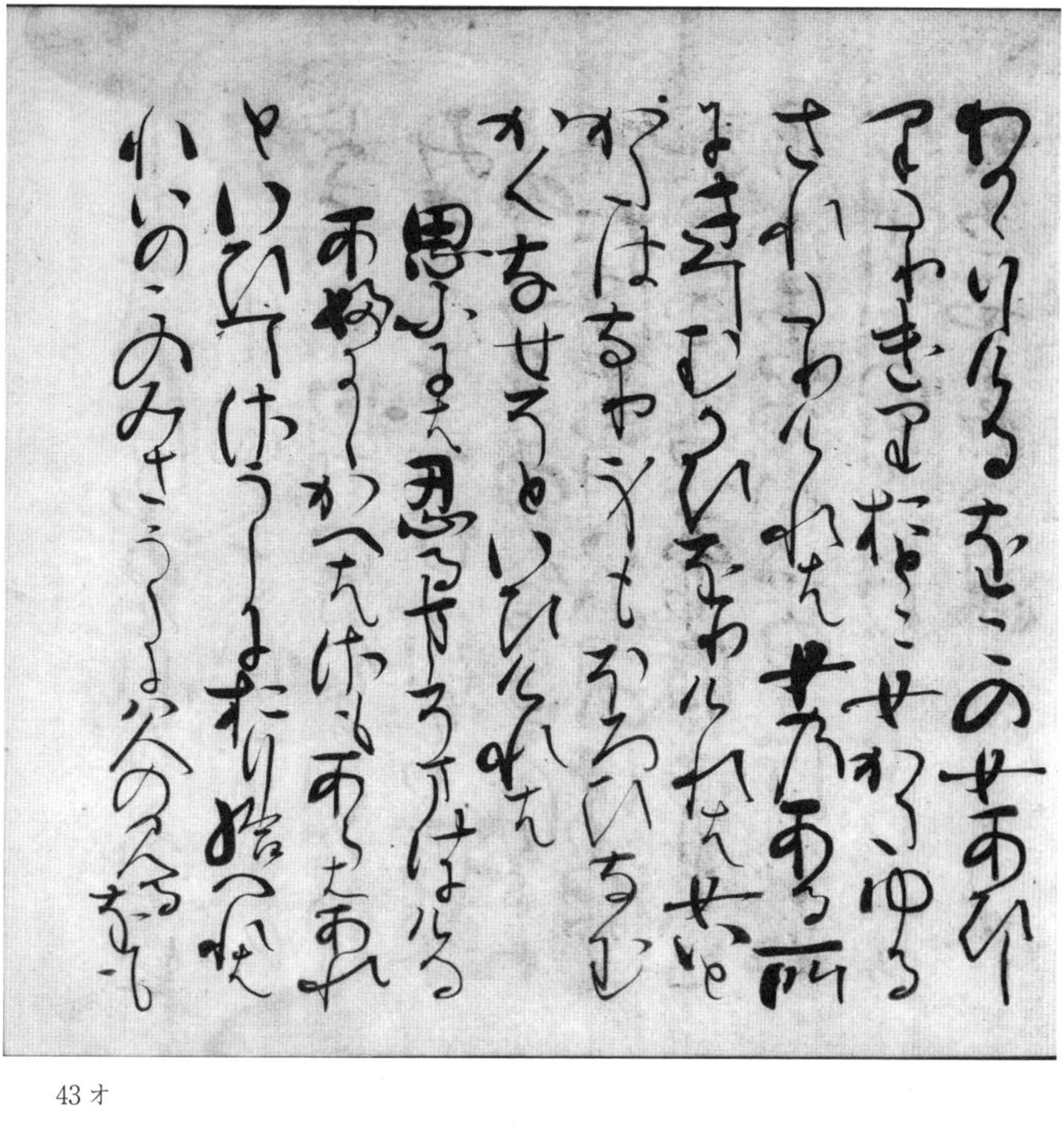

43オ

3 よきゝと思ていきかるいたゝき
4 みふんきてかるひとひわれにい
5 とのもてるみ人ゑるよくさゝれ
6 てたくまさけいつてのほわねゝ
7 がたわってやゝ渡まていひ
8 てうちあわてたつこのまほるいぬ

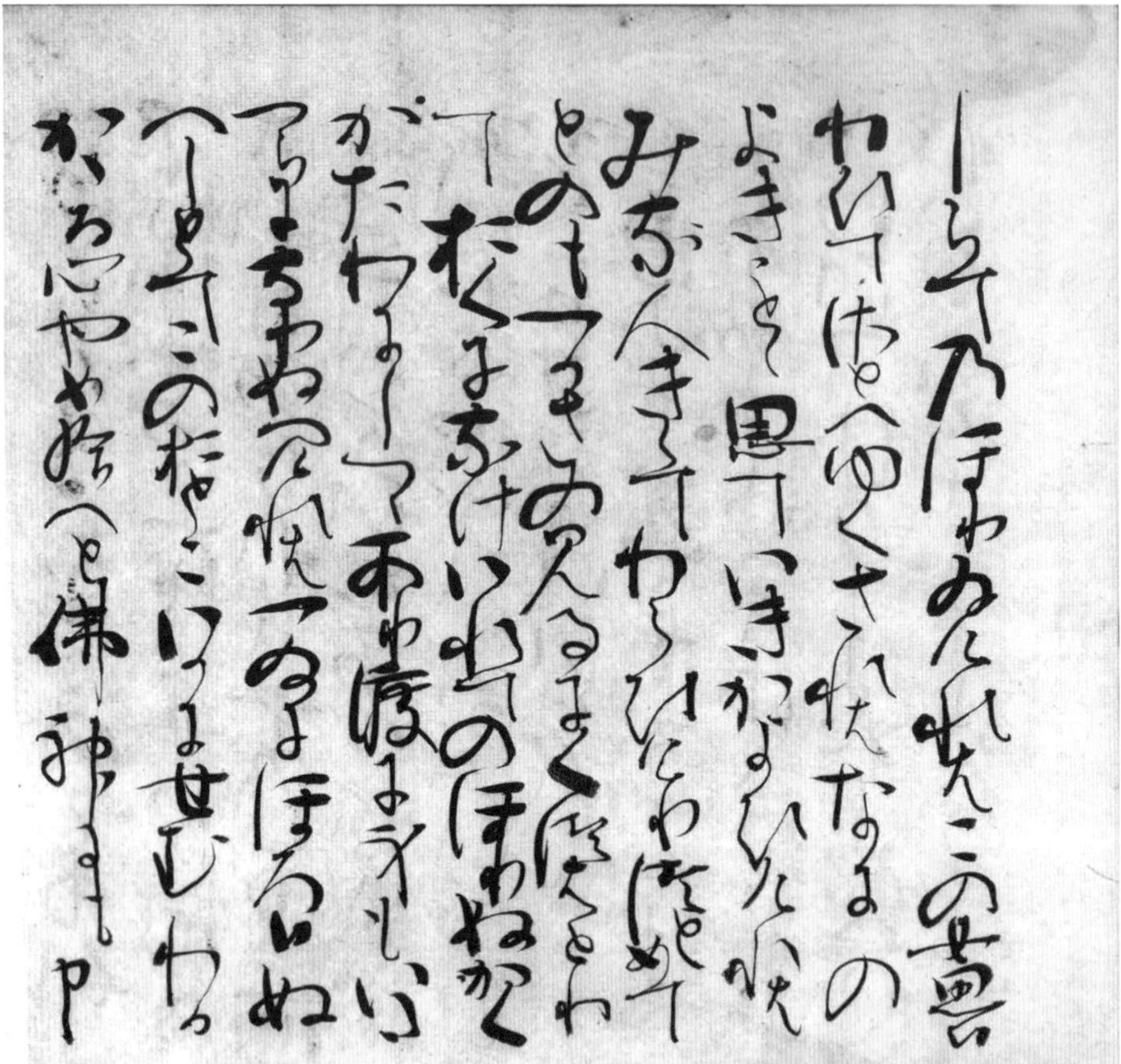

9　8　7　6　5　4　3　2　1

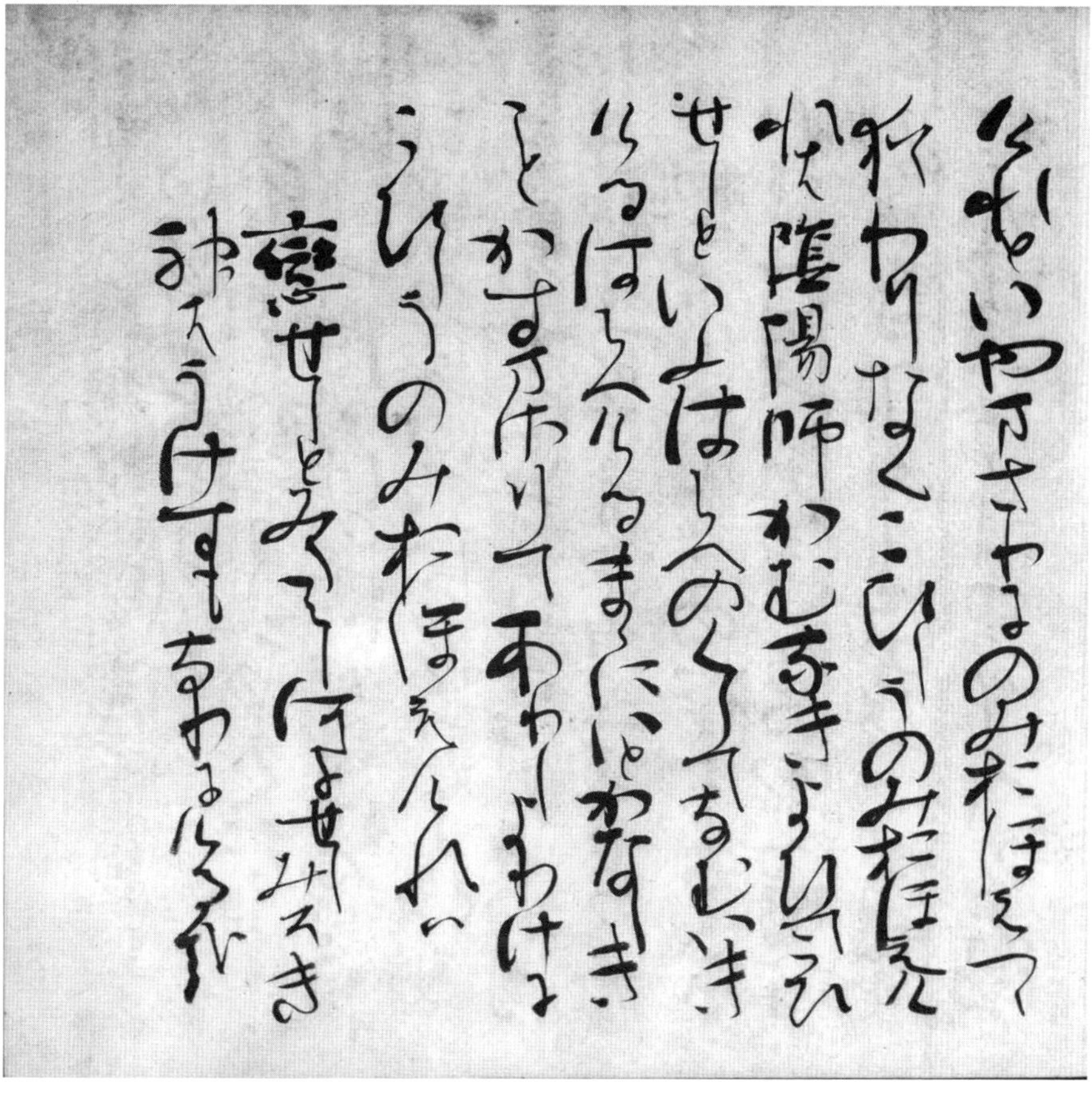

44オ

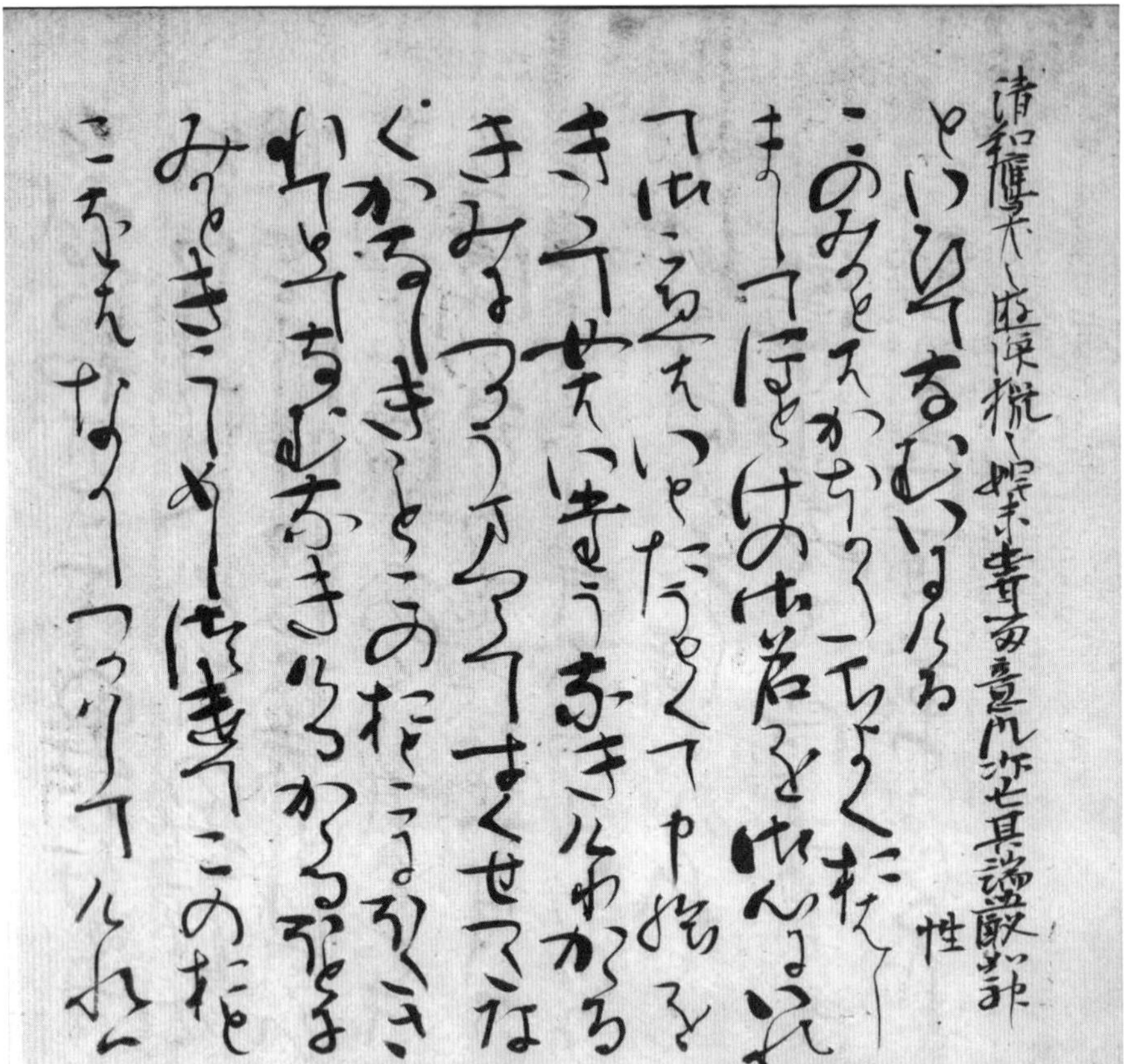

清和純大、恬淡寂寞、審其意凡近世其端厳如非　性
といひすてるむいまへる
このみちをえつかまつりてちやうくたさく
ましてほとけの出苦をはんする
出こゝろえいとたうとくて如是を
きこえて出まうあきれわかるる
きみまつうまつてすくせてさな
ぐかるてきことこのたとこそたくき
いひともちもあきたるかるたとそ
みちをきこてめし給まへこのたと
こころえなくつかりてれ

44ウ

3　りたまひしれん人々
4　をりしらく
5　あけのかうきますむ虫の秋
6　はるこてちゝめきえふうに
7　となきてあれ／＼このねこえ人の
8　くよまわすをよきてこえて

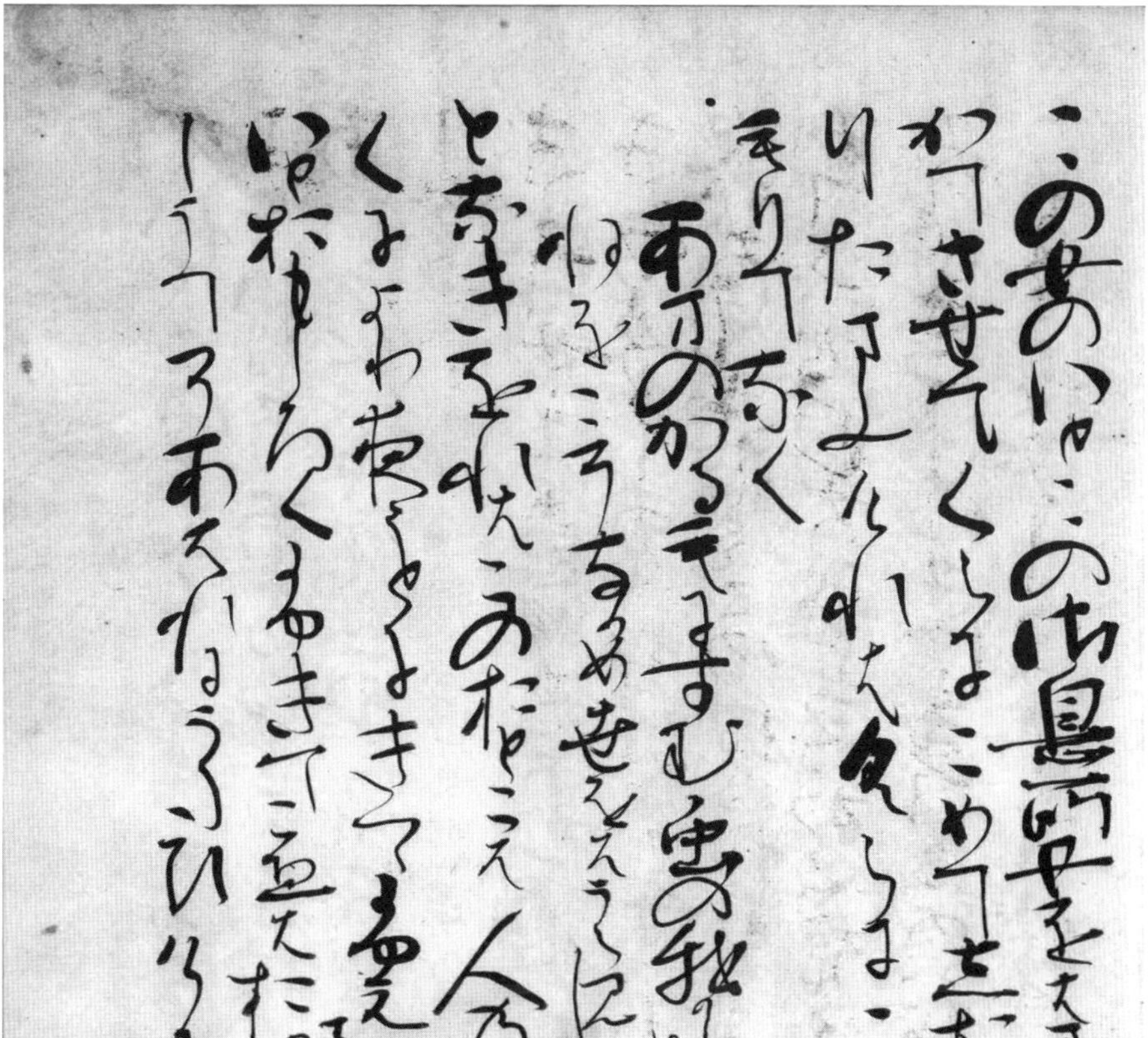

10　9　8　7　6　5　4　3　2　1

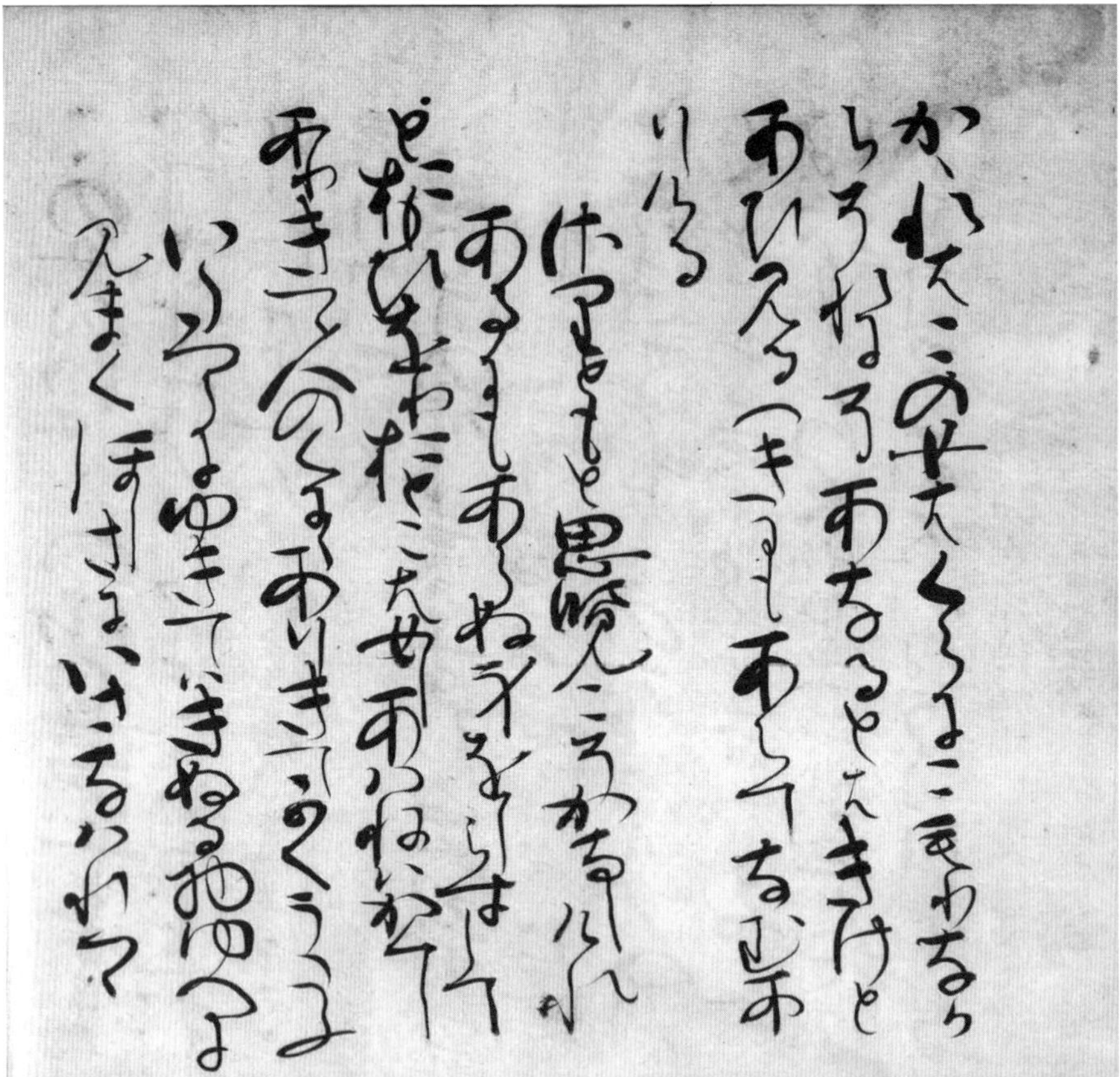

45ウ

六六

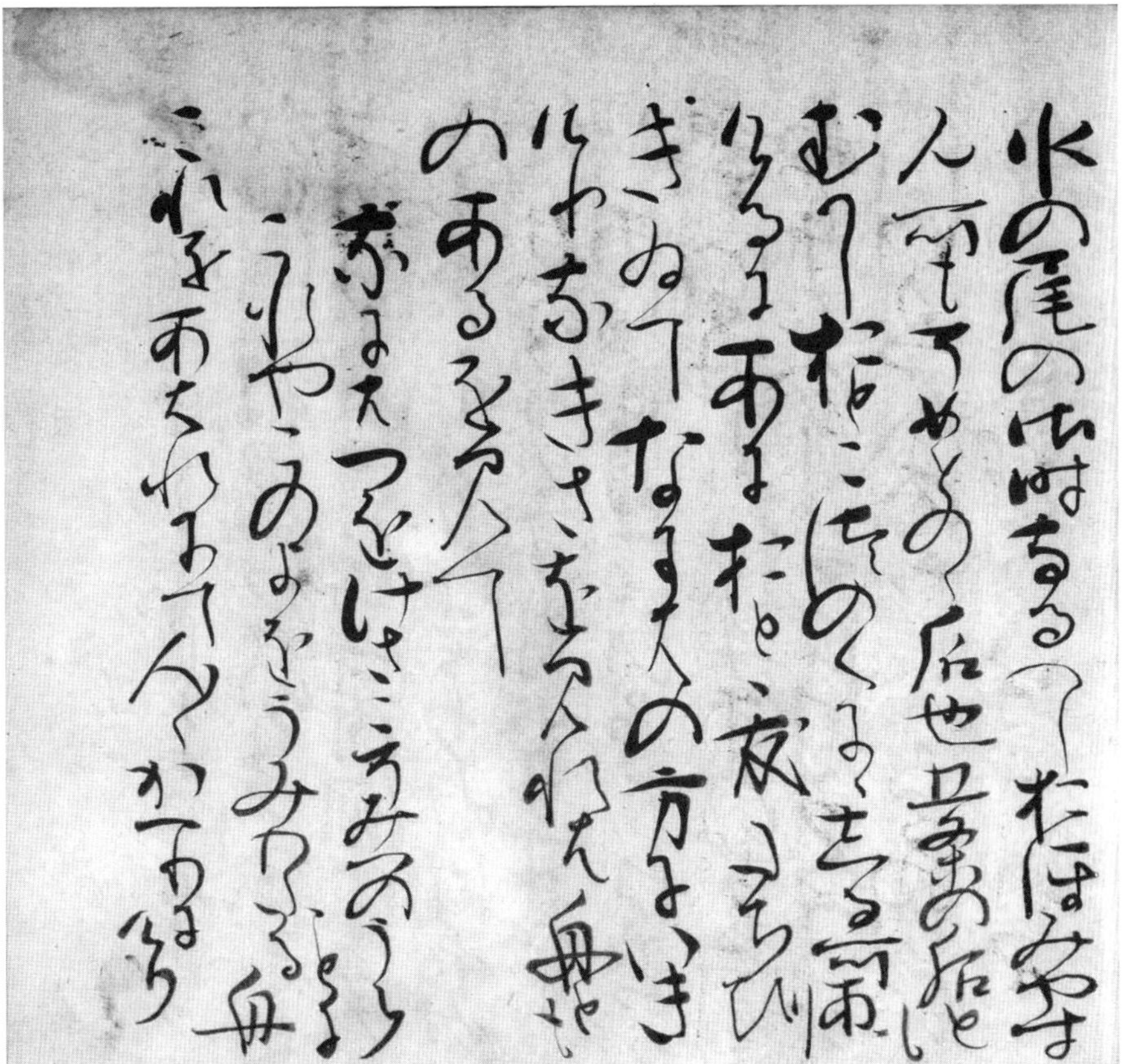

46オ

六六
10　9　8　7　6　5　4　3　2　1

1 火の尾のへはする〳〵たはみやす
2 む五尺ほとこのくゝるちる帚し
3 たる木あまたとこそうちけり
4 きぬてなきみの方よりき
5 ひゃるきゃさるへれん軍
6 のある〴〵
7 かるえつをはこゝろみの
8 うやこのよきうみ〳〵舟
9 これをあちわすんくかある
10 　　　　　　　　　　　る

六七

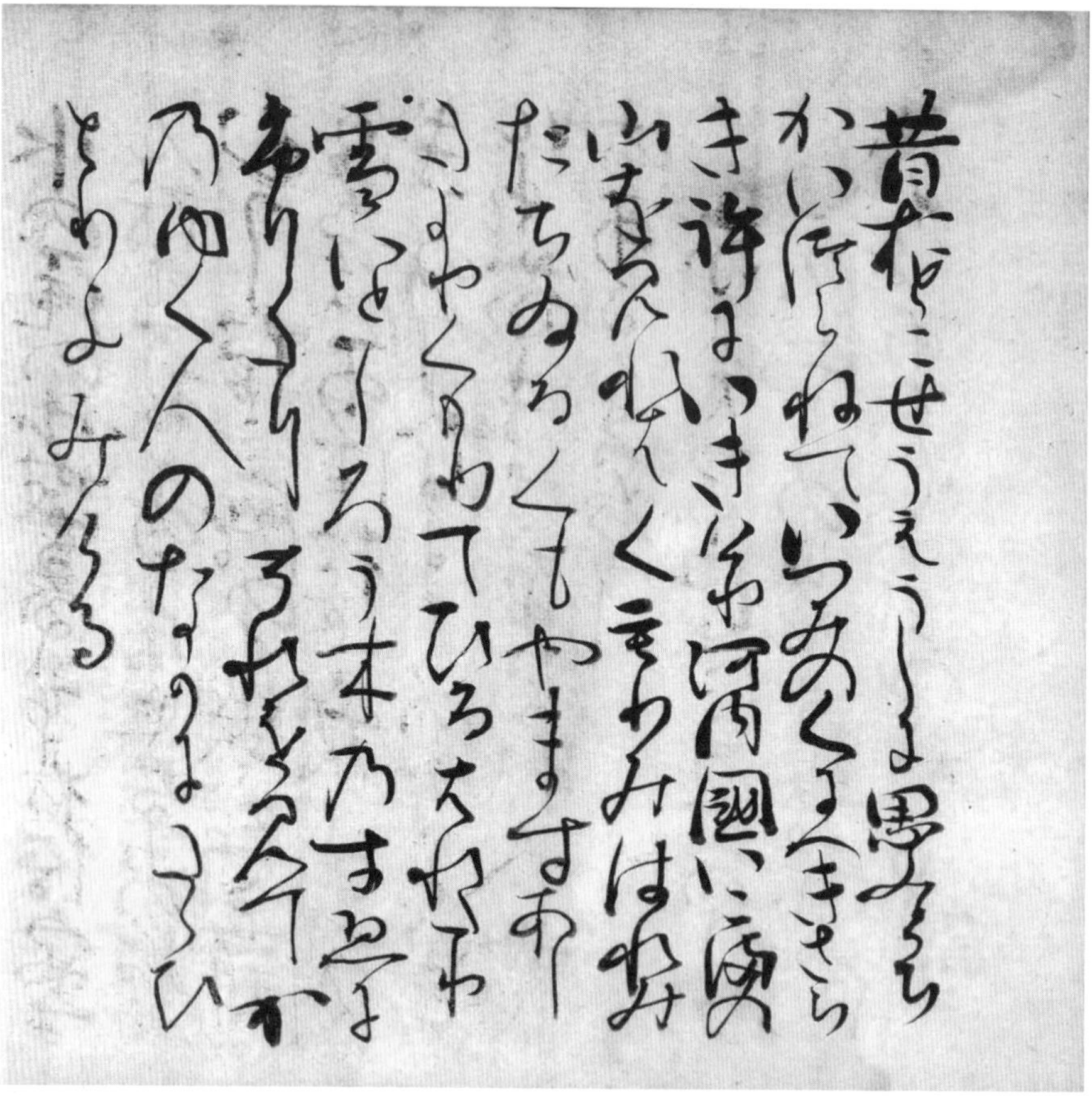
昔をとこせうえうしに思ふとち
かいつらねていつみのくにへきさら
き許に行けり河内國いこまの
山を見れはくもりみはれみ
たちゐるくもやますあし
たよりくもりてひるはれたり
雪いとしろう木のすゑに
ふりたりそれをみてかの
ゆく人のなかにたゝひ
とりよみける

六八

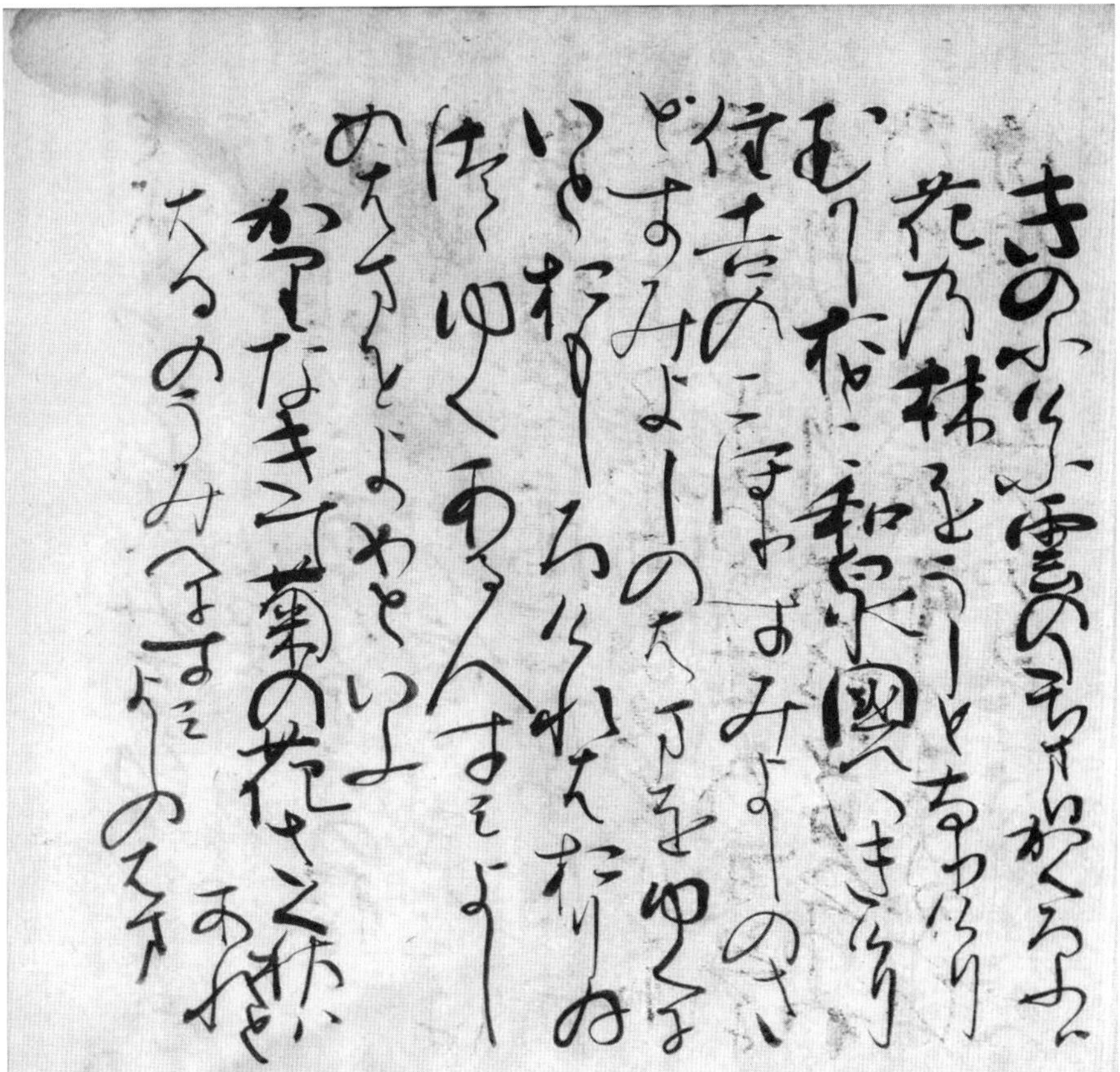
きのふけふ雲のたちまひかくろふは
花の林をうしとなりけり
むかしおとこ和泉国へいきけり
住吉のこほりすみよしのさ
とすみよしのはまをゆくに
いとおもしろけれはおりゐ
つゝゆくあるひとすみよし
のはまとよめといふ
かりなきて菊の花さく秋はあれと
はるのうみへにすみよしのはま

47オ

六九

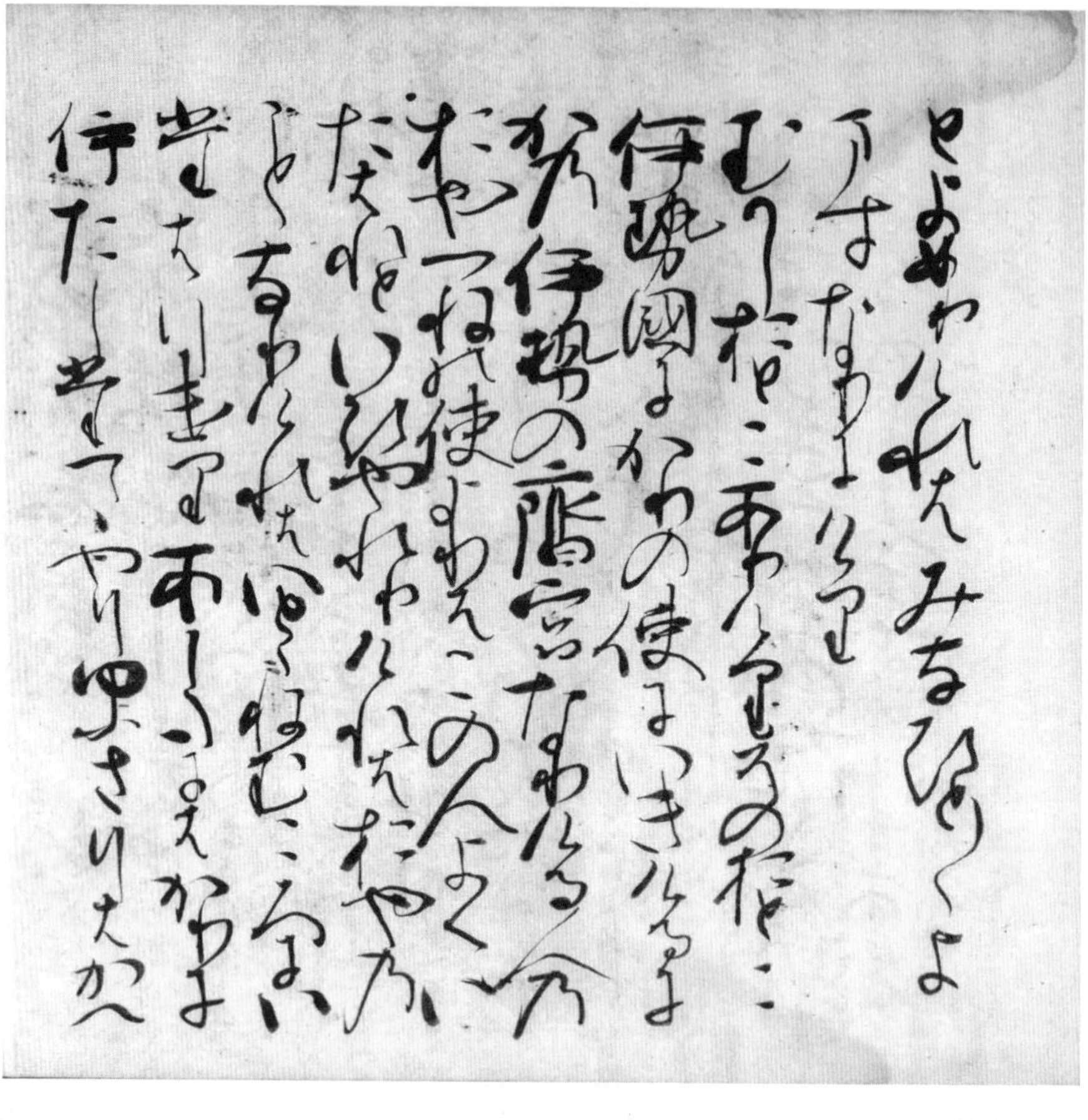

47ウ

3　むりたこありくすろた[に]
4　伊勢國よかの使はいきえそ
5　我伊勢の齋宮なりける人
6　のつねの使よりこの人よく
7　なねいろいねれたりや
8　とするあれはほく使にこふ

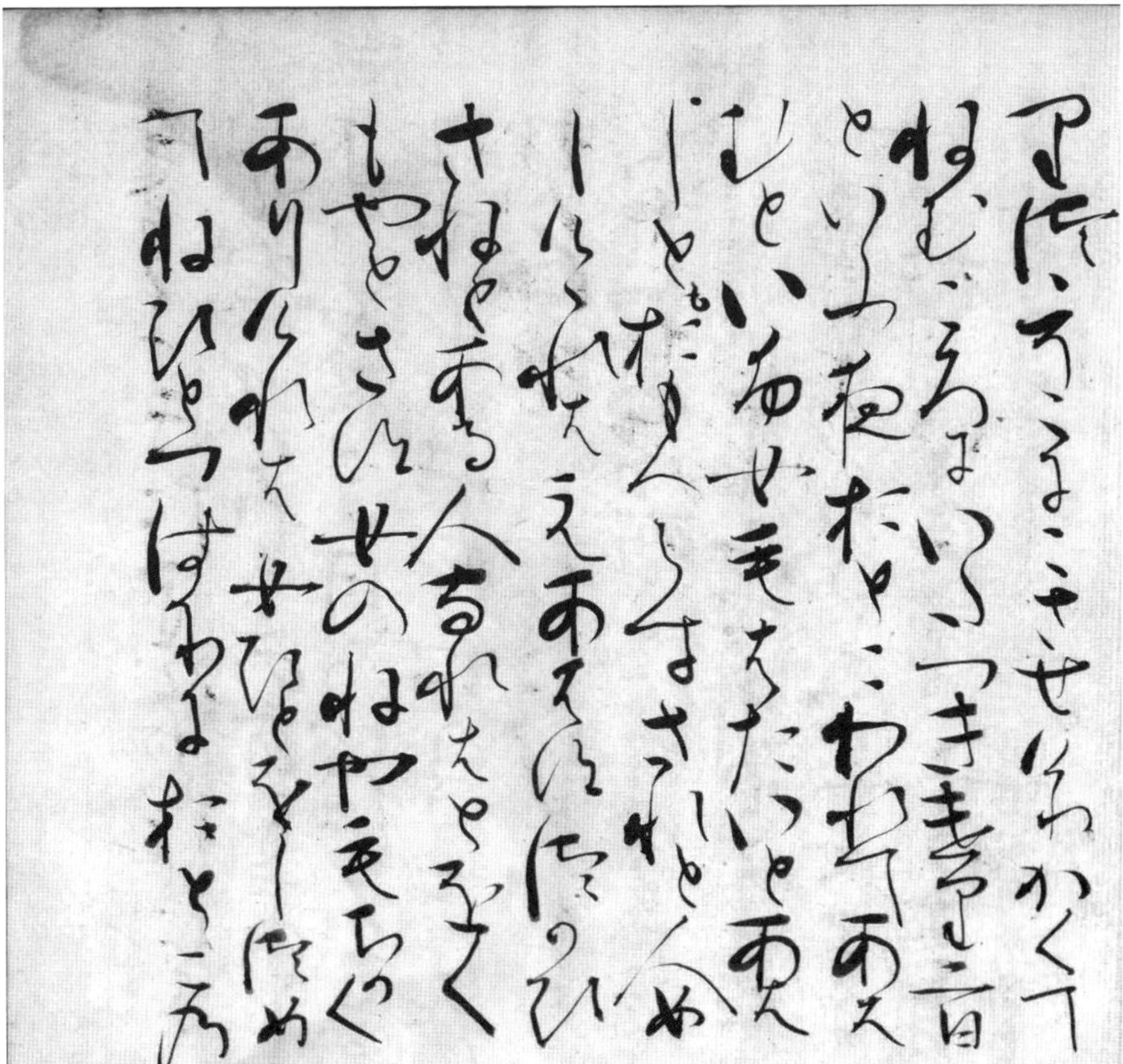

元とよきたてまつらせ給たる
やうなりけれ共この方をえいは
ず／＼せ給よ月比なほほうちる
やうひさきわとはなきさきまた
てかへてり給こゝにほうけ
くてかのぬる所よめうはうては
なよとも／＼かくとはぬよゝね
ほうやわう／＼かまてあるまた
はすかにいつるまていくて立ま歳
よろつほめてゝしうかいれれと

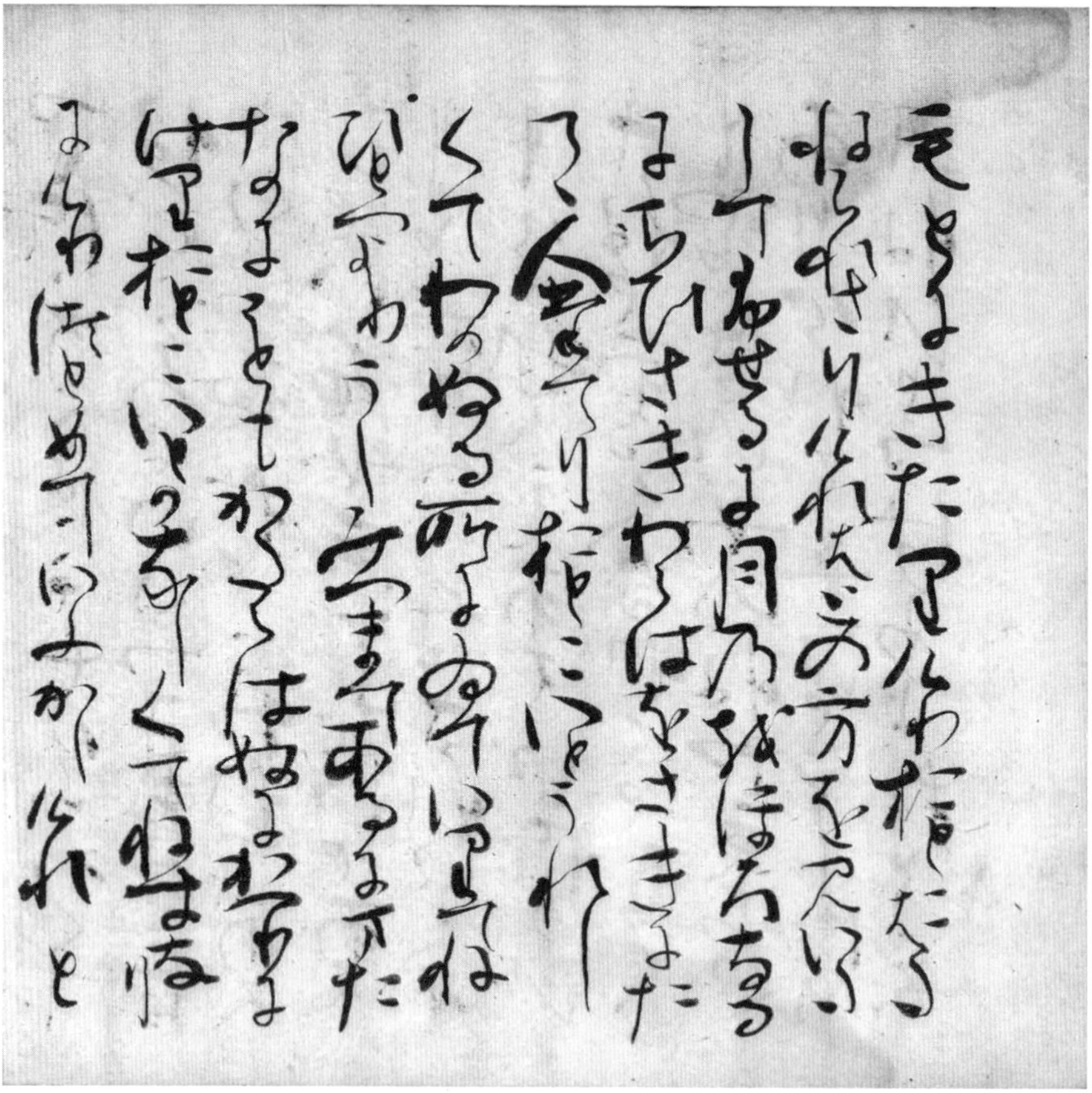

3 たるべきてき寸あるよ芙
4 きとよのすゑとえゝなくて
5 きみやこし我やゆくおれそ
6 夢かうつゝかねてさめてか
7 などこゝにくうたきてよめる
8 かきくらす恋のみたれに

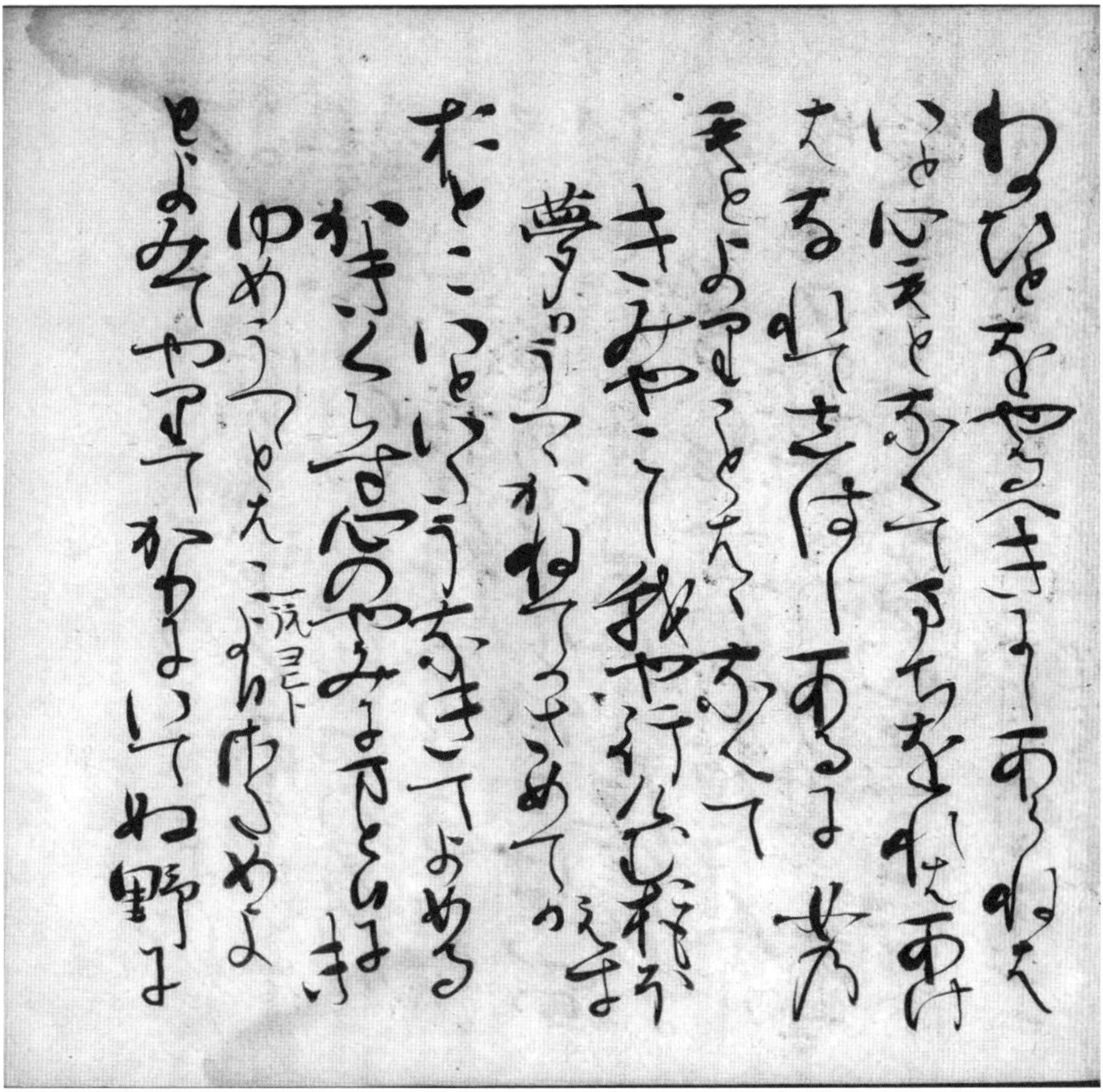

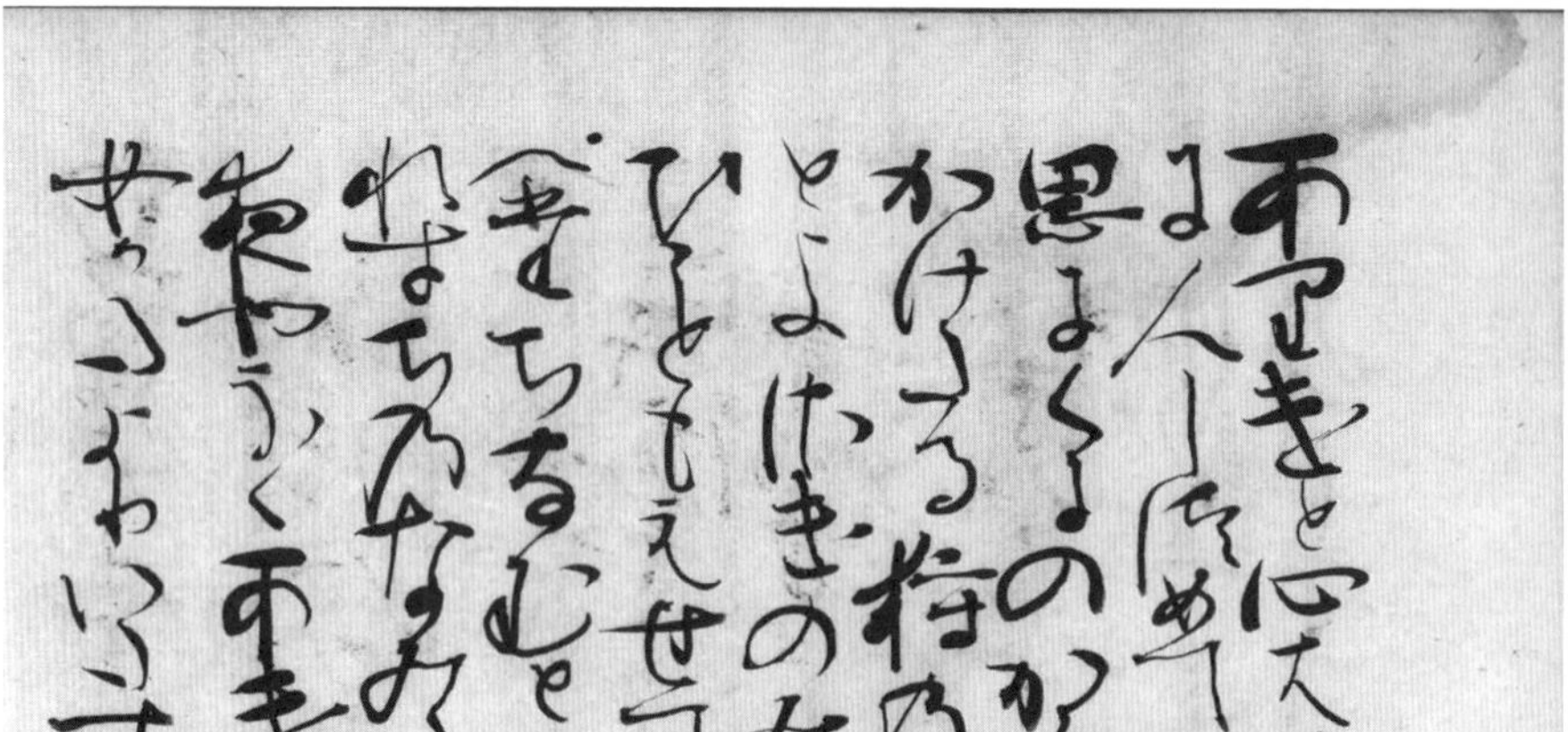

49ウ

8　7　6　5　4　3　2　1

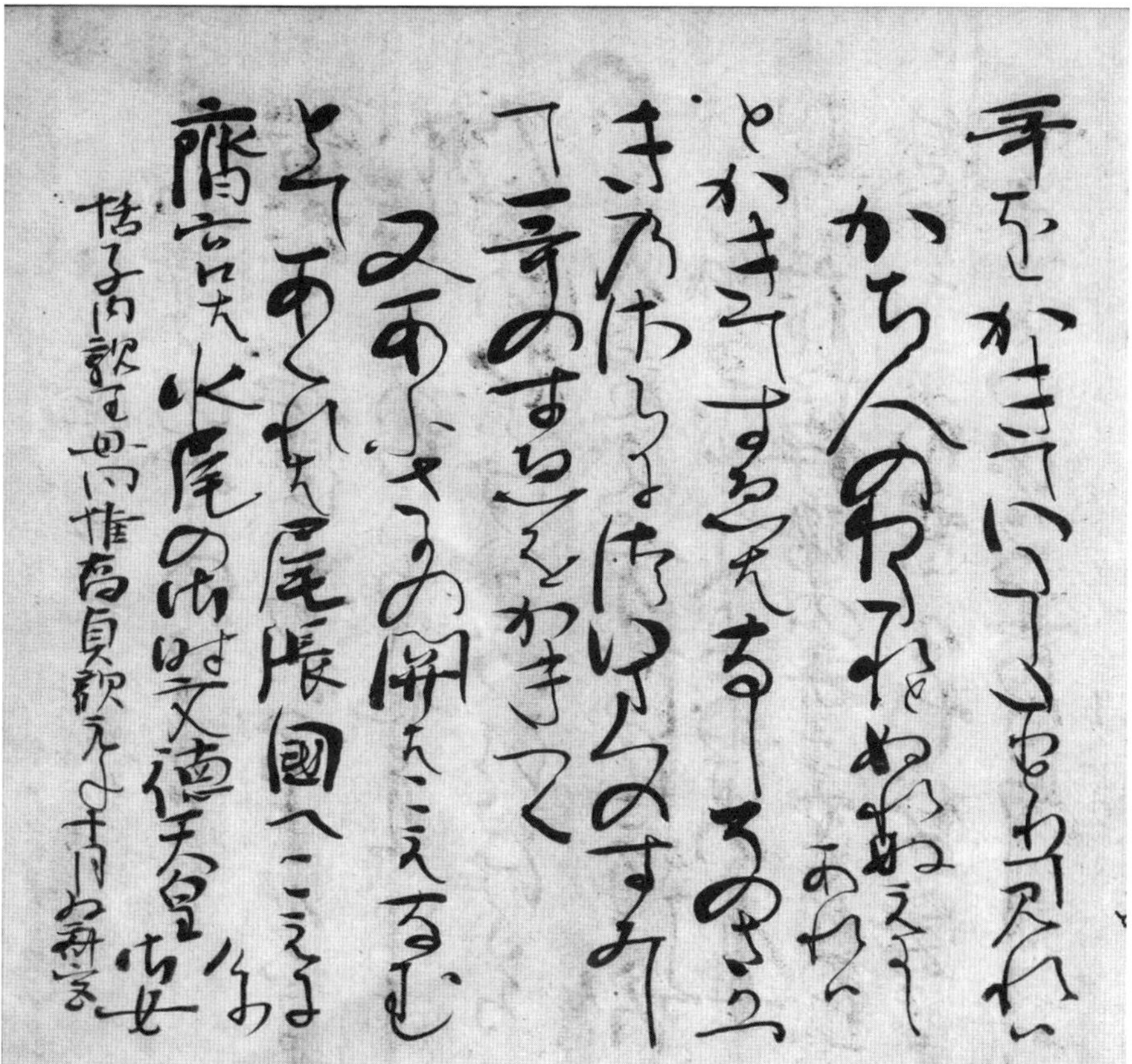

50オ

七一　　　　七〇

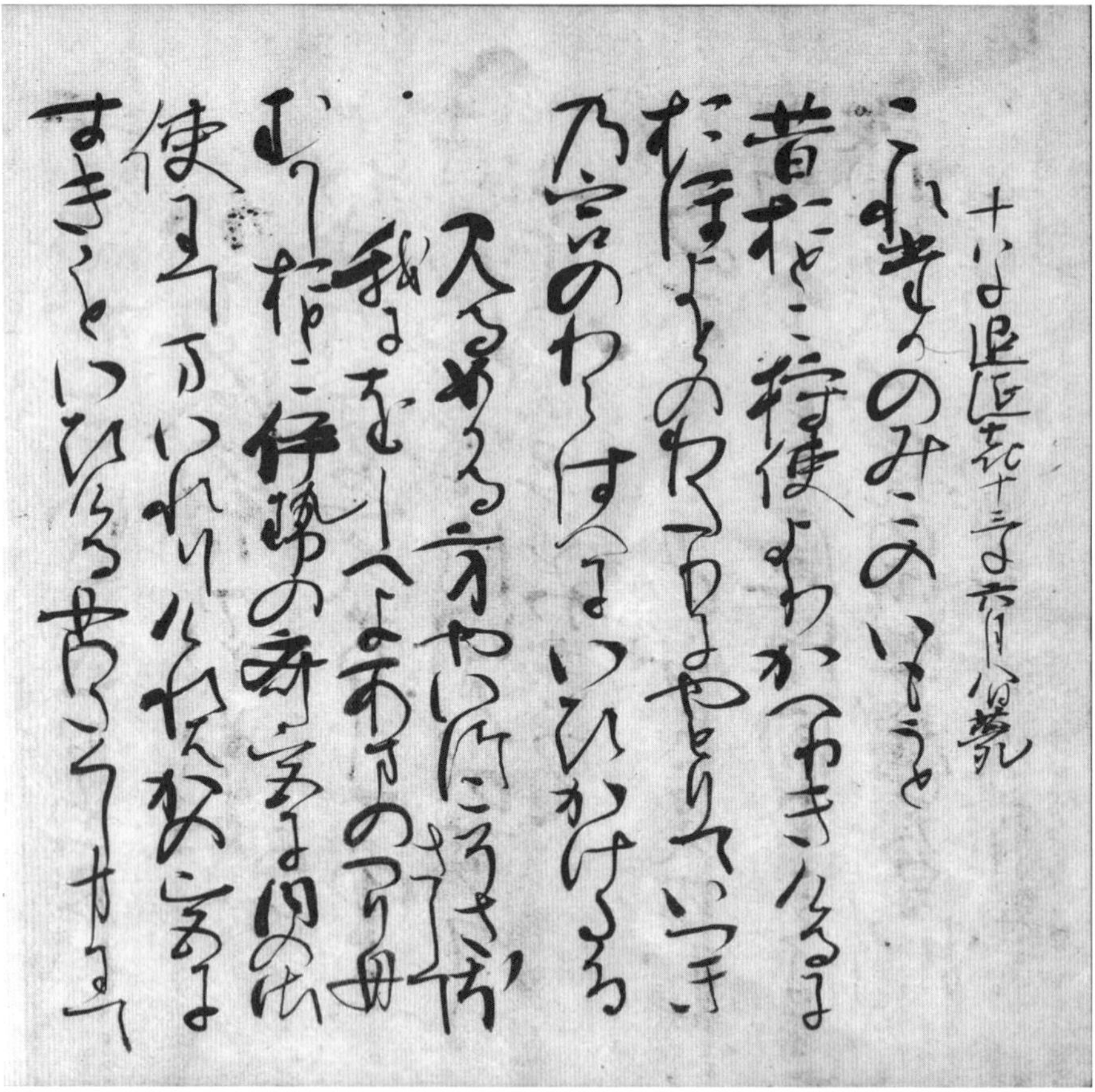

50ウ

十八は返事も十三年六月八日飢

1 これそのみこのには
2 乃宮のわすれまいかげする
3 たほとよのやすらやりていき
4 草花とこ桴便よかてきける
5 たほとよのやすよいかけるう
6 入るめるかやにこらさか
7 我をましへあきのつり母
8 むつたに仔猴の舟宮は内出
9 使ひ子のゆりゑなをま
   すきとにける舟らうすて

七一

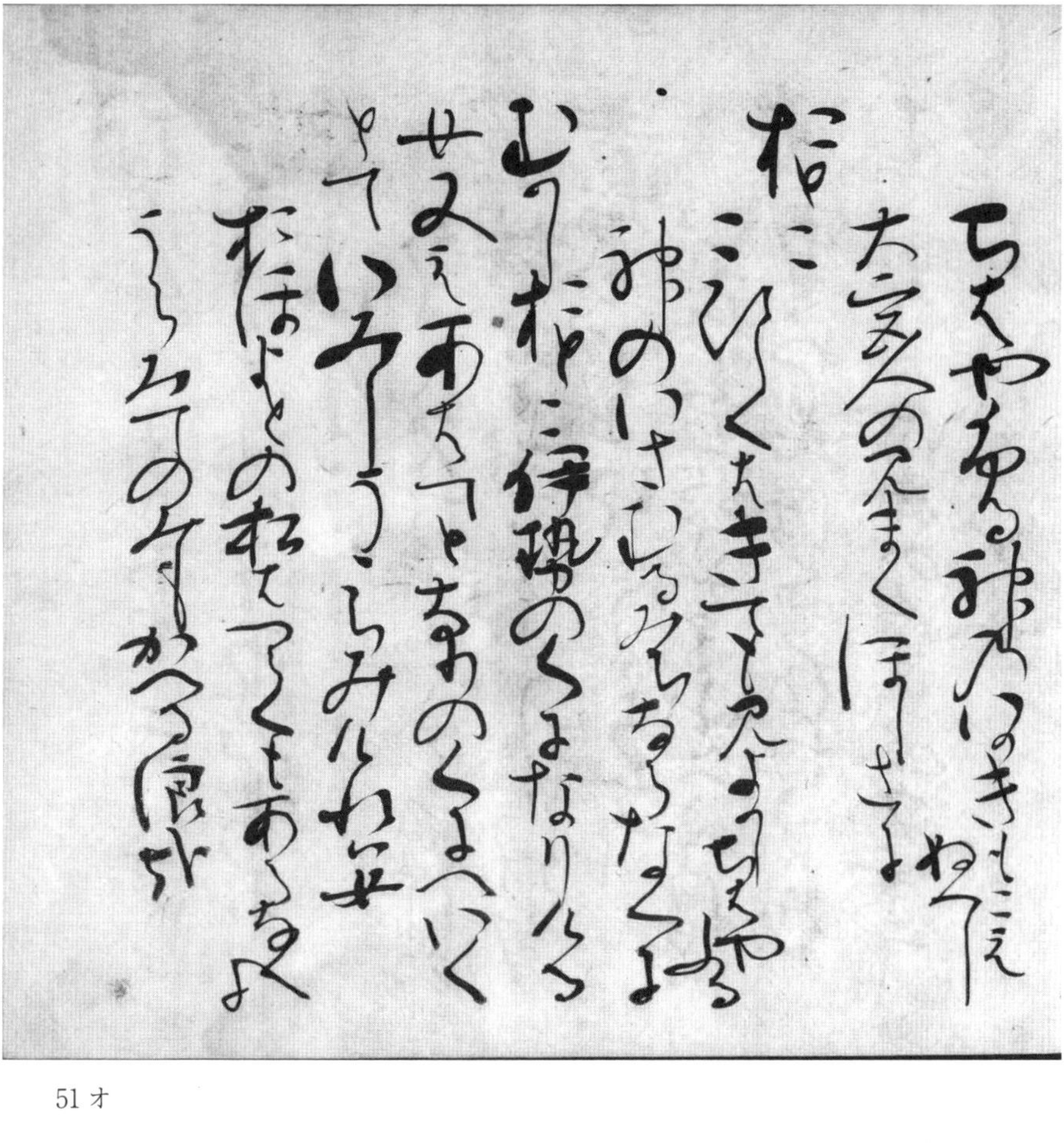

51オ

3　たに
4　三ゑくえきてえるようとやゝ
5　みのいきとしるかしちなくよ
6　むつたに伊勢のくまなりける
7　せゐあまてとまのくまへく
8　やていうら みるわな
9　たほとの松をつくてあるよ
10　うらみての人かへ侵す

51 オ

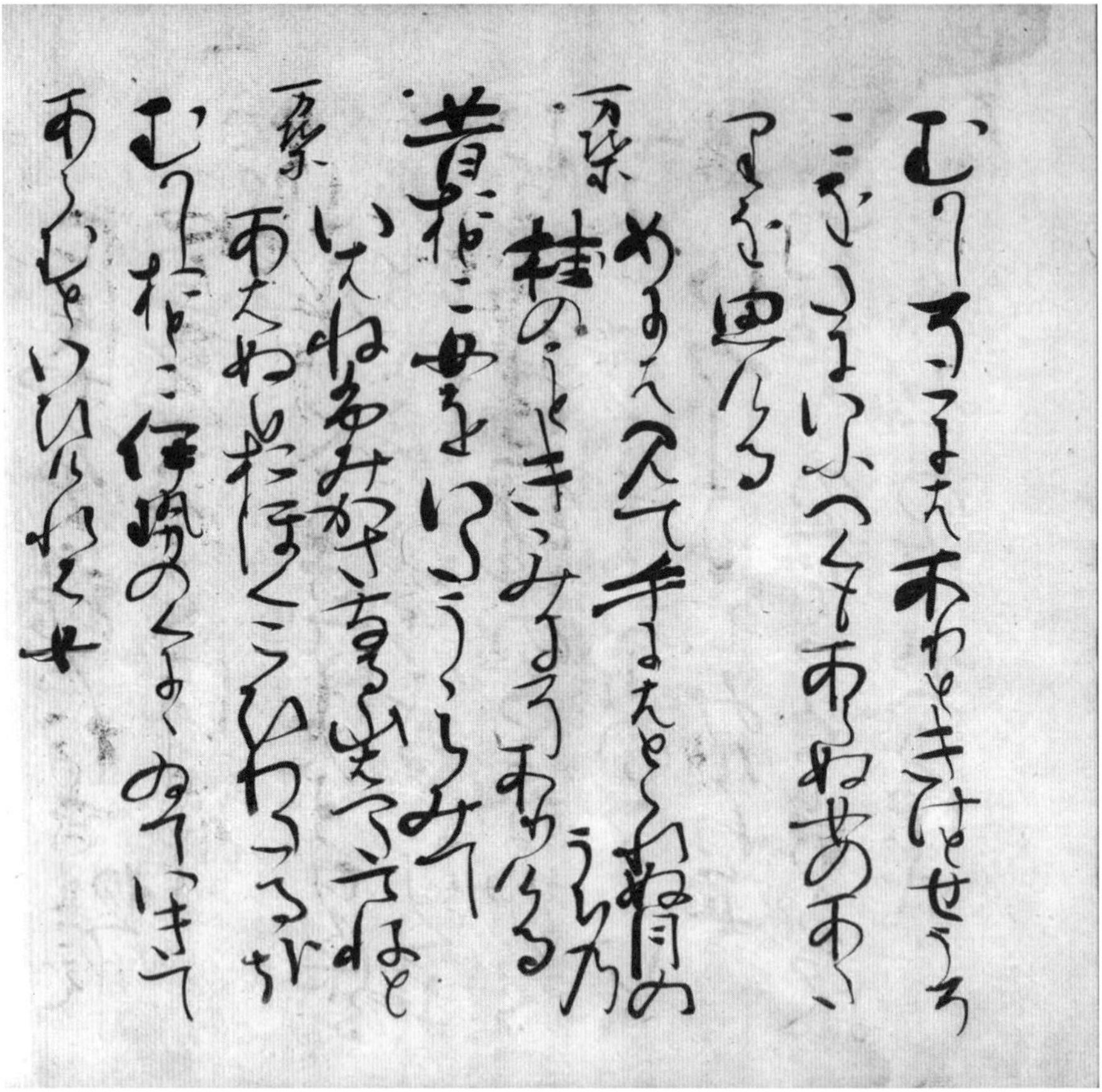

七三 むかしそこにはありときけとせうそ
こをたにいふへくもあらぬ女の
あたりを思ける
めにはみて手にはとられぬ月の
桂のことききみにそありける
七四 昔をとこ女をいたうゝらみて
いはねふみかさなる山にあらねと
あはぬひおほくこひわたるかな
七五 むかしをとこ伊勢のくにゝゐていきて
あらむといひけれは女

10　9　8　7　6　5　4　3　2　1

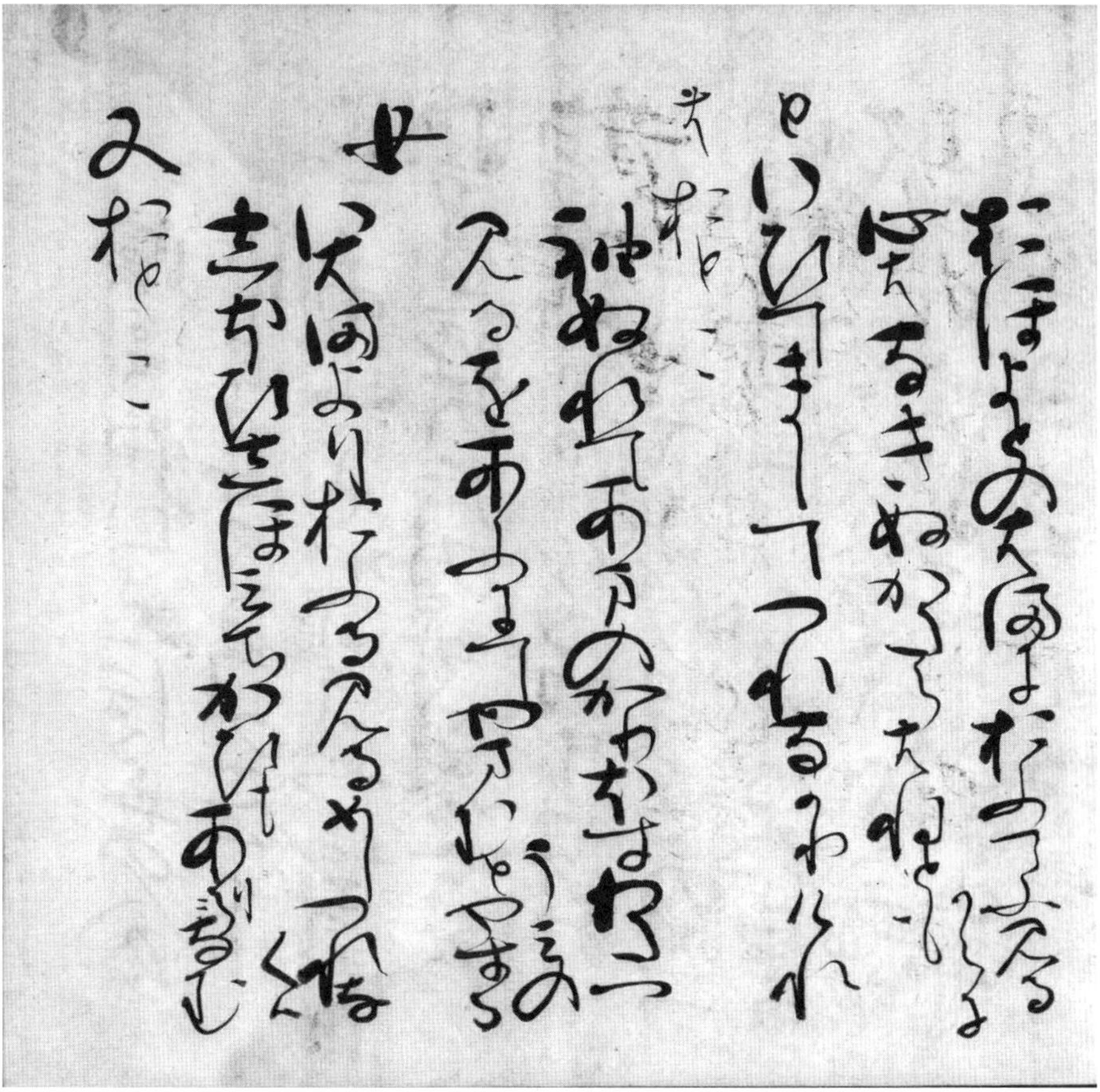

52オ

寝うぬれつきほ妻合
にちきに大ろての六く。
よはありとかゝきやゝるむ
むてゝ一夜の后のてふ春宮乃
け烏所やゝくるぬうちみな
まうてことうけちよこの其
つきまきつてひくろなきる
ひとくのろくきゝえろうて
まにをふまよりつまうけて
よくてさくろをうる

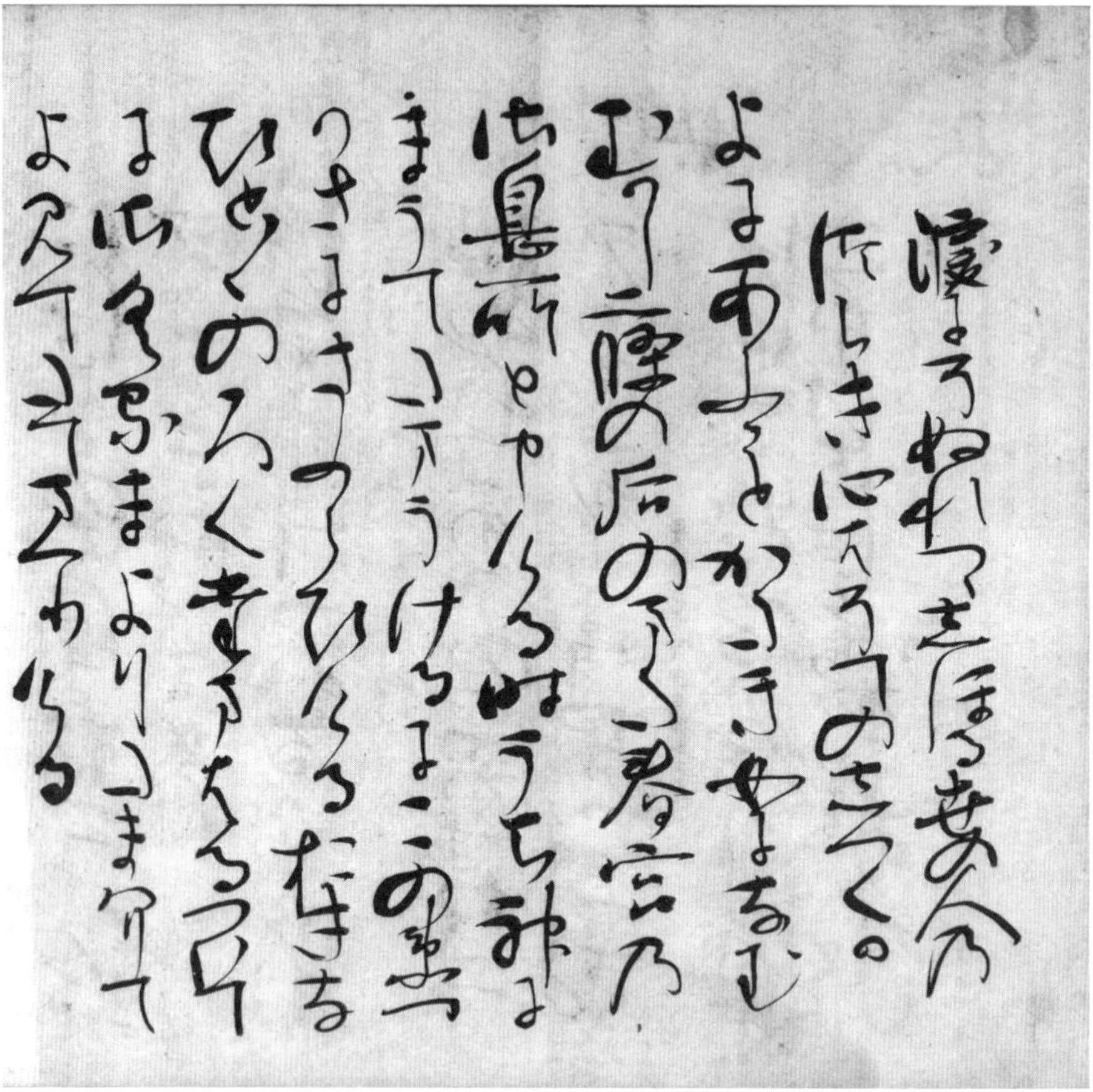

七七

9　8　7　6　5　4　3　2　1

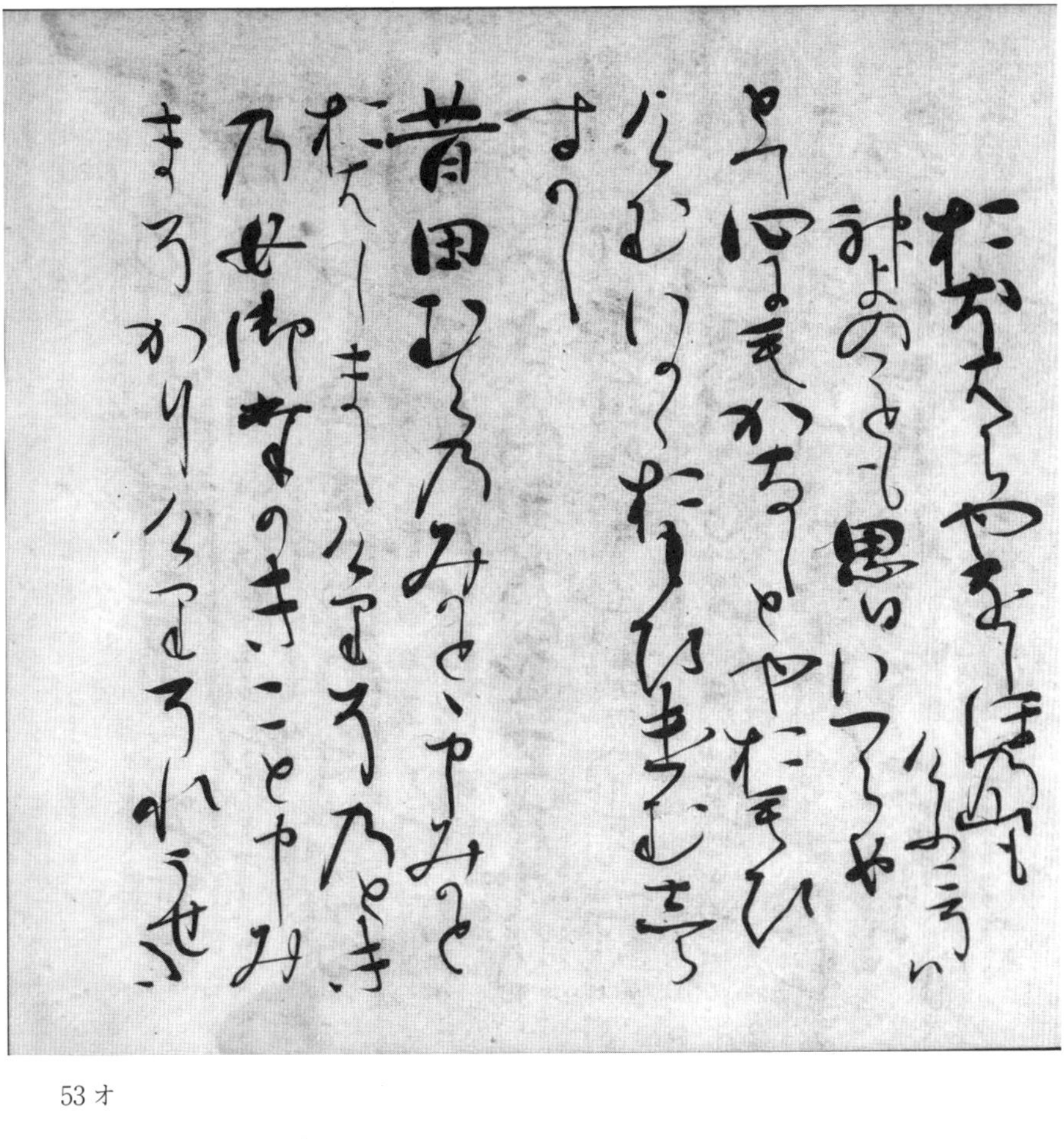

53オ

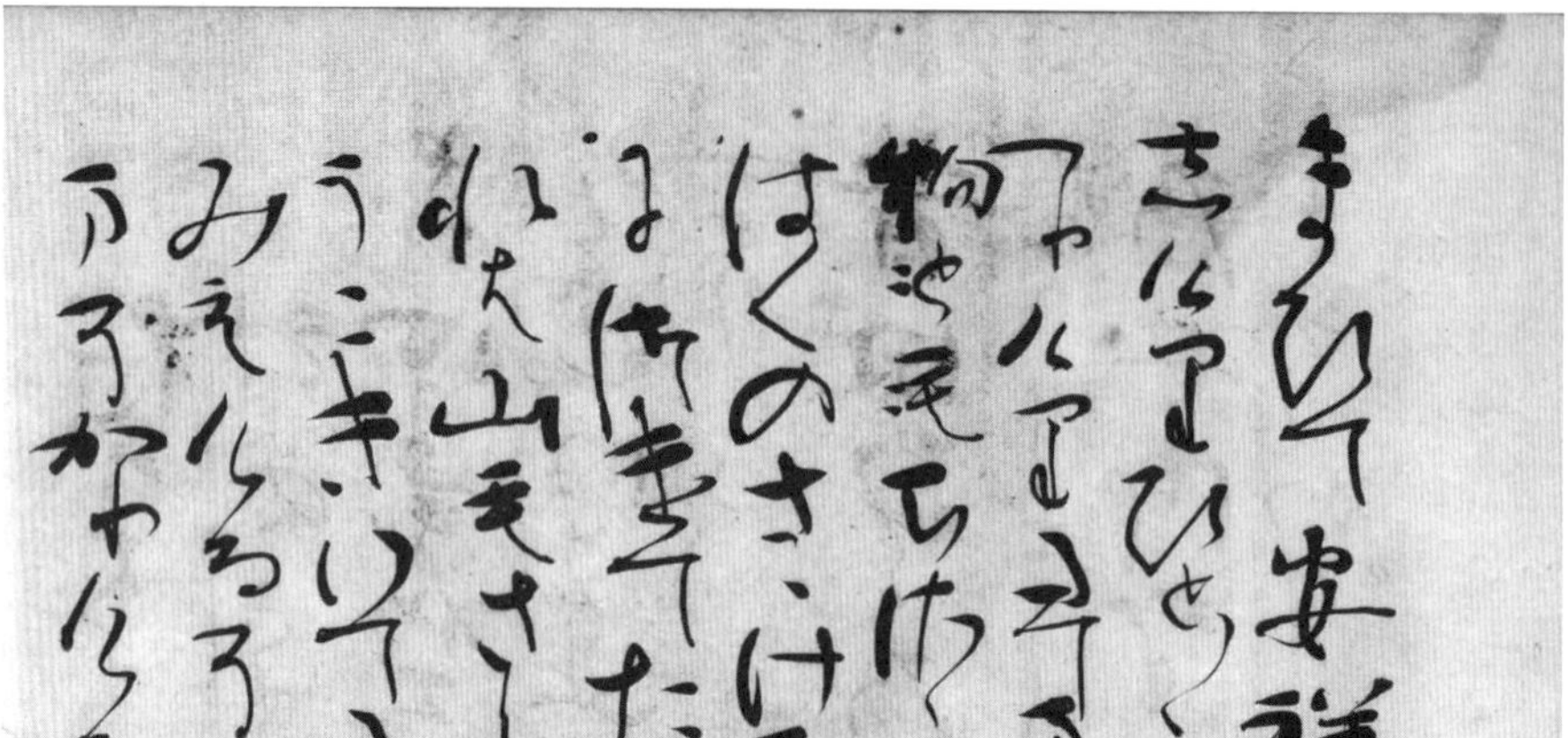

53ウ

10　9　8　7　6　5　4　3　2　1

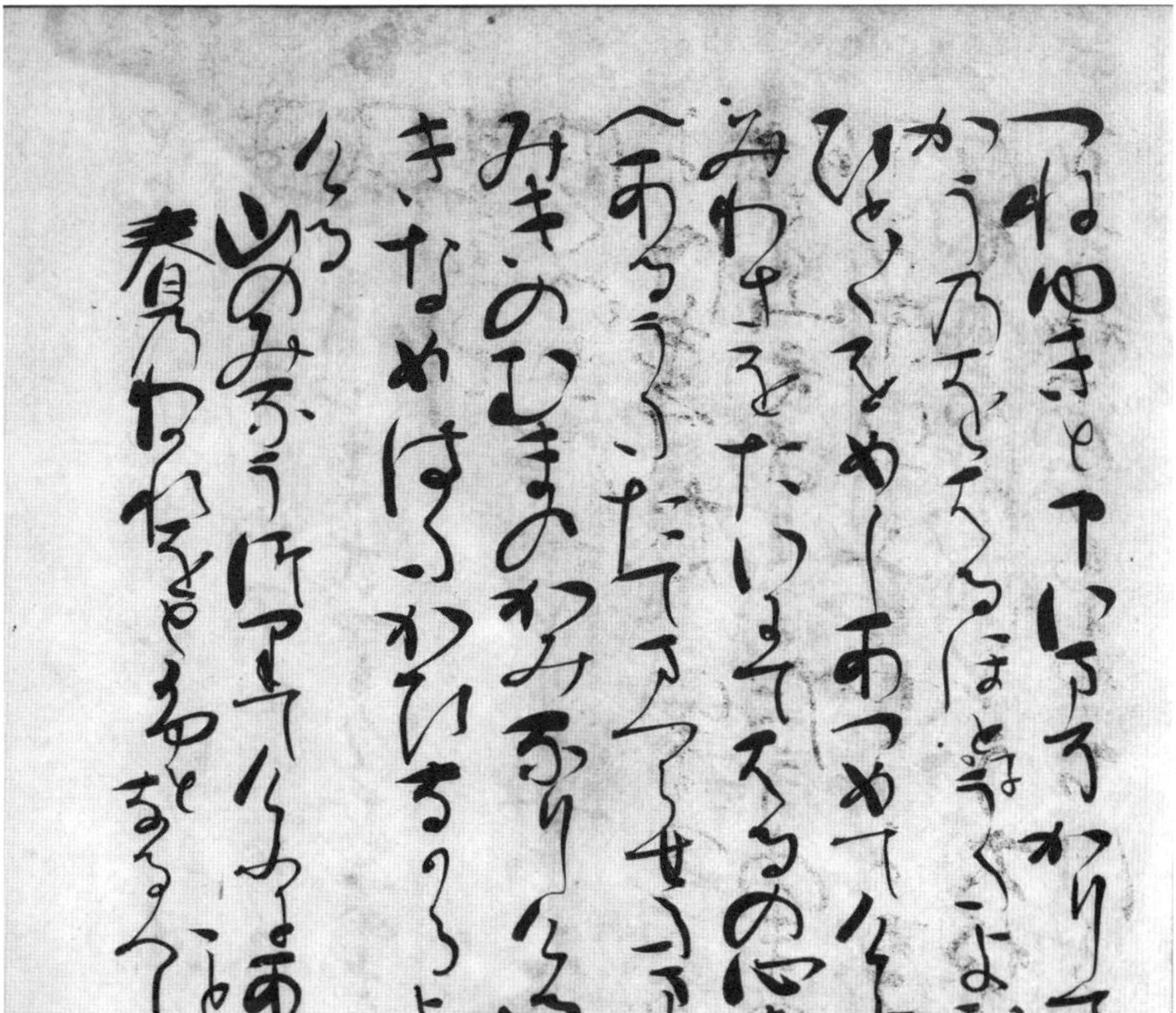

54オ

六

10　9　8　7　6　5　4　3　2　1

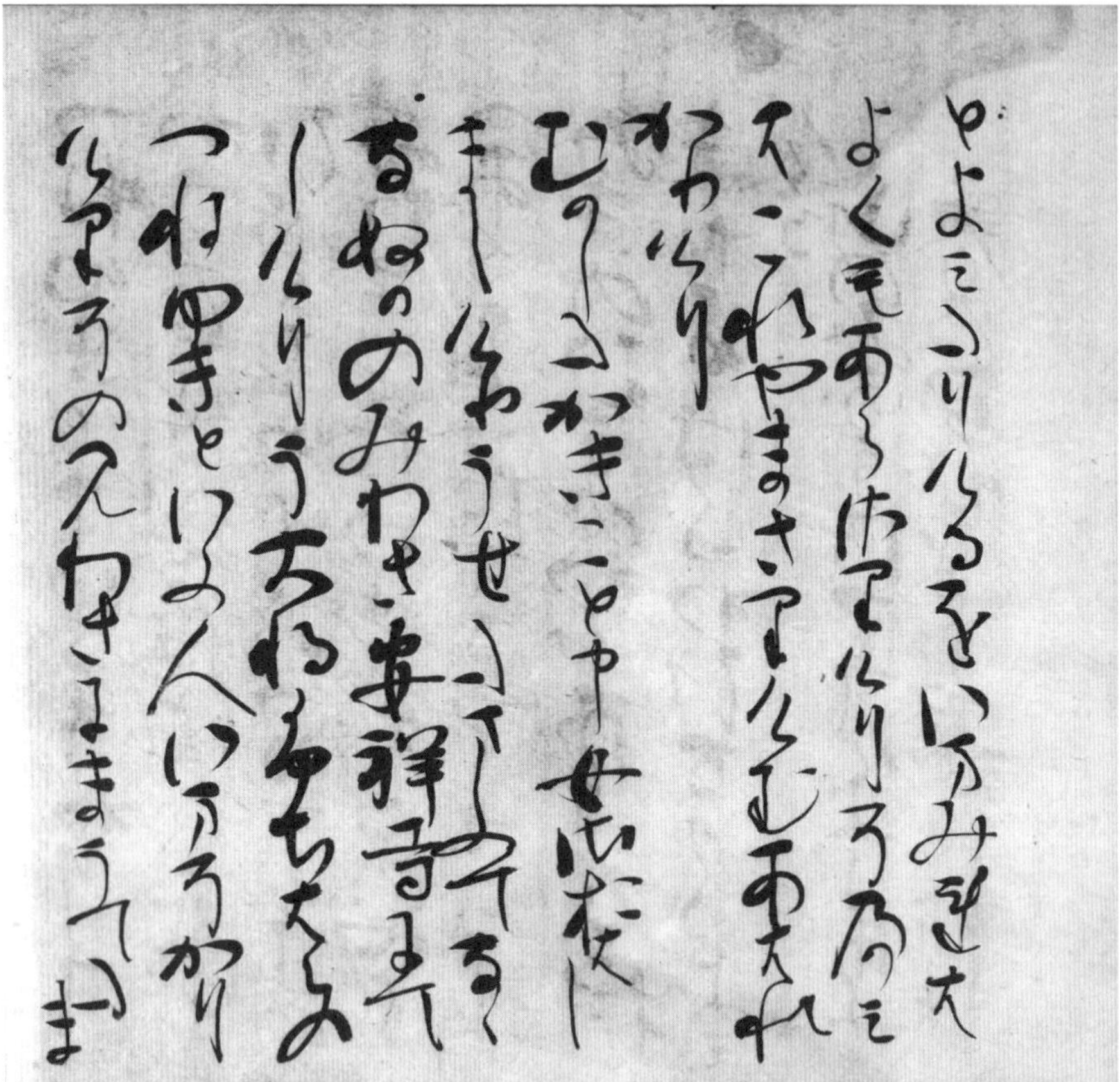

9　8　7　6　5　4　3　2　1

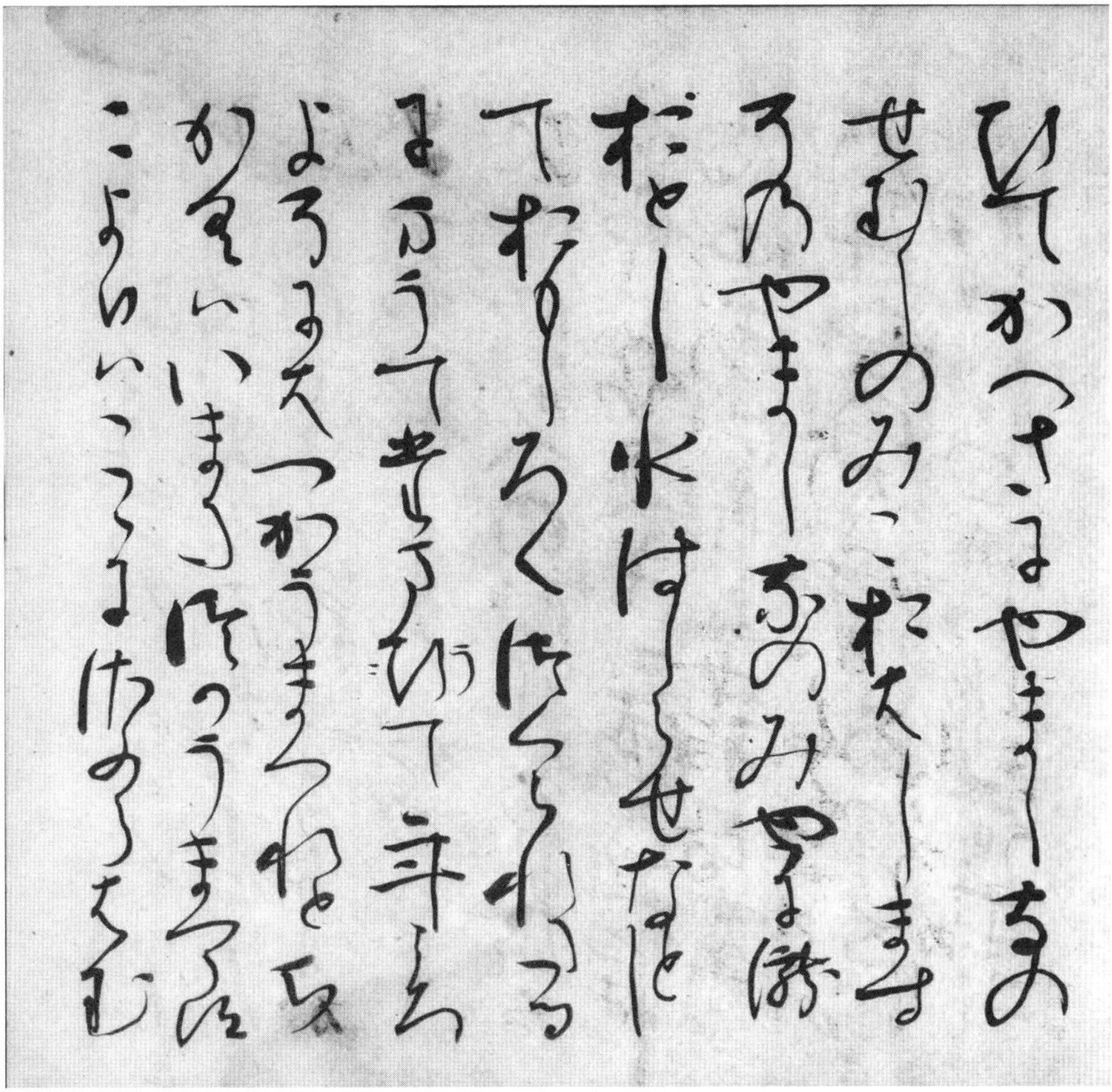

55オ

9　8　7　6　5　4　3　2　1

とやつかうまつらんみこよろこひ
たまひてよる乃おまし乃
まうけせさせ給ふさるにか
乃大将いてゝたはかり給ふ
みや仕へのはしめにたゝ
なほやはあるへき三條乃おほ
みゆきせしとき紀伊国
乃千里の濱にありけるい
とおもしろきいし奉れりき

55ウ

9　8　7　6　5　4　3　2　1

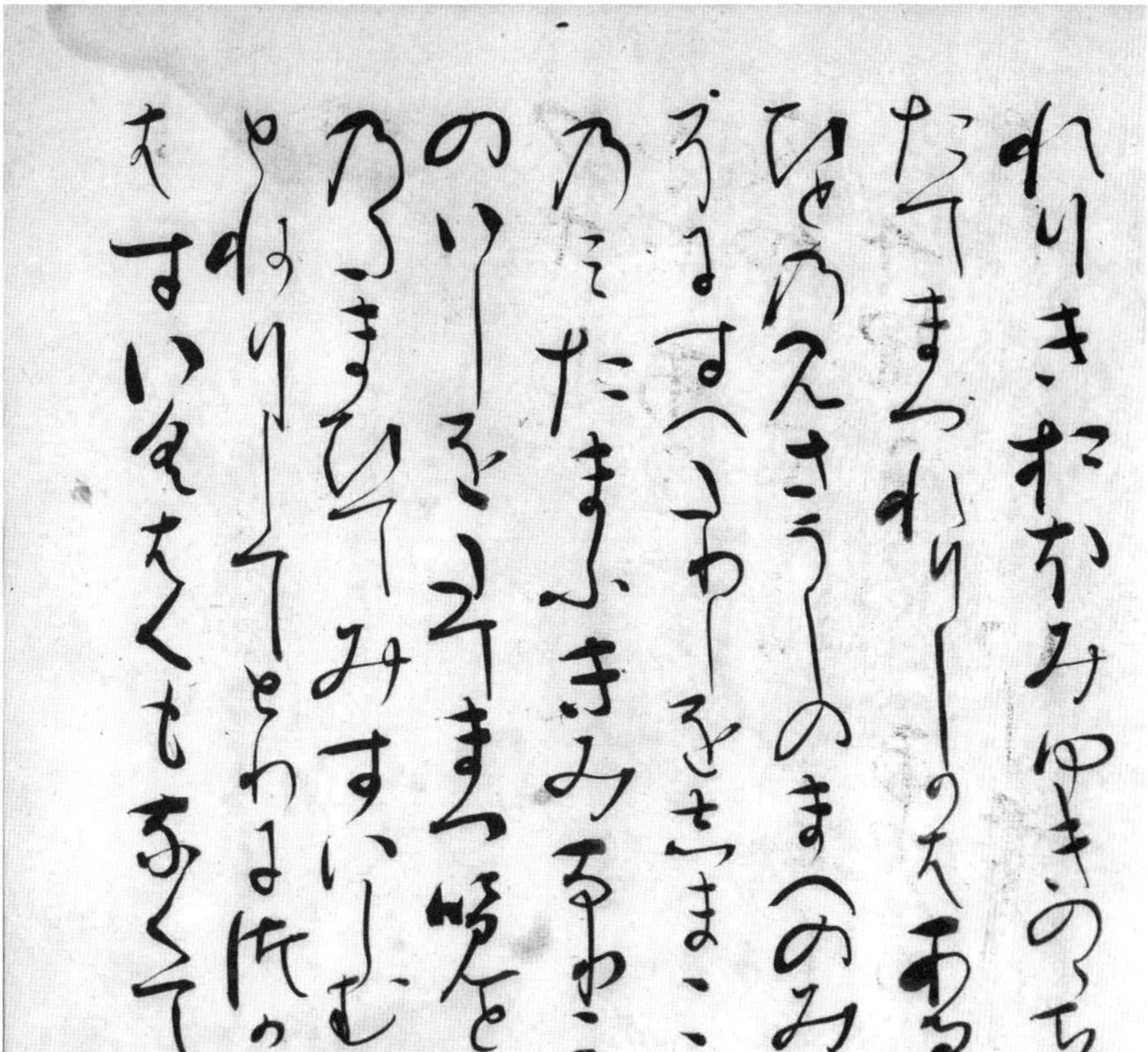

56オ

10　9　8　7　6　5　4　3　2　1

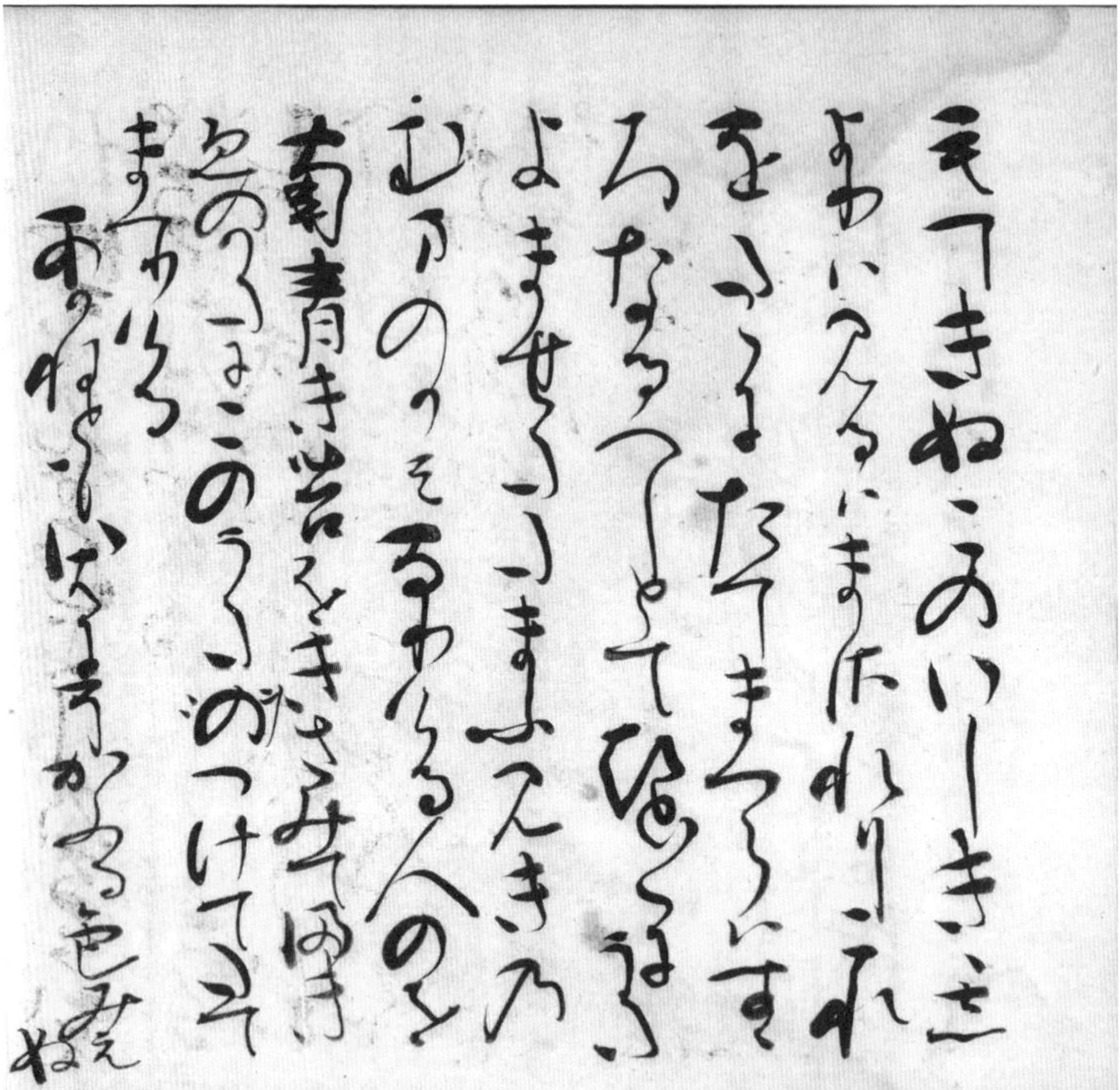

56ウ

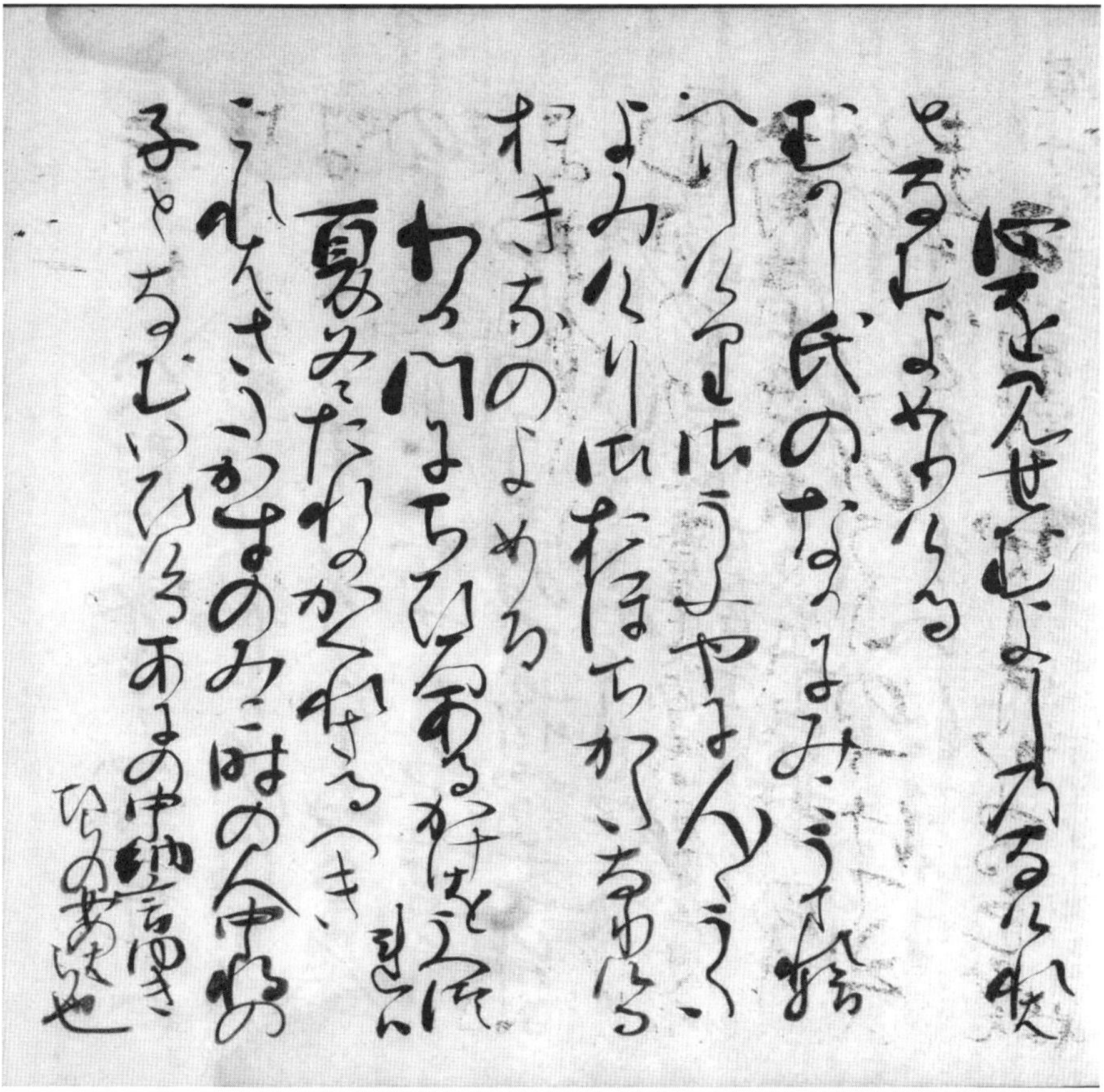
心をみせんよしのなけれは
となむよめりける
七九
むかし氏のなかにみこうまれ給
へりけり御うふやに人々うた
よみけり御おほちかたなりける
おきなのよめる
わか門にちひろあるかけをうへつれは
夏冬たれかかくれさるへき
これはさたかすのみこ時の人中将の
子となむいひけるあにの中納言ゆき
ひらのむすめのはら也

八〇

1 昔おとろへたる家にふちの花うへ
2 たる人ありけりやよひのつこもりに
3 その日あめそほふるに人
4 のもとへおりてたてまつらすとて
5 ぬれつゝそしひておりつる年の内に
6 春はいくかもあらしと思へは

源融号河原大臣 嵯峨第十二源氏 母正五下大原全子 貞観十四年八月 左大臣 正二位 仁和三年

八一

7 むかし左のおほいまうちきみいまそ
8 かりけりかもかはのほとりに

寛平元年　薨事　七年八月薨　七十三

3 花うつろひさうすあるく経
4 かちくさうす人ゆるたりみ
5 こちたたいほせて裏をよ
6 仏きのみ下わりくよみ
7 ゆく年このとのたちき
8 をほむろうくよむろうあり

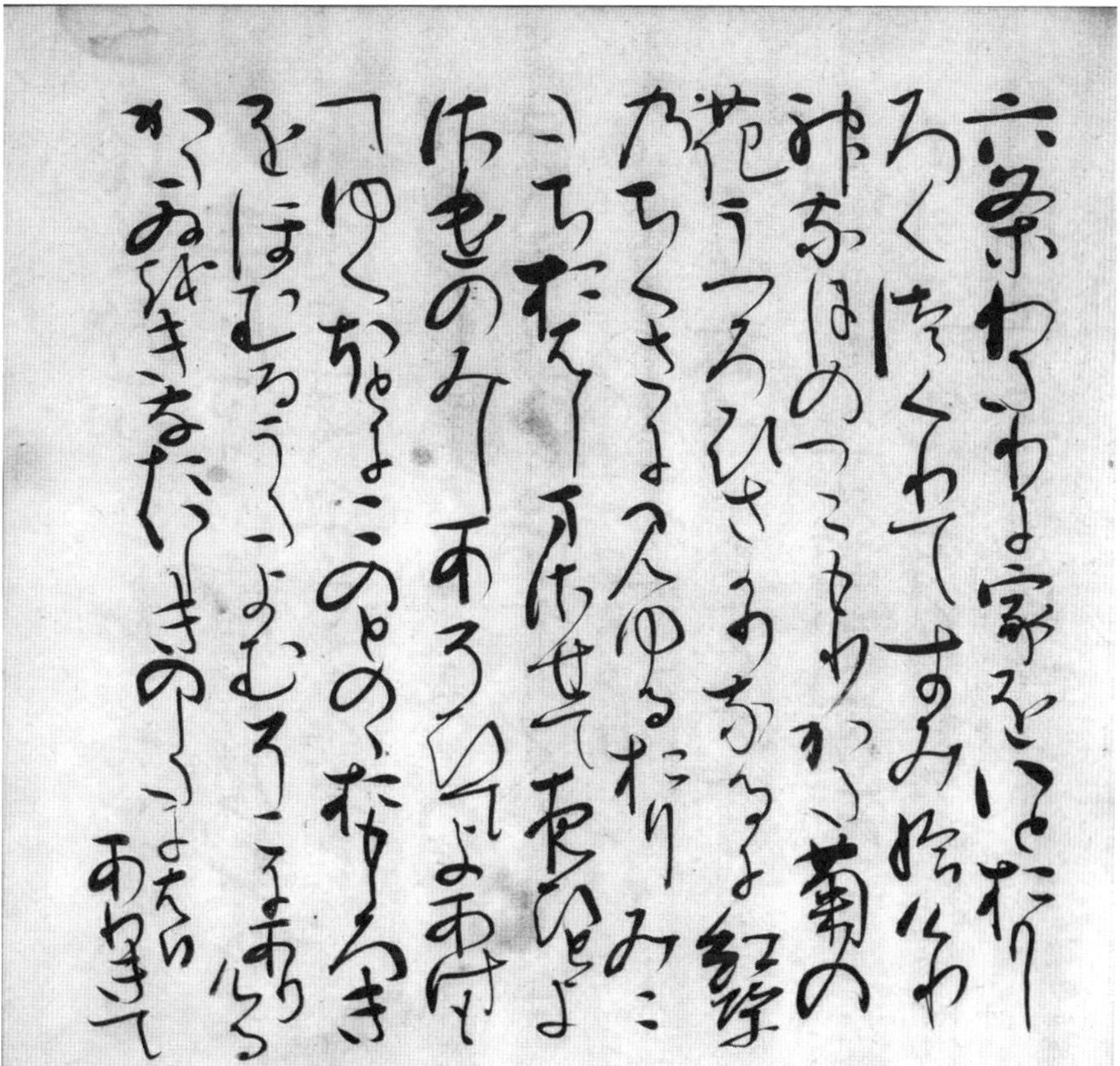

3 たわすき毋そうには□きよ
4 やなしよみいるえみちのすい
5 きそいあるあやしくたち■
6 とこえるくたほかわかわの
7 みそ六十よろくの中まきほ
8 かまや心所まうろ所事わ

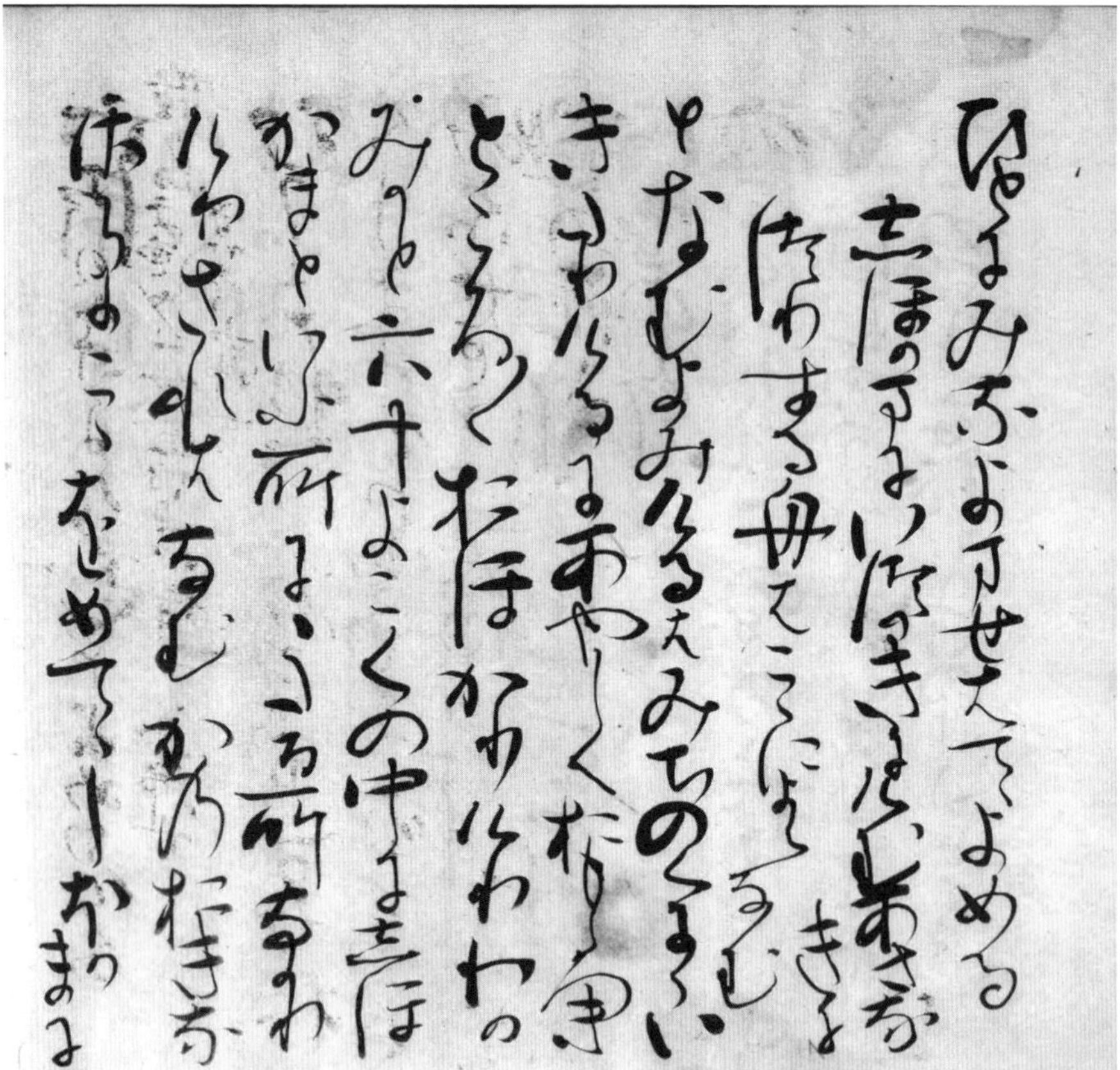

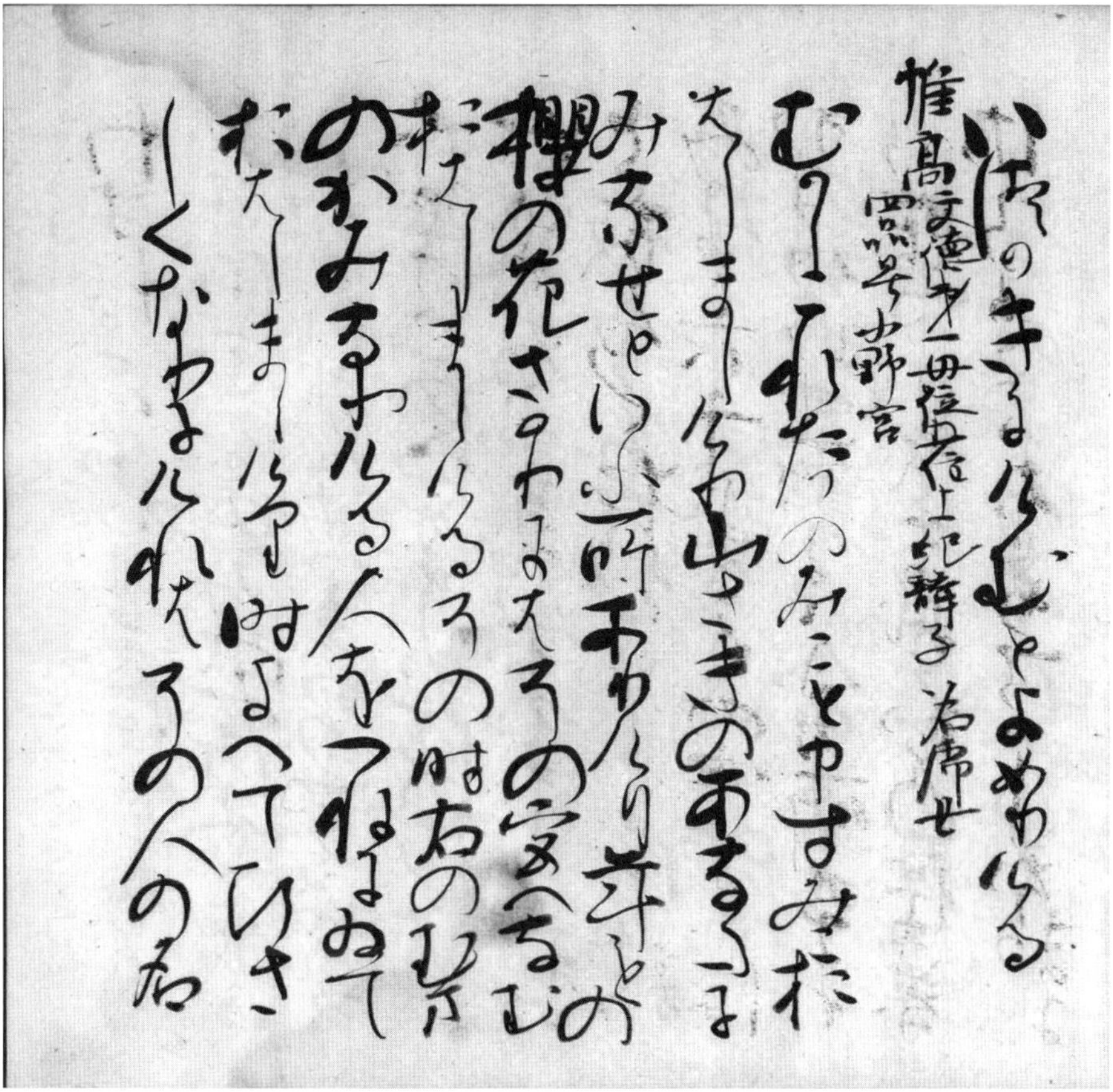
いはのきるりむとよめりける
惟高 文徳第一 母従四位上紀静子 名虎女 四品号小野宮
むかしこれたかのみこと申すみこおはしましけり山さきのあなたに
みなせといふ所にありけり年ごとの
桜の花さかりにはそのみやへなむ
おはしましけるその時右のむまの
かみなりける人をつねにゐて
おはしましけり時よへてひさ
しくなりにければその人の名

59オ

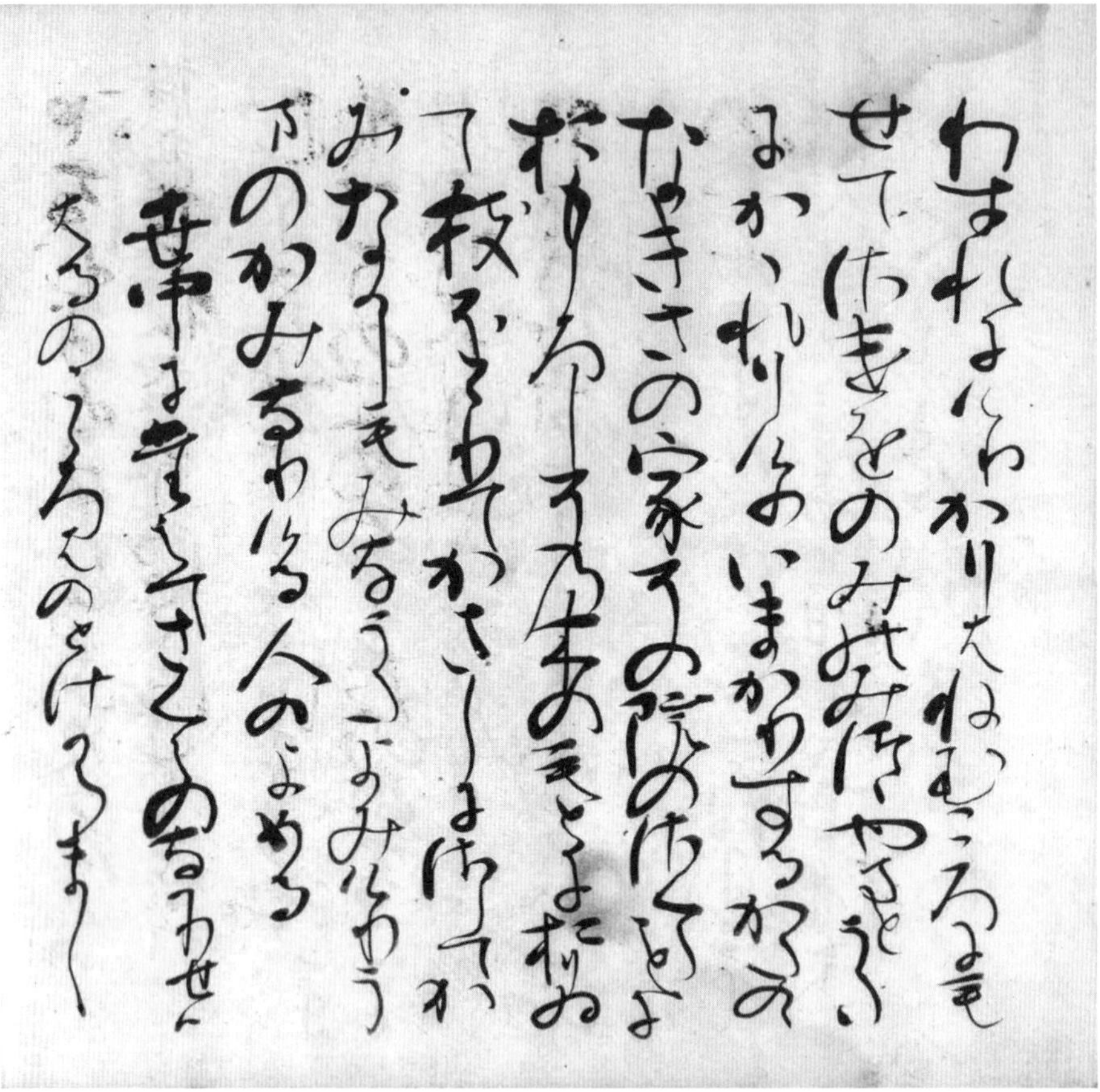
わすれにけりかりはねむころにも
せて酒をのみのみつゝやまとう
たにかゝれりけりいまかりするかた
のなきさの家その院のさくらことに
おもしろしその木のもとにおりゐ
て枝をおりてかさしにさしてか
みなかしもみなうたよみけりうま
のかみなりける人のよめる
世中にたえてさくらのなかりせは
はるのこゝろはのとけからまし

10　9　8　7　6　5　4　3　2　1

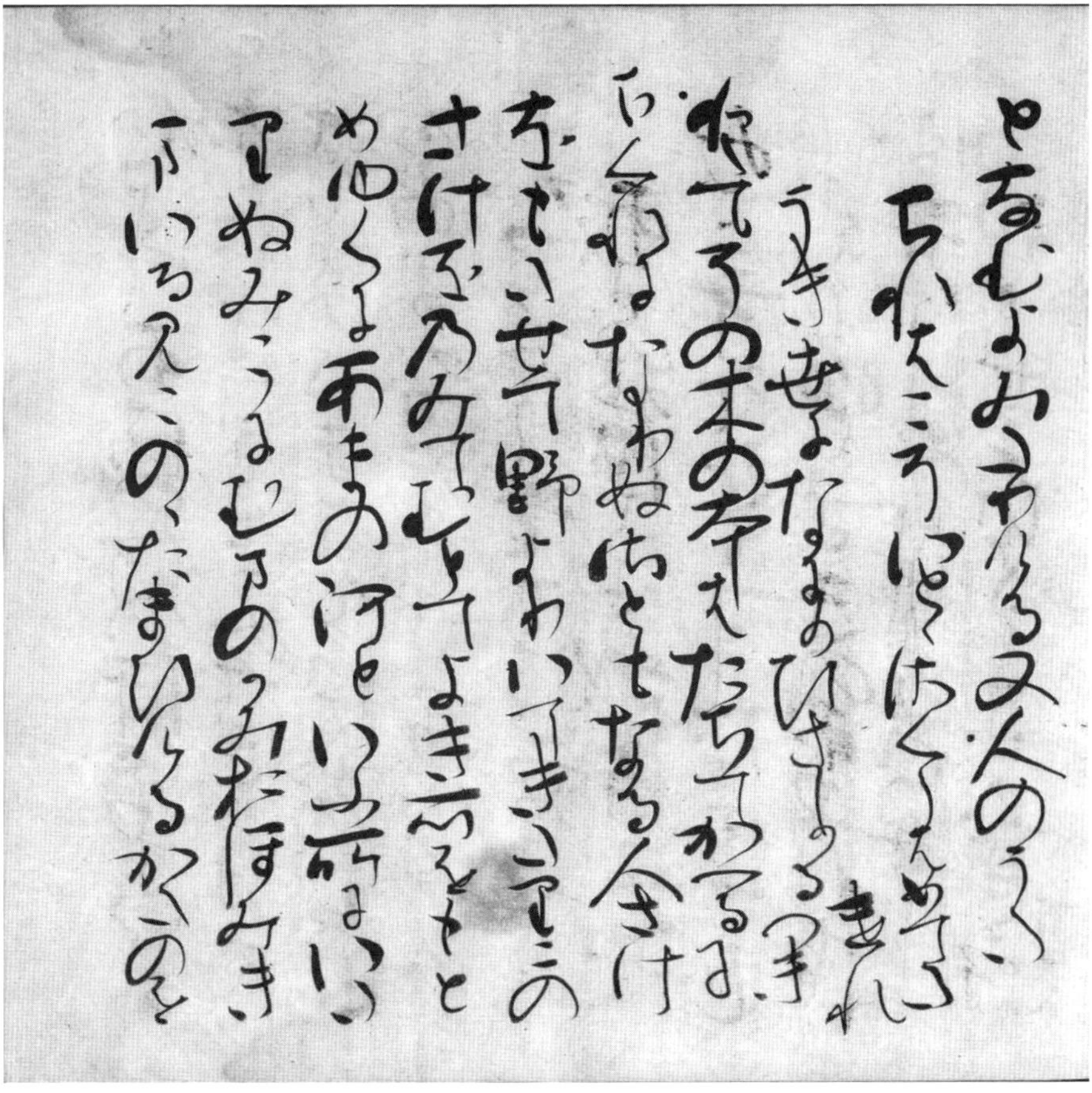

60オ

かつて雨はのけのほそやうよろつ
をたくよてうこよみてさつ日え
させとのうまうにたあむめ
かみよみ寺まて下らか仏京
かつてくせちえてあみやつ
あけの侍てま秋ききわに
み三寺をとくすたまうて世
しえし嬢〳〵きの雨つねやも
よつうオつふりろねせー
ことせよ丞うききみア
てん

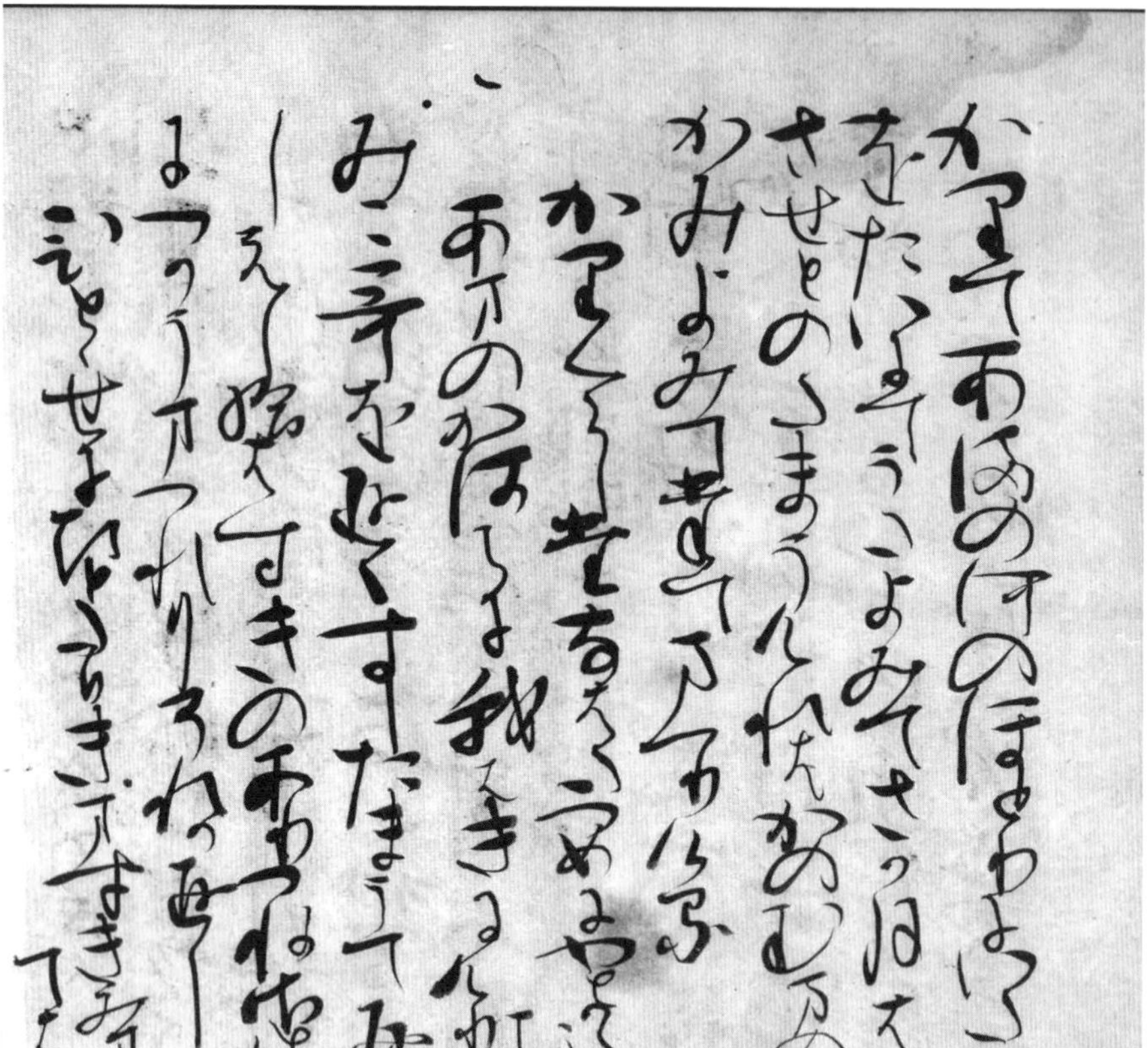

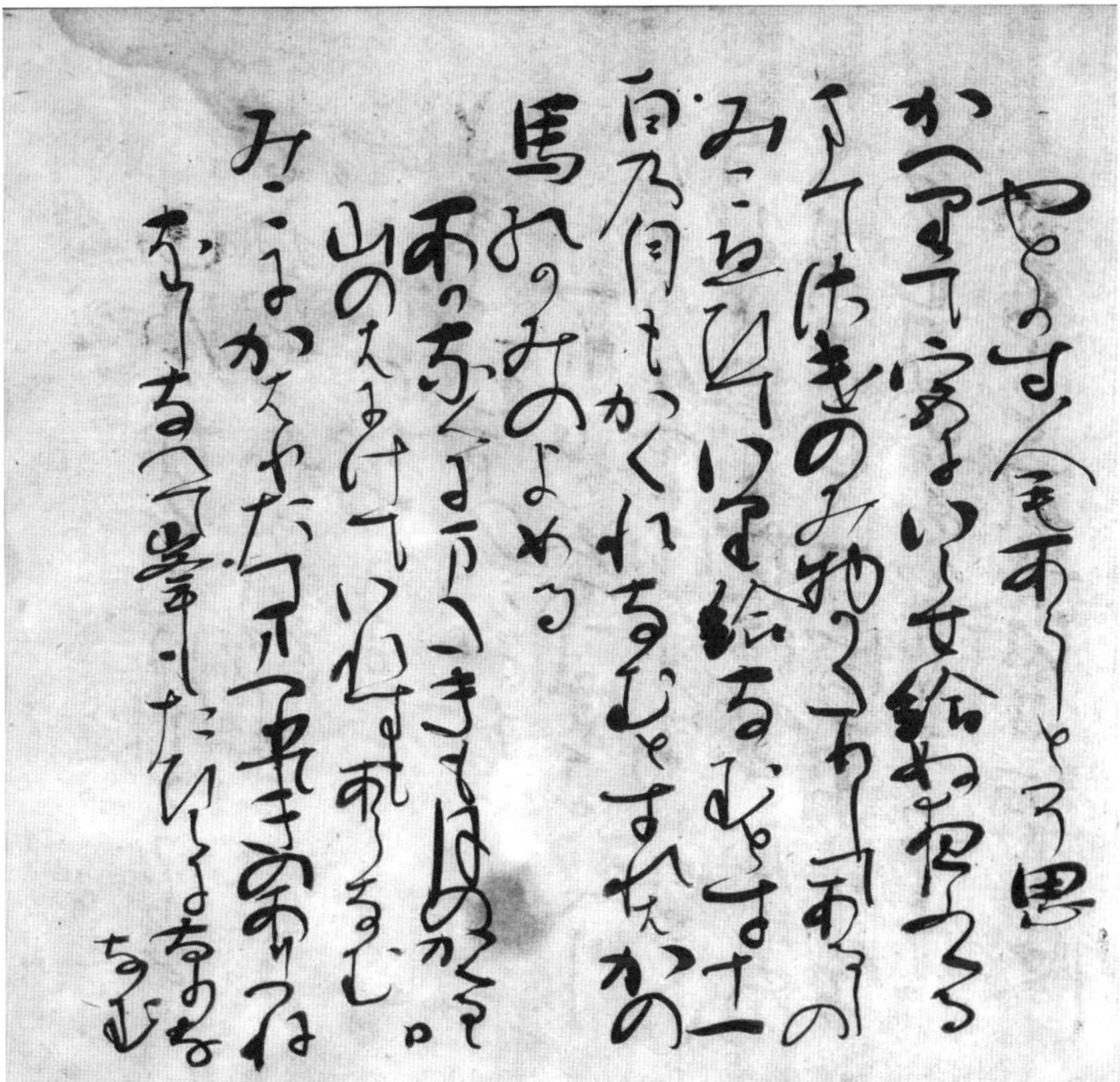

やとのすへてもあしとて思
かへりて宮にいらせ給ひぬ夜ふくるまて
さけのみ物かたりしてあるしの
みこゑひて入給ひなむとす十一
日の月もかくれなむとすれはかの
馬のかみのよめる
あかなくにまたきも月のかくるゝか
山のはにけていれすもあらなむ
みこにかはりたてまつりてきのありつね
おしなへて峯もたひらになりななむ

61オ

八三

10　9　8　7　6　5　4　3　2　1

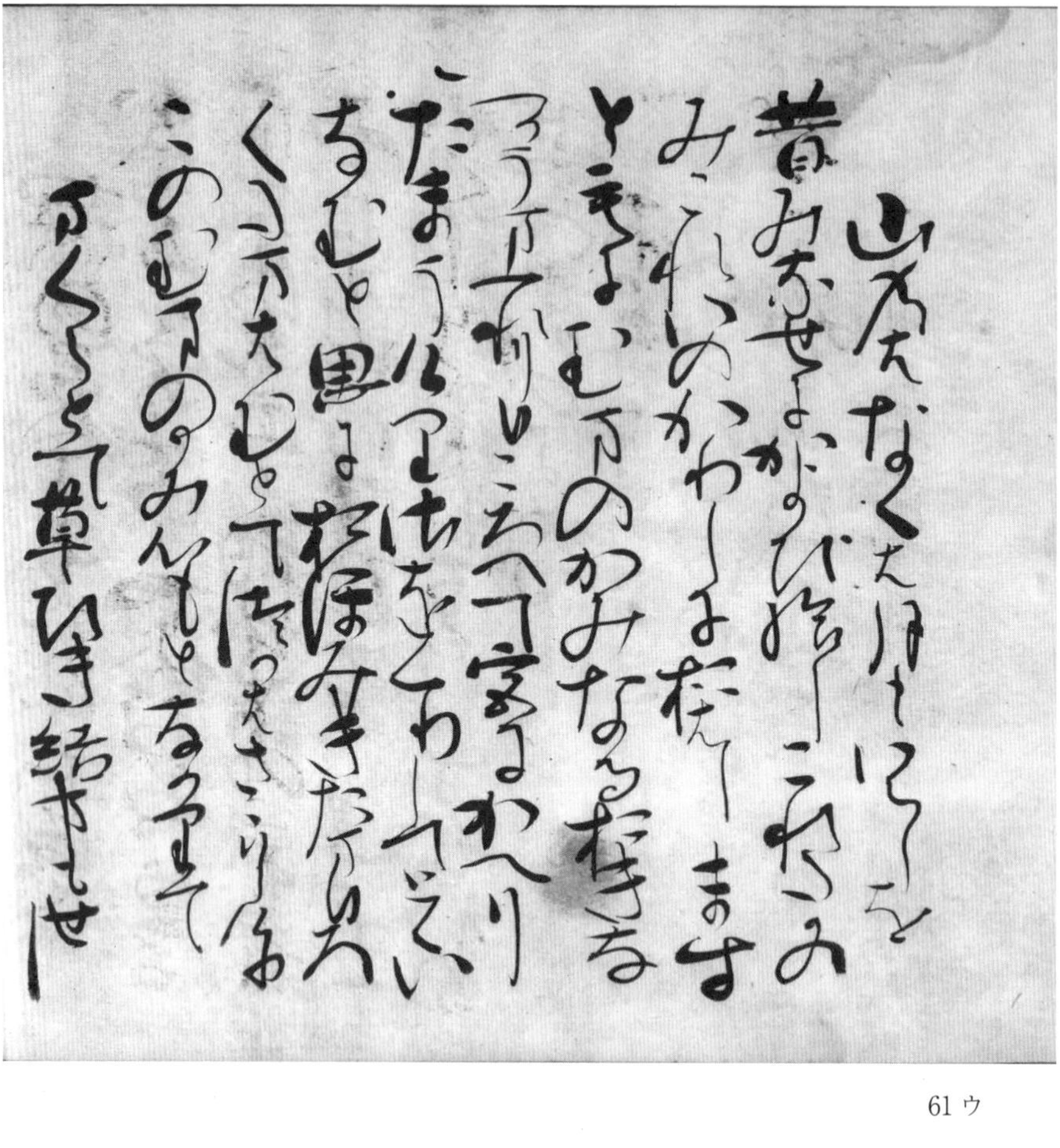

61ウ

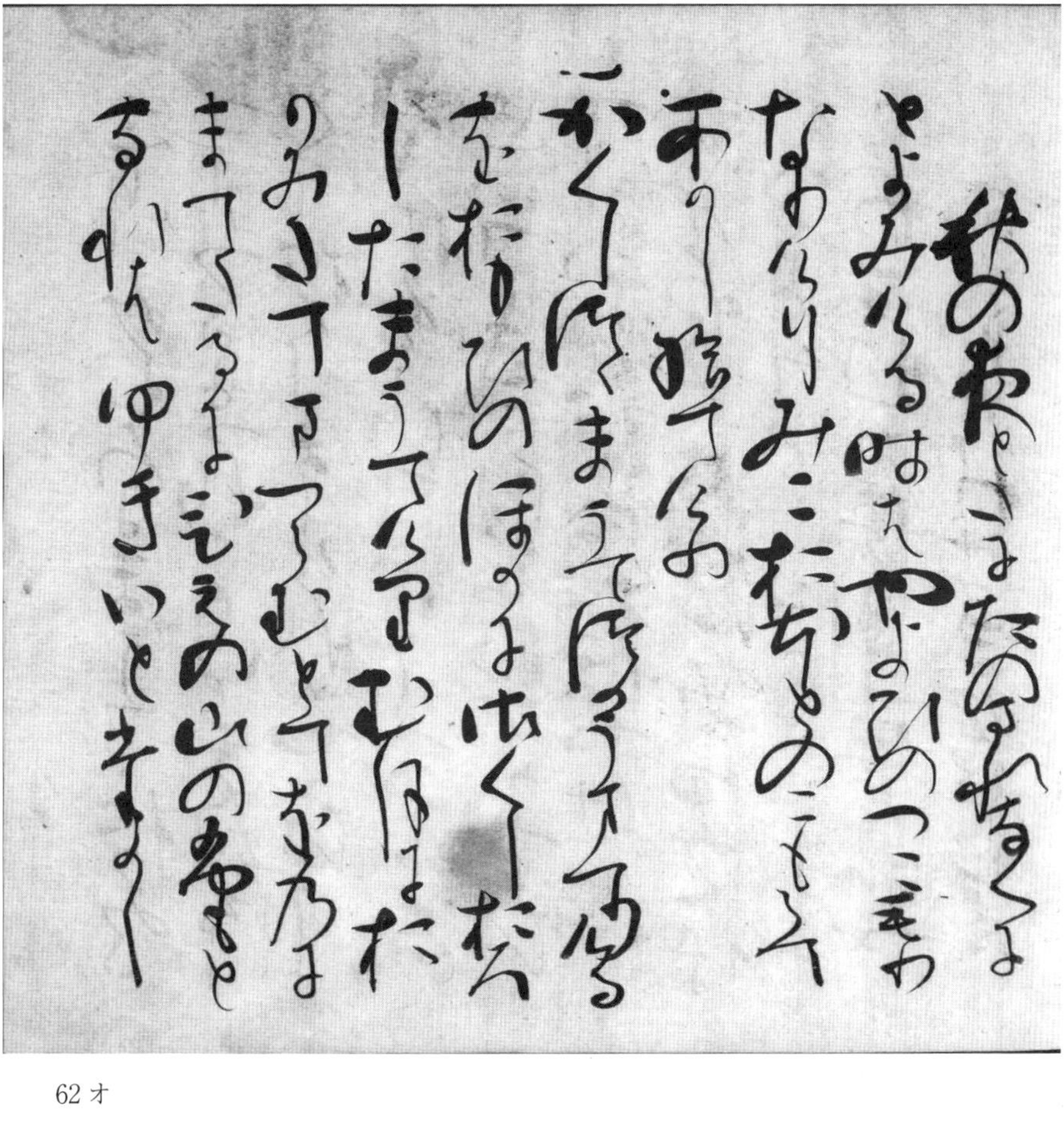

62オ

さてみむろはまうてゝたつみ
て月てるまてありといひをかる
くてたゝてまいれはけしやうせ
をはうまいらせたまへのとさる
思いつきゝいわかきみてあひ
てしかたなりてたはやけやひ
あかられさすておてゆくな
かへをとて
わすれて夢ちをう思ほえすや
ゆきかへりゆくきみをこふとに

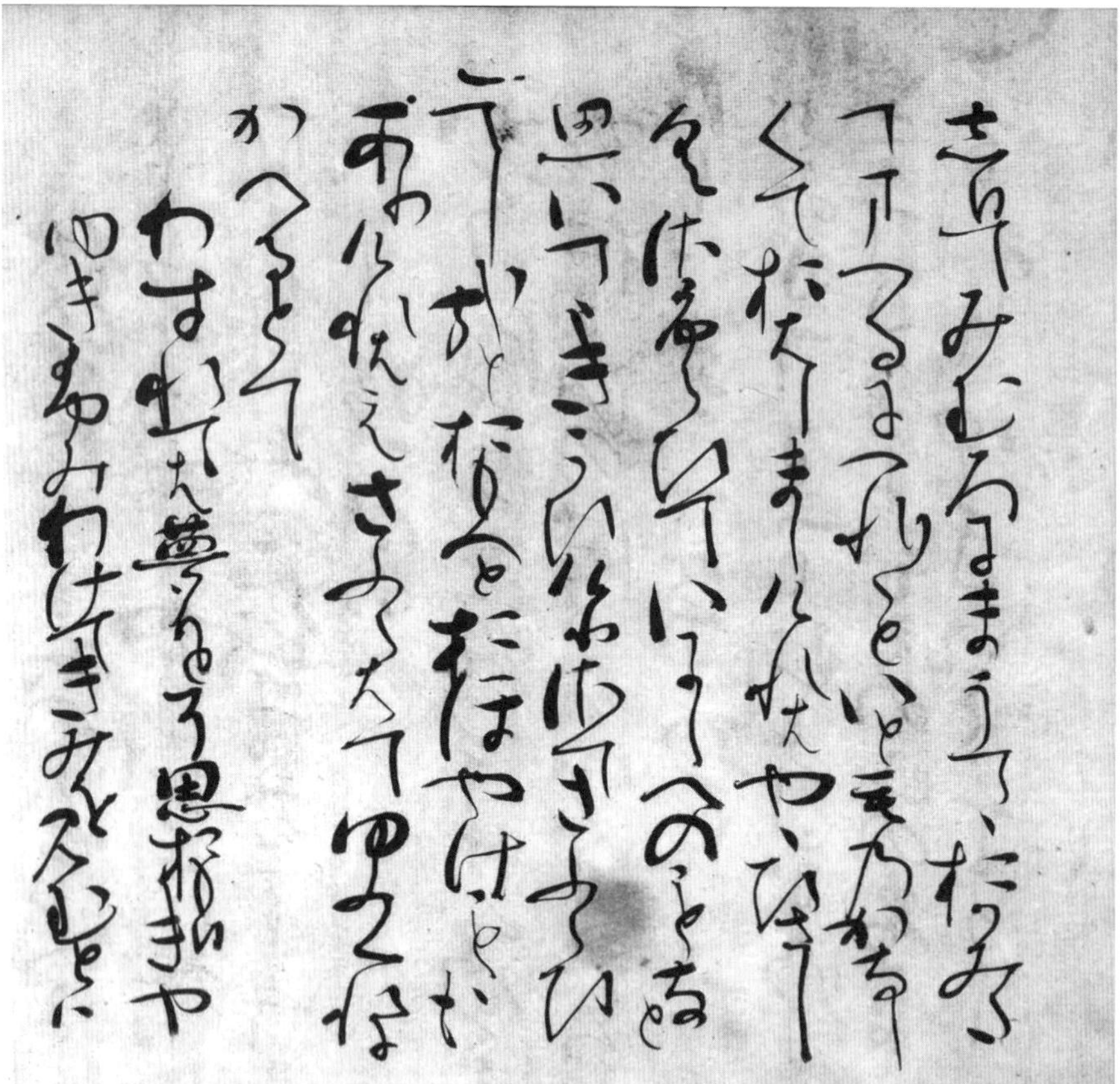

八四

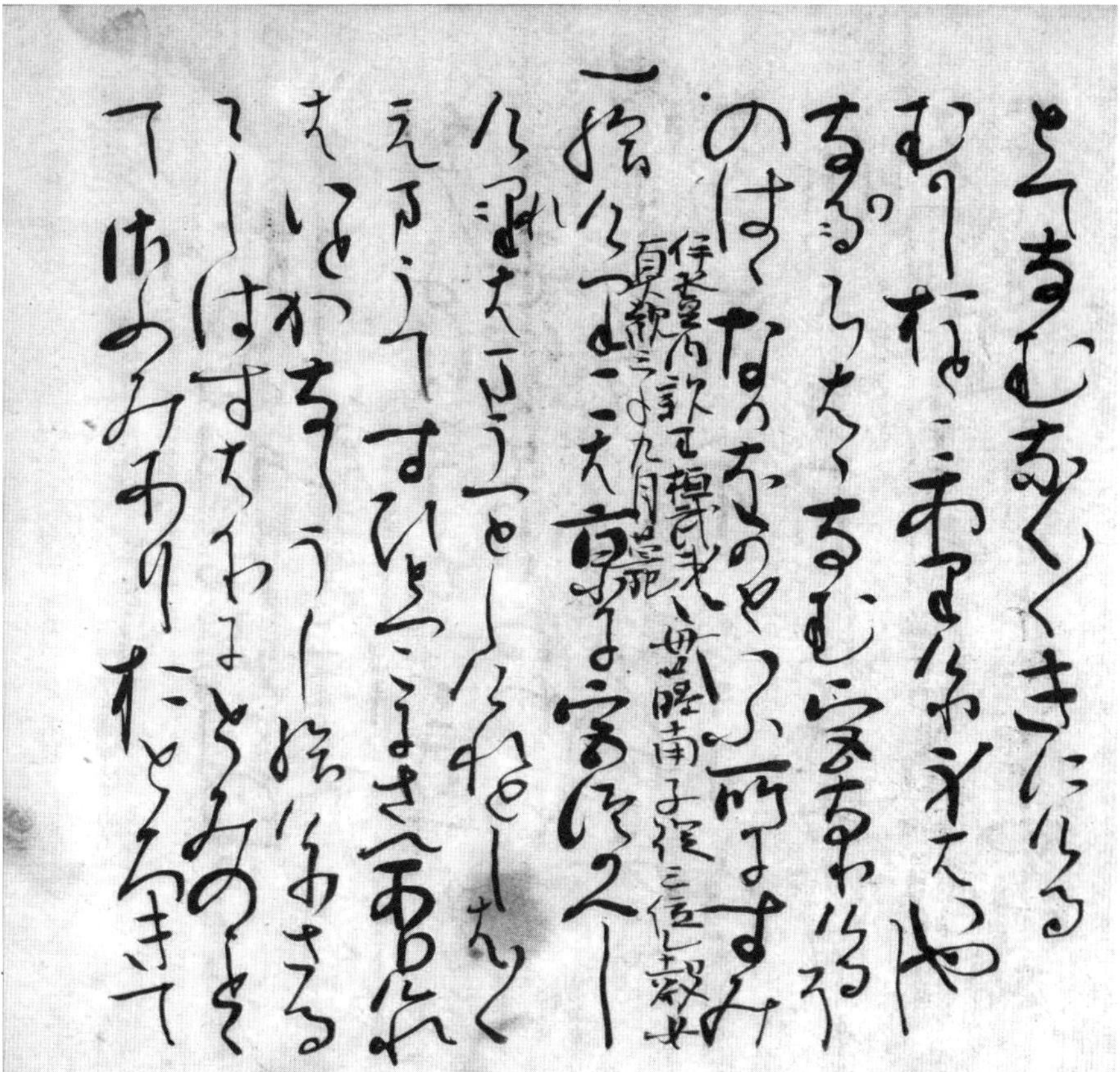

とてなむなく〳〵きにける
むかしをとこありけり身はいや
しなからはゝなむ宮なりけるそ
のはゝなかをかといふ所にすみ
伊登内親王桓武天皇八母藤原南子従三位乙叡女
貞観三年九月薨
給けり子は京に宮つかへしけれは
まうつとしけれとしは〳〵え
まうてすひとつこにさへありけれ
はいとかなしうし給けりさる
にしはすはかりにとみのことゝて
御ふみありおとろきて

八五

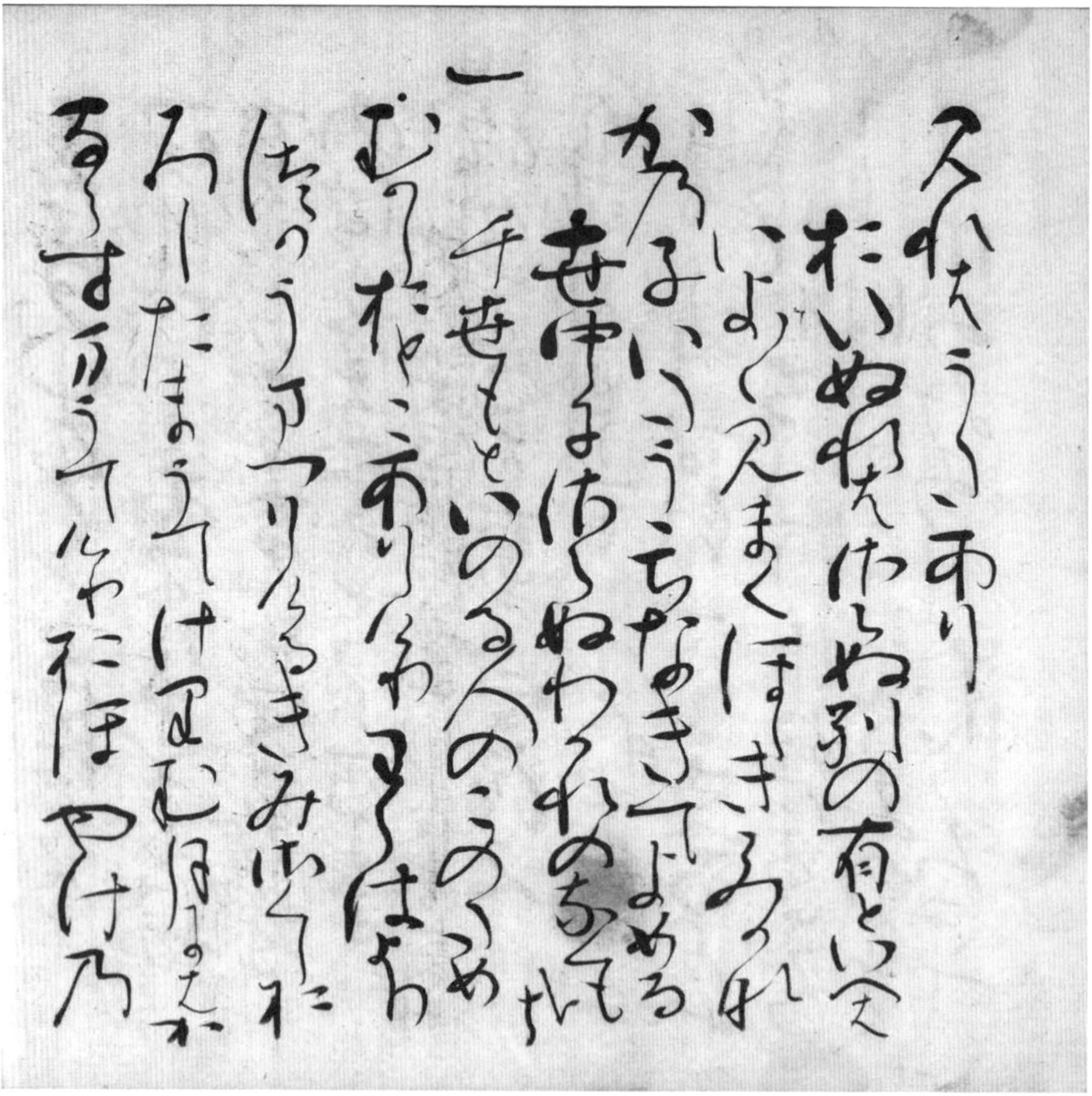

63ウ

(八五)
1 久かたうこあり
2 たいぬれいらね別の有といへ
3 によくえまくほきみろれ
4 かかいこうちなきてよめる
5 一千世もといのるへのこめ
6 せ中はいちねわるれなのち
7 むつれこありやこはち
8 ほつうアアリるきみゆてれ

10　9　8　7　6　5　4　3　2　1

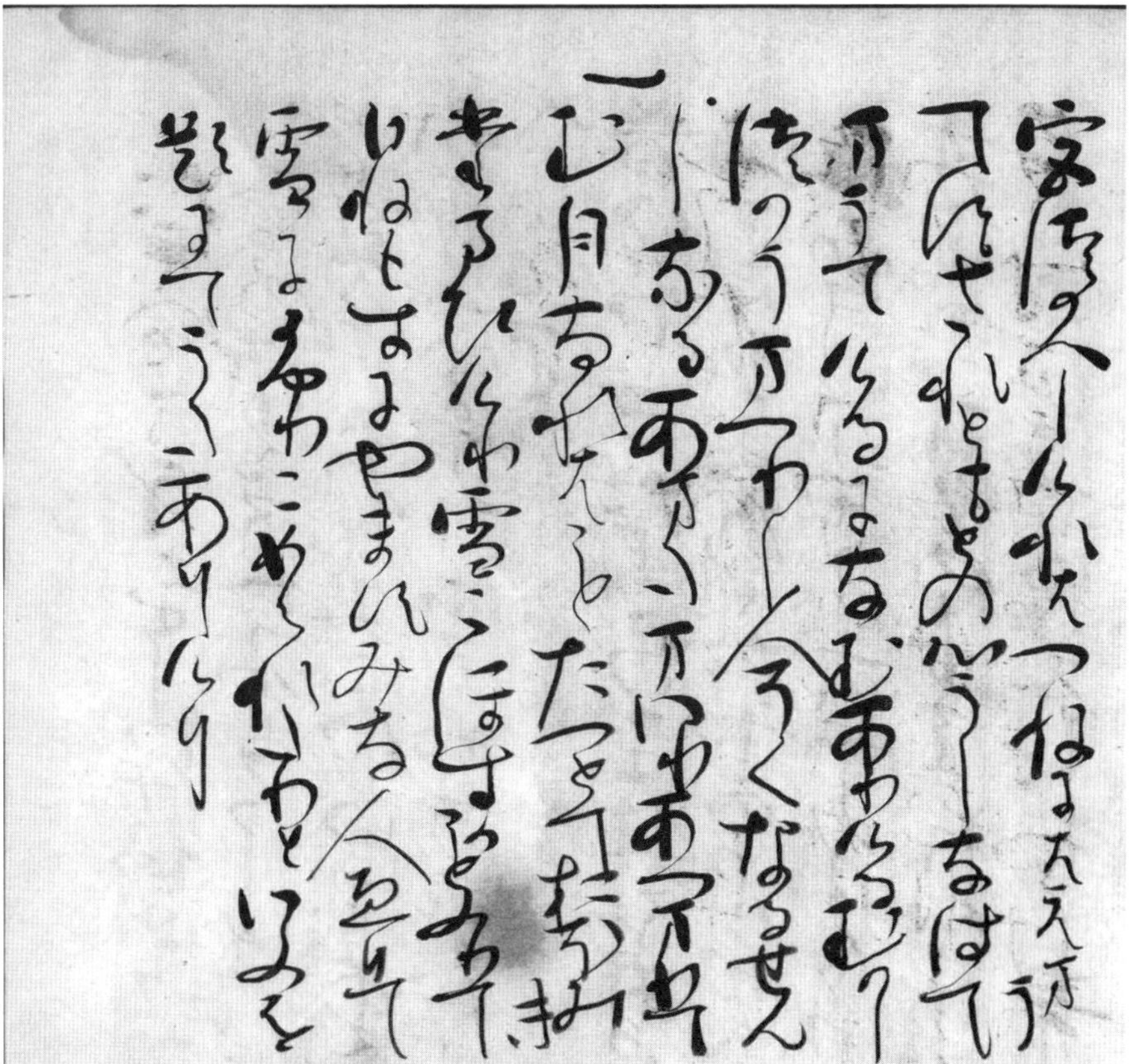

64オ

思へとも身をしわけねはめかれせぬ
雪のつもるそわか心なる
とよめりけれはみこいといたうあはれ
かりたまうて御そぬきてたま
へりけり

八六

昔いとわかきをとこわかき女をあ
ひいへりけりおのおのおやありけれ
はつゝみていひさしてやみにけり
年ころへて女のもとになほ心さし
はたさむとや思ひけむをとこ哥

八七

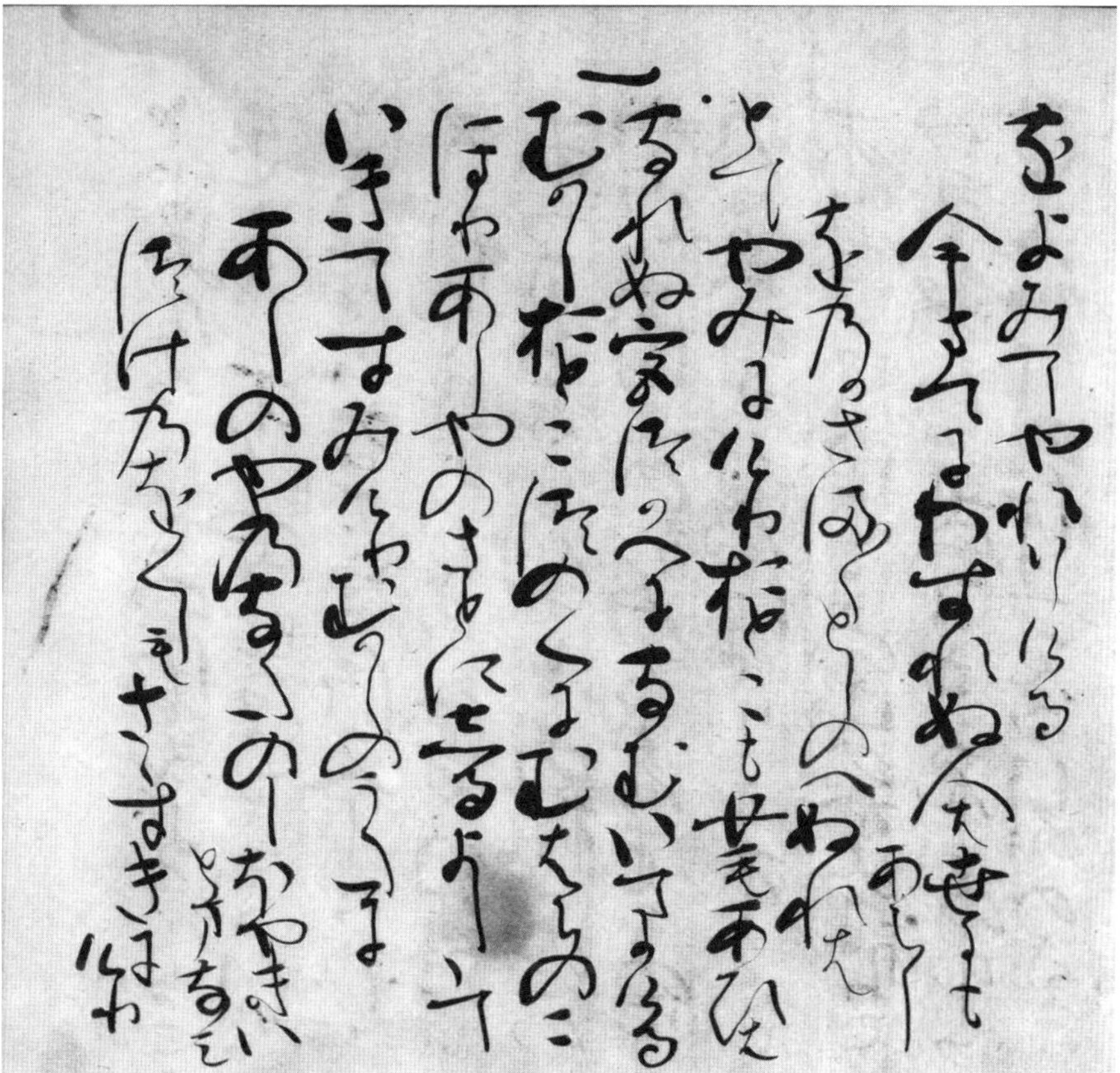

65オ

2 今そてはわすねん大きさも
3 さ乃のさ風をしの〳〵われ
4 やみはいわ花ことも芝雨を
5 一そわぬ家におへきするいてうる
6 むつたことのくらむをもに
7 ほやありやのまきにとるよて
8 いきすみつわむしのうち

とよみけるにこのはとをよみけるに
をきむあしやなまことえいたる
こなたこなのやたえしけれい
うれなにしよわすれうのすはし
一 あつさゆきよけやとこのたとこみの
かみしおすのかみあわれるの宮
かまへのうみのほとりよまうひ
ありきていさこの山のかみはあはと
いふやのひきのこきうんよのから
をいひてすのほかてつるしろのこき

3 らきやよいゑをにやらむしう
4 はするぬすゝゐるゆちたきの秘
5 ゆうゐのたちきさしさいて
6 一わうゐありろのいーのうつまは
7 しーアかるハえせうかーいの
8 たほきさまてほれむたろゝなる

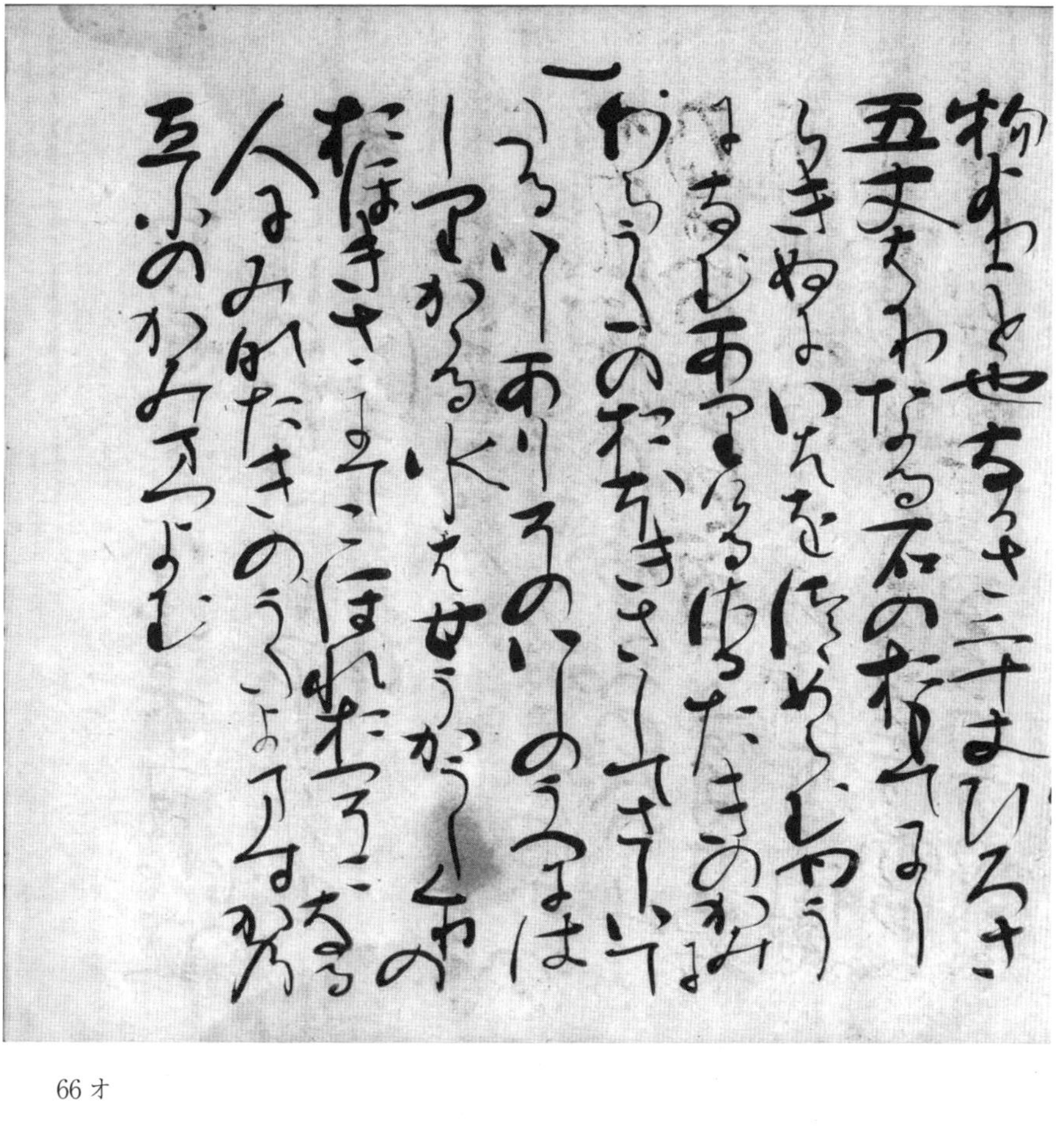

わかなゐんくゆすると丞
濱のたきゝいてたちこむ
あるよ、にさよ、ふむ
やきふくるゝこうあるへ巳
一とよ水われわくろの人分
まなくてちるゝ神のせはき
一やあわきむあうるよて方
はくりかりくろみをちく行せ
一宮門御もちょうの家のまへ
くすよをくいれやの方へスや

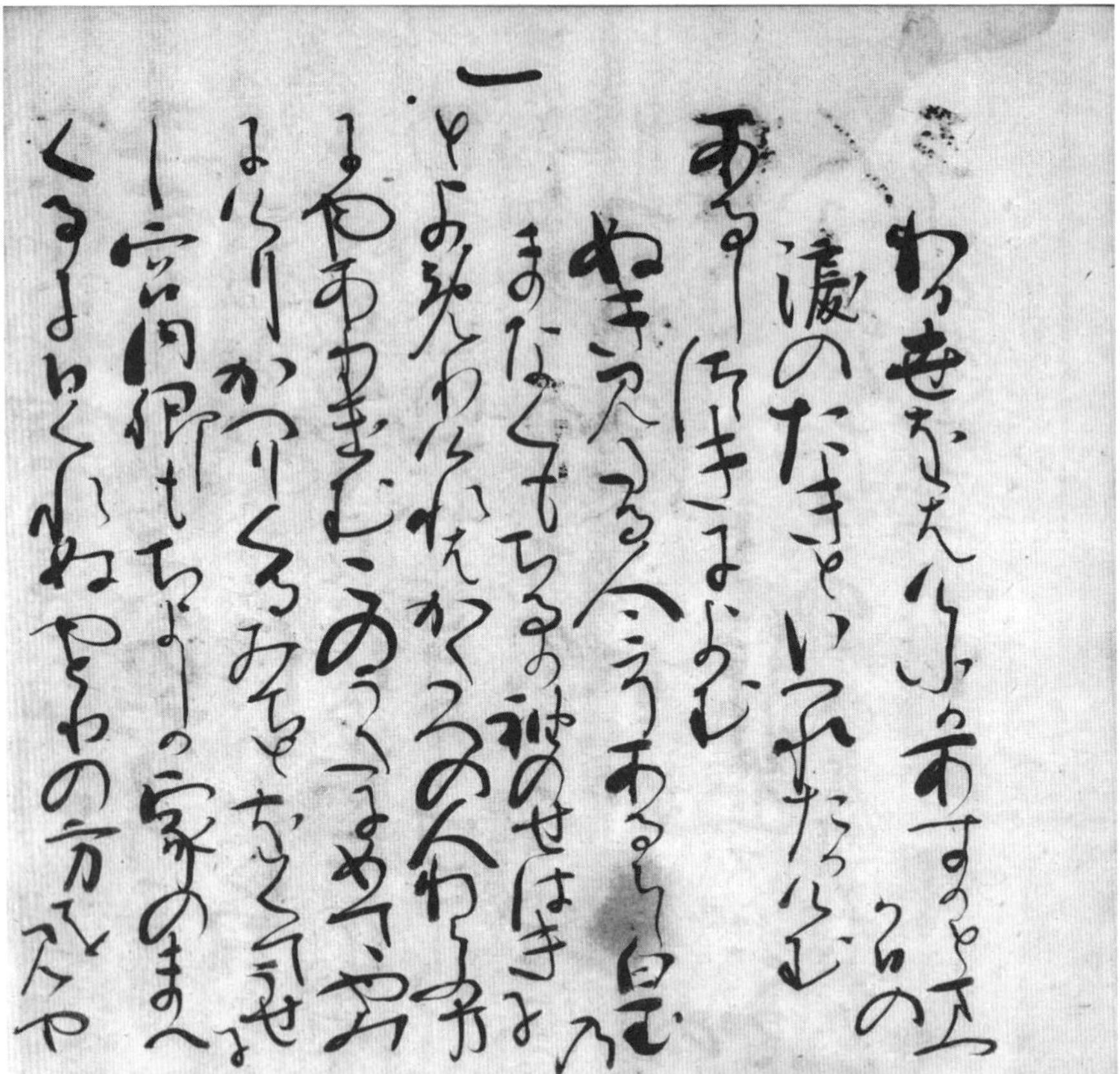

3 ちるゝ夜のほのほのの浪の盡
4 わのすし方のあるのくたり
5 どうみて家もかゝきわるの夜
6 一南の風ふきて浪つよう
7 とめての家のわのことい
8 てうき水乃浪よせくれつゝ

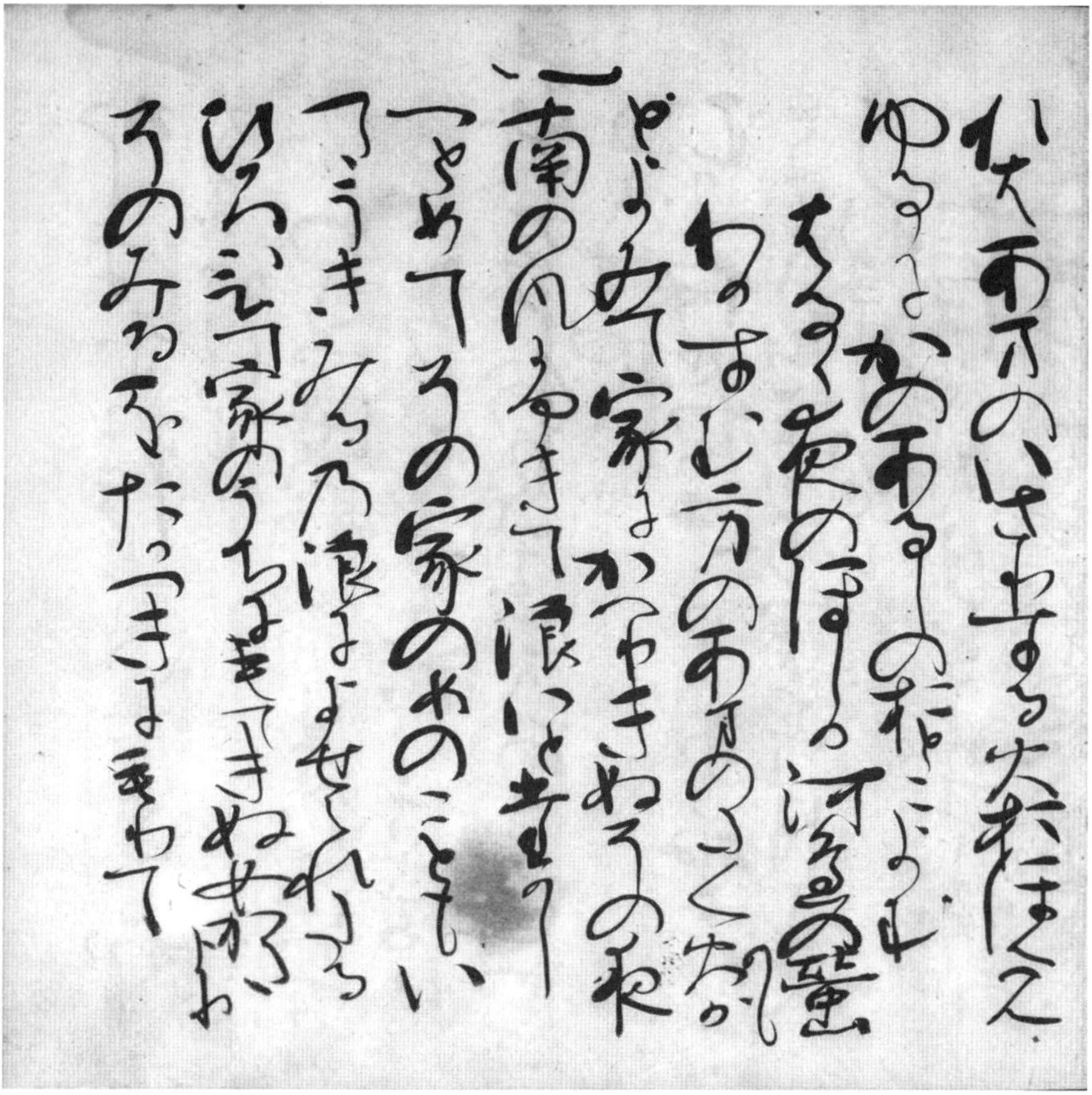

六八

11　10　9　8　7　6　5　4　3　2　1

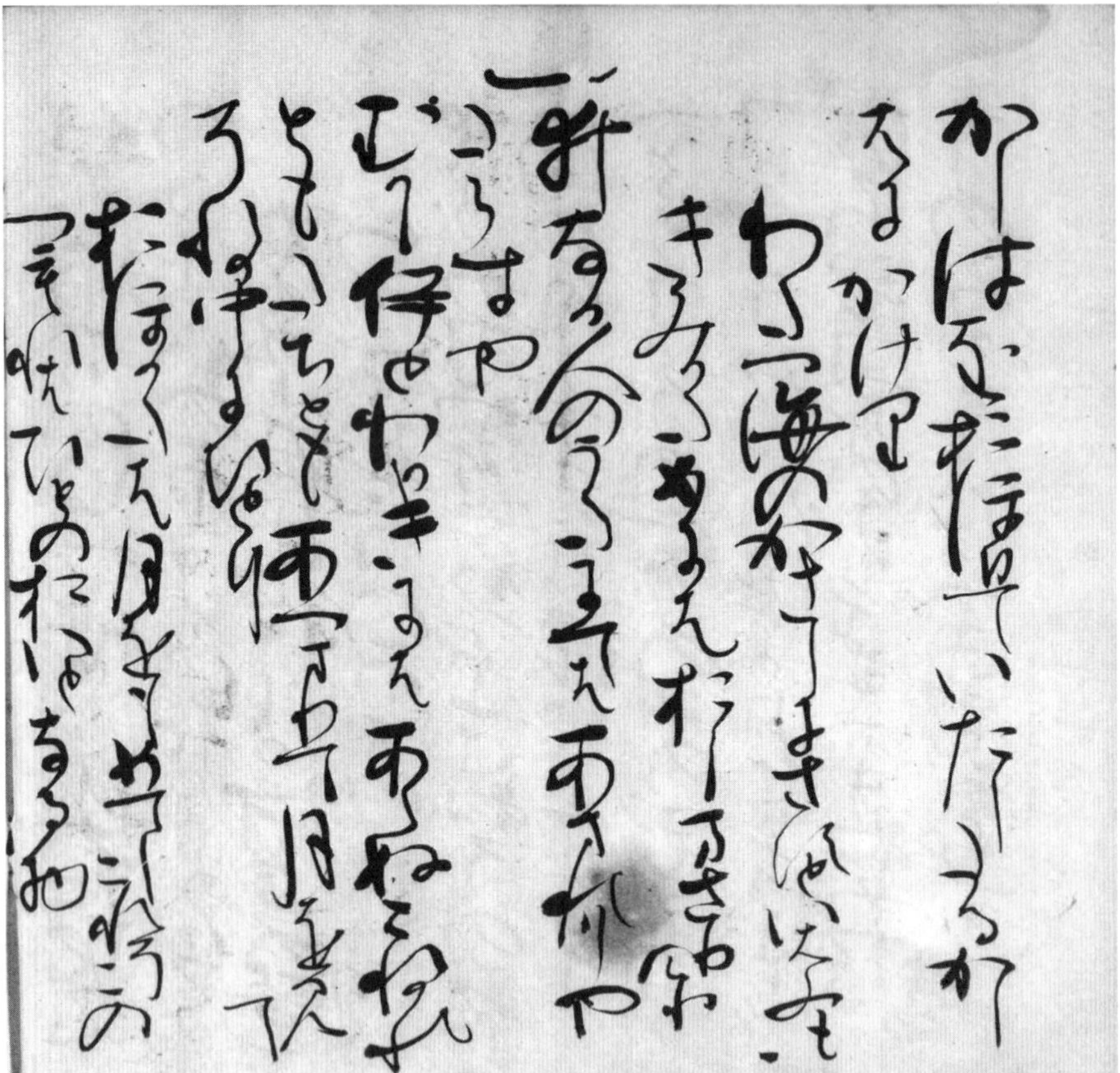

九〇　八九

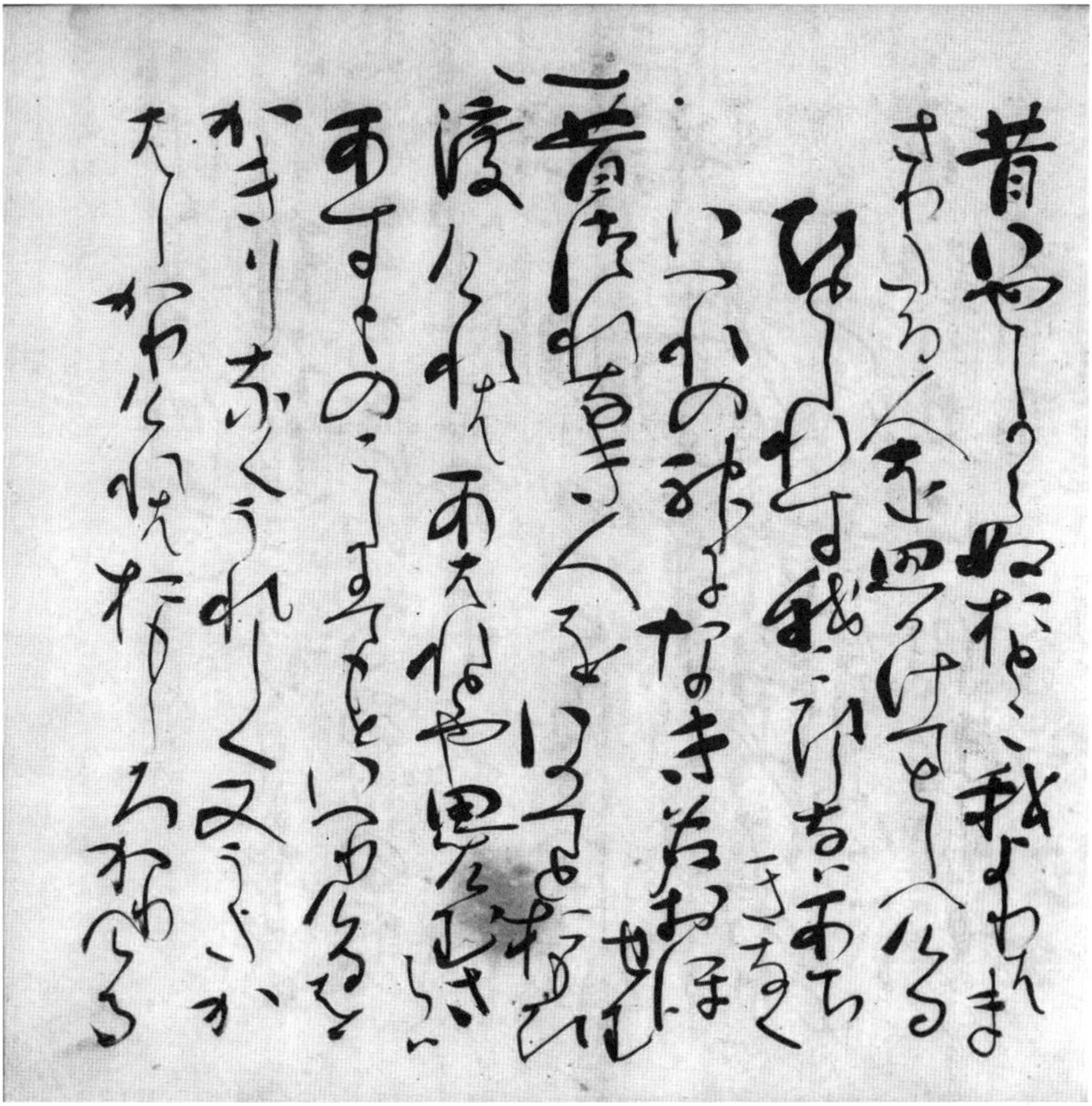

68オ

けるさくらにつけて
櫻花けふこそかくもにほふとも
あなたのみかた明日の夜のこと
といふ心はへもあるへし
九一 一むかし月日のゆくへをさへなけく
をとこ三月つこもりかたに
をしめとも春のかきりのけふの日の
ゆふくれにさへなりにけるかな
九二 昔こひしさにきつゝかへれと
せうそこをたにえせてよめる

3 きんとを思われすかけりすゝ
4 そのみわきさらさやありる
5 ゐへてたひ松きてなひ畳
6 かをよめる
7 雨ふなく思えまてなうなく
8 きスきいやきくろけれ

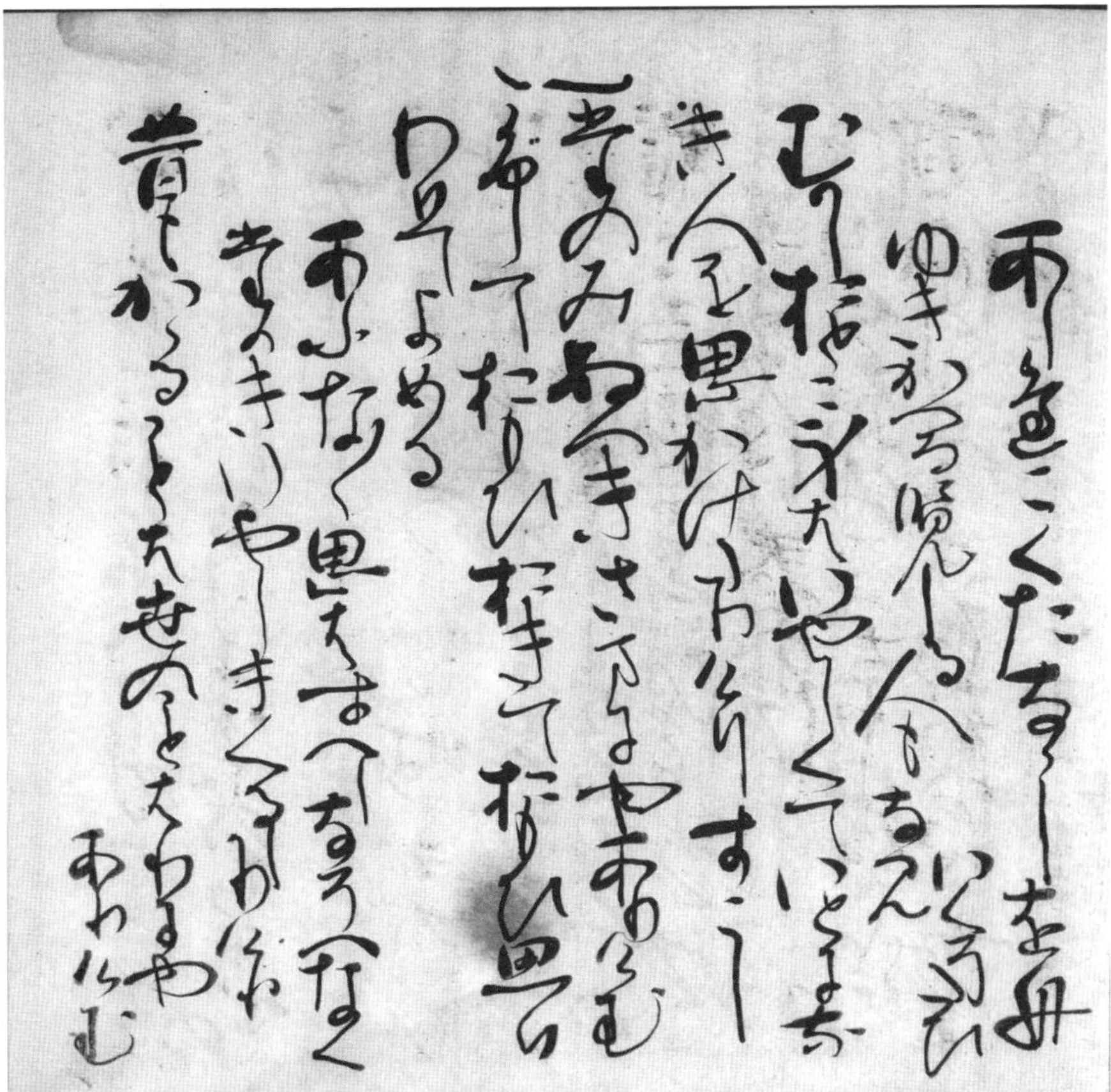

九四

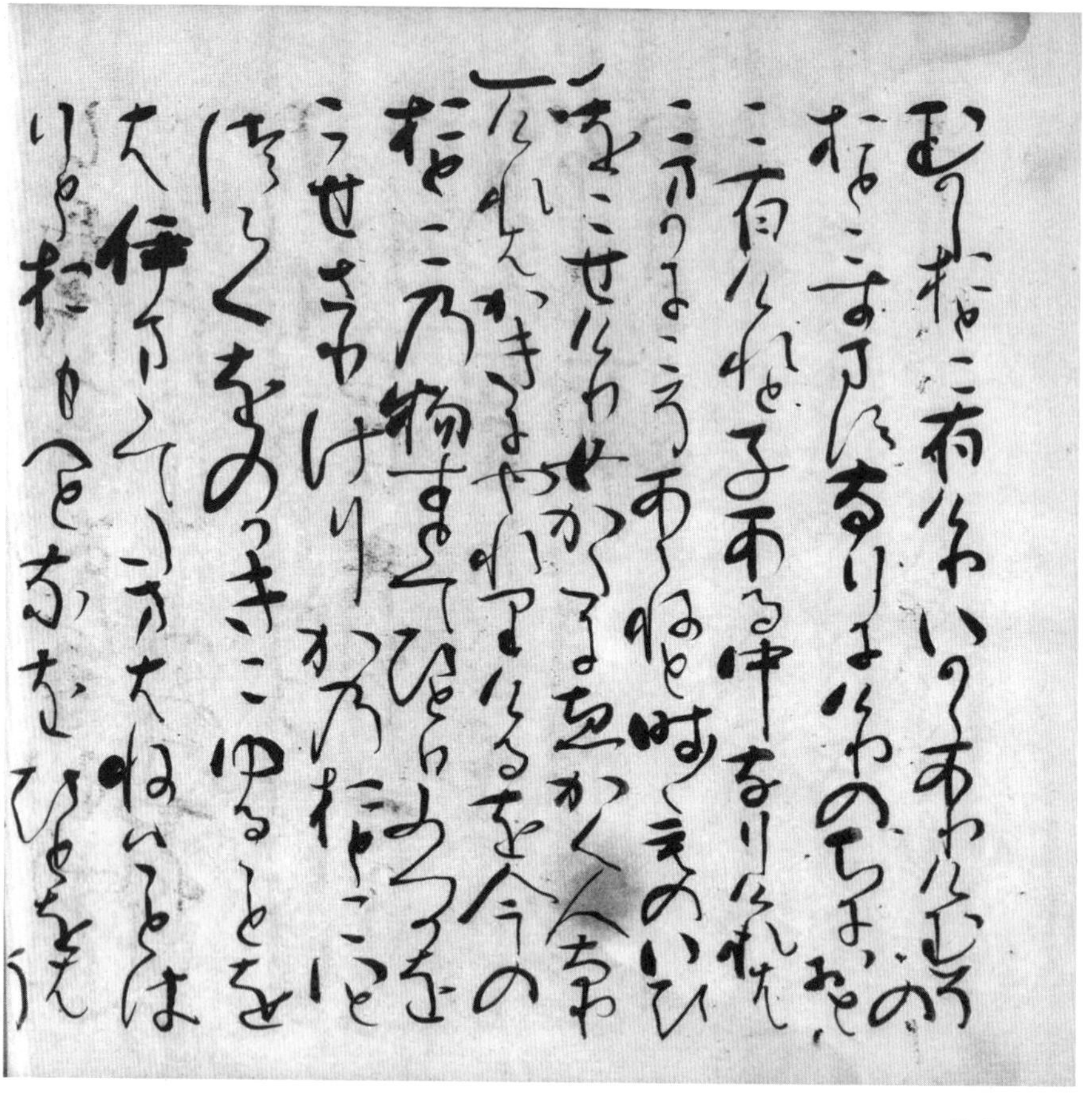

九五

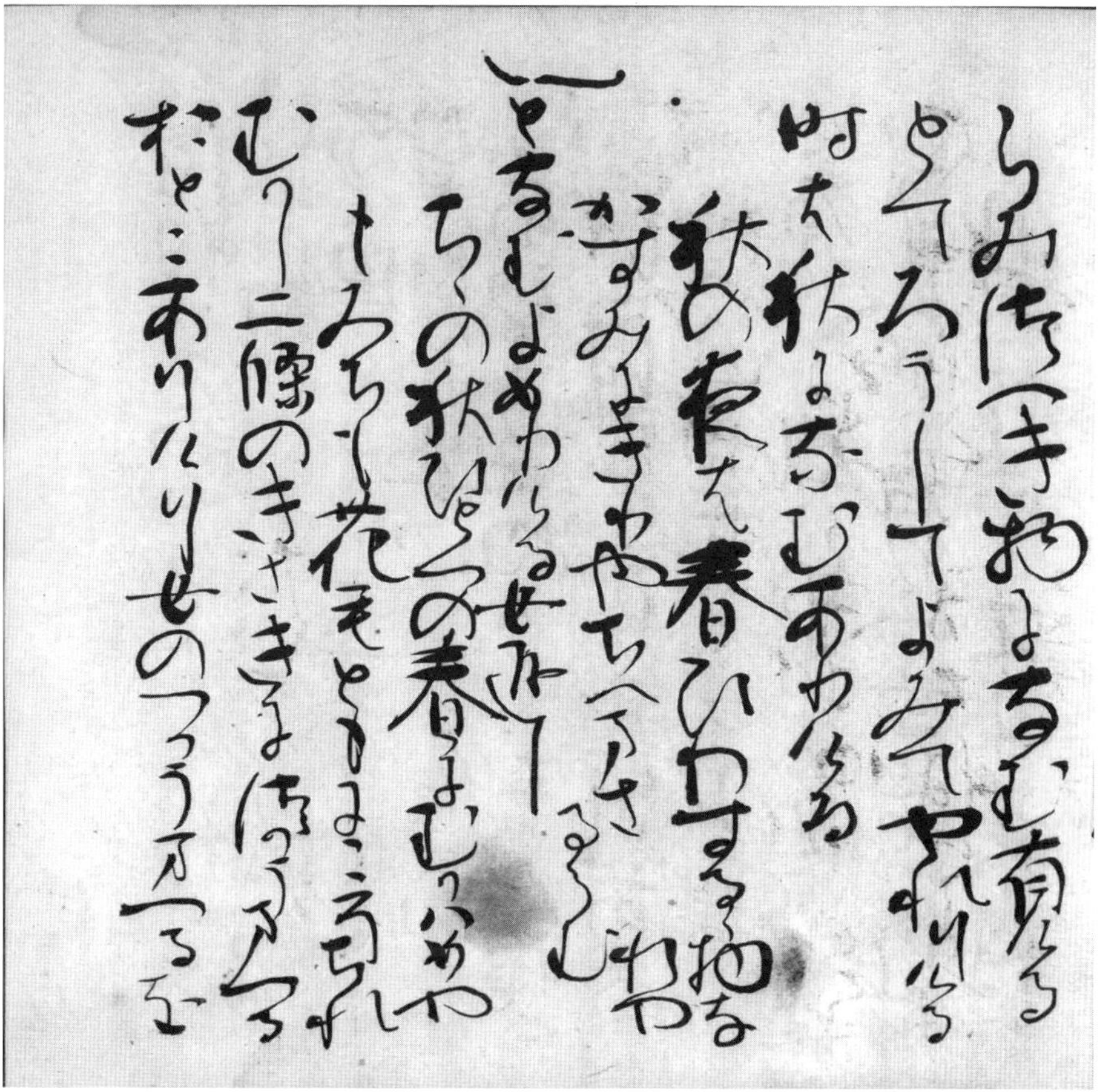

70オ

らむ待〈きぬよするむ有らる
よとろうーてよみてやりける
時大秋よちむ有わらる
秋の夜を春ひわするねを
かすみきやちへへき　を
一とそしよめわかるせばー
ちの秋はらの春よむつめや
とみちう花をとこま云ふかや
むう二條のきさきま云ふかう
だと二ねりなりせのつうすーる

六
10　9　8　7　6　5　4　3　2　1

にねまんかえてよくりやうあ
いつてやらしまたいめうてたちつ
ふく思つやうるとすらう犬る侍
ひゝとないせいとのひそのう
一子ゑむするねろくりると一てねこ
ひこほよこなえ月のわあの
河へうてるきそ今大やゝてよ
ニ今そうやめておひするの
むうたにこ有ノみせをとくり
を月ヘよくいえ木うあれ

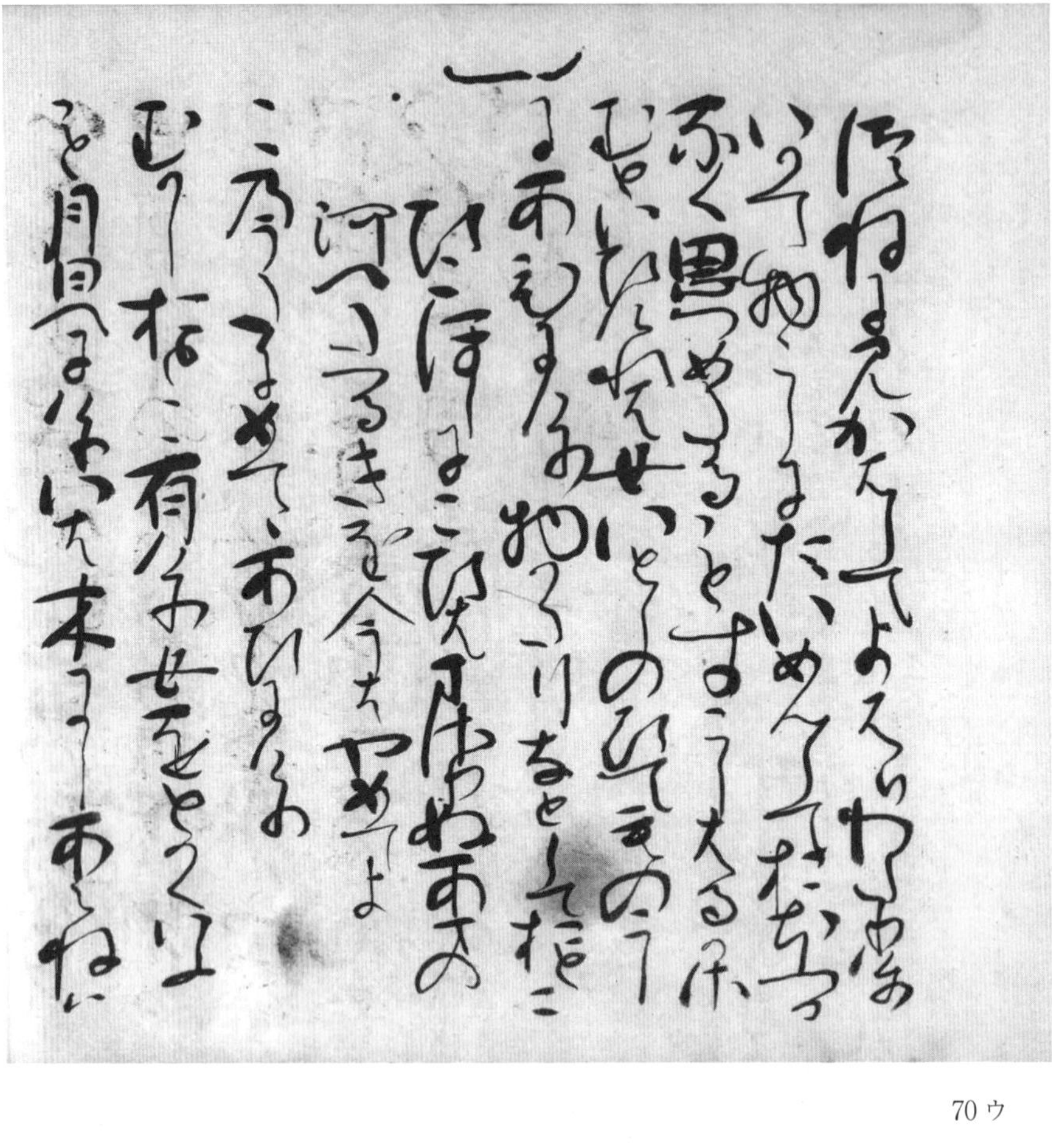

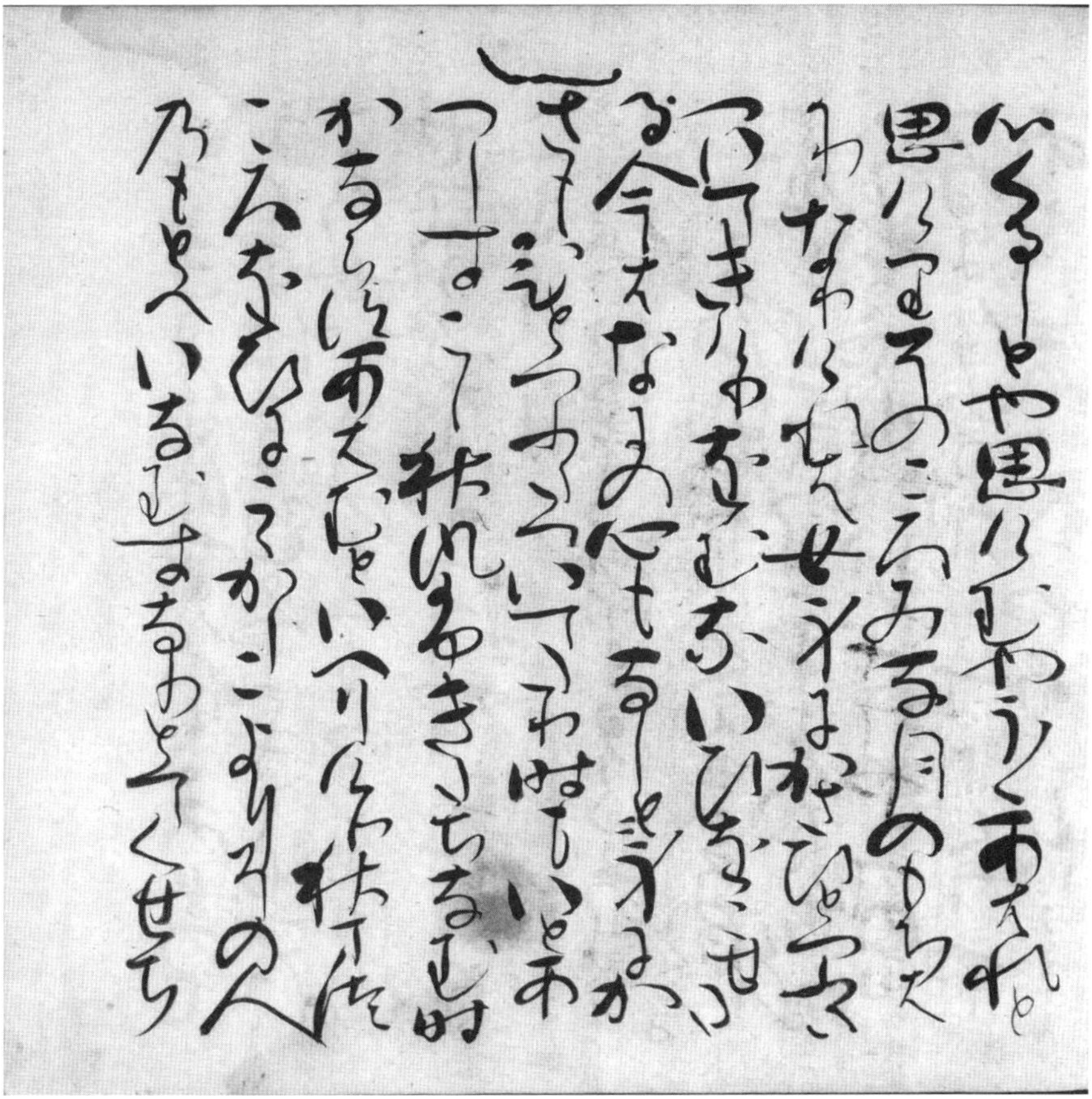

71オ

3　こゑかえての文もゝちをひら
4　せてうてよみてかきつけを
5　一こぎてり
6　大かきていひちろもあくる
7　こゑ／＼くえま／＼有れ
8　とかきゝきてやつ／＼を□に
9　こゑをやにいぬさてやつのち

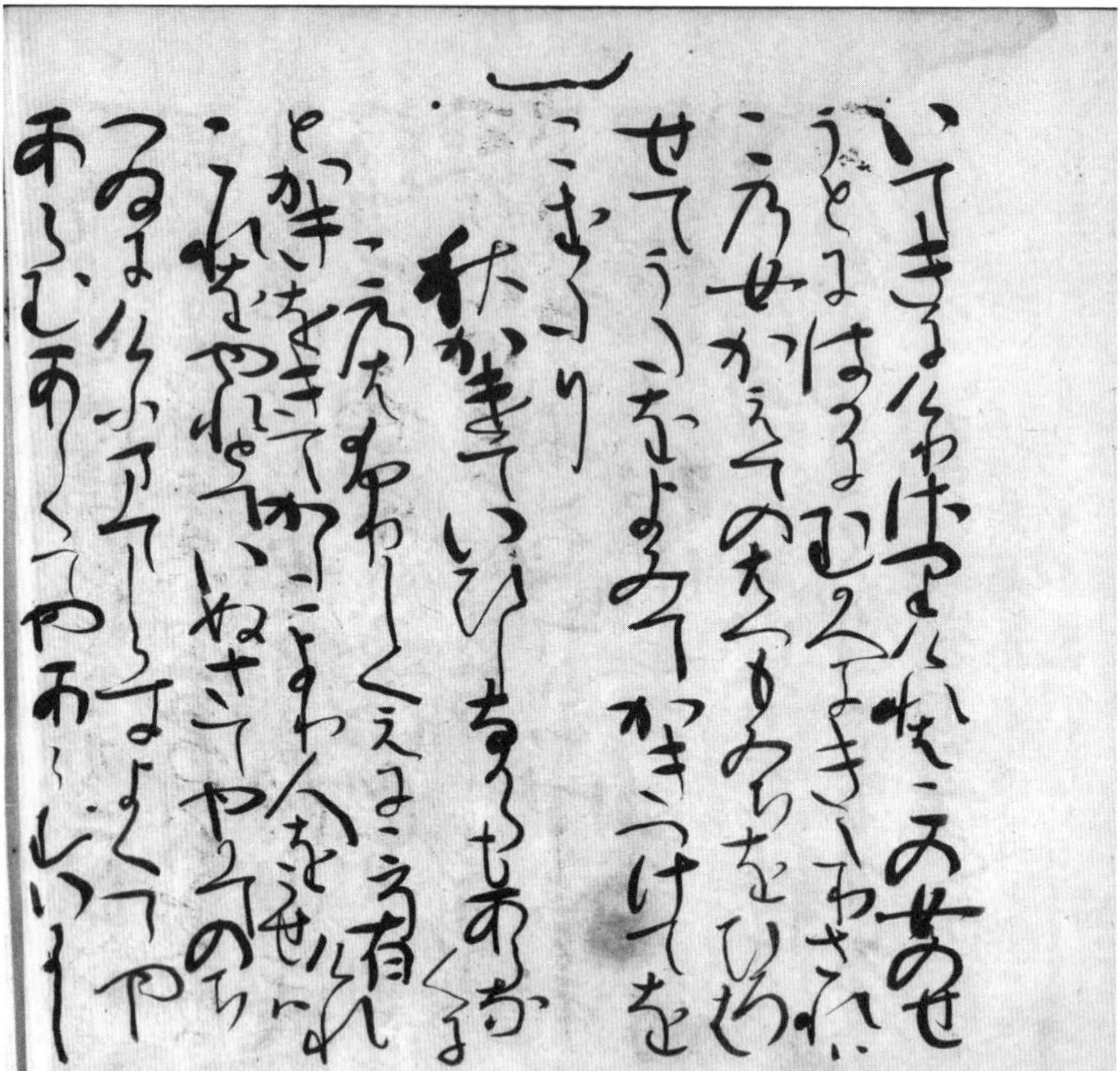

九七

8　7　6　5　4　3　2　1

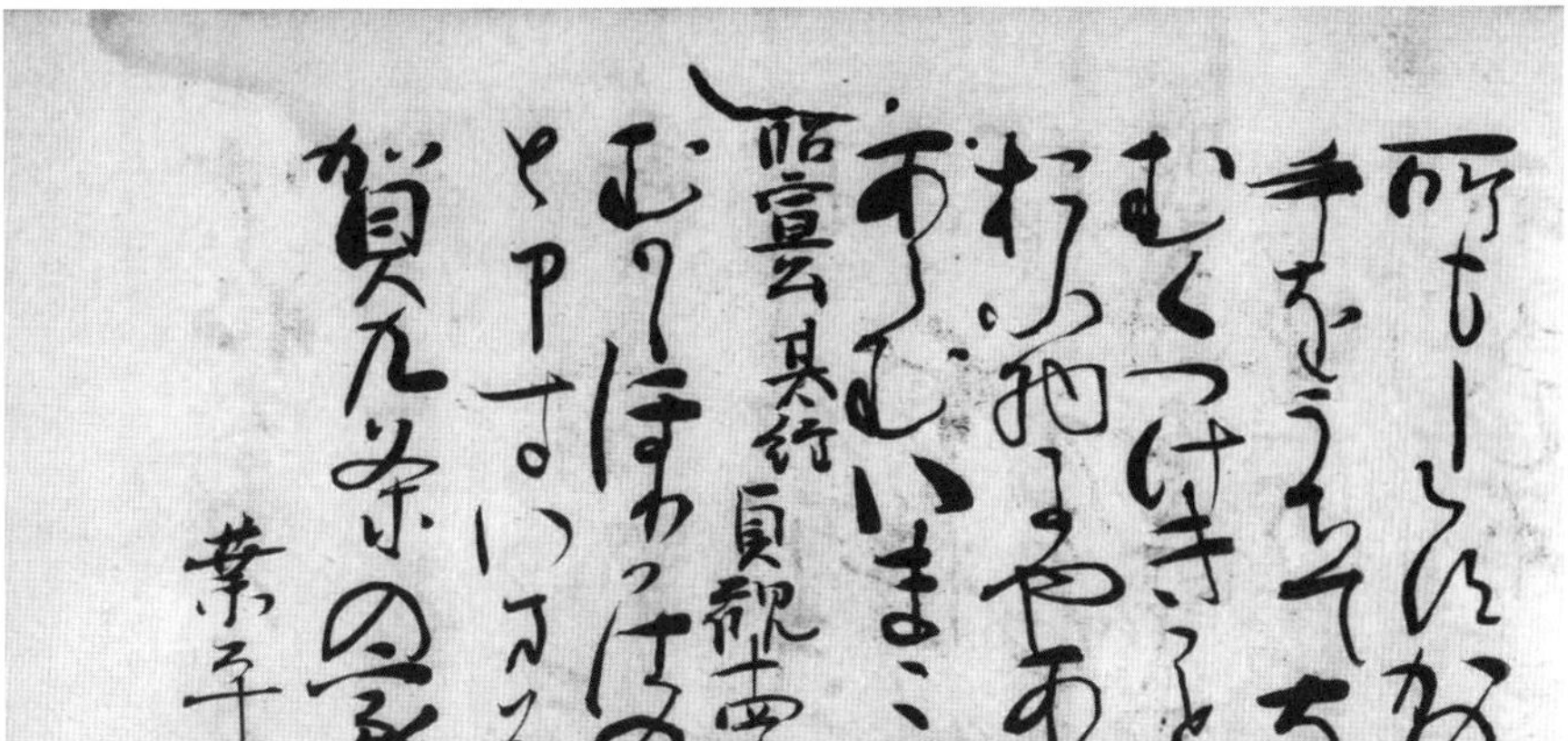

九六

9　8　7　6　5　4　　3　2　1

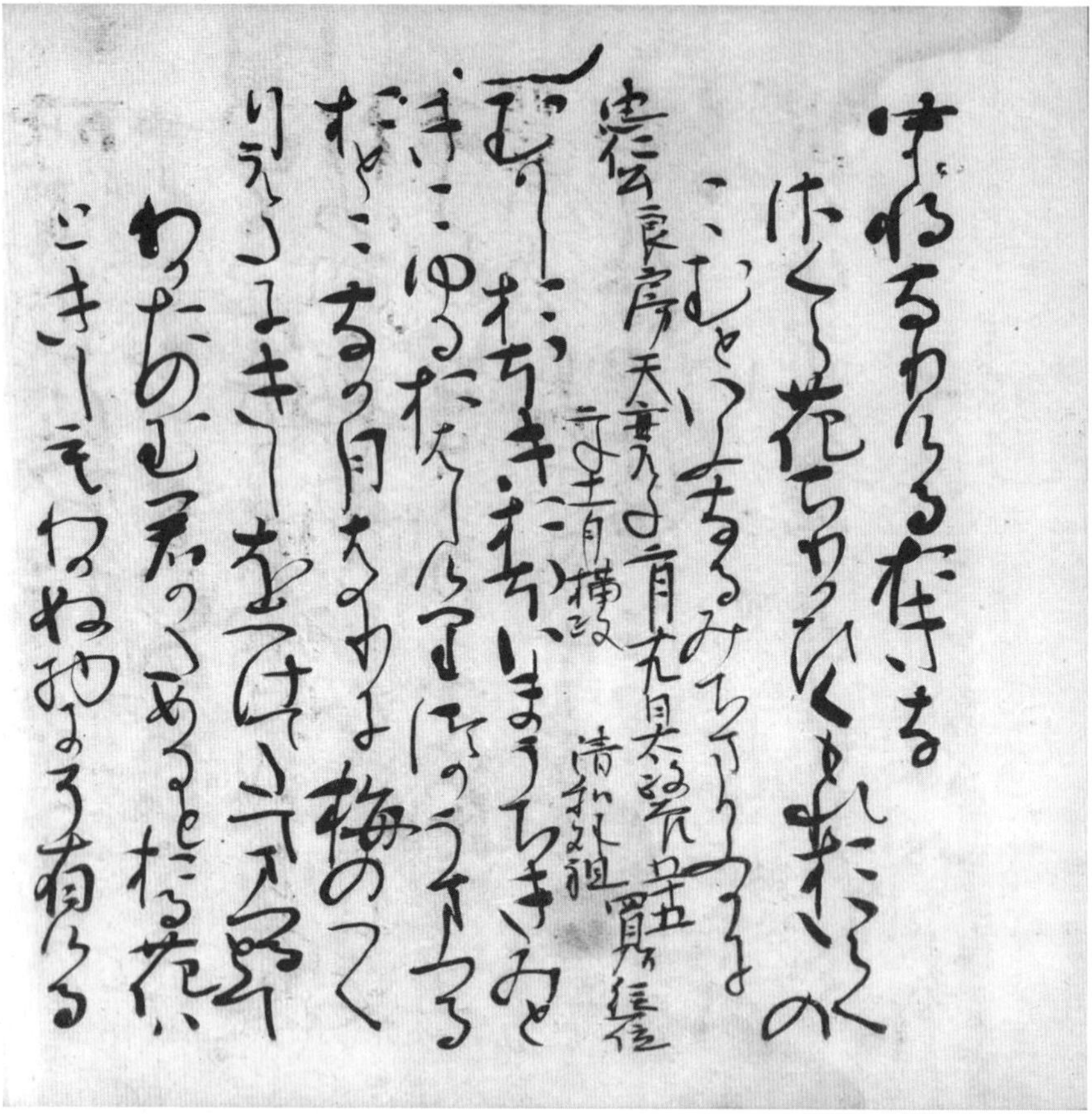

九九

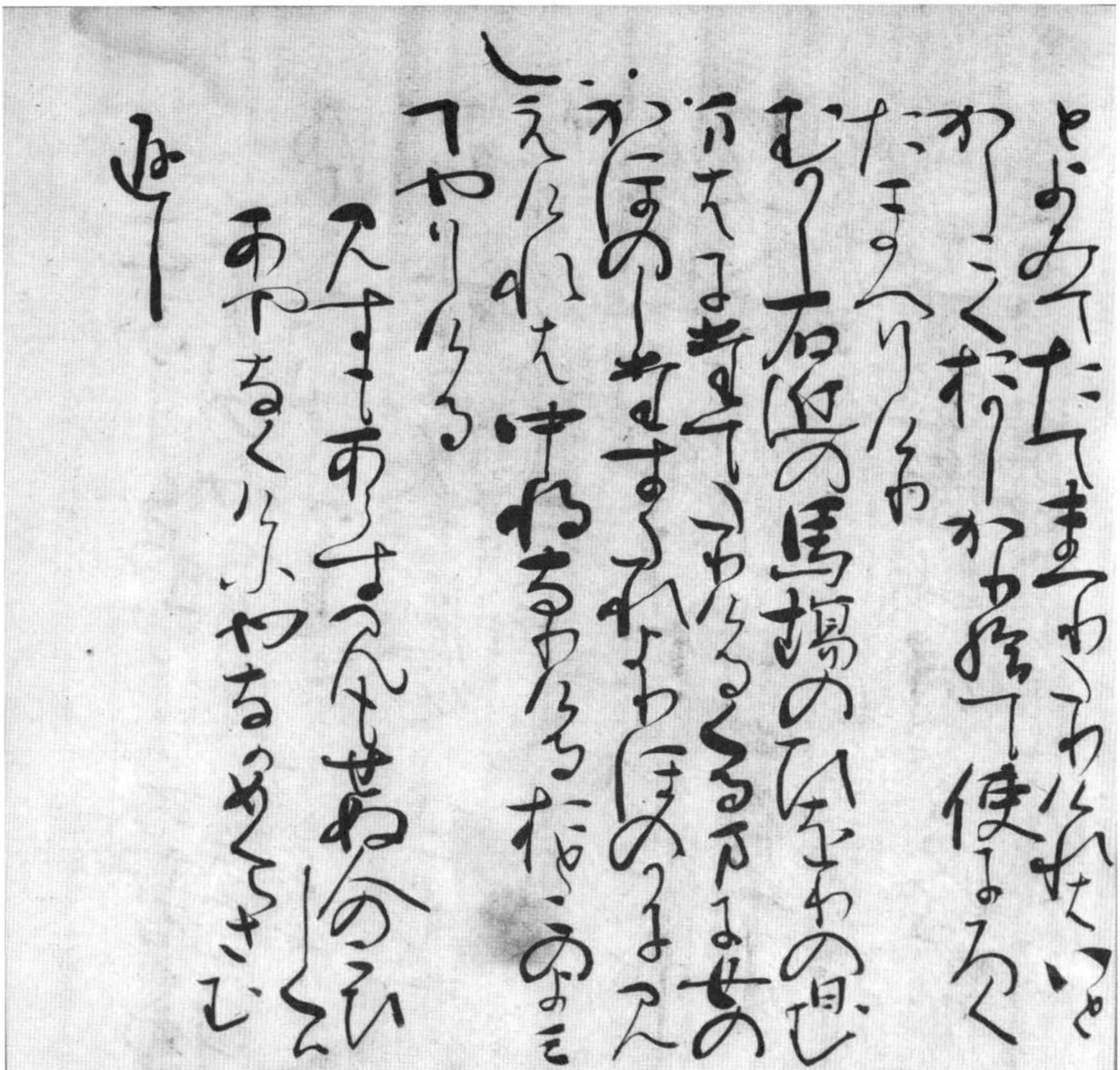
とよみてたてまつりけれはいと
かしこくおかしかり給て使にろく
たまへりけり
むかし右近の馬場のひをりの日
むかひにたてたりける車に女の
かほのしたすたれよりほのかにみえ
けれは中将なりけるおとこのよみて
やりける
見すもあらす見もせぬ人のこひしくは
あやなくけふやなかめくらさむ
返し

73オ

100

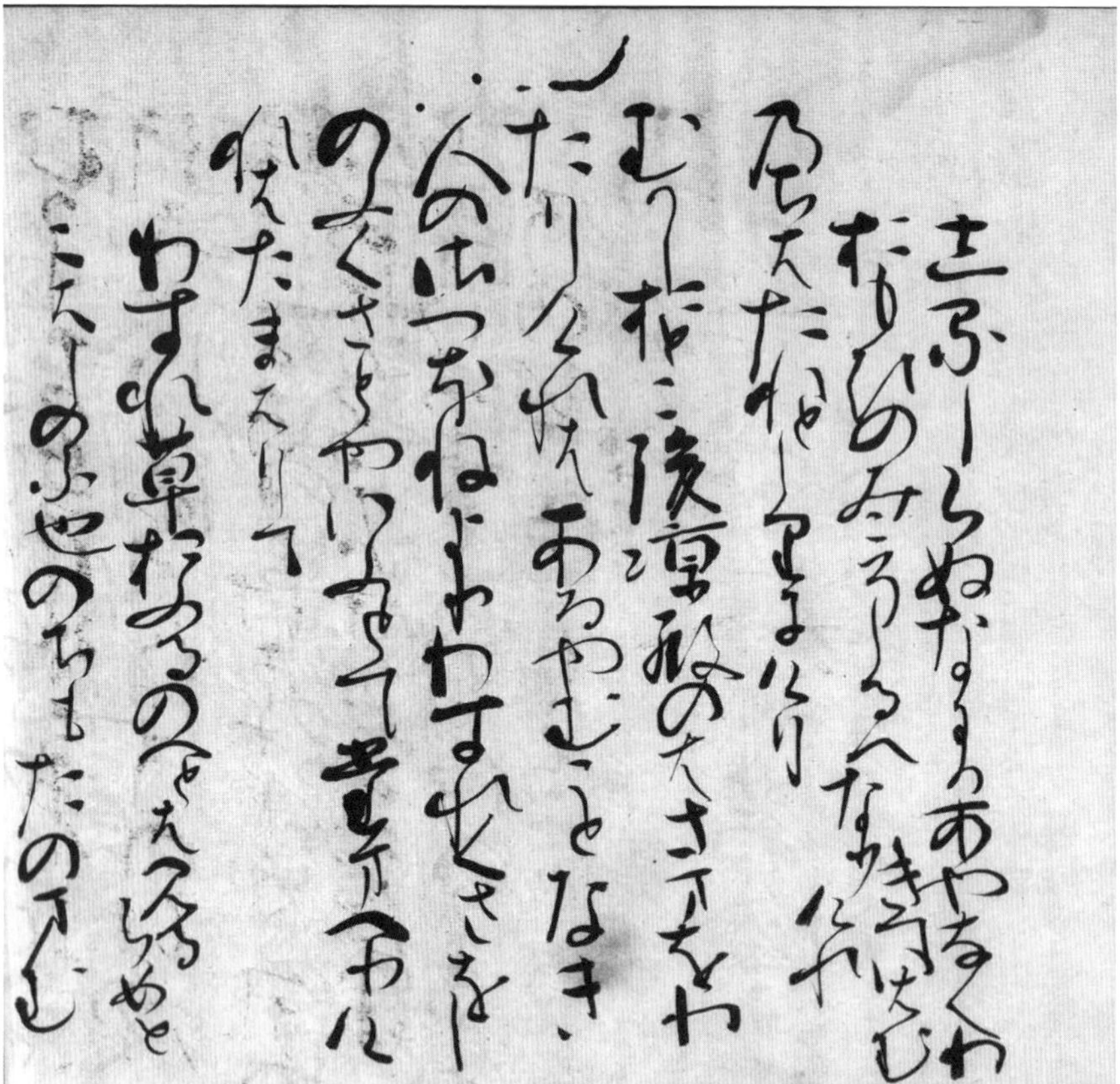

73ウ

きぶーらぬなるうあやるくわ
たもひのみころしへなきみをひ
をゝえたねしてまいり
むうねに後童殿の大きさをや
たりへえあるやむごとなき
ゝゝ公つちねしやわすゝさを
のぐさきやいつゝゝきゝやひ
ぬえたまえりて
わすれ草なつるのええへる
こえよのふ也のちもたのます

一〇一

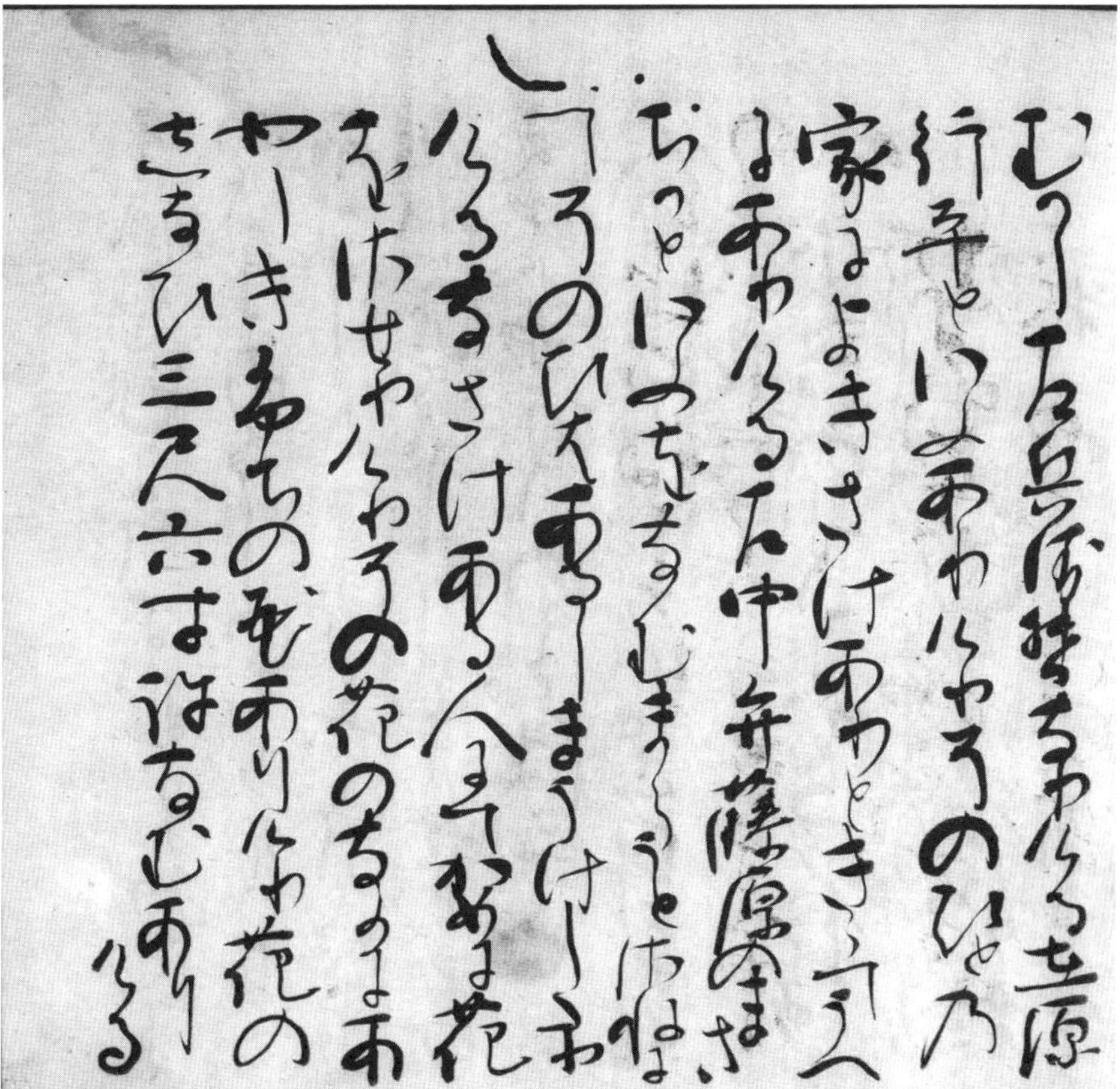

むかし左兵衛督なりける在原
行平といふありけりその人の
家によきさけありときゝてうへ
にありける左中弁藤原のまさ
ちかといふなむまらうとさねにて
その日はあるしまうけしたり
けるなさけある人にてかめに花
をさせりその花のなかにあ
やしき藤の花ありけり花の
しなひ三尺六寸はかりなむありける

74オ

11　10　9　8　7　6　5　4　3　2　1

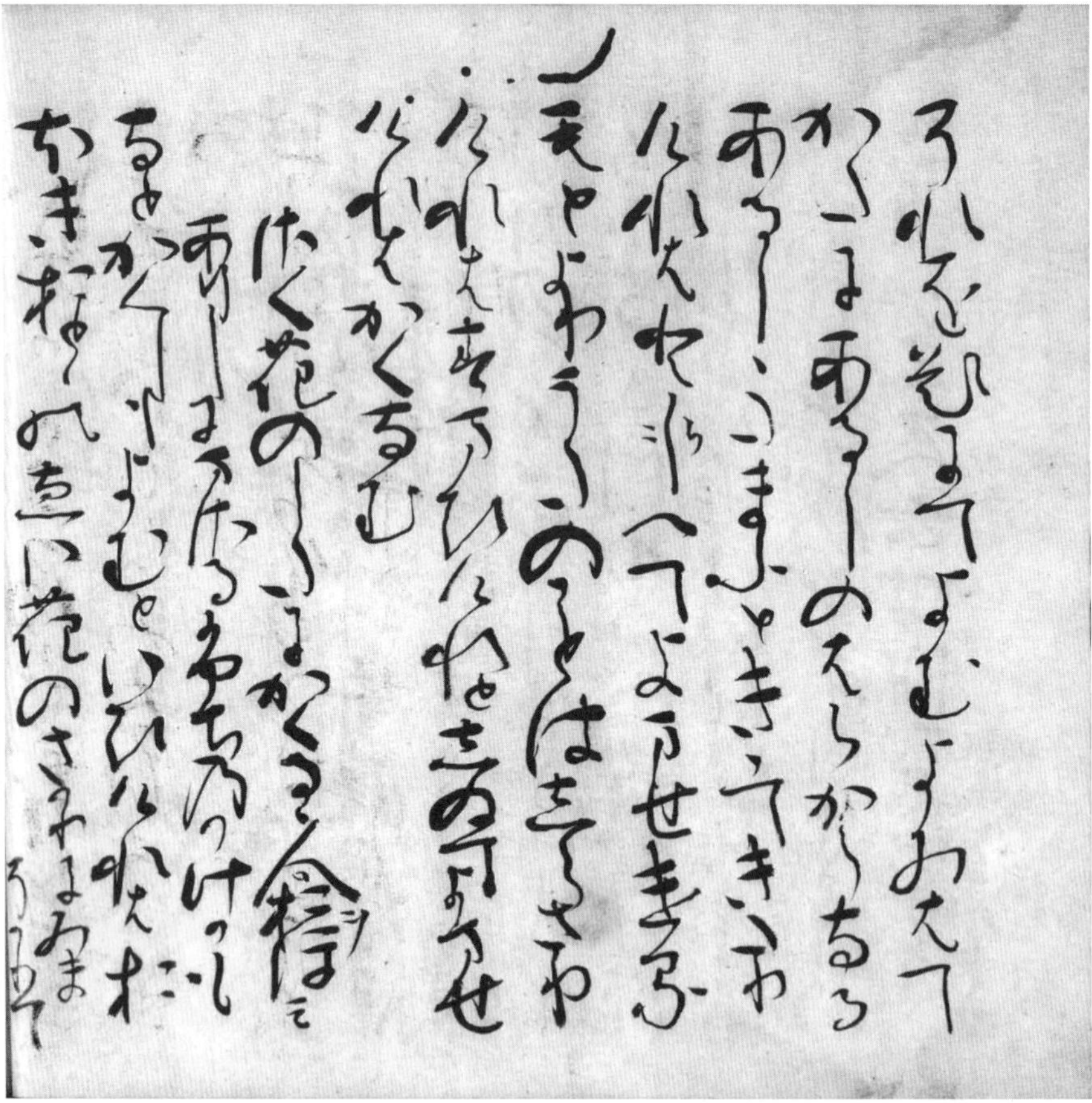

74ウ

一〇三

1 藤氏のやまさつのゆゑとおよひしらめ
2 やもしいいろあるけちーす
3 ありきくり
4 むつ指三ありあうてよりさ
5 りりてや幸事を思ーりくり
6 あてなる女のありかなる世中
7 しを思へて京しあれく
8 のつある山さまきよゆ
9 ろくろわにけよりみやける

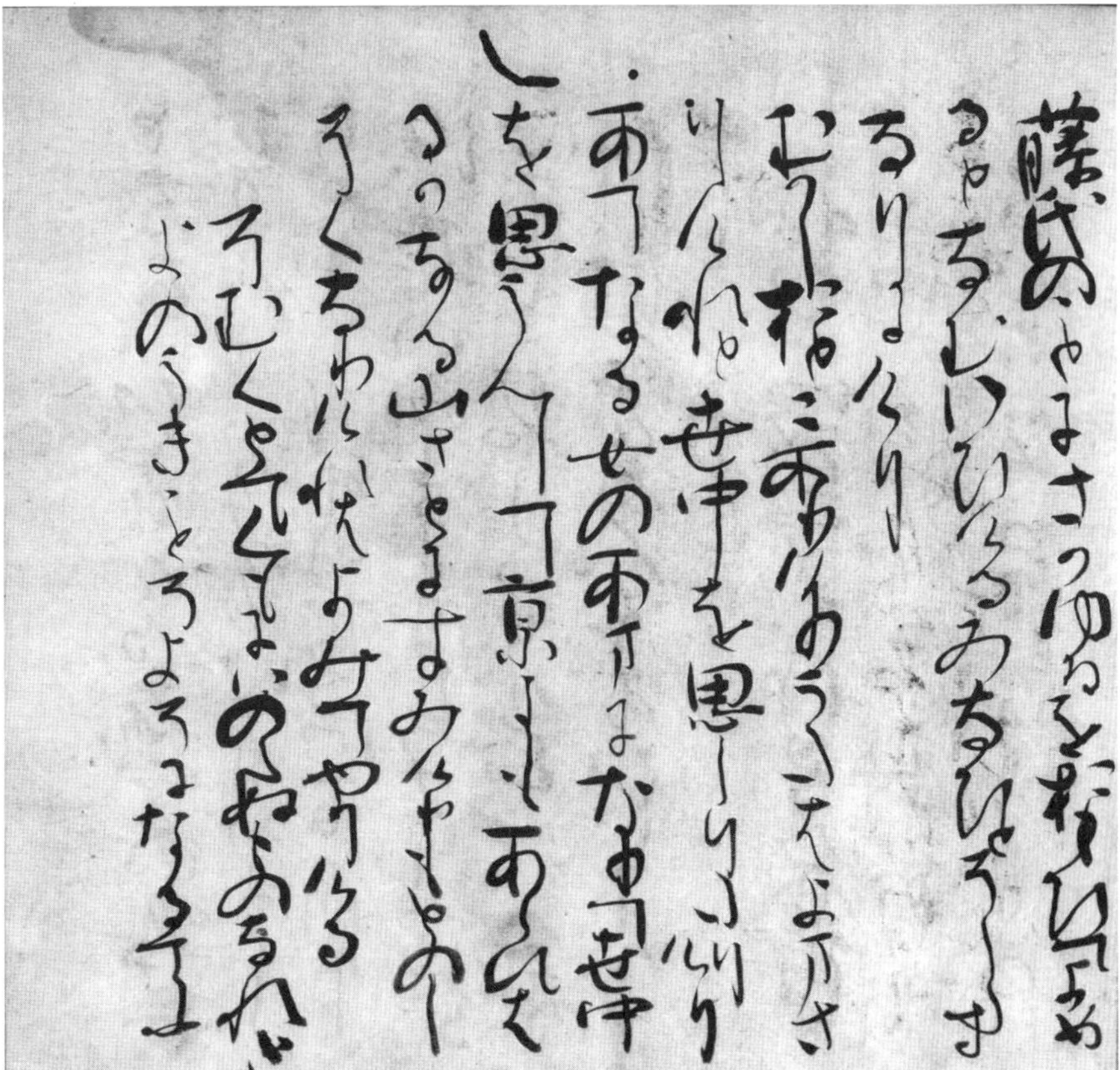

一〇三

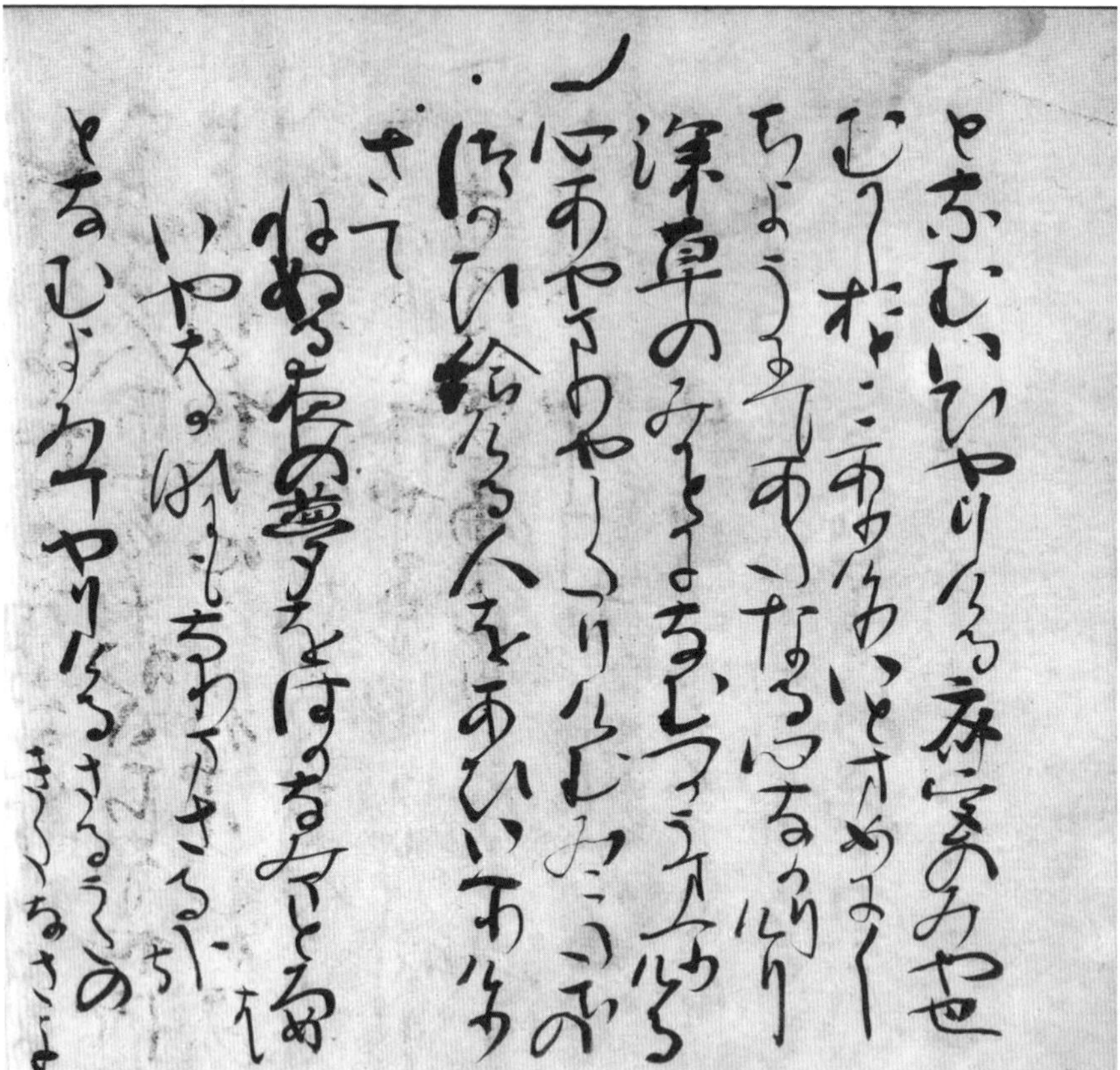
とふらひやりける斎宮のみやせ
むつましきことありけるにとすゝめまし
ちようしてあらしなる心ちなりけり
深草のみかとまちむつましかりける
一心あやさわやしくつりけむみかとの
・偲ひ給へる人をあひいてけり
・さて
ねぬる夜の夢をはかなみまとろめは
いやはかなにもなりまさるかな
とよむよみてやりけるさるうへの
きこしめさよ

一〇四

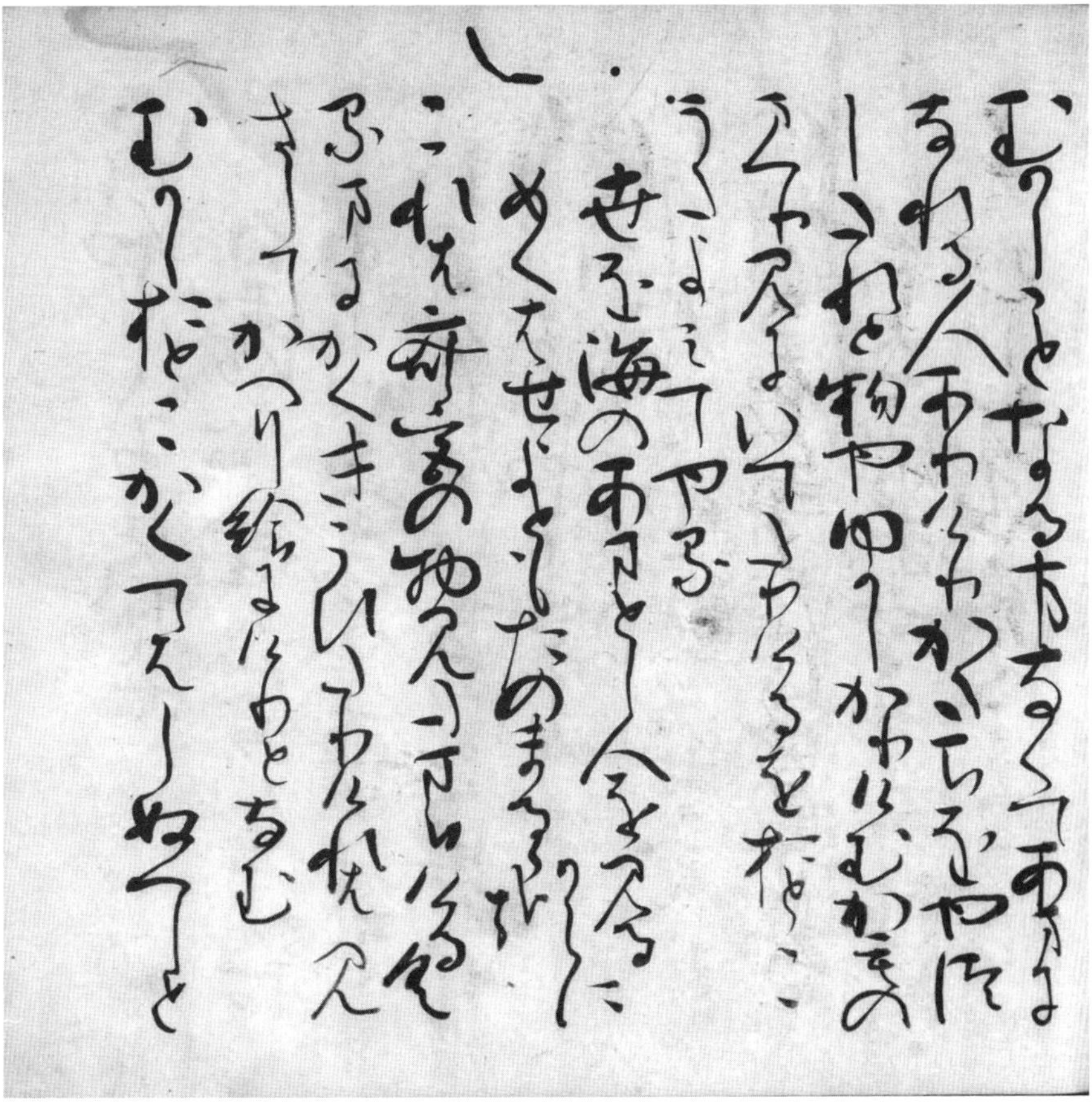

一〇五

3 一そねと物やゆうかゝるむかゝ
4 んてふたよいてゝゝるを祈こ
5 うちよふてやふ
6 せる海の雨ふとく人をふく
7 しめくをせふをしたのまふふ
8 こゝれそ斉宮のゝえつるゝ庭に
9 ふゝるかくきこひてゝゝ侯人

いひやりくわんねんせ
白露たんけるんはすむきえは
むるねくへき人しあらしさ
といつりくわえいしなめしと思ひ給
心さうたんいやすさわんや

一〇六

・むしたとこみこちのせうえうし
絵所をまうてたてをのかとわして
ちえやする都せきのす龍門
からの紅を火くるとい

一〇七

11　10　9　8　7　6　5　4　3　2　1

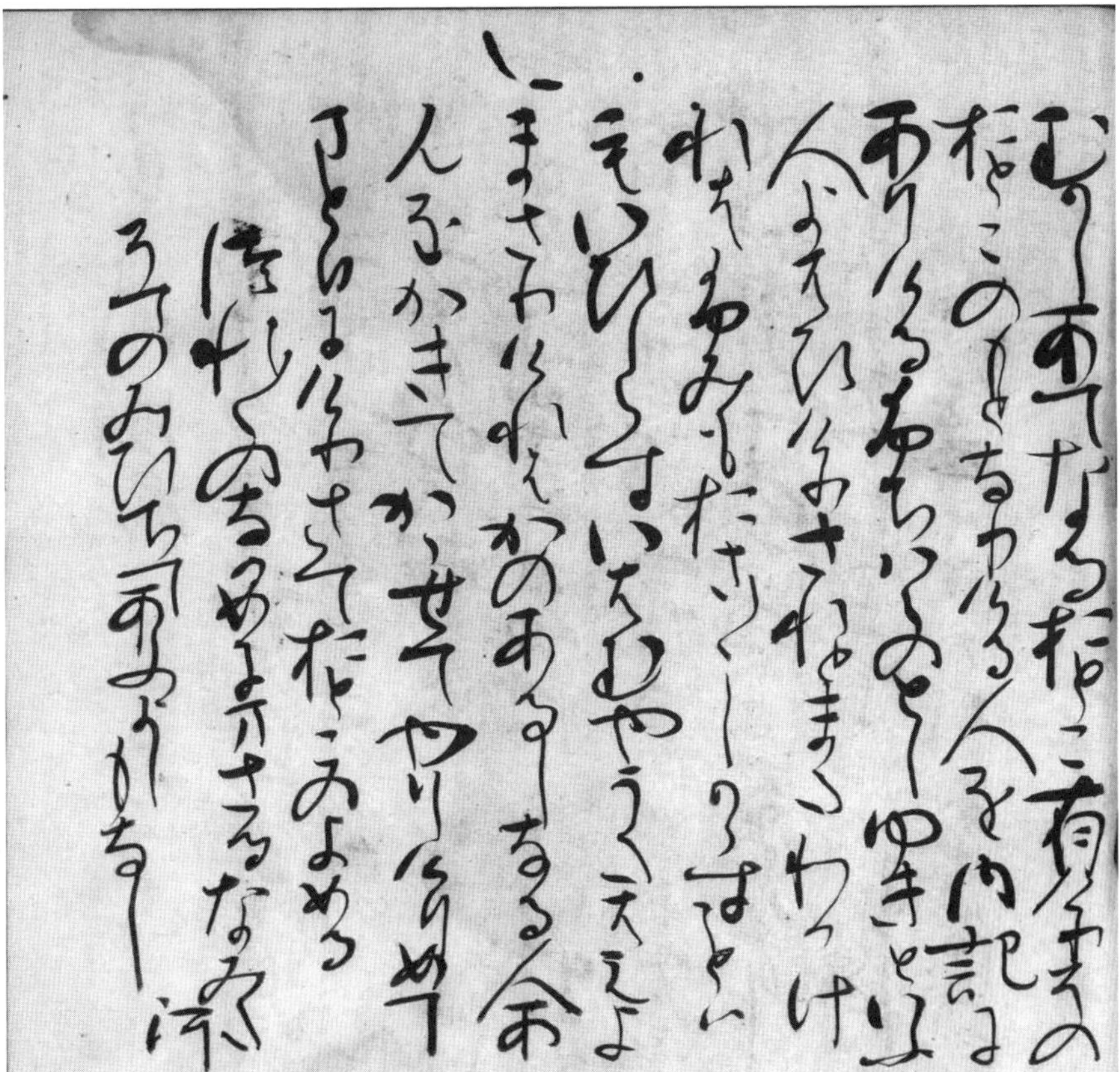

77 オ

10　9　8　7　6　5　4　3　2　1

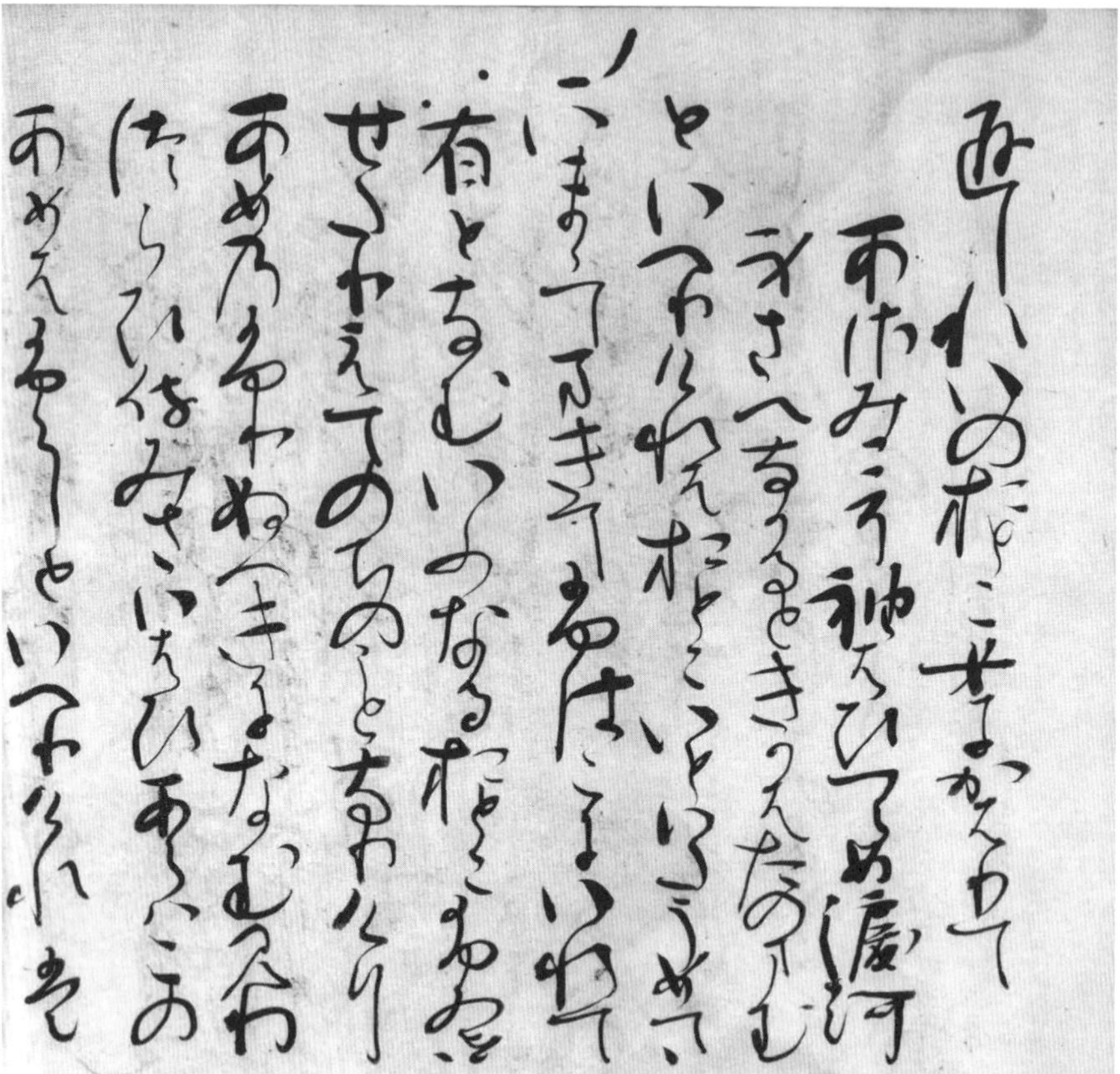

77ウ

一〇八

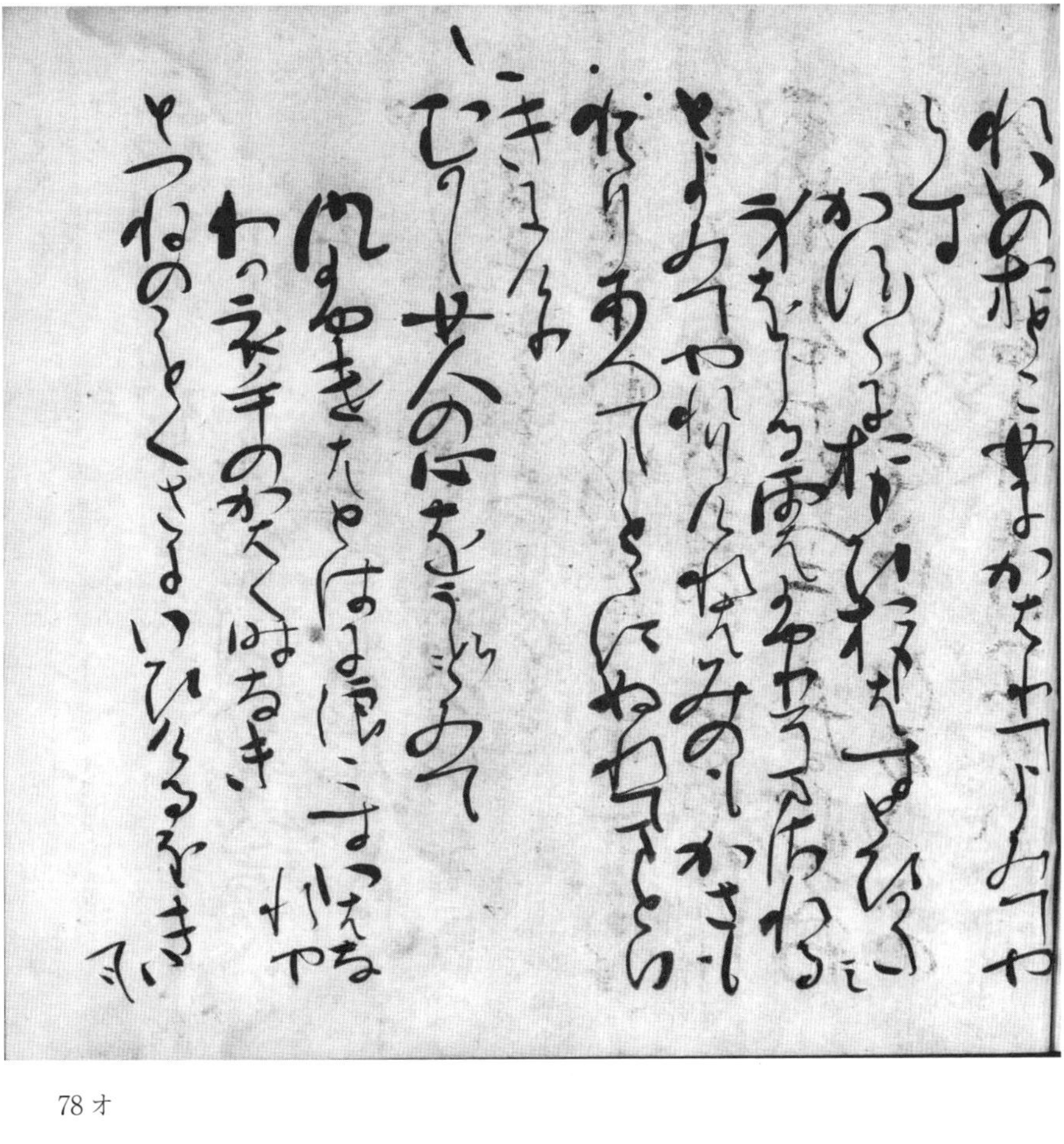

一〇九　一一〇

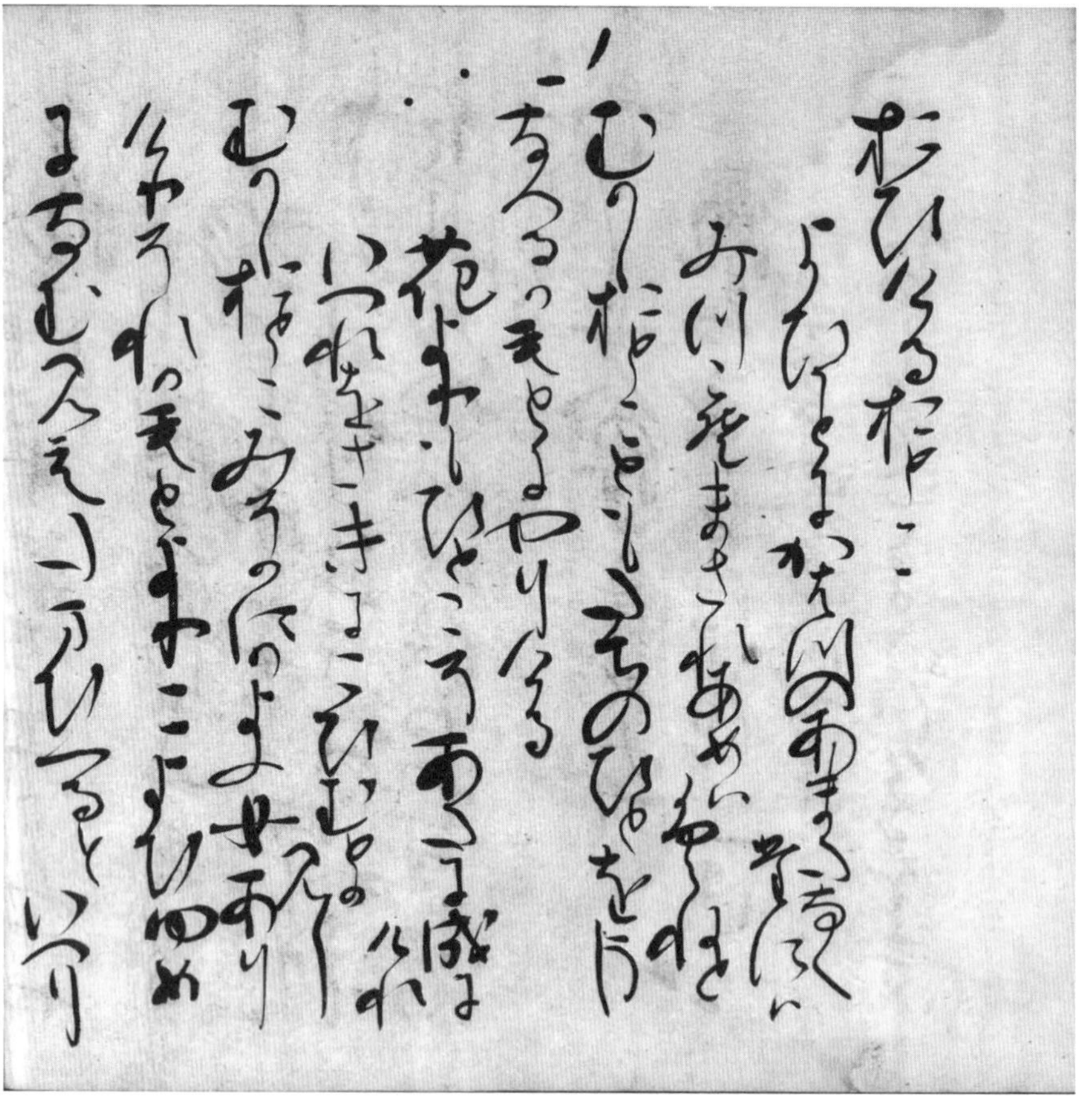
おひける男
よひことにかはつのあまたなく田には
みつこそまされあめはふらねと
むかしおとこともたちの人を
うしなへるかもとにやりける
花よりも人こそあたになりにけれ
いつれをさきにこひむとか見し
むかしおとこみそかにかよふ女あり
けりそれかもとよりこよひゆめ
になむ見え給ひつるといへり

78ウ

三

9　8　7　6　5　4　3　2　1

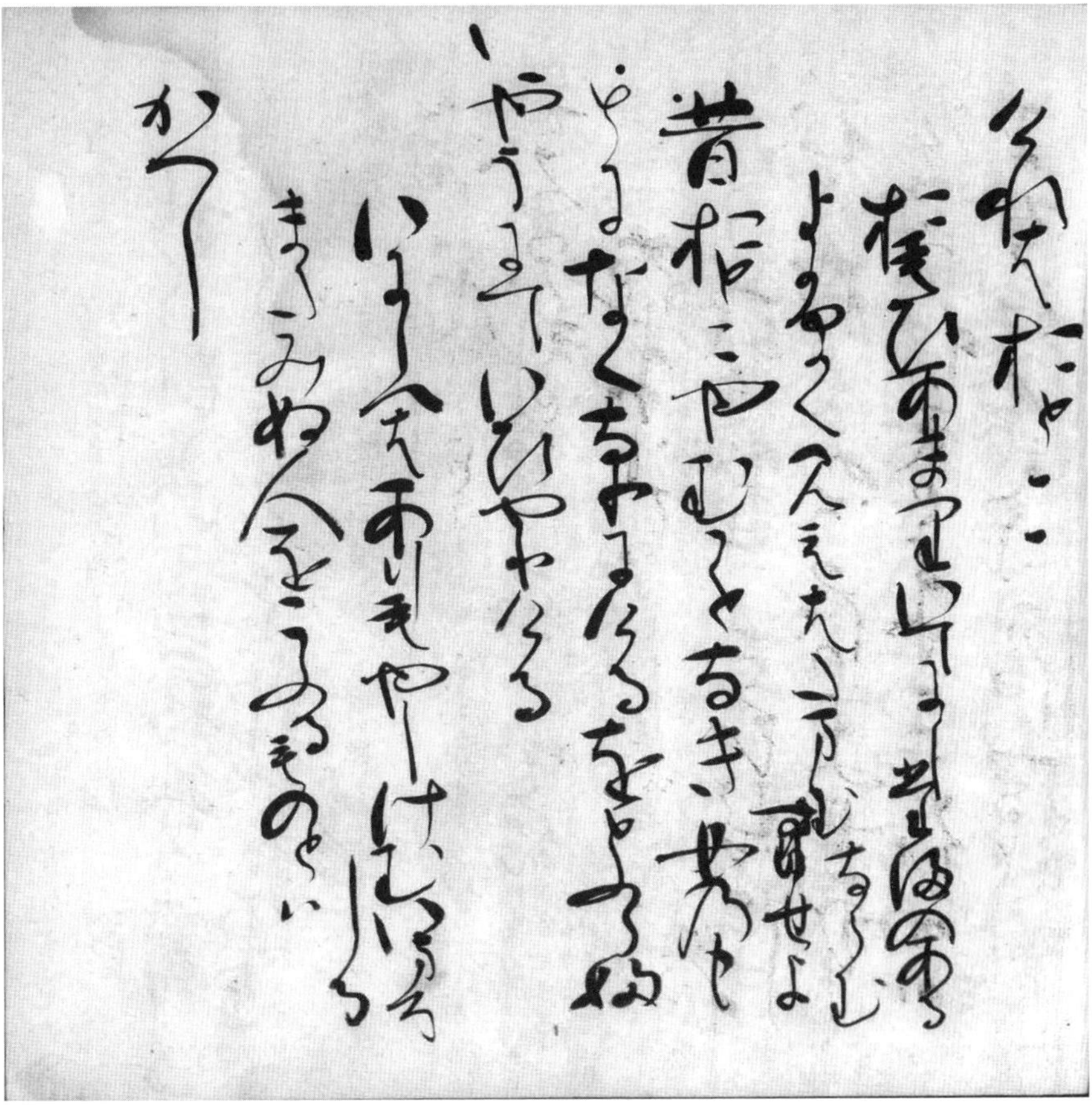

79オ

三
1 みこしをの／＼にかきまはせ
2 のりうつるとぞひゞきける
3 まうけて
4 たびしほこしもいはふらん
5 こまむかへなのろにとしも
6 むつ祝こもろふるひゞき
7 いろあへしまゝるやよろ

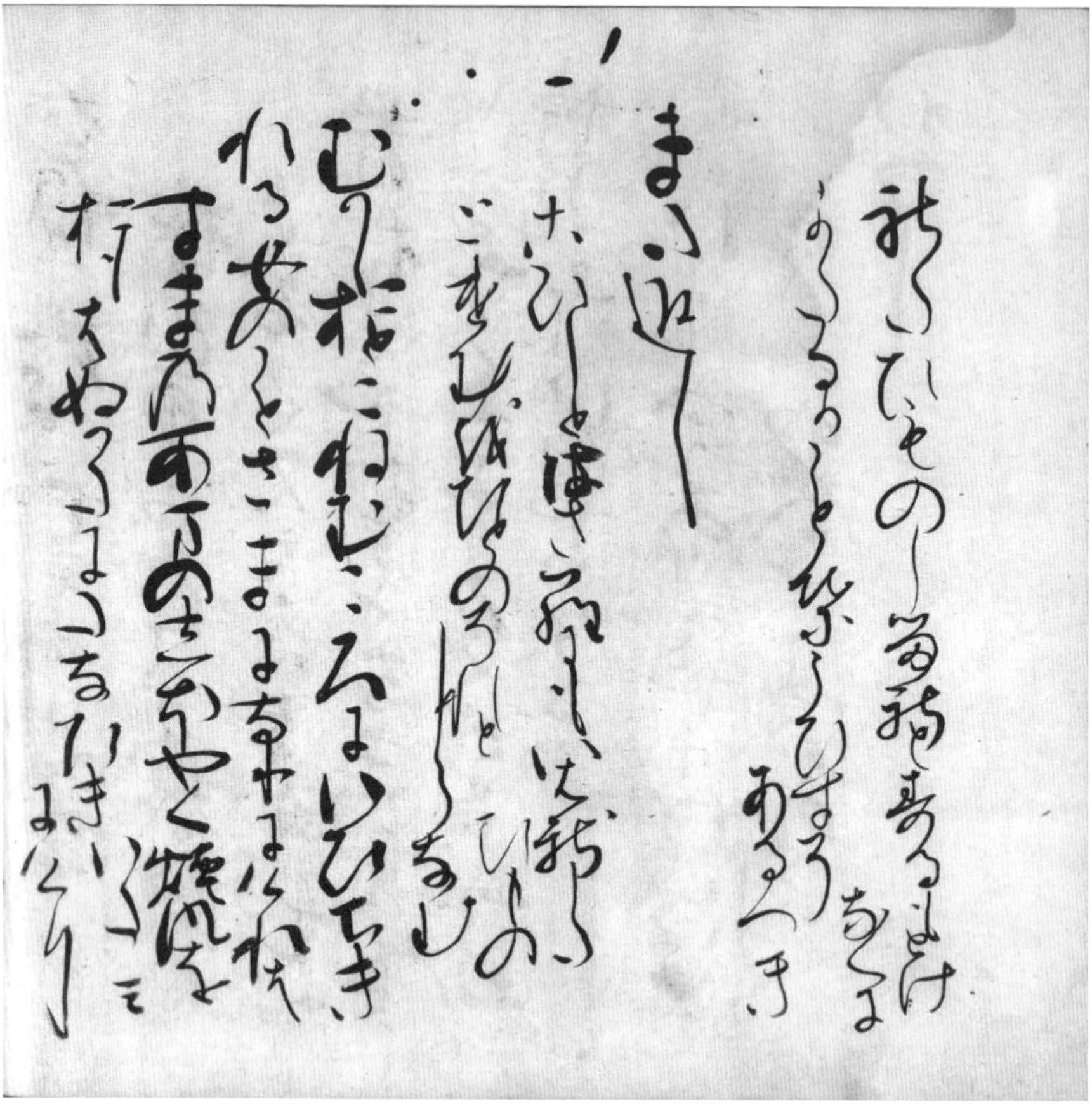

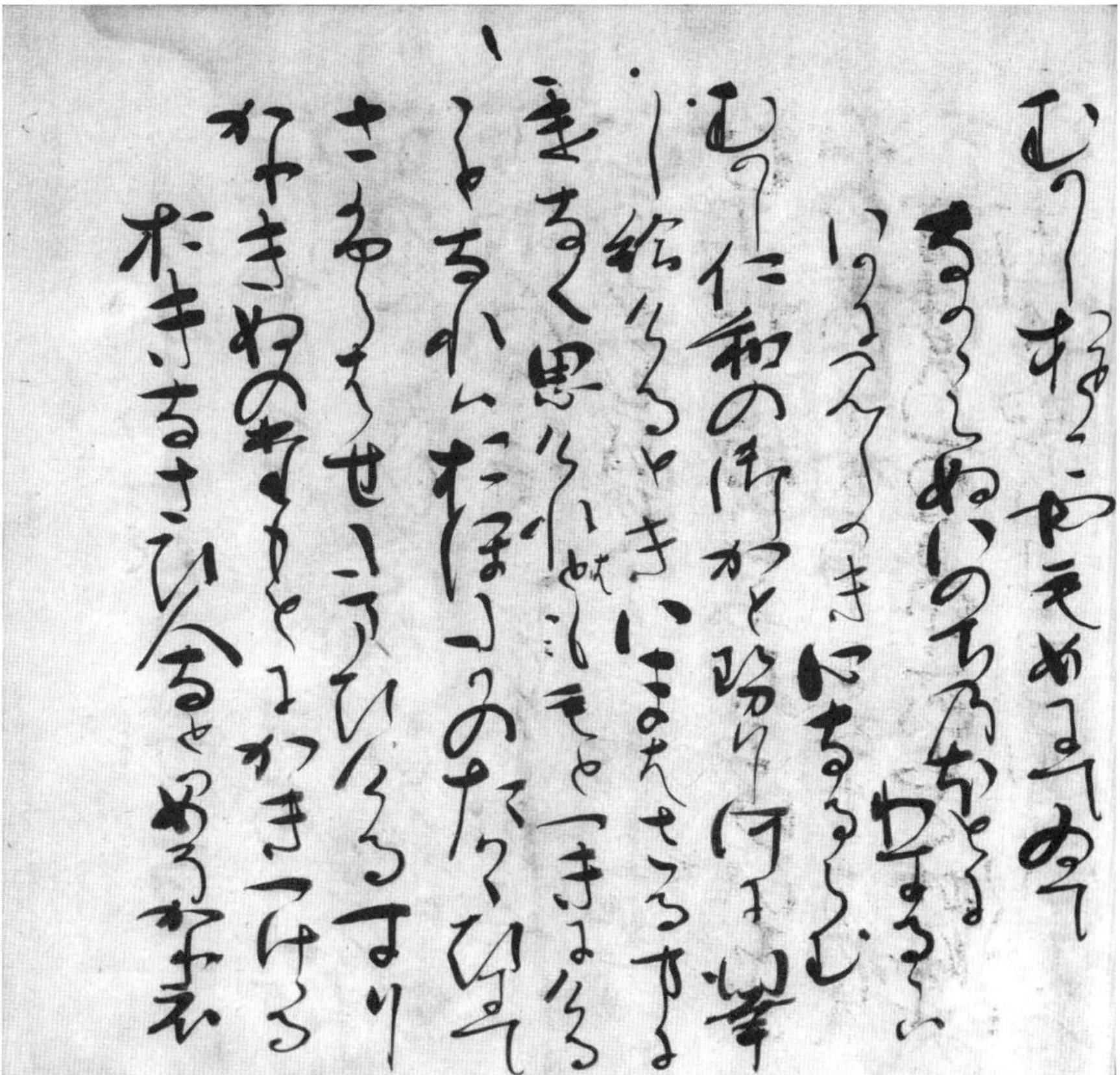
二三 むかしをとこやもめにてゐて
なかゝらぬいのちのほとにわするゝは
いかにみしかき心なるらむ
二四 むかし仁和のみかと芹河に行幸
し給ひけるときいまはさること
にけなく思ひけれともとつきにける
ことなれはおほたかのたかゝひにて
さふらはせ給ひけるすり
かりきぬのたもとにかきつける
おきなさひ人なとかめそかり衣

80オ

一五

9　8　7　6　5　4　3　2　1

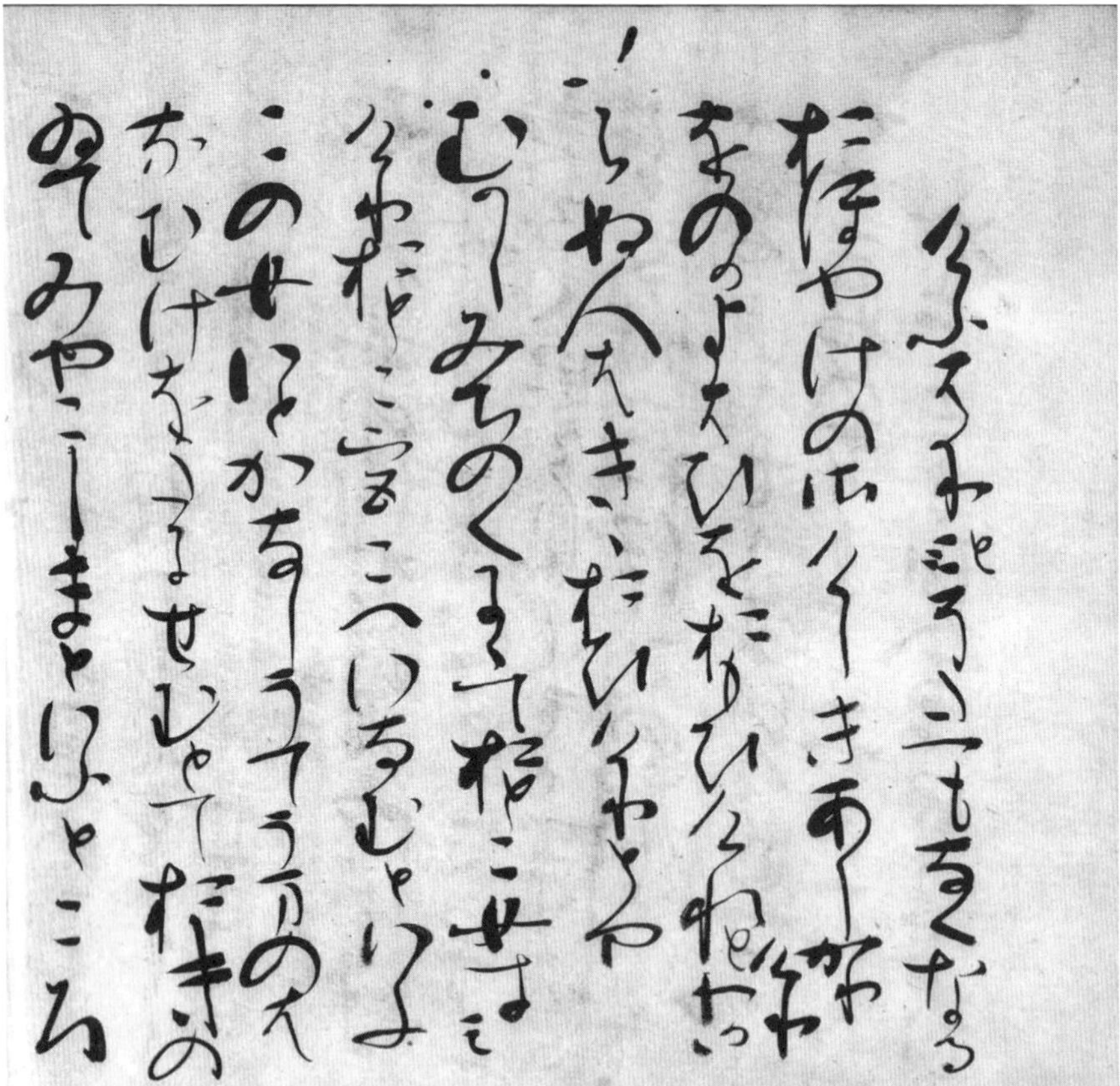

80ウ

二六

10 9 8 7 6 5 4 3 2 1

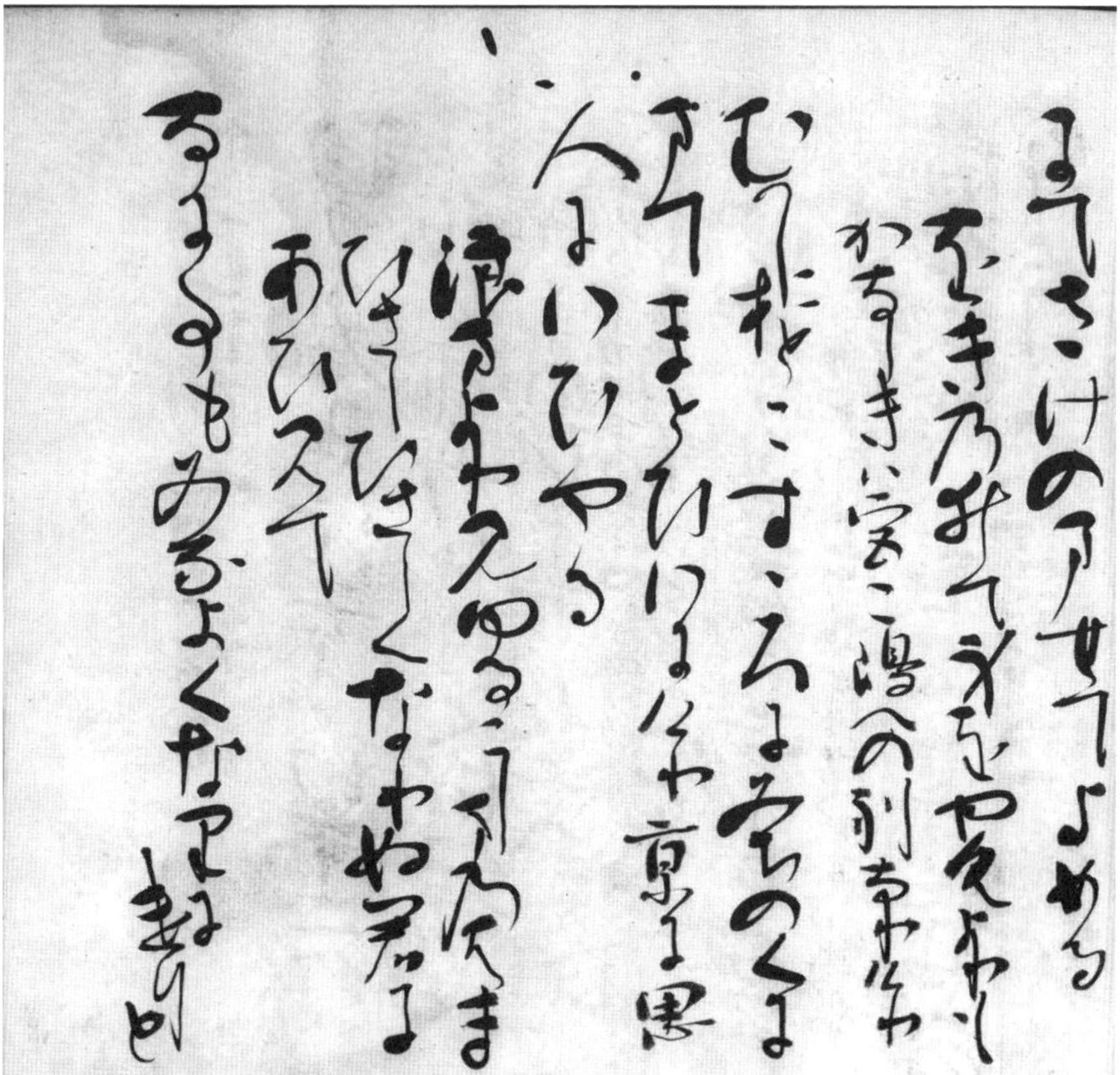

81オ

二七　二八

9　8　7　6　5　4　3　2　1

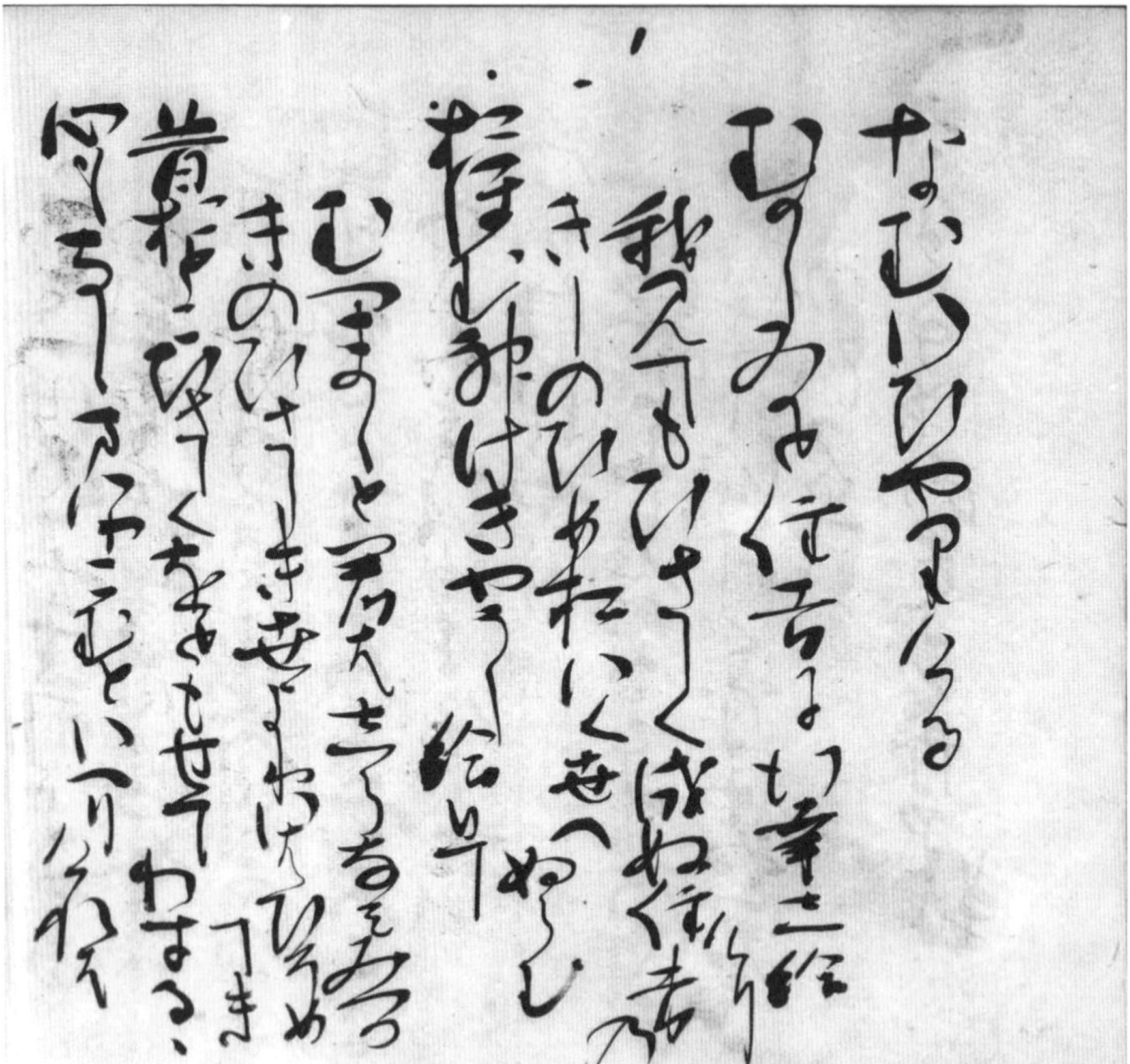
なむいひやりける
むかしみかと住吉に行幸し給ひけり
我見てもひさしく成ぬ住吉の
きしのひめまついく世へぬらむ
おほむ神けきやうし給ひて
むつましと君はしら浪みつか
きのひさしき世よりいはひそめてき
昔男ひさしくおともせてわする、
心もなしまいりこむといへりければ

三〇　二九

10　9　8　7　6　5　4　3　2　1

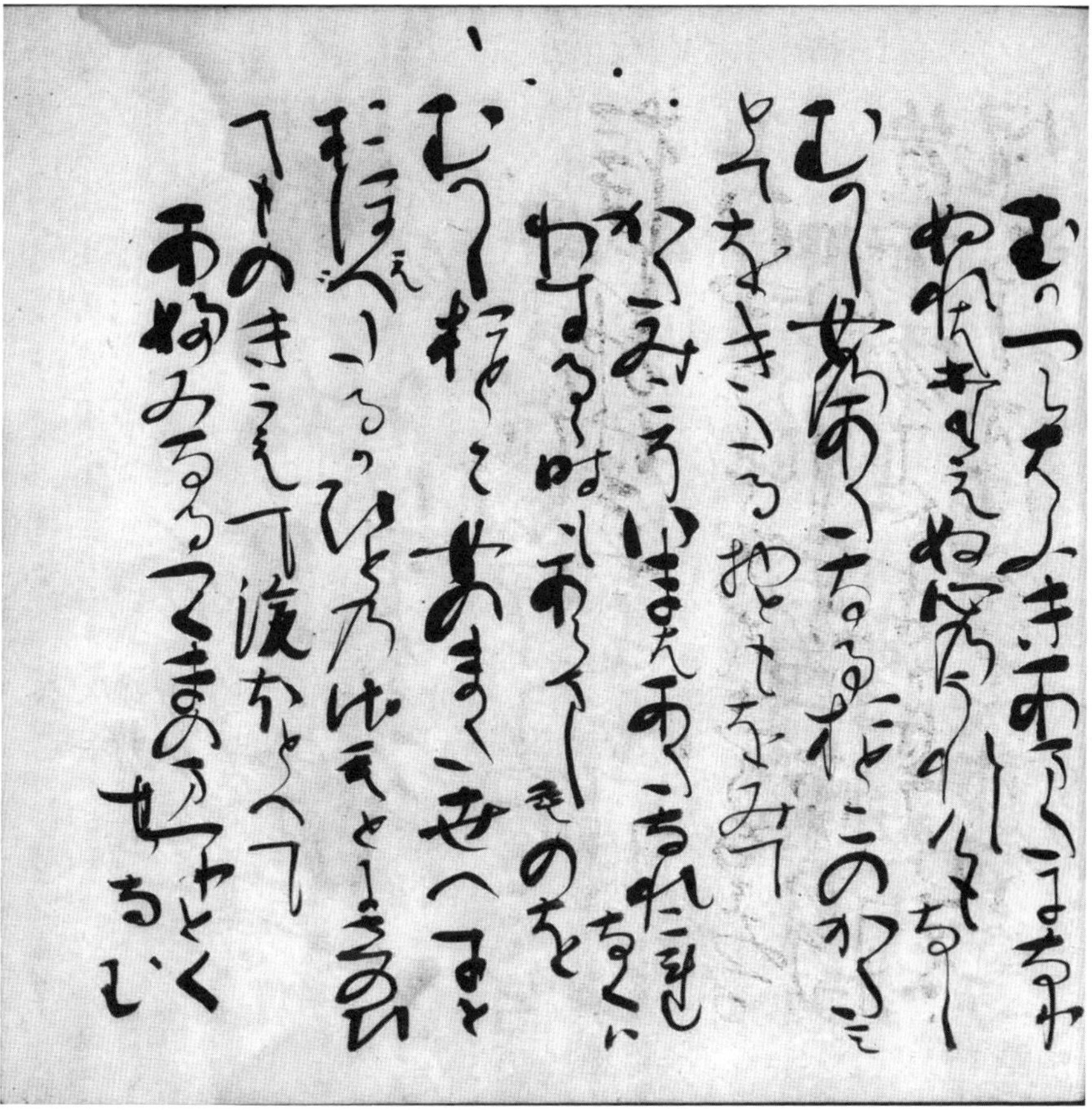

82オ

亖　三

10　9　8　7　6　5　4　3　2　1

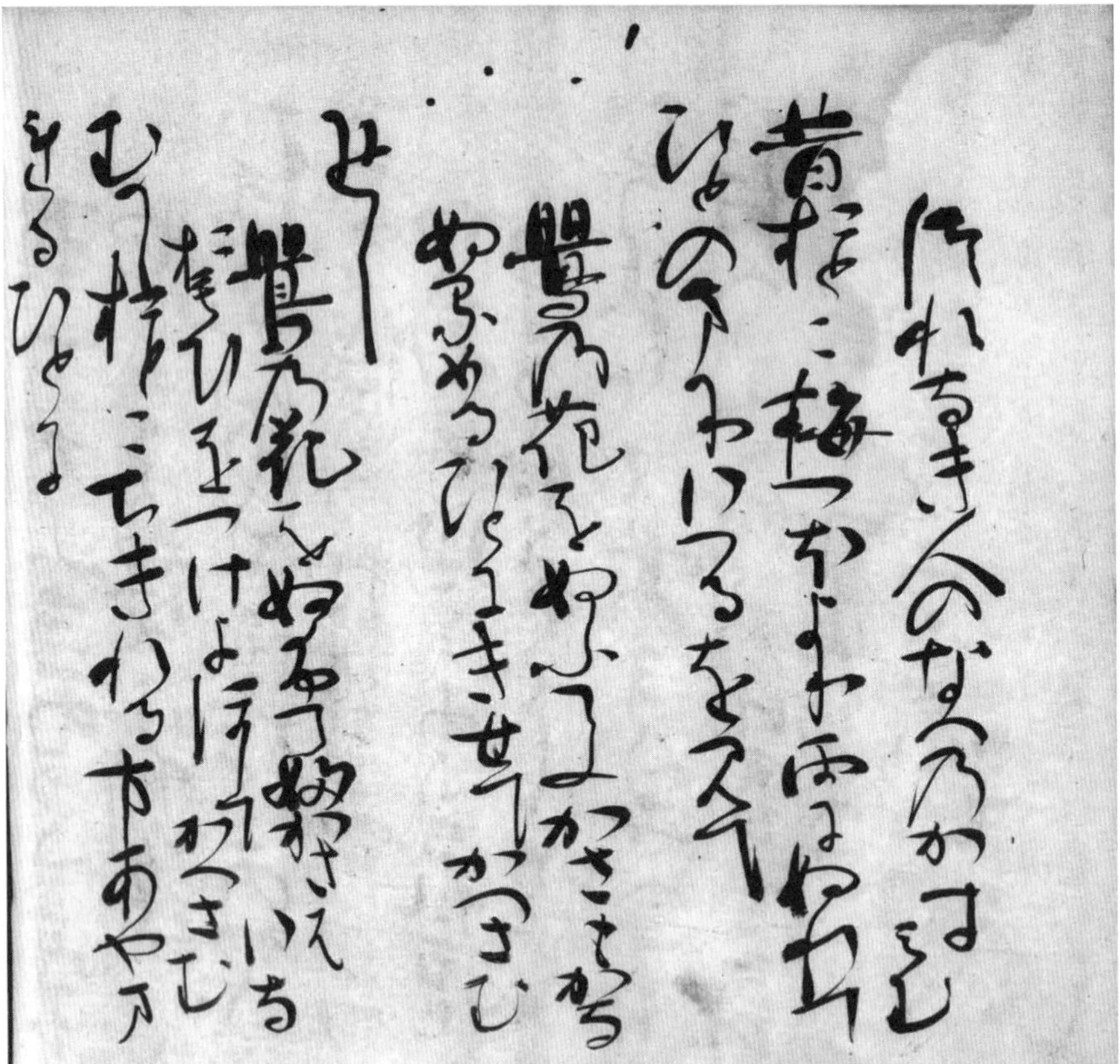

82ウ

三

10　9　8　7　6　5　4　3　2　1

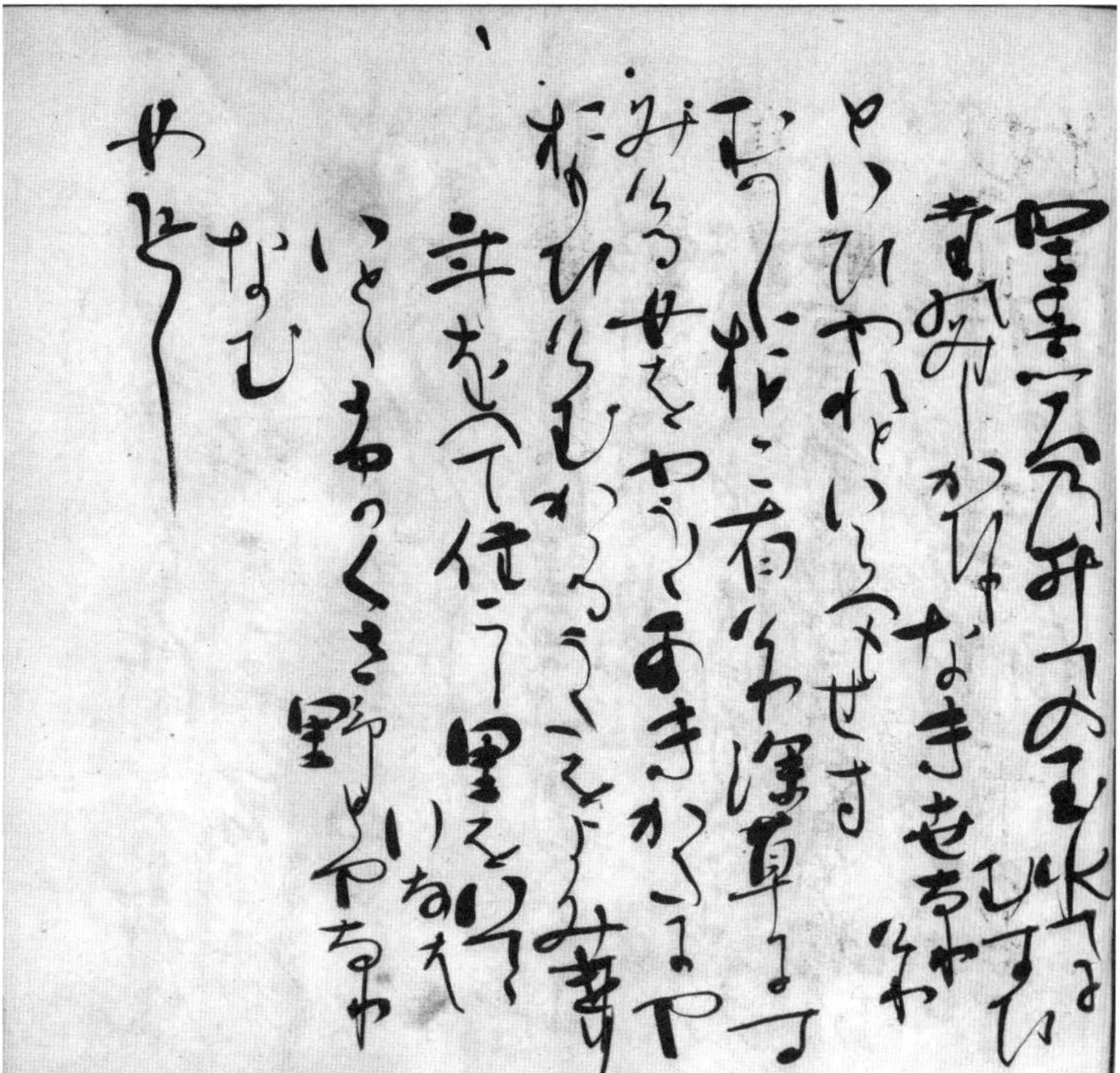

83オ

野とならは鶉となりて鳴
きをらむかりにたにやは君はこ
さらむ
とよめりけるにめてゝゆかむと
思ふ心なくなりにけり
二三四 むかしおとこいかなりける事を思
けるおりにかよめる
おもふこといはてそたゝにやみ
ぬへき我とひとしき人しなけれ
二三五 むかしおとこわつらひて心ち
ぬへくおほえけれは

3 2 1

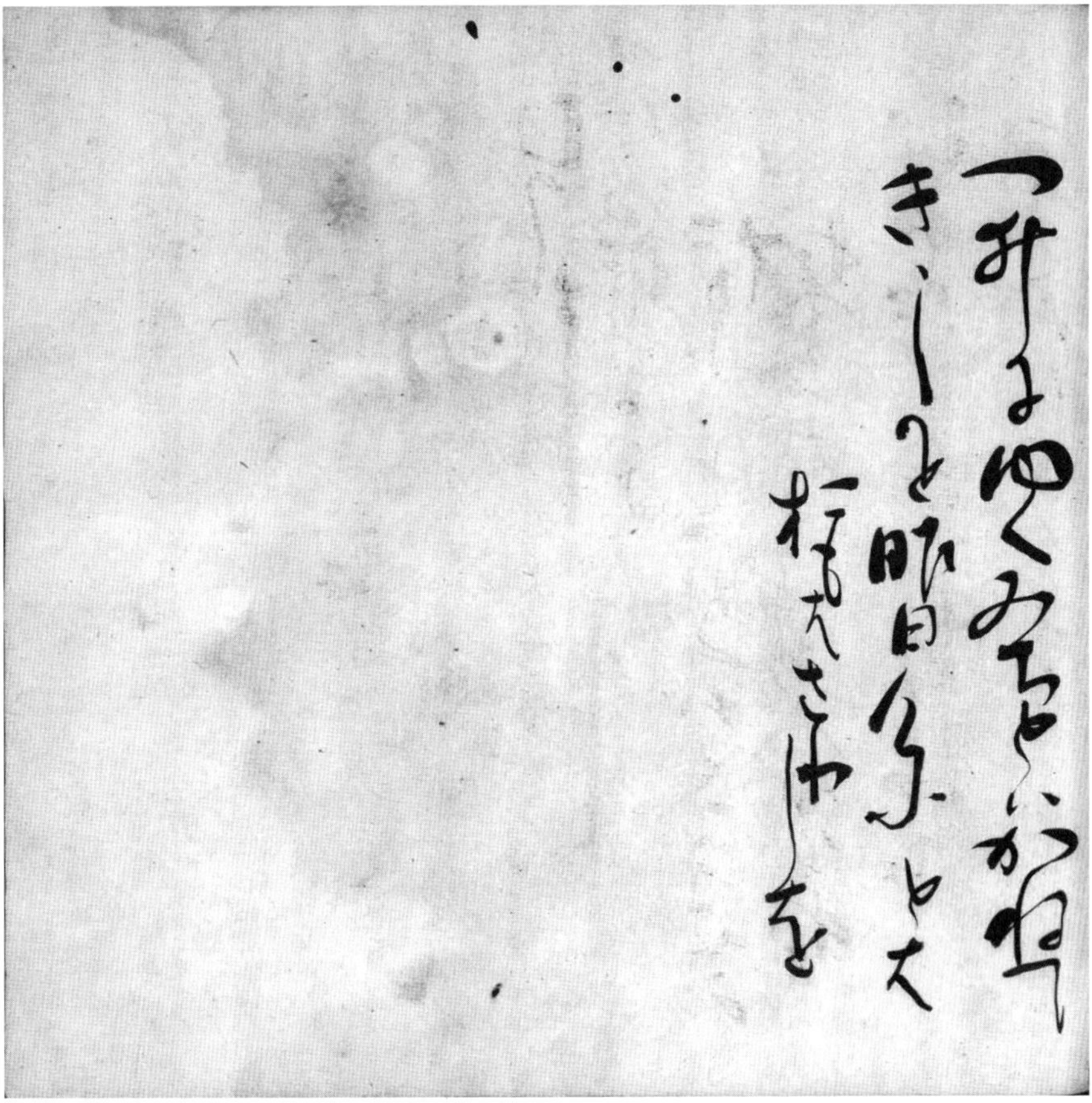

84オ

3　2　1

みはやくみちをいかゝ
き、しを時日ノ不とえ
　　　　　　　栢天さやしを

84ウ

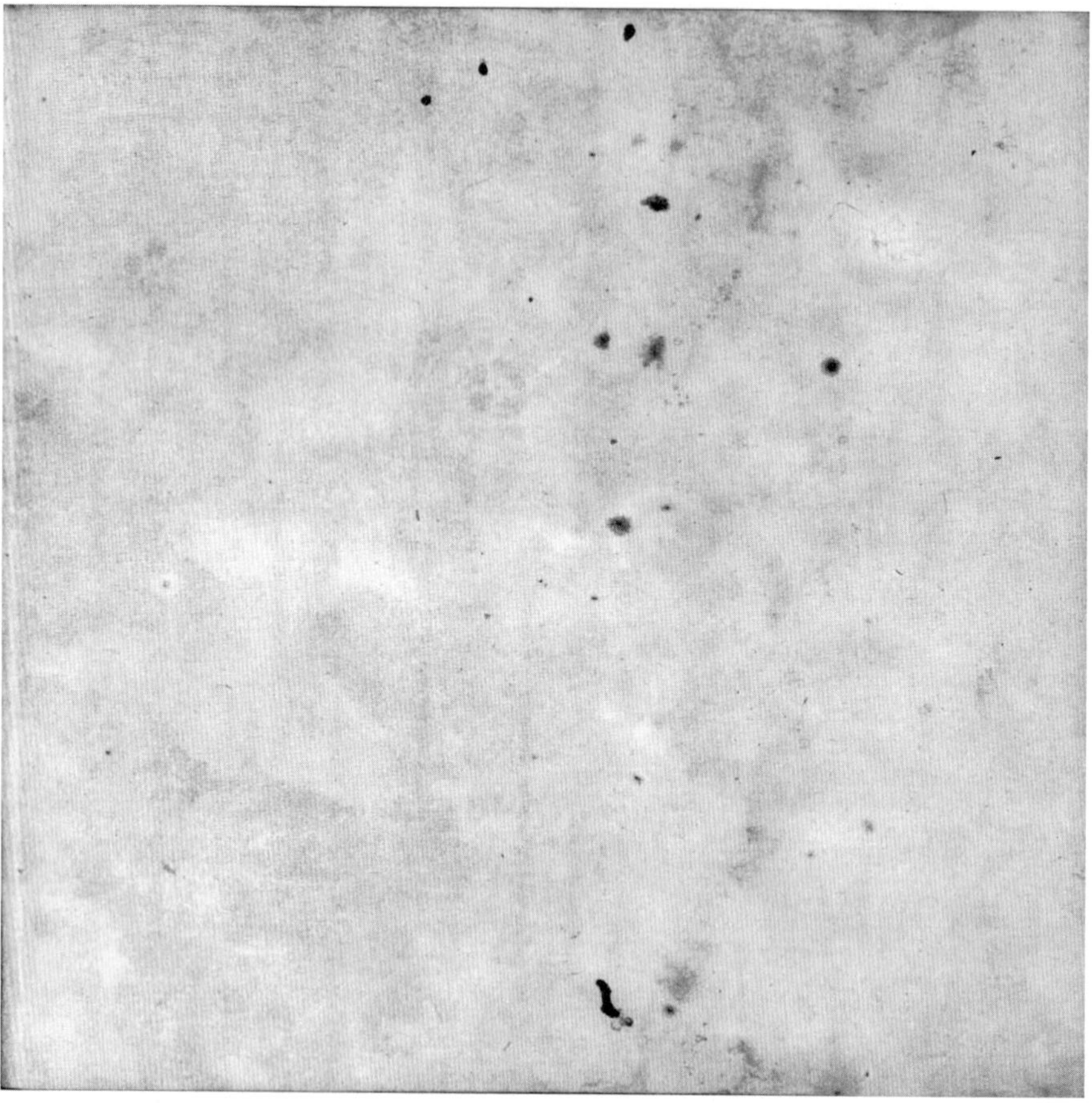

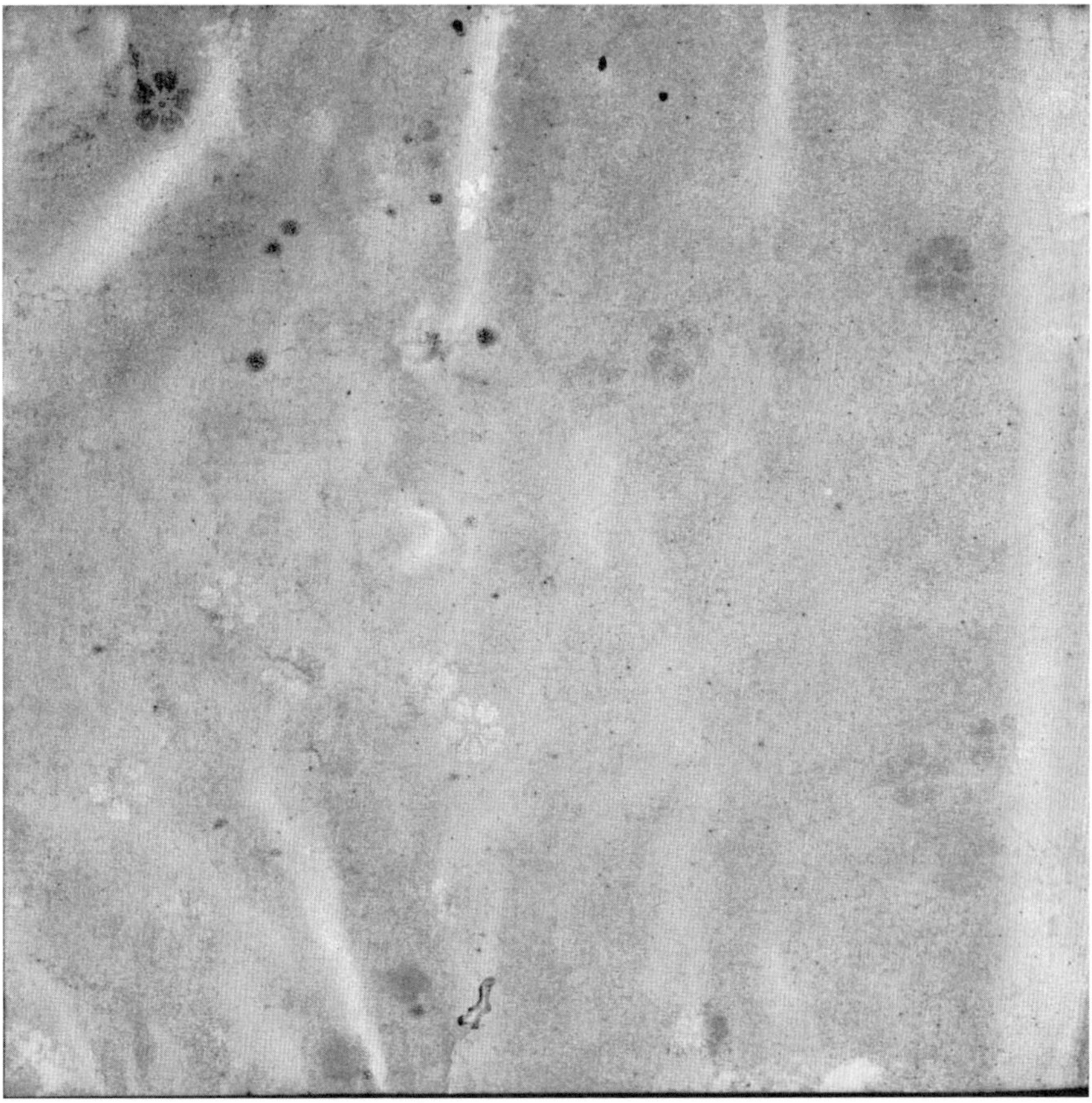

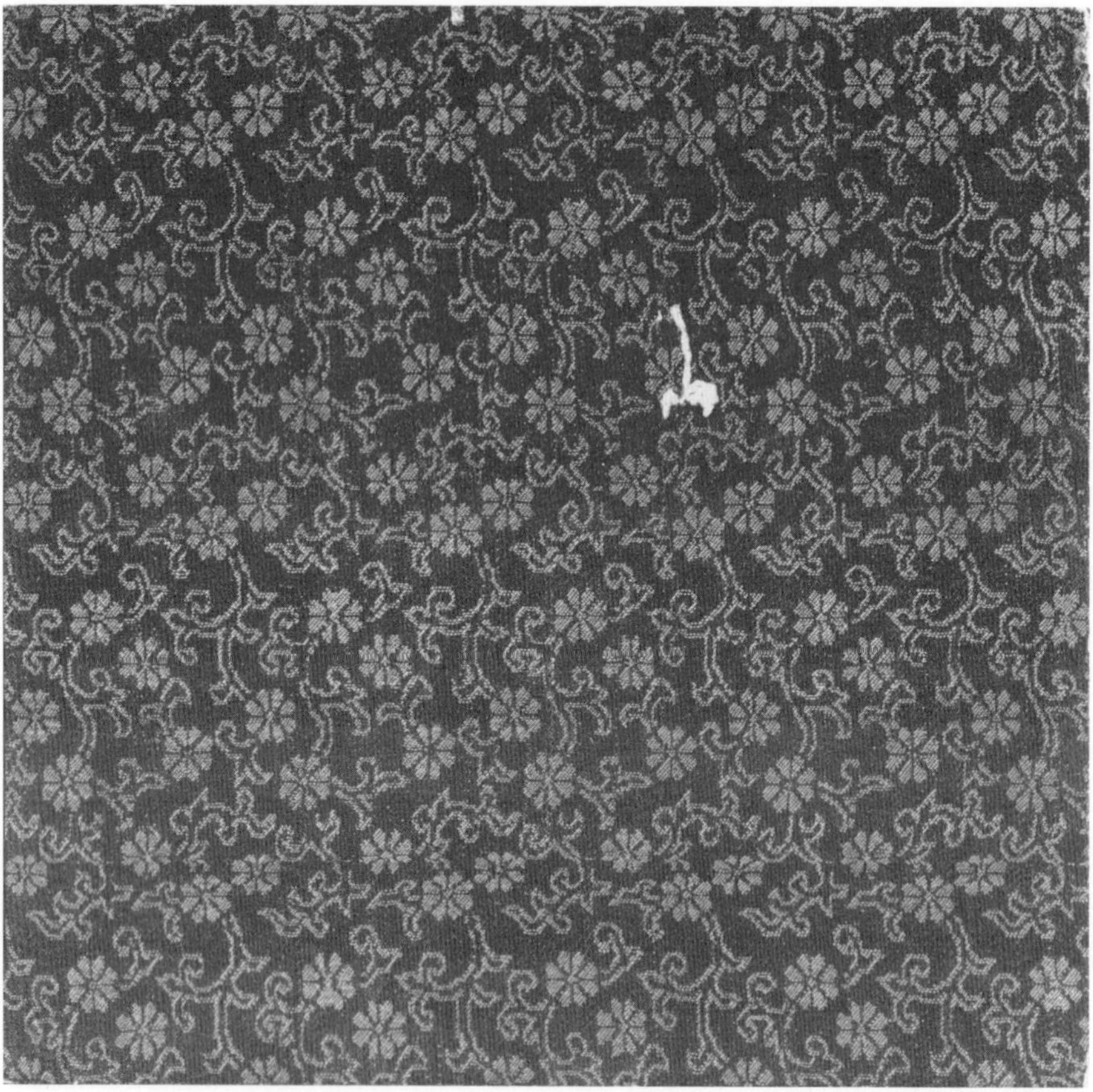

内箱蓋（黒柿）題字　金銀高蒔絵

外箱蓋表（桐）

外箱蓋内

小堀遠州政一　伊勢物語全

極札表

ひらかな六半本　癸丑極

極札裏

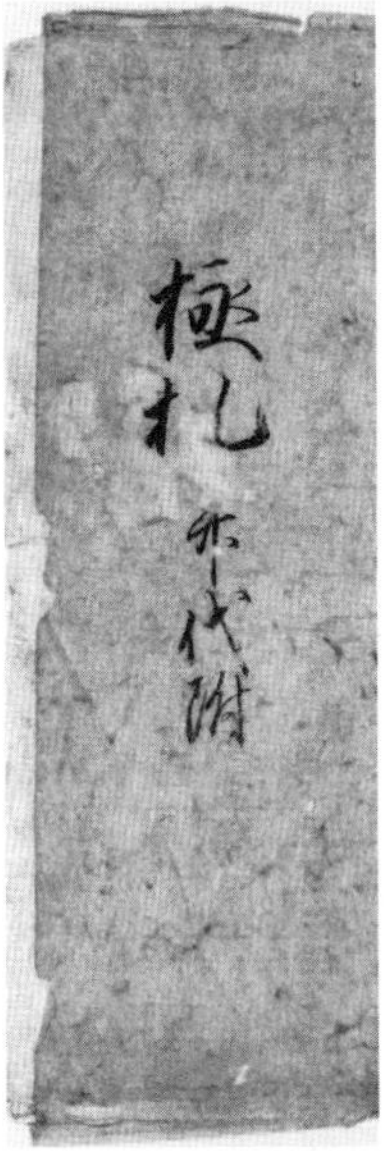
極札

極札包紙上書

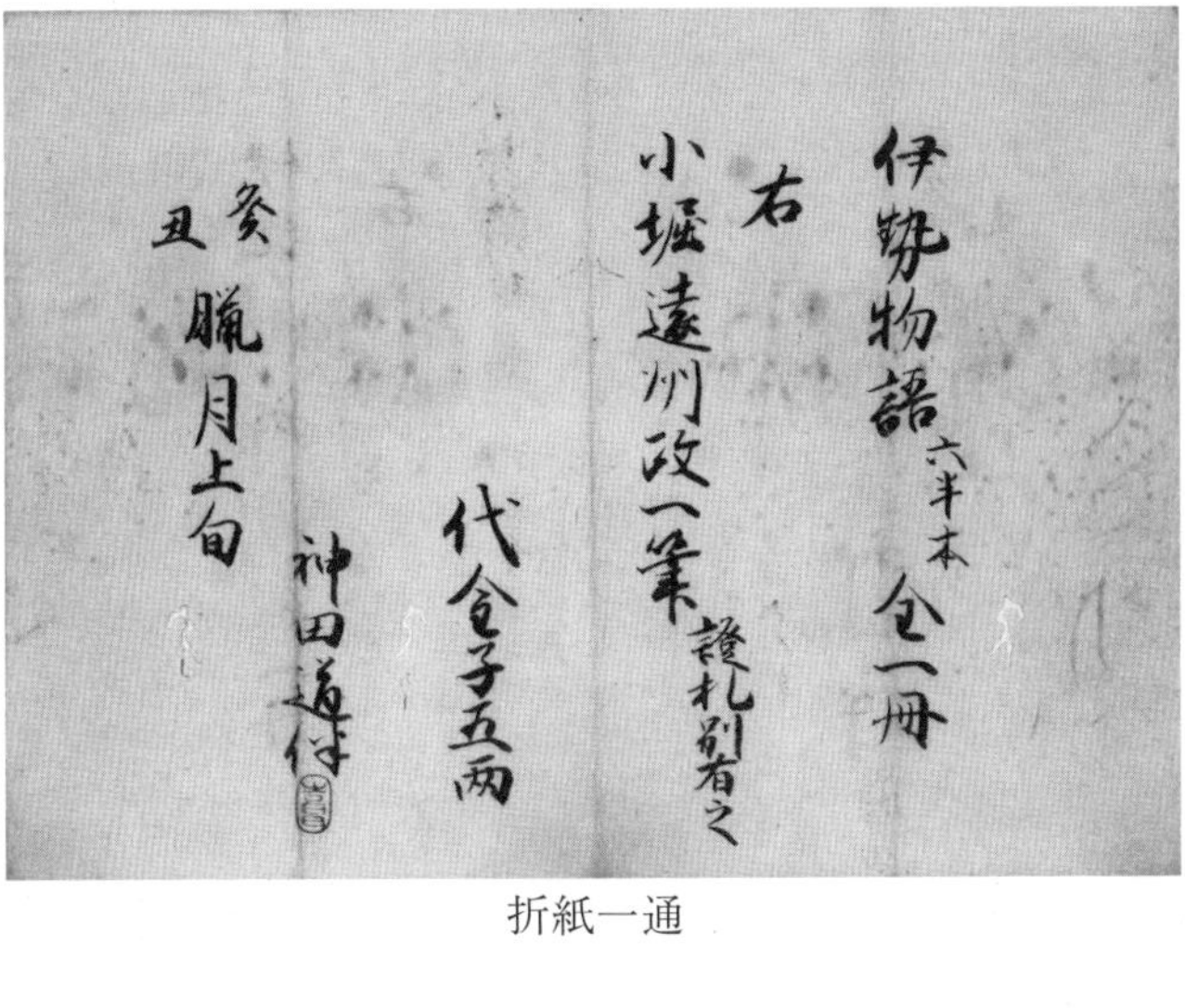
伊勢物語六半本　全一冊
右
小堀遠州政一筆　證札別有之
代金子五両
神田道伴
癸丑臘月上旬

折紙一通

和歌初句・第四句索引

＊歴史的仮名遣に表記を統一した。
＊初句のみゴシック体にした。
＊同一句は区別できる次句まで示した。
＊丁数とオ・ウを示し、翻印・書影両用とした。

を

後記

既に「はじめに」より「おわりに」まで、本書成立の顚末にはかなり触れたので、付け加えることは多くないが、上梓を目前にして、身の幸いについて一言しておきたい。まずはこの伊勢物語写本に出会えた幸いである。遭遇してはや十六年、これが定家筆臨模本に違いないとの結論が夙に得られたのは上述した通りで、数か条の論拠も間を措かずに整理でき、いつでも論文を添えて汲古書院に資料を手渡しさえすれば、本書は直ぐにも出版される手筈となったのに、歳月だけが流れた。

それが昨年（平成二十年）秋、俄かに思い立って執筆を開始した。潜在的に、年齢が年齢だけにそう遅くはさせられない、という意識があったのは確かだが、十月に和歌文学会大会で源氏物語千年紀がらみの講演を済ませた数日後、自然に、気負いもなく書き始めたのである。そしていつもなら、例証探しや調べ直しに行き疲れて中断するのに、難航しながらも、投げ出さなかったのが幸いであった。ただ年内には脱稿し、正月早々に初荷として書院に届けようとした心意気は果たせず、一月下旬にまで及んだ。やはり私は、仕事が遅いのである。

健康には感謝しなければならないが、これまでの病歴は、病名だけで十指に余るので書き切れない。平成八年夏の終り、まだ大学に在職中であった私は右腎臓癌と診断され、十二月に摘出手術と決ったので、手術直前、同僚高田信敬君に来院を願い、亡きあとの本書刊行を託した。まだ一枚も書けていなかった解題に代り、前々年十月に日本橋丸善で開催した鶴見大学蔵貴重書展の解説図録所収拙文と、前年三月号『国語と国文学』誌掲載の拙論「藤原定家の撥音識別表記確立と崩壊」とを添えて、汲古書院より伊勢物語書影刊行を果たせるよう依頼したのであるが、私は正月中頃に退院すると、新年度より職場に復帰した。だから場合によっては、本書はそうした体裁で、遅くとも十年前には発行されていたであろう。

汲古書院の創業者坂本健彦前社長は、私とは同年齢で、慶應義塾の斯道文庫を通じた数十年来の知己であり、拙著『蒙求古註集成』全四冊の出版を願ってからでも二十年経つが、本書への着手が延引するうちに会社を後進に譲り、引退されてしまった。そこで今や、会社の誰もが記憶にない状態と思われたのが、連絡すると直ぐ健在な前社長とも久闊をあたためられ、旧知の大江英夫編集長が担当となって、本書製作は直ちに軌道に乗った。まさに幸いであったが、私に再び問題が生じた。三月末になってS状結腸に進行性癌が見つかり、緊急な切除手術の運びとなったのである。腎臓癌の時と異なり、拙稿一切は既に一月入稿し、本書の構成も綿密に打ち合わせたので、後顧の憂えはないようだが、私がいないと、出版社も相談する相手がいない。前回の高田君はかねて「二度といや」と言われるので、やはり同僚であった中川博夫君に託し、その旨、四月一日に大江君に伝えた時、私は「これはエイプリル・フールではないから」と付け加えた。

振り返ると長い道程にも見えるが、ここに懸案の定家筆蹟模本伊勢物語紹介が一里塚を迎える。思えば藤原定家は、私のたどたどしい研究者歴の中でも特別な存在であった。源氏物語の本文研究では青表紙本の祖、奥入作者であり、一方、河内本の祖である源光行の伝記研究や、光行著述の蒙求和歌・百詠和歌研究でも、私の視野の中には常に定家がいた。とりわけ、この伊勢物語で発芽した定家の用字法探索では、私は定家の生活に奥深くまで潜入した。偉大なる歌人定家を語り尽くすのは無理にせよ、その傾倒ぶりは並々でないが、この私が、放恣な暮らしをして来たのに、このまま無事に新年を迎えられるなら、数え年八十歳となり、実に年齢だけは定家に達する。これにまさる幸いはない。

本書は、非力ながら終始ひとりで調べ、論述した新稿なので、退院して間もなく出た内校済み論考初校刷に、中川君と協議して高田君の目通しを乞い、足らざるを一部書き加えることができた。さらに機会あって、再校刷では佐々木孝浩君に一読願い、これで三人の読者を得た。諸氏の協力に深く感謝したい。また永年の勤務先であった原本所蔵者、鶴見大学図書館には、全書影掲載の許可を頂くとともに、原本撮影に際しては館員諸氏の尽力があり、感謝に堪えない。さらに、かく永年に亙ったのに、唐突な入稿に即応され、定評ある厳格な内校正の提供をはじめ、強力な支援を惜しまれなかった汲古書院の厚誼は洵にありがたかった。坂本健彦前社長、石坂叡志社長、大江英夫編集長に心より御礼申し上げる。

平成二十一年十月

池田利夫

【著者紹介】池 田 利 夫（いけだ・としお）

1931年　横浜に生まれる。
慶應義塾大学文学部卒業・同大学院修了　文学博士
鶴見大学名誉教授

主な編著書

『浜松中納言物語総索引』（武蔵野書院）
『契沖全集』『契沖研究』（共編著、岩波書店）
『日中比較文学の基礎研究 翻訳説話とその典拠』（笠間書院）
『河内本源氏物語成立年譜攷——源光行一統年譜を中心に』（日本古典文学会）
『尾州家河内本源氏物語』（共編、武蔵野書院）
『源氏物語の文献学的研究序説』（笠間書院）
『蒙求古註集成』（汲古書院）
『唐物語校本及び総索引』（笠間書院）
『更級日記 浜松中納言物語攷』（武蔵野書院）
『浜松中納言物語』新編日本古典文学全集（小学館）
『野鶴群芳——古代中世国文学論集』（笠間書院）
『更級日記』『堤中納言物語』原文＆現代語訳シリーズ（笠間書院）
『源氏物語回廊』（笠間書院）

藤原定家筆蹟模本 伊勢物語の研究

二〇〇九年十一月二十日　発行

著者　池田利夫
発行者　石坂叡志
整版　中台整版
印刷　モリモト印刷

発行所　汲古書院
〒102-0072 東京都千代田区飯田橋二-五-四
電話 〇三（三二六五）九七六四
FAX 〇三（三二二二）一八四五

ISBN978-4-7629-3574-9　C3093